헬게이트 런던
HELLGATE LONDON

3부 COVENANT(서약)

HELLGATE: London: Covenant by Mel Odom

Copyright © 2007 by Hanbitsoft Inc. Hanbitsoft and Hellgate are trademarks and/or registered trademarks of Hanbitsoft Inc.

All Rights Reserved.

This Korean edition was published by T3 Entertainment Inc. in 2024 by arrangement with the original publisher, Gallery Books, a Division of Simon & Schuster, Inc.

헬게이트 런던
3부 COVENANT(서약)

초판 1쇄 발행 2024년 5월 10일

지은이 Mel Odom
펴낸이 장길수
펴낸곳 지식과감성#
출판등록 제2012-000081호

디자인 이현
편집 이현
검수 김지원
교정 정은솔
마케팅 김윤길, 정은혜

주소 서울시 금천구 벚꽃로298 대륭포스트타워6차 1212호
전화 070-4651-3730~4
팩스 070-4325-7006
이메일 ksbookup@naver.com
홈페이지 www.knsbookup.com

ISBN 979-11-392-1802-2(04810)
　　　979-11-392-1799-5 (세트)
값 22,000원

- 이 책의 판권은 지은이에게 있습니다.
- 이 책 내용의 전부 또는 일부를 재사용하려면 반드시 지은이의 서면 동의를 받아야 합니다.
- 잘못된 책은 구입하신 곳에서 바꾸어 드립니다.

지식과감성#
홈페이지 바로가기

부: COVENANT(서약)

Mel Odom

HELLGATE: LONDON

헬게이트
런던

《헬게이트 런던 3부: CONVENANT(서약)》

달빛이 드리운 그림자 속에서 릴리스는 잔인한 미소를 띠었다.
"저 여자는 말썽을 일으킬 거라고 하지 않았느냐. 지금이라도 떠나게 하는 게 나을 것이다. 아니면 죽여 버리든가."
워런은 갈등되었다. 최근에는 폭력으로 해결하는 것이 정상으로 느껴지려 했다. 헬게이트가 열리기 전에, 악마가 넘어오기 전에는 그렇지 않았다. 싸움이 일어날 것 같으면 항상 도망쳤었다. 그 결과 자신이 믿었던 거의 모두로부터 이용만 당했었다. 워런이 말했다.
"여기 뭔가 있어."
"어떻게 알아?"
"느껴지니까."
나오미의 물음에 워런이 금속 손을 들어 올렸다.
"여기를 통해."
나오미가 뭐라고 말하려다가 그 손을 빤히 쳐다보더니 입을 다물었다. 워런은 악마가 휘두르는 아케인 힘을 더욱 능숙하게 다룰 수 있다는 것을 증명해 보였다. 지금 그에겐 새 손이 있었고 그의 능력은 예전에는 범접하지 못했던 새로운 차원에 접어들었다.
"좋아."
나오미가 입고 있던 긴 코트를 여미며 결국 수긍했다.

"그래도 하루라도 더 빨리 찾을 순 없을까?"

거의 얼음에 덮여 눈에 띄지 않는 늪지 구덩이로 좀비 하나가 또 떨어졌다. 놈이 검은 물속으로 가라앉기 전에 얼음이 빠직하고 깨지는 소리가 들렸다. 이번 좀비는 돌아오지 못했다.

인근에서 피어오르는 회색 연기가 별빛 가득한 밤하늘을 집어 삼켰다. 워런을 끌어당기는 느낌은 바로 그곳을 향하고 있었다.

릴리스가 다시 그의 곁으로 걸어와 차분하게 말했다.

"서둘러야 할 것이다. 미행낭하고 있군."

프롤로그

치핑온가르 외곽
에핑포레스트
에식스주, 영국
2025년 1월 8일

"미친 짓이야, 에밀리. 더 늦기 전에 여기를 떠나야 해. 악마는 친구가 아냐. 절대로 친구가 될 수 없다고."

롭 호턴은 동생에게 간청하면서도 에밀리가 자기 말을 듣지 않는다는 것을 잘 알았다. 에밀리는 내면의 목소리를 듣고 있었다. 최근 그 목소리에 어떻게 대응해야 할지, 방법을 터득했다고 했다.

런던 세인트 폴 대성당에 열린 헬게이트로부터 뻗어 나오는 기이한 힘인 '화마'는 아직 이곳까지는 닿지 않았지만, 모두가 그것이 다가오고 있다는 사실을 알았다. 악마가 때때로 저 먼 하늘에서 숲을 순찰하며 괴성을 질러 댔다.

'화마'는 조금씩 영역을 확장하면서 풍경을 지옥처럼 바꾸고 있었다. 오로지 악마만이 누빌 수 있는 세상으로 테라포밍하고 있었다. 핼러윈 날 악마들이 나타나기 전까지 일했던 과학 연구소에서는 '화마'가 어떻게 될 것인지에 대한 롭의 생각을 마음에 들어 하는 이가 없었다.

악마는 오로지 '화마'가 뻗친 대지에서만 살 수 있다고 믿는 사람들도 있었지만, 그렇지 않은 환경에서도 꽤 잘 적응하는 사악한 생물들의 등장으로 반박되었다. 어떤 이들은 악마가 그 모든 변화의 원인이 아니라고 믿었다. 오히려 인간이야말로 지구에 암적인 종기를 남기며 살아왔다는 것이다.

롭은 '화마'가 악마의 여러 무기 중 하나일 뿐이라는 믿음을 버리지 않았다. '화마'를 통해 악마들은 인간 생존에 필수적인 식수와 채소, 가축과 야생동물을 망가뜨렸다. 롭은 '화마'가 지구 본연의 먹이사슬을 파괴하려는 것이라고 생각했다.

남쪽으로 런던이 보였다. 언뜻 헬게이트까지 보이는 것 같았다. 그 차원 이동문을 통해 악마들은 이 세상을 자유롭게 드나들었다. 도시 위로 낮게 드리운 먹구름에서는 불길한 녹색 빛이 번뜩였다.

치핑온가르는 런던 외곽에 있는 작은 마을이었다. 어머니가 아버지를 만난 대학교에 입학하기 전까지 유년기를 보낸 곳이었다. 무시무시한 공포가 런던을 덮쳤을 때, 롭은 대학 건물에서 패닉에 빠진 여동생을 찾아내 도시 밖으로 데리고 나왔다.

두 사람은 공습 이후부터 줄곧 외조부모의 농장에서 지냈다. 두 분은 세상을 뜬 지 오래였다. 어머니와 아버지는 런던을 빠져나오지 못했다.

한동안 롭은 기다리면 될 것이라 믿었다. 하지만 4년이 지났고, 이제 구조는 기대할 수 없었다.

더 나쁜 것은, 악마와 그들의 아케인 힘을 추종하는 괴이한 신비주의에 에밀리가 푹 빠졌다는 점이다.

"에밀리."

롭이 다시 불렀다. 돌아보는 그녀의 눈빛은 베일 듯 날카로웠다. 롭이 동생을 대학 건물에서 데리고 나올 때 에밀리는 스무 살이었고, 더 이상 순진하다고 할 만한 나이는 아니었다. 대학이라는 곳에 가면 그런 순수함은 어느 정도 퇴색되곤 했지만, 그렇다고 세속적인 것도 아니었다.

에밀리는 작고 날씬했다. 모델 에이전시나 헐리우드 광고에서 흔히 볼 수 있는 소년 같은 몸매였다. 타고난 빨간 머리카락은 가운데가 살짝 갈라진 턱까지 닿았고 눈동자는 잿빛이었다.

겨울의 추위에 롭은 옷을 껴입고 있었다. 두터운 파카와 두툼한 장갑과 단열 작업복이 살을 에는 듯한 바람으로부터 체온을 지켜 주었다. 이제 막 내리기 시작한 진눈깨비가 세찬 바람을 타고 실려 왔다. 솜사탕 기계에서 돌아가는 설탕 바람 같았다. 하얀 가루가 나무기둥 껍질 틈새에 박혀 반짝거렸다. 금색 달빛이 헐벗은 나뭇가지를 내리쬐었다.

뼈를 찌르는 추위에도 아랑곳 않고 에밀리는 홀터넥 상의에 골반바지 같은 것을 입고 있었다. 종아리까지 눈이 쌓였지만 신발도 신지 않았다. 거의 모든 여자 대학생들이 부모나 오빠 몰래 입고 다니는 옷이었다.

그러나 에밀리는 지금 다른 욕망 때문에 그런 차림새를 한 것이었다. 옷을 껴입으면 악마가 이 세상에 붙잡힐 듯 말 듯 풀어놓은 아케인 에너지를 받아들이는 데 방해가 된다고 했다.

롭은 그 말을 믿지 않았다. 그는 과학자였고, 무게가 나가고 측량할 수 있는 것만을 믿었다. 마법은 롤플레잉 게임에나 나오는 것이었다.

모든 카발리스트가 그런 방법으로 몸을 통제하지는 않았다. 롭이 광신도라고 부르는 그들은 스스로를 카발리스트라고 불렀다. 롭이 만났던 카발리스트들은 모두 겨울옷을 입고 있었다.

"오빠."

에밀리가 자신이 단련한 괴상한 목소리로 불렀다.

"여기 있으면 안 돼."

"너도 마찬가지야."

롭이 반박했다. 그림자가 짙어지는 것이 보였다. 악마는 몸을 숨길 수 있는 그림자를 좋아했다.

"감기에 걸릴 거야. 집에 들어가는 게 좋겠어."

"너를 두곤 안 가."

그녀가 평화로운 얼굴로 말없이 시선을 돌려 보름달을 바라보았다.

"여기 있으면 오빤 안전하지 않아."

"그럼 너한테도 안전하지 않단 소리지."

"난 괜찮아."

롭이 단호하게 고개를 저었다.

"널 두곤 안 간다고, 엠[1]."

"알았어."

순간적으로 동생의 목소리가 4년 전, 대학 건물에서 데리고 나왔던 어린 그때처럼 들렸다.

"꼭 그래야겠다면 따라와. 하지만 문제가 생기면 도망가야 해."

에밀리가 걷기 시작했다.

"문제?"

롭이 따라가면서 물었다.

---

1) 에밀리의 애칭.

"무슨 문제?"

에밀리는 대답하지 않았다. 눈이 전혀 쌓이지 않은 것처럼 성큼성큼 걸었다. 드러난 맨살이 청록색으로 변했고, 롭은 문득 그 피부가 달빛 속에서 비늘처럼 보인다는 것을 깨달았다. 예전에도 그런 적은 있었지만 오늘 밤만큼 그렇게 뚜렷한 적은 없었다.

어떤 광신도들은 악마의 신체 부위를 자신의 몸에 접합했다. 그렇게 하면 그들의 능력이 증폭된다고 주장했다. 롭은 그럴 리가 없다고 생각했다. 유전학자로서 어떻게 그런 일이 가능한지 알 수 없었다. 이식된 조직을 받아들이는 쪽에서는 갑작스러운 DNA 변화가 일어나지 않는다. 능력이 예전에 비해 향상된다는 것도 광신도 그들의 말이었다. 그 변화가 유전 쪽이 아니라 아케인 같은 쪽이라면 알 수 없는 일이다.

"문제가 생길 거야."

에밀리가 단언했다. 롭은 무의식적으로 코트 주머니에 손을 찔러 넣어 외할아버지 것이었던 묵직한 웨블리 .455 리볼버를 만지작거렸다. 런던을 떠나기 전에는 무기 같은 것은 한 번도 만져 본 적 없었지만, 이제는 어떻게 다루는지 알 뿐만 아니라 능숙해질 때까지 연습도 해 두었다. 롭이 지적했다.

"그럼 돌아가야지."

"난 가야 해."

"왜? 누가 그러라는데?"

"내가."

순간 화들짝 놀란 롭이 코트 주머니에서 웨블리를 꺼내 들었다. 리볼버가 너무 커서 장갑을 낀 손가락으로도 방아쇠를 당길 수 있

3부: COVENANT(서약)

을 정도였다. 롭이 바로 옆 느릅나무에 드리운 그림자 속을 조준했다. 롭이 물었다.

"누구냐?"

"'탐구자' 오루스셔. 날 만나러 오신 거야. 무기를 치워, 오빠. 그럴 필요 없어. 친구들이야."

롭은 리볼버를 그대로 겨누고 있었다. 그러는 편이 마음 편했다. 롭은 절대로 그들을 친구라고 믿지 않았다.

탐구자 오루스는 나무 옆에 후드를 뒤집어쓰고 서서 롭을 바라보았다. 키가 크고 말랐으며, 겨울옷을 입고 있었는데도 쇠약한 것이 눈에 띌 정도였다. 여린 어깨 위로 머리가 유독 무거워 보였다. 오루스는 기다란 지팡이에 몸을 의지하고 있었다. 오루스가 말했다.

"날 두려워할 필요는 전혀 없습니다."

"동생을 지켜야 해서."

롭의 대답에 키가 크고 마른 남자가 웃음을 터뜨렸다.

"자신을 지키는 능력이라면 동생 쪽이 훨씬 뛰어날 텐데요."

"그 점에 대해선 우리 의견이 일치하지 않는군."

"그런 건 상관없습니다. 제 부탁으로 동생 분이 여기 나온 겁니다."

"왜지?"

오루스가 나무 그늘에서 나왔다. 과거에 입었던 어떤 부상 때문에 고통스러운 것이 분명했다. 적어도 신체 어디 한 군데에는 장애가 있는 것 같았다. 달빛이 그림자를 가르며 남자의 길쭉한 얼굴을 비추자 롭은 그가 곧 토할지도 모른다는 생각이 들었다.

이 광신도는 작은 악마의 뿔들을 콧등에서부터 두개골 사방으로 뻗도록 심었다. 기이한 여섯 가지 색깔 문신이 빡빡 민 머리를 뒤덮었고, 노란빛의 한쪽 눈은 머리에 비해 너무 컸다. 안와에 움푹 팬 흉터로 볼 때, 안구에 맞춰 뼈를 잘랐음을 알 수 있었다. 볼 양옆에 솟은 뿔 두 개가 아래로 구부러져 있었다. 그의 옅은 숨결이 회색 안개처럼 느리게 퍼져 나갔다.

"우리 중 누구에게도 없는 능력이 동생분에게 있기 때문입니다. 에밀리는 악마의 마음에 다가갈 수 있습니다."

롭은 남자를 계속 겨누고 있었다.

"당신이 내 동생 머릿속에 어떤 거지 같은 생각을 불어넣었는지는 모르겠지만-"

"저 사람들이 한 게 아냐."

에밀리가 말했다.

"정말로 악마의 마음에 접근했었어. 그래서 내가 오늘 밤 와 달라고 한 거야. 도와 달라고."

"뭘 도와줘?"

팔 끝에서 리볼버가 점점 더 무겁게 느껴졌다. 손이 떨리고 어깨가 아파 왔다.

"악마가 꿈에 나왔어."

에밀리가 나직하게 말했다.

"매일 밤 그래."

몇 달 만에, 아니 몇 년 만에 처음으로 에밀리는 롭에게 심란한 속내를 드러내 보였다.

"그게 어떤 의미인지 오빠는 이해 못 하겠지만 난 꿈을 통제할 수 있어야 해… 그러지 못하면 끝장이야."

3부: COVENANT(서약)

롭은 고통으로 목이 죄어드는 것 같았다.

"네가 할 일은, 여기에서 벗어나는 거야. 일단 이곳에서 떠나기만 하면, 에밀리―"

"그럼 다른 곳에 가서 악마 꿈을 꾸겠지."

에밀리가 롭의 말을 잘랐다.

"탐구자 오루스께서는 나를 도울 수 있다고 믿으셔."

롭은 마음이 흔들렸지만 저 광신도를 겨누는 리볼버를 거둘 수는 없었다.

"제발."

에밀리가 속삭였다.

"오빠, 부탁해. 이런 상태로는 오래 버틸 수 없어."

눈빛에 고통과 함께 공포가 서렸다.

"나 혼자서는 할 수 없어."

"내가 도울 수 있습니다."

오루스가 말했다.

"당신은 할 수 없는 일입니다."

롭은 할 수 없이 총을 내렸지만, 다시 주머니에 넣지는 않았다.

"어쩔 셈이지?"

문득 바람이 더욱 차가워진 것만 같았다.

"연결을 끊을 것입니다."

"그럼 어서 해 봐."

탁 트인 장소에 남기로 한 광신도의 선택에 롭은 놀랐다. 달빛을 받으며 일곱 명이 더 합류하자 롭은 또다시 놀랐다. 헐벗은 나뭇가지에서 작은 눈송이들이 떨어져 내렸다.

새로 온 자들 중에는 에밀리만큼이나 옷을 갖춰 입지 않은 남자도 둘 있었다. 두 사람의 살결 역시 비늘로 뒤덮인 듯했다.

오루스의 지시로 에밀리가 땅에 양반다리를 하고 앉았다. 광신도들의 리더는 그녀 앞에 쪼그리고 앉았다.

롭은 그 모습을 바라보면서, 악마가 나타난 이후로 얼마나 많은 사람들의 삶이 바뀌었는지 새삼 깨달았다. 도시에서의 나날과 가드너스 제네틱스 연구 개발 부서에서 일했던 나날은 사라졌다. 닐 게이먼과 이언 랭킨을 공부하며 문학도였던 어린 동생은 이제 괴상한 마법에 현혹되었다.

이제 에밀리는 마법사가 되었다. 롭은 동생이 마법 부리는 것을 보았었다. 생각으로만 물건을 움직이게 하고 어디에서든 불을 일으켰으며 놀랍도록 정확하게 사람들의 마음을 읽었다.

롭은 동생을 두려워하게 되었고, 그 사실이 안타까웠다. 동생이 그의 그런 감정을 느끼는 것이 분명했기 때문이다.

롭은 이런 무력감이 가장 싫었다. 런던을 도망 나온 직후 두 사람은 먹을 것을 찾아 떠돌아다녔지만, 에밀리는 광신도들과 어울리며 서서히 하지만 뚜렷하게 새로운 것에 흥미를 가지기 시작했다. 두 사람이 그 일로 다툰 후에도 에밀리는 광신도들에게서 빌려 온 고서 복사본들을 공부했다. 이전에 남매는 논쟁이란 것을 한 번도 해 본 적 없었다.

하지만 롭은 동생을 떠날 수 없었다. 두 사람이 함께 살던 런던에서 에밀리를 데리고 나오면서 스스로에게 한 약속이었다.

오루스는 로브에서 어떤 물건을 꺼내 에밀리와 그 사이에 놓았다. 옥으로 빚은 작은 등대처럼 생긴 것이었다.

"집중의 돌입니다."

광신도가 나직하고 부드럽게 말했다.

"저것을 통해 당신 생각에 접근하여 당신을 도울 겁니다. 생각을 통제하는 것을요."

"네."

가부좌를 틀고 두 손바닥을 하늘로 향해 무릎에 올린 에밀리가 대답했다.

"저것을 바라보세요."

오루스가 노래하듯 말했다.

"집중의 돌을 바라보며 당신 안의 꿈을 느끼세요. 그 힘을 풀어 주세요. 꿈을 좇으려 애쓸 필요조차 없습니다."

롭은 저런 말들이 아무 쓸모 없다고 생각했다. 스스로를 중요한 존재라고 느끼기 위한 소음일 뿐이었다.

"집중의 돌에 꿈을 불어넣으세요. 제가 그 꿈을 붙들어 끄집어내도록 도울 것입니다. 우리는 당신의 꿈을 함께 보고, 정복하여 당신을 안전하게 해 주는 장벽을 세울 것입니다."

하얀 눈밭에 놓인 옥 등대 조각이 어렴풋이 초록색으로 빛났다.

"예전에도 사람들은 자주 악마 꿈을 꾸었습니다."

오루스가 말했다.

"이런 일을 하기 위해서는 엄청난 에너지가 소비됩니다. 꿈을 꾸는 사람이 유리한 지점을 차지하지 않는 한, 그 에너지는 오로지 한 방향으로만 흐릅니다."

롭은 가까스로 화를 억눌렀다. 에밀리가 이런 일을 벌였다는 사실을 믿을 수가 없었지만, 에밀리의 힘은 진짜잖아. 완전히 말도 안 되는 짓은 아냐. 동생이 그런 기이한 힘에 휘둘리지만 않았다면, 지금 이러고 있지도 않았을 것이다.

"잘하고 있습니다."

오루스가 말했다.

"조금만 더요."

옥 등대가 갑자기 별처럼 밝게 빛났다. 주변의 땅이 몇 센티미터쯤 가라앉았다. 그 작은 조각상의 열기가 너무 농밀해서 눈이 녹은 것이었다.

롭의 목덜미에서 솜털이 삐죽 솟았다. 배 속이 부글거렸다. 이런 짓까지 할 필요는 없었다. 에밀리는 이미 악마의 힘에 너무 빠져 있었다.

"꿈을 향해 손을 뻗으십시오. 앞으로 끄집어내십시오."

희뿌옇고 뜨거운 녹색 빛이 등대에서 치솟아 올랐다. 너비가 60센티미터쯤 되는 연기구름 속에서 어떤 형체가 드러났다. 오루스가 침착하게 물었다.

"몇이나 보이십니까?"

"둘이요."

에밀리가 말했다.

"악마 하나와 여자 하나요. 여자는 악마에게 속박되어 있어요."

"어떻게 아셨습니까?"

"둘의 대화가 조금 들렸어요."

"더 집중하십시오. 제가 도와드리겠습니다."

롭 역시 연기와, 연기 속의 형체를 보았다. 녹색 연기는 깨끗했고, 계속해서 더욱 선명해지고 있었다. 그는 저도 모르게 에밀리를 향해 걸음을 옮겼다.

"만지지 마십시오."

오루스가 말했다. 화가 난 롭이 광신도를 노려보았다.

"지금 에밀리를 만지면 당신은 동생의 목숨으로 대가를 치를 것입니다. 그게 당신이 원하시는 겁니까?"

"아니."

"그렇다면 제 말을 들으십시오. 매우 위험한 의식입니다. 우리 둘 다에게요."

오루스가 번쩍이는 등대에 집중했다. 그는 차가운 눈보라에 휩싸여 있었지만 이마에는 땀이 맺혔다.

"에밀리."

"네."

"어디에 있는지 아시겠습니까?"

에밀리가 주저하며 얼굴을 살짝 찡그리자 롭은 아직 어린 소녀였을 때의 동생이 떠올랐다.

"지하예요."

"어디 지하죠?"

"모르겠어요."

"거기서 무엇을 하고 있습니까?"

"뭔가를 찾고 있어요."

"무엇이죠?"

오루스가 참을성 있게 물었다.

"모르겠어요."

"당신이 거기 있는 것을 악마가 압니까?"

"아뇨. 모르는 것 같아요."

"조심하셔야 합니다. 악마가 무엇에 주의를 기울이는지 시선을 떼지 말고 살피십시오. 언제나 그래야만 합니다."

"알겠어요."

롭은 등대가 심지어 더욱 밝아지는 것을 보았다. 열기에 주변 눈은 거의 다 녹아서 은빛 물웅덩이만 남아 있었다. 연기를 보던 롭이 순간 그 안으로 끌려 들어가는 것처럼 느꼈다.

롭은 눈을 깜박거려야만 할 것 같았다. 감았던 눈을 뜨자 지하 동굴에 있었기 때문이다. 오래전 외조부모의 집에 왔을 때 기어 들어갈 만한 크기의 동굴을 발견한 적이 있었다. 언덕배기에 아이들이 애써 파 놓았거나 바위가 옮겨져 생긴 듯한 작은 구멍들이었다. 그곳에는 곤충이 들끓었고, 아이들이 가져다 놓았을 법한 신기한 물건들이 남아 있었다.

롭과 에밀리는 그곳이 호빗의 집이라는 등, 위험한 적과 마주쳤다는 등 온갖 모험을 만들어 내며 재미있게 놀았었다. 그래 봤자 고작 몇 미터 정도 팬 구멍에 불과했었다.

하지만 두 사람 모두 이런 거대한 공간에는 와 본 적 없었다. 벽과 바닥, 머리 위로 10미터는 넘는 듯한 천장까지 모두 단단한 암석이었다. 어떻게 가능한 것인지는 알 수 없었지만, 롭은 짙은 어둠 속을 볼 수 있었다.

속임수야. 오루스가 나한테 최면을 건 거야. 롭은 깨어나려고 해 보았지만 할 수 없었다. 그는 꿈속 동굴에 갇혀 있었다.

"어디에 계십니까?"

오루스의 목소리가 롭 주위 허공에서 들려오는 것 같았다.

"모르겠어요."

에밀리가 반복해서 말했다. 롭이 오른쪽으로 돌아서자 동생이 보였다. 어둠 속에 서 있는 동생의 피부에 돋은 비늘이 눈부실 정도로 빛났다. 어쩌면 롭 자신의 눈이 이상해져서가 아니라, 이 빛 때문에 동굴의 암흑 속에서 볼 수 있는 것인지도 몰랐다. 롭이 내려다보자 그의 몸 역시 빛나고 있었다.

"혼자입니까?"

"오빠가 함께 있어요."

광신도는 놀란 듯했다.

"그가 거기 있으면 안 됩니다, 에밀리."

"난 무서워요."

"두려워하실 것 없습니다."

"아뇨. 지금 내가 두렵다고요."

롭이 주위를 둘러보았지만 오루스는 어디에도 없었다.

"에밀리, 거기 그분과 함께 있으면 안 돼요."

"난 오빠와 함께 있고 싶어요."

"그러면 안-"

"아뇨."

에밀리가 고개를 저으며 말했다.

"오빠는 여기 있을 거예요."

"난 여기 있을 거야."

롭이 말했다. 두 사람이 어떻게 여기까지 왔든, 적어도 이곳에서는 그가 동생을 보호할 수 있었다.

"동생이 하고 싶다는 대로 내버려두라고, 꼰대."

"당신은 지금 무슨 일을 하고 있는지 모릅니다. 어떤 위험을 초래하는지도요."

"네놈이 내 동생을 위험하게 할지도 모른다는 건 알지. 그리고 동생을 정말로 걱정하는 건 나뿐이라는 것도 말이야."

롭이 거칠게 말했다.

"내버려둬."

"에밀리, 주위를 둘러보세요."

오루스가 말했다.

"악마가 보입니까?"

"아뇨."

"찾아보세요. 필요하다면 제가 끌어내 드릴 수 있습니다."

롭이 동생의 비늘 돋은 차가운 살결을 붙잡았다.

"엠, 우린 여기 있으면 안 돼."

에밀리가 그를 올려다보았다. 얼굴에 고통과 공포가 서려 있었다.

"내 꿈을 멈출 방법을 찾아야만 해, 오빠. 악몽이 점점 심해져. 나는… 나는 악마가 무슨 짓을 하는지 봤어. 어떤 남자의 손을 잘라 내서는 다른 여자에게 주는 걸 봤어. 그 악마가 어떤 놈인지, 그리고 무엇을 원하는지 알아야만 해."

에밀리가 잠시 말을 멈추었다.

"부탁해."

동생의 심각한 모습을 보자 롭은 누그러졌다. 마음이 아팠다. 주머니에서 느껴지는 총의 묵직함에 어느 정도 안심이 되기도 했다.
"좋아, 엠. 한번 해 보자."
그가 리볼버를 꺼내 들었다.
"주변을 둘러보세요."
오루스가 말했다.
"악마는 틀림없이 그곳에 있습니다. 어디에 있는지 당신이 알아내야만 합니다. 그리고 그가 무엇을 좇는지도 알아야 합니다."
"네."
에밀리가 황량한 주변을 둘러보더니 왼쪽 터널로 이어지는 내리막길을 가리켰다.
"저쪽이야."

동생을 쫓아 지하로 향하는 입구 쪽으로 가자마자 롭은 처음 생각보다 동굴이 훨씬 크다는 것을 깨달았다. 길을 잃었다는 사실도 알았다. 눈에 띄는 어떠한 표지도 없었다.
"이제 내려가."
에밀리가 오른쪽으로 발걸음을 옮기며 말했다. 에밀리를 따라가려던 롭이 발을 헛디며 경사로를 6미터쯤 미끄러져 내려갔다. 여기저기 부딪쳐 온몸에 타박상을 입은 롭이 몸을 일으킨 후 호흡을 골랐다.
"괜찮아?"
"괜찮아."
롭이 숨을 길게 뱉었다.
"보기보다 가파르네."

"알아. 모든 것이 보이는 것과는 달라."

에밀리가 다시 발걸음을 옮겼다. 롭이 악착같이 뒤를 따라갔다. 얼마나 멀리까지 왔는지 알 수 없었다.

"어디인지 알 것 같아, 엠."

"어딘데?"

에밀리가 걸음을 멈추고 사방을 다시 확인해 보았다. 제정신이 아닌 것 같았다.

"악마가 런던을 떠나지 않았다고 가정한다면 여기가 바로 런던 아래일 거 아냐."

우리 역시 런던을 떠날 거라는 생각은 한 적 없었지만. 롭이 생각했다.

"그래서?"

"론디니움[2]. 여긴 론디니움이 분명해."

론디니움은 템스강 북쪽에 건설되었던 고대 로마의 도시였다. 롭은 최근 발굴된 이 유적에 매료되었었다. 악마가 나타나기 직전, 고고학자들은 지상에 드러난 폐허 아래 묻혀 있던 고대 도시에서 완전히 새로운 구역을 발견했었다.

에밀리가 이리저리 얽힌 터널을 따라 길을 이끌었다. 이번 터널 벽에는 문자가 새겨져 있었다.

"엠, 기다려."

벽으로 돌아선 롭은 눈앞이 얼마나 잘 보이는지 새삼 놀랐다.

"내 능력을 빌려줘서 그래."

---

[2] Londinium, 고대 로마제국의 도시로 현재 런던의 기원이라고 추측된다. 기원전 브리튼섬에 침입했던 로마인이 기원 후 1세기경 건설했으며 당시 교통의 요지였다.

에밀리가 롭에게 다가서 말했다.

"그래서 이렇게 캄캄한데도 보이는 거야."

롭이 동생을 바라보았다.

"넌 어둠 속에서도 볼 수 있다는 거야?"

"응."

에밀리가 그 정도는 아무것도 아니라는 듯 대답했다. 게다가 지금 동생이 아무것도 없는 허공에서 불을 일으키는 모습은 훨씬 인상적이었다. 롭은 생각을 떨치려고 애썼다. 과학자인 그로서는 받아들일 수 없는 일이었다. 악마도 마찬가지였다. 놈들을 다른 차원에서 온 외계인이라고 여기는 것 역시 쉽지는 않았다. 그 또한 받아들이기 힘든 일이었다. 롭이 벽을 가리켰다.

"이 문자 보여?"

"오빤 읽을 수 있어?"

"라틴어야. 물론 읽을 수 있지."

롭은 라틴어를 공부했었다.

"'죽은 자들의 땅으로 가는 길'이라고 쓰여 있어."

"기운 나는 말은 아니네, 그렇지?"

롭은 동생에게 쓸데없는 말을 한 것이 미안했다.

"그러게, 그러네."

"적어도 여기에서 골룸과 마주치진 않겠지."

에밀리가 밝게 말하자 롭이 기억하던 예전의 그 에밀리가 언뜻 겹쳐 보였다.

"서두르자, 그럼. 빨리 끝낼수록 빨리 돌아갈 수 있어."

에밀리가 롭의 손을 꼭 붙들더니 가던 방향으로 계속해서 나아갔다.

잠시 후 롭은 왜 이 터널이 '죽은 자들의 땅으로 가는 길'이라고 불렸는지 알 수 있었다. 터널 끝으로 나오자마자 지하 묘지가 나타났던 것이다. 한가운데에는 작은 연못이 있었다.

둘러싸인 벽들은 온통 크게 패여 있었고 그 틈마다 곰팡이 핀 해골이 있었다. 어떤 해골은 직물 의복을 걸쳤지만 다른 해골들은 원시적인 갑옷을 걸치고 있었다. 거의 모든 해골 옆에 청동 방패와 무기가 놓여 있었다.

"여긴 고고학자들의 꿈이군."

롭이 묘 하나로 다가가더니 무릎을 꿇고 해골과 무기를 찬찬히 살펴보았다.

"난 여기 있기 싫어."

동생의 목소리에 깃든 근심에 롭이 올려다보았다.

"괜찮아, 엠. 여기 이것들은 모두 죽었어."

에밀리는 가슴 앞으로 팔짱을 꼈다. 롭 역시 갑자기 소름이 돋았다.

롭도 들은 적 있었다. 조금 늦게 런던에서 도망쳐 나온 사람들이 전한 이야기였다. 악마들이, 적어도 어떤 악마들은 죽은 자들을 무덤에서 일으키고 전투에서 쓰러진 자들까지 소생시킨다는 것이었다. 그 이야기가 사실인지는 알 수 없지만 믿지 않을 이유도 없었다.

롭은 일어나 동생에게로 갔다.

"괜찮아."

그가 동생을 살짝 안았지만 에밀리에게서 강한 힘이 느껴져 어색했다. 동생은 변하기 시작하면서부터 롭보다 훨씬 힘이 세졌다. 에밀리가 그를 바라보았다.

"난 이 일을 해야만 해, 오빠. 기필코."

동생이 그의 생각을 읽은 것이 분명했다. 그저 짐작일 수도 있었지만.

"쉿, 괜찮아. 지금 그런 얘길 할 필요 없어."

"오빤 달라지지 않을 거야. 카발리스트들이 말해 줬어. 우리가 이 모든 힘들을 이용할 수 있다고 말이야. 오빤 저 사람들을 믿지 않지만, 난 믿어야만 해. 오빠나 나, 둘 중 한 사람은 바뀌어야만 하고. 그래야 둘 다 살아남을 수 있을 거야."

롭은 뭐라고 해야 할지 알 수 없었다.

"오빠가 변하는 쪽이라 하더라도 나보다 더 강하진 못했을 거야."

에밀리가 거친 손으로 오빠의 뺨을 어루만지며 살짝 미소를 지었다.

"나는 이 일을 위해 태어난 거야, 오빠. 나는 악마의 힘을 익힐 수 있어. 그리고 그렇게 할 거야."

롭은 몸을 부르르 떨며 동생에게서 떨어졌다. 이대로 동생을 놔두고 떠나고 싶다는 마음을 어쩔 수 없었다. 무슨 일이 있어도 에밀리는 예전에 그가 잘 알던 동생으로 다시는 돌아오지 않을 것이 분명했다.

에밀리가 상처받은 표정을 지었다.

롭은 스스로를 바보라고 욕했다. 동생은 다른 사람의 생각을 읽을 수 있었다. 지금 이 생각 또한 읽었을 것이다. 그는 재빨리 할 말을 떠올려 보려고 했지만 아무 말도 떠오르지 않았다. 에밀리가 돌아서서 걸음을 옮겼다.

롭이 동생을 따라 동굴 중앙 호수로 갔다. 가까이 가자 고고학자들이 어째서 이 동굴까지는 발견할 수 없었는지 알 수 있었다. '화마'가 시작되자 템스강도 영향을 받았다. 수위가 낮아진 것이었다. 그 때문에 강물이 북해로 흘러 들어가는 대신, 이제는 바닷물이 유입되고 있었다. 소금물이 섞인 강물은 결국 마실 수 없게 되어 버렸다. 런던의 생존자들은 우물과 빗물에 의존해야만 했다.

강물이 마르자 동굴들이 드러나기 시작했다. 호수도 더 이상 호수가 아니었다. 한때 이 동굴 역시 호수에 잠겨 있었을 것이고, 이제 모습을 드러낸 것이었다.

에밀리기 불쑥 걸음을 멈추자 롭이 동생 곁에 섰다. 저 멀리 비추는 불빛이 호수에 반사되고 있었다. 눈부시게 밝은 백열 빛이 공중에 떠 있었고, 그 속에서 예상하지 못했던 두 형체가 보였다.

롭은 한 번도 악마의 실물을 본 적이 없었다. 정신없이 런던을 도망쳐 나올 때에도 에밀리를 데리고 곧장 외조부모의 농장으로 향했었다. 차에 넣을 휘발유를 구하러 다니는 동안 세인트 폴 대성당과 런던 시내를 휩쓰는 괴물들의 모습을 텔레비전으로만 보았을 뿐이었다.

악마는 적어도 2.5미터는 되어 보였다. 이마에 돋은 야만적인 뿔을 더하면 더욱 커 보였다. 가득 난 상처 때문에 얼굴은 더욱 흉측했다. 역도 선수보다 우락부락한 근육질 몸에는 마치 불이 붙은 듯한 붉은 비늘이 덮여 있었다. 커다란 도마뱀 비늘 같은 것으로 만든 듯한 푸른빛이 도는 녹색 갑옷이 가슴과 두 팔, 허벅지를 보호했다. 한 손에는 거대한 흑요석 삼지창을 들고 허리춤에는 칼집을 차고 있었다.

놈과 함께 있는 여자는 또 다른 광신도였다. 여자는 가슴과 엉덩이를 가리는 갑각류의 껍질 같은 갑옷을 걸치고 캔버스 재질로 만든 어두운 색깔 바지를 입고 있었다. 머리에는 뿔 네 개가 달렸는데 뒤쪽으로 말려 얼굴을 보호하듯 감싸고 있었다. 마치 철창 같았다. 온몸의 피부를 뒤덮은 문신도 보였다. 오른쪽 팔뚝에서는 휘어진 뼈가 툭 튀어나왔고 손은 왼손과 달랐다. 은빛이 도는 회색 손은 굉장히 새하얗게 빛나고 있었다.

여자가 묘 사이를 어슬렁거리면서 뼈와 썩어 버린 천 조각, 갑옷을 땅에다 내동댕이치고 있었다. 금속이 돌바닥에 부딪쳐 쨍그랑거렸다.

"내 꿈에 계속 나오던 악마야."

에밀리가 나직하게 말했다.

그런 건 꿈이 아니야. 롭이 생각했다. 악몽이지.

놈은 거리에서 리포터들이 생생하게 전달하는 뉴스에 나왔던 악마들만큼 거대하지는 않았지만, 그 안에 깃든 사악함이 느껴졌다.

"저에게 보여 주십시오."

오루스가 지시했다. 광신도는 계속해서 묘를 뒤지고 있었다.

"찾아라."

악마가 거칠게 말했다.

"틀림없이 여기 있을 것이다. 저주받았다고 생각한 로마인들이 여기에 가져와 버렸을 테니."

광신도는 갑자기 한 자리에 얼어붙은 듯 멈추더니 손에 글라디

우스[3]를 들고 한 발 물러섰다.

"이건가요?"

여자가 검을 악마에게 보이며 물었다.

"이거죠?"

악마가 손을 뻗었다. 놈이 만지려 하자 검에서 보랏빛 불꽃이 튀어 오르며 소용돌이쳤다.

"그렇군."

롭은 곧바로 그 검을 알아보았다. 겨우 60센티미터 남짓한 글라디우스로 무장한 로마 군인들은 전 세계를 무릎 꿇리며 최전성기를 누렸었다. 칼자루인 카풀루스는 상아와 청금석, 흑요석으로 화려하게 세공되어 있었다. 주인이 누구였든 관리였거나 주요 인물이었을 것이다.

에밀리가 양손 검지와 엄지로 삼각 모양을 만들었다. 그리고 그 사이로 두 생명체를 응시했다. 롭은 그 여자를 인간이라고 부르고 싶지 않았다.

악마가 고양이처럼 날렵하게 돌아섰다. 에밀리에게서 사악한 시선이 멈추었다.

"너는 누구냐?"

악마가 물었다. 순간 롭은 얼어붙었지만 곧 에밀리의 팔을 붙들었다.

"달려! 지금이야! 달려!"

롭이 동생을 바짝 끌어당기며 왔던 방향으로 향했다. 절대 달아

---

3) 로마 군인이 사용하던 검.

날 수 없을 것 같았다. 악마가 흑요석 삼지창을 허공에 휘두르며 두 사람에게로 달려왔다. 흐릿한 물결이 파도치듯 형태를 갖추더니 롭과 에밀리를 덮쳤다. 롭은 들이닥치는 파도를 보면서도 어떻게 해야 할지 알 수 없었다.

곧 그 힘이 두 사람을 때렸다. 롭은 온몸의 뼈가 산산조각 나는 것 같았다. 비명을 지르려고 했지만 폐에는 충분한 숨이 남아 있지 않았다.

세상이 온통 새까매지는가 싶더니 갑자기 다시 하얘졌다. 롭은 눈 덮인 땅에 곤두박질쳤다. 그러고는 속수무책으로 데굴데굴 굴러 소나무에 부딪쳤다. 롭은 어지러움을 떨치며, 에밀리가 그의 뒤를 이어 어디에선가 불쑥 나타나는 모습을 보았다.

등대는 녹은 눈 웅덩이에 놓여 계속해서 녹색 불빛을 뿜어내고 있었다. 어두운 밤을 밝히는 신호등 같았다.

롭은 숨을 삼키며 몸을 일으켰다. 온몸의 통증을 견디며 에밀리에게 달려갔다. 눈을 뒤집어써 얼어붙을 것처럼 추웠다.

"무슨 짓을 하신 겁니까?"

오루스가 지팡이를 짚으며 힘없는 두 다리를 일으켰다.

"아무 짓도 안 했어, 재수 없는 자식 같으니라고."

롭이 거칠게 말했다.

"악마가 우리를 발견하고 이상한 힘 같은 걸로 공격했다고."

그는 차마 '마법'이라고 할 수는 없었다. 에밀리는 20미터쯤 날아와 바닥에 내동댕이쳐지지 않았다는 듯 가볍게 몸을 굴려 일어섰다. 그녀가 몸을 떨자 정전기가 방전된 것처럼 눈가루가 흩뿌려졌다.

"악마가 당신을 보았습니까?"

롭이 욕을 퍼부어 줄 작정으로 빙글 돌아섰지만, 그가 입을 열기 전에 에밀리가 차분하게 대답했다.

"네. 봤어요."

"누구였죠?"

"빌어먹을, 악수나 하면서 서로 소개하는 자리가 아니었다고."

롭이 에밀리에게 돌아섰.

"이제 가자. 여기가 얼마나 안전한진 몰라도 너무 오래 있었어."

낡은 농장에서 4년이나 버틴 것만 해도 운이었다.

"모르겠어요. 제가 읽었던 악마 책에서는 보지 못했어요."

"좋지 않군요."

오루스가 고개를 저었다.

"그 악마가 당신을 표지했을까요?"

"그런 것 같지는 않아요."

"엠."

롭이 애원했다.

"이 망할 자식이랑 스무고개나 하고 있을 시간 없다고."

에밀리가 그를 바라보았다.

"오빠, 우리가 악마에 대해서 배운다는 건 말이야, 악마를 통제할 수 있다는 뜻이야. 우리는 악마의 힘을 이용해서 세상을 좀 더 나아지게 할 수 있어. 런던으로 돌아가서 싸울 수 있다고. 그리고 승리할 거야. 놈들이 아는 것을 배우기만 하면 말이야."

"아냐. 저 자식들 때문에 그렇게 믿게 된 것뿐이야. 하지만 사실이 아니야. 너는 악마의 힘을 배울 수 없을 거야. 너도 봤잖아. 악마가 침공하던 날 무참하게 죽은 군인이랑 경찰들을."

"그 사람들은 준비되어 있지 않았어."

에밀리가 차분하게 말했다.

"우린 준비될 거야."

"그런 일은 준비할 수 없어. 불가능해."

"아냐, 가능하-"

애끓는 듯한 날카로운 소리가 갑자기 숲을 크게 울렸다. 롭이 귀를 틀어막으며 어디에서 나는 소리인지 찾았다. 고막이 터질 것만 같았다. 마침내 롭은 옥 등대에서 나는 소리라는 것을 깨달았다.

오루스 역시 그 사실을 눈치챘는지 걱정스러운 눈빛으로 물러섰다. 그러고는 무어라고 중얼거리면서 등대로 손을 뻗었다. 등대는 번쩍이는 에너지 파동에 맞은 듯 세게 흔들리더니 총성 같은 굉음을 내며 터졌다. 옥 조각이 나무기둥과 나뭇가지에 맞고 튕겨 나왔다.

다음 순간, 동굴에서 보았던 악마가 나타났다. 놈은 분노에 차서 알아들을 수 없는 언어로 으르렁거렸다.

카발리스트들이 몸을 돌려 나무 사이로 도망쳤다. 오루스 역시 달아나려고 했지만 악마가 삼지창을 날려 그의 가슴에 꽂아 버렸다. 오루스가 발버둥 쳤지만 삼지창은 그를 눈 덮인 땅 깊숙이 박았다. 오루스는 그대로 고개를 떨구었다. 몸에서 흘러내리는 피가 눈을 적셨다.

롭이 다시 에밀리를 붙잡았다. 악마가 에밀리에게로 돌아서며 손을 휘둘렀다. 번쩍이는 힘이 파도처럼 뻗어 나와 에밀리를 덮쳤다.

에밀리의 몸이 갑자기 뻣뻣해졌다. 눈에 보이지 않는 손아귀에 붙들린 것 같았다. 동생의 손을 붙든 롭의 손으로 전기가 찌르르 흘렀다. 곧 손에서 힘이 빠져나가더니 롭은 땅에 내동댕이쳐졌다. 그가 일어나려고 했지만 근육에 아무런 감각이 없었다.

롭은 에밀리의 몸이 꼿꼿하고 뻣뻣해지는 모습을 무력하게 지켜보았다. 에밀리는 몇 미터 허공으로 떠올라 동상처럼 꼼짝도 하지 않았다. 어떤 힘에 사로잡힌 것이 분명했다. 눈에서 진홍빛 눈물이 흘러내렸다. 그 액체가 피라는 사실을 롭이 깨닫는 데에는 시간이 조금 걸렸다.

다음 순간 에밀리의 머리가 터졌다.

공포로 질린 롭이 몸을 일으켜 풀숲을 달렸다. 도망칠 수 있을 시 그도 알 수 없었다.

1장

 그림자는 안전을 의미한다. 대부분의 경우 그렇지만 만약 그림자가 그 속으로 숨어든 자를 먹어 치우려고 한다면, 또는 무언가가 그 안까지 공격해 들어온다면 그림자는 더 이상 안전한 곳이 아니다. 그 속에서 스스로를 지킬 수 없다.
 레아 크리시는 이제 막 하려는 일에 대해서 긍정적인 생각만 하려고 했다. 어떤 순간에라도 죽을지 모른다는 생각은 잠행에 도움이 되지 않았다. 은신은 가장 든든한 동맹이었다.
 레아는 런던 그리니치 반도 남동쪽 골목을 천천히 걸어갔다. 이제 런던에는 악마가 손을 뻗치지 않은 구역이 거의 없었지만, 인간 대부분이 런던 밖으로 탈출하자 악마 역시 사냥감을 찾아 런던을 떠났다.
 때문에 한동안 이곳에 악마 순찰자들은 자주 출몰하지 않았다. 레아는 악마가 사냥을 하러 떠났음을 경험을 통해 알 수 있었다. 놈들은 경비나 순찰 같은 것에는 흥미를 느끼지 못했다. 그런 일에는 피가 끓어오르지 않는 듯했다.
 골목을 반쯤 내려가자 외벽에 지그재그로 비상계단이 설치된 34층 건물이 나타났다. 레아는 힘과 스피드를 끌어올려 주는 가볍고 유연한 검정색 슈트를 머리끝부터 발끝까지 입고 있었다.
 강화 헬멧은 총알을 비롯해 정면에서 타격해 죽음에 이르게 할지도 모르는 온갖 것을 막아 주었다. 최근에는 이 헬멧 덕분에 악마의 발톱에 얼굴이 찢기는 일도 면했다. 통신 집합체와 시야 강화 장치도 장착되어 있었다.

배낭에는 여분의 군수품과 식량이 들어 있었다. 묵직한 포세이돈 스나이퍼 라이플을 등에 사선으로 메고 있으면 그 익숙한 느낌에 안심이 되었다.

"블루 스카우트, 본부다."

한 여자의 목소리가 들려왔다. 이번 야간 작전을 지휘하는 사령관 제인 하그로브(레아 조직 사령관)였다.

"위치로 갔나?"

"곧 도착합니다."

레아가 슈트에 연결된 플러스플렉스 나노와이어를 이용해 가볍게 3미터를 뛰어 올라갔다. 그녀의 최첨단 슈트는 그 어떤 군용 장비보다도 뛰어났다.

하지만 오직 레아만이, 이 슈트가 템플러 갑옷의 방어력과 맹렬한 공격력에 비할 바가 못 된다는 사실을 알고 있었다. 비밀 작전에서 사용했던 그 어떤 장비보다 쓸 만했는데도. 템플러는 갑옷 도안을 군에 넘기긴 했지만, 가장 좋은 것만은 오로지 그들의 비밀로 남겨 두었었다. 레아는 그들을 비난할 수 없었다. 그들이 마주할 작정이었던 적을 생각해 볼 때, 그들은 누구보다도 강해야만 했던 것이다.

레아가 사다리를 붙잡고 가볍게 몸을 끌어 올렸다. 슈트가 근력과 스피드를 강화해 주었기 때문에 올림픽 금메달리스트보다도 신체 기능이 뛰어났다. 레아는 거의 아무런 힘도 들이지 않고 어둠 속에서 서른세 층 계단을 뛰어 올라갔다. 런던 전체의 전력은 세인트 폴 대성당에 헬게이트가 열리던 날 모두 끊겼다.

옥상에 도착한 레아는 포세이돈 스나이퍼 라이플을 등 뒤에서 미끄러뜨린 후 지붕 위를 기어갔다. 부츠 바닥과 무릎, 팔꿈치 패드에 내장된 액체 밸런스가 거친 지붕 표면에서도 상처 입지 않고 소리 없이 움직일 수 있게 해 주었다. 마찰력 없는 무기물질인 이 액체는 그럼에도 촉각까지 무디게 하지는 않았다. 레아는 지붕이 거칠다는 느낌은 받았지만, 통증은 전혀 없었다.

레아가 배를 깔고 엎드려 아래의 하얀 돔 건물을 내려다보았다. 런던 사람들은 그 건물을 간단히 '오투'라고 불렀다. 원래 이름은 밀레니엄 돔이었고 런던의 세 번째 밀레니엄을 기념하여 올린 건물이었다. 불행하게도 투자자들이 기대했던 것만큼 고수익 사업이었던 것 같지는 않았다. 결국 이곳은 스포츠 경기가 열리는 엔터테인먼트 센터이자 쇼핑몰로 탈바꿈했다.

하얀 돔은 폴리테트라플루오로에틸렌이라는 합성 불소 수지 재질로, 돔 내부 공기보다도 가벼웠다. 여러 개의 지지 케이블이 지붕을 제자리에 고정했다. 그러나 지금은 돔 여기저기 구멍이 뚫려 마치 망가진 말벌 둥지 같았다.

그럴 수밖에 없었다. 하그로브의 정보원들은 다크스폰들이 여기 진지를 구축하여 무기를 제조하고 있다고 했다.

레아의 임무는 이곳을 파괴하는 것이었다.

정말 파괴할 수 있다면 말이지만.

아마도 최선은 놈들의 계획을 늦추는 정도일 것이다.

"블루 스카우트."

하그로브가 다시 호출했다. 말투에서 날카로움이 묻어났다. 어쩌면 두려움일지도 몰랐다. 4년이 넘도록 악마와 싸웠지만 공포는 사그라들지 않았다.

"도착했습니다."

레아가 포세이돈 개머리판에 뺨을 대며 말했다. 전자 장비가 즉각 연결되며 라이플 조준경이 우안에 맞춰졌다. 좌안으로는 계속해서 아래 거리를 살펴보았다. 수년간의 훈련을 통해 레아는 눈을 깜빡이지 않고도 좌안과 우안으로 번갈아 볼 수 있었다.

"좋다. 드론을 투입한다."

레아가 한 손으로 헬멧 측면의 제어 패드를 눌렀다. 좌안에 가벼운 녹색 필터가 씌워졌다. '드론봇 추적 기능'을 통해 왼쪽 시야로 진투 지역에 노출된 아군을 식별할 수 있었다.

주변에 녹색 불빛 수십 개가 즉각 나타났다. 조직의 기술로 개발한 봇과 드론들이었다. 공습 전에는 컴퓨터 시뮬레이션에서나 돌아가던 프로토타입에 불과했지만, 이제는 비교적 손쉽게 운용할 수 있었다. 그저 충분히 빠르게 생산할 수 없을 뿐이었다.

어떤 봇들은 소형 비행기처럼 날았고, ATV 같은 대형 타이어를 장착한 봇들은 바위투성이 지형에서도 재빠르게 달렸다. 어떻게 보면 아이들이 가지고 노는 전쟁 장난감 같기도 했지만, 어떤 장난감도 그만큼 치명적이지는 않았다. HARP 라이플, 화염방사기, 수류탄 투척기, 그 외에도 여러 중화기로 무장한 이 봇들은 사이버 살상 부대 요원들이 조작했다.

레아는 눈앞에 나타난 여러 타깃들을 순간적으로 구분해야 했다. 그녀는 숨을 크게 내쉰 후 최면 상태에 가깝게 긴장을 풀었다.

처음 스나이퍼 훈련을 받을 때 익힌 방법이었다.

첫 번째 봇 무리가 파도처럼 밀려오더니 적들을 향해 적외선 빔을 쏘았다. 그 뒤를 드론들이 바짝 쫓으며 지정된 목표물을 향해 발포했다.

레아는 침착하게 적외선 조준경으로 첫 번째 타깃을 추적했다. 폐허가 된 돔 안에 얼마나 많은 다크스폰들이 있는지 아무도 몰랐다. 한때 수천 명이 쇼핑하고 스포츠 경기를 관람하던 곳이었다.

다크스폰은 얼핏 불가사리처럼 보였다. 회녹색 피부에 머리는 뾰족한 원뿔 모양이었으며 납작한 얼굴에는 눈이 여러 개였다. 커다란 세 발가락에 돋은 도마뱀 같은 발톱은 무엇이든 찢고 가를 수 있었다.

레아의 손가락이 본능적으로 포세이돈의 방아쇠를 휘감았다. 타깃이 정확하게 조준되자 방아쇠를 당겼고, 반동에 몸이 튕겼다. 에너지 빔 한 줄기가 뻗어 나가 폭발했다. 기술자들은 이 에너지를 '스펙트럼'이라고 불렀다. 인간과 악마의 전자기장과 전기장을 교란했기 때문이다.

그 충격으로 다크스폰이 뒷걸음질 쳤다. 레아가 다시 쏘자 놈이 뒤로 넘어지며 일어서지 못했다. 추적 드론 한 대가 공중에 멈추더니 쓰러진 다크스폰의 머리 위에서 '그리스의 불'을 내뿜었다. 화염에 휩싸인 악마가 데굴데굴 구르며 불길을 잡으려고 애썼지만, 곧 목숨이 끊어졌다.

레아는 다음 타깃을 정했다. 다크스폰 정찰병이었다. 이번 작전은 지휘본부가 카발리스트에게서 입수한 정보를 바탕으로 세운 것이었다. 레아가 알아낸 템플러 쪽의 정보도 마찬가지였다. 사이먼 크로스는 레아가 그들의 정보에 접근할 수 있도록 해 주었었다.

레아가 방아쇠를 반복해서 당겼다. 반동을 버티면서도 타깃을 놓치지 않았다. 다른 건물들에도 스나이퍼들이 배치되어 있었다.

그들 모두가 덤으로 주어진 시간을 살고 있었다. 레아는 알고 있었다. 레아의 다음 타깃이 된 마지막 다크스폰이 바닥에 쓰러져 다시는 일어서지 못했다.

"이 녀석아, 서둘러."

3급 엔지니어 제프리 베이커는 간절했다.

"일어나. 일어나서 움직이라고. 거기 그렇게 누워 있다간 파괴될 거라고."

베이커는 밀레니엄 돔 안에서 드론과 봇들을 조작하고 있었다. 눈앞에서는 전투 드론 하나가 몸체를 일으키기 위해 헛되이 다리를 버둥거렸다.

"어서. 다쳤지만 아직 죽진 않았다고."

베이커는 뒤집힌 차량 뒤에 몸을 숨기고 있었다. 드론은 망가지고 부서져 녹이 슬었다. 그토록 훈련을 했지만 녹이 퍼져 나가는 것은 막을 수 없다. 목숨을 걸고 싸우는 전장 한가운데였지만 그는 당장이라도 달려 나가 주황색 녹을 닦아 내고 싶은 충동을 억누를 수 없었다. 금속에게 녹은 암과 같았다.

베이커가 오른 팔뚝에 덮개를 씌워 장착한 조종 장치를 두드렸다. 드론의 자가 수리 프로그램을 작동시키는 왼손 손가락이 터치 스크린 위에서 춤추듯 움직였다. 드론은 짧게 회전했지만 큰 손상을 입은 것이 분명했다. 연구실로 가져가야만 했다.

나노다인 쇼크스톰 때문에 일어난 불꽃이 위협적일 정도로 가까이에서 치솟았다. 베이커는 본능적으로 몸을 숨긴 후 오른손으로 F-S 레일건[4]을 꺼내 들었다.

쇼크스톰이 발생시킨 전기 에너지에 휘말린 다크스폰이 어둠을 뚫고 베이커가 있는 곳까지 날아왔다. 날카로운 발톱이 코앞을 지나갔다.

베이커는 4년 동안이나 악마와 싸우는 훈련을 했음에도 겁에 질렸지만, 훈련받은 대로 정확히 레일건을 들어 발포했다. 그것이 훈련의 성과였다. 교관은 바로 이 때문에 훈련을 해야 하는 것이라고 그에게 반복적으로 말했었다.

레일건이 베이커의 손 안에서 크게 반동했다. 열화 우라늄탄이 악마의 가죽을 뚫고 들어가 반대편에 큰 구멍을 내면서 튀어나갔다. 상처에서 끔찍한 자줏빛 피가 흘러나왔다. 지독한 썩는 냄새가 곧바로 퍼지며 쇼크스톰이 뿜어내는 오존의 악취를 압도했다.

악마가 뒤로 넘어졌다. 탄환이 놈의 한쪽 발을 절단한 것이었다.

"이봐, 베이커."

젊은 엔지니어 뒤에 있던 검은 슈트를 입은 요원이 말했다.

"다리를 쏘다니 멋진걸. 저 더러운 놈이 바둥거리는 꼴을 보라고."

"나는-"

베이커가 입을 열었지만 말을 이을 틈도 없었다. 요원이 그의 어깨를 두드리더니 다른 위치로 이동했다.

마음을 가라앉힌 베이커가 다시 건물 안 드론들에게로 주의를

---

[4] 전기 에너지를 추진 운동 에너지로 바꾸는 총포.

돌렸다. 리부팅은 완료되어 있었다. 베이커는 이제 조종하던 억제 봇의 '눈'을 통하지 않고 그의 눈으로 직접 드론을 보았다.

'상체'만 보자면 드론은 언뜻 인간 같았다. 머리는 360도로 돌아갔다. 어두운 곳에서도 열적외선으로 앞을 비추었고 두 팔에는 XMS10 잭해머 샷건을 장착했다. 하반신 쪽에는 궤도형 바퀴가 장착되어 있었다.

드론은 두 팔로 지탱하고 몸체를 밀어 올렸지만, 다크스폰이 불타는 에너지 탄환을 쏘기 시작했다. 베이커는 그 무기가 무엇인지 제대로 알아볼 수 없었다. 이제 악마들은 인간이 미처 파악하지 못할 만큼 많은 무기를 사용했고, 계속해서 새로운 무기들을 생산했다.

에너지 탄환이 드론을 뒤로 내동댕이쳤다 베이커는 드론에게 연결된 심링크(sim-link)를 조작해 다시 일어나 움직이도록 했다. 베이커는 억제 봇의 뷰포인트를 통해 드론이 양손을 내밀어 몸체를 일으키는 모습을 지켜보았다.

"좋아."

베이커가 혼잣말을 했다. 온몸으로 안도감이 밀려왔다. 그는 억제 봇에게 한 바퀴 돌며 주변을 확인하라고 지시했다.

F-S 나이트사이트가 장착되긴 했지만 돔 내부는 너무 어두워 억제 봇들은 겨우 4.5미터 앞만 식별할 수 있었다. 하지만 다행히 음파탐지기를 사용할 수 있었다. 베이커가 음파탐지기로 전환하자 단안경을 통해 떼를 지어 서성이는 악마들이 보였다.

그는 드론에게 마음껏 포격하라고 지시했다.

드론이 즉시 무기를 장전했다. 그는 전장 한가운데에서 한 발

떨어져 주변을 유심히 살펴보았다. '이름이 부여된 악마(카렐로스)'가 이 무기 공장을 관리하는 듯했지만 그것까지 알아내는 것은 무리였다.

건물 안을 정찰하던 봇의 레이저 추적기에 6미터 남짓 떨어진 다크스폰이 포착되었다.

좋아, 저놈을 쓰러뜨리자.

억제 봇은 악마의 움직임을 늦추는 데에 활용되었다. 드론처럼 중화기를 장착하진 않았지만 음파와 마이크로파를 송출해 악마의 장기를 뒤집었고 시야가 흐려지게 했다. 악마로서는 대단히 고통스러울 것이다.

다크스폰이 무기를 들었으나 다음 순간 억제 봇이 최대 출력으로 놈을 강타했다. 다크스폰은 옆으로 튕겨 나가면서도 가까스로 몸을 추슬러 똑바로 섰다.

베이커의 손가락이 터치패드를 보지 않고도 미끄러지듯 움직였다. 그가 또 다른 억제 봇의 렌즈로 드론을 보았다. 드론은 장착된 중화기 샷건인 잭해머를 들어 발사했다. 탄창을 갈아 끼운 후 또다시 발포했다.

샷건의 매끈한 금속 탄환은 아주 작았고 적의 살을 파고 들어간 후 폭발했다. 탄환의 반은 '그리스의 불'로, 나머지 반은 액체와 반응하는 플라스틱 폭발물로 채워져 있었다. 적의 피가 부서진 탄환에 닿으면 순식간에 터지는 원리였다.

악마의 가슴에 난 깊은 상처에서 불길이 치솟더니 곧장 폭발을 일으켰다. 상체가 거의 움푹 패다시피 한 다크스폰이 팔다리를 아무렇게나 늘어뜨리고 뒤로 넘어지며 바닥에 부딪쳤다.

베이커는 봇과 드론들을 돔 안쪽으로 더 깊숙이 보냈다. 눈앞에 보이는 것에 무섭도록 집중한 나머지, 곁에 무언가 다가왔다는 사실을 깨달았을 때는 너무 늦었다.

자신을 지켜보는 눈빛을 느낀 베이컨이 단안경 탓에 시야가 제한된 오른쪽으로 고개를 돌렸다. 블레이드 미니언(Blade Minion)이 그를 보고 히죽 웃고 있었다. 2미터가 넘는 키에 머리와 어깨가 널찍했다. 어두운 녹색 갑각류 껍질 같은 것으로 뒤덮여 곤충 같았다. 커다란 팔뚝에는 송곳 같은 것이 솟아 있었다.

레일건을 들어 올리려는 순간 블레이드 미니언이 그의 슈트를 뚫고 심장까지 스파이크를 찔러 넣었다. 주먹이 가슴에 바짝 닿은 것으로 보아 등 뒤로 몇 센티미터 정도 뚫고 나간 것이 분명했다.

숨을 쉬려고 했지만 할 수 없었다. 드론과 봇들은 응답을 받지 못하자 전쟁터 한가운데 허공에서 멈추었다. 베이커는 절망스럽게 그것들을 불러들이려고 애썼다. 하지만 제때 도착하지 못했다. 어둠 속에서 무언가가 튀어나와 봇 하나를 강하게 때렸다.

봇의 전원이 꺼지는 것이 마치 약해지는 자신의 숨결 같았다. 그가 다시 한번 숨을 들이켜 보려 했지만 실패했다. 이제 그의 폐는 피로 가득 차 있었다.

내 엄호조는 어디에 있지?

누군가 그를 지켜보고 있어야만 했다. 무릎이 접히며 시야가 작은 점처럼 좁아졌다. 그가 본 마지막 광경은, 블레이드 미니언을 발견한 스나이퍼가 뒤늦게 놈의 머리를 박살 내는 것이었다.

2장

 좀비들은 도시 밖에서는 통제하기가 어렵단 말이야.
 워런 시머는 화가 나 등 뒤에서 따라오는 좀비 마흔여 마리를 돌아보았다. 길이 좁은 도시에서는 적든 많든 무리 지어 움직일 수 있었다.
 워런은 이곳이 싫었다. 예전부터 런던 밖으로는 거의 나가지 않은 데다가 켄트 지방은 처음이었다. 지금은 로더강을 따라 롬니마시를 향해 켄트 깊숙이 들어와 있었다. 소금기를 품은 늪지의 악취가 너무나 짙고 공기가 무거워 숨을 쉬기가 힘들 정도였다.
 나무를 거의 볼 수 없는 지역이었지만 떡갈나무와 오리나무가 몇 그루씩 모여 꿋꿋하게 자라고 있었다. 나무 대부분이 눈에 덮여 있었다. 깨끗하고 새하얀 눈이 도시 외곽 전원에 펼쳐진 위험한 늪지와 구덩이들을 감추어 눈앞 풍경은 티끌 한 점 없이 순결해 보였다.
 워런은 얼마 안 되는 언데드 무리를 주요 도로에서 꽤 떨어진 곳으로 이끌었지만 그래도 길과 로더강이 시야에서 벗어나게 하지는 않았다. 이 길을 따라 이어지는 지역에서는 아직 사람들이 꽤 힘들게 삶을 부지하고 있었다. 아직 악마들이 이렇게 멀리까지는 미치지 못한 것이었다.
 도시에서 도망쳐 나온 생존자들이나 농장에서 지내는 사람들이 좀비들과 함께한 그를 본다면 경계할 것이 분명했다. 즉시 공격해서 죽이려 들지도 몰랐다.

워런이 망토를 더 단단히 여몄다. 런던이 악마로 들끓긴 했지만 그래도 따뜻하기는 했다. 할 수만 있었다면 이런 추위 대신 그 고마운 온기를 택했을 것이다.

'화마'가 대지를 죽이고 템스강을 메마르게 하지만 않았더라면…….

워런은 망설이지 않고 나아갔다. 자신이 찾는 것이 무엇인지는 알 수 없었지만 한참 더 가야 한다는 것만은 분명했다. 워런은 계속해서 다리를 움직이며 발아래에서 얼어붙은 풀들이 바스락거리고 꺾이는 소리를 들었다.

"곧 해가 져. 어디에서든 밤을 보내야 해."

나오미가 말했다. 나오미는 요즘 들어 꽤 믿을 만한 동료가 되어 있었다. 4년 전 처음 만났을 때 나오미는 그보다 아케인 힘에 대해 더 잘 알았지만 그가 메리힘에게 속박된 이후 아니, 더욱 적절히 표현하자면 메리힘에게 인질로 붙잡힌 이후론 워런이 스승이었고 나오미가 학생이 되었다.

나오미는 그보다 두어 살 많았다. 아담하고 건강하며 아름다운 나오미는 매력적이었다. 정상적인 세상에서라면 워런이 절대 만나지 못했을 그런 여자였다. 악마가 나타난 이후 그나마 워런에게 일어난 긍정적인 일이라고 할 수 있었다.

나오미의 몸에는 문신과 피어싱이 가득했다. 휘어진 짧은 뿔 두 개가 이마에 솟아 있었다. 카발리스트로서 악마의 길을 따랐고, 놈들의 외양을 흉내 낸 것이었다.

워런은 그런 것은 원하지 않았다. 처음 마주친 날 메리힘은 워런을 공격해 온몸에 심각한 화상을 입혔었다. 평범했던 검은 피부는 녹아내려 흉측해졌었다. 머리카락도 잃었고 두피에 심한 흉터가 남았었다. 하지만 이제 그 모든 것은 사라졌다. 언젠가부터 머릿속에 머무르는 목소리가 그를 도와준 덕분이었다.

그럼에도 끝내 손은 되찾지 못했다. 템플러 사이먼 크로스가 그의 손을 자르는 바람에 너무 많은 피를 흘렸었다. 그러자 메리힘이 자신의 손을 주었다. 악마의 손은 워런의 몸을 바꾸어 놓았다. 몸이 손에 딱 맞는 그릇이 되어 버린 셈이었다. 메리힘이 손을 다시 가져간 이후에도 워런은 여전히 변한 모습 그대로였지만, 목소리가 그에게 다른 손을 주었다. 새로운 손은 공포가 아닌 생경한 아름다움을 담고 있었다. 은으로 제작된 의수는 전문 시계공이 디자인한 것 같았고, 아주 작은 부품과 이리저리 연결된 케이블로 이루어져 있었다. 게다가 마법 또한 깃들어 있어 예전의 진짜 손처럼 유연하고 자연스럽게 움직였다. 가장 놀라운 점은, 무언가를 만지면 그 감촉이 느껴진다는 사실이었다.

"내 말 들었어? 밤에 쉬었다 갈 거냐고."

"안 쉬어."

워런이 대답했다. 그런 건 불가능했다. 목표한 것을 찾기 전에는 쉴 수 없다고 머릿속 목소리가 그에게 말하고 있었다.

"계속 가야 해."

"난 추워."

나오미가 힘든 건 이해되었지만 무시할 수밖에 없었다. 워런 역시 지금 해야만 하는 일이 전혀 마음에 들지 않았다. 따뜻한 불가에 앉아서 재밌는 책이나 읽고 싶었다.

대신에 그는 호위를 위해 일으켜 세운 좀비 무리와 함께 소금기 가득한 진창을 걷고 있었다. 별이 가득한 하늘에는 반달이 떠 있었다. 도시에서는 밤에 몸을 숨길 수 있었지만 이런 곳에서는 불가능했다.

그뿐만이 아니었다. 워런은 나오미에게 화가 치솟는 것을 꾹 참고 있었다. 두 번째로 손이 잘렸을 때 나오미는 워런 혼자 이겨 낼 만큼 회복되었다는 확신이 들 때까지만 머물렀을 뿐, 곧 그를 떠났다. 그러고는 겨우 몇 주 전에 돌아왔다. 도시를 수색 중이던 그를 발견한 나오미는 새로운 손은 어디에서 얻었느냐고 물었다. 워런은 말해 줄 필요가 없다고 생각했다.

"좀비가 또 엉뚱한 데로 가잖아."

나오미가 아이처럼 신통을 부렸다.

"알아."

워런이 곶 꼭대기에서 걸음을 멈추고 뒤를 돌아보았다. 런던을 떠날 때 좀비 60여 마리를 무덤에서 일으켰었다. 지금은 40마리도 채 남지 않았다.

그가 택한 곳은 오래된 묘지였다. 가장 최근에 매장된 무덤도 80년 전 것이었다. 연고가 없거나 가난한 사람들을 위한 공동묘지였다. 장의사들이 시신에 방부제를 가득 채우지 않아서 놈들은 뼈가 드러나고 머리카락 한 올, 살점 하나까지 썩어 있었다. 지난 몇 년 동안 워런은 이런 좀비들이 포름알데히드나 다른 화학물질로 보존 처리된 시신보다 더 오래 버틴다는 것을 알게 되었다.

"이리 와."

워런이 좀비들을 향해 아케인 에너지를 밀어 내듯 명령했다. 좀비들이 하던 일을 멈추고 그를 향해 돌아섰다. 달빛과 별빛이 눈이 있었던 구멍과 이가 부러진 입을 비추었다. 워런은 순간 대초원의 개들을 다룬 텔레비전 특집 방송이 떠올랐다. 좀비들도 그 개들과 마찬가지로 번뜩이는 순간적인 주의력을 보였다.

잠시 후 놈들이 워런에게 다가왔다. 몇몇은 나무 사이에서 나왔다. 키 큰 갈대에 가려 보이지 않던 놈들도 있었다. 놈들이 덤불 속에서 움직이자 주위로 하얀 눈가루가 소용돌이치며 흩날렸다.

이렇게 넓고 트인 곳에서 좀비를 행진시키는 것은 고양이들을 몰고 가는 것과 꽤 비슷하다는 생각을 워런은 떨칠 수 없었다.

"더 많이 모일 때까지 기다렸어야 했다."

나직한 목소리가 노래하듯 머릿속에서 울렸다.

"내 제안을 따랐어야 해."

워런은 반박하지 않았다. 그가 런던에서 시체 부대를 조직한 일은 그녀의 계획에 없었던 것이 분명했다. 그는 메리힘에게 그랬던 만큼 그녀에게 완전히 매이지 않았지만, 그런 사실을 결코 드러내지 않았다.

그녀의 이름은 릴리스였다. 아담의 두 번째 아내. 신화에 따르면 릴리스는 악마와 뱀파이어를 비롯해 밤을 배회하는 온갖 어두운 존재의 어머니였다.

워런은 릴리스에 대한 이야기를 전부 알지는 못했다. 메리힘의 명령으로 훔친 신비한 책을 통해 우연히 만난 것이었다. 메리힘은 책에 대해 잊었고 릴리스는 그 사실을 이용했다. 릴리스는 자신이 충분히 강하지만 아직은 메리힘을 물리칠 준비는 되지 않았다고 말했다.

자신을 두 번이나 손쉽게 짓밟은 메리힘과 맞설 것을 생각하면 워런은 겁에 질렸고 속이 뒤틀렸다. 릴리스가 시키는 일을 전부 그대로 하지는 않더라도 그녀로부터 완전히 벗어나고 싶지는 않았다. 그것만은 분명했다. 워런은 릴리스의 보호가 필요했다.

뒤처진 좀비들까지 곶 아래로 합류하자 워런은 세 놈을 가리키며 명령했다.

"앞장서라."

세 좀비가 무리에서 떨어져 나와 롬니마시를 향해 다시 걸음을 옮겼다. 곧 한 놈이 널리 펼쳐진 소금 웅덩이들 중 하나에 빠져 사라졌다가 잠시 후 지저분한 수렁에서 기어 올라왔다. 하지만 모두가 바닥을 알 수 없는 늪에서 올라올 수 있는 것은 아니었다.

워런이 잠시 기다리다가 수렁에 빠지지 않도록 좀비가 남긴 발자국을 짚으며 걸음을 내디뎠다. 눈이 쉬지 않고 내리며 그들 주위에서 휘몰아쳤다.

나오미가 워런 곁에서 나란히 걸었다. 워런은 나오미가 거기 있다는 사실이, 그녀의 기분이 좋지 않다는 사실이 버거웠다. 무엇보다도 이번엔 나오미의 마음을 너무 쉽게 읽을 수 있었다. 나오미가 말했다.

"우리가 뭘 찾으러 가는 건지 말 안 해 줬어."

"맞아."

나오미가 마음에 들지 않는다는 듯 한숨을 쉬자 차가운 바람 사이로 입김이 뿌옇게 흘러나왔다.

"허허벌판 한가운데야. 말해 줘도 어디 가서 이야기할 데도 없다고."

워런이 나오미를 바라보며 괜히 데려왔나 새삼 생각했다.

"저 여자는 문제를 일으킬 것이다."

릴리스였다. 그녀는 휘몰아치는 눈발 한가운데서 갑자기 나타나 워런과 나란히 걸었다. 릴리스는 나오미보다 키가 컸다. 거의 워런만 했다. 우윳빛 피부는 눈과 구분되지 않을 정도로 새하얘서 길고 검은 머리카락과 새까만 눈동자가 돋보였다. 릴리스는 소매가 넓게 펼쳐지고 가슴이 깊이 파인 하늘거리는 긴 드레스를 입고 있었다. 살을 에는 듯한 바람에도 옷과 머리카락은 전혀 흐트러지지 않았다.

나오미는 릴리스를 볼 수 없었다. 릴리스는 거기 없었다. 적어도 육체적인 형체는 없었다. 그렇게 나타나는 모습이 워런에게는 보였지만 그 외 다른 누구에게도 보이지 않았다. 워런은 그것이 책 때문인지 은빛 손 때문인지 아직도 확신하지 못했다.

"워런."

나오미가 말했다.

"듣고 있어?"

"저 여자를 데려오지 말았어야 했다."

릴리스가 말을 이었다.

"알았다고."

워런이 대답했다. 두 여자 모두에게 하는 말이었지만 둘 모두 그 대답을 마음에 들어 하지 않았다.

"날 믿지 않는다면 왜 데려온 거야?"

"네가 필요할지도 모르니까."

"뭣 때문에?"

"몰라."

"어이없네."

달빛이 드리운 그림자 속에서 릴리스는 잔인한 미소를 띠었다.

"저 여자는 말썽을 일으킬 거라고 하지 않았느냐. 지금이라도 떠나게 하는 게 나을 것이다. 아니면 죽여 버리든가."

워런은 고민되었다. 최근에는 폭력으로 해결하는 것이 정상으로 느껴지려 했다. 헬게이트가 열리기 전에 그리고 악마가 넘어오기 전에는 그렇지 않았다. 싸움이 일어날 것 같으면 항상 도망쳤었다. 그 결과 자신이 믿었던 거의 모두로부터 이용만 당했었다.

"어이없지 않아."

워런이 말했지만 그 역시 비슷하게 느꼈다. 어째서 이 멀리까지 와야만 했는지 릴리스가 그에게도 말해 주지 않았던 것이다. 그저 여기 와야 한다고만 했을 뿐이었다. 워런이 말했다.

"여기 뭔가 있어."

"어떻게 알아?"

"느껴지니까."

워런이 금속 손을 들어 올렸다.

"여기를 통해."

나오미가 무언가를 말하려고 하다가 그 손을 빤히 쳐다보더니 입을 다물었다. 워런은 악마가 휘두르는 아케인 힘을 더욱 능숙하게 다룰 수 있다는 것을 증명해 보였다. 지금 그에겐 새 손이 있었고 그의 능력은 예전에는 범접하지 못했던 새로운 차원에 접어들었다.

"좋아."

나오미가 입고 있던 긴 코트를 여미며 결국 수긍했다.

"그래도 하루라도 더 빨리 찾을 순 없을까?"

거의 얼음에 덮여 눈에 띄지 않는 늪지 구덩이로 좀비 하나가 또 떨어졌다. 놈이 검은 물속으로 가라앉기 전에 얼음이 빠직하고 깨지는 소리가 들렸다. 이번 좀비는 돌아오지 못했다.

인근에서 피어오르는 회색 연기가 별빛 가득한 밤하늘을 집어삼켰다. 워런을 끌어당기는 느낌은 바로 그곳을 향하고 있었다.

릴리스가 다시 그의 곁으로 걸어와 차분하게 말했다.

"서둘러야 할 것이다. 미행당하고 있군."

3장

사이먼 크로스는 지금 하려는 일이 싫었다. 어느 모로 보나 정당하지 않았다. 희생자에게는 아무런 기회가 없을 것이다. 유일하게 좋은 점은, 순식간에 죽음에 이를 것이라는 사실이었다. 희생자라는 단어 말고 더 적합한 표현도 없었다.

고기야. 사이먼이 생각했다. 사람들을 위해 식량을 마련하는 거야. 그들을 책임져야 하니까.

암사슴은 1.5미터 남짓 떨어진 곳에 있었다. 말라비틀어졌지만 아직 죽지는 않은 풀 몇 포기가 드러날 때까지 섬세한 발굽으로 눈을 파헤치고 있었다. 겨울이 온 후로도 땅은 아직 완전히 얼어붙지 않았다. 약해진 대지는 간신히 목숨을 부지하고 있었다.

수사슴 한 마리도 언덕 경사면에 모습을 드러냈다. 사슴들은 발굽과 주둥이로 땅을 파헤쳤다. 몇몇 암사슴은 봄이면 태어날 새끼를 품었는지 몸이 무거워 보였다. 적어도 아직은 번식이 가능했다.

우리가 모두 잡아먹어 멸종하지만 않는다면 말이지.

사이먼이 생각을 바꾸었다. 최근 몇 달 동안 식량은 매우 현실적인 위협이 되었다. 은거지에 준비한 수경 재배 시스템은 인구 증가를 따라가지 못했다. 요새를 확장하고 더 많은 수경 재배 탱크를 건설하는 데에는 시간과 자재가 들었다.

은거지 인구가 계속해서 증가한다는 것은 큰 문제였다. 폐허가 된 런던과 인근 지역에서 템플러들은 여전히 생존자들을 데려왔고, 아기도 태어났다. 악마가 세상을 위협하는 이런 상황에서 아기를 가진다는 것을 사이먼은 믿을 수 없었지만, 그런 일은 일어났다.

집중해. 그가 생각했다.

암사슴은 여린 순을 먹고 있었다. 악마의 존재를 믿지 않았던 사이먼은 템플러의 생활 방식을 버리고 런던을 떠난 후 한동안 남아프리카공화국에서 가이드로 일했었다. 동물을 추적하고 사냥하는 법은 잘 알았다. 그에게는 썩 잘 맞는 일이었다. 템플러로서 익혔던 기술 덕분에 금세 익숙해질 수 있었다.

대개는 동물을 카메라에 담고 싶어 하는 사람들을 안내했다. 동료 가이드였던 손드라 매킨타이어는 살생을 좋아하지 않았다. 그는 손드라와 꽤 마음이 맞았고, 돈도 부족하지 않게 벌었지만 그저 재미로 사냥을 하려는 이들을 위해 일하는 것은 견딜 수 없었다.

그가 사냥하는 동물은 때로 그를 공격하기도 했었다. 힘과 스피드, 그리고 본능에 있어서 사이먼은 결코 놈들에게 뒤지지 않았지만 관광 상품으로 '이미 포획해 놓은' 동물들을 사냥하는 일에는 절대 개입하지 않았다. 몇몇 지역에서 행해졌던 사냥은 진짜 사냥이 아니었다. 도축이었다.

그 동물들은 트로피나 다름없었지만 이놈들은 트로피가 아니야. 식량이 되어 줄 거야.

사이먼은 자신이 옳다는 것을, 필요한 일을 하고 있다는 사실을 잘 알았다. 그러나 여전히 기분은 좋지 않았다. 더 마음에 들지 않는 것은 갑옷을 입고 있다는 점이었다. 갑옷을 입고 이런 '사냥'을 한다는 것은 불명예나 같았다.

짙은 파란색과 은색 팔라듐 갑옷을 입은 사이먼은 자신의 일격이 주전투전차의 장거리포만큼이나 강할 것임을 알았다. 근력과 스피드가 초인적으로 향상된 사슴은 이제껏 마주쳤던 어떤 포식자보다도 강하고 빠를 것이다.

악마를 제외하곤 말이지. 악마의 먹잇감이 된다면 나에게 당하는 것보다 끔찍할 거야.

"사이먼."

네이선 싱이 갑옷의 통신회선으로 호출했다.

"말해."

"할 거야 말 거야, 친구?"

네이선 싱은 그와 함께 사냥을 하러 온 템플러들 중 한 명이었다.

"'인간이 공격할 때'에 나오는 그런 대학살을 하고 싶어 죽겠는 건 아니지만, 이렇게 서성거린다고 일이 더 쉬워질 것 같진 않아서 말이지."

사이먼이 한숨을 쉬었다.

"알아."

"그럼 할 일을 하고 집으로 가자고."

집.

그 말이 사이먼의 마음속에서 울렸지만 더 이상 그런 행복한 꿈은 꿀 수 없었다. 세상이 예전으로 돌아갈 것이라는 가능성은 지난 수년 동안 옅어졌고, 이젠 과거가 되었다.

"좋아."

사이먼이 말했다.

"잡을 때마다 수를 센다. 필요한 만큼만 잡자고. 할당량에 이르면 살생은 멈추는 거야."

사이먼이 마음을 굳게 먹고 오른손에 단검을 쥐었다. 등에는 템플러의 검을 차고 있었지만 사슴 사냥에 꺼내 들지는 않을 것이다. 다른 템플러들도 마찬가지일 것이다. 모두들 썩 괜찮은 칼을 쥐고 있었지만 축복을 내린 템플러 무기는 꺼내지 않았다.

"시작한다."

사이먼이 가장 가까이에서 풀을 뜯는 암사슴에게 쏜살같이 달려들었다. 아까부터 점찍어 둔 놈이었다. 사슴은 사이먼이 다가오는 소리도 듣지 못했다. 그리고 죽음을 깨닫기도 전에 옆구리를 찔렸다. 단검이 곧장 심장을 갈랐다. 사슴이 무릎을 꿇고 쓰러지자 사이먼은 시체에서 검을 뽑았다.

사이먼도 빨랐지만 대니얼이 한발 앞서 사냥에 성공했다. "하나."
대니얼이 말했다.

"둘."
사이먼이 응답했다.

"셋."
보이드 리스터였다. 바로 뒤이어 네이선이 말했다.

"넷."

그때 사슴 무리가 눈 덮인 땅을 뛰어 달아나기 시작했다. 필사적인 움직임에 근육이 단단히 긴장했고 금방이라도 터질 것 같았다.

템플러들은 사냥의 기세를 늦추지 않으며 계속해서 쓰러뜨린 사슴의 머릿수를 세었다.

3분도 되지 않아 사냥은 끝났다. 사이먼은 속이 뒤틀리고 토할 것 같았다. 안전해진 사슴 무리는 이제 런던의 남서쪽으로 달리고 있었다. 최근 들어 살고자 하는 모든 생명은 그쪽으로 향했다.

사이먼이 갑옷 HUD를 통해 주변을 360도로 살펴보았다. 등 뒤로 사슴 시체들이 보였다. 갑옷 AI의 측량에 따르면 사냥 구역은 반경 400미터가 채 되지 않았다.

사이먼은 죽어 쓰러진 것이 사슴 17마리가 아니라고 애써 생각했다. 그것은 은거지 사람들에게 필요한, 그들에게 가져가야 하는, 1톤이 넘는 붉은 육고기였다.

그가 허리를 굽혀 눈을 한 줌 잡아 검날을 깨끗이 닦았다. 진홍빛 피가 씻겨 나가며 땅에 떨어졌고 그만큼 검은 깨끗해져 갔다. 검집에 검을 넣은 사이먼이 마지막 희생자의 시체로 몸을 숙였다. 어깨에 짊어진 사슴의 무게는 140킬로그램에 육박했지만 거의 느껴지지 않았다. 사이먼은 사냥 구역 한가운데로 걸음을 옮겼다.

템플러들은 나무에 사슴 시체를 매달았다. 그 모습이 터무니없게도 마치 나무에 열린 과일처럼 보였다. 템플러 모두가 악마를 어떻게 처치하는지 알고 있었다. 첫 걸음마를 뗀 이후 거의 곧바로 훈련을 시작했지만, 동물의 시체를 손질하는 법을 아는 이들은 거의 없었다. 사이먼은 그들 대부분에게 방법을 가르쳐 주어야만 했다.

사이먼과 네이선을 비롯한 여섯 템플러가 사슴을 손질하는 동안 대니엘과 다른 세 템플러가 보초를 섰다. 사이먼은 작업을 서둘렀다. 발치에 김이 모락모락 올라오는 내장이 쌓여 갔다.

- 경고.

AI가 침착하게 알렸다.

- 공격 감지.

사이먼이 HUD를 통해 다가오는 날렵한 형체들을 보았다. 악마가 정말로 이 세상을 침공하기 전에는 보는 즉시 놈들의 정체를 알 것이라 확신했었지만, 이제는 틀릴 수 있다는 사실을 너무 잘 알았다. 침공 이후로 4년이나 지났지만 아직도 악마들을 전부 알지 못했다. 새로운 놈들이 계속해서 넘어오고 있었다.

"침략자를 식별하라."

사이먼이 지시했다.

- 카니스 루푸스입니다.[5]

"늑대다."

대니엘이 말했다. 사이먼이 그들에게로 다가오는 형체들을 바라보았다. 평범한 늑대는 위협이 되지 않았다. 놈들의 발톱이나 이빨은 절대로 갑옷을 뚫지 못했지만, 악마가 섞여 들어온 후 모든 종이 예전 그대로인 것은 아니었다. 묘지에서 비틀거리며 사람들을 공격하는 시신들을 보면 알 수 있었다.

붉은 줄무늬가 그려진 진회색 갑옷을 입은 네이선이 옆에 섰다. 183센티미터 남짓한 그는 사이먼보다 10센티미터 작았고 그보다 어깨가 살짝 좁았으며 좀 더 날렵했다. 서부 총잡이 같은 콧수염을 기르고 검은 머리카락은 짧게 잘랐으며 왼쪽 어깨부터 팔뚝까지 용 문신이 있었다.

"저놈들이 공격할까?"

네이선이 물었다. 달빛 속에 까맣게 잠긴 투구에서는 핏빛처럼 붉은 선만이 드러났다. 갑옷의 원래 색이 무엇인지 그저 짐작만

---

[5] Canis lupus, 회색 늑대. 개과 동물로 남쪽으로는 시마이 사막, 북쪽으로는 북극에 이르는 넓은 지역에 분포한다.

할 수 있을 뿐이었다.

"아니."

사이먼이 재빨리 대답했다. 그들의 목소리는 갑옷 밖으로 나가지 않았기 때문에 늑대들은 그들이 인간인지 확신할 수 없을 것이다.

"배가 고픈 걸 거야. 호기심이거나."

"공격하지 않으면 좋겠네. 더 이상 피를 묻히고 싶은 기분이 아니거든."

네이선의 목소리가 공허하게 들렸다. 그의 갑옷 겉에 피가 말라붙어 있었다. 사이먼이 침묵으로 동의했다. 그러고는 단검으로 배를 가르며 다음 사슴을 손질하기 시작했다.

"조사에 따르면 우리가 은거지에 정착한 후 이 지역 늑대 개체가 증가했다는군. 번식 때문인지 '화마'를 피해 다른 지역에서 옮겨 온 것인지는 아직 확인되지 않았고."

"그게 왜? 중요해?"

"유럽에서는 2000년대 초에 회색 늑대를 의도적으로 번식시켰어. 문명 때문에 늑대가 거의 멸종해 버렸었거든."

"그런 포식자들이 다시 증가하고 있다는 거군."

"헬게이트가 열린 후 4년 동안은 그랬지. 조만간 상황이 또 달라질 거야. 사슴 개체 수가 줄어든다면 늑대는 이제 인간을 먹겠다고 결정해 버릴지도 모르지."

사이먼이 검을 놀리는 데 집중하며 그의 말이 어떤 파장을 일으킬지에 대해서는 생각하지 않으려고 애썼다.

"만약 정말로 그렇게 된다면 런던과 교외에서 도망쳐 나온 사람들이 살아남기는 더 힘들어질 거야. 게다가 이곳뿐만 아니라 다른 지역에서도 같은 현상이 일어나고 있을지 모르니까."

"만약 이곳에서 포식자가, 그러니까 악마 외의 포식자가 증가하고 있는 거라면 세상 나머지 지역은 어떨지 궁금하다는 건가?"

"그런 거지."

사이먼이 인정했다.

"늑대가 악마 고기에 길들여지기를 바라야겠군."

"그렇지. 그냥 바라기만 하는 게 아냐. 늑대 같은 포식자들이 어쩌면 '화마' 밖에서 더 큰 위협이 될지도 모른다는 생각이 들어. 이 지구에서 인간만이 지배종이던 시절은 끝났어."

수년 동안 새로운 뉴스를 듣지 못했지만 사이먼은 헬게이트들이 다른 나라에서도 열렸다는 사실을 알고 있었다.

"전투는 한 번에 하나씩. 그렇게 전쟁에서 승리하는 거야."

네이선이 말했다.

"알아. 그저 돌파구가 필요하다는 생각이 들어. 한동안이라도 악마와 대등한 입장에 서게 해 줄 무언가가 말이야."

"머코머 교수가 아직 《게티아》를 연구하고 있잖아. 그 괴짜팀이 조만간 뭐라도 발견할 거 같아."

아치볼드 하비어 머코머 교수는 사어(死語) 전문가였다. 그 결과 악마학자 비슷해졌고 헬게이트가 열리기 전까지 파리 정신병원에 갇혀 있었다. 이후 병원이 개방되자 거리로 내몰린 사람들 대부분이 그대로 목숨을 잃은 것은 명백했다.

머코머는 운이 좋았다.

레아 크리시와 관련된 누군가가 머코머를 사이먼에게 데려다주고자 협상해 왔었다. 교수는 사이먼의 아버지인 토머스 크로스를 알았다. 또한 그 누구도 전쟁을 외면할 수 없다는 것을 알 정도로 템플러 조직에 대해서도 충분히 알고 있었다.

언더그라운드에서 로크 가문의 수장으로 있는 테렌스 부스는 한동안 머코머를 감금했었다. 사이먼은 머코머를 구해 내야 했고, 그 과정에서 형제와도 같았던 템플러와 맞섰다.

머코머는 《게티아》의 필사본이 숨긴 비밀을 어느 정도 밝혀냈다. 솔로몬왕이 쓴 그 책에는 악마에 맞서기 위한 신비롭고도 과학적인 방어책이 기술되어 있다고 했다. 템플러의 지난 역사 어디에서도 그런 언급은 찾아볼 수 없었다.

사이먼은 그런 방어책에 너무 큰 기대를 걸 수는 없었지만, 정말로 그런 것이 존재하기를 바라는 희망만은 어쩔 수 없었다. 그에게 의지하는 사람들이 너무 많았다. 그는 실패할 수 없었다.

"하던 일이나 계속하자."

사이먼이 단호하게 말했다.

"대니엘과 템플러들이 지켜보고 있을 거야."

"저 늑대들이 어쩌면 우리가 먹을 걸 남기기를 참을성 있게 기다려 줄지도 모르지."

사이먼도 그러길 바라며 돌아서서 사슴 손질에 몰두했다. 검날은 손쉽게 살을 갈랐다.

"사이먼."

대니엘이 나직하게 불렀다.

"응?"

"문제가 생겼어."

"뭔데?"

"동쪽에서 소규모 래비저(Ravager; 악마 종족. 파괴자, 약탈자) 무리가 접근 중이야."

4장

　레아는 블레이드 미니언이 젊은 엔지니어의 몸에서 팔뚝의 스파이크를 확 잡아 뽑는 모습을 포세이돈 조준경으로 포착했다. 베이커는 죽은 것이 분명했다. 이번 일격으로 목숨이 끊긴 것이 아니라면, 이미 그전에 다른 악마의 손에 목숨을 잃은 것일 수도 있었다. 팀의 누구도 그를 살릴 수 없었다.
　침착해. 할 일을 해. 레아가 생각했다.
　나 때문에 죽은 거야. 다른 데를 보느라 악마가 접근하는 걸 놓친 거야.
　블레이드 미니언의 가슴팍에 스나이퍼들의 십자 조준선이 어른거렸다.
　우리 일에서는 사람들이 죽게 마련이다. 레아의 사수는 첫 만남에서 이렇게 말했었다.
　"우리 일에서는 사람들이 죽게 마련이다. 자네는 그런 일에 뛰어든 것이다. 애국심 때문이든 돈 때문이든 사람들은 죽는다. 자네 자신을 위해서라면 둘 모두인 것이 좋겠지. 생사의 균형을 맞추는 이 일에 자네가 한몫하길 바란다."
　그날 두 사람은 사망한 젊은 요원의 시체를 회수하고 있었다. 몇 주 동안이나 잔혹하게 고문당하다가 참수된 남자였다. 사수의 작전명은 와인더였고, 레아는 그의 진짜 이름이나 그 외 정보는 하나도 몰랐다.

"구조팀이 이 불쌍한 녀석을 구출하지 못했다. 그의 시신을 온전히 수습하지도, 불쌍한 어머니가 품에 안을 수 있을 만큼도 되찾지 못했지만, 그전에 그들이 할 수 있었던 단 한 가지가 있었지."

레아는 기다렸다. 죽음이 두려웠고 화가 났으며 속이 뒤틀렸다. 자신이 어떻게 행동해야 할지 알 수 없었고 와인더는 그에 대해 어떠한 단서도 주지 않았다.

"그들은 이 비열한 나라를 떠나기 전에, 아프리카를 벗어나기 전에 생사의 균형을 맞추었다. 하찮은 반군 지도자는 벌레 밥이 되었지."

와인더가 젊은 요원의 시신을 바라보았다.

"이 일에서 자네가 바랄 수 있는 전부가 무엇인지 아나? 누군가 자네를 위해 죽음을 되갚아 줄 것이라는 사실이다. 자네가 나약하거나 운이 없어 목숨을 잃을 경우 말이다."

레아는 말없이 선 채 시신을 바라보았다.

"어쩌면 자네에게 이런 일은 절대 일어나지 않을 거라고 생각할지도 모르지. 자네가 그 정도로 훌륭하고 운이 좋다고 말이야. 심지어 정말로 그렇게 믿을 거야. 적어도 잠시 동안은. 하지만 어느 날 밤, 자네 집 침대에 누워 있거나 위장 신분으로 호텔에 숨어 있을 때, 자네가 정말로 안전하다고 여기는 순간, 자네는 깨달을 거야. 그런 일이 자네에게도 일어날 거라는 사실을. 자네에게 온전히 알려 주지도 않은 임무 때문에 자네의 모든 것이 위태로워진다는 사실을 말이야."

레아는 시신이 주는 너무 큰 자극으로부터 자신을 분리하려고 애썼다. 끔찍한 모습뿐만 아니라 죽음의 냄새가 좁은 검시소를 가득 채우고 있었다.

"이자는 이대로 매장될 것이다."

와인더가 말했다.

"영광스러운 귀환은 없다. 왜 그런지 아나?"

조금 떨면서 레아는 고개를 저었다.

"MI6는 이자를 인수할 수 없기 때문이다. 여왕께서는 이 사람의 존재를 부정해야만 한다. 이자의 어머니는 아들이 어떻게 생을 마감했는지조차 모를 것이다. 사랑스러운 단어 아닌가?"

'생을 마감'하다?

레아는 아니라고 대답했다. 그렇지 않았기 때문이다. 와인더가 웃었다.

"자네는 좋은 요원이 될지도 모르겠군, 아가씨. 국가를 애창하면서 걸어 들어오거나 터무니없는 애국심을 내보이지도 않으니까, 어쩌면 오래 살지도."

그가 한숨을 쉬었다.

"이 소년은 죽으라고 보낸 셈이다. 불가능한 임무였지만 덕분에 적이 모습을 드러냈고, 구조팀이 타깃을 확보할 수 있었다."

그런 식으로 생각할 수 있다는 것이 레아는 끔찍했다.

와인더는 레아의 얼굴에 드러난 반응을 본 것이 틀림없었다. 감정을 숨기는 훈련을 받기 전이었다. 지금 레아는 확신했다. 그 말이 그녀에게 얼마나 타격을 주었는지 와인더는 절대 몰랐을 것이라고.

그때 와인더는 레아를 보고 웃었다.

"쓸데없이 개인적으로 받아들이지는 마라. 이자는 자기 일을 한

3부: COVENANT(서약)

거니까. 자네에게 요구하는 것도 그것이 전부다. 죽기를 요구하는 것. 그다지 좋은 직업은 아니지?"

"그러네요."

레아가 대답했다.

"뭐, 그것이 바로 자네가 하겠다고 서명한 일이지."

와인더는 참수된 요원의 뺨을 쓰다듬었다.

"착한 소년이었다. 어떤 질문도 하지 않았지. 옳은 일만 했어. 그리고 옳은 일을 위해 목숨을 바쳤지. 자네도 그 이상의 질문은 할 수 없을 것이다."

와인더가 잠시 말을 멈추더니 레아를 바라보았다. 여전히 어울리지 않는 미소를 짓고 있었다.

"자네는 아나? 나라를 위해 목숨을 바치라며 이 불쌍한 녀석을 보낸 자가 대체 어떤 냉혹한 인간인지?"

레아는 아무 대답도 할 수 없었다.

"대체 어떤 인간이 이렇게 빌어먹게 끔찍한 일을 하는지 아나?"

"아뇨."

"나다."

와인더가 여전히 부드러운 목소리로 말했다.

"내가 이 녀석을 보냈다. 피도 눈물도 없는 놈들에게 고문받다가 결국 참수당하도록. 그래야만 우리 타깃인 반군 지도자가 나타날 테니까. 어떻게 생각하나?"

레아는 토했다. 와인더가 양동이를 가리켜 보였고, 레아는 위에 든 것을 게워 냈다. 그런 후 와인더는 따뜻한 천 조각으로 레아의 얼굴을 닦아 주었다. 스테인리스 개수대 위로 매달린 거울에 죽은 요원이 비쳤다.

"그래야 할 때가 온다면 나는 자네 역시 보낼 것이다."

와인더가 나직하게 말했다.

"그러지 않을 것 같은가? 현장으로 나가는 매 순간, 돌아올 수 없을지 모른다는 사실을 상기하도록. 살아남는 데 도움이 되는 첫 번째 규칙이다."

넉 달 후 와인더는 사라졌다. 그에게 무슨 일이 생겼는지 아무도 이야기하지 않았다. 레아가 한번 물어보았으나 그런 질문은 허용되지 않는다는 대답만 돌아왔다. 그녀는 다시 묻지 않았다.

레아가 씁쓸한 기억을 떨쳤다. 자신이 어떤 일에 뛰어들었는지는 잘 알았다. 그저 악마가 나타날 거라고는 생각 못 했을 뿐이었다. 테러리스트나 국가 안보를 위협하는 적들을 예상했던 것이다.

그날의 젊은 요원 역시 자신이 무엇에 서명했는지는 잘 알고 있었을 것이다.

레아가 포세이돈의 조준경을 블레이드 미니언의 가슴에서 끔찍한 안면으로 이동했다.

"명사수가 되려고 하지 마라."

사격 교관은 언제나 이렇게 말했었다.

"몸 중앙을 겨냥해. 머리를 쏘는 건 미국 카우보이나 실력을 과시하는 자들이 하는 짓이다. 자네는 그렇지 않다. 자네는 킬러다. 그리고 최고의 킬러가 될 것이다. 내가 그렇게 만들 수 있다."

레아가 방아쇠를 당겼다. 스나이퍼 라이플이 스펙트럼 에너지 탄환을 발사하면서 반동했다. 블레이드 미니언은 관자놀이를 타격하는 에너지를 느끼고 옆으로 홱 비켜섰다. 적외선 조준기로 보이는 것은 새까맣게 타 버린 살에서 흐르는 피뿐이었다. 중추 신경계 전체에 유발한 손상은 겉으로는 드러나지 않았다.

라이플의 조준경이 제자리를 찾고 레아는 다시 한번 방아쇠를 당겼다. 이번에는 악마의 머리가 터졌다. 놈은 무릎을 꿇더니 젊은 요원의 시신 위로 풀썩 쓰러졌다.

레아가 깊이 숨을 내쉬고는 마음을 가다듬었다. 전투 현장에서 벌어지는 모든 일들을 통제할 수는 없었다. 시선이 미치지 못하는 곳에서 너무나 많은 일들이 일어났다. 전체 작전에 있어서 레아는, 레아처럼 젊은 요원은, 그저 하나의 작은 톱니바퀴였다.

"블루팀, 레드팀."

하그로브 사령관이 통신으로 호출했다.

"신호에 응답하라."

살아 있다는 걸 모두에게 알리라는 뜻이지.

"블루 스카우트 준비 완료."

레아가 마스크 속에 장착된 마이크에 대고 속삭였다. 아주 작은 소리까지 잡아내는 마이크였다.

전투 지역이 조금씩 이동하고 있었다. 파란 불빛과 붉은 불빛들이 스크린의 지도에서 깜빡거렸다. 사상자는 25퍼센트에 달할 듯했다.

"아직 쿠리에를 잃지 않았다."

지휘관 하그로브가 말했다.

"작전을 속행한다."

"확인."

지휘부에서는 언제나 즉각적인 응답을 기대하는 것을 아는 레아가 지체 없이 대답했다.

"블루 스카우트 가능합니다."

레아는 타깃을 포착하자마자 조준 사격했다.

"배달을 준비하라."

하그로브가 지시했다.

"확인."

레아가 또 다른 타깃을 조준하고 쏘자 어디론가 향하던 다크스폰 한 마리가 쓰러졌다.

"블루 스카우트."

한 남자가 호출했다.

"여기는 파이어폭스 쿠리에다."

"파이어폭스 쿠리에를 추적하라."

레아가 지시했다. 스크린에 네 사람으로 이루어진 그룹이 즉각 나타났다.

파이어폭스 쿠리에는 모두 네 개로 나뉜 폭파팀 중에서 두 번째 팀이었다. 각 팀마다 악마의 무기 공장을 무너뜨리기 위한 폭발물을 담당하고 있었다.

"필요한 걸 말하라, 파이어폭스 쿠리에."

레아가 응답했다.

"저격수의 총격으로 고립되었다. 블루 스카우트의 현재 위치와 가깝다. 대응 사격 바란다."

레아가 밀레니엄 돔 주변의 건물들을 확인했다. 적의 총기 발사 흔적을 쫓자 스나이퍼 다섯이 눈에 띄었다. 총포에서 불꽃이 번뜩여 찾아내기가 더욱 쉬웠다.

"파이어폭스 쿠리에, 블루 스카우트가 저격수 다섯을 확인했다."

"다섯이 맞는 듯하다."

"부상자는 없나?"

레아가 가장 가까운 건물에 있는 저격수를 조준했다.

"부상당하긴 했지만 임무 수행은 가능하다."

파이어폭스 쿠리에 요원이 응답했다.

"빠져나갈 기회를 만들 수 있는지 보겠다."

"고맙다."

다크스폰 스나이퍼 한 마리가 몸을 숙여 발포하려는 순간 레아가 방아쇠를 당겼다. 다크스폰은 몸 한가운데를 맞고 옆으로 빙글 돌았다. 놈이 정신을 차리기 전에 레아가 머리를 쏘았다. 놈은 그대로 바닥에 고꾸라졌다.

두 번째와 세 번째 다크스폰 스나이퍼도 총에 맞은 즉시, 무엇이 잘못되었는지 깨닫기도 전에 추락했다. 곧이어 철수하려는 네 번째 스나이퍼를 발견했다. 놈은 뒤로 제쳐 두고 다섯 번째 스나이퍼의 위치를 추적했다.

레아가 놈을 조준하려는 순간, 악마 역시 그녀를 조준했다. 놈의 머리는 놈이 들고 있는 묵직한 라이플 바로 뒤에 있었다. 죽음이 목전에 있음을 깨달은 레아가 악마의 스나이퍼 조준경을 노리고 방아쇠를 당겼다. 바로 그 순간 레아의 머리를 스치며 무언가가 쏜살같이 날아갔다.

다크스폰 스나이퍼의 조준경이 박살 나며 놈의 머리가 뒤로 젖혀졌다. 악마는 소리도 없이 쓰러졌다. 그때 전기 에너지 탄환이 겨우 몇 미터 떨어진 옥상 구석에서 날아왔다. 레아가 뒤로 물러서며 머릿속으로 사격 위치를 추적했다. 아까 제쳐 둔 스나이퍼가 되돌아온 것이었다.

레아는 세 번 구른 후 팔꿈치를 괴고 엎드린 자세로 멈추었다. 그러고는 포세이돈을 앞으로 내밀어 다크스폰이 있는 곳으로 향했다.

지상에서는 파이어폭스 쿠리에가 이미 움직이고 있었다. 그들은 자세를 낮추고 밀레니엄 돔으로 뛰어갔다. 모두가 검정 슈트 위로 더 무거운 방호복을 입고, 아케인 폭발물을 담은 플라스틱 폭탄을 운반했다.

레아가 마지막 스나이퍼를 발견했다. 놈은 창틀 옆으로 되돌아가고 있었다. 타깃을 맞혀야 한다는 것 말고는 다른 생각은 아무것도 없었다. 레아가 몸 정중앙을 조준해 방아쇠를 당겼다.

첫 발에 놈은 뒤로 내동댕이쳐졌다. 들고 있던 무기를 놓친 놈이 일어서려고 애썼다. 두 번째 탄환이 놈의 복장뼈(흉골)를 조각내고 장기를 찢었다.

"훌륭하군, 블루 스카우트."

"고맙다."

레아가 폭발물 전담팀 주위로 또 다른 타깃이 없는지 찾아 보았다. 옥상을 가로질러 미끄러지듯 다가오는 그림자가 눈가에 걸렸다. 레아가 다시 몸을 굴리며 블러드 엔젤이 날카롭게 내지르는 비명 소리를 들었다. 레아를 덮치려던 커다란 발톱이 옥상 바닥을 깊게 패었다.

"일어나!"

레아가 힘을 내 몸을 일으켰다. 착지한 적이 불길을 내뿜었다. 게다가 다크스폰이 쏜 로켓이 주황색과 검은색 불꽃을 내뿜으며 날아가 건물 옆면을 박살 냈다. 바닥이 마구 요동쳤고 위에서는 열기가 쏟아졌다. 넘어질 뻔한 레아가 중심을 잡았다. 어깨 너머로 블러드 엔젤이 곧장 달려드는 것이 보였다.

블러드 엔젤은 언뜻 여자처럼 보였고 지능은 인간과 비슷했다. 가죽 날개로 바람을 가르며 날았다. 어두운 피부에 새겨진 주홍빛 룬 문자가 빛을 발했다. 블러드 엔젤이 손을 뻗으며 스펙트럼 탄환들을 내던졌다. 그중 하나가 레아를 아슬아슬하게 비껴가더니 건물 지붕을 움푹 팼다.

레아가 갑자기 생긴 그 구덩이 안으로 몸을 날렸다. 그러고는 가까스로 균형을 잡아 착지했다. 공포로 치솟은 아드레날린이 신경을 따라 휘몰아쳤다. 블러드 엔젤은 헬게이트를 통해 쏟아져 나온 가장 흉포한 악마 중 하나였다. 선택의 여지가 없었다. 레아는 무거운 스나이퍼 라이플을 버리고 옥상가로 달렸다. 블러드 엔젤이 뒤를 쫓았다. 건물 꼭대기에 안전한 장소는 없었다.

옥상 끝에 도달한 레아가 허공으로 점프했다. 비명을 지른 것 같았지만 그러지 않았기를 바랐다. 통신으로 모두가 비명 소리를 듣는 것은 난처했다. 그러나 곧 기나긴 추락이 시작되며 패닉이 덮쳤다.

5장

 동쪽에서 래비저들이 다가온다고 생각하자 사이먼은 소름이 돋았다. 래비저는 악마 중에서도 하급이었지만 위협은 절대적이었다. 놈들은 살생을 위해 살았고, 언제나 무리 지어 다녔다. 사이먼이 말했다.
 "접근 중인 무리가 있다면 근처에 다른 무리가 더 있을 거야."
 "맞아."
 대니엘은 지난 4년 동안 전투에서 많은 피를 흘렸다. 전 생애에 걸쳐 템플러 훈련을 했고 검술도 뛰어났다.
 "나한테 보내 줘."
 사이먼이 일어서며 HUD를 살펴보았다. 갑옷 AI가 물었다.
 - 전송된 정보를 업로드하시겠습니까?
 "그래."
 - 지금 스트리밍합니다.
 사이먼의 HUD 왼쪽 아래 구석에 작은 창이 하나 열렸다. 자기 온도 디스플레이에 사냥이 펼쳐졌던 지역이 내려다보이는 능선을 따라 늘어선 9개의 온혈 생명체가 표시되었다. 갑옷 AI가 말했다.
 - 악마 종인 래비저로 확인되었습니다. 체온 및 크기를 비롯한 전반적인 특징이 알려진 값과 일치합니다.
 사이먼이 사슴 해체 작업을 하던 템플러들에게 정보를 전달했다. 모두 잠시 말이 없더니 악마들이 접근하는 방향으로 돌아섰다. 네이선이 말했다.

"놈들이 기다리고 있군."

"그래."

사이먼이 갑옷 검집에 단검을 넣었다.

"가능한 만큼 고기를 챙겨서 이곳을 벗어난다."

"싸우지 않고 도망간다는 말씀입니까?"

젊은 템플러인 캠벨이 물었다.

"쓰레기 같은 악마 놈들로부터요?"

"할 수만 있다면, 그렇다."

사이먼이 대답했다.

"우린 악마를 쓰러뜨리기 위해 여기까지 온 겁니다."

캠벨이 항변했다.

"저놈들 때문에 괴롭자고 온 것도 아닐 거 아냐, 꼬마."

네이선이 차분하게 대답했다.

"악마와 싸워 본 적 없지?"

"제 잘못이 아닙니다."

캠벨이 대답했다.

"전 항상 싸우고 싶었습니다."

악마와 맞서다 피를 흘려 보지 않은 템플러도 아직 많았다. 사이먼은 반드시 그래야만 하기 전까지는 어린 템플러들이 부상당하지 않도록 애썼다. 훈련을 받기는 했지만 너무 일찍 무덤으로 걸어 들어가는 길을 찾는, 어리고 경험 없는 템플러들이 많았다.

"싸울 수 있는 시간은 많고도 많아."

네이선이 대답하기 전에 대니엘이 나섰다.

"그리고 맞서 싸울 악마도 많지. 지금 당장 알아 둘 중요한 사실은, 래비저는 수적으로 열세일 때는 절대로 사냥하지 않는다는 점이다."

대니엘이 잠시 말을 멈추었다.

"지금 이 정도로 많은 래비저가 나타났다는 건, 보이지 않는 곳에 더 많은 래비저가 있다는 뜻이지."

사이먼이 사슴을 왼쪽 어깨에 걸쳤다. 그러고는 등에 찬 검집에서 검을 꺼내 들었다. 날이 희미하게 빛을 발했다. 팔라듐과 강철로 벼린 이 양날검은 거의 1미터에 달했고 자만큼이나 곧았다. 견고하고 무거운 날밑에는 지난 전투의 흔적이 남아 있었다. 날을 따라 새겨진 룬 문자에는 섬뜩한 힘이 담겨 있었다. 사이먼과 아버지가 함께 벼리며 날에 세공한 것이었다.

"이쪽을 보십시오."

트렌트가 나직하게 말했다. 사이먼이 또 다른 영상을 HUD로 전송받았다. 북쪽에서부터 래비저 열한 마리가 다가오고 있었다. 곧이어 린다 에스템이 남쪽에 일곱 마리가 더 있음을 보고했다.

세 무리 모두가 템플러를 향해 다가오고 있었다. 네이선이 말했다.

"우리를 포위할 셈인가 본데, 친구."

"래비저의 방식이 아닌데."

사이먼이 현재로서는 유일한 탈출구인 서쪽으로 재빨리 뛰어갔다.

"누군가 놈들을 이끌고 있어."

"우리가 알아차리기 전에 완전히 포위하지 못하다니, 놈들로선 안타깝겠네."

네이선이 말했다. 사이먼이 주변 지도를 HUD에 불러들였다.

시야를 가로막지 않도록 투명한 지도가 스크린에 겹쳐졌다. 사이먼은 어릴 때부터 동시에 전송되는 비디오와 오디오들을 구분해서 인식하는 훈련을 했었다. 4년 전 그와 함께 은거지를 세운 템플러들은 거의 매일 전장에 나왔다. 지난 몇 년간 이 땅에 대해서라면 모르는 것이 없었다.

서쪽도 안전하지는 않았다. 그쪽은 지형이 문제였다. 무너진 석회암 계곡 위로 솟은 언덕들은 20미터 남짓한 가파른 절벽을 이루었다. 래비저는 마치 그 사실을 아는 것처럼 움직였다.

"한곳에 모인다."

사이먼이 지시했다.

"절벽까지 내몰리기 전에 남쪽으로 돌파해 볼 것이다."

템플러가 집합했다. 사이먼과 네이션이 선두에 섰다. 그들은 서로 6미터 정도 떨어져 큰 보폭으로 성큼성큼 뛰어 넓은 대지를 달렸다. 탑재된 자이로가 걸음걸이를 부드럽게 지속하도록 해 주었다. 사이먼의 HUD에도 이제 래비저가 나타났다. 놈들을 감지한 다른 템플러로부터 정보를 전송받을 필요가 없을 정도로 충분히 가까워진 것이었다. 갑옷으로 스피드가 향상되었는데도 악마들은 거리를 좁혀 왔다.

사이먼은 달리면서도 나무에 매달린 채 썩어 버릴 고기 생각을 하지 않을 수 없었다. 사슴들은 아무런 이유 없이 죽은 셈이었고, 다른 식량을 찾지 못한다면 은거지 사람들은 굶주릴 것이다. 이 모든 사건이 벌어진 데에 화가 났다.

- 110미터 전방에 적군이 있습니다.

갑옷 AI가 알렸다. 사이먼이 갑옷 시각 장치에 프로그래밍된 광학 증폭기를 작동했다. 눈앞 풍경에서 색을 제거하고 녹색 암류를 흘려보내 사방이 흑백과 초록색으로 보이게 하는 장비였다. 인간의 눈은 다른 어떤 스펙트럼 색상보다도 녹색 시야에서 가장 섬세하게 볼 수 있었다.

이제 래비저 일곱 마리가 주변 환경보다 두드러져 보였다. 잉크처럼 검은 몸뚱어리와 좁은 어깨에 비해 두상은 너무 커다랬다. 키는 사이먼의 허리 정도 되었다. 네 발로 이동했기 때문에 악어가 연상되기도 했다. 늘씬하고 힘이 넘치는 몸통만큼이나 꼬리가 길었고 사냥의 기대감에 젖었는지 앞뒤로 열심히 몸을 흔들고 있었다.

"뭔가 잘못됐는데."

사이먼이 말했다.

"우리는 10명인데 저놈들은 7마리다. 열세인 걸 알았다면 후퇴했을 텐데."

"놈들이 수를 세지 못하나 보지, 친구."

네이선이 말했다. 하지만 단순히 수를 세는 문제가 아니었다. 먹잇감을 쓰러뜨리기 충분하지 않았다면 래비저들은 진작 알았을 것이다.

남쪽에서 그대로 자리를 지키는 래비저들을 보는 사이먼의 척추를 타고 불안감이 차갑게 훑어 내려갔다. 북쪽과 동쪽에서도 이미 악마들이 맹렬하게 달려오고 있었다.

템플러와 래비저들이 한데 맞닥뜨렸다. 두 무리가 충돌하기 직전에 래비저들이 낮게 목을 긁듯이 짖었다. 대개는 그 짖는 습성 덕분에 놈들을 피해 갈 수 있었지만, 오늘 밤은 아니었다. 악마들은 입을 떡 벌리고 템플러들을 향해 달려들었다.

사이먼이 사슴 시체를 어깨에서 떨구었다. 돌아가기 전에 되찾을 기회가 있기를 바랄 뿐이었다. 그가 스파이크 볼터를 허리춤에서 꺼내 장전했다. 커다란 L 자 모양인 이 피스톨은 팔라듐 스파이크를 탄환으로 썼고, 6개의 총열은 놀라울 정도로 화력이 강했다.

HUD로 360도 시야를 확보한 사이먼은 대니엘이 몰턴 에지 검을 또 한 자루 꺼내 드는 모습을 보았다. 두 번째 검은 오른손에 든 첫 번째 검보다 조금 작았다. 대니엘은 지난 몇 달 동안 두 검을 동시에 사용하는 훈련을 매일같이 강행했다. 몰턴 에지는 검날이 견딜 수 있는 한계치까지 뜨겁게 달군 용암으로 벼린 강한 검이었다.

대니엘이 음성구동 프롬프트를 실행하자마자 두 검이 생생하게 불타올랐다. 몰턴 에지는 한밤중의 어둠 속에서 마그마처럼 위용을 떨쳤다. 대니엘은 야간 전투에서 지는 법이 거의 없었다.

래비저들이 움직였지만 공격하거나 후퇴하지도 않았다.

래비저 우두머리가 사이먼을 향해 천천히 고개를 돌렸다. 끔찍한 주둥이를 열자 안쪽으로 휜 톱니 모양 이빨들이 드러났다. 턱을 다물자 마치 곰덫처럼 보였다. 덫에서 빠져나오려면 팔다리를 잘라 버려야 할 듯했다.

사이먼은 래비저의 공격을 기다리지 않기로 했다. 그가 공중으로 높이 뛰어오르며 래비저를 향해 스파이크 볼터를 뻗었다. 방아쇠를 당기자 팔라듐 스파이크들이 똑바로 날아가 악마의 비늘 거죽을 찢었다.

래비저가 고통으로 울부짖었지만 먹잇감을 추적하려는 일념을 포기할 만한 심각한 부상은 입지 않은 듯했다. 옆에 있던 다른 래비저가 힘껏 두 뒷다리를 쳐들더니 사이먼에게로 달려들었다.

네이선의 파이어필드 캐스터에서 수류탄 한 쌍이 튀어 나가 놈의 목을 맞혔다. 폭발이 일어나며 래비저는 내동댕이쳐졌고 곧바로 화염에 휩싸였다. 놈이 일어나기도 전에 네이선이 또 다른 탄환 한 쌍을 머리에 쏘았다. 그중 하나가 악마의 입안에서 폭발했다. 놈이 거칠게 호흡할 때마다 불길이 뿜어져 나왔다. 극렬한 통증으로 광기에 휩싸인 놈이 온몸을 흔들어 댔다.

"부츠 고정."

사이먼이 부드럽게 착지하며 AI에게 지시했다. 닻처럼 박히는 스파이크들이 부츠에서 튀어나와 사이먼을 땅에 고정해 주었다. 또 다른 30센티미터 스파이크 두 개가 발목 양쪽에서 하나씩 튀어나왔다.

첫 번째 래비저가 화염에 휩싸인 놈에게서 물러났지만 몇 발짝 못 가 사이먼의 왼발 부츠가 놈을 강타했다. 스파이크들이 래비저의 두꺼운 두개골을 내리쳤고 곧이어 오른발 스파이크들이 목을 뚫었다. 사이먼의 무게까지 더해져 래비저가 땅에 내리꽂혔다.

발아래에서 래비저가 머리를 잡아 빼려 하자 미처 스파이크를 회수하지 못한 사이먼이 균형을 잃었다. 놈의 힘은 놀라웠다. 조금 전의 일격으로 놈이 땅에 못 박혔다 생각했던 것이다.

사이먼이 뒤로 넘어졌지만 갑옷뿐만 아니라 갑옷과 신체 사이를 흐르는 특별한 반충돌 액체 절연제가 충격을 흡수해 주었다. 다가오는 래비저의 머리는 삐쩍 마른 목 위에서 괴상하게 비틀려 있었다. 그래도 놈은 사이먼에게 달려들며 송곳니로 갑옷을 갉았다.

사이먼이 스파이크 볼터를 들어서 거의 바로 정면에서 쏘았다. 스파이크들이 래비저의 왼눈을 으깨 핏덩어리로 만들며 안와와 관자놀이를 뚫고 나갔다.

래비저는 피를 흘리면서도 죽기를 거부했다. 놈이 으르렁거리며 앞발로 땅을 파헤치더니 튀어나갔다. 적의 무게와 힘 때문에 사이먼은 헝겊 인형처럼 딸려 갔다.

"스파이크 회수."

사이먼이 지시했다. 스파이크들이 래비저의 머리와 목에서 빠져나왔다. 놈이 즉시 뒷다리로 일어서더니 앞다리로 사이먼을 밟았다. 땅에 부딪치는 일격과 이어졌고, 내리누르는 압력에서 벗어날 수가 없었다.

- 경고.

갑옷 AI가 알렸다.

- 갑옷 내구도 19퍼센트 손상.

래비저가 또다시 공격하려고 발을 든 순간 사이먼이 옆으로 몸을 굴렸다. 거대한 앞발의 타격에 땅이 흔들릴 정도였다. 래비저가 온전한 한 눈으로 사이먼을 제대로 보려고 고개를 옆으로 젖혔다. 놈의 뒤에서는 네이선이 쏜 총에 맞은 래비저가 여기저기 불붙고 살갗에 물집이 잡힌 채 단말마의 고통으로 뒹굴고 있었다.

- 동쪽과 서쪽에서 또 다른 악마들이 접근 중입니다.

갑옷 AI가 말했다. HUD를 흘끗 바라본 사이먼은 새로운 악마 무리가 그들을 향해 다가오는 모습을 확인했다. 놈들 모두와 대적하는 것은 자살 행위였다. 지금 래비저를 무찌르고 이곳을 돌파해야 했다.

6장

레아는 추락하면서 팔과 다리를 불가사리 모양으로 뻗었다. 패닉에 빠져 끝없이 떨어지는 중에도 블러드 엔젤을 잊을 수는 없었다. 건물 측면에서 뛰어내려 시간을 조금 벌긴 했지만 찰나의 순간임은 잘 알았다.

진정해. 예전에도 해 봤잖아. 별거 아니야.

하지만 레아는 이것이 거짓말이라는 것도 알고 있었다. 이제 곧 사용하려는 장비는 모든 조건이 완벽하게 갖춰져야 했다. 게다가 밤에 사용해 본 적은 한 번도 없었다.

레아는 주먹을 꼭 쉬고 목 바로 아래 활성화 패드를 두드린 후 곧 닥칠 극심한 통증을 기다렸다. 차고 있는 것조차 거의 눈에 띄지 않는 배낭에는 나노다인 행글라이더가 들어 있었다. 콘스트럭 나노봇에 전원이 들어가자 신축식 버팀대가 튀어나왔다. 얇은 검정색 케블러 메시 소재로 만든 6미터 길이 날개가 활짝 펼쳐지며 프레임을 메웠다.

살을 벨 듯 순간적으로 파고드는 끈 때문에 레아는 숨을 멈췄다. 비명이 터져 나오려는 것을 억눌렀다. 지금까지는 항상 도움닫기 없이 도약했었다. 날개가 미친 듯 떨렸다. 부러져서 그녀와 함께 곧장 곤두박질치지는 않을지 염려되었다. 날개가 부러지면 끝이었다. 바닥과 충돌하면 즉사할 것이다.

적어도 블러드 엔젤에게 당하진 않겠지만, 암울한 건 마찬가지였다. 레아는 날개 조종 장치를 움켜쥐고 글라이드를 바로잡아 가까스로 고층 빌딩을 피했다. 밀레니엄 돔으로 방향을 잡은 후 화학 추진제를 가득 채운 마이크로 로켓들을 발사했다. 마이크로 로켓은 30초 동안 폭발을 지속하며 글라이더가 더 오래 날 수 있도록 해 주었다.

블러드 엔젤이 레아를 향해 곤두박질치듯 날아왔다. 악마가 행글라이더 왼쪽 날개를 발톱으로 할퀴었다. 특수 방탄 소재가 아니라 종잇장으로 만들어진 듯 날개는 찢겨 나갔다.

레아는 조종 장치를 놓고 왼쪽 어깨와 엉덩이 춤에서 권총을 하나씩 꺼내 들었다. 하나는 XM41 서멀 볼터로, 작은 로켓 발사기가 치명적인 탄두들을 발사했다. 또 하나는 빠르게 연사할 수 있는 SRAC 기관총이었다.

레아는 몸을 비틀어 찢어진 행글라이더 틈 사이로 블러드 엔젤을 겨누었다. 실수로 글라이더 날개가 맞지 않기를 바라며 서멀 볼터 방아쇠를 당겼고, 작은 화염구처럼 보이는 탄환이 날아가는 순간 눈을 감았다. 눈을 보호하는 것은 두 번째 본능이었다.

로켓이 블러드 엔젤을 맞히는 순간 환한 빛이 레아의 눈꺼풀 너머에서 번뜩이다 사라졌다. 폭발로 인한 생생한 열기가 몰려들었다가 순식간에 사라졌다.

불길이 블러드 엔젤을 휩쌌다. 놈은 행글라이더에 매달리려 애쓰며 고통과 분노로 비명을 질렀다. 레아가 다시 무기를 겨누고 발사했다. 두 번째 로켓이 악마에게 명중하며 폭발했다.

블러드 엔젤이 행글라이더를 놓치고 날카로운 비명을 지르며 추락했지만, 죽을 정도로 심하게 다치지는 않았다. 레아가 머리 위로 손을 뻗어 행글라이더에 장착된 작은 조종 패널을 개머리판으로 쳤다. 자동비행이라는 글씨가 스크린에서 깜박였다. 두 날개가 즉각 자동으로 움직이더니 부드럽게 저공비행하며 바로 아래 보이는 땅으로 향했다.

- 경고. 착륙 속도 초과.

깜박임이 알렸다.

- 경고. 정확한 비행경로 확인 불가능.

알아, 안다고. 레아가 불붙은 블러드 엔젤을 눈으로 쫓았다. 악마를 휘감고 있던 불길이 곧바로 사그라들었다. 블러드 엔젤이 날개를 퍼덕이며 날아오르는 즉시 공격을 재개했다.

레아가 SRAC 기관총을 악마에게 조준하고 방아쇠를 당겼다. 손안에서 기관총이 마구 떨며 몸부림쳤다. 세 번째 탄환은 자주색 예광탄이었다. 레아는 타깃이 된 악마에게 탄환을 줄줄이 박아 넣었다. 탄환이 놈의 몸에 구멍을 내며 박혀 들어갔다. 레아가 다시 쏜 로켓이 악마와 함께 폭발했다.

불길에 앞이 보이지 않으면서도 블러드 엔젤은 곧장 레아에게 달려들었다. 악마가 괴성을 지르며 아케인 에너지 무기를 마구 쏘아 댔다.

레아가 총을 총집에 집어넣고 다시 행글라이더 조종기를 잡았다. 자동비행 취소. 엄지손가락이 로켓 활성화 버튼 위로 미끄러졌다. 그리고 천천히 다섯까지 셀 동안 꾹 누르고 있었다.

블러드 엔젤이 쏜 에너지 포탄이 불시에 머리 위를 덮쳤다. 작은 돌개바람에 휘말리기라도 한 듯 행글라이더가 빙글빙글 돌았다. 버팀대가 덜덜 떨리며 최대한 견디다가 팍 하고 망가졌다.

- 경고!

조종 장치의 LED 스크린이 깜박였다.

- 급변풍 발생 -

레아는 마지막 메시지는 무시했다. 달라질 건 아무것도 없었다. 경보 시스템은 상황이 얼마나 나쁜지 말해 줄 뿐, 레아도 이미 모르지 않았다. 그녀가 조종 장치를 앞으로 밀어 내며 로켓을 발아래로 쏘았다. 위로 올라가는 편이 가장 저항이 적은 경로인 것으로 판단되었다.

또한 블러드 엔젤에게로 다가가는 방향이기도 했다.

레아가 SRAC 기관총을 악마의 몸 중앙에 쏘았다. 탄두에 폭발물이 담긴 탄환들이 블러드 엔젤의 비늘들을 짓이기며 살점을 파고 들어간 후 터졌다. 주먹만 한 작은 분화구가 생긴 악마의 몸통은 마치 파괴된 달 표면처럼 보였다.

행글라이더를 조종하려고 애쓰던 레아는 겨우 몇 미터 앞에 갑자기 건물이 나타나자 패닉에 빠질 뻔했다. 하지만 우측으로 로켓 방아쇠를 당겨 행글라이더를 기울어지게 했다. 날개 끝이 건물 벽면에 마구 부딪치며 튕겼다. 돌과 금속이 마찰하며 주황색 스파크가 세차게 튀었다. 블러드 엔젤의 울음만큼이나 끔찍한 소리가 났다.

진정해, 진정하라고.

레아는 침착하고 단호하게 행글라이더를 조작하려고 애썼다. 고도계를 보니 아직 20미터 상공이었다. 그 높이에서 떨어진다면 기다리는 것은 죽음밖에 없었다.

블러드 엔젤이 빠르게 떨어지며 건물을 들이받는가 싶더니 벽에 튕겼다. 로켓에 맞아 팔다리가 부러지고 날개가 찢긴 놈은 기이한 각도로 회전하며 빠르게 추락했다.

레아는 저도 모르게 환희에 찬 함성을 질렀다. 하지만 바로 다음 순간 행글라이더 날개 끝이 건물 벽과 맞닿은 채 미끄러졌다. 이리저리 흔들리는 통에 당황한 레아는 온전히 생존에만 집중하며 오른발로 벽을 힘차게 밀었다. 행글라이더 버팀대가 날카로운 소리를 내며 덜덜 떨렸다.

잃을 것은 아무것도 없었다. 레아는 이 방법이 최선이길 바라며 로켓을 발포했다. 그 추진력으로 행글라이더가 건물 반대편으로 튕겨 나갔다가 옆바람에 붙들려 다시 벽으로 휩쓸렸다. 레아는 건물과 충돌하는 것을 막으려고 거칠게 몸을 뒤틀었다. 행글라이더는 건물을 지나쳐 날아가며 다시 한번 거리 위 허공으로 둥실 떴다.

겨우 행글라이더를 통제하게 된 레아가 거리로 방향을 틀었다. 낙하 속도가 너무 빠르다는 것은 알았지만 더 할 수 있는 일은 없었다. 다크스폰 사수들이 뒤쫓고 있었다. 꽁무니까지 쫓아온 에너지 탄환이 갑자기 열기를 뿜으며 폭발하며 주변 공기를 뒤흔들었다. 전기 에너지의 파장으로 레아의 슈트에서도 스파크가 튀었다.

4.5미터 상공까지 다다랐을 때 레아는 줄을 자르고 떨어졌다. 발이 땅에 부딪치려는 순간 몸을 둥글게 말며 앞으로 굴렀다. 슈트가 끌어올린 힘으로 선 자세로 착지할 수도 있겠지만 그랬다가는 쉽게 악마들의 타깃이 될 것이다.

"여기다, 레아! 합류해!"

요원의 위치를 나타내는 주황색 점들 중 하나가 갑자기 밝게 깜박였다. 레아는 정신을 가다듬고 무기 두 자루를 꺼내 들고 달렸다.

두 남자와 한 여자가 뒤집힌 2층 버스 뒤에 몸을 숨기고 있었다. 그 옆에는 불에 탄 탱크가 녹슨 채 버려져 있었다. 2020년에 악마 침공을 저지하지 못한 영국군의 암울한 흔적이었다. 레아를 부른 남자는 윌리엄 피츠필드로, 수십 년간 군에 복무했으며 요원이 된 후 갖은 비밀 작전을 수행한 베테랑이었다. 또한 생존자이기도 했다. 피츠필드가 말했다.

"오늘 밤은 조금 힘들군, 응?"

"조금은요."

레아가 동의했다. 피츠필드가 버스 바깥으로 몸을 살짝 빼며 들고 있던 그리즐리 라이플을 조준했다. 에너지가 흘러넘치더니 뿜어져 나갔고 폭발은 2초쯤 지속되었다. 다가오던 다크스폰 한 무리가 낫에 베이는 밀처럼 후두두 쓰러졌다. 땅에 쌓인 시체들은 그을리고 비틀려 있었다.

"이번 작전은 작은 파티라고 생각하라고."

피츠필드가 간단명료하게 말하며 무기를 장전했다.

"유흥거리가 부족하진 않으니까."

"폭파팀은 어떻게 됐습니까?"

레아가 물었다.

"요원 하나를 잃었어."

에벌린 헤링턴이 말했다.

"예상보다 놈들 수가 많군."

레아는 아무 말도 하지 않았다. 악마가 정확히 얼마나 있는지 알기는 어려웠다. 비슷하게 생긴 놈들이 너무 많았고, 서로 위치를 바꿀 수도 있었다. 게다가 놈들은 쉴 새 없이 움직였기에 수를 짐작하기란 더욱 어려웠다. 레아가 말했다.

"이 구역에 대해서 좀 더 면밀하게 파악해야 할 듯합니다."

"동의합니다."

로버트 위커샴은 가장 어렸다. 그는 악마와 전쟁을 치르며 성인이 되었다. 위커샴이 모퉁이에서 몸을 숙여 잠시 피한 다음 XM55 20-mm 라이플을 쏘았다. 근처 건물에 있던 다크스폰 스나이퍼가 창문 밖으로 머리를 내밀고 떨어졌다. 에벌린이 말했다.

"훌륭한 솜씨야."

"감사합니다."

순간 거리 건너편에서 갑작스러운 폭발이 일어나 버스가 거칠게 떠밀렸다. 레아는 버스가 머리 위로 쓰러지는 줄로만 알았다. 하지만 버스는 한 번 더 큰 소리를 내며 제 위치로 돌아갔다.

레아가 폭발 소리가 시작된 곳을 추적했다.

"폭파 요원이군."

피츠필드가 우울하게 말했다.

"셋 다 돔 안으로 진입하지 못했어."

"생존자가 있습니까?"

위커샴이 물었다. 피츠필드가 마스크를 쓴 얼굴을 저었다.

"알 수 없다."

"만약 있다면 여기 남겨 두고 떠날 수 없습니다."

"안다."

피츠필드가 주위를 돌아보았다.

"모두들 준비됐나?"

"네."

레아에 이어 다른 두 사람도 똑같이 응답했다.
"좋다. 해 보자고. 신속하게 움직인다. 우린 이미 이놈들을 꽤 화나게 한 모양이니까."
피츠필드가 버스 너머를 살펴보더니 달려 나갔다. 레아가 그 뒤를 따랐다.

7장

사이먼은 향상된 힘을 전부 그러모아 검을 휘둘렀다. 래비저의 파충류 같은 얼굴이 깊이 베였다. 피가 튀어 사이먼은 눈앞이 반 이상 보이지 않았다. 갑옷 AI가 정확히 76퍼센트의 시야 손실을 확인해 주었다. 사이먼이 본능적으로 물러나 스파이크 볼터를 총집에 넣고 투구 앞면을 닦아 냈다. 줄과 얼룩이 남았지만 그래도 좀 나았다.

거의 둘로 나뉜 래비저의 얼굴이 보였다. 그는 아직 살점에 박혀 있는 검을 잡았다. 느릿한 움직임으로 볼 때 놈은 아직 정신을 차리지 못한 것 같았다. 사이먼이 양손을 높이 들며 검을 빼내자 놈이 그의 가슴을 때렸지만 아무런 느낌도 없었다. 사이먼이 다시 한번 가슴 깊숙이 검을 박아 넣으며 심장을 꿰뚫었다.

템플러의 검에 관통당한 래비저는 부들부들 떨며 그 자리에 꼿꼿이 있었다. 곧이어 흉측한 머리가 옆으로 떨어지더니 몸이 고꾸라졌다.

"카나고어다!"

누군가 외쳤다. 조금 전의 전투로 살짝 힘이 빠진 사이먼이 돌아섰다. 네이선과 맞붙었던 래비저는 장작더미처럼 활활 타오르고 있었다. 그 너머에서는 다른 템플러들이 악마들과 목숨을 걸고 싸우고 있었다. 고맙게도 쓰러진 자는 아무도 없었다.

그들 뒤 땅속에서 괴생명체들이 지표면을 깨고 불쑥 솟아올랐다. 적어도 십수 마리는 되어 보였다. 하얀 눈밭에 검은 흙들이 흩뿌려졌다.

 카나고어는 탱크 같았다. 코끼리처럼 거대한 몸을 감싼 두꺼운 가죽은 천연 갑옷이나 마찬가지였다. 동굴 같은 입에는 송곳니와 들쭉날쭉한 이빨이 가득했다. 삐죽한 가시들이 척추를 따라 돋아 있었고 발가락에서 튀어나온 갈고리 같은 발톱은 땅을 파거나 무언가를 베기에 좋아 보였다. 템플러의 갑옷 정도는 쉽게 찢어 버릴 것 같았다. 사이먼은 그 모습을 직접 목격했었다.

 함정이었군. 눈앞의 광경을 본 사이먼이 냉정하게 판단했다. 래비저와 카나고어 둘만으로는 할 수 없는 일이었다. 사이먼이 AI에게 지시했다.

 "악마들을 확인하여 종족을 분류하라."

 - 확인 중. 식별된 종은 다음과 같습니다. 래비저, 카나고어, 페티드 헐크, 미니언.

 "미니언의 위치를 파악하여 전송하라."

 사이먼이 몰려드는 카나고어들을 향해 돌진했다. 갑옷의 힘 덕분에 굉장히 빨랐지만 악마의 화염 공격을 가까스로 피할 수 있었다. 하지만 곧 놈들의 어깨에 오른발이 채였고 6미터쯤 떨어진 다른 카나고어를 향해 빙글빙글 돌며 날아갔다.

 카나고어가 휙 돌아서며 사이먼을 집어삼키려고 했다. 사이먼은 커다란 바위를 들어 올려 놈의 목구멍으로 집어 던졌다. 바위에 주둥이가 막힌 놈이 기침을 하며 짜증을 내더니 앞발을 입으로 가져가 바위를 끄집어내리고 했다. 면도날처럼 날카로운 발톱이 추악한 얼굴을 몇 번이고 할퀴었다. 놈은 패닉에 빠져 자신에게 상처를 내고 있다는 사실도 인지하지 못했다.

- 미니언의 위치가 파악되었습니다.

갑옷 AI가 말했다.

- 전송합니다.

사이먼이 일어서서 등으로 손을 뻗어 블로케이드 실드(템플러 방패)를 내렸다. 템플러 대장간에서 나노다인 기술로 만든 후 아케인 에너지를 주입한 방패였다. 방패의 나노봇들이 지구의 전자기장 에너지를 마법처럼 그러모았다. 에너지가 완전히 채워지면 방어 수단이자 강력한 공격 무기가 되었다.

미니언들이 HUD에 주황색으로 구분되었다. 미니언은 지능이 높아 명령을 내리거나 수행할 수 있었다. '다크 윌'이나 다른 상급 악마만큼 영리하고 강력하지는 않았지만 위험한 놈들이었다.

미니언은 페티드 헐크 위에 걸터앉아 있었다. 페티드 헐크는 3.5미터가 조금 넘는 키에 어깨가 넓고 허리는 좁았다. 힘이 넘치며 닥치는 대로 파괴하는 로봇 같았다. 녹색 피부에서는 에너지가 희미하게 빛나고 있었다.

두꺼운 회색 거죽으로 감싸인 미니언은 페티드 헐크의 어깨에 앉아 두툼한 목에 다리를 두르고 사나운 주둥이를 앞으로 죽 내밀고 있었다. 미니언은 더 크고 더 견고하며 위협적인 무언가에 짓눌려 네모나게 응축된 것처럼 보였다. 날 때부터 제거된 두 팔이 있어야 할 자리에는 유기물질이나 무기를 장착할 수 있었다. 미니언들은 온갖 공격을 할 수 있도록 여러 '손들'을 가지고 다녔다. 지금 페티드 헐크 위에 올라탄 놈의 오른손에서는 전기 스파크가 튀어 올랐고 왼손은 짙은 보랏빛으로 빛나고 있었다.

저놈들, 우리가 여기에서 사냥한다는 사실을 알고 있었군. 우리를 기다리고 있었어.

사이먼이 절망적으로 고개를 돌리는 순간 카나고어와 맞선 네이선이 쓰러지는 모습이 보였다. 카나고어는 네이선의 가슴 정중앙에 두 발을 올린 채 그를 짓눌렀다.

곧이어 가속도 때문에 몸이 계속 앞으로 쏠리자 광적으로 두 발을 휘두르며 쓰러진 적을 향해 돌아서려고 애썼다.

"네이선!"

사이먼이 친구에게로 달려가며 외쳤다. 대답이 없었다. 네이선은 흙이 드러난 눈밭에 반쯤 파묻혀 있었다.

사이먼이 네이선의 투구에 손을 올렸다. 갑옷이 연결되며 네이선의 활력징후가 사이먼의 HUD에 나타났다.

- **네이선 싱. 뇌진탕. 자극제를 투여할까요?**

"투여하라."

사이먼이 지시했다.

네이선의 갑옷이 슬랩패치를 작동시켰다. 화학 약물이 네이선의 체내에 주입되고 있었지만 네이선이 정신을 차리고 목숨을 건졌음을 인지하기까지는 시간이 조금 걸릴 터였다.

드디어 멈출 수 있었던 카나고어가 네이선에게로 달려들었다. 사이먼은 제때 네이선을 붙들어 짊어진 후 격렬하게 돌진해 오는 카나고어를 피할 수 없음을 깨닫고 그 자리에 서서 블로케이드 실드 뒤로 몸을 웅크렸다. 방패 지름은 1미터에 가까웠다.

"방패와 갑옷 전력을 연결하라."

- **연결 완료.**

AI가 응답했다.

- 전력 완전 충전.

"부츠 고정."

사이먼이 가까워지는 카나고어의 흥분한 붉은 두 눈을 바라보았다.

- 좋은 방안이 아닙니다.

AI가 말했다.

- 피할 것을 제안합니다. 부상 위험이 높습니다.

"부츠 고정."

사이먼이 다시 지시했다.

"안전은 무시한다."

스파이크들이 땅속 깊숙이 박히는 진동이 느껴졌다. 카나고어가 달려들기 직전 사이먼은 앞으로 몸을 숙이며 온 힘을 방패에 실었다. 바보처럼 목숨을 내던진 것은 아니길 바랐다. 악마에게 붙들리는 것보다는 죽음이 나을 것이다.

충돌 순간 세상이 아득해지는 듯했다. 수련 템플러로서 훈련하던 동안, 베이스 점핑이나 나노스프링 스케이트보딩 같은 익스트림 스포츠에 몰두했던 수년 동안, 시속 96킬로미터로 달리거나 24미터 높이에서 뛰어내릴 때도 이렇게까지 강력한 충돌은 겪지 못했었다.

블로케이드 실드는 충돌 시 충격에 저항하도록 설계되어 있었다. 어떤 힘과 부딪치든 그 에너지를 재구성하고 무효화하는 마력과 나노기술 시스템이었다. 이론적으로는 훌륭했다. 방패를 고안한 엔지니어 템플러는 질주하는 자동차도 멈추게 할 수 있다고 말했었다.

하지만 아무도 실제로 실험해 보지는 않았었다.

돌진하는 카나고어에 맞서 사용해 본 이도 없었다.

강한 충격으로 사이먼은 뒤로 날아갔다. 통증에 온몸이 찢기는 듯했다. 다리가 골반에서 뜯겨 나간 것이 틀림없다고 여겨질 정도였다. 방패에 무릎, 어깨, 가슴이 너무도 세게 부딪혔고, 갑옷의 보호와 방패의 반충격 작용에도 불구하고 숨을 쉬기가 힘들었다.

사이먼은 엉덩이부터 부딪쳐 땅을 뒤흔들며 눈밭을 굴렀다. 어디에선가 방패를 놓쳤지만 검은 꼭 쥐고 있었다. 사이먼은 정신을 가다듬으려고 했지만 눈앞이 출렁거렸다. 하지만 간신히 몸을 날려 네이선에게로 돌진하는 카나고어를 막아 냈다. 등 뒤에서 네이선이 비틀거리며 일어서서 검으로 손을 뻗었다.

"죽으려 한 거야?"

대니엘이었다.

"그럴 생각은 절대 아니었어."

사이먼이 돌격하는 카나고어를 바라보며 대답했다. 몸을 움직이려는 순간 부츠의 스파이크들이 땅속 바위에 박힌 것을 깨달았다. 사이먼이 스파이크들을 회수하자 바위가 떨어져 나갔다. 카나고어가 막 덮치려는 순간 그는 가까스로 옆으로 비켜섰다. 도망칠 시간은 없었다.

왼쪽 손바닥이 카나고어의 머리에 닿기 직전에 사이먼은 몸을 웅크려 거대한 악마의 어깨 아래로 굴렀다. 그러고는 카나고어의 척추에 부츠 바닥을 가져다 댔다.

"부츠 고정."

사이먼이 다시 한번 지시했다. 스파이크들이 즉각 부츠에서 튀어나와 카나고어의 몸속 깊숙이 박혔다. 적어도 하나는 척추까지 뚫은 것 같았다. 카나고어가 갑자기 휘청이더니 몸에서 힘이 빠져나갔다. 하지만 놈은 엄니를 번뜩이며 거대한 머리를 휘저었다.

검을 두 손으로 쥐고 거꾸로 세워 든 사이먼이 두개골 바로 아래 목을 찔렀다. 그제야 카나고어는 마지막임을 깨달았고, 깨달음과 함께 고깃덩이가 되었다.

사이먼이 스파이크들을 회수한 후 등에서 뛰어내렸다. 눈이 1미터 넘게 쌓여 있어 착지한 후 발걸음을 옮기기 위해선 길을 헤쳐야만 했다. 그는 갑옷 AI가 찾아낸 방패로 곧장 향했다.

"구해 줘서 고마워, 친구."

네이선이 그에게 다가와 말했다. 사이먼이 고개를 끄덕인 후 주변을 훑어보고는 통신회선으로 명령했다.

"퇴각. 서쪽으로 간다."

"그쪽은 절벽이야, 사이먼."

대니엘이 지적했다. 그녀는 멀찍이에서 몰턴 에지 두 자루를 들고 래비저 한 놈의 배를 가른 다음 다른 래비저의 머리를 자르고 있었다.

"악마가 사방에 포진했어. 지금 당장 후퇴하는 것 말고는 방법이 없다."

템플러들이 악마의 전선을 뚫고 달렸다. 절벽까진 가까웠다. 갑옷으로 향상된 힘과 스피드 덕분에 악마보다 조금 빨랐지만, 그것으로는 충분하지 않았다.

사이먼은 달리면서도 HUD로 페티드 헐크의 어깨에 앉은 미니언을 주시했다.

8장

거리는 전쟁터였다. 주변에서 끊임없이 학살이 자행되었다. 레아는 쉬지 않고 권총을 쏘았다. 피츠필드의 말처럼 쓰러뜨릴 악마는 넘쳤다.

잠시 후 그들은 폭파팀의 위치에 다다랐다. 수십 마리가 넘는 블러드 좀비들에게 에워싸여 있었다. 그 사악한 놈들은 피를 뒤집어쓰고 흐느적거리며 인간을 조소하는 듯했다.

레아는 그 혐오스러운 생명체 중 적어도 한둘은 이번 작전에서 희생된 사람들이라는 것을 깨닫고 경악했다. 몇몇 악마들이 어딘가에서 그들을 죽음으로부터 일으켜 세워 전우와 맞붙도록 하고 있었다.

피츠필드가 욕설을 뱉고는 그리즐리 라이플을 들고 앞으로 나섰다. 에너지 탄환이 블러드 좀비들을 맞히자 놈들은 조각나며 날아갔다. 피츠제럴드의 공격을 알아차리기 전에 세 놈이 더 쓰러졌다. 전복된 차량과 근처 건물에서 무너져 내린 돌과 모르타르 더미 뒤에서 곧 더 많은 블러드 좀비들이 나타났다.

"피해요!"

레아가 피츠필드와 함께 총을 쏘며 말했다.

"너무 많습니다!"

"폭탄 하나가 터지지 않았다."

피츠필드는 몸을 숨기려 하지 않았다. 근처 건물 앞에 쌓인 잔해 더미에서 블러드 좀비 한 마리가 뛰어내렸다. 레아와 동료들을 덮칠 준비가 되었다는 듯 목구멍이 뚫려 있었다.

레아는 본능적으로 서멀 볼터를 들어 블러드 좀비의 열린 입속으로 로켓을 집어넣었다. 안에서 일어난 폭발로 놈은 새까만 숯덩어리가 되었고 연기와 함께 악취가 공기를 가득 메웠다. 레아의 마스크조차도 냄새를 완전히 걸러 주지는 못했다. 피츠필드는 간신히 버티고 있었다. 블러드 좀비 무리가 그에게 달려들며 몰아넣었다. 그만큼 근접한 적에게 쏘기에 그리즐리 라이플은 너무 길었다. 레아가 피츠필드 곁으로 물러나며 SRAC(기관총)를 발포했다. 계속되는 불길에 무너지는 듯했지만 놈들은 멈추지 않고 다가왔다. 레아가 말했다.

"퇴각해야 해요."

"아무도 돔으로 진입하지 못했어."

피츠필드가 거칠게 말했다.

"폭탄이 저기 그대로 있다고."

레아가 폭발물이 담긴 용기를 보았다. 다른 두 폭탄이 어디에서 터졌는지는 움푹 팬 분화구와 폭발 흔적으로 알 수 있었다. 엉뚱한 데서 터져 거리 모습만 바꾸었을 뿐이었다.

"저 빌어먹을 돔이 폭발하지 않는다면……."

피츠필드가 블러드 좀비의 엉덩이를 발로 찬 후 머리를 산산조각 내면서 입을 열었지만 말을 끝맺지는 않았다.

블러드 좀비가 태아처럼 몸을 웅크리더니 부들부들 떨었다. 레아가 지켜본 바로 이놈들은 가끔씩 재생되곤 했다. 레아가 블러드 좀비를 걷어찬 후 사방으로 살점을 후드득 떨어뜨리는 시체에 십

수 발을 쏘았다.

저놈은 되살아나더라도 좀 더 오래 걸리겠지. 레아가 냉정하게 생각했다. 그러고는 폭발물이 있는 곳을 보았다.

"회수해 오겠습니다."

피츠필드가 그리즐리 라이플을 어깨에 걸치더니 HARP 피스톨과 이럽터를 뽑아 들었다. HARP 피스톨은 전자와 음속 발생기로 재빠르게 음파를 변형시키는 빔을 발포하는 화성 공명 투사 무기였다. 처음에는 광산용으로 개발되었다. 통제가 쉬웠고 암석, 금속, 유리 같은 비유기물질을 손쉽게 해체했기 때문이었다.

HARP 기술은 또한 신체 리듬이 자연스럽지 못한 유기물질도 파괴했다. 블러드 좀비의 심장은 뛰지 않았기에 피도 정맥과 동맥으로 흘러가지 않았다. HARP에게 그들은 무기물로 인식되었다.

피츠필드가 HARP 피스톨을 발사하자 빔이 널따란 원뿔 모양으로 퍼져 나가며 주변이 파괴되기 시작했다. 빔이 지나가는 경로에 있는 블러드 좀비들이 움직임을 멈추었고, 다음 순간 온몸이 떨리다가 산산조각 났다. 무리 중 일부 또는 무리 전체가 원자로 분해되며 순간적인 청백색 빛을 사방에 내뿜으며 즉각 사라졌다.

영향권 밖에 있던 블러드 좀비들은 휘청거리며 다가왔다. 놈들에게 역시 HARP 폭발의 여파가 미쳤을 것이 분명했다. 공포조차 알 수 없을 정도로 이미 죽은 이들이었다.

레아는 죽은 폭파 요원 둘 또한 빔에 당한 것을 보았다. 그들이 쓰러진 곳에는 시신 일부만이 남아 있었다.

피츠필드가 욕을 퍼부었다.

이미 죽은 그 두 사람에게 해를 끼칠 의도는 아니었던 것이 분명했다. 저들은 어차피 느끼지도 못해. 레아가 생각했다. 그리고 이젠 되살아나서 우리에게 맞서지도 못할 거야.

"제가 폭발물을 맡겠습니다."

레아가 앞으로 나섰다. 그러고는 SRAC를 총집에 넣고 언제라도 쏠 수 있도록 서멀 볼터를 들었다. 레아가 몸을 숙여 폭발물 케이스 손잡이를 잡고 계속해서 나아갔다. 지금은 생각할 시간도 없었다.

다크스폰 순찰병들이 건물 구석에서 나타나 재빨리 무릎을 꿇고 앉더니 레아를 조준했다. 레아가 서멀 볼터를 겨누고 세 번 쏘았다.

로켓 하나만이 놈들에게 명중했다. 다른 두 방은 거리와 건물 벽을 맞췄다. 불길이 구역 전체를 휘감으며 첫 폭발에서 살아남은 다크스폰에게 옮겨붙었다.

레아는 달렸다. 생존이나 죽음에 대한 생각이 전부 사라졌다. 적을 제거하고 앞으로 나아가는 것에만 집중했다. 맹렬한 불길에서 치솟는 자욱한 연기가 템스강으로부터 피어오르는 천연 안개와 뒤섞였다. 강 한가운데의 아일 오브 독스는 거의 보이지 않았다.

"여기는 블루 스카우트."

레아가 머리 없는 페티드 헐크의 시체를 뛰어넘으며 말했다. 검은 옷을 입은 남자가 여기저기 부러지고 뒤틀린 채 악마의 거대한 손아귀에 놓여 있었다. 페티드 헐크의 목구멍 주머니에서 나온 산성물질이 요원의 보호 슈트와 그 속의 살점까지 먹어 치우고 새까맣게 불태워 버린 후였다.

"듣고 있다, 블루 스카우트."

하그로브 사령관이 응답했다.

"블루 스카우트, 지금 제3폭파팀으로 작전을 속개합니다."

다크스폰 무리와 맞닥뜨린 레아가 근처 골목으로 몸을 날린 순간 에너지 볼트와 탄환이 그녀가 방금까지 있던 자리를 지나갔다.

"알았다."

하그로브가 응답했다.

전투의 세부 정보를 실시간 데이터로 확인할 수 있는 전장 한가운데 서서, 레아는 자신의 코드명이 블루 스카우트에서 제3폭파팀으로 변경되는 것을 보았다. 하그로브가 말했다.

"행운을 빈다, 제3폭파팀."

"알겠습니다, 감사합니다."

골목은 6미터 남짓한 벽으로 가로막혀 있었다. 레아가 가진 지도와는 달랐다. 이번 작전에 대한 사전 정보가 엉성하다는 것을 깨닫자 욕이 절로 나왔다. 정찰 담당 요원들을 비난하는 것은 아니었다. 악마와 그들의 온갖 책략을 완전히 피하기란 거의 불가능했다.

"위로 가야 합니다."

레아가 어깨 뒤를 흘끗 보았다. 위커샵이었다.

"뒤쫓아 왔어요."

다크스폰 사격수가 쏜 총에 입은 왼쪽 어깨의 상처가 보였다. 검은 슈트 위로 피가 흘러내리고 있었다.

"부상당했잖아."

"서두르지 않으면 위험합니다."

위커샴의 등 뒤 골목 입구로 다크스폰이 나타났다. 레아가 폭발물 케이스를 어깨에 지고 서멀 볼터를 들었다. 그러고는 왼쪽 손목에 찬 조종 장치 버튼을 눌렀다. 레아의 슈트는 템플러 갑옷만큼 AI 성능이 뛰어나지 않았다. 많은 조작을 수동으로 해야 했다.

슈트의 장갑, 팔꿈치, 무릎에 댄 패드 바깥으로 미세한 갈고리들이 튀어나왔다. 강화 부츠의 발끝에는 더 많이 내장되어 있었다. 골목 막다른 벽에 다다른 순간 레아가 몸을 날려 손바닥과 팔꿈치, 무릎, 부츠 발끝을 돌과 모르타르로 이루어진 벽면에 가져다 대었다. 갈고리가 돌 속으로 파고들며 도마뱀처럼 재빠르게 기어오를 만큼 충분한 힘으로 지탱해 주었다. 레아가 등반 훈련을 완벽히 해내는 데에는 몇 주나 걸렸었다.

위커샴 역시 같은 방법으로 뒤를 따랐다.

꼭대기에 거의 다다르자 레아가 멈추더니 집중해서 위로 몸을 날렸다. 그러고는 벽 가장자리를 붙들고 몸을 끌어 올렸다. 곧이어 위커샴도 레아 옆에 올라섰다. 에너지 볼트가 벽을 때리자 주변 공기가 열기로 지글거렸다.

레아가 벽을 따라 밀레니엄 돔이 있는 방향으로 달렸다. 전방의 건물로 도약해 두 층을 더 기어 올라간 후 지붕 위로 올라섰다. 위커샴도 레아를 곧잘 따라왔으나 이상하게 착지하는 바람에 얼굴부터 떨어졌다. 그가 통증 때문에 신음하며 나지막하게 욕을 했다. 그러고는 앉은 자세에서 몸을 굴려 일어섰다.

"놈들도 기어오르고 있네요."

위커샴이 말했다. 레아가 가방에서 HARP 수류탄을 꺼내 타이

머를 맞춘 후 옥상에 굴렸다. 수류탄이 카운트다운을 시작하며 파랗게 깜박거렸다.

봇이 전송하는 오버헤드 정찰 영상을 통해 레아는 수류탄이 옥상 가장자리로 굴러가 다크스폰 무리에 떨어지는 것을 보았다. 놈들은 시체들의 살과 뼈를 사다리로 이용해 벽을 기어오르려 하고 있었다. 2층 건물이었지만 악마들의 시체는 충분해 보였다.

수류탄이 꿈틀거리는 악마 무리 안으로 쑥 들어갔다. 다크스폰 몇 마리가 위협을 알아차리고는 벽 꼭대기에서 벗어나려고 했지만, 헛된 노력이었다. 수류탄이 터지면서 눈이 멀 정도로 환한 청백색 빛이 골목을 가득 메웠다.

레아가 내려다보고 벽에 가장 크게 엉겨 있던 무리가 사라졌음을 확인했다. 어지러이 흩어진 팔, 다리, 머리, 몸통들이 폭발 반경을 표시해 주었다. 벽에도 커다란 구멍이 나 있었다. 건물을 받치던 기둥 또한 무너진 것이 분명했다.

옥상이 덜컹거리며 흔들리기 시작했다. 위험을 알아차린 레아가 위커샴의 슈트 벨트를 잡아끌며 외쳤다.

"이쪽 기둥이 무너졌어."

두 사람은 달렸다. 무너져 내리는 건물 옥상에서 간신히 한발 앞서 있었다. 꽹음과 함께 격렬한 파도처럼 두 사람의 발뒤꿈치를 쫓으며 바닥이 허물어지고 있었다.

그들은 옥상 끝에 다다라 아래를 내려다보았다. 12미터, 네 개 층 정도의 높이는 감당할 만했지만 거리는 악마들로 들끓었다. 내려가는 순간 버티지 못할 것이 분명했다.

"이쪽으로. 유일한 탈출구야."

레아가 숨을 깊이 들이쉬고 향상된 슈트의 근력을 끌어올려 허공으로 몸을 날렸다. 마치 인간 미사일 같았다.

위커샴도 레아 뒤를 바짝 쫓았다. 시가전이 벌어지는 거리 위 공중을 높이 날면서 그가 괴상하게 팔다리를 허우적거렸다. 아래에 있던 다크스폰 몇 마리가 그들이 무엇을 하려는 작정인지 눈치챘다. 건물 사이를 뛰어넘는 레아와 위커샴에게 온갖 총알과 빔, 아케인 탄환이 쏟아졌다.

레아는 맞은편 건물 옥상 끝에 닿지 않을 것을 깨닫고는 아래층 창문 쪽으로 몸을 틀었다. 슈트에 보호 장치가 있었지만 건물과의 충돌까지 감당할 수는 없을 것 같았다.

"창문으로!"

레아가 위커샴에게 외쳤다. 그가 그 소리를 들었는지, 대답하려고 했는지도 알 수 없었다. 레아는 곧장 창유리에 부딪쳤다. 공중으로 흩뿌려지는 반짝이는 유리 조각들이 불길과 탄환 사이로 쏟아져 내렸다.

옷 가게 선반들은 온통 텅 비어 있었다. 값나가는 것들은 모두 수년 전에 없어졌다. 창과 부딪치는 충격에 순간적으로 숨이 멎는 듯했지만 레아는 태아 자세로 몸을 말고 두 손으로 머리와 무릎을 감싸 배를 보호했다.

바닥에 드러누운 레아가 자신이 아직 살아 있음을 깨닫고 놀랐다. 그녀가 일어서서 유리가 깨진 창문 밖을 내다보았다. 다크스폰 사격수들이 가게로 달려오고 있었다. 그들 뒤에서는 건물이 무너지고 있었다. 돌과 모르타르와 유리 수천 톤이 다크스폰들을 짓뭉갰다. 조금 전 놈들이 저지른 실수가 돌이킬 수 없는 죽음으로 되돌아간 것이었다.

돌조각과 모르타르가 창문들을 통해 가게 안으로 쏟아져 들어오자 레아는 뒤로 물러섰다. 슈트의 오디오 수용기가 작동되었으나 점점 커지는 굉음을 어찌할 수 없었다. 레아가 숨을 돌리는 사이 파편들이 머리 위로 떨어져 내렸다. 아직 손안에 폭발물 케이스가 있음을 확인한 레아가 서멀 볼터를 꺼냈다.

다크스폰 세 마리가 깨진 창문으로 기어 들어왔다. 레아가 놈들을 향해 로켓을 세 발 쏘았다. 다크스폰은 가게 앞 거리에 생생하게 펼쳐진 지옥까지 나동그라졌다.

또 다른 악마가 문으로 돌진하려고 했지만 입구는 꽉 막혀 있었다. 위커샴이 M3 퍼포레이터(레아 조직 무기)로 놈의 얼굴을 쏘았다. 머리가 흔적도 없이 날아간 다크스폰이 비틀거리더니 뒤로 넘어갔다.

레아는 놈이 죽은 것을 확인하고 다른 악마들이 건물 잔해에 파묻힌 채 여기저기 널브러진 광경을 창문으로 내다보았다.

"운이 좋았네요."

위커샴이 비장하게 말했다.

"건물 한 채를 붕괴시켰다고 자랑해도 되겠어요."

더 많은 다크스폰들이 눈앞에 나타났다.

"달릴 수 있겠어?"

위커샴의 상체 거의 전부가 검붉은 피로 번들거렸다. 몸 여기저기에 유리 파편이 박혀 있었다.

"어쩔 수 없잖아요."

위커샴이 유리 조각을 빼내기 시작했다.

"그러지 마."

레아가 경고했다. 그녀는 몸에 꽂힌 유리 조각에 손대지 않고 있었다.

"유리가 출혈을 막아 주고 있을지도 몰라."

"아."

위커샴이 손을 거두었다.

"그렇다면 고마워해야겠네요."

목소리에 섞인 자조가 고통에 가려졌다.

레아는 건물 뒤쪽으로 나섰다. 문은 작은 골목으로 향했다. 레아가 봇 스캔으로 방향을 잡은 후 다시 밀레니엄 돔으로 발걸음을 옮겼다.

두 사람은 그림자 속에서만 이동하여 산개한 악마의 전투 대형 뒤쪽에 다다랐다. 악마들은 공격해 들어온 요원들을 조금씩 밀어 붙이며 교전에서 이기고 있었다.

돔은 70미터 남짓 떨어져 있었다. 가는 길 여기저기 돌 더미 같은 잔해가 나뒹굴었다. 카나고어나 아직 모습을 드러내지 않은 또 다른 악마가 땅에서 솟아 나온 것 같았다.

"일단 진입한 후엔 희망을 걸 곳은 강밖에 없어."

위커샴이 고개를 끄덕였다.

"한 사람만 들어가는 게 어때요?"

"여기 남고 싶어?"

"아뇨, 저 혼자 가겠다는 말입니다."

레아가 고개를 저었다.

"내가 시작한 일이야. 내가 끝낼 거야."

"그렇다면 사태가 더 나빠지기 전에 해치우자고요. 저놈들도 그러고 싶을 거라는 확신이 드는군요."

위커샴이 퍼포레이터를 쥐더니 함께 가져온 나노다인 파이어스타터도 꺼냈다.

레아가 달리기 시작하자 위커샴이 뒤를 따랐다. 그들은 돔 앞으로 자욱한 안개와 연기, 휘몰아치는 어둠을 빠르게 헤치며 나아갔다. 레아는 정문으로 향하는 길을 힘들여 뚫는 대신 벽에 새로운 길을 내기로 했다. 가열된 벽이 마구 진동하며 두 사람 앞에 돌더미들을 쏟아 냈다.

밀레니엄 돔은 기억과는 완전히 달랐다. 육상 경기나 콘서트를 관람하러 오거나 친구들과 쇼핑하던 곳이었다. 이제 건물 안은 악마의 기괴한 기기들로 가득했다. 전지들이 어둠 속에서 녹색 불빛을 깜박거리고 있었다. 기이한 컨베이어 벨트와 기계들이 조립 라인을 지나가며 쿵쿵 쾅쾅 소리를 내질렀다.

모든 것이 제대로 돌아가도록 다크스폰들이 기계에 붙어 일하고 있었다. 그중 몇 놈이 벽에 뚫린 구멍으로 다가왔다. 놈들의 총구가 활활 타오르고 있었다.

"제3폭파팀."

하그로브 사령관이 호출했다.

"목표 지점에 진입했나?"

"그렇습니다."

레아가 다가오는 다크스폰을 서멀 볼터로 쏘자 놈들이 뒤로 나동그라졌다. 위커샴도 레아와 함께 발포했다.

"폭발물을 두고 떠나라."

하그로브가 명령했다.

"카운트다운을 시작한다. 10초 남았다. 9…."

레아가 슈트로 향상된 힘을 끌어모아 폭발물 케이스를 돔 깊숙이 집어 던졌다. HARP 전하와 고농축 플라스틱 폭발물이 결합된 폭탄이었다.

"가."

레아가 위커샴에게 명령했다. 젊은 청년이 그대로 몸을 돌려 벽의 구멍으로 되돌아갔다.

"강으로 달려."

레아가 뒤를 따르며 지시했다. 그때 무언가가 얼굴 오른쪽을 강하게 때렸다. 두개골이 저릿해지며 시야가 흐리고 좁아졌다. 아드레날린이 어마어마한 통증과 싸우는 것을 느끼며 레아는 걸음을 멈추지 않으려고 힘을 쥐어짰다.

"5."

하그로브가 카운트다운을 계속했다.

강으로 뛰어가던 위커샴이 휘청거렸다. 레아가 그의 팔을 붙들어 힘을 보태 주었다. 두 사람은 순간 함께 균형을 잃을 뻔하다가 곧 보조를 맞추었다.

"2."

카운트다운은 가차 없었다. 하그로브가 0을 세었지만 두 사람은 슈트가 끌어올려 준 스피드로도 강까지 도달하지 못했다.

레아와 위커샴의 등 뒤에서 폭발이 일어나며 거대한 섬광이 번뜩였다.

"점프해."

강까지 10미터도 채 남지 않은 것을 보고 레아가 말했다.

"최대한 깊이 잠수해."

지구 온난화 때문에 수위가 높아지던 시절 강물은 둑까지 차올랐었다. 그 때문에 2012년에는 강바닥을 파내어서 더 많은 강물을 흐르도록 하는 공사도 진행되었지만, 이제는 '화마'에 물이 거의 증발해 옛 둑 아래로 1.5미터 남짓 내려가 있었다. 레아는 그저 강 깊이가 그들을 보호해 줄 정도는 되기를 바라는 수밖에 없었다.

두 사람이 공중으로 몸을 날리는 순간 거친 굉음이 발끝까지 와 닿았다. 하지만 공기가 화염과 온갖 폭파 잔해로 가득 차기 직전, 그들은 강물 속으로 빠져들어 갔다.

레아가 6미터 아래로 잠수해 내려가 어두침침한 강바닥으로 향했다. 그러고는 악마의 공습 이래 줄곧 거기 가라앉아 있었을 보트를 붙들었다.

불길이 수면을 휩쓸자 강물이 화가 난 듯 노란색과 주황색으로 변했다. 위커샴도 보트 뱃전에 매달려 있었다. 그의 상처에서 짙은 피가 위태롭게 흘러나왔고, 레아도 마찬가지였다.

슈트의 안전장치가 작동하면서 마스크가 얼굴을 죄어 오기 시작했다. 급격히 바뀐 환경을 감지하여 두상을 봉쇄하고 산소를 공급하기 시작했다. 시스템은 10분 정도 지속될 것이다. 심장이 미친 듯이 뛰었지만 레아는 천천히 숨을 쉬려고 애써 보았다.

돔으로부터 날아온 파편이 강물 위로 쏟아져 내렸다. 검게 타 숯이 되어 버린 악마 시체들도 함께 떨어져 내렸다. 둑 위 새벽하늘은 횃불이 타오르는 것만 같았다.

"잘했다, 제3폭파팀."

하그로브 사령관이 말했다.

"목표물이 파괴된 것을 확인했다. 무사한가?"

"그렇습니다."

"두 명일 텐데."

"두 명 다 무사합니다."

위커샴이 약해진 목소리로 말했다.

"좋다. 접선 장소로 돌아와라. 피해 상황을 점검하겠다."

"알겠습니다."

위커샴이 레아를 보더니 얼굴로 손을 뻗었다

"괜찮으십니까?"

레아는 본능적으로 물러났다. 머리가 있던 자리에서 칙칙한 피가 안개처럼 퍼졌다.

"손대지 마."

얼굴 반쪽에 감각이 없었지만 만지면 고통스러울 것이 분명했다. 피를 보니 확신은 더욱 강해졌다.

"상처가 심각한 것 같습니다."

"우리 둘 다 그렇지. 가자."

레아가 보트를 놓고 잠영했다. 아주 가까이서 돔이 환하게 불타고 있었기에 나아가긴 쉬웠다.

하지만 강바닥에 가라앉은 해골들을 볼 줄은 미처 몰랐다. 진흙에 반쯤 파묻혀 반짝이는 백골 모두가 인간의 것이었다. 악마가 파괴한 다리들에서 추락해 여기까지 휩쓸려 왔는지, 보트나 선박이 난파되어서 물에 빠진 것인지 알 수 없었다. 어쩌면 그저 악마들이 쓰레기처럼 여기 내다 버린 것일 수도 있었다.

눈앞에 펼쳐진 광경은 경악할 만했다. 악마와의 전쟁을 시작하면서 본부는 절대로 이길 수 없는 싸움이라고 선언했었다. 그들이 바라는 최선은, 악마 또한 이기지 못하도록 막는 것이었다. 적어도 악마가 최대한 오래, 값비싼 대가를 치른 후 승리하도록 하고 싶었던 것이다.

그걸로는 충분하지 않아.

레아는 오늘 밤 목숨을 잃은 그 모든 사람들을 떠올렸다. 그들은 아침이 되어도 돌아오지 않을 것이었다. 다크스폰은 '다크 윌'과 '그레이터 데몬(위대한 악)'의 계획에 따라 움직이는 총알받이일 뿐이었다.

오늘 밤의 습격으로 무기 공장은 파괴되었지만 몇 주 후나 몇 달 후 재건될 것이 분명했다. 그 모든 죽음과 희생이 뒤따랐는데도 기껏해야 놈들을 한 번 늦추는 셈일 뿐이었다.

레아는 계속 잠영하며 그런 생각은 떨치려고 애썼지만 그마저도 무리였다. 두개골 안을 찌르는 고통이 결국 그녀를 한 번도 겪어 보지 못한 깜깜한 어둠으로 밀어 넣었다.

9장

  눈보라는 절벽 쪽에서 더욱 강하게 휘몰아쳤다. 절벽 가까이에서 템플러들은 허리까지 쌓인 눈을 헤치며 나아갔다. 보이지 않는 바닥을 딛기가 위험했다. 사이먼은 적어도 한 번 이상, 되돌아가고 싶은 마음을 억눌렀다.
  먹잇감이 막다른 곳에 이르렀음을 감지한 래비저와 카나고어들이 모여들었다. 머리 위로는 악마 몇 마리가 날개를 퍼덕거리며 날아다녔다. 사이먼은 밤하늘의 별빛만으로는 놈들이 누구인지 곧바로 식별할 수 없었다.
  블레이드 미니언은 여전히 두 다리를 벌리고 페티드 헐크 위에 올라타 있었다. 블레이드 미니언이 어깨 뒤로 손을 뻗어 끝부분이 흑요석인 창 한 자루를 꺼내 들었다. 한밤중에도 검은 빛을 발하는 흑요석은 하얀 눈 사이로 두드러졌다.
  "템플러."
  블레이드 미니언이 목구멍을 긁듯 거칠게 말했다.
  "항복하고 싶으냐?"
  사이먼이 앞으로 성큼 나섰다. 이미 템플러 셋이 쓰러졌다. 바람이 휘몰아치는 절벽 위에는 오직 일곱 템플러만이 남아 있었다. 그들을 잠깐이라도 숨겨 줄 나무나 바위조차 없었다.
  "너는 누구냐?"
  사이먼이 검과 방패를 들며 물었다. 블레이드 미니언이 크게 숨을 내쉬더니 뭉툭한 고개를 저었다.

"지금 나는 그 누구도 아니다. '이름 지어진 자'가 아니다. 오로지 싸우고, 죽이기 위해 너의 이 가여운 세계에 왔다. 그럼으로써 이름을 얻을 것이다. 언제나 그래 왔듯이. 너는 누구냐?"

"로크 가문의 사이먼 크로스다. 악마에게 항복할 마음은 없다."

악마가 고개를 끄덕였다.

"로크라. 로크 가문에 대해선 잘 알지."

놈이 누렇게 변색된 이빨을 드러내며 음침하게 웃었다.

"우리가 너의 조상들을 죽였다."

사이먼은 그 말이 사실인지 몰랐다. 이 세상에서 인간과 악마가 서로 마주치는 일은 거의 없었다. 그는 그저 탈출할 방법과 생존할 방법을 생각해 내려고 애썼다. 아무것도 떠오르지 않았다. 지난 며칠 동안 잠들지 않기 위해 사용했던 스팀팩 효과와 수면 부족으로 몸도 떨리는 것 같았다.

"다른 자들은 어디에 있는지 말하라."

악마가 말했다. 그 말에 용기를 얻은 사이먼이 상체를 꼿꼿하게 세웠다. 템플러 은거지가 어디에 있는지 놈이 모른다면, 희망은 남아 있었다. 사냥팀이 돌아가지 않으면 무슨 일인가 벌어졌음을 알고 삼엄한 경계 태세를 취할 것이다. 사이먼에게 훈련받은 대로 며칠 기다린 후 조사에 나설 것이다. 죄 없는 사람들이 위험에서 벗어날 수 있는 기회는 아직 있었다.

"우리 말고는 없다."

미니언이 비웃었다.

"그것이 너의 대답이냐, 템플러. 너의 명예를 걸고 맹세하라면

어찌하겠느냐?"

"악마에게 걸 명예 같은 건 없다. 예의를 차릴 것도, 자비를 베풀 것도 없다. 인간과 악마 중 오직 하나만이 이 세상에 살아남을 것이다."

"다른 자들을 반드시 찾아내겠다."

악마가 맹세했다.

"지금 이렇게 너를 찾았으니, 너의 머리를 창에 꽂아 나의 주인들에게 템플러들이 숲과 언덕에 숨어 있음을 알릴 것이다. 그들을 찾아 모두 죽여 버릴 것이다."

"우릴 쓰러뜨린 후에 그런 얘길 하시지."

대니엘이 응수했다.

"그쯤이야 순식간에 해치울 수 있지."

미니언이 사이먼에게 창을 겨누었다. 사이먼은 아슬아슬하게 방패를 내밀어 창에서 뿜어져 나온 검은 빔을 막았다. 방패가 아케인 무기의 전하를 거의 흡수했는데도 사이먼은 뒤로 내동댕이쳐졌다.

- 경고.

AI가 침착하게 알렸다.

- 방어도가 43퍼센트로 하락했습니다.

카나고어와 래비저가 모두 함께 공격을 개시했다. 래비저들이 발굽으로 눈밭을 헤집으며 달려 나왔다. 그러나 너무 많은 수가 오히려 해가 되었다. 놈들은 서로의 경로를 방해했다.

사이먼이 선두로 나서서 우뚝 섰다. 작고 빠른 래비저들이 먼저 다다랐다. 사이먼이 제일 앞에서 덤벼드는 놈의 목을 강타했지만 놈의 시체가 방패에서 미끄러지는 순간 다음 래비저가 이미 도달했다. 사이먼은 머리로 달려드는 놈에게 검을 휘둘러 거의 두 동강 내 버렸다. 검이 악마의 척추에 꽂히자 그는 쓰러진 적에게 다가가 검을 뽑아냈다.

사이먼이 다시 자세를 잡기도 전에 미니언이 창으로 빔을 쏘았다. 창 손잡이 부분을 장식한 녹색 수정들이 보였다. 수정에서 에너지가 아른거렸다.

쌓인 눈 때문에 사이먼은 발을 딛기가 어려웠다. 부츠의 스파이크로 몸을 버티려 해 보았지만 눈만 파고들 뿐, 박혀 들어갈 지반을 찾지 못했다. 갑옷에서 아직 불타오르고 있는 검은 불꽃 때문에 앞도 잘 보이지 않았다. AI가 경고했다.

- 방어도가 28퍼센트로 하락했습니다.

"화염을 분석하라."

- 분석 실패. 데이터베이스 정보 부족.

갑옷 속까지 열기가 위협해 피부가 지글거렸다. 사이먼은 방패를 들어 계속해서 날아오는 빔을 막았다. 순간 카나고어가 코앞에서 머리를 쳐들고 솟아 나오는 것을 보고 사이먼은 가까스로 비켜섰다. 그가 카나고어의 몸통 중간쯤에 칼을 찔러 넣었지만 놈의 거대한 발이 방패를 강타했다. 사이먼은 뒤로 밀려 났다.

오른발이 절벽으로 미끄러지는 것을 느낀 사이먼이 떨어지지 않으려고 버텼다. 복부가 헤집어진 카나고어가 사이먼을 다시 한번 밀어붙였다.

놈의 추진력에 사이먼은 절벽 끝으로 밀려 났지만 카나고어도 가속도를 어찌하지 못하고 그와 함께 저 아래 삭막한 대지로 떨어지기 시작했다.

추락 도중 사이먼의 오랜 훈련의 성과와 반사신경이 살아났다. 템플러 훈련에서도 추진력을 어떻게 통제할 것인지, 추락에 어떻게 대처할 것인지 배웠지만 익스트림 스포츠 경험 역시 한몫했다. 추락은 그 시절의 일상이었다.

거꾸로 뒤집혀 떨어지던 사이먼이 오른손으로 절벽을 때리며 말했다.

"건틀릿 고정."

갑옷 AI가 즉각 손목 아래 부위에서 스파이크를 세우며 단단한 바위에 찔러 넣었다. 건틀릿이 절벽에 박히며 큰 반동과 함께 추락이 멈추었다. 손목과 팔로 통증이 퍼져 나갔다. 사이먼이 부츠 바닥 역시 절벽에 고정했다.

왼손에 들고 있던 방패를 등에 찬 후 사이먼은 왼손 건틀릿을 고정하고 오른손을 자유롭게 했다. 몸을 조금 비틀어 아래를 보고는 엉망이 된 카나고어의 시체를 확인했다.

그때 패닉에 빠진 네이선의 비명 소리가 머리 위에서 들려왔다.

사이먼이 2.7미터 정도 위로 솟은 절벽을 올려다보았다. 순간 눈 더미가 쏟아져 내렸고, 네이선이 추락하고 있다는 것을, 그가 사이먼을 스쳐 지나가기 직전 간신히 깨달았다. 머리부터 떨어지는 네이선의 발목을 사이먼이 붙들었다. 어깨가 탈골되었을지도 모른다는 생각이 잠시 들었지만, 네이선을 붙잡은 손은 놓지 않았다.

"하느님 맙소사."

네이선이 사이먼의 손에 매달려 시계추처럼 흔들리면서 숨을 몰아쉬었다.

"이제 끝인 줄 알았어, 친구."

"나도 마찬가지야."

하늘을 날던 악마 한 놈이 하강했다. 가까워지는 놈을 보고 사이먼은 아프리카 콘도르보다는 작다는 생각이 들었다. 그래도 여전히 어마어마하게 크긴 했다. 박쥐 같은 날개에 상반신의 절반이 넘는 길이의 꼬리 끝은 갈퀴 같았다.

놈이 날개를 사납게 퍼덕이며 허공에 멈추었다. 그런 다음 사이먼의 눈을 노리고 꼬리를 앞으로 휘둘렀다. 가시 돋친 꼬리 끝이 가하는 충격으로 고강도 폴리카보네이트에 미세한 균열이 생기기 시작했다.

- 경고.

AI가 말했다.

- 반복된 충격으로-

악마가 주위를 선회하며 피에 굶주린 비명을 지르고는 공격을 반복했다. 균열이 길게, 점점 더 넓은 부위로 퍼져 나갔다.

- 안면보호구 손상. 공기 오염 가능성이 높습니다.

AI가 말을 끝냈다. 사이먼이 네이선을 위로 던져 올리며 말했다.

"달라붙어."

네이선의 갑옷 스파이크가 박혀 들어가는 소리가 들렸다. 그 힘을 믿고, 사이먼이 공격 중인 악마에게 집중했다.

악마가 다시 한번 꼬리를 거세게 휘둘러 박아 넣으려 했지만, 이번 공격은 실패했다. 사이먼이 얼굴 바로 앞에서 꿈틀거리는 가시 돋친 꼬리를 붙잡은 것이다.

악마가 무섭게 날개를 퍼덕거리며 벗어나려고 애썼지만, 그럴 수 없다는 것을 깨닫자 몸을 한껏 웅크리더니 면도날처럼 날카로운 부리로 사이먼의 갑옷을 쪼아 대며 공격했다.

또 다른 악마 두 마리가 사이먼 앞으로 날아들었다. 사이먼이 꼬리를 붙든 악마를 한쪽으로 휘둘렀다. 놈이 절벽에 부딪치며 뼈들이 으스러졌다. 이미 숨통이 끊어진 악마를 놓고 자유로워진 한 팔로 새로 나타난 두 악마를 막기 위한 방어 자세를 취했다.

하지만 놈들이 사이먼에게 도달하기 전, 네이선이 파이어필드 캐스터를 쏘아 두 놈 모두를 새까만 숯덩이로 만들었다. 이미 죽었거나 혹은 죽어 가는 두 놈이 돌처럼 무겁게 추락했다.

"고마워."

"그런 말 말라고. 네가 아니었다면 난 여기 매달려 있지도 못했을 테니까."

다시 절벽을 향해 몸을 돌린 사이먼이 갑옷 스파이크를 이용해 올라갔다. 그러면서 HUD로 다른 템플러들의 시각 정보를 확인했다. 대니엘과 다른 템플러 넷이 끔찍한 적과 절망적으로 싸우고 있었다. 바로 그때 허니웰이 카나고어의 공격에 쓰러졌다. 놈은 야만적인 짐승처럼 신이 나서 쓰러진 템플러를 여러 차례 때렸다.

사이먼이 절벽 꼭대기로 몸을 끌어 올렸다. 그러고는 곧장 허니웰을 도우러 달려가며 검을 뽑아 들었다. 너무 늦은 것이 아니기를 바랐다. 네이선이 그를 뒤따랐다.

카나고어가 사이먼이 접근하는 것을 발견하고는 돌아서려고 했다. 하지만 짐승이 미처 자세를 잡기도 전에 사이먼이 놈의 목을 베고는 어깨로 들이받아 허니웰에게서 떨어뜨렸다.

살아 있어라. 사이먼이 허니웰 곁에 무릎을 꿇고 앉아 가슴에 손을 올렸다. 갑옷 대 갑옷 데이터 전송이 즉각 진행되며 쓰러진 템플러의 활력징후를 제공했다.

허니웰은 살아 있었지만, 그뿐이었다. 부러진 뼈와 온갖 내상 정보가 쏟아졌다. 허니웰은 이제 다시는 전장에 서지 못할 것이다. 그런 현실을 견디며 살아 내지 못할지도 몰랐다.

"필요한 약물을 모두 주입하라."

사이먼이 허니웰의 AI에 접속한 채 말했다.

- 약물 주입을 시작합니다.

"전체 시스템을 종료하라."

- 실행합니다. 크리스 허니웰에게 즉각적인 의료 처치가 필요합니다.

"알겠다."

사이먼이 일어서며 등에 방패를 걸쳤다. 방패가 제자리에 고정되자마자 갑옷이 충전을 시작했다. 네이선도 사이먼 곁에서 몸을 일으키는 바로 그때 래비저들이 두 사람을 발견했다.

"어쩌지, 친구?"

네이선이 파이어필드 캐스터로 래비저 한 마리를 쏘며 물었다. 불길이 타오르자 놈은 당황하여 울부짖었다.

사이먼이 달려드는 래비저 한 마리를 방패로 막아 땅에다 내리꽂은 다음 목을 눌러 기도를 뭉갰다. 마지막으로 놈의 머리를 밟아 뇌에 스파이크를 박아 넣었다.

"허니웰이 움직일 수만 있다면 절벽 아래로 내려가는 것도 해 볼 만할 텐데."

"래비저도 절벽은 내려갈 수 있어."

"하지만 카나고어는 아니지."

"그러네."

사이먼이 검으로 래비저의 두개골을 으스러뜨렸다. 시체 또 하나가 발치에 쓰러졌지만, 놈들은 계속해서 나타났다. 사이먼이 대니엘을 불렀고 다른 템플러들도 한데 모였다.

그들은 밀려오는 악마와 맞서 싸우며 맹렬하게 길을 뚫었다. 대니엘과 또 한 명의 블레이드마스터 템플러가 각자 검 두 자루를 양손에 들고 싸우는 동안 네이선과 다른 두 템플러는 방패를 들고 장벽을 만들었다. 래비저들은 그 앞에서 죽어 쓰러졌고 시체는 점점 더 높이 쌓였다.

카나고어는 기다리고 있었다. 절벽 끝처럼 공간이 협소할 경우 놈들은 행동하기 힘들 것이다. 아래로 터널을 뚫어 이동할 수도 없었다. 피에 굶주린 카나고어가 거칠게 울부짖었다.

"끝이다, 템플러."

블레이드 미니언이 페티드 헐크의 어깨에 앉아 비웃었다.

"돌아가면 다시 병력을 동원할 것이다. 네놈이 지키려는 인간들을 사냥할 것이다. 놈들을 찾아내, 모조리 죽여 주겠다."

10장

 의식 없는 허니웰을 어깨에 짊어진 사이먼이 절벽을 내려가려는 순간, 땅이 진동했다. 그가 HUD로 진동의 근원을 찾아냈다. 매끈한 검정 ATV 세 대가 그들을 향해 눈밭을 달려오고 있었다.
 은거지의 차량임을 곧장 알아볼 수 있었다. 런던 언더그라운드의 그 어떤 템플러도 이렇게 도시 밖 멀리까지 차량을 보내지는 않을 것이다.
 일반적인 땅에서라면 ATV의 하부는 1미터 남짓 여유가 있었을 테지만 지금은 높이 쌓인 눈을 헤치며 달려야만 했다. 1.5미터 높이의 스파이크 타이어가 쌓인 눈을 뒤로 밀어 보냈다. 템플러가 특별히 설계한 이 ATV는 영국군 팬서 MLV를 토대로 외부에 반동식 장갑을 장착했고 대공 무기와 미사일 발사대, 중화기인 XM171 서모 대포, F-S 그라인더 대포로 무장했다. 타깃을 포착해 전방을 향해 발포할 수 있는 탑재 드론 '하운드의 눈'은 ATV 무기와 사격수에게 적의 정보를 전달했다.
 "버텨 보게나, 사이먼."
 친숙한 목소리가 들려왔다.
 "워덤, 이렇게 늦게까지 깨어 있을 수 있는지 몰랐네요."
 네이선이 행복한 목소리로 농을 던졌다.
 사이먼은 조금 안도했다. 워덤은 사이먼이 어렸을 때 토머스 크로스와 함께 그를 가르쳤던 노장이다. 나이 든 템플러는 거의 남아 있지 않았다. 대부분이 써머라일 경을 따라 세인트 폴 대성당에서 전사했기 때문이다.

"자네들이 돌아오지 않은 것을 발견하고는 잠이 들 수가 없었지."

"은거지에 남아 계시라는 지시도 받으셨을 텐데요."

"그랬나?"

사이먼의 말에 워덤이 순진무구하게 대답했다.

"내 나이대의 기억력을 믿으면 안 된다네."

ATV 세 대는 거침없이 빠르게 달렸다. '하운드의 눈' 드론 덕분에 절벽 끝에서 오도 가도 못 하는 템플러들을 들이박을 가능성도 거의 없었다. ATV 대포들이 쏘아 낸 팔라듐 사보탄이 연기를 일으키며 카나고어 앞에 떨어져 경로를 막았다.

"공격!"

블레이드 미니언이 카나고어와 래비저늘에게 비명을 지르듯 명령했다.

"공격하라!"

놈의 명령에 페티드 헐크가 몸을 돌려 눈 덮인 시골 땅을 단 한 걸음에 가로질러 뛰어 들어왔다.

"워덤."

"말하게."

"페티드 헐크 한 놈이 동쪽으로 향합니다."

사이먼이 AI로 ATV 사격수에게 좌표를 전달했다.

"포착했다, 사이먼."

"도망가게 둬서는 안 됩니다."

ATV 대포가 포문을 빙글 돌렸다. 서모 포탄은 타깃까지 가지 못하고 떨어졌다. 그라인더의 사보탄이 나무 사이를 뚫으며 날아 갔지만 도망가는 악마들 근처에도 다다르지 못했다.

"조준이 안 됩니다."

사격수가 말했다.

"나무에 '하운드의 눈' 시야가 가려집니다."

사이먼이 앞으로 달려 나가 점점 줄어드는 악마들의 전선 위를 갑옷의 힘으로 훌쩍 뛰어넘었다. 높이 쌓인 눈에 착지하느라 사이먼은 거의 넘어질 뻔했다. 가장 가까이 있던 ATV가 사이먼을 쫓는 래비저 두 마리를 쓰러뜨렸다.

사이먼은 허니웰을 ATV 앞에 내렸다.

"안으로 데려가도록. 지금 당장 의료 처치를 해야 한다."

ATV가 앞으로 슬금슬금 나와 쓰러진 템플러를 차체로 막았다. 전투 차량 하부에 설치된 비상 출입구로 허니웰을 옮길 터였다.

사이먼은 눈을 헤치고 나아가며 워덤이 조종하는 ATV에 다다랐다. 그러고는 높이 점프해 차량을 뛰어넘은 다음 무릎을 꿇고 착지했다. HUD로 서모 대포가 래비저 무리를 절벽 끝에서 날려 버리고 사보탄이 카나고어와 함께 터지는 모습을 보았다.

네이선과 대니엘은 이미 템플러들을 ATV가 있는 안전한 위치로 이끌고 있었다,

"여긴 이제 괜찮을 것 같군요, 워덤."

사이먼이 말했다.

"저기 페티드 헐크를 타고 조종하는 놈 보이십니까? 저를 거기까지 데려다주세요."

"좋아."

사이먼이 ATV를 꼭 붙잡았다. 차가 출발하자 그는 차량 장갑판에 세게 부딪쳤다. 왼쪽 타이어가 눈밭을 헤치며 구르는 동안 오른쪽 타이어들은 제자리에 고정되어 있었다. ATV는 도망가는 악마들을 쫓으며 눈밭을 가로질렀다.

"사상자가 있는 건가?"

워덤의 목소리에는 막 도착했을 때의 웃음기가 없었다. 두 사람은 사설 회선으로 이야기했다.

"그렇습니다."

사이먼이 인정했다.

"제 잘못입니다."

"자네 잘못이 아니네."

"제가 긴장을 늦췄습니다. 정찰대를 더 많이 데려왔어야 했는데."

"사람이 많으면 더 주의를 끌게 마련이지. 자네나 나, 둘 다 알지 않나. 적을수록 눈에 띄지 않고 빨리 움직일 수 있다는 걸."

사이먼도 알았지만 대답하지 않았다. 사냥팀을 꾸려 들판으로 나갈 때마다 그 점이 언제나 고민이었다. 은거지 안에서 버틸 만큼 충분한 식량을 제공할 수 있었다면, 아무도 밖에 나오지 않아도 되었을 것이다.

하지만 그랬다면 아직도 런던에서 벗어날 길을 찾는 생존자들은 구할 수 없겠지. 사이먼이 스스로를 책망했다.

"고립될 순 없네. 자네와 나를 포함한 템플러들이 은거지를 처음 세울 때 그 점에 대해서 오래 논의하지 않았나. 구할 수 있는 사람들을 내버려둘 수는 없다고. 우리 모두 동의한 일이네."

"압니다."

"다른 템플러들과는 다를 거라고 말이지."

"압니다."

언더그라운드의 템플러는 악마를 외면하고 기다리는 쪽을 택했다. 가문의 수장들은 세인트 폴 대성당 전투를 계획하여, 악마들로 하여금 템플러들이 모두 죽었다고 믿게 하려 했었다. 그 후 악마와 다시 대적하기 위해 은밀히 훈련하고, 새로운 세대를 키울 생각이었다.

사이먼은 그 계획에 동의할 수 없었다. '화마'가 런던을 집어삼키고 있었다. 언더그라운드에서 마냥 기다린다면, 적당한 군대가 준비되었다고 판단할 때면, 이미 구할 수 있는 사람은 아무도 남아 있지 않을 것이다.

처음에는 아주 적은 템플러만이 그와 같은 생각이었다. 처음 런던으로 돌아갔을 때, 로크 가문의 원수인 테렌스 부스와 맞섰을 때, 사이먼은 템플러 조직에서 지워졌었다. 특권도 박탈당했지만, 그는 홀로 언더그라운드를 걸어 나온 것이 아니었다. 4년이 넘는 시간 동안 많은 템플러들이 그에게 합류했다. 특히 부스가 휴전으로 꾀어내 사이먼을 억류했다는 사실이 밝혀진 후 템플러들은 은거지로 더 많이 찾아왔다.

내가 그들을 죽음으로 이끄는 것일 뿐인가?

사이먼이 씁쓸하게 생각했다. 은거지를 꾸려 나가는 것은 힘들었다. 언더그라운드에 남은 부스와 템플러들은 사이먼을 추방자라 부르며 악마의 손에 죽기 위해 바보처럼 목숨을 내던진다고 주장했다.

사이먼은 암울한 생각을 떨쳤다. 안일했음을 깨달았으면 충분했다. 그는 달아나는 악마에게 집중했다.

저 블레이드 미니언은 반드시 쓰러뜨려야만 했다.

사이먼은 험준한 땅을 헤치며 달려가는 ATV를 단단히 붙들고 있었다. 뾰족한 차량 앞부분이 거센 눈보라를 높이 일으켰다. 금이 간 사이먼의 투구 면갑에 눈꽃이 내려앉자마자 갑옷이 시야 확보를 위해 내뿜는 열기에 녹았다. 악마가 남긴 균열에서 물방울이 튀었다.

ATV는 허공으로 두 번 날아오른 후 쿵 하는 소리와 함께 착지했다. 사이먼이 한쪽 무릎을 때리는 충격을 느꼈다. 워덤이 물었다.

"아직 거기 있나?"

"네."

"악마를 숲 속까지 쫓아갈 수는 없겠어."

"압니다."

사이먼이 빼곡한 숲을 바라보았다. 다행히도 나무 사이가 드문드문 보였다. 숲 입구에 악마가 숨을 수 있는 공간은 거의 없었다.

"그냥 가까이 대 주십시오."

ATV가 숲 가장자리로 접근했다. 키 작은 나무와 수풀이 거대한 타이어에 짓밟히며 부딪치고 부러지는 소리가 사이먼의 오디오를 가득 채웠다.

나무 사이로 달아나는 악마가 달빛에 간간이 드러났다. 블레이드 미니언은 가능한 한 멀리 달아나려고 애쓰고 있었다. ATV를 발견한 것이 분명했다.

"여기에서 내리겠습니다."

사이먼이 ATV에서 뛰어내렸다. ATV가 울퉁불퉁한 땅 위를 거의 시속 65킬로미터로 달렸는데도 갑옷의 자이로 시스템 덕분에 사이먼은 균형을 잡을 수 있었다. 하지만 경로까지 어쩌지 못한 그가 나무 한 그루와 충돌하며 굵직한 나뭇가지들을 부러뜨렸다.

사이먼이 넘어지면서 데굴데굴 굴렀다. 등에 멘 검과 방패가 걸리적거렸지만 수년간의 훈련을 통해 두 발로 일어섰을 땐 손에 검을 쥐고 있었다.

그가 한 마리 사슴처럼 가볍게 쓰러진 나무를 뛰어넘으며 숲으로 달려 들어갔다. 워텀이 ATV를 숲 바깥 경계에 세우는 것이 HUD로 보였다. 다른 템플러 셋이 사이먼에게 합류하여 악마를 쫓아 전속력으로 달렸다.

사이먼이 가까워지자 블레이드 미니언이 페티드 헐크의 등에서 내려왔다. 페티드 헐크가 거대한 몸을 돌려 사이먼을 바라보았다. 놈은 비좁은 숲속에 어울리지 않는 덩치로 느릿느릿 움직였다.

사이먼이 방패를 미끄러뜨려 내리며 페티드 헐크의 커다란 주먹을 막았다. 순간 엄청난 충격이 사이먼에게 전달되었지만, 곧 그는 오른쪽으로 비켜서서 악마의 무릎 바깥쪽을 방패 가장자리로 힘껏 때렸다. 무릎이 부서지는 소리가 났다.

페티드 헐크가 고통으로 울부짖으며 한쪽 무릎을 꿇고 쓰러졌다. 놈이 사이먼에게 주먹을 날렸지만 사이먼은 아슬아슬하게 피했다.

"이놈을 맡아."

사이먼이 뒤따라온 템플러들에게 명령했다. 세 템플러가 냉정하게 페티드 헐크에게 다가갔다. 악마가 메마른 목구멍에서 짙은 독성 물질을 내뿜었지만 한 템플러가 도미네이션 방패를 쳐들었다. 스펙트럼 에너지로 번쩍이는 그 방패는 반투명했지만 가해지는 충격에 따라 투명도가 달라졌다. 독성 물질이 방패에 가로막히는 순간 다른 두 템플러가 공격해 들어갔다.

사이먼이 블레이드 미니언을 쫓으며 HUD로 전투를 지켜보았다. 블레이드 미니언이 힘껏 도약해 인공지능 기계손으로 두꺼운 나뭇가지를 붙잡으며 크게 몸을 날렸다. 나무 기둥 뒤로 숨은 놈이 다른 쪽 손목에서 블래스터를 끄집어냈다.

"끈질기군, 템플러."

악마가 조롱했다.

"여기까지 죽으러 오다니."

"죽을 쪽은 내가 아니지."

블레이드 미니언은 아래로 떨어지며 원숭이처럼 인공지능 기계손으로 나뭇가지를 붙잡고 매달렸다. 놈이 몸을 흔들며 블래스터를 쏘았다. 허를 찔린 사이먼이 투구를 가격당하고 뒤로 나동그라졌다. 면갑 손상이 더욱 심해졌다.

- 경고.

AI가 말했다.

- 기본 방어도의 18퍼센트만 가동됩니다. 주변에 다른 템플러의 존재가 탐지되었습니다. 보호 모드로 전환하기 바랍니다.

통증이 심한 데다 이제 지친 사이먼이 억지로 몸을 일으켜 나무 사이로 움직이는 악마를 추적했다. 세 템플러는 아직 페티드 헐크와 싸우고 있었다. 블레이드 미니언이 도망가도록 둘 수는 없었다.

블레이드 미니언은 똑같은 공격을 시도했지만 이번에는 사이먼이 움직임을 읽었다. 놈이 나뭇가지에서 떨어지며 손에서 무기를 꺼내는 순간 사이먼이 방패를 들어 에너지 공격을 막았다.

역습을 확신한 블레이드 미니언이 재빨리 나뭇가지를 타고 올라갔다. 사이먼은 방패를 미끄러뜨려 가장자리를 붙든 다음 나무로 돌아섰다. 익스트림 스포츠에 푹 빠졌을 때 눈과 손을 조화롭게 움직이는 훈련을 위해 프리스비[6]를 던지곤 했었다. 물론 훈련 장소였던 해변과 비키니를 입은 여자아이들이 아주 매력적이긴 했다.

사이먼은 손이 닿지 않을 정도로 높은 나뭇가지에 앉은 블레이드 미니언에게 방패를 날렸다. 갑옷을 입은 그에게 방패는 믿을 수 없을 정도로 가벼웠다. 18킬로미터에 가까운 방패가 1미터 정도 날아 나무의 사지를 가르고 블레이드 미니언의 머리에 박혔다.

일격에 목이 잘리다시피 한 악마는 돌덩어리처럼 나무에서 추락했다. 놈이 땅에 충돌하는 순간 사이먼이 손에 든 검을 놈에게로 뻗었다.

방패에 목이 반쯤 잘린 상태에서도 놈은 숨이 붙어 있었다. 놈이 사악한 검은 눈으로 사이먼을 바라보았다. 일어서려고 하자 몸에 파도처럼 경련이 일었다. 놈은 다시 뒤로 나자빠졌다.

"오늘은 나의 운명을 받아들여야 할 것 같군, 템플러."

"네놈은 절대로 이름을 얻지 못할 것이다."

사이먼이 조소했다.

"안됐군."

---

6) 원반형 스포츠 용품.

"나는 '한밤중의 샘'에서 돌아올 것이다."

'한밤중의 샘'은 '그림자'와 악마가 태어나는 곳이었다. 사이먼은 자라면서 언제나 그 이야기를 들었다. 수년 동안 상상해 보려고 했었지만 그렇게까지 끔찍한 장소는 떠올릴 수가 없었다.

"네놈에겐 영혼이 없다, 악마. 죽는다는 것은 파괴되는 것이다. 이제 네놈은 그 무엇으로도 이곳에 남지 못할 것이다."

악마가 도전하듯 웃어 보였다.

"정말로 그렇게 생각하는가?"

"그렇다."

"그렇다면 바보로군. '한밤중의 샘'은 나를 끌어안아 구원할 것이다. 내가 원하는 바대로 나를 만들어 줄 것이다. 내가 충분히 강하다면, '그림자'의 길을 진정으로 따랐다면, 나는 돌아올 것이다."

블레이드 미니언이 숨을 쉬려고 헐떡거렸다.

"그렇지 못하더라도 '한밤중의 샘'은 나의 정수를 획득하여 그것으로 더 많은 악마들을 만들어 낼 것이다."

사이먼은 소름이 끼쳤다. 끝없이 생성되는 군대에 대체 어떻게 맞서 싸울 수 있단 말인가?

"너의 세상은 무너질 것이다, 템플러."

악마가 속삭였다.

"이곳 이전의 세상은 모두 무너졌다."

"이 세상은 그렇지 않을 것이다. 우리의 운명은 네놈들의 운명보다 위대하다."

악마가 웃었다.

"누가 그렇게 말하더냐?"

"그렇게 쓰여 있다."

《게티아》도 그 점을 암시하고 있었다.

"그것이 조물주가 부여한 진실이다."

그의 말 속 무언가가 블레이드 미니언에게 공포를 불러일으켰다. 커진 눈 속에서 그것이 드러났다.

"진실들."

악마가 속삭였다.

"'진실들'은 절대로 다시―"

악마는 몸을 부르르 떨더니 그대로 목숨이 끊겼다. 풀린 동공은 마치 검은 연못 같았다.

사이먼이 놈을 내려다보았다. 무슨 말을 하려던 것인지, 왜 그런 반응을 보인 것인지 궁금했다. 악마가 말하려던 것이 '진실'이었나 아니면 '진실들'이었나? 확신할 수 없었다.

"놈은 죽었습니까, 크로스 경?"

자신을 부르는 소리에 사이먼이 다가오는 템플러들을 올려다보았다. 지난 몇 개월 동안 은거지 템플러들은 그를 크로스 경이라고 부르곤 했지만 사이먼은 여전히 익숙해지지 않았다. 크로스 경은 아버지인 토머스 크로스의 호칭이었고 심지어 그조차 그렇게 불리는 일이 드물었다.

"그렇다. 죽었어."

한 템플러가 방패를 회수해 사이먼에게 건네주었다. 사이먼은 무릎을 꿇고 눈을 한 줌 쥐어 묻어 있는 악마의 피를 닦아 냈다.

"워텀 병장님께서 가능한 한 빨리 여길 뜨자고 합니다."

다른 템플러가 말했다.

"특히 자네들이 오늘 밤 여기 있어서는 안 되었다는 점을 생각하면 그렇지."

사이먼이 말했다.

"워덤이 얼른 돌아가고 싶어 하는 것도 무리가 아니야."

"그 점에 대해서는 죄송합니다, 크로스 경."

면갑을 쓴 채 농담을 하면 안 되겠군. 사이먼이 장난기 어린 미소를 드러내기 위해 투구를 투명하게 만들었다.

그들도 덩달아 투구에서 얼굴을 드러냈다. 다들 어린 템플러들임을 알고 사이먼은 놀랐다. 그가 직접 훈련을 한 이들이었고, 심지어 그들 중 두 템플러의 갑옷 주조를 도왔던 것이다.

"농담이었어."

"아."

하지만 어린 템플러 누구도 미소를 짓거나 진심으로 크게 웃을 만큼 긴장을 늦추지 못했다.

사이먼이 숲 밖으로 나가는 길을 앞장섰다. 다른 ATV 두 대가 곧장 달려오는 것이 HUD로 보였다. 오늘 밤 완전히 패배한 것은 아닐 것이다.

하지만 세 명의 템플러가 목숨을 잃었고, 어떤 방법으로도 되찾을 수 없었다. 모든 생명은 값진 것이다.

사이먼은 무거운 마음으로 눈 덮인 길을 터벅터벅 걸으며 또 다른 전투에 휘말리기 전에 적어도 몇 시간 정도는 쉴 수 있기를 바랐다.

생각이 자신도 모르게 레아에게로 향했다. 그녀가 어떻게 지내는지 궁금했다. 몇 주 동안이나 만나지 못했다.

그것도 괜찮다고, 사이먼은 생각했다. 레아에겐 비밀이 있었다. 그녀가 정말로 누구인지, 그리고 무엇을 위해 일하는지 같은. 그리고 그에게도 비밀이 있었다. 레아를 마지막으로 본 이후, 머코머의 《게티아》 번역에 주목할 만한 진전이 있었다. 비록 그가 원하지 않는다 하더라도, 그는 자신이 레아에게 그에 대해 거짓말을 할 것임을 잘 알았다.

적어도 두 사람의 목적이 일치한다는 확신이 들기 전까지는.

11장

"저 사람들, 우리를 두 팔 벌려 환영하진 않을 거야."

나무 뒤에 숨은 사람들을 스쳐 지나가며 관찰하던 워런도 같은 생각이었다. 런던 근교에 머물거나 대도시를 겨우 탈출한 사람들은 이 길을 걸어오는 사람은 누구든 믿지 않을 것이다. 좀비들이 동행하는 경우는 더욱.

"그런 걸 기대하진 않았어."

워런이 대답했다. 사실 그는 릴리스를 따라가는 동안 누구와도 마주치고 싶지 않았다.

가던 방향으로 조금 더 긷는데 한 남자가 그늘에서 걸어 나와 잡목림 근처에 섰다. 비쩍 마른 남자는 아주 긴장하고 있었다. 남자의 오라로 알 수 있었지만 남자가 그들에게 샷건을 겨누고 있었기 때문에, 오라가 아니더라도 쉽게 눈치챌 수밖에 없었다. 남자가 소리쳤다.

"더 다가오지 마라."

"싸우러 온 게 아닙니다."

워런은 걸음을 멈추지 않았다. 하지만 나오미는 몇 걸음 물러났다. 남자가 워런의 머리 위 허공으로 샷건을 쏘았다. 커다란 총성이 습지를 울렸다.

"멈추지 않으면 저 좀비 놈들이 네 시체를 끌고 돌아가야 할 거다, 멍청한 놈."

워런이 멈추었다.

"저 남자의 말을 따를 필요 없다."

릴리스가 워런 옆에 서서 오만하게 팔짱을 낀 채 말했다.

"좀비들에게 공격 명령을 내려라."

"좀 더 외교적으로 접근할 수도 있잖아? 우리 운을 시험해 보는 거야."

워런은 어둠 속에 길을 막고 모여 선 사람들을 날려 버리고 싶은 충동을 억눌렀다. 메리힘의 손아귀에 놓인 동안은 절대 있을 수 없는 일이었다.

"나약함을 드러내는 건 좋지 않다."

"잠시 멈추는 건 나약함이 아니야."

"맞아."

워런의 말을 들은 나오미가 그에게 말했다.

"하지만 우리를 지나가게 둘 것 같지도 않아."

"다른 길이 있을까?"

워런이 릴리스에게 물었다.

"둘러 갈 수 있나?"

"가능하지만 더 오래 걸릴 것이고 더 많은 좀비를 잃을 것이다. 너를 지킬 수단 없이 길을 가고 싶진 않겠지."

워런도 그 말에는 동의했다.

"이들과 싸워도 좀비를 잃는 건 마찬가지야."

"그렇다."

릴리스의 얼굴에 떠오른 미소는 진짜 같았다. 뭔가를 가늠하려는 듯 보이기도 했다.

"하지만 더 많은 좀비를 만들 기회도 되겠지. 여기서 완전히 새로운 군대를 일으킬 수도 있다."

워런은 속이 살짝 뒤틀렸다. 메리힘과 함께하는 동안에도 애써 그런 생각은 외면했었다. 다른 이들의 목숨을 너무 많이 빼앗으며 살아가는 것이 그는 두려웠다.

거의 언제나 나오미와 릴리스가 함께 있긴 했지만, 가끔 혼자 있는 시간이면 켈리에게 일어난 일을 떠올렸다. 마음이 좋지 않았다. 진실한 친구였던 적은 없었지만 켈리는 그에게 꽤 친절한 편이었다.

메리힘과 처음으로 맞닥뜨리고 심각한 화상을 입었던 날 워런은 켈리의 의지를 빼앗고 자신을 돌보도록 만들었고, 심지어 켈리가 죽은 후에도 되살려 내 그를 계속 지켜보게 했었다. 켈리가 나오미를 해치려 해 그가 망가뜨릴 수밖에 없었던 그날까지, 켈리는 그의 곁에 있었다.

워런은 눈앞에 있는 사람들을 죽이고 싶지 않았다. 노인도 있었고 이제 갓 아이 티를 벗은 사람도 많았다.

릴리스가 워런을 나무랐다.

"넌 너무 무르군."

"죽일 필요는 없잖아."

"뭐?"

나오미가 그에게 가까이 다가왔다.

"뭐라고 했어?"

좀비들이 안절부절못하고 있었다. 워런이 샷건을 든 남자에게 말했다.

"해칠 생각은 없어요. 싸우고 싶지 않습니다."

"그럴 수도 있겠지. 하지만 한 발짝이라도 더 내딛는다면 우리와 싸워야 할 거야."

남자가 걸걸한 목소리로 말했다.

"여긴 우리 터전이라고. 외부인은 아무도 들이고 싶지 않아."

"그저 지나가려는 겁니다."

"오늘 밤은 안 돼. 너희는 못 지나가. 얼른 꺼져서 다른 길을 찾는 게 좋을 거야."

"알겠습니다."

워런이 말했다.

"어디로 가면 좋을지 알려 주실 수 있을까요?"

남자가 머뭇거렸다.

"목적지가 어디냐에 달렸지."

워런이 릴리스를 바라보았다. 릴리스는 그의 선택을 못마땅하게 여긴다는 사실을 분명히 드러내면서 미간을 치켜올렸다.

"우린 습지 안쪽 깊숙이 들어갈 것이다."

워런이 남자에게 그대로 말했다.

"날이 밝을 때까지 기다리는 게 좋을걸. 저 습지는 잘 보이지 않거든. 특히 달빛에만 의지하면 더 그렇지. 저기 사는 것들에 대한 소문이 있다고."

"어떤 소문이죠?"

"저 땅을 차지하려고 싸우는 포식자가 있다는군. 늑대나 뭐 그 비슷한 것들. 그도 아니라면 악마를 피해서 도시나 농장에서 도망쳐 나온 야생 개들이 많다고."

"그다지 쾌적하진 않겠군요."

"그렇다니까."

"지나가기만 하면 됩니다. 몸을 뉘어 오늘 밤을 보낼 수 있게 해 주시면 더 좋고요."

"여기 말고 어디에든 가서 그러라고."

순간 워런이 위험을 감지했다. 그가 걸어온 방향 저 멀리를 뒤돌아보았다. 고요하게 하늘을 나는 부엉이 한 마리가 보였다. 그가 은빛 손을 꼭 쥐면서 부엉이에게 집중한 후 두 눈을 감았다. 그러고는 야행성 포식자에게로 손을 뻗었다.

워런이 눈을 뜨자 부엉이의 시야가 펼쳐졌다. 모든 것이 예리하고 선명했지만 대신 색깔이 사라져 달빛에 비친 풍경은 온통 흑백과 회색이었다. 부엉이의 허기짐도 느껴졌다. 최근 사냥에 거의 성공하지 못한 듯했다.

통제권을 빼앗은 워런이 부엉이의 방향을 틀어 그들이 온 길 쪽으로 날아가게 했다. 새는 나무 꼭대기로 하강한 후 눈에 띄지 않기 위해 낮게 날았다. 부엉이의 생존 본능이 워런의 생존 본능과 일치했다.

흐느적거리는 좀비들이 남긴 흔적을 따라 갖은 악마 무리가 다가오고 있었다. 대부분이 먹을거리를 찾아 도시 밖으로 나온 임프들이었다. 눈 덮인 땅에서 흔적을 쫓기는 쉬웠다.

임프 하나가 팔을 쳐들었다.

잠시 워런은 놈이 그에게 무기를 쏘려는 것이라고 생각했다. 심장이 마구 뛰었다. 몸이 부엉이로부터 멀리 떨어져 있음을 잊은 그가 야생 포식자의 방향을 돌려 날갯짓하도록 했다.

임프는 워런의 예상과는 달리 피스톨이나 라이플 같은 무기 대신, 팔에 휘감긴 뱀 혹은 뱀장어 같은 것을 공중으로 뻗어 보냈다. 놈이 날개를 펼치며 날아올랐다.

부엉이의 공포가 곧 워런의 공포였다. 둘 모두 무력하게 그 괴이한 생명체를 피하려고 허둥거렸다. 부엉이 역시 그런 뱀장어 같은 생물은 한 번도 보지 못했을 것이다. 2미터 남짓한 창백한 근육질 몸통에 워런의 주먹 두 개를 합친 듯한, 상대적으로 큰 머리가 달려 있었다. 입을 벌리자 톱니 같은 이빨이 달빛에 번뜩였고 머리는 더욱 커 보였다.

부엉이는 하늘을 곧잘 빨리 날았지만 악마에 비할 수는 없었다. 악마는 재빨리 부엉이를 지나쳐 공중으로 올라가더니 곧바로 하강했다.

악마의 송곳니가 부엉이의 목을 찌르자 워런은 자신의 목이 찔리는 것만 같았다. 불타는 듯한 독이 몸을 타고 흘러 가슴까지 도달한 다음 심장을 멎게 만들었다. 마비된 부엉이가 눈 덮인 늪지로 떨어지자 악마가 놈을 찢어 게걸스럽게 삼켰다.

몸으로 돌아온 워런은 심장이 아주 격렬하게 뛰는 것을 느꼈다. 기절할 것만 같았다. 나오미가 다가와 팔을 붙들어 주지 않았다면 비틀거리다 쓰러졌을지도 몰랐다. 워런은 나오미의 힘에 놀랐지만 접합한 악마의 신체 때문에 그녀가 변했음을 알고 있었다.

"워런."

나오미가 그를 불렀다.

"정신 차려라."

릴리스가 말했다.

"네가 정신을 잃는다면 악마에게 따라잡히고 목숨을 부지하지 못할 것이다. 그렇다면 우리 모두가 지는 것이다."

"난 괜찮아."

혼자 서 있을 수 있을지 확신은 없었지만 워런은 나오미의 손에서 빠져나오려고 몸을 비틀었다. 나오미가 붙든 팔을 놔주었다.

"뭐였어?"

"악마들."

워런이 헐떡였다.

"우리를 쫓아오고 있어."

나오미가 겁에 질린 눈으로 그를 바라보았다.

"왜?"

"몰라."

워런이 앞을 막아선 사람들을 바라보았다.

"네 친구 왜 저래?"

샷건을 든 남자가 나오미에게 물었다. 워런이 등 뒤를 가리켰다.

"악마들이 쫓아오고 있습니다. 몇 분 안에 여기 들이닥칠 거예요."

사람들이 분노해서 욕설을 쏟아부었다. 어떤 이들은 즉시 워런을 사살해야 한다고 했다. 그 제안이 지지를 얻는 듯했다. 워런이 항변했다.

"제가 도울 수 있습니다."

"네놈이?"

남자가 도전적으로 물었다.

"네놈과 함께 온 저 시체들이랑?"

"제겐 힘이 있습니다."

"악마의 힘이겠지."

누군가 말했다.

"저놈은 악마 숭배자야. 악마처럼 되고 싶어 하는 자라고. 악마보다 나을 게 없는 놈들이지. 난 알아."

"저놈들처럼 되고 싶지 않습니다. 놈들은 나의 적이기도 합니다. 제가 놈들 편이었다면 저들이 도착할 때까지 기다렸겠지요. 저들이 오고 있다고 알려 주지도 않았을 겁니다."

"거짓말이야."

다른 사람이 단언했다.

"방심하면 시체들을 시켜 우리 목을 따려는 것뿐이라고."

"바보들 같으니라고."

릴리스가 거칠게 말했다.

"그냥 죽게 놔두거라."

워런은 망설였다. 임프들과 맞닥뜨리고 싶지는 않았다. 그의 생각을 알아챈 나오미가 검은 눈동자로 그를 바라보았다. 나오미가 말했다.

"저 사람들을 이대로 내버려둘 순 없어."

"물론 넌 그렇게 할 수 있다."

릴리스가 반박했다.

"저 사람들은 우리가 여기 있는 걸 원하지 않아."

워런이 지적했다. 나오미가 워런의 팔을, 살과 피로 이루어진 인간의 팔을 잡고 꼭 쥐었다.

"그러면 저 사람들, 죽을 거라고."

"어떻게 해도 죽을 사람들이다."

릴리스가 말했다.

"오늘 밤이 아니라도, 언젠가는 말이지. 저들은 이 세상에서 살아남기엔 너무 약하다."

"저들은 어떻게 해도 죽을 거야."

워런이 말했다.

"악마들이 저 사람들을 학살하면, 그러면 우릴 더 쫓아오지 않을 거라고 생각하는 거야?"

워런은 대답하지 않았다.

"악마는 저 사람들을 모두 죽여 버릴 거야. 그런 다음 우리가 어디에 있든지 계속 쫓아올 거라고."

워런은 마음이 더욱 무거워졌다.

"악마들이 저들을 찾아온 건 아닐 거야."

나오미가 말했다.

"다른 뭔가를 쫓는 거야. 내 생각엔, 너를 찾아온 거 같아."

"저 여자는 모르는 일이다."

릴리스가 말했다.

"너도 확신하는 건 아니잖아."

워런이 나오미에게 반박했다.

"메리힘이 보냈을 수도 있어."

워런은 공포에 휩싸였다.

"메리힘에게 난 아무것도 아냐. 내 손을 다시 가져간 후로는."

"너는 악마의 마음을 엿보았어. 어쩌면 메리힘은 네가 뭔가 아는 걸 두려워할 수도 있어."

메리힘이 얼마나 강력한지 떠올리자 그 말을 믿을 수 없었다. 워런이 왔던 길을 뒤돌아보며 어떻게 할지 생각하려 애썼다. 살아오면서 이렇게까지 힘든 적은 없었다. 마법에 집착하는 어머니와 학대를 일삼는 양아버지와 함께 살 때조차도 이렇게 힘들지는 않았다. 그 시절에는 뭔가 결정하는 일이 훨씬 쉬웠던 것 같았다.

하지만 어차피 똑같은 거야. 워런이 생각했다. 살아남느냐 살아남지 못하느냐의 문제라고. 바뀐 건 없어. 그저 게임이 더 어려워진 것뿐이야.

12장

"메리힘은 손을 가져가면서 네가 살아남을 거라고 생각하진 못했을 거야. 그건 기적이었다고. 내가 똑똑히 봤어."

나오미가 말했다.

넌 날 떠났었어. 워런은 이런 생각이 떠오르는 것을 어찌할 수 없었다.

"저 여자는 널 버렸다."

릴리스가 말했다.

"오로지 나만이 너의 갈망을 보았다. 내가 너에게 새로운 손을 줬다. 저 여자 때문에 흔들리지 말아라. 저 여자는 오로지 자신만 생각하니까."

워런이 릴리스를 바라보았다. 그러는 당신은?

하지만 그도 알고 있었다. 자기 자신을 가장 걱정한다는 사실을 탓할 수는 없었다. 그 역시 마찬가지였으니까.

"메리힘은 네가 살 줄 몰랐을 거야."

나오미가 말했다.

"다시 힘을 얻을 줄도 몰랐을 거고. 지금 그는 너를 위협으로 여길 거야."

나오미의 말이 전부 사실임은 워런도 알고 있었다. 저 멀리 임프 무리가 언덕을 올라오는 것이 보였다. 그들은 눈 쌓인 어두운 대지에 달빛을 받으며 서 있었다.

"일리 있군."

릴리스가 마지못해 인정했다.

"내 힘으로도 너를 메리힘에게서 완전히 차단할 수 없었다. 놈은 아마도 너를 찾고 있을 것이다."

"마음만 먹었다면 충분히 쉽게 찾았을 텐데. 게다가 임프를 보내지도 않았을 거고."

"않았을 거라고?"

릴리스가 되물었다.

"너는 아직 그 정도로 중요하진 않다, 워런. 내가 널 위해 어떤 일을 할 계획인지 메리힘은 아직 모른다. 내가 널 얼마나 강하게 만들 작정인지 모른다고."

워런은 릴리스의 말에 간절히 매달렸다. 지금처럼 계속해서 이 세상에서 살아가야 한다면 그만큼 강해져야만 했다. 그것 말고 다른 방법은 없었다. 그에게는 힘이 내재되었고 이미 여러 마법을 알고 있었지만 아직 충분히 강하다고 할 수는 없었다. 워런은 그 사실을 잘 알았다.

"메리힘이 임프를 보냈을 수도 있어."

나오미는 물러서지 않았다.

"그러지 않았다고 단정하지 마. 내 생각이 옳다면 저놈들은 늪지까지 계속 따라와서 결국 우리를 죽일 거라고."

"알아."

"우리는 이 사람들을 설득해야 해. 따로 싸우는 것보다는 함께 하는 편이 더 유리할 거라는 점을 납득시켜야 한다고."

워런이 두려움을 키웠다. 그가 감당할 수 없을 만큼 더욱 크게,

더욱 강하게 키웠다. 어릴 때 어머니와 함께 살면서도 종종 그랬었다. 두려움이 커지면 워런은 무감각해졌다. 그가 무장한 이들에게로 돌아섰다.

"여러분이 두려워해야 할 대상은 제가 아닙니다. 우리 적은 저기에 있습니다."

워런이 한 팔을 들어 다가오는 임프들을 가리켜 보였다.

"저자는 저놈들 편이야."

누군가 말했다.

"우리를 속이려는 거라고."

또 다른 사람이 말했다.

워런이 그의 안에서 끊임없이 흐르는 힘을 끌어올렸다. 이제 그는 그 힘이 무엇인지 잘 알았다. 그 힘은 언제나 거기, 그의 내면에 있었다. 어린아이일 때부터 갖고 있던 힘이었다. 양아버지가 어머니를 죽이고 그까지 해치려던 날 밤, 그 자신을 살려 준 힘이었다.

그날 밤, 어머니가 바로 옆에 죽어 누워 있을 때 워런은 이미 총에 맞은 상태였다. 그는 자신을 죽이려는 양아버지의 정신을 통제해 들고 있던 권총을 그 자신을 향하게 만들었다.

"당신이 죽어 버렸으면 좋겠어."

워런은 양아버지에게 이렇게 말했다. 양아들을 향했던 권총을 자신의 관자놀이로 향하는 양아버지의 믿을 수 없다는 눈빛을 워런은 아직도 기억했다. 양아버지, 마틴 드영은 아내가 마법에 빠져드는 것을 못마땅해했었다. 그러면서 자기 자신의 약물 중독도 어찌할 수 없었던 소규모 마약상이었다. 그가 팔던 약물에 취한 그날 밤, 그에겐 특별히 의지랄 것도 없었다. 그는 화를 내는 사람이었지 공포에 떠는 사람이 아니었다. 하지만 두려움이 분노보다 훨씬 강했다. 워런은 두려움이 그의 삶의 일부가 아니었던 적이 있었는지조차 몰랐다. 그렇기 때문에 그 사실을 너무도 잘 알 수 있었다.

양아버지는 그날 밤 겁에 질린 비명을 지르면서도 그 자신을 멈출 수 없었다.

"안 돼! 나한테 무슨 짓을 한 거야! 안 돼! 멈춰! 제발!"

하지만 마틴 드영은 관자놀이에 피스톨을 겨누고 방아쇠를 당겼다. 경찰 조사가 진행되었고 수사는 권총을 이용한 살인과 자살로 종결되었다. 워런은 간신히 살아남았다.

워런이 온 힘을 끌어모아 은빛 손을 통과시키며 무장한 이들에게로 내뿜었다. 그들의 마음은 자물쇠처럼 꽁꽁 잠겨 있었지만, 몇몇 자물쇠는 헐거웠다. 그 자물쇠들이, 워런이 미는 힘에 덜덜 떨리더니 땅에 떨어졌다.

워런은 자기 자신보다 위대한 존재를 믿고자 하는 사람들을 찾아냈다. 그러자 두려움을 극복하려는 노력이 보다 쉬워졌다. 인간은, 특히 공포에 찬 인간이라면 항상 더 강하고 거대한 어떤 존재를, 자기 안이 아니라 밖에 있는 무언가를 믿어야만 했다.

워런이 신념에 찬 목소리로 말했다.

"저놈들은 우리의 적입니다. 여러분이 두려워해야 하는 대상은 바로 저놈들입니다. 내가 아닙니다."

"맞아."

누군가 말했다.

"나는 여러분을 도울 수 있습니다."

워런이 말에 온 힘을 담아 밀어냈다. 임프들이 가까워지고 있었다. 뱀장어 같은 놈들이 사이사이로 날아올랐다.

"여러분이 허락한다면 내가 도울 것입니다."

"저 사람에겐 힘이 있어."

누군가 말했다.

"우리끼리 악마들과 맞설 순 없어."

"여러분을 돕게 해 주십시오."

샷건을 들고 있던 남자가 무기를 내렸다.

"이리 오게 해."

"빅스비!"

실망한 또 다른 남자가 외쳤다.

"지금 무슨 정신 나간 짓을 하는 거야?"

빅스비가 사람들에게로 돌아섰다.

"우리만으로는 악마들을 막을 수 없습니다. 우리를 쓰러뜨린 후 저놈들은 우리 아내와 아이들을 무참히 죽일 거라고요. 그러길 바라는 분 있습니까?"

아무도 대답하지 않았다. 빅스비가 다시 워런에게 돌아서며 말했다.

"이리 오시죠."

두려움을 드러내지 않으려 애쓰며 워런이 앞으로 성큼성큼 걸어갔다.

나오미는 사람들이 마지못해 물러나는 것을 알았다. 그들 사이에 자리 잡으려는데 공포와 분노가 온몸으로 느껴졌다. 그들은 좀비들을 더욱 혐오했다. 그렇다고 그들을 비난할 수는 없었다.

나오미 역시 좀비가 싫었다. 자신이 좀비를 일으키지 못하는 이유가 부분적으로는 그 혐오감 때문이라는 생각이 들었다. 어떤 카발리스트들은 죽은 지 얼마 안 된 시체를 소생하는 데 능숙했다. 방금까지도 함께 싸웠던 동료의 시체까지 일으켰다. 어떤 카발리스트들은 묘지에 묻힌 시체만 일으킬 수 있었다. 그들은 되살아난 좀비들이 관을 뚫고 땅에서 기어 나오는 동안 참을성 있게 옆에 앉아 기다려야만 했다.

워런은 두 방법 모두 쉽게 해냈다. 나오미는 그 모습을 직접 보았다.

나오미가 굵직한 오크나무 뒤로 몸을 숨겼다. 나무 기둥이 워낙 커 나오미뿐만 아니라 10대 후반으로 보이는 젊은 남자까지 함께 숨을 수 있었다. 나오미는 그가 자신을 바라보는 것을 느꼈다. 지척에 있는 자신의 기묘한 모습에 두려우면서도 매력을 느낀다는 것을 알 수 있었다. 젊은 남자가 물었다.

"이름이 있나요?"

"나오미예요."

"전 데즈먼드예요."

나오미가 남자를 흘끗 보았다. 침공 이전에 세상은 자신을 어떻게든 드러내 보이려는 이런 삐쩍 마른 젊은 남자로 가득해 보였었다. 한때는 워런 시머도 그런 사람이라고 생각했었다.

젊은 남자의 코트와 모자는 그에게 너무 커 보였다. 그는 단발식 샷건을 들고 있었다.

침공 이후 나오미는 무기도 공부했었다. 전혀 관심 없었던 분야에서조차 지식을 쌓아야만 했던 것이다.

"평범한 샷건이 아니에요."

데즈먼드가 변명처럼 말하며 무기를 껴안듯 꼭 쥐었다.

"탄환을 개조했어요. 보통 총알로는 악마를 쓰러뜨릴 수 없거든요."

"맞아요."

나오미가 동의했다.

"악마들이 그렇죠."

"그래서 여기 이걸로 바꾼 거예요."

데즈먼드가 가슴에 두른 탄띠를 잡아당기며 말했다.

"이 총알은 폭발해요. 악마의 가죽을 뚫고 들어가면서 독을 퍼뜨리도록 설계했어요. 템스강에서 잡아 온 물고기 악마에게서 추출한 신경계 독성 물질로 만들었죠."

그가 침을 꿀꺽 삼켰다.

"요즈음엔 물속에 온갖 악마들이 살거든요."

"알아요. 나도 봤거든요."

나오미는 헤드거 툴레인이 이끄는 카발리스트 분파와 함께 지낸 적이 있었다. 그들은 헬게이트를 통해 넘어온 온갖 악마 종들을 연구했었다. 악마 모두가 전사나 야만적인 짐승인 것은 아니었다. '화마'는 동식물 생태계에 큰 변화를 일으키고 있었다.

"먹을 순 없었지만요."

데즈먼드가 덧붙였다.

"하지만 그 물고기 독이 악마에게도 해롭다는 사실을 알아냈어요."

"잘하셨네요."

나오미가 말했다. 어떠한 자연 환경에 놓였더라도 파괴적인 것들을 찾아내는 인간 능력은 마치 이 우주의 변함없는 규칙 같았다. 나오미가 카발리스트의 믿음에 처음 끌린 것도 그러한 자기파괴에 친밀감을 느꼈기 때문이었다. 나오미는 자연과 신의 의도에 순응하며 평화롭게 살고 싶었다.

한때 카발리스트들은 기(氣) 같은 에너지로 건강한 삶을 영위하는 일을 연구했었다. 그러나 심지어 그 시절에도 몇몇 카발리스트들은 좀 더 파괴적인 아케인 힘을 터득하는 것을 연구했었다.

"이 총으로 충분했으면 좋겠네요."

데즈먼드가 무기를 꼭 쥐고 공포에 가득 찬 눈으로 다가오는 악마들을 바라보았다.

임프들이 넓게 흩어져서 늪지를 가로질러 왔다. 그들은 따뜻한 세상, 즉 '화마'가 지배한 런던에서 왔는데도 차가운 바람과 흩날리는 눈발을 개의치 않는 것처럼 보였다.

놈들이 소리 하나 내지 않고 갑작스럽게 공격을 개시했다. 무기에서 활활 타오르는 불길과 빔이 어둠을 환히 밝혔다.

오합지졸 인간 무리는 그 자리에서 반격했다. 마을 사람들이 나서서 싸우는 것은 용맹함 때문이 아님을 나오미는 잘 알았다. 두려움이었다. 지난 수년에 걸쳐 이들은 분명히 알았던 것이다. 악마를 앞에 두고 흩어졌다가는 각자 쫓기다 목숨을 잃을 뿐이라는 사실을.

마을 사람들이 개발한 폭발성 탄환은 놀라울 정도로 효과적이었다. 악마들도 그런 반격은 예상하지 못했던 것이 분명했다. 보통이라면 살에 상처만 조금 냈을 뿐인 총에 맞은 놈들이 쓰러졌다. 탄환 속 독성 물질은 빠르게 퍼졌다. 흐릿한 달빛에서도 피부가 얼룩덜룩해지더니 순식간에 고름이 차오르며 황녹색으로 변하는 것이 보였다.

지휘관으로 보이는 덩치 큰 임프 하나가 피스톨 두 자루를 치켜들고 다그치자 상처 입은 악마들이 일어나려고 버둥거렸지만, 그들 대다수가 다시 눈밭으로 쓰러졌다. 간신히 일어선 놈들도 그리 오래 버티지 못하고 독의 효과에 또다시 무릎 꿇었다. 놈들은 당황해서는 잠시 거품을 물고 온몸을 벌벌 떨다가 그대로 숨이 끊겼다.

나오미도 힘을 끌어모으면서 앞으로 나섰다. 손을 활짝 펴자 에너지 불길이 타올랐다. 동시에 뿔에서도 빛줄기가 치솟더니 저 멀리 떨어진 악마들에게까지 날아갔다.

그 빛줄기는 악마 무리 사이로 다섯 번 내리치더니 뒤에 선 일곱 놈을 때리고 또다시 그 뒤로 셋을 더 강타했다. 살점이 새까맣게 타들어 가더니 뼈에서 분리되었다. 죽은 악마들이 조각조각 쓰러졌다.

"좀비들을 내세워!"

한 남자가 외쳤다.

"공격시키라고!"

좀비들이 다가오는 악마와 인간 사이로 나서 무릎을 꿇고 언데드 장벽을 형성했다. 나오미는 워런이 공습 전에 즐겨 하던 게임을 통해 온갖 군사 전략을 익힌 것을 알고 있었다. 워런은 이후로도 그 공부를 멈추지 않았다.

워런이 앞으로 나서자 나오미는 갑작스러운 열기가 밀려드는 것을 느꼈다. 워런은 좀비들이 공격을 시작하거나, 다른 인간들의 요구에 응하도록 하지 않았다.

그가 살과 피로 이루어진 한 손과 금속으로 이루어진 한 손을 앞으로 내밀어 엄지와 검지로 삼각형을 만들었다. 그런 다음 두 손 위로 숨을 불어 넣었다.

워런이 만든 삼각형 안에서 불길이 뿜어져 나갔다. 소용돌이치는 화염구가 임프 무리 한가운데 떨어지며 폭발했다.

13장

마을 사람들이 다시 한번 일제사격을 하자 불길에 휩싸인 채 전진하던 악마 전선이 무너졌다.
"장전!"
빅스비가 외쳤다.
"조준! 발포!"
그러나 결국 악마가 들이닥치는 것은 시간문제라고 나오미는 확신했다. 놈들은 너무 많았다. 어둠의 주인에게 조종되는 놈들은 끊임없이 모여들었다. 놈들의 무기가 다시 불길을 뿜었다. 머리만이 날아간 네스넌느가 뉘로 휘정이더니 무릎을 꿇으며 하얀 눈밭에 선명한 붉은 피를 콸콸 토해 냈다.

나오미가 다시 한번 힘을 끌어모아 번갯불을 내뿜었다. 이 공격으로 기운이 빠진 나오미는 앞으로 한동안 능력을 쓸 수 없을 것임을 깨달았다. 틈을 노린 악마들이 덮쳐 올 것이 분명했다. 나오미가 무릎을 꿇고 데즈먼드의 무기와 남은 탄창을 집어 들었다.

악마들이 접근하자 좀비들은 발을 괴상하게 놀리며 달려들었다. 언데드에게는 그 어떤 기술도, 힘도 없었다. 하지만 불사신이라도 되는 양 악마들과 맞붙어 싸웠다. 그들은 척추나 머리가 망가진 후에야 전투를 멈추었다. 악마들이 암초에 부딪치는 파도처럼 좀비들을 덮쳤다.

좀비들은 잠시 전선을 지켰다. 빅스비와 다른 마을 사람들 역시 치열하게 싸웠다. 그들은 목숨이 분명히 끊기는 순간에만 딛고 서 있던 땅을 악마에게 내주었다. 자동사격과 단발사격의 총성이 밤을 울렸다.

악마들은 독 탄환에 살점이 찢기고 고름이 돋았지만, 그렇게 기괴해진 몸으로 좀비 전선을 뚫으며 밀고 들어왔다.

한 손에 피스톨을 든 임프 한 마리가 다른 손에 든 좀비 머리를 나오미에게 휘둘렀다. 나오미는 어깨로 샷건을 단단히 받친 후 방아쇠를 당겼다. 반동 때문에 반걸음 정도 밀려 나며 어깨가 깨지는 듯했지만, 탄환에 맞은 좀비 두개골이 폭발하며 불길이 치솟았다. 임프의 피부에도 곧장 불이 옮겨붙었다. 그럼에도 놈은 계속해서 다가왔다.

이제 남은 탄환은 없었다. 나오미는 절망적으로 샷건을 휘둘러 임프를 때렸다. 마을 주민 하나가 곧장 놈의 머리에 탄환을 박아 넣었다.

남자가 나오미를 보며 스스로 만족스럽다는 듯 씩 웃었다.

"쏘고 난 후에 가장 조심해야-"

그 순간 조그마한 악마가 날아와 남자의 어깨에 앉더니 목을 갈기갈기 찢어 버렸다. 남자의 못다 한 말은 그대로 목구멍에 막혀 나오지 못했다. 패닉에 빠진 남자가 공포에 가득 찬 비명을 지르며 목에 달라붙은 악마를 떼어 냈다. 살점 한 덩어리가 딸려 나왔다. 남자가 악마를 던져 버리려 애쓰는 동안 목의 상처에서 피가 분수처럼 솟구쳤다. 악마는 남자의 손가락을 꼭 붙들고 매달려 있었다.

또 다른 남자가 그 악마를 샷건으로 쏘았지만 남자의 손까지 함께 날려 버리고 말았다. 피와 악마의 내장과 인간의 살점이 나오미에게 쏟아졌다. 독성 물질도 함께 튀었다. 피부가 얼얼해지며 타들어 갔지만 나오미는 독 때문에 죽을지도 모른다고 걱정할 시간조차 없었다. 또 다른 악마가 눈을 겨냥해 칼을 던졌던 것이다.

나오미가 샷건으로 칼을 막으며 물러섰다. 워런이 나오미 곁에 섰다. 그가 임프에게 손짓하자 놈은 관절이 굳기라도 한 듯 얼어붙었다. 놈이 격렬하게 몸을 비틀며 두려움과 고통에 비명을 지르더니 그대로 폭발했다.

나오미는 워런에게 굳이 고맙다고 말하지 않았다. 어차피 듣지 못할 터였다. 또한 그런 건 아무 상관 없을 것이었다. 워런은 그럴 수 있었기 때문에 나오미를 구했을 뿐이었다. 어떤 친절이나 애정에서 나온 행동이 아니었다.

나오미가 샷건을 더듬거리며 겨우 총신을 꺾었다. 두툼한 탄을 꼭 쥐고 약실에 밀어 넣은 후 닫았다. 그러고는 멍든 어깨에 샷건을 걸치고 곧장 쏘았다. 통증이 다시 한번 팔을 타고 전해졌지만 나오미는 다시 총신을 꺾었다.

"너무 많아!"

워런이 릴리스에게 외쳤다. 전투 중 누군가 그의 말을 듣더라도 아무도 자신에게 하는 말이라고 생각하진 않을 것이다.

임프들은 숲 깊숙이 흩어져 인간을 몰살하려 하고 있었다. 그들 역시 꽤 피해가 컸지만 눈앞에 보이는 모든 생명을 죽일 작정이었다.

워런은 피에 굶주린 놈들의 욕망을 느꼈다. 비틀린 욕망으로 절규하는 소리가 그의 안에서도 공명했다. 워런은 이게 자연스러운 감정인지, 아니면 릴리스에게 어떠한 영향을 받아서 그런 건지 알 수 없었다. 지난 며칠 동안 릴리스는 계속해서 강해졌다.

워런 역시 마찬가지였다.

"너는 도망갈 수 없다."

릴리스가 털끝 하나 다치지 않고 임프 사이를 걸었다.

몇몇 악마는 릴리스를 느끼는 것 같았다. 놈들이 피하기 시작했다. 릴리스가 그렇게 지구를 걸었던 수천 년 전, 인류가 이제 막 태동하여 살아남기 위해 고군분투하던 시절, 임프 같은 악마들은 그 앞에 고개를 숙이며 잔혹한 주인으로 섬겼었다. 워런이 읽었던 모든 이야기가 한결같았다.

릴리스 자신의 영적 세계에 그 힘이 잔존하고 있었던 것이 틀림없었다. 워런은 그녀가 지금 눈앞의 적과 싸워 줄 수 있기만을 바랄 뿐이었다.

"네가 도망가려 하는 순간, 임프들이 너를 쫓아가 죽여 버릴 것이다."

릴리스가 말을 이었다. 곁에서 사람들이 부상당하고 목숨을 잃은 채 쓰러지고 있었다. 워런은 릴리스의 말을 믿지 않을 수 없었다. 워런은 힘을 끌어모아 쏘고 또 쏘았다. 화염구를 뿜어내고 불길을 일으키는 힘은 본능적이었다. 필요하다 판단되면 순식간에 올렸다 거둘 수 있는 방어막도 마찬가지였다.

작은 악마 한 마리가 그에게 달려들었다. 워런이 눈치채고 손짓하자 놈의 살점과 비늘이 피범벅이 되며 터져 나갔다. 워런은 악마와 인간을 구분하려고 하지 않았다. 마을 사람과 악마가 한데 엉겨 있어도 아랑곳 않고 모두를 화염에 휩싸이게 했다.

어떻게 해서든 살아남아야 했다. 그가 빅스비나 주민들보다 강한 것은 그의 잘못이 아니었다. 죄책감을 느끼진 않을 것이었다. 워런은 그런 감정을 마음 한구석에 몰아넣으려고 애썼다.

자신을 지키려고 치열하게 싸우던 워런은 인간의 것인지 악마의 것인지 모를 응혈을 뒤집어썼다. 감사하게도 그의 피는 거의 없었다.

그는 또한 맞서 싸우는 악마들의 정신을 공격했다. 그의 통제에 저항하지 못한 놈들은 워런 쪽으로 넘어와 꼭두각시가 되었다. 일단 노예가 된 악마들은 좀비처럼 저마다의 의지로 싸웠다.

전세가 서서히 역전되었다. 발치에 시신이 쌓일 때마다 워런은 속이 뒤틀렸다. 인간은 거의 모두 목숨을 잃었다. 몇몇은 크게 부상을 입거나 도망갔고, 악마들이 그 뒤를 쫓고 있었다.

악마들을 통제하지 못했다면 우리는 벌써 전멸했을 거야. 워런은 깨달았다.

하지만 악마를 계속해서 통제하는 일에는 대가가 따랐다. 머리가 아파 왔고, 숨을 쉬기도 힘들었다. 조금만 집중해도 눈앞이 이중으로 보였다.

임프 한 마리가 워런을 쏘았지만 그는 방어막을 올렸다. 방어막에 튕겨 나간 총알이 얼마 남지 않은 주민들에게로 향했다. 희생자는 반쯤 피로 뒤덮인 땅으로 쓰러졌다. 너무 갑작스러워서 남자는 비명을 지를 시간도 없었다.

워런이 방어막을 순식간에 발사체로 바꾸어 악마에게 날렸다. 목이 잘린 악마가 땅에 닿기도 전에 워런이 또 다른 방어막을 형성했다. 그가 양손 모두를 움직이며 남은 힘을 끌어모았다.

워런은 악마가 남은 동안만큼은 의식을 잃지 않으려고 애썼다. 두 싸움 중 어느 쪽이 먼저 끝날지 알 수 없었다.

"*너는 누구냐, 인간?*"

한 악마가 워런의 에너지 방어막에 맞서며 물었다. 워런은 대답할 힘이 없었다. 악마가 내뿜은 불길이 방어막에 부딪치자 워런은 온몸으로 그 충격을 느꼈다. 그가 힘이 빠져 자꾸만 휘청이는 오른쪽 다리를 똑바로 세우는 것에 집중했다.

"*그 손은 어디서 났지?*"

악마가 총을 집어 던지더니 넓은 어깨 뒤로 손을 뻗어 양날 도끼를 꺼냈다.

"*아무래도 상관없다. 내가 지금 뺏을 테니까.*"

손을 잃을지도 모른다는 생각이 들자 워런은 속이 뒤틀렸다. 이미 두 번이나 겪었지만 어떻게 해도 익숙해지지 않는 일이었다. 패닉에 휩싸이는 바람에 방어막을 통제하던 힘이 잠시 느슨해졌다. 악마의 도끼가 워런의 가슴을 내리쳤다. 코트 안에 입은 케블라 방탄조끼 덕분에 베이진 않았지만 그 충격에 갈비뼈가 하나 이상 부러진 것 같았다. 숨 쉬기가 고통스러워진 워런이 이어지는 임프의 일격을 피하며 뒤로 홱 물러섰다.

"*어딜 가느냐?*"

악마가 비웃었다.

"*이제 시작이다.*"

집중해! 빌어먹을! 집중하지 않으면 죽는다고!

눈앞의 임프는 마치 헤엄을 치고 있는 것처럼 보였다. 워런이 놈을 하나로 뚜렷하게 보려고 애썼지만 실패했다. 놈이 또다시 도끼를 휘두르는 순간 워런이 가까스로 은빛 손을 내밀어 막았다.

예리한 날 끝이 손바닥을 따라 미끄러지며 끼이익 소리를 냈다. 워런이 주먹을 단단히 쥐며 도끼를 멈추었다. 악마가 무기를 잡아당겼지만 빼낼 수는 없었다.

"보기보다 강하구나."

악마가 발굽을 들어 발톱으로 워런의 목을 겨누었다.

"그렇다고 도움이 되진 않겠지만."

워런이 내면에서 꿈틀대던 힘을 풀어내자 그 힘이 사슬처럼 도끼를 타고 가 악마에게 닿았다. 워런의 목을 찌르려던 발톱을 갖다 댄 채 악마가 뻣뻣하게 굳었다.

워런이 점점 힘을 가하자 공포와 통증으로 악마의 눈이 커졌다. 풍선처럼 살이 부풀어 오르더니 놈은 그대로 터져 버렸다. 악취를 풍기는 액체가 얼마간 줄줄 흘러나오더니 곧 뼈만 남았고, 그 뼈들조차 산산조각 나 먼지가 되었다.

더 이상 산소를 들이마실 힘도, 두 다리로 설 힘도 남지 않은 워런이 헉하고 숨을 멈추더니 무릎을 꿇으며 쓰러졌다. 금속 손이 쉬잇 소리를 내며 눈밭을 녹였다. 워런은 손이 다리에 닿지 않게 하려고 애썼다. 그러지 않으면 그 자신도 녹아 버릴 것만 같았다.

팔다리를 잃은 좀비들이 워런 주위로 몰려왔다. 그중 한 놈은 두 다리를 잃고 상체를 질질 끌고 있었다. 그들이 워런을 보호하듯 에워쌌다. 개중엔 임프 세 놈도 있어 뚫고 들어오려는 다른 악마들을 해치웠다.

"일어나야 한다."

릴리스가 워런에게 말했다. 릴리스가 악마와 좀비 사이를 아무렇지 않게 뚫고 들어왔다. 릴리스가 금속 손을 잡아당겼다. 그 감촉이 느껴진다는 것에 워런은 놀랐다.

그가 일어서려고 했지만 몸에 힘이 들어가지 않았다. 죽음이 내지르는 온갖 소리가 불협화음처럼 들려왔다. 워런은 더 이상 눈을 뜨고 있을 수 없었다. 그대로 두 눈이 감겼다.

결국 워런이 쓰러지는 모습을 보고 나오미는 겁에 질렸다. 쓰러져 움직이지 않는 시신 옆에서 주워 든 라이플 한 자루에 의지하며 나오미는 워런 곁으로 가려고 애썼다. 무기에 대해서는 잘 몰랐으나 공습 이후로는 배워야만 했다. 모두가 그랬다.

나오미가 워런에게 다가가자 좀비와 조종되고 있는 악마들이 그녀에게 돌아섰다. 놈들이 물어뜯으려는 순간 나오미가 겨우 몸을 피했다.

"안 돼. 멈춰. 도우러 온 거야."

나오미가 쓰러진 워런을 바라보았다. 윗입술이 피로 얼룩졌고 경련을 일으키고 있었다.

"내가 도와줘야 해. 비켜."

좀비와 악마들은 움직이지 않았다. 나오미가 라이플로 놈들을 겨누었다. 실수로 워런을 쏘지 않을 것이라는 확신만 들었다면 바로 쏘았을 것이다.

나오미는 좌절하며 물러섰다. 그러나 곧 주위의 소란이 잦아들었음을 깨달았다. 순간 당황한 그녀가 주변에 가득한 시체들을 보았고, 그들이 전투에서 이겼음을 깨달았다.

아니, 이긴 게 아니야.

얼마 남지 않은 사람들을 바라보며 나오미가 생각했다. 대부분 큰 부상을 입었다. 살아남은 것이다.

또 다른 악마들이 들이닥치지 않기만을 바랐다.

14장

 사이먼은 여전히 피로했고 꿈조차 없는 잠에 끌려 들어갈 것만 같았지만, 결국 눈을 떴다. 더 자고 싶었다. 그의 몸이 잠을 갈망했다. 4년이 넘는 지난 세월 동안, 부상으로 수면 마취를 하는 경우를 제외하면 제대로 자지를 못했다.
 아이였을 때도 밤에 그다지 많이 자는 편은 아니었다. 대여섯 시간 넘게 침대에 머무는 법이 없었다. 그다지 좋은 것만은 아니었다. 아버지 토머스 크로스는 곧잘 깊이 잠들었는데 사이먼을 혼자 키우는 데 별로 도움이 되지 않았다.
 아버지의 부재가 그를 고통스럽게 찌르는 것을 느끼며 사이먼은 잠시 그대로 누워 있었다. 자주 찾아오는 감정이었다. 어렸을 땐 아버지로부터 벗어나 세상에 뛰어들고 싶어 했었다.
 토머스 크로스에게는 따라야 하는 규율이 너무 많았다. 모든 템플러가 마찬가지였다. 어느 날 사이먼은 마치 구속복을 입고 살아가는 것처럼 느꼈다. 그러자 곧 견딜 수 없어졌다. 그는 종종 아버지와 다투었다. 사이먼은 자신이 템플러 규칙을 어겨 놓고도 아버지에게 대들곤 했었다.
 하지만 토머스 크로스는 언제나 그 자리에 있었다.
 이제는, 없다.
 그리고 다른 어느 때보다도 지금, 아버지가 필요했다.
 사이먼은 훈련과 연습을 반복하며 패닉과 공포를 몰아냈다. 돌아갈 방법은 없었다. 헬게이트가 열린 것도, 악마의 손에 스러진 아버지의 죽음도, 없던 일로 할 수는 없었다. 그러나 여전히 그는 현실을 받아들일 수 없었다. 다른 어떤 것으로도 대체할 수 없었다.

템플러 훈련은 희망적인 생각을 품거나, 세상이 불공평하다며 비난하는 것에는 도움이 되지 않았다. 그런 것은 전적으로 반항적인 10대의 영역이었다. 한때 사이먼이 그랬던 것처럼. 그리고 지금, 그 어떤 태도도 그에게는 전혀 도움이 되지 않았다.

다시 잠들지 못할 것임을 깨달은 사이먼이 지친 몸을 일으켜 이불을 젖히고 침대 가에 걸터앉았다. 전날 밤 전투로 온몸이 아팠다. 피부 여기저기가 화난 듯 새빨갰다. 조만간 심하게 멍이 들 것임을 경험으로 알 수 있었다.

침대가 낮다는 사실에 감사하며 사이먼이 몸을 일으켰다. 발아래 콘크리트 바닥이 차가웠다. 지금 이 정도의 환경도 그들에게는 축복이었지만, 은거지는 오래 살 것을 염두에 두고 세운 곳이 아니었다. 비상 상황에서 잠시 머물 곳이었다.

부드러운 백열등 하나만이 방을 밝히고 있었다. 경보가 울리지 않는 한 수면실 조명은 어둡게 유지되었다. 남녀 템플러들이 각자 침대를 차지하고 자고 있었다. 그 모습에 사이먼은 아직 '밤'임을 알 수 있었다.

템플러는 갑옷 아래 아무것도 입지 않았다. 사이먼은 벌거벗은 채 침대에서 일어나 태극권을 하기 시작했다. 핏속으로 산소가 흐르며 타박상을 입고 뭉친 근육을 풀어 주었다. 잠시 후 뻐근했던 몸이 풀리면서 어느 정도 움직일 준비가 되었음이 느껴졌다.

사이먼이 갑옷에 다리를 집어넣자 AI가 자동으로 조여 주었다.

흉갑도 단단히 봉인되었다. 투구는 아원자 입자[7] 공유결합 시스템으로 엉덩이까지 한데 이어졌다. AI가 분리를 지시하기 전까지는 벗겨지지 않을 것이다.

잠들기 전에 소재해 두어 무기는 이미 깨끗했다. 아버지는 그를 그렇게 훈련시켰다. 사이먼은 무기 관리뿐만 아니라, 아버지의 기준에 닿기 위해서라도 그 습관을 유지했다. 하루가 저물면 침대로 가기 전 항상 무기를 손질하며 살아남았음을 감사히 여겼다. 또한 자신을 그렇게 가르친 아버지에게도 감사했다.

다가온 하루를 준비하기 위해 사이먼은 수면실을 나서 아침을 먹으러 갔다.

무장한 템플러를 위해 마련된 자리가 없었기 때문에 사이먼은 따로 테이블을 잡고 앉아 투구를 올려놓고 물끄러미 바라보았다. 갑옷과 투구는 무선으로 연결되어 서로 정보가 공유되었고 면갑을 컴퓨터 모니터처럼 쓸 수도 있었다.

사이먼은 말이 없었다. 말을 할 필요가 없었기 때문이다. 아무것도 건들 필요 없이 손을 살짝만 움직여도 은거지와 보급품에 대한 간단한 정보를 불러들일 수 있었다. 다른 한 손으로는 숟가락을 쥐고 멍하니 오트밀을 떠서 입으로 집어넣었다.

오트밀이 아침 식사가 된 지는 오래였다. 수경 재배 실험실에서 재배하고 있었는데 그나마도 많은 은거지 사람들에게 공급될 만큼 충분하지 않았다. 아침 메뉴는 제한적일 수밖에 없었다. 적어

---

7) 중성자, 양성자, 전자처럼 원자 구조를 구성하는 입자.

도 오늘 아침에는 사슴 스테이크가 나왔다. 전투가 끝난 후 고기를 가지러 돌아갔었던 것이다.

"심각해 보이네."

사이먼이 고개를 들자 네이선 싱이 건너편 의자에 앉았다. 그가 숟가락으로 사이먼의 투구를 가리켰다.

"보고서가 마음에 들지 않는 게 분명해."

네이선이 목소리를 죽여 말했기 때문에 식당 안 다른 템플러들은 듣지 못했다.

구석 한 테이블에서는 어린 소년과 소녀들이 모여서 교관들의 엄격한 시선을 피해 속닥거리고 있었다. 악마들이 활개 치는 세상에서도 아이는 아이답게 행동한다는 것을 사이먼은 잘 알았다.

"좋지 않아."

사이먼이 다른 데 정신을 파는 동안 오트밀과 고기는 차갑게 식어 버렸다. 어쨌든 그는 더 이상 입도 대지 않고 있었다. 그의 앞에 놓인 것은 음식이 아니었다. 연료였다.

"말해 두는데."

네이선이 싱글거리며 말했다.

"여기 새로 온 사람들 말이야, 집 안에서도 집 밖에서도 우리를 마구 갉아 먹고 있어. 메뚜기 떼가 덮친 거 같다고."

상황이 암울했지만 사이먼은 웃지 않을 수 없었다. 네이선은 어떤 일이든 상관없이 농담을 하고 웃게 하는 재주가 있었다. 저 구석 테이블에 앉아 있는 아이들과 다를 것이 없었다.

"너를 위한 식탁이 따로 있는 것 같아."

네이선이 구석을 바라보더니 고개를 저었다.

"저기 저 애들이랑 같이 앉으라고? 절대 안 돼. 싫어. 개 풀 뜯어 먹겠다, 친구."

"그나저나 일찍 일어났네."

사이먼이 빈 그릇을 밀어 내고 차를 홀짝였다. 차 역시 차가웠다.

"딱히."

네이선이 사슴 스테이크 한 조각을 찍어서 입에 넣었다. 사이먼이 눈썹을 올리며 친구를 바라보았다. 네이선이 덧붙였다.

"자질 않은 거야."

"왜?"

네이선이 천천히, 하지만 활짝 웃었다.

"내털리 조."

"음?"

예상하지 못한 일이었다. 네이선은 가끔 여자와 어울리는 듯했지만 누구와도 오래 사귀지는 않았다. 침공 전부터 그랬다. 세상이 벼랑 끝으로 몰리자 이제는 정말 누군가와 진지한 관계를 지속할 이유가 없어졌다.

네이선이 어깨를 으쓱했다.

"우린… 서로 많이 좋아해."

"그렇군."

네이선이 기다렸다.

"그게 다야?"

"뭐가?"

"아무 말 안 해?"

"무슨 말을 해?"

"연애나 데이트를 하기에 좋은 때가 아니라든가."
"연애하는 거야?"
네이선이 믿을 수 없다는 듯 눈을 깜박였다.
"내가 방금 그 얘기를 한 것 같은데, 친구."
"음."
네이선이 짜증스럽게 이맛살을 찌푸렸다.
"또 그 '음.' 말해 두는데, 너도 이런 데 관심 좀 가지라고."
"글쎄……."
사이먼이 할 수 있거나 해야 하는 대답을 잠시 고민했다.
"내털리를 좋아하나 보네."
"서로 좋아한다고. 그것도 이미 말했잖아."
"말했지. 그저 이해하는 데 시간이 좀 걸렸을 뿐이야."
"어려울 게 뭐야?"
"너, 내털리 조, 은거지, 식량 부족, 여름이 되면 아마 식수도 부족할 거고. 아니면 그 전에 눈이 오염될 수도 있고. 아, 그리고 장례식도."
네이선은 맥이 빠져 버렸다.
"그래, 장례."
그가 한숨을 쉬더니 사이먼을 바라보았다.
"어쩌면 다른 사람이 그 일을 맡는 게 좋을지도 몰라, 친구."
"아냐. 내가 데려갔어. 나 때문에 죽은-"
"그들을 죽인 건 악마야. 네가 아니라."
"만약 내가-"
네이선이 테이블 건너에서 손을 뻗어 사이먼의 어깨에 올렸다.

"사이먼, 네가 이런 일들을 바꿀 수 있었다면, 너는 그렇게 했을 거야. 내가 널 도왔을 거고. 하지만 이미 벌어진 일들이나 사상자를 두고 네 탓을 하기 시작하면-"

"그냥 사상자가 아냐."

사이먼이 씁쓸하게 말했다.

"친구들이었어."

"나도 알아. 정말로 안다고. 하지만 우리가 지금 어떤 것도 보장할 수 없는 일을 한다는 것도 잘 알아. 어제 죽어 간 친구들도 알고 있었다고. 우린 바로 그런 일을 위해 훈련을 해 온 거잖아, 친구. 목숨을 걸고 악마와 싸워서 이 세상을 붙들고 있는 것."

네이선이 사이먼과 눈을 맞추고는 고개를 끄덕였다.

"그들은 할 일을 한 거야. 선조들에게 맹세한 바로 그 일을 하다가 목숨을 잃었어. 우린 그 결정을 존중해야 해. 명예롭게 전사했으니, 명예롭게 쉴 수 있도록 해 주자고. 보일 수 있는 가장 깊은 존경심을 품고. 그들은 절대 네 손에 끌려 전장에 나간 바보들이 아니었어. 전사들이었다고."

"알아. 그렇게 할 거야."

네이선이 사이먼의 어깨에서 손을 내렸다.

"그래. 늦지 않게 해."

네이선이 잠시 말을 멈추었다.

"정말로 무서운 게 뭔지 알아?"

네이선이 아직 마음속 이야기를 전부 하지 않았음을 깨달은 사이먼이 친구를 바라보았다. 그리고 기다렸다.

"내털리가 임신했어. 어젯밤 확인했어. 실험실에서 혈액 검사를 했거든. 6주래."

사이먼이 친구를 위해 진심으로 기뻐하려고 애썼다. 약간 웃어 보이기도 했지만 몇 달 안에, 너무 빨리, 은거지에 먹여야 할 입이 하나 더 늘어난다는 생각을 떨칠 수가 없었다.

"축하해."

"그래."

네이선이 침묵하다가 다시 입을 열었다.

"내털리는 화를 냈어. 간호사에게 얘기를 듣고는 울더라."

"너를 닮을까 봐 겁이 났나?"

사이먼이 기분을 바꾸려고 장난스럽게 말했지만, 너무 큰 노력이 필요했다. 그래도 네이선은 웃어 주었다.

"그거 뼈아프군, 친구."

하지만 검은 눈동자에 어린 장난기는 너무 빨리 사그라졌다. 사이먼이 한발 물러섰다.

"너무 셌나."

"아냐."

네이선이 고개를 저었다.

"잘했어. 네가 안 했다면 내가 그렇게 말했을 거야. 아무튼 요점은, 내털리가 아기를 낳을지 말지 고민한다는 거야."

그 말에 사이먼은 멈칫했다. 템플러는 낙태를 하지 않았다. 생명은 신성한 것이었다. 신이 주신 선물이었다. 장애가 있는 아이들도 템플러에게 큰 선물로 여겨졌고, 가족이 되어 사랑을 받았다. 흔한 일은 아니었다. 템플러는 규칙적이고 건강한 생활 방식을 고수했지만 가끔 선천적 장애아가 태어나곤 했다. 그래도 팔다리가 없거나 다른 결함이 있는 아이들도 갑옷을 입으면 완전해질 수 있었다.

사이먼은 기다렸다.

"아직 어느 쪽을 원하는지 확신할 수 없나 봐. 지금 아이를 갖고 싶지 않다는 것은 분명해 보이지만. 자기가 전장에서 죽으면 아이만 혼자 남아 살아갈 게 싫은 거지. 주변에서 그런 모습을 너무 많이 보니까."

사실이었다. 지난밤 죽은 이에게도 아이가 있었다.

"냉동 보존술도 생각해 볼 수 있지."

사이먼이 지적했다.

"태아를 냉동할 수 있으니까."

네이선이 서글프게 웃었다.

"아냐, 친구. 언더그라운드로 돌아가면 가능하겠지만, 여기선 안 돼. 여긴 오지라고."

그가 숟가락을 휘적거렸다.

"뭐, 내털리는 언더그라운드로 돌아가는 방법도 생각하고 있어."

사이먼은 아무 말도 하지 않았다. 되도록 표정을 드러내지 않으려 했다. 그러기는 쉬웠다. 어떻게 받아들여야 할지 알 수 없었던 것이다.

"거기 가면 태아를 꺼낼 수 있어."

네이선이 말했다.

"일단 동결했다가 나중에 살리는 거지. 악마 놈들을 원래 살던 곳으로 쫓아 보낸 후에 말이야."

"우리 세대에서 그런 일이 일어나지 않는다면?"

"네가 곧 어떤 계획이라도 세울 거라고 믿어야지."

사이먼이 고개를 저었다.

"난 안 돼. 세계 구원은커녕 지금 생존 모드라고."

"실망인걸."

"나도 그래."

네이선이 마른세수를 했다. 구레나룻이 자란 뺨이 건틀릿에 긁혔다.

"어쨌든 내털리는 이런저런 생각 중이야. 만약 내털리가 네게 와서 언더그라운드로 돌아가고 싶으니 보내 달라고 하면-"

"갈 수 있어. 묻지 않아도 돼."

"네가 그렇게 말할 거라고 했어, 친구. 하지만 내털리는 걱정되나 봐. 그런 모습은 거의 보지 못했는데."

네이선이 주저했다.

"알아야 할 게 또 있어. 내털리가 돌아간다면, 나도 함께 갈 거야."

사이먼도 이미 그럴 것이라 예상했었지만 막상 그 얘기를 들으니 마음이 아팠다.

"내털리를 데려다주고 돌아올게. 내털리도 거기 머물고 싶어 하진 않아. 그저 아기를, 그러니까 우리 아이를 보살피고 싶을 뿐이야."

"이해해."

"문제는, 내가 지금껏 너를 도와 했던 일들을 알고도 테렌스 부스가 나를 순순히 보내 주겠느냐는 거지."

"내 보호 없이 언더그라운드로 가는 일은 없을 거야. 부스가 너를 잡아 두려고 한다면 반드시 너를 빼내 올 거야."

"맹세한 거다?"

"그래."

네이선이 한 손을 내밀었다. 사이먼이 그 손을 맞잡았다.

"그렇다면 절대 죽지 말라고. 돌아온 후에 내 아이에겐 삼촌이 필요할 테니까."

15장

"지금대로라면 기껏해야 5주 정도 생존 가능하다는 말씀이십니까, 크로스 경?"

사이먼이 작은 방에 모인 일곱 템플러를 둘러보았다. 스스로 앞으로 나선 사람들이었다. 각자가 그들을 선출한 템플러 전사와 아이들을 대변하고 있었다. 이제 은거지에는 너무 많은 템플러들이 있었고 그들 대부분은 대개 가문을 따라 움직였다.

모인 일곱 명은 지난 4년에 걸쳐 그를 찾아온 이들이었다. 사이먼이 기차를 개조해 생존자들을 런던에서 탈출시킬 때는 함께하지 않았지만, 사이먼은 그들과 진실을 공유하는 것을 망설이지 않았다. 이 모든 일이 얼마나 힘들지 알면서도 합류한 이들이었기 때문이다.

방에 모인 템플러들은 토머스 크로스를 잘 알았고, 억압받는 사람들을 도와야 한다는 템플러의 신념을 간직했다. 그들 또한 악마들이 휩쓸고 다니는 런던에 갇힌 이들에게 등을 돌릴 수 없었.

"식량이 5주 치 남았습니다."

사이먼이 말했다.

"하지만 그것도 사슴을 사냥할 수 있을 때 얘기입니다. 저는 숲의 야생 생태계를 교란하고 싶지 않-"

"그건 우리도 마찬가지입니다, 크로스 경."

제너비브 보커가 나섰다. 60대 초반의 노장이었지만 갑옷을 입으면 만만치 않은 전사가 되었다.

"-그리고 사냥팀이 악마에게 또다시 기습당하는 일은 원치 않습니다."

사이먼이 말을 마쳤다.

"여기에서 지내는 사람들을 위한 옷과 보급품을 찾으러 시내로 갈 때마다 우리는 매번 그런 위험을 감수합니다."

빅터 칼라일이 어깨를 으쓱하며 무심하게 말했다. 그는 50대 초반으로 늘씬하면서도 몸매가 탄탄했다.

"혼자서 우리를 보호하거나 부양하실 수는 없습니다, 크로스 경."

"그 점은 잘 알고 있습니다."

사이먼이 대답했다.

"그렇다면 기회를 활용하는 수밖에 없겠지요."

"배급할 수 있는 식량이 위험할 정도로 부족합니다."

마르타 그라임스가 말했다. 그녀는 40대 후반으로 활력이 넘치고 유능했다.

"지금도 사람들은 충분히 먹지 못해요. 할 수만 있다면 사람들에게 음식을 좀 더 줘야만 합니다. 아이들을 굶길 수는 없어요. 힘을 얻고 건강해지려면 음식을 섭취해야 합니다. 아이들이 우리의 미래예요. 그 점을 잊는다면 언젠간 위험에 맞닥뜨릴 겁니다."

사이먼은 그들이 하는 말을 전부 이해했지만, 아무 말도 할 수 없었다. 방에 모인 누구도 자신을 사이먼보다 현명하다고 생각하지는 않았다. 그저 의견을 교환할 뿐이었다.

"템플러도 무시할 수 없습니다."

30대 초반의 마이카 커디가 끼어들었다.

"약해진 신체를 갑옷으로 보완할 수 있을지 모르지만 기력이 부족한 전사는 결국 언젠가 자기 목숨뿐만 아니라 다른 사람의 목숨까지 위태롭게 할 겁니다. 템플러가 제대로 영양분을 섭취하는 것이 우선입니다."

"아이들의 건강보다도요?"

마르타 그라임스는 금방이라도 싸울 듯했다.

"템플러는 우리의 방어책입니다. 잘 먹은 아이들은 저 빌어먹을 악마들에게 더 살진 먹이가 될 뿐입니다. 놈들이 우리를 모두 쓰러뜨린 다음에 말이죠."

"악마가 우리를 쓰러뜨린다고 누가 그래요?"

"놈들이 은거지 밖에서 우리를 사냥한다는 사실은 우리 모두가 압니다."

솔로몬 트레메인이 재빨리 나섰다.

"어젯밤 목숨을 바쳐 그 사실을 증명한 이들이 있었죠."

"악마는 아직 우리를 찾지 못했어요."

마르타가 말했다.

"시간문제일 뿐입니다."

커디가 반박했다. 그들 모두가 연장자임을 사이먼은 알고 있었다. 그들 중 누구도 은거지에서의 그들 위치나, 사이먼의 리더로서의 능력에 의구심을 품지 않았다. 만약 그들이 조금이라도 의심을 품었다면 사이먼은 기쁘게 물러났을 것이다. 어쩌면. 사이먼은 자인했다. 어깨에서 책임이라는 무거운 짐을 내려놓는 것도 좋지만 은거지에서 매일같이 일어나는 일에 통제력을 잃는다면 힘들지도 몰랐다.

사이먼은 6년 전 언더그라운드를 저버린 것에 부채감을 느꼈다. 또한 그의 깃발 아래 서기 위해 찾아온 전사들과 은거지에서 보호하는 사람들에게 약속을 했다.

무엇보다도 사이먼은 아버지에게 빚이 있었다. 템플러 언더그라운드와 여러 일을 겪은 후, 사이먼은 그저 물러나 있을 수만은 없었다. 아버지는 그런 대우를 받을 사람이 아니었다.

"시간이라면, 5주가 있습니다."

사이먼이 목소리를 가다듬어 단호하게 말했다.

"지금 닥친 문제는 식량입니다. 물이 아닙니다."

"필요한 만큼 충분히 식량을 배급한다면요?"

마르타가 물었다.

"4주로 줄어듭니다."

마르타가 사이먼을 똑바로 바라보았다.

"그럴 가치가 있나요, 크로스 경? 악마에게 발각되기 전, 5주 동안 천천히 굶어 죽을 계획인가요? 아니면 4주 동안 공포는 뒤로하고 인간답게 먹고 살아야 할까요? 만약 일주일 뒤에 악마들이 들이닥친다면, 경께서는 그 한 주 동안 사람들이 어떻게 살길 바라시나요? 희망에 가득 차서? 아니면 굶주리며?"

양쪽 관자놀이 사이의 두통이 자꾸만 심해졌다. 사이먼은 전술에 훨씬 능했다. 이 방에 모인 사람들의 질문에 대답하기보다는 차라리 무장한 악마들을 상대하고 싶었다. 생존을 위해 싸우는 일은 쉬웠다. 전력을 다하면 되니까. 하지만 보급품을 적절히 분배하는 일은 답답했다.

마르타가 조용하게 말했다.

"식량 부족을 해결할 방법이 손안에 있다면 배급을 결정하기도 훨씬 쉬울 겁니다. 결정하시기 어렵다는 것은 압니다, 사이먼 경. 하지만 경께서, 아니, 우리가 신념을 더욱 굳건히 해야만 하는 시기입니다."

그녀가 방 안을 둘러보았다.

"우리가 하는 일은 공정하고 정의로우니까요."

"어젯밤 목숨을 잃은 템플러들에게 그렇게 말해 보시죠."

커디가 거칠게 말했다.

"그들의 빈자리를 메우기 위해 더 열심히 싸워야 하는 이들에게 가서 그렇게 말해 보시라고요. 아니면 온전한 교육도 받지 못한 채 피 흘리길 요구받는 저 어린아이들에게 그렇게 말해 보시든가요."

"그만."

사이먼이 나섰다. 모두가 즉시 입을 다물고 그를 바라보았다. 사이먼은 이런 식으로 회의를 직접 이끄는 일이 별로 없었다. 그의 지위에서 마땅히 해야 하는 그런 일들이 불편했다.

"우리는 배급을 중단합니다."

사이먼이 말했다. 그의 의견은 아니었다. 이 방에 모인 이들의 의견이었다. 단, 마르타를 제외하고.

"그건-"

커디가 입을 열었다. 사이먼이 목소리를 높여 말을 이었다.

"사냥팀을 더 자주 보낼 겁니다. 그동안 사냥했던 지역에서 더 멀리 나갈 작정입니다. 팀원도 두 배로 늘리겠습니다."

"그렇다면 여기 일손이 부족해질 겁니다."

전략가인 칼라일이 말했다.

"게다가 템플러들의 피로가 누적될 겁니다."

"은거지 주민 중 사냥할 줄 알거나 훈련받기를 희망하는 사람들로 팀을 보충할 예정입니다."

사이먼이 고개를 저었다.

"제가 진작에 생각했었어야 하는 부분입니다."

"무장하지 않은 민간인이 바깥을 돌아다니는 일은 원치 않으시겠지요."

제너비브가 말했다.

"여기서 굶어 죽는 것보다는 밖에서 사냥하는 것이 나을 겁니다."

사이먼이 대답했다.

"우리는 이 사람들을 보호하겠다고 맹세했습니다."

칼라일이 반대했다.

"목숨을 걸라고 내모는 일은 보호가 아닙니다."

"우리는 그들을 보호하고 있습니다."

사이먼이 큰 목소리로 대답했다.

"우리가 악마와 싸우고, 우리가 가장 큰 위험을 감수합니다. 그 점은 바뀌지 않았습니다. 그리고 바뀌지 않을 겁니다."

그의 말에 좌중이 조용해졌다. 놀란 것 같았다. 조금 후에 있을 장례는 이들 몫이 아니지. 그가 씁쓸하게 생각했다.

"저들을 굶기면서 보호한다고 할 수는 없습니다."

마르타가 나직하게 말하면서 몸을 꼿꼿하게 세웠다.

"이 문제에 관해서 크로스 경의 입장을 이해합니다. 윤리적으로 볼 때 흡족하지는 않지만, 그리고 명쾌한 방법도 아니지만, 옳은 일입니다."

"누구도 억지로 사냥에 내몰지는 않을 겁니다."

사이먼이 말했다.

"다들 모였을 때 안내할 예정입니다. 돕기를 원하는 사람들은 훈련을 받을 것이고, 할 수 있는 최대한의 무장을 하도록 할 것입니다."

그가 잠시 말을 멈추었다.

"중요한 점 한 가지는, 사람들을 살리고자 한다면 도움이 필요하다는 사실입니다. 그들은, 자신들을 돕고자 하는 우리를 도울 수 있습니다."

더 이상 논쟁은 없었다. 이 방법이 마음에 들든 아니든, 모두들 사이먼이 옳음을 알고 있었다.

"기사가 되고 싶습니다, 크로스 경."

사이먼이 맞은편에 앉은 여섯 살 소년의 커다란 눈을 바라보았다. 어린 민간인과 이야기하는 것은 가장 힘든 일이었다. 이 아이들은 용감한 것이 아니었다. 꺾이지 않는 젊음으로 겁이 없었다. 그 때문에 이 아이들의 제안은 더욱 가슴 아팠다.

더욱 나쁜 점은, 템플러에겐 무엇보다도 이 어린아이들이 가장 필요하다는 사실이었다. 어른과 청소년들은 배우는 것이 느렸다. 더 나이 든 사람들은 템플러가 되겠다며 훈련을 받으면서도 생각을 거치지 않고서는 간단한 반사 동작도 할 수 없었다. 악마는 믿을 수 없을 만큼 빨랐고, 생존과 희생은 그 눈 깜짝할 사이에 결정되었다.

사이먼이 자그마한 그의 사무실 바닥에 한쪽 무릎을 꿇었다. 대니엘이 곁에 있었으나 아무 말도 하지 않았다. 은거지의 민간인 아이들을 템플러 아이들이 훈련받는 곳에 데려오기 시작한 지 몇 달이 되었다. 대니엘 역시 이 일로 사이먼만큼이나 괴로워하고 있었다.

"챈들러지, 그렇지?"

사이먼이 물었다. 소년의 이름을 알아내기 위해 갑옷 AI로부터 정보를 받을 필요도 없었다. 그는 몇 주 전부터 은거지에서 지내는 모두의 이름을 기억하기로 작정했었다. 소년의 푸른 눈이 놀라서 더 커졌다.

"제가 누군지 아세요?"

사이먼이 고개를 끄덕였다. 은거지에서는 항상 투구를 벗어 옆구리에 끼고 다녔기 때문에 모두가 그를 볼 수 있었다. 얼굴을 드러내는 것은 은거지 주민들과 어울리는 데 도움이 되었다.

"알지."

사이먼이 철제 책상 맞은편 의자에 앉아 있는 소년의 어머니에게 고개를 끄덕였다.

"어머니 성함은 낸시지. 아버지 성함은 크레이그고. 우리는 여전히 그분을 찾고 있어."

소년의 얼굴이 침통함으로 굳었다. 두 눈에서 눈물방울이 떨어져 내렸다.

"알아요. 언젠간 아버지를 찾으시겠죠. 전 알아요."

사이먼은 뭐라고 말해야 할지 알 수 없었다. 너무 많은 시간이 흘렀다. 8개월째였다. 오로지 아이만이 이러한 희망을 품을 수 있을 것이다.

"왜 기사가 되고 싶지?"

"악마랑 싸우기 위해서요."

챈들러가 대답하고는 잠시 생각했다.

"저는 어쨌든 악마와 싸울 거예요. 그러니 싸우는 방법을 아는 편이 좋을 거라고 생각했어요. 그렇게 생각하지 않으세요?"

소년의 억양이 한층 높아졌다. 사이먼은 이 아이가 면담을 요청하기 전에 많은 생각을 했음을 알 수 있었다. 이렇게 앞으로 나서는 아이들 대부분은 놀랍게도 오래, 열심히 고민했다. 그리고 그 생각에 부모들은 대개 놀라곤 했다.

사이먼은 잠시 아이에게서 시선을 돌려 어머니의 눈을 바라보았다. 어머니는 아무 말 없이 눈물을 흘리며 고개를 끄덕였다.

어떤 어머니도 자식을 이런 길로 걷게 하고 싶진 않겠지.

사이먼이 생각했다. 템플러와는 달랐다. 템플러 부모와 아이들은 남자든 여자든, 하나의 세상에 함께 깊이 빠진다. 하지만 민간인 부모는 자식과 그만한 시간을 보낼 수도 없고, 그만큼 자식을 통제할 수도 없다. 외부인이 받아들이기에 템플러 교육은 생각하지도 못한 세상일 것이다.

사이먼은 다시 소년을 돌아보며 말했다.

"네 말이 맞지만, 네가 하고자 하는 일이 매우 힘들 거라는 점은 알아야 한다. 훈련은 고될 것이고 자유 시간도 많이 누리지 못할 거야."

"알아요. 템플러 아이들이 거의 하루 종일 학교에 있는 걸 봤어요."

"그렇다. 배워야 할 게 많지."

챈들러가 씩 웃었다.

"괜찮아요. 저는 빨리 배우거든요."

사이먼은 움찔했다. 빨리 배우지 못하는 자들은 빨리 죽는 경우가 많았다. 나중에 열릴 장례가 떠올랐다. 선한 자들 역시 목숨을 잃었다.

"좋다."

사이먼이 대답했다. 적어도 몇 년 내에는 이 소년이 전사하는 모습을 보지 않길 바랐다.

"템플러 아이들과 훈련을 시작해도 좋다."

챈들러가 함박웃음을 짓더니 조금 긴장한 듯 사이먼을 바라보았다.

"굉장해요."

그러더니 머뭇거리며 말했다.

"경이나 다른 무언가에 맹세의 서약 같은 건 하지 않나요?"

"아직은 아냐."

챈들러의 얼굴에 실망감이 퍼졌다.

"아."

소년의 등 뒤에서 대니엘이 새끼손가락을 들어 구부려 보였다. 사이먼은 하마터면 웃음을 터뜨릴 뻔했지만, 애써 엄격한 표정을 지으며 새끼손가락을 들어 구부렸다.

"맹세."

사이먼이 그렇게 말하자 챈들러가 크게 웃더니 자신의 새끼손가락을 걸었다.

"저는 충성스러운 기사가 될 것을 맹세합니다."

"충실하고 공정한 리더가 될 것을 맹세한다."

사이먼이 말했다. 챈들러가 머뭇거리며 뒤로 물러섰다.
"수업 때 뵐 수 있을까요?"
"그래."
사이먼은 여전히 수업에서 무술과 검술, 악마에 대한 기초 지식을 가르쳤다. 할 수 있는 동안은 그럴 것이다.
소년의 어머니가 일어서 사이먼에게로 다가오자 사이먼도 자리에서 일어났다. 그를 바라보는 여자의 입술이 떨렸다.
"엄마, 왜 울어요?"
여자가 아들을 내려다보았다.
"네가 정말 자랑스러워서, 그래서."
그녀가 아이의 머리카락을 헝클어뜨리더니 다시 사이먼을 바라보았다.
"제발… 제발 이 아이를 보살펴 주세요. 제 아들은, 제게 남은 전부입니다."
사이먼이 기억하기로 소년에게는 누나가 한 명 있었지만 런던에서 빠져나오지 못했다.
"그러겠습니다."
여자가 고개를 끄덕이고는 마음을 가다듬은 다음 아들의 손을 잡고 방을 나갔다. 사이먼은 그들의 뒷모습을 말없이 바라보았다. 대니엘이 투구를 벗고 그를 보았다.
"괜찮아?"
"응."
"어린아이들은 힘들지."
"맞아."

"너무 믿으니까."

"그래."

"템플러 훈련에 받아들인다고 아이들에게 말할 때마다 속이는 기분이 들어."

대니엘이 말했다.

"아이들을 받아들이는 걸?"

"걔들은 템플러가 되기만 하면 안전할 거라고 생각하거든. 영웅이 되고, 모두 괜찮아질 거라고 말이야."

사이먼이 고개를 끄덕였다. 대니엘이 말했다.

"그건 거짓말이지."

"오늘 저녁엔 그 아이들도, 템플러가 되어도 위험할 수 있다는 사실을 알게 될 거야."

사이먼이 우울하게 말했다.

사이먼은 전사한 템플러의 시신을 누인 폴리카보네이트 관 앞에 있었다. 관현악이 연회장으로 쓰이는 큰 방 안에 울려 퍼졌다. 접이식 의자를 가득 메운 사람들을 보고 사이먼은 걸을 수 없을 정도로 아프거나 다친 이들을 제외한 모두가 장례에 참석했음을 확신했다.

곧이어 그들은 기도를 했다. 사이먼이 식을 이끌었다. 기도문을 읊는 것은 어렵지 않았다. 지난 4년 동안 얼마나 많은 장례를 치렀는지 기억할 수 없을 정도였다. 그러나 그들의 이름만은 기억했다. 잠깐 멈추어 그 이름들을 세어 보았다면 적지 않은 숫자였을 것이다. 얼마나 많이 잃었는지는 기억하고 싶지 않았지만, 누구를 잃었는지는 기억하고 있었다.

각 가문의 문장(紋章)을 돋을새김하여 하나하나 제작한 관이었다. 그 위로는 생전의 모습을 담은 영상이 재생되고 있었다.

템플러는 가문의 깃발 아래 모였고 어떤 이들은 추도문을 읽었다. 사이먼이 그 뒤를 이어 추도 연설을 했다. 주변은 사람들로 가득했지만 마음속은 공허했다. 모두가 바라보는 가운데 서 있는 것은 그에게 너무 힘든 일이었다. 언제나 그랬다.

추모식이 끝날 때쯤, 어째서 이들을 기억해야 하는지 이야기하던 사이먼이 잠시 말을 멈추었다. 그런 다음 목소리에 힘을 주었다.

"우린 오늘, 여기, 형제와 자매들을 묻습니다. 남편이었고 아내였으며 연인이었습니다. 아버지였고 어머니였으며 아들이었고 딸이었습니다. 그 무엇보다도… 우리는 친구들을 땅에 묻습니다."

누구보다 지치고 거칠어진 이들조차 눈물을 흘렸다. 모두들 눈가가 젖어 있었다.

"오늘 이들이 여기 이 자리에 있었다면 여러분에게 이렇게 말했을 것입니다. 단 하나를 위해 목숨을 바쳤다고 말입니다."

사이먼이 검을 들었다.

"다른 이들이 계속 살아 나가도록 하기 위해 이들은 목숨을 바친 것입니다. 살아갈 자들을 위해!"

또 다른 템플러들도 그들의 무기인 검과 도끼를 천장 높이 들어 올리며 외쳤다.

"살아갈 자들을 위해! 살아갈 자들을 위해!"

민간인들조차 구호를 외쳤다. 전투에 나서는 템플러의 외침이자 '악마'와 '어둠'에 맞서는 맹렬한 맹세였다.

뒤쪽에서 수련 템플러 예복을 새로 갖춰 입은 챈들러가 주먹을 높이 쳐들며 함께했다. 소년의 눈에서 불타오르는 투지를 본 사이먼의 심장이 희망으로 부풀어 올랐다.

악마는 아직 우리를 굴복시키지 못했다.

16장

워런은 죽은 자들 사이에서 몇 시간 정도 잠을 잤다.

나오미가 그를 옮기려고 할 때마다 워런을 보호하려고 에워싼 좀비들이 막았다. 임프들은 마침내 워런의 통제에서 벗어나기 시작했다. 그들이 강해졌기 때문인지 워런이 약해졌기 때문인지 나오미는 확신할 수 없었지만, 어쨌든 좀비들이 악마에게 돌아서서는 놈들이 미처 방어하기도 전에 죽여 버렸다. 더 많은 악마 시체들이 워런을 둘러싼 시체의 벽 위로 쌓였다.

처음에 나오미는 워런이 죽을까 걱정했다. 그가 얼마나 큰 부상을 입었는지도 알 수 없었다. 피로 뉘넢여 있었지만 그 양으로 보아 전부 그의 피는 아닐 것이다. 어떤 인간도 그 정도로 많은 피를 흘릴 수는 없었다.

어떤 인간도. 나오미의 머리에서 그 생각이 메아리쳤다. 워런은 더 이상 인간이 아니었다. 메리힘의 음모가 손을 뻗쳤을 때부터 그는 달라졌다. 그가 그토록 조심스럽게 다루는 그 이상한 책도 그를 이렇게 바꾸어 놓은 원인 같았다.

처음 워런을 만났을 때는 심각하게 화상을 입고 있었지만 지금 그의 피부는 상처 하나 없이 매끈했다. 헬게이트가 열린 이후 더욱 생동한 아케인 힘을 끌어 쓰기 위해 카발리스트들이 했던 것처럼 악마의 신체를 이식하거나 문신을 하지도 않았다. 나오미가 알던 바에 따르면 워런은 힘을 거의 쓰지 못하거나, 전혀 쓰지 못해야 했다.

하지만 그 생각은 틀렸다. 워런을 반지처럼 에워싼 악마와 좀비들이 말없이 증명하고 있었다. 워런은 나오미가 알던 그 누구보다도 강했다.

나오미가 워런의 은빛 손과 천천히 올라갔다 내려가는 가슴을 바라보았다. 그가 이대로 죽는다면 그 손을 잘라 자신이 쓸 수 있을지 궁금했다.

"이보슈."

누군가 등 뒤에서 다가와 부르는 바람에 깜짝 놀란 나오미가 무력감과 불쾌함이 뒤섞인 채 깡마른 노인을 올려다보았다. 노인은 김이 오르는 금속 그릇을 들고 있었다.

"수프를 좀 가져왔다우."

노인이 런던 코크니 사투리로 말했다.

"마누라가 그러라구 해서. 크리스천이니까 해야 하는 일이라나. 별거 아닌 일에도 우리 마누라는 옴팡 열심이거든. 먹으면 좀 따뜻해질 거라우."

나오미가 그릇으로 손을 뻗었다. 마을과는 꽤 거리가 있었는데도 수프와 수프 그릇은 아직 따뜻했다. 물론 임프들이 전진하던 속도를 생각하면 가까운 것이었지만. 독이나 환각제가 들었는지 확인하기 위해 간단한 주문을 읊어 봤지만 아무것도 없었다. 한결 마음이 편해진 나오미가 그릇 가까이 코를 대고 수프 냄새를 들이마셨다.

"치킨 수프라우, 아가씨."

노인이 선 채로 비틀거리며 말했다.

"닭이 다 늙어서 누린내가 좀 나긴 허지만 우리 마누라가 만들면 끝내준다우."

"감사하다고 전해 주세요."

"알겠다우."

부상을 입은 생존자들 대부분은 나쁜 소식을 들고 집으로 돌아간 후였다. 하지만 무장한 수비대가 남아서 워런과 좀비들을 지켜보고 있었다. 몇 시간 전에 교대도 했지만 아무도 나오미에게 말을 걸지 않았다. 그 누구도 그녀를 믿지 않았다. 좀비를 이렇게 둘러 세운 것이 나오미라고 믿는 것이 분명했다. 노인이 물었다.

"저 사람은 아직 살아 있는 거여?"

"네."

나오미가 수프를 홀짝이며 으깬 채소와 국수, 질긴 고기 조각을 음미했다. 목을 축일 깨끗한 눈도 있었고 가져온 식량도 있었지만 아직 그만큼 배가 고프진 않았다.

"곧 깨어날랑가?"

"모르겠어요."

나오미가 드넓은 대지를 덮은 하얀 담요 같은 눈을 바라보았다. 그들이 걸어온 길로 그들을 쫓아온 임프들이 남긴 흔적 말고는, 눈 쌓인 풍경은 아주 깨끗했다. 저 멀리 어둠에 묻힌 런던이 보였지만 파란 하늘에는 태양이 솟아 있었고 눈은 반짝거렸다.

"예전에도 이런 적이 있었나?"

"아뇨."

노인이 팔짱을 끼더니 두 팔을 꽉 조였다.

"그라믄 일반적인 일은 아니라는 거지?"

나오미는 죽어 널브러진 악마 시체와 좀비 그리고 경비들을 둘러보았다. 이런 세상에서는 '일반적인'이 어떤 의미인지 알 수 없었지만, 노인의 말에 일단은 동의했다.

"네."

여기 노인이 있는 모습 역시 일반적이진 않았다.

"왜 그러시죠?"

나오미가 물었다. 망설이던 노인은 그녀를 똑바로 쳐다보지 못했다.

"사람들이 마을로 돌아와 가지구선, 글쎄, 당신들이 언제 떠날지 궁금해서 말이우."

그가 조급하게 말했다.

"뭐 서두르라거나 그런 건 아이니까."

나오미는 치밀어 오르는 화를 가라앉혔다. 화를 내는 것은 도움이 되지 않았다. 그들을 죽이는 대신 그저 지켜보기로 한 마을 사람들의 위태로운 결정을 뒤엎을 수도 있었다.

"저도 모르겠어요. 적어도 이 사람이 깨기 전에는 떠나지 못해요."

노인이 머리를 벅벅 긁었다. 모자 가장자리에서 회색으로 센 머리카락이 삐죽 튀어나왔다. 추위 탓에 뺨과 코는 빨개져 있었다.

"그렇다면 저녁 전에는 가능헌지."

나오미는 아무 말도 하지 않았다. 마을 사람들이 그들을 죽이려 들지 않는 것만 해도 행운이라고 생각했다. 수프를 먹는 데 집중하면서 냄새와 온기를 음미했다. 너무 빨리 식어 버렸기 때문에 얼마 남지 않았을 때는 거의 마시다시피 했다. 나오미가 빈 그릇을 노인에게 건네주었다.

"잘 먹었습니다."

나오미는 항상 예의 바르게 행동하라고 배웠었다. 그렇지 못한 사람들을 대할 때라 하더라도.

노인이 그릇을 받아 들고 고개를 끄덕이며 잘 있으라는 인사를 건넨 후 자리를 떴다. 눈 위를 얇게 덮은 살얼음이 발아래에서 바삭거렸다. 멀리 어느 나무에선가 결국 눈의 무게를 이기지 못한 나뭇가지가 부러지는 소리가 들렸다.

나오미는 워런의 가슴이 오르락내리락하는 모습을 지켜보았다.

깨어나.

화가 치솟았다.

깨어나라고.

하지만 워런이 회복할 수 있을지조차 알 수 없었다. 그렇게까지 생생하고 거친 힘을 휘두르는 사람은 한 번도 본 적 없었다.

임프 조각들이 100미터 반경에 널려 있었다. 시체 대부분은 심하게 뒤틀려 불에 탄 악마라는 사실 외에는 아무것도 알아볼 수 없을 정도였다.

한 인간이 이런 일을 하려면 대체 어떤 힘이 필요할까?

워런은 어떤 대가를 치렀을까?

나오미가 황량한 시골 풍경을 응시했다.

무엇보다 워런은 여기에서 무엇을 하려는 것일까?

최근 그는 새로 얻은 손에 대해서는 어떤 얘기도 해 주지 않았다. 나오미도 알고 싶은 이런저런 것들을 혼자만 알고 있었다.

화가 난 나오미가 옆에 있는 나무 기둥에 머리를 대고 기대어 앉아 주민이 준 울 담요를 끌어당겨 좀 더 단단히 여민 후 잠을 청했다.

워런은 갑자기 잠에서 깨었다. 눈을 뜨기 직전 밝은 빛줄기가 눈꺼풀 안까지 비추어 들어왔다. 낮이구나. 하지만 아직 밤인 것보다 상황이 나을지 알 수 없었다.

그동안 겪어 보지 못한 정도로 몸이 무거웠다. 산 채로 땅에 묻힌 것은 아닌지 순간적으로 겁에 질릴 만큼 제대로 움직일 수 없었지만, 땅에 묻혔다면 햇빛을 느낄 순 없었을 것임을 곧장 깨달았다.

감각은 예민했지만 몸이 너무 약해져서 여차하면 스스로를 지킬 수 있을지 알 수 없었다. 워런은 눈을 뜨고 주변에 펼쳐진 파괴의 현장을 조용히 바라보았다. 좀비들은 지친 기색 없이 그를 에워싸고 있었다. 워런을 보고 있지는 않았지만 그가 깨어났다는 사실을 느끼고 있다는 것은 알 수 있었다.

"워런?"

워런은 나오미의 목소리를 쫓았다. 좀비들이 손을 뻗으면 닿을 거리에 있는 나오미의 얼굴에 걱정이 서려 있었다. 한편으로는 화도 난 듯했다. 워런은 하마터면 웃을 뻔했다. 지금 나오미는 악마들이 미처 하지 못한 어떤 짓이라도 할 수 있을 것 같았다.

나오미 뒤에서 몇몇 주민들이 금방이라도 쏠 것처럼 총을 겨누었다. 이제 믿지 못하겠다는 거군. 워런은 주변에 흩어진 인간들의 시신 조각들을 바라보았다. 주민들을 비난할 수는 없었다.

"워런? 들려?"

"응."

워런이 무릎을 짚고 몸을 일으켰다. 등과 다리 근육이 항의하듯 비명을 질러 댔다. 몸과 몸에 뒤덮인 응혈에서 나는 냄새에 속이 뒤집히는 것 같았다. 워런이 겨우 침을 삼켰다.

"물 있어?"

나오미가 그에게 물통을 건네려 했지만 좀비 한 마리가 막아섰다. 나오미가 좀비에게 욕을 내뱉으며 뒤로 물러섰다.

워런은 가까스로 몸을 일으키면서 잠시 비틀거렸다. 세상이 빙글빙글 돌았다. 조금 진정한 후 좀비들을 헤치고 나와 물통을 받아들고는 뚜껑을 열고 마셨다.

"너무 빨리 마시지 마. 토할지도 몰라."

그러나 워런은 멈출 수가 없었다. 누군가 그를 세게 쥐고 비틀어 물 한 방울 남기지 않고 비쩍 마를 때까지 쥐어짠 것 같았다. 워런은 물통을 완전히 비워 버리기 전에 간신히 입에서 떼어 냈다.

여기 박혀 살던 사람들에게 잊지 못할 이상을 남겼겠군. 워런이 코트 소매로 입을 닦으며 씁쓸하게 생각했다.

워런이 다시 한번, 하지만 조금 더 천천히 홀짝거리며 물을 마셨다. 그러면서 대학살이 벌어졌던 전장 가운데서 릴리스를 찾으려 했다.

"왜 그래?"

나오미가 물었다.

"누굴 찾고 있어."

나오미가 주변을 둘러보고는 나직하게 말했다.

"우리랑 함께했던 사람들 대부분이 지난밤 죽었어. 매장하려고 시신을 마을로 옮겼는데 좀비랑 악마 때문에 몇 구는 수습하지 못했어."

수풀 사이에 몸을 숨긴 사람들에게서 활활 타오르는 분개와 공포가 느껴졌다. 하지만 보복이 두려워 그를 죽이지 못하는 것이 분명했다.

"인기투표 같은 걸 하면 우린 절대 우승하지 못할 거야."

워런이 말했다.

"하지만 그게 맞지. 어쨌든 시골에서 지낼 집 같은 걸 찾고 있었던 건 아니니까."

"여기서 떠나면 괜찮아질 거야."

"알아."

워런이 물통을 다시 나오미에게 건네주고 가장 가까이 있는 주민에게 다가갔다. 수염과 머리카락이 희끗희끗한 남자로 대구경 피스톨을 꼭 쥐고 있었다. 워런의 등 뒤에 좀비들이 버티고 서 있었지만 남자는 물러서지 않았다. 워런이 말했다.

"먹을 것이 필요합니다."

"우리 먹을 것도 없어."

남자가 퉁명스럽게 말했다.

"두 사람 분이면 충분합니다."

워런은 부탁하지 않았다. 그와 나오미에겐 음식과 물이 필요했다. 워런은 필요한 것을 손에 넣을 만큼 충분히 강했다. 애걸할 필요는 없었다. 거기 있는 모두가 그 사실을 알고 있었다.

"일주일 치면 됩니다."

남자는 총을 들어 워런의 얼굴을 쏘아 버릴까 생각하는 것처럼 보였다. 남자가 그러길 원한다는 사실을 워런은 알 수 있었다. 그 감정을 느꼈기 때문이다. 하지만 결국 공포가 승리했다.

"그럼 따라와. 줄 만한 게 있는지 봐야 하니까."

워런이 남자의 뒤를 따랐고 나오미도 그런 워런을 쫓아왔다. 좀비들이 그와 보조를 맞추었다. 나오미가 말했다.

"우리가 빨리 가 줬으면 싶어서 먹을 걸 주는 거야."

"나도 빨리 출발하고 싶어."

하지만 워런은 릴리스 없이 정확히 어디로 가야 할지 몰랐다. 길을 잃은 데다 앞으로의 계획도 모른다는 점이 마음에 들지 않았다. 위탁 가정에 맡겨진 이후 그의 앞날은 대체로 계획에 따라 흘러갔다. 결코 실수라는 사치를 감당할 수는 없었다.

"우리가 원한다면 음식을 빼앗을 수 있다는 걸 저들도 알아."

나오미의 말에 워런은 대답하지 않고 좀비들의 수를 세어 보았다. 밤새 줄어 있었다. 음식 말고도 병력이 필요했다. 그의 계획을 알아챈다면 마을 사람들이 달가워하지 않을 것이 분명했다.

식량이 준비되는 동안 워런은 집 안에서 작은 나무 스토브에 구운 빵을 먹었다. 가스 배기관으로 열기가 순환하면서 빵을 구울 만큼 스토브를 가열했다. 전체 시스템은 꽤 기발해 보였다. 워런은 토끼 고기 조금과 채소를 듬뿍 넣어 끓인 스튜도 한 그릇 먹었다.

워런은 식탁에 앉아 있었고 나오미가 식량 담는 것을 지켜보았다. 주민 누구도 그와 함께 식사하려 하지 않았다. 작은 집 문 밖에선 좀비들이 기다리고 있었다. 저 언데드들만 없었다면 이 작은 마을은 평범한 시골처럼 보였을 것이다.

워런이 유리잔에 든 차를 홀짝였다. 홍차는 너무 진해서 많이 마시면 몸이 아플지도 몰랐다. 하지만 그는 기력을 회복하기 위해 계속 먹었다. 순간 짙은 찻잔 속에서 릴리스의 두 눈이 나타났다. 그런 다음 얼굴이 좀 더 선명해졌다. 릴리스가 말을 걸었다.

"너무 오래 지체하지 않는 편이 좋을 것이다."

"곧 떠날 거야. 대체 어디 있는 거야?"

"먼저 출발했다."

릴리스는 심란해 보였다.

"확인할 게 좀 있어서."

"악마들이 더 보여?"

릴리스가 머뭇거렸다. 그래야 한다는 판단이 들면 거짓말을 할 것을 워런도 알고 있었다. 사실 필요하거나 원하는 것을 얻어야 할 때 거짓말을 하지 않는 사람은 만난 적이 없었다.

"보이지 않지만, 그렇다고 놈들이 없다는 뜻은 아니지."

"우리를 쫓아온 그 많은 놈들은 나를 노린 게 맞아? 아니면 당신을 찾아온 건가?"

"나도 모르겠군."

릴리스는 어두운 찻잔 속에서 그의 시선을 피하지 않았다.

워런은 거짓말임을 바로 눈치챘다. 그 점만은 기분이 좋았다. 상대방이 거짓말을 했음을 안다는 것은, 진실만을 말하도록 만드는 것만큼 기분 좋은 일이었다. 워런이 말했다.

"난 놈들이 당신을 쫓아왔다고 생각해."

"어쩌면. 하지만 그런 건 중요하지 않다. 너와 나, 우리는 같은 것을 좇고 있으니까."

"나는 안전을 원해. 당신이 신경 써야 할 건 그것뿐이야."

"헬게이트가 열린 후로는 아무도 안전하지 않다. 우리 모두 위험에 노출되어 있지. 우리가 할 수 있는 유일한 일은 스스로를 위해 충분한 힘을 손에 넣어 악마를 위협하는 것이다."

릴리스가 잠시 말을 멈추었다.

"네가 그렇게 하도록 내가 도울 수 있다."

워런은 아무 말도 덧붙이지 않았다. 그 말은 진실일 수도 있었다. 설령 진실이 아니더라도 다툴 가치는 없었다.

"언제 출발할 텐가?"

"곧 해가 질 텐데. 밤에는 출발하고 싶지 않아."

"좋은 판단이 아니다. 마을 사람들은 점점 대담해질 것이다. 익숙해진다는 건 곧 경멸을 뜻하지."

워런은 좀비들이 경멸을 훨씬 빨리 키웠다고 확신했다.

"필요한 걸 챙긴 다음 마을 밖에서 만나자."

릴리스의 모습이 찻잔 속에서 사라졌다. 워런은 차를 마저 마신 후 앉아서 기다렸다.

한 시간이 채 지나지 않아 워런은 깨끗한 새 옷으로 갈아입었다. 나오미가 요청해서 받아 온 옷이었다. 해가 떨어지려면 몇 시간 정도 남아 있었다. 워런은 나오미가 건넨 꾸러미 하나를 어깨에 짊어졌다. 나오미는 다른 꾸러미를 챙겼다.

그를 배웅하는 관악대 같은 것은 없었다. 무장한 마을 사람들은 그 자리에 서서 말 한마디 없이 지켜보고 있었다. 워런 역시 아무 말도 하지 않았다. 주민들은 악마를 여기까지 끌어 들인 그를 탓했고, 그 비난은 정당했다.

하지만 이제 막 그가 하려는 일은 그를 영원히 증오하고 두려워하도록 만들 것이다.

 거리에는 죽은 자들이 널려 있었다. 몇몇 주민들이 거리를 건너가, 악마와 맞서 싸우다 쓰러진 이웃들을 위한 거대한 무덤을 파 놓았다. 마을 끝자락에는 임프들을 무더기로 쌓고 기름을 듬뿍 뿌려 놓았을 뿐이었다. 기름은 포식자들을 쫓는 데에도 도움이 되었다.

 워런이 시신들 앞에서 걸음을 멈추었다. 전부 23구였다. 지금 데리고 있는 좀비의 두 배였다.

"어쩌려고?"

 나오미가 물었다. 워런은 대답하지 않았지만 나오미는 곧 그가 어쩔 작정인지 깨달았다.

"그러면 안 돼."

 나오미가 그의 곁에 와서 섰다.

"옳지 않아."

 워런이 나오미의 눈을 들여다보며 물었.

"우리를 지킬 대책 없이 돌아다니고 싶은 거야?"

 나오미가 욕을 했지만 그만두라고 하지는 않았다. 그러면서도 워런에게서 멀찍이 떨어졌다.

 워런은 힘을 끌어모으면서 능력이 얼마나 빨리 돌아왔는지 깨닫고 놀랐다. 그가 금속 손을 시체들에게로 뻗었다.

"일어나라."

 워런이 명령했다. 시체들이 즉시 몸을 뒤틀며 튀어 올랐다. 워런의 등 뒤에서 공포에 질린 비명과 저주가 파도처럼 들이닥쳤다. 워런은 그 소리를 무시하며 오로지 주문을 읊는 데에만 집중했다.

아무도 그의 등이나 머리를 쏘지 않기만을 바랐다.

"죽여 버려!"

누군가 외쳤다.

"저자를 막아 줘요!"

한 여자가 울부짖었다.

"신이시여, 부디 자비를. 내 아들을 영혼 없는 괴물로 만들지 못하게 해 주세요."

한 남자가 라이플을 들어 겨누는 것을 워런이 곁눈질로 보았다.

"하지 마세요."

나오미가 남자의 손을 붙잡으며 말했다. 남자는 나오미를 무시하고 워런을 조준했다. 하지만 방아쇠를 당기기 전, 나오미가 남자의 팔을 흔들었다. 보이지 않는 힘이 뿜어져 나가 남자를 때렸고, 그는 거의 10미터쯤 뒤로 내동댕이쳐졌다. 축 늘어진 남자는 정신을 잃었는지 죽었는지 알 수 없었다.

다른 주민들은 이제 아무 일도 시도할 수 없었다.

워런은 좀비들이 몸을 일으켜 그에게로 돌아서는 모습을 바라보았다. 지난 4년 동안 얼마나 많은 좀비들을 일으켰는지 알 수 없었지만, 그 수는 어마어마할 것이다. 하지만 그렇게나 많은 언데드들을 일으켜 놓고도 그는 언제나 자신의 능력에 감탄했다.

그가 좀비들을 바라보았다. 온갖 상처를 입은 데다 초점 잃은 눈으로 악몽 속을 걷고 있었다. 런던을 떠난 좀비 대부분은 이미 부패가 진행되었다. 많은 좀비들의 몸속에는 따뜻한 런던에서 부화했다가 겨울의 추위에 얼어 죽은 구더기들이 있었다.

"이리 와라."

워런이 좀비들에게 명령한 후 뒤도 돌아보지 않고 마을 밖으로 앞장섰다. 고통에 가득한 마을 사람들의 비명이 그의 뒤를 따라 눈 덮인 들판에 울려 퍼졌다.

17장

"아픕니까?"

레아는 아무런 생각조차 할 수 없게 만드는 극심한 고통에 이를 악물었다. 눈을 뜨려고 했지만 떠지지가 않았다.

"아뇨."

레아가 대답하며 두 팔을 들어 보려고 애썼지만 그 역시 할 수 없었다. 손목과 팔꿈치, 가슴이 침대에 단단히 묶여 있는 것이 느껴졌다.

병원이었다. 약품 냄새와 멈추지 않고 들려오는 의료 기기 소리로 알 수 있었다. 마지막 기억은, 상을 헤엄쳐 나오던 것이었다.

"아플 텐데요."

남자가 말했다.

"참을 만합니다. 왜 팔을 움직일 수 없죠? 다쳤나요?"

"진정하세요. 통증만 더 커질 겁니다."

"통증은 아무것도 아니에요."

레아가 거짓말을 했다.

"침대에서 일어나게 도와주세요."

레아는 다시 눈을 뜨려고 했지만 할 수 없었다.

"눈이 뭔가 잘못됐나요?"

남자의 침묵 사이로 기계들이 삐삐거리는 소리가 들려왔다.

"내 얘기 듣고 있나요?"

"통증 수치가 한계치입니다."

남자가 침착하게 말했다.

"여기, 이 판독기에서 볼 수 있듯 지금 고통은 말로 표현할 수 없을 겁니다."

"나도 보여요, 의사 선생."

한 여자가 대답했다.

"고맙군요."

레아는 여자의 목소리를 들은 적 있는 것 같았지만 시끄러운 기계 소리와 통증 때문에 확신할 수가 없었다.

"데메롤을 더 놓아 줄 수 있나요?"

데메롤이라고? 코가 간질간질한 것이 바로 그 때문이었다. 레아는 특정 마취제에 항상 그런 반응을 보였다.

"신경계에서 약물 수치가 더 올라가면 의식을 잃거나 말을 이해하지 못할 수도 있습니다."

"그러진 않을 겁니다."

여자가 말했다.

"깨어 있을 수 있도록 해 주는 약은 없나요?"

"그러면서 통증도 없애고요? 그런 약은 없습니다."

여자가 한숨을 쉬었다.

"그럼 다시 재우세요."

"아니에요."

레아가 묶인 것을 풀려고 몸부림쳤다. 자기 몸은 스스로 통제할 수 있었다. 아이가 아니었다. 통증이 밀려왔다. 레아는 지금 자신이 어떤 모습인지 확인하고 싶었다. 절망스러웠다. 가장 큰 공포는 온전하지 않은 신체로 귀환했을지도 모른다는 사실이었다.

"얘기해 주세요. 내가 결정할 수 있게-"

팔을 타고 따뜻한 기운이 퍼지자 또 다른 진통제가 주입되었음을 알 수 있었다. 레아는 약물에 굴복하지 않으려 욕설을 퍼부으며 몸부림쳤다.

어둠이 그녀를 덮쳤다.

다시 깨어났을 땐 어두운 방이었다. 머리는 맑았고 대부분의 통증이 사라졌지만 두개골은 계속 심하게 울렸다. 팔을 다시 한번 올려 보려 했지만 그럴 수 없었다.

고개를 돌려 팔을 바라보려고 하자 두개골 측면에 뇌가 충돌하는 것만 같았다. 눈앞이 마구 흔들리더니 마침내 선명해졌다. 두 팔은 끈에 묶여 고정되어 있었다.

두 팔.

레아는 크게 안도했다. 다리도 양쪽 모두 있었다. 다른 곳들도 대체로 온전한 듯했다. 신체가 온전하다는 것은 언제나 좋은 징조였다.

머리부터 오른 눈을 거쳐 감긴 붕대만 아니었더라면 그렇게 생각했을 것이다. 이 사람들이 고칠 수 없는 건 아무것도 없어.

레아는 다시 잠이 들었다.

"정신이 좀 드나?"

레아가 둔하게 고개를 돌려 말을 건넨 사람을 바라보았다. 금발을 어깨까지 길렀고 30대 중반쯤 되어 보이는 여자였다. 녹색 눈동자에 운동으로 다진 날씬한 몸매가 몸에 딱 맞는 검은 슈트로 드러났다. 오른쪽 관자놀이에서 뺨으로 이어진 흉터가 보였다.

리라 데리어스였다. 패트릭 써머라일을 추적했던 요원이었다. 써머라일 경은 내무부의 국내 파트에서 주요 직책을 맡았던 템플러 지도자였다.

"깨어났습니다."

"좋아. 그랬을 거라고 생각했지. 일찍 깨어났군. 병원 요원들이 무척 흥분해서는 나를 불렀다고."

"죄송합니다. 번거롭게 해 드릴 생각은 없었습니다."

레아는 일부러 별일 아니라는 듯 딱딱하게 대답했다. 리라 데리어스는 이 조직에서 권력을 쥐고 있었다. 다른 무엇보다도 MI6를 비롯한 다른 조직들에서 추적했던 템플러의 존재를 증명한 사람이었다.

"번거롭지 않아. 자네가 생환해서 기쁠 뿐이다. 많은 요원들이 그러지 못했으니."

레아는 잠시 그 모든 죽음과 파괴의 기억에 사로잡혔다. 그날의 광경과 소리는 남은 생애 내내 그녀를 괴롭힐 터였다.

리라가 의자에서 일어나 들고 있던 책을 치웠다. 그러고는 침대 곁에 서서 정말로 연민을 느끼는 듯 레아를 내려다보았다. 무어라고 말하기가 힘들었다. 연민은 가장 먼저 감추도록 훈련받는 감정 중 하나였다.

"물을 가져왔네. 일어날 수 있을 것 같으면 마셔도 된다는 허가도 받았지."

"목이 마르네요."

리라가 유리병에 든 물을 잔에 따른 후 빨대를 넣고 구부렸다. 그러고는 잔을 낮추어 레아가 원하는 만큼 빨대로 마실 수 있도록 해 주었다.

"제 팔을 묶은 끈을 풀어 주신다면 혼자서도 마실 수 있을 텐데요. 몸부림치는 말썽꾼 취급하지 않으셔도 됩니다."

잠깐 망설이던 리라가 고개를 끄덕였다.

"좋아. 하지만 천천히 움직이게. 의사들은 아직 자네에게 얼마나 큰 영향이 있었을지 확신하지 못하니까."

"영향이라니, 무슨 말씀이시죠?"

리라가 끈을 느슨하게 해 주었다.

"자네는 오른쪽 눈을 잃었어, 레아. 운동 기능에 영향을 줄지도 모르는 가벼운 뇌 손상도 입었고."

아드레날린이 마구 솟구치는 것 같았다.

"눈 말씀이십니까?"

"그래."

리라가 동정 어린 눈빛으로 레아를 바라보았다.

악마가 끊임없이 출몰하는, 절대로 깨어날 수 없는 악몽 같은 세상이 아니었더라면 분명 공황에 빠졌을 것이지만, 레아는 평온했다. 어쩌면 지금 자신의 몸을 어느 정도 통제할 수 있었기 때문인지도 몰랐다.

레아는 몸을 묶었던 끈을 풀고 침대 한가운데 앉아 빨대로 물을 마시고 있었다. 붕대를 감아 놓은 머리는 여전히 느릿느릿 돌아갔다. 몸에 연결한 의료 장비 선들과 센서 탓에 자신이 더욱 약하고 무력하게 느껴졌다. 리라가 말했다.

"받아들이기 힘들겠지, 알아."

"죽은 것보다는 낫습니다."

하지만 아주 그렇지도 않았다. 한쪽 눈을 잃는 것은 시야의 50퍼센트 이상을 잃는 것을 의미했다. 실제로는 60퍼센트에 가까웠다. 깊이를 가늠할 수도 없을 것이다. 죽은 것보다는 낫다는 말은 한동안 주문처럼 읊조리게 될 것이다.

"그렇지."

레아가 침대 옆 작은 탁자에 컵을 내려놓았다.

"잘못된 것이 또 있습니까?"

마치 한쪽 눈을 잃고 영구적인 뇌 손상을 입은 것만으로는 부족하다는 듯 레아가 물었다.

"여기저기 베이고 긁히고 멍이 든 것 말고는 썩 멀쩡해."

"무기 공장은 파괴되었죠?"

리라가 고개를 끄덕였다.

"악마들은 거기에서 도망쳤지만 이미 시내에 다른 공장을 짓고 있는 듯해."

"어디인지는 알아냈나요?"

"아직. 지난 4년 동안 적에 대해 알아낸 것이 하나라도 있다면, 놈들이 열정적이라는 점이겠지."

"죄송합니다만 현장 요원인지라 최근 조직의 의료 기술이 어디까지 발전했는지 몰라서요, 치료에 대해서 말씀해 주시겠습니까?"

"눈을 완전히 대체할 수는 없어."

리라의 목소리는 부드러웠지만 어떠한 동정도 느껴지지 않았고, 그래서 레아는 뭐라고 응수할 수도 없었다. 리라는 그저 사실을 말하고 있었다.

"우리 기술로는 아직 안 돼."

속이 울렁거리는 것을 간신히 잠재운 레아가 가까스로 고개를 끄덕였다. 머리에 감긴 붕대를 찢어 버리고 볼 수 있다는 것을 증명하고 싶었다. 지금 당장, 눈을 뜨는 것 말고는 아무 생각도 들지 않았다.

기계 한 대에서 삐빅거리는 소리가 더 빨라졌다. 리라가 모니터를 바라보더니 말했다.

"간호사를 불러서 자네를 진정시켜 달라고 해야겠군."

"싫습니다."

레아가 심호흡으로 호흡을 가다듬으면서 기계를 응시했다. 삑삑거리는 소리가 느려지더니 그대로 유지되었다.

나는 내 몸을 통제할 수 있어. 공포나 분노에 휩싸이진 않을 거야. 나는… 할 수 있어.

리라가 살짝 미소를 지었다.

"아주 잘했군."

신체 반응을 통제하는 것은 레아가 이 일을 시작하던 초기에 배운 기술 중 하나였다. 그즈음 수백 가지 방법으로 적을 죽이는 법을 배우기도 했었다.

"그 팔은 대체했지 않습니까."

리라는 금속 표면을 가리기 위해 오른손에 검은 장갑을 끼고 있었다. 진짜 팔처럼 보이는 의수를 택하지도 않았다. 할 수만 있었다면 총칼처럼 무기로 쓰일 만한 것을 택했을지도 몰랐다.

"눈 하나가 없다는 건 좀 더… 복잡한 일이지. 뇌에 연결하는 의안도 있어. 원한다면 헬멧과 연결해서 시각 정보를 제공받은 후 뇌에 업로드하는 장치도 가능하지."

"딱히 멋지게 들리진 않는군요."

"그렇지. 거추장스럽고 보기에 좋지도 않지만, 반쯤 눈이 먼 것보다는 나아."

"옳은 말씀이지만 잔인하시군요."

"내가 듣기 좋은 소리만 했다면 자네는 내 말을 안 들었겠지."

"그건 그렇습니다."

"그 헤드피스를 쓰면 색상을 구분하기도 힘들 거야. 익숙해지려면 시간도 걸리고."

"뇌가 시각 정보를 처리하는 방식이 다르겠군요."

"그래. 진짜 눈과 헤드피스가 보내는 두 가지 시각 정보를 하나로 합쳐야 하니까. 쓰다 보면 좀 더 자연스러워진다는군."

레아는 아무 말도 하지 않았다.

"받아들이기 무척 힘들다는 거 알아, 레아."

"네."

"하지만 자네에겐 선택지가 없어."

"저는 무슨 임무를 하게 됩니까?"

리라가 진지한 표정으로 레아를 바라보았다.

"퇴원하면 평가할 거야. '퇴원하면'이라고 했지 '탈출하면'이라거나 '자의로 치료를 포기하면'이라고 하진 않은 걸 유념하라고."

"빌어먹을 사무실에나 앉아 있게 되겠군요. 그렇지 않나요?"

"지원도 다른 일만큼이나 중요해."

"지원을 위한 훈련을 받진 않았습니다."

레아가 격정적으로 말했다.

"비밀 요원으로서 훈련을 받았죠. 저는 아직 할 수 있습니다."

리라는 잠시 말이 없었다.

"자네가 세상의 부조리에 항의하고 스스로를 동정할 수 있는 시간이 과연 얼마나 남았다고 생각하나?"

리라의 말은 직설적이었고 목소리는 딱딱했다. 레아가 새삼 존경의 눈길로 리라를 바라보았다. 단 한 번, 그것도 문제에 휘말렸던 때 이 여자를 만났을 뿐이었다.

"동요해 본 적이 없으신가요?"

"우리에겐 그럴 시간이 없어."

"새삼 일깨워 주시니 좋군요."

"자네는 여전히 쓸모 있는 공작원이야, 레아. 나는 자네 가치를 높게 평가해. 자네의 인맥도."

레아가 멀쩡한 한쪽 눈으로 리라를 응시했다.

"절 모르시잖아요. 딱 한 번 만났을 뿐이니까요."

"한 번이면 충분하지."

레아가 뭔가를 좀 더 가늠하려는 듯 리라를 찬찬히 바라보았다.

"고위 간부께서 굳이 이 병실까지 내려와서 저를 격려할 필요는 없었을 텐데요."

"자네에게 그런 게 필요하다는 생각이 들더군."

"하지만 전 필요 없습니다."

리라가 미소를 짓자 얼굴 오른쪽 흉터가 쭈그러들었다.

"그렇다면 자넬 찾아온 이상 뭐라도 얻어 가야겠군."

"어떤 걸 원하시나요?"

"자네의 템플러 친구들."

레아는 대답하지 않았다. 예전에도 템플러와 얽혔다는 이유로 심문을 받았었다. 레아는 사이먼 크로스와 긴밀하게 접촉했고, 조직은 그녀의 신분이 노출되었다고 믿었다.

리라가 말을 이었다.

"자네와 그들의 우정을 이용해야겠어."

"어떻게 말입니까?"

"사이먼 크로스가 템플러 조직 전체를 이끌도록 우리가 지원한다면 말이야, 그자는 그 제안을 얼마나 호의적으로 받아들일까? 지휘 본부는 그걸 알고 싶어 해."

18장

워런은 날이 밝기 직전에 깨어났다. 마을 사람들에게서 얻은 퀼트 담요에 몸을 움츠린 채 나무 한 그루에 등을 기대고 밤을 보낸 참이었다. 다시 내리기 시작한 눈 때문에 담요에는 살얼음이 끼었지만 주름 사이로 온기는 남아 있었다. 워런이 건 아케인 주문 덕분에 체온도 유지되었고, 퀼트 담요가 체온을 가두어 빠져나가지 못하게 해 주었다.

조금 떨어진 언덕배기에서는 나오미가 또 다른 퀼트 담요를 머리끝까지 덮고 웅크린 채 잠들어 있었다. 그녀 역시 워런과 같은 방식으로 온기를 유지하려고 했지만 제대로 할 수가 없어 밤새 워런이 나오미에게 힘을 빌려주었다. 두 사람이 연결되어 있었기 때문에 워런은 나오미의 상태가 나쁘지 않음을 느낄 수 있었다.

"저 여자 걱정을 너무 많이 하는군."

워런이 뒤돌아보자 릴리스가 등을 돌리고 서 있었다. 회색빛 여명 속에서 릴리스는 믿을 수 없을 정도로 창백해 보였다.

"별로 그런 것 같진 않은데."

"하지만 저 여자를 돌보느라 힘을 낭비하지 않았는가."

"나오미는 우리 편이야."

릴리스가 몸을 돌려 그를 바라보며 얼굴을 찡그렸다.

"저 여자는 의존적이다. 받기만 하고 주는 건 없지."

"악마들과 싸운 후 의식을 잃었을 때 누가 날 돌봐 줬지?"

"좀비들이. 네가 지배한 악마들이."

"내가 무력할 때 마을 사람들에게 날 죽이지 말아 달라고 설득한 건 그놈들이 아니었어."

"의식이 없을 때에도 너는 무력하지 않다. 내가 너에게 준 손은 메리힘이 너에게 줬던 손보다 너를 훨씬 잘 지켜 줄 테니."

워런은 손에 대해 이야기하는 것이 불편했다. 템플러인 사이먼 크로스가 그의 진짜 손을 잘라 버린, 4년도 더 지난 밤의 악몽이 아직도 워런을 쫓아다녔다. 게다가 릴리스가 그에게 손을 주었다는 사실을 지적하는 것도 싫었다. 언제든 그 손을 다시 가져갈 수 있다는 분명한 현실을 일깨웠기 때문이다.

"나오미는 인간이야. 당신은 할 수 없는 방법으로 나를 돌봐 줄 수 있어."

릴리스가 그에게로 성큼성큼 걸어오자 그녀의 가운이 차가운 겨울바람을 타고 물결처럼 펄럭이며 눈보라를 일으켰다. 그의 말이 분명 마음에 들지 않는 듯했지만 자신을 공격할 것 같지는 않았다.

"뭐라 하였느냐? 저 여자와 너의 육체관계를 말하는 것인가?"

워런이 뺨을 붉혔다. 지난 4년 동안 그 모든 일을 겪고도, 안전이나 사랑과는 거리가 멀었던 어린 시절에서 살아남았음에도, 그는 아직 어떤 일들에는 부끄러움을 느꼈다.

"아니. 그런 걸 말하는 게 아냐. 나오미는 당신과 달리 실재해. 인간과 교류할 수도 있고."

릴리스가 나오미에게로 다가가 쪼그리고 앉았다. 워런의 심장이 공포로 죄어들었다. 릴리스가 자고 있는 나오미의 몸 위로 손을 훑어 내리자 워런이 담요를 젖히며 벌떡 일어났다. 그러나 릴리스는 그녀를 만질 수 없었다. 느릿느릿 움직이는 손은 담요 주름 하나 건드리지 못했다.

"이 여자를 신경 쓰는 마음이 언젠간 널 위험에 빠뜨릴 것이다."

"어째서?"

"이 여자는 그저 얻고자 하는 것을 위하여 너를 이용하고 있으니까."

워런은 그 말에 반박하지 않았다. 메리힘이 그의 손을 되찾아 갔을 때 나오미는 그를 떠났었다. 워런 역시 그때는 나오미와 함께할 만한 상태가 아니었다.

"우리는 서로를 이용하는 거야."

워런이 릴리스를 뚫어져라 바라보았다.

"우리 모두 그렇지."

릴리스가 그를 보고 웃었다.

"내게 육체가 생긴다면 네가 어떻게 할지 생각하니 즐겁군."

그러고는 다시 나오미를 바라보았다.

"그때 이 여자와 나 둘 중 하나는 쓸모를 다하겠지."

즐거운 생각은 아니군.

워런이 생각했다. 릴리스가 다시 워런을 바라보았다.

"내게 육체가 없는 것이 나의 약점이 될 것 같진 않군. 어쨌든 너는 나를 따르고 있지 않으냐."

워런이 뭐라고 반박하려고 애썼지만 한마디도 하지 못했다.

"여자를 깨워라. 갈 길이 멀다."

"얼마나?"

3부: COVENANT(서약)

"오후가 되어야 도착할 것이다. 네가 늑장을 부리지만 않는다면."
워런이 나오미 곁에 무릎을 꿇고 앉아 어깨를 흔들며 부드럽게 그녀를 깨웠다.

"다른 누가 여기 있는 거야?"
워런은 당황해서 나오미를 바라보았다.
"다른 누구?"
"지금, 우리랑 함께."
워런이 옆에서 따라오는 좀비들을 본 다음, 아케인 에너지로 예리하게 날을 세운 감각으로 근처 수풀과 늪지를 살폈다. 아무것도 없었다.
"아니, 우리뿐이야."
잠시 말이 없던 나오미가 입을 열었다.
"누군가 여기 있는 것처럼 느껴져. 런던을 떠난 후로 쭉 그랬어."
릴리스가 그의 옆에서 걷고 있었지만, 워런은 주변을 세심히 살피는 나오미를 보면서 모른 척했다.
"어쩌면 이 여자는 생각했던 만큼 바보가 아닐지도 모르겠군."
워런은 화가 났다. 릴리스가 나오미도 자신의 존재를 느낄 수 있게 만든 것인지 궁금했다. 지난 몇 시간 동안 릴리스의 형체는 좀 더 선명해졌다.
"그런 거야? 여기 누군가 있는 거야?"
"그랬다면 네가 알지 않았겠어?"
워런이 짜증스럽게 말했다.
"알겠지. 그래서 물어보는 거잖아."

나오미가 지나온 비포장도로를 뒤돌아보았다. 회색 하늘이 머리 위로 무겁게 내려앉았고 눈보라가 휘몰아치고 있었다.

"메리힘도 보이지는 않아."

"네가 자기를 보는 걸 놈이 원치 않으니까."

"같은 거 아닐까?"

워런은 아무 말도 하지 않았다.

"그런데 넌 메리힘 얘기는 해 줬잖아. 그냥, 네가 나한테 말해 주지 않는 이유를 알고 싶을 뿐이야."

나오미가 잠시 말을 멈추었다가 다시 입을 열었다.

"이 일이 그 책과 관련 있다는 느낌이 들어. 너는 읽을 수 있지만 나는 읽을 수 없는 그 책 말이야."

"대체 저 여자의 호기심이 어디까지 너를 위험하게 만들도록 놔둘 작정이지?"

릴리스가 물었다. 워런은 걷는 것에만 집중했다. 지난밤 전투에서 입은 부상이 아직 낫지 않았다.

"난 널 믿어."

나오미가 말했다.

"거짓말이다."

릴리스의 목소리는 마치 뱀의 혀 같았다.

워런은 나오미가 거짓말하고 있음을 알았다. 그는 그녀가 거짓말을 하면 느낄 수 있었지만, 그렇다고 비난하지는 않았다. 나오미는 워런을 믿긴 했지만, 그 믿음은 얄팍했다.

"나도 널 믿어."

워런이 말했다. 나오미가 그의 손을, 살과 피로 이루어진 손을 꼭 쥐었다.

"그렇다면 무슨 일인지 말해 줘."

그녀의 온기가 느껴졌다. 함께 혹은 떨어져서 지낸 4년이 떠오르자 워런은 크게 심호흡한 후 릴리스에 관해 이야기하기 시작했다. 전부는 아니었지만, 충분히는 말해 주었다.

릴리스가 화상 입은 고양이처럼 위협적으로 화를 내더니 멀어져 갔다. 그녀가 떠나는 모습을 보자 워런은 겁에 질렸다. 릴리스가 그를 떠나는 것은 원치 않았지만, 솔직히 그녀가 정말로 떠날 수 있을 것 같지는 않았다. 갈 수 있는 다른 곳이 있었다면 릴리스는 진작 떠났을 것이다.

당신도 내가 필요하잖아.

워런이 릴리스에게 그의 생각을 보냈다. 릴리스가 멈춰 서서 잠시 그를 바라보았다.

"살아남고 싶다면 오만하게 굴지 말아라, 인간."

그 단 한 마디로, 워런은 그와 릴리스 사이의 거대한 간극을 깨달았다.

"그 여자가 바로 그 릴리스라고 믿는 거야?"

나오미가 물었다.

"아담의 첫 번째 아내?"

"모르겠어."

나오미는 알고 싶어 안달이 났다. 그들은 수풀 위로 쓰러진 통나무 줄기 위에 앉아 있었다. 워런이 또 다른 통나무를 끌고 와서 주문으로 불을 붙였다. 나오미가 가방에서 햄 한 조각과 빵 하나를 꺼냈다. 그러고는 칼로 빵과 고기를 얇게 잘라 두 사람을 위한 샌드위치를 만들었다.

나오미가 물었다.

"릴리스에 대해 잘 알아?"

"별로 이야기를 많이 하진 않아."

"이쪽 릴리스 말고."

나오미가 주변을 둘러보며 함께 있다는 그 여자를 찾아 보려고 애썼지만, 아무것도 보이지 않자 화가 났다. 워런은 릴리스가 수천 년 동안 살아왔음에도 젊고 아름답다고 했다.

"신화 속에 나오는 릴리스 말이야."

"조사해 봤었어."

워런이 대답하고는 몸을 데우기 위해 불 가까이 다가갔다. 나오미도 손을 내밀어 불을 쬐었다. 그녀의 능력은 겨울에도 얼어 죽지 않게 해 주는 정도가 고작이었다. 불의 온기가 몸속까지 스며들자 나오미는 한결 기분이 나아졌다.

"릴리스는 악마의 어머니로 여겨져."

나오미가 말했다.

"신화에서는, 신이 처음 아담을 창조했을 때 릴리스와 한 몸이었다고 해. 아담이 그녀를 몸에서 떼어 냈고. 그런 다음 분명, 악마의 세계로 가는 길을 연 거야. 어떤 자료에서는 그 길을 '깊은 심연'이라고 하지만 바로 그게 '한밤중의 샘'이었을 수도 있어."

"그럴 수도."

나오미는 심드렁한 워런에게 짜증이 났다.

"조금도 궁금하지 않은 거야?"

"물론 궁금하지."

"그 여자한테 물어볼 수도 있었잖아. 안 그래?"

"물어봤어. 그런데 대답해 주지 않았어. 게다가 난 호기심 때문에 죽을 수도 있다는 사실을 안다고."

워런이 의미심장하게 나오미를 바라보며 말했다.

"죽어? 나 말이야? 릴리스가 날 죽일 수도 있다는 거야?"

"그래."

"왜?"

"릴리스는 널 그다지 좋아하지 않거든."

나오미는 누군가 비웃는 듯한 소리를 언뜻 들은 것 같았다. 그저 바람 소리일 뿐이기를 바랐지만 그렇지 않음을 깨닫자 공포에 질렸다.

"우리가 뭘 찾으러 온 건지 정도는 얘기해 준 거지?"

워런은 나오미가 그냥 좀 입을 다물어 주었으면 좋겠다고 생각했다. 릴리스에 대해 말한 것은 실수였다. 다시 길을 나선 지난 한 시간 동안 나오미는 계속해서 질문을 퍼부었다.

"아니."

"그럼 왜 온 거야?"

"너는 왜 왔는데?"

"네가 같이 가 달라고 했으니까."

"릴리스가 나더러 가자고 했으니까."

나오미가 마음에 들지 않는다는 듯 눈썹을 치켜 올리며 입을 다물었지만, 워런은 그대로 끝나지 않을 것을 알았다. 나오미는 달리 물을 방법을 떠올리는 즉시 다시 질문을 퍼부을 것이다.

워런은 주변을 살폈다. 눈은 계곡을 따라 늘어선 상록수 가지와 언덕 전체에 무겁게 내려앉아 있었다. 지치지 않고 그들 뒤를 따르는 좀비들만 아니었다면 목가적인 풍경이었다.

그들은 이제 사람들이 자주 지나다닐 법한 길로 접어들었다. 지난 두 시간 동안은 집 같은 거주 흔적을 보지 못하던 참이었다.

릴리스가 갑자기 걸음을 멈추더니 왼쪽 나무로 다가갔다. 워런은 저도 모르게 따라갔다. 나오미가 물었다.

"어디 가는 거야?"

"몰라."

워런은 말라 죽은 잡초와 덤불을 헤치며 릴리스의 뒤를 쫓았다. 잠시 후 릴리스가 멈추더니 눈 덮인 채 뒤엉킨 덤불을 가리켰다.

"여기다."

"뭐?"

워런은 곧 덩굴과 덤불들이 인위적으로 휘감긴 것을 깨달았다. 겁이 나면서도 잔뜩 흥분한 워런이 덩굴 한 줌을 잡아당겼다. 눈덩이가 떨어지며 덩굴이 손안에서 부서졌고 틈이 생겼다.

나오미가 그의 곁으로 오더니 벨트에 찬 칼을 꺼내 덩굴과 덤불을 잘라 냈다.

잠시 후 낮은 돌벽 일부분이 드러났다. 모르타르는 풍화되고 군데군데 균열이 가 있었다. 워런은 어떤 표지가 있지는 않은지 기대하며 돌벽을 살펴보았다. 나오미가 물었다.

"이게 뭐야?"

"몰라."

워런이 릴리스를 올려다보며 대답했다.

"옛 로마 양식 건축 같은데."

워런도 동의했다. 유럽 대부분이 그렇듯, 영국 역시 로마가 남긴 성벽과 건축물이 아주 많았다. 로마 제국은 수세기 동안 영토를 확장했었다. 하드리아누스의 성벽은 잉글랜드 북부와 남부를 나누며 픽트족[8]을 막았었다. 나오미가 물었다.

"영국에 남아 있는 로마 성벽 대부분은 별로 특별할 것도 없어."

"이 성벽은 아무에게도 발견되지 않았던 거 같아."

워런은 여전히 흥분했고, 여전히 겁에 질려 있었다. 이게 무엇이든 릴리스가 찾길 바란 것이었다. 좋은 것일 리 없었다. 그는 그저 이 일 때문에 죽지 않기만을 바랐다.

정말 그렇게 믿는 건 아니지만. 그랬다면 여기 오지도 않았겠지.

워런이 이런 생각을 하는 사이 릴리스가 말했다.

"이 벽을 좀 더 들어내야 한다."

"뭘 찾아야 하는데?"

"표식."

"어떤 표식?"

"보면, 보면 알 것이다."

릴리스는 잠시 확신을 잃은 듯했지만 곧 그 표정을 지워 버렸다.

"여기가 틀림없다. 하지만 너무 많이 변했군."

워런이 벽으로부터 물러서며 좀비들을 불렀다.

"여기 와서 주변을 깨끗하게 정리해라."

---

[8] 로마 제국 시기부터 10세기까지 스코틀랜드 북부와 동부에 거주하던 부족.

좀비들에게 명령을 내린다 해도, 그들이 무엇을 이해하고 무엇을 이해하지 못하는지 알기 힘들 때도 있었다. 살아 숨 쉬는 사람이라면 즉각 이해했을 단순한 명령도 좀비에게는 어려웠지만, 이번 경우는 달랐다. 놈들은 메뚜기 떼처럼 벽에 달라붙어 흙을 파내고 덤불을 치우기 시작했다.

"저들을 멈추어라."

릴리스가 명령했다. 워런의 지시에 좀비들이 몸을 경련하듯 획 뒤치며 벽에서 물러섰다. 10분인가 15분 정도를 열심히 작업한 참이었다. 좀비들 대개가 손가락이 부러졌다. 마을에서 소생시킨 신선한 좀비들 같은 경우에는 손바닥이 찢어졌다.

릴리스가 벽 가까이 다가가 깔끔하게 손질된 검지로 돌을 훑으며 탐색했다. 벽의 먼지가 손톱 아래 끼었다. 워런은 그가 아는 어떤 여자도 릴리스처럼 손톱이 망가지는 위험을 감수하지는 않을 거라는 생각이 들었지만, 릴리스의 손톱은 가끔씩 구부러진 발톱처럼 보이기도 했다.

"릴리스가 돌을 만지고 있어?"

나오미가 물었다. 워런은 릴리스가 물리적인 세상과 처음으로 상호작용 하고 있음을 깨달았다. 무언가가 바뀌었다. 적어도 그의 경험에 따르면 그런 변화는 좋을 것 없었다. 그는 경계하기 시작했다. 워런이 나지막하게 속삭였다.

"맞아."

잠시 후 돌벽 한 지점에 무언가 새겨지더니 모습을 드러냈다. 워런이 보기에 새나 곤충 같았다.

릴리스가 주변을 둘러보더니 미소를 지으며 워런에게로 돌아섰다.

"여기가 맞군. 힘이 느껴진다."

그녀가 성벽 꼭대기에 어슷 놓인 돌로 손을 뻗어 쥐려다가 결국 벽 아래로 떨어뜨려 버렸다. 워런이 물었다.

"여긴 뭐하는 곳이지?"

"나의 집이다."

릴리스가 벽을 따라 조심스럽게 걸음을 옮겼다. 서른두 걸음 만에 멈추더니 워런을 돌아보았다.

"여기를 파거라."

"왜지?"

"우리가 찾는 것이 지하에 있다."

눈이 쉬지 않고 내렸다. 땅은 꽁꽁 얼어 있었다.

"삽 같은 건 가지고 오지 않았어. 땅을 팔 거라는 생각은 못 했거든."

"방법을 찾거라. 이대로 포기하기 위해 여기까지 온 것이 아니지 않으냐."

19장

레아는 며칠이 지난 후 오른눈에 안대를 차고 퇴원했다. 안대와 끈은 따갑고 귀찮았다. 안대 너머 안와는 텅 비어 있었다. 외과의들이 안구를 적출하여 뇌가 감염되는 위험을 없애기로 결정한 것이었다.

의안은 상처가 아문 후로 연기되었다. 영상을 기록하거나 공기 압축 방식으로 독화살을 쏘는 정도의 기능이 따를 터였다. 그럼에도 레아는 의안을 넣어야 한다는 사실이 썩 마음에 들지 않았다.

레아는 런던 지하 비밀 본부에 마련된 그녀의 방으로 돌아갔다. 런던에는 아주 많은 비밀을 숨길 만큼 충분한 지하 공간이 있는 것 같았다. 레아가 있는 구역 외에도 다른 복합 단지들이 있었지만 레아의 조직이라고 해서 아무 곳에나 접근 가능한 것은 아니었다.

4년이 지난 지금도 거기 있는 방들이 개인 공간이라는 느낌은 들지 않았다. 호텔에 묵으러 온 손님 같았다. 레아는 녹화해 놓은 영화나 텔레비전 프로그램을 보거나 어렵게 구한 책을 읽으려 해보았다. 심지어 식당에 내려가는 대신 직접 요리하려고 하기까지 했다.

어떤 일도 제대로 할 수 없었다. 갈수록 견디기가 어려웠다. 닷새였다. 가장 오래 쉬었던 날의 다섯 배가 이미 지났다. 레아에겐 할 일이 필요했다. 그 생각이 머리를 떠나지 않았다.

레아는 보급품을 받고 운동을 할 때에만 방을 나갔다. 회복이 우선이었는데도 체력을 단련한다며 몸을 혹사했다. 신체 조건을 갖추는 것은 현장에서도, 능력을 향상해 주는 슈트를 입기 위해서도 중요한 문제였다.

그 외의 시간에는 대부분 잠을 잤고, 리라 데리어스로부터의 지령을 기다렸다. 매일 아침저녁 이메일로 탄원서를 보냈지만, 주어진 임무를 해낼 수 있을 만큼 준비가 되었는지는 그녀조차 알 수 없었다. 자신을 템플러 최고 리더 자리에 앉히려는 조직의 제안을 사이먼 크로스가 어떻게 받아들일지 궁금했다.

유혹을 느낄까? 부스가 그런 짓을 벌인 게 겨우 몇 달 전이니까.

그 제안이 단순히 테렌스 부스를 원수 자리에서 끌어내리는 것이었다면 사이먼은 분명 흔들렸을 것이다. 사이먼을 부스의 덫에서 구해 내는 그 자리에 레아도 다른 템플러들과 함께했었다.

사이먼은 다른 템플러들을 존중했다. 권력을 탈취하는 일은 받아들이기 힘들 것이다.

게다가 리라 데리어스가 작전을 제대로 성공시킬 수 있어야만 했다. 리라가 실패한 상황에서 사이먼이 권력을 쥐려 한다면, 그와 템플러의 관계는 최악으로 치달을 것이었다.

그 후에 레아가 할 수 있는 일이라고는 앞으로 어떤 일이 벌어질지 기다리며 지켜보는 것밖에 없을 것이다. 무엇보다 지금 사이먼 크로스와 연락할 방법이 없었다. 그가 살았는지 죽었는지조차 몰랐다. 리라의 작전은 시작조차 하지 못할 수도 있었다.

엿새째 아침, 리라 데리어스가 각 방마다 설치된 인터넷 회선으로 메시지를 보냈다. 레아는 시리얼을 박스째 들고 먹으며 침공을 다른 뉴스 영상을 보고 있었다. 예전의 자신이나 다른 누군가가 미처 알아차리지 못한, 헬게이트에 대한 어떤 정보라도 새삼 발견하기를 바랐다. 메시지는 텔레비전 스크린에 나타났다.

'레아 크리시.'

레아가 곁의 소파에 놓인 패드를 집어 들었다. 방 인터페이스 어플리케이션을 실행한 후 메시지를 썼다.

'보고 있습니다.'

화면에 그녀가 쓴 문자가 나타났다. 레아가 전송 버튼을 눌렀다. 세인트 폴 대성당 인근을 비추던 뉴스가 꺼지며 새로운 영상이 나타났다. 리라가 지하 복합 단지 어딘가에 있을 그녀의 사무실 책상에 앉아 있었다. 사무실 위치는 극소수만이 알고 있었다. 레아는 거기 포함되지 않았다.

리라가 물었다.

"몸은 어떤가?"

"나아졌습니다."

하지만 예전과는 달리 영상에 초점을 맞추기가 쉽지 않았고, 레아는 그 사실이 마음에 들지 않았다. 요즈음엔 사물들이 다르게 보였다. 좋아질 거라고 계속 스스로에게 말했지만 정말로 그럴 것 같지는 않았다. 시간이 지나면 익숙해질 거라고도 되뇌었지만, 그런 일은 없을 것이다. 레아는 자신이 무엇을 잃어버렸는지 끊임없이 깨달을 것이고 그 때문에 겁에 질릴 것이며 공황에 빠질 것이다.

"잘됐군."

"임무를 재개할 준비가 되었습니다."

레아는 리라가 입을 열기 전에 재빨리 말했다.

"저는… 저는 임무를 재개해야만 합니다."

하고 싶은 말은 더 있었다. 그들이 몸담은 조직은 우정 같은 것으로 돌아가지 않는다고 리라에게 말하고 싶었다.

몇 해 동안 레아도 알게 된 비밀 요원이 몇 명 있긴 했지만, 오직 작전 수행 중일 때뿐이었다. 함께 한잔하러 나가거나 하는 일은 있을 수 없었다. 그들이 바깥세상에서 만나는 것은 금기였다. 그렇게 훈련받았다. 악마가 들끓는 세상이라 하더라도 마찬가지였다.

요원들은 각자의 자리에서 정보를 수집하고 파괴 공작을 하는 편이 안전했다. 치고 빠지는 것만이 효율적으로 일하는 유일한 방법이었다. 본부에 머무는 요원은 눈에 띌 수밖에 없었다.

"자네가 조직에 남을 수 있을지 확인하겠다. 20분 후 정보과 구역에서 만나지. 가능한가?"

"네, 알겠습니다."

레아는 목소리에서 흥분을 숨길 수 없는 것이 부끄러웠다. 그녀는 모니터가 꺼지자마자 벌떡 일어나 움직이기 시작했다.

검은 슈트가 아닌 일상복을 입은 레아는 마치 벌거벗은 것처럼 느꼈다. 담당 의사의 반대로 슈트를 입을 수 없었던 것이다. 그녀는 방 안의 한기를 막아 주는 청바지와 스웨터를 입고 부츠를 신고 있었다.

리라와 세 요원이 회의 탁자에 둘러앉았다. 잠시 스쳤을 뿐이지만 두 남자와 한 여자가 누군지는 알 수 있었다. 컴퓨터 하드웨어가 웅웅거리는 소리가 방 가득 벽을 울렸다.

탁자 중앙에 놓인 프로젝터가 사이먼 크로스의 모습을 내보내고 있었다. 그런 식으로 사이먼을 보고 있는 것에 죄책감이 느껴질 정도였다. 그와 함께 언더그라운드로 가서 가능한 한 많은 정보를 훔치기 위해 남을 지키려는 그의 타고난 천성을 어디까지 이용했었는지 새삼 떠올랐다.

"자네도 알다시피, 본부에서는 템플러에 대한 전략을 세웠다."

리라가 말했다.

"저는 그 무장 집단을 그다지 믿지 않아요. 그들은 그들 자신을 위해 행동한다고 봅니다. 진정으로 적을 쓰러뜨리려는 욕구에서가 아니라."

여자 요원이 말했다.

"사이먼은 그렇지 않습니다."

레아가 저도 모르게 말하고는 곧 당황했다. 시작한 말은 끝을 맺어야 했다. 모두가 자신을 바라보고 있었다. 레아가 말을 이었다.

"그는 민간인들을 런던 밖으로 대피시켰고, 식량과 잘 곳을 제공하고 있습니다. 만약 그가 영국 전역의 모든 악마를 혼자 힘으로 쓰러뜨릴 수만 있었다면, 그렇게 했을 겁니다."

"글쎄요."

클라리스 톰프슨이 손가락을 마주 대면서 말했다.

"여기 누군가 템플러와 꽤 사랑에 빠진 것 같군요."

50대 초반으로 얼굴이 뾰족하고 흰머리가 희끗희끗한 여자였다. 레아는 대꾸하지 않기 위해 참아야 했다. 그녀는 클라리스를 좋아했다. 클라리스는 그저 자기 할 일을 하고 있을 뿐이었고, 다른 이들과 마찬가지로 느낄 뿐이었다.
"사이먼 크로스는 보통 사람들과는 다릅니다. 써머라일 경이 그랬던 것처럼요."
리라가 말했다. 클라리스가 턱을 치켜들었다가 다시 내렸다.
"당신이 그렇게 말씀하신다면야."
리라가 여자의 시선을 맞받았다.
"좋습니다. 그럼 일이 더 빨리 진행되겠군요."
클라리스의 턱이 신경질적으로 떨렸다. 조직 내 팀들은 모두 분리되어 있었다. 함께 일하지 않았다. 그런 식으로 설계된 조직이 아니었다. 이론적으로는 모두들 상대가 누구인지 모른 채 일했다. 작전을 함께 진행하는 것은 쉽지 않았다. 리라가 말했다.
"지휘 본부는 템플러 조직이 단결하기를 원합니다."
"이미 단결된 줄 알았는데요."
버나드 카펜터가 말했다. 60대 초반으로 은발이었지만 날렵한 남자였다.
"아뇨. 사이먼 크로스는 남아프리카공화국으로 떠나면서 템플러에서 분리되었습니다. 또한 템플러 대부분이 세인트 폴 성당에서 사망했죠."
"살아남은 자들은 숨어 있고요."
크레이그 고든이 비웃었다. 40대 후반인 그는 스파이로 이름을 떨쳤다.
"우리는 그 점에 변화를 주고자 합니다."
리라가 말했다. 있는 그대로 사무적으로 내뱉은 선언에 레아는 어안이 벙벙했다. 요동치는 심장을 진정해야만 했다. 두통이 밀려오자 약을 먹지 않은 것이 후회되었지만 명료한 정신으로 회의에 참석하고 싶었다.

"템플러는 적어도 두 그룹으로 나뉘었습니다."

리라가 말을 이었다.

"하나는 런던에, 다른 하나는, 즉 사이먼 크로스의 그룹은 런던 근교 어딘가에 있습니다."

"어딘가에?"

카펜터가 되물었다.

"크로스가 어디에 있는지조차 모른단 말입니까?"

"모릅니다."

클라리스가 의심스러운 눈길로 레아를 바라보았다.

"크리시 요원이 크로스와 접촉할 수 있다고 하셨잖습니까?"

"맞습니다."

"그렇다면 은거지가 어디에 있는지 크리시 요원이 알겠군요."

여자가 레아의 뺨을 때리며 비난하는 듯한 말투로 말했다.

"그렇습니다."

리라가 인정했다.

"그리고 그 정보를 알려고 하지 말아 달라는 요청을, 제 명예를 걸고 받아들였습니다."

"언제부터 저희가 하급 요원과 협상을 했죠?"

고든이 물었다.

"크리시 요원이 위협이 되지 않을 거라는 것은 어떻게 확신하시나요?"

클라리스였다.

"제가 그 협상을 했습니다."

리라가 말했다.

"저는 여러분 모두와 동등한 지위에 있습니다. 크리시 요원이 위협이 될지 모른다 하셨나요? 크리시는 겨우 일주일 전, 악마의 무기 공장을 파괴하는 임무를 수행하던 중 목숨을 잃을 뻔했습니다. 지금은 부상을 견디고 있습니다. 저에겐 그것으로 크리시를 믿기 충분합니다."

방 안의 누구도 말이 없었다. 레아는 자신에게로 적대감이 밀려오는 것을 느꼈다. 저들은 겁을 내고 있어. 레아는 그동안 조직 최고위 간부들은 모두 혈관에 얼음물이 흐르듯 냉정할 것이라고 생각했었지만, 자신과 그렇게 많이 다르지 않다는 사실을 깨닫자 놀라웠다. 어째서인지 알 수 없지만 조금 두렵기도 했다.

"한편으로, 크로스의 조직은 구해 낸 사람들을 돌보느라 무너지기 직전입니다."

리라가 말했다.

"그자가 지금 자기 일만으로도 벅찬 상태라면 우리에게 어떤 가치가 있죠?"

남자가 물었다. 리라가 레아를 바라보았다.

"어쩌면 자네가 대답할 수 있겠군, 크리시 요원."

허를 찔린 레아가 마음을 재빨리 다잡았다. 자신에게 어떤 질문을 할 거라고는 예상하지 못했던 것이다.

"템플러 역사에서 사이먼 크로스의 집안은 언제나 중요했습니다. 언더그라운드에 숨어 지내는 템플러들 중에도 그의 행동에 동조하는 이들이 많습니다. 그들은 다시는 돌아가지 못할 것을 알고도 언더그라운드를 버리고 사이먼에게 합류하고 있습니다."

"그에게 다른 템플러들을 장악할 지위가 있습니까?"

남자가 물었다.

"그렇게 생각됩니다."

리라가 대답했다.

"우리가 확인한 바에 따르면 언더그라운드에 틀어박힌 템플러에겐 악마와 진정으로 맞설 의지가 없습니다."

"전력이 증강되길 기다리는 것이기도 합니다."

레아가 말했다.

"제 보고서에 전부 쓰여 있습니다."

"여러분도 모두 아실 거라 믿습니다. 보고서를 드렸으니까요."

리라가 말했다. 그 점은 아무도 부정하지 않았다.

"하지만 우리가 그들을 기다려 줄 수는 없습니다."

리라가 말을 이었다.

"악마와 맞서 싸우기 위해서는 템플러들이 필요합니다."

우리는 조직원들을 계속해서 잃고 있으니까. 레아가 생각했다.

"그렇습니다."

리라는 레아의 생각을 읽었다는 사실이 드러날 만큼 강한 눈빛으로 그녀를 바라보면서 말했다.

"현재 사이먼 크로스는 악마와의 전투나 헬게이트를 무너뜨리는 일에는 큰 움직임을 보이지 않습니다."

"사람들을 구하고 있으니까요."

레아가 변호하듯 말했다. 사람들이 사이먼의 의도를 오해하는 것은 싫었다.

"사이먼 쪽 템플러는 대부분 식량을 구하거나 수색과 구조 임무를 수행하고 있습니다."

"하지만 또한 민간인에게 전투 훈련을 시키고 있기도 합니다."

리라가 이어 말했다.

"그들에게 갑옷도 제공합니다. 템플러 갑옷을 말이죠."

리라가 회의 탁자 중앙에서 송출되는 영상을 가리켰다. 영상이 확대되면서 여덟 사람의 얼굴이 띄워졌.

레아는 아무도 알아볼 수 없었지만, 그 얼굴에 서린 죽음만은 알 수 있었다. 그녀가 저도 모르게 고개를 젓고는 두개골 안을 때리는 두통 때문에 곧바로 후회했다.

"이들은 템플러가 아닙니다."

리라가 말했다.

"이들의 시신을 발견하고 신원을 추적하자 헬게이트 이전의 신용 이력과 의료 정보가 나왔습니다. 죽기 전에, 침공 전에, 이들은 평범한 영국 시민이었던 겁니다."

고든이 앞으로 몸을 빼어 죽은 이들의 얼굴을 바라보았다.

"크로스가 민간인 중에서 병사를 차출하고 있군요."

"그렇습니다."

"수백 년 동안 거대한 비밀을 간직해 온 조직으로서는 꽤나 파격적이군요."

"동의합니다."

"다른 템플러 그룹도 똑같은 일을 하고 있습니까?"

"아닙니다."

"언더그라운드에서는 그렇게 하지 않을 겁니다."

레아가 덧붙였다.

"그쪽은 꽉 막혔어요. 언더그라운드에 있어 봐서 압니다."

자신에 대한 의심이 더 짙어질 것이었지만 어쩔 수 없었다.

"다른 쪽 템플러는 행동 강령에 매우 엄격하며 외부인 유입을 극도로 배척합니다."

"그런데 어린 제시카 써머라일을 구한 사람이 바로 당신이었죠?"

클라리스가 리라에게 물었다. 리라가 인정했다.

"그랬습니다."

"그렇다면 왜 제시카를 통해 동맹을 맺지 않는 거죠?"

"제시카는 아직 어립니다."

카펜터가 고개를 저었다.

"크로스와 별 차이가 없지 않나요? 크로스가 스물여섯? 스물일곱?"

"스물아홉입니다."

리라가 대답했다.

"원로라고 할 수도 없겠네요."

그가 비웃듯 말했다.

"원로든 뭐든, 사이먼 크로스는 정치를 하고 있는 것이 아닙니다. 그는 템플러가 배출해 낸 최고의 전사입니다. 전사이자 리더이며 템플러의 원칙과 정서 그 모든 것을 대변하는 사람입니다."

레아가 응수했다. 목소리가 무미건조하지만 딱딱하게 나왔다.

"당신, 정말 열렬한 팬이군요."

클라리스가 놀리듯 다감하게 말했다.

20장

화가 나서 참을 수 없어진 레아가 여자를 돌아보았다.
"마지막으로 현장에 나가 목숨을 걸었던 적이 언제죠?"
클라리스의 얼굴이 분노로 꿈틀했다.
"내가 맡은 일은 그런 쪽이 아니에요. 정보를 모으고 지시를-"
"사이먼은 매일 나갑니다. 자신이 직접 하지 않는 일은 다른 사람에게도 결코 요구하지 않습니다. 오로지 자신을 위험하게 하지요. 바로 그 이유 때문에 그가 그의 전사들로부터 존경과 조건 없는 지지를 받는 이유입니다. 그는 지휘 체계 뒤에 숨지 않습니다. 그 자신이 기준이 됩니다."
더 이상 분노를 숨길 수 없는지 클라리스가 고개를 돌렸다.
"바로 그것이, 그를 우리 편에 두려는 명확한 이유기도 합니다."
리라가 침묵을 깨고 말했다.
"크리시 요원, 팀을 꾸려서 사이먼 크로스에게 가도록. 주어진 범위 내에서 그에게 우리 계획을 알리는 권한을 주겠네. 그가 템플러 지도자로 서는 것을 우리 조직이 지지하겠다 전하게."
"팀은 안 됩니다."
레아가 말했다. 리라가 불쾌한 얼굴로 팔짱을 꼈다.
"자네를 혼자 보낼 수는 없어."
"외람된 말씀이지만, 저는 그곳에 아무도 데려갈 수 없습니다. 은거지의 위치를 아무에게도 누설하지 않겠다고 사이먼에게 약조

했습니다."

"우습군."

카펜터가 반발했다.

"지금 런던 전 지역이 얼마나 위험한데, 여자 혼자서 통과할 수는 없어."

"저는 런던 밖으로 나갈 수 있습니다."

레아가 리라에게 말했다. 그녀를 설득할 수 있는 단 하나의 방법이었다.

"이미 성공한 적 있지 않습니까."

"지금 처지에서도?"

고든은 마치 모두가 그것이 얼마나 말도 안 되는 일인지 알 거라는 말투로 말했다.

"괜히 그러는 게 아니야. 자네는 지난 작전 때보다 상태가 좋지 않을 텐데."

뼈를 때리는 말이었지만, 레아는 반응을 보이지 않으려고 입술을 깨물었다.

"저는 크리시 요원의 능력을 신뢰합니다."

리라가 단언했다.

"크리시 요원이 이 작전을 수행할 수 있는 유일한 자산이라면 보호해야 합니다. 위험에 노출되도록 하면 안 됩니다."

카펜터가 말했다.

"우리는 모두 위험에 노출되어 있습니다."

리라가 말했다.

"우리가 숨 쉬는 매일이 악마의 지배 아래 놓여 있고, 우리는 온갖 위험을 무릅쓰고 있습니다. 앞으로도 그럴 겁니다."

리라가 레아를 바라보았다.

"의료진도 승인했네. 필요한 무기와 차량을 신청하게. 필요한 것이 있다면 내게 알리도록."

"알겠습니다. 하지만 어떤 방식으로 사이먼에게 템플러 지휘권을 넘길 계획입니까? 부스와 그의 사람들이 순순히 받아들이진 않을 겁니다."

"그동안 언더그라운드의 일부 템플러들과 접촉하고 있었다. 우리 조직이 템플러 편에 서지 않을 경우 그들에게 맞설 수도 있음을 그자들이 충분히 증언할 것이다. 언더그라운드가 저항한다면 그만한 대가를 치러야 한다는 것도."

리라가 잠시 말을 멈추었다.

"하지만 나는 다른 것에 걸었다, 크리시 요원. 템플러 가문에서 성장한 모든 이들이, 남자, 여자, 아이 가리지 않고 모든 이들이, 영웅을 사랑하도록 훈련받았다는 점이지."

사이먼과 함께 언더그라운드로 갔을 때 그에게 들은 이야기로 보아 리라의 말은 사실이었다.

"나는 그들에게, 모든 영웅이 세인트 폴 대성당 전투에서 스러지진 않았다는 사실을 일깨우고 싶다."

리라가 말을 이었다.

"모든 영웅이 템플러 갑옷을 입고 있는 것은 아니라는 사실도."

클라리스가 고개를 저었다.

"당신도 저만큼이나 잘 알지 않습니까. 조직에 들어오는 신입 요원에게 가장 먼저 하는 일이 무엇입니까, 영웅이 되려는 생각을 접게 만드는 겁니다. 영웅들은 너무 빨리 목숨을 잃습니다."

리라가 모인 사람들을 바라보았다.

"세상이 변했습니다. 예전에 우리는 그림자 속에 머물면서 최고의 임무를 수행했습니다. 지금 그들을 그림자 밖으로 끌어내야 한다는 뜻은 아니지만, 저는 영웅들을 위한 시대가 왔다고 믿습니다. 적어도 이 전쟁에서 우리를 승리로 이끌어 주는, 그런 영웅들 말입니다."

리라가 잠시 말을 멈추었다.

"다른 하실 말씀 있습니까?"

아무도 말이 없었지만, 그 누구도 만족스러워 보이지는 않았다.

"크리시 요원, 행운을 비네."

리라가 레아를 향해 돌아서서 손을 뻗었다. 레아가 손을 맞잡았다.

"감사합니다. 언제나처럼, 지금 즉시 출발하겠습니다. 닷새 동안 숙소에만 머물러 있었습니다. 조만간 미쳐 버리는 줄 알았습니다."

"물론이지."

레아가 방을 떠났지만 다른 누구도 일어나지 않았다. 자신이 없는 자리에서 무슨 이야기를 더 할지 궁금했지만, 곧 생각을 떨치고 사이먼 크로스를 보러 가는 여정에 집중했다. 얼마나 기대하고 있는지 믿을 수 없을 정도였다. 죄책감이 느껴질 정도로 흥분되었다.

그날 오후 3시경 레아는 검정색 무광 엔듀로 모터사이클을 타고 지하철 구간을 재빠르게 달려 나가고 있었다. 블러드 엔젤 한 마리가 괴성을 지르며 뒤를 쫓았다. 검은 슈트를 입고 마스크를 단단히 조인 그녀는 마구 떨리는 백미러로 블러드 엔젤이 쫓아오는 모습을 확인했다. 시야를 확보하기 위해 눈에 착용한 기기의 무게가 낯설었다.

악마가 하강하면서 입을 떡 벌렸다. 레아가 브레이크를 밟으며 타이어를 들어 모터사이클을 길 건너편으로 미끄러뜨렸다. 금이 간 도로 표면 때문에 조작이 쉽지가 않았다.

블러드 엔젤이 머리 바로 위를 스치며 지나갔다. 공중은 도로에 비해 저항이 적었다. 레아가 신속하게 브레이크를 밟은 후 곧장 악마보다 빠르게 튀어 나갔다.

거리를 재기가 어려웠다. 시야 확보 기기에 적응하는 데에는 시간이 걸릴 것이었다. 모터사이클이 미니쿠퍼 근처까지 불안정하게 미끄러졌다. 망가진 차 안에는 부서진 해골 두 구가 있었다. 순간 소형차 후방 범퍼에 모터사이클이 걸리며 발이 끼어 버렸다.

레아는 핸들바를 쥐고 후진했다. 슈트가 힘을 끌어올려 주지 않았다면 모터사이클을 제때 빼내지 못했을 것이었다.

블러드 엔젤이 하늘을 빙빙 돌았다. 건물 두 채가 무너져 있었다. 가고일 동상인 줄 알았던 것이 갑자기 날아올랐다. 그렇게 생긴 악마는 처음 보았다. 새로운 악마들이 매일같이 헬게이트를 통해 넘어오는 것 같았다.

저놈 정체를 알아내기 위해 지체할 수는 없지. 계속 가자고.

레아가 스로틀을 꺾고 굉음을 내며 다시 거리를 달렸다. 모터사이클을 크게 기울이며 방향을 트는 바람에 바깥으로 뻗은 무릎이 거친 도로 표면을 스쳤다. 악마 스나이퍼들이 쏜 빔과 총알들이 허공을 가르며 위태롭게 비껴갔다. 레아는 몸을 가리기 위해 일부러 망가진 차량들 사이를 이리저리 파고들어 갔다.

백미러를 확인하자 블러드 엔젤은 여전히 그녀를 쫓아오고 있었다. 레아가 다시 브레이크를 밟고 기어를 저단으로 떨어뜨리며 제일 앞의 좁은 골목으로 아슬아슬하게 뛰어 들어갔다. 트럭 한 대가 겨우 지날 만한 골목이어서 블러드 엔젤은 날개를 온전히 펼 수도 없었다.

놈이 분노의 고함을 지르며 건물에 부딪치지 않기 위해 급격히 멈추었다. 화가 난 놈이 아케인 에너지를 폭발시키자 레아 바로 뒤 골목에서 불길이 일었다. 모터사이클의 커다란 엔진이 천둥처럼 우르릉거리는 소리가 좁은 골목을 가득 채웠다.

늑대처럼 생겼으나 길쭉한 악어 턱이 마치 혼종으로 보이는 스토커 두 마리가 골목 맞은편에 버티고 서 있었다. 마치 웃자란 도마뱀 같았다. 지옥 같은 골목을 벗어나려니 여기저기 널린 시체와 온갖 잔해들이 장애물이 되었다. 공기에는 죽음과 부패의 냄새가 짙게 떠다녔다.

스토커들이 레아를 향해 돌아서며 입을 쩍 벌리자 톱날 같은 이빨들이 드러났다. 놈들이 달려들어 왔다. 레아는 놈들이 생각을 할 수 있을 만큼 똑똑한지 아니면 그저 본능을 따르는지 몰랐다. 만약 생각을 한다면, 레아가 그 자리에서 멈추거나 뒤돌아 도망갈 거라고 확신할 것이 분명했다.

레아가 시동을 걸고 곧장 놈들을 향해 달렸다. 마지막 순간 모터사이클을 한쪽에 널브러진 악마 시체를 향해 틀었다. 클러치를 움켜잡고 핸들바를 다시 당기며 속도를 올렸다. 앞바퀴가 시체와 스치며 허공으로 날아올랐다.

레아가 스토커의 입질을 피해 6미터는 족히 난 후 착지했다. 핸들바가 한쪽 벽면을 긁었지만 레아는 가까스로 중심을 잡았다.

레아가 다시 앞으로 달려 나가며 머릿속으로 도시를 가로지르는 경로를 그렸다. 도시를 빠져 나가는 순간이 가장 위험할 것이다.

'화마'는 런던 경계를 넘어서 덩굴처럼 들쭉날쭉 교외까지 퍼져 나가고 있었다. 시내의 잿빛 건물들이 서서히 너른 마당 딸린 주택들로 바뀌어 갔다.

'화마'와 눈 덮인 풍경의 경계가 똑바로 이어지지는 않지만 육안으로도 곧장 확인될 정도로 뚜렷했다. 도시와 가까울수록 땅은 삐쩍 말라 갈라져 있었다. 지난 몇 주 동안 산성비가 내린 런던은 이제 죽음의 액체 말고는 그 어떤 물기도 머금을 수 없는 듯했다.

레아가 가족과 함께 보낸 크리스마스와 할머니 댁으로 가던 긴 여행과 계절이 바뀌던 세상은 이제 사라지고 없었다. 그런 세상은 적어도 지금으로서는 과거의 것이었다.

그녀가 전원 지역을 향해 질주하면서 백미러를 바라보았다. 저 뒤 멀리, 남겨 두고 온 온갖 괴물들이 보였다. 런던은 악마로 들끓었지만 모든 지역이 그런 것은 아니었다.

아직은.

레아가 도로를 타며 아주 잠깐 쉬었다. 지금 평온해 보이는 것은 오직 환상일 뿐이라고, 정말로 믿으면 안 된다고 스스로를 타일렀다. 그리고 그 환상은 썩은 과일과 채소들이 널린 길가를 지날 때 산산이 부서졌다. 잔뜩 부풀어 오른 시체들이 소름 끼치는 피냐타[9]처럼 가판대에 늘어서 있었다.

시체들이 생전에 그 가판대의 소유주는 아니었을 것이다. 그곳에서 물건을 팔던 이들은 헬게이트가 처음 열린 수년 전에 이곳을 떠났을 것이다.

어떤 놈들인지, 정기적으로 이 지역에서 사냥을 하는가 보군. 죽인 사람들을 트로피처럼 전시하는 거야. 그러면서 자부심을 느끼는 놈이다.

레아가 시체에서 애써 시선을 돌렸다. 그들이 한때 희망과 욕망을 품었던 한 인간이었음을 떠올리지 않으려고 했다. 다시는 느끼지 못할 이러한 감정을 억누르는 것에 너무 익숙해지지 않기를 바랐다.

레아는 눈길을 헤치며 느릿느릿 걸었다. 검정 슈트는 위장 기술로 새하얗게 변해 있었고 체온을 유지해 주었다. 모터사이클은 10킬로미터쯤 떨어진 낡은 농가의 헛간에 세워 두었다. 모터사이클은 구릉지대를 달릴 수 있었고 은신 기능까지 있었지만 두텁게 쌓인 눈밭에 바퀴가 빠지는 것은 어쩔 수 없었다. 레아가 언덕과 계곡을, 다 타 버린 채 황량하게 가지만 남은 눈 덮인 떡갈나무와 상록수들을 바라보았다.

엄청나게 내려 쌓인 눈은 인상적이었다. 이렇게 많은 눈이 내리는 것은 본 기억이 없었다. 그런데도 아직도 내리는 중이었다. '화마' 때문에 강설량이 증가한 것인지 레아는 궁금했다. 어쩌면 자

---

[9] 미국 내 스페인어권 사회에서 아이들이 눈을 가린 채 막대기로 쳐서 넘어뜨리는 통으로 장난감과 사탕이 가득 들어 있다.

연 스스로 악마에게 대항하려고 애쓰는 중일지도 몰랐다.

400미터 정도 더 가자 높은 산등성이에 있는 템플러 정찰병이 보였다. 템플러는 움직이지 않았다. 아마도 그녀를 발견하지 못한 듯했다. 레아는 위장 모드를 끌지, 그에게 신호를 보낼지 잠시 고민했다.

그러나 다음 순간 남녀 템플러가 앞쪽 수풀에서 나타났다. 기관총을 겨누고 있었다.

"멈춰라."

여자가 지시했다. 레아가 멈춰 서며 양손을 옆으로 뻗었다. 여자가 물었다.

"누구냐?"

"마스크를 벗을게요."

"천천히 해."

레아가 조심스럽게 손가락을 마스크로 가져가 전자기 봉합을 해체했다. 슈트와의 연결이 끊어지자 마스크는 두개골 뒤쪽과 이마, 눈 주위, 뺨, 그리고 광대뼈를 가로질러 덧댄 케블라 보호 플레이트 부위를 제외하고는 천 조각처럼 힘없이 늘어졌다. 슈트 전체에 지속적으로 흐르는 전류 덕분에 슈트는 천보다는 강철에 가깝게 단단했다.

"레아 크리시라고 합니다. 사이먼의 친구입니다. 크로스 경 말입니다."

잠시 그대로 서 있던 템플러 중 남자가 손짓을 했다.

"신원이 확인되었습니다. 허가증이 있으시군요. 따라오시죠."

"다시 마스크를 써도 될까요?"

숨결을 따라 회색 입김이 가느다랗게 흘러나왔다.

"춥군요."

"그러시죠."

레아가 다시 후드를 잡아당기자 전류가 슈트를 통해 흐르며 마스크가 단단해지는 것이 느껴졌다. 몇 초 만에 다시 딱 들어맞는 형태를 갖추며 총알도 뚫을 수 없는 보호막이 되었다.

"크로스 경은 은거지에 있나요?"

"그렇습니다."

템플러가 대답했다.

"그분에게 전달할 메시지가 있으신가요?"

"아니에요, 고맙습니다. 그를 놀라게 하고 싶군요."

"그러기엔 좋은 때가 아닙니다."

"그쯤 해 둬."

여자 템플러가 말했다.

"이분을 보면 크로스 경은 기뻐하실 거야. 이런 일에 놀란다는 건, 글쎄, 좋은 일 아냐?"

레아도 그러길 바랐지만, 자신의 제안이 받아들여질 거라는 기대는 하지 않았다. 사이먼 크로스는 그녀가 만났던 사람들 중 가장 열정적이었지만 명예와 관련된 일이라면 무엇이든 깔끔하고 정직하게 통제하려는 경향이 있었다.

리라의 제안도 그런 식으로 받아들일 것이 분명했다. 그저 그가 너무 심하게 화를 내면서 자신을 쫓아내지나 않길 바랄 뿐이었다.

21장

"여긴 얼마나 큰 거야?"

나오미가 물었다. 워런이 파묻힌 건축물을 바라보며 고개를 저었다.

"몰라."

"로마 양식이야?"

나오미는 좀비들이 닷새 동안 파헤친 구덩이 배수로 가장자리에 서 있었다.

들쑥날쑥한 배수로는 너비가 1미터 남짓이었다가 3미터에 이르렀다가 그를 훌쩍 넘기기도 했다. 좀비들은 건축물처럼 보이는 곳이라면 어디든 파헤치는 데다가 제대로 판단하지도 못했기 때문에 계속 감시를 해야만 했다.

워런은 어쩔 수 없이 잠을 자야 했지만 잔 것 같지도 않았다. 차라리 잠깐 의식을 잃는 것에 가까웠다. 점점 모습을 드러내는 발굴 현장에 가끔 사로잡히기도 했다. 대략 18미터, 30미터로 네모 반듯한 이 건축물은 지금까지 드러난 높이만 해도 2.7미터였지만 아직 바닥까지 다 파지도 못한 상태였다.

"그것도 모르겠어."

"릴리스가 얘기 안 해 준 거야?"

"딱히 여기 머물지를 않아."

워런은 굳이 이 말을 하고 싶지 않았다. 런던 밖으로 이렇게 멀리까지 나온 자신이 무력하게 느껴졌기 때문이다. 그는 넓게 트인 공간을 좋아한 적이 없었다. 광장 공포증이랄 것까진 없었지만 그 자신에 대해선 잘 알았다.

"왜 여기 없는 건데?"

"몰라."

나오미가 의심스럽다는 듯 얼굴을 찡그렸다.

"갑자기 모르는 게 많아진 거 같네."

유감스럽지만 워런 스스로도 갑자기 모르는 것이 많아졌다는 사실을 인정했다.

"그래, 모르는 게 많다는 게, 내가 아는 유일한 사실이야."

좀비들이 계속 땅을 팠다. 여전히 삽이나 곡괭이 한 자루 없었지만 부러진 나뭇가지와 돌조각, 심지어는 자기들 뼛조각을 들고 작업을 해냈다. 제대로 된 연장이 있었더라면 진척이 빨랐겠지만 그래도 좀비들은 지칠 줄 모르고 일했다. 결코 피곤해하는 법 없이, 땅을 긁고 흙을 파내는 작업을 밤새도록 계속했다. 이따금 워런이 잠이 들거나 주의가 흐트러지면 어떤 좀비는 흐느적거리며 사라져서는 다시 돌아오지 않았다.

"연락하려고는 해 봤어?"

"응."

워런이 일부러 짜증스럽게 말했지만 나오미의 차가운 눈빛을 보니 아무 소용없는 듯했다.

"화나게 한 거야?"

"아냐. 내가 아는 한은."

"대체 무슨 짓을 한 거야?"

"너랑 비슷한 짓. 계속 질문하는 거."

나오미는 아무 말도 하지 않았다. 워런은 나오미가 이제 그의 말을 좀 알아들었는지 궁금해졌다. 좀비들이 임시변통으로 만든 도구로 퍽퍽 땅을 파는 소리가 울렸다. 나오미가 투덜거렸다.

"대체 어떤 바보가 건물에 문도 안 만든 거야."

"아직 파내지 못한 저쪽 끝에 있을지도 모르지."

워런이 추측했다.

"대체 어떤 바보가 이렇게 커다란 건물에 출입구를 달랑 하나 만드냐고."

"입구가 하나인 편이 관리하기 쉽겠지."

"굳이 이렇게 멀리 떨어진 곳에 뭘 놔둔 걸까? 혼자 했을까?"

"우리가 아는 건, 이 아래 아마 도시 전체가 묻혀 있다는 것뿐이야."

"그 정도 아는 건 전혀 도움이 안 돼."

나오미가 차갑게 대답하고는 멀리 가 버렸다. 나오미가 그러거나 말거나 워런은 그다지 신경 쓰지 않았다. 오히려 그 자신이 궁금한 것에 집중할 수 있었다. 릴리스가 들어가지도 못할 건물을 발굴하기 위해 그를 이곳까지 데리고 오지는 않았을 것이다.

아까는 좌절스러운 나머지 좀비들에게 돌벽을 무너뜨리라고 시켰지만 아무 소용 없었다. 심지어 아케인 에너지도 써 보았지만 벽은 꿈쩍도 하지 않았다. 어떻게 해도 건물 너머로 갈 수는 없었.

워런이 구덩이를 따라 묵묵히 걸었다. 녹은 눈이 아래로 모여들며 진흙탕을 만들어 발 딛기가 위험했다.

벽 한쪽에 쓰인 어떤 문자가 눈길을 끌었다. 이 벽들이 아무도 볼 수 없는 곳에 얼마나 오래 감추어져 있었는지 알 수 없었다.

일종의 그림문자 같았다. 벽에 새겨진 사람들과 의복들은 아름다웠다. 워런이 손전등을 가까이 가져가 이미지를 해독하려고 해 보았다. 보는 것만으로는 아무것도 이해되지 않았다.

거의 모두 한 여자를 그린 것 같았다. 어떤 것은 포르노그래피에 가까웠다. 그림의 여자가 누구든, 대단한 욕망을 품고 온갖 음탕한 일을 했던 모양이었다.

"이 문자는 일단 익히고 나면 읽기가 쉬운 편이지."

뺨에 닿는 따스한 숨결을 느낀 워런이 돌아서자 곁에 릴리스가 와 있었다. 언제나 똑같았지만 좀 더 선명해진 것 같았다. 곧이어 뺨에서 정말로 숨결이 느껴졌다는 사실을 깨달았다.

워런이 저도 모르게 릴리스의 어깨로 손을 뻗었지만, 그의 손은 어깨가 있는 지점을 그대로 관통하며 떨어졌다. 하지만 릴리스의 체온과 공기 중의 저항이 살짝 느껴졌다. 워런이 물었다.

"이 문자를 알아?"

"안다."

릴리스가 미소를 지으며 그림문자 가까이 몸을 숙였다.

"이 문자를 만든 자들 중 하나였으니까. 서체가 아름답군. 그렇지 않나?"

"아름다워. 한 여자에 대해서 다룬 것 같아."

"나다."

워런이 머뭇거리며 다시 확인해 보았지만 닮아 보이지는 않았다. 그림문자 속 여자는 누구든 될 수 있을 것 같았다.

"확실해?"

"그렇다. 모든 인간은 그들이 원하는 대로 나를 보지."

릴리스가 워런을 바라보았다.

"지금 네 눈앞에 있는 나의 모습도 너의 욕망이 만들어 낸 것이다."

"당신이 진짜가 아니라는 뜻이야?"

릴리스가 워런을 보고 미소를 지었다.

"아직 네가 이해하지 못하는 것이 너무 많다. 나는 진짜다, 워런. 내가 너에게 준 그 손이 진짜인 것만큼이나. 너는 내가 현실이 되는 것을 도왔다. 형체를 갖추는 것을 도왔다. 너 없이 나는 한낱 꿈에 지나지 않았을 것이다."

워런은 더 이상 묻지 않았다. 그 모든 이야기가 너무나 혼란스러웠다. 그는 건축물에 집중했다. 워런이 물었다.

"누가 지은 거야?"

"내가 지시했다."

워런은 크게 놀라지는 않았다. 이미 더한 것까지 상상하고 있었다.

"왜?"

"기다릴 장소가 필요했다."

"기다린다고?"

워런이 손전등으로 릴리스를 비추었다.

"뭘?"

"당연하지 않나? 헬게이트가 열리길 기다렸다."

릴리스가 구덩이를 따라 계속 걸으며 그림문자를 살펴보았다.

"이해가 안 돼."

"일단 헬게이트가 열리자 더는 기다릴 필요가 없었지."

"그런데 왜 헬게이트가 열리길 기다린 거지?"

"인간들은 이 세상에 넘치는 아케인 에너지를 활용하지 못했다. 처음에는 그럴 만큼 에너지가 충분하지도 않았고. 과학이 발전하자 인간은 그러한 신비로움을 멀리했지."

릴리스는 과학이라고 말하며 역겨운 무엇이라도 지칭하는 양 눈썹을 치켜 올렸다.

"인간은 항상 아케인 에너지를 활용할 수 있었던 거야?"

릴리스가 그를 보고 웃었다.

"물론이다. 너 역시 헬게이트가 열리기 전부터 타고난 능력을 발휘했잖은가. 아직 아이였을 때 이미 네 양아버지를 죽음으로 이끌었지."

"그 인간이 날 죽이려고 했으니까."

그토록 오랜 세월이 흘렀는데도, 양아버지가 그를 정말로 죽였을 것을 아는데도 워런은 그 일에 죄책감을 느꼈다. 그 감정을 묻으려고도 해 보았지만 차라리 마법이 존재하지 않거나 자신에게 그런 능력이 없다고 생각하는 편이 더 쉬웠다.

"안다."

워런은 릴리스가 무엇을 찾고 있는 것인지 궁금해하며 뒤를 따랐다.

"템플러는 그들의 믿음과 본성 때문에 언제나 아케인 에너지와 가까웠다."

릴리스가 말했다.

"어떤 인간들도 그것을 감지하고 활용할 수 있었지만, 그런 인간들이 한 장소에 운집하는 일은 불가능했기에 기다려야만 했다."

"당신이 이 세상에 나타나기 위해서 아케인 에너지가 필요했던 거군."

릴리스가 고개를 돌려 그를 바라보았다.

"그것도 하나의 설명이겠지. 물론 너무 단순하긴 하지만. 너는 내 이야기를 완전히 이해할 준비가 되지 않았다. 앞으로도 절대 이해하지 못할 것이다."

워런은 모욕을 당한 것 같았지만 치밀어 오르는 분노를 억누르며 궁금한 것을 알아내는 데에 집중하기로 했다. 그의 분노를 감지한 듯, 릴리스가 말을 이었다.

"나를 포함해 '한밤중의 샘'에서 태어나는 악마들은 절대로 그 샘과 단절되지 않는다. 계급이 높은 악마일수록 '한밤중의 샘'에 단단히 연결되어 있다. 나는 여기에 고립되어 있는 것이다."

"인간이 더 이상 아케인 에너지를 사용하지 않았기 때문에?"

"너도 알아차렸듯, 모든 인간이 그 에너지를 감지할 수 있는 것은 아니다. 통제할 수 있는 인간은 훨씬 적지. 모든 악마가 마법의 본질을 소유한 것도 아니다. 악마 대부분은 그저 악할 뿐이다. 하지만 인간이란 언제나 질투가 강한 종족이지."

악마는 그렇지 않고? 워런은 생각을 입 밖에 내지는 않았다. 하지만 릴리스가 대답했다.

"모든 종족 중 가장 질투심 강한 것이 악마다. 여기 이 세상에서는 분노한 인간들이 아케인 에너지를 이용하는 사람을 마녀 혹은 마법사라고 부르며 억압했다. 악마에게 빙의되었다고 오해하기도 했지. 인간은 그런 사람들을 죽였다."

워런은 영국을 비롯한 유럽 그리고 미국에서 자행되었던 마녀재판을 떠올렸다.

"아케인 에너지는 7,000년도 더 전부터 존재했다."

릴리스가 말을 이었다.

"아케인 에너지가 마지막으로 하나로 융합되었던 곳은 레무리아[10]였다. 이미 아틀란티스가 가라앉은 지 오래였지만, 레무리아에 살던 바보들 역시 똑같은 대재앙을 일으켰다. 결국 바다로 가라앉으며 멸망했지. 바로 그때쯤이다. 기다려야겠다고 결심한 것이."

"왜 여기야? 왜 영국이냐고?"

"미래를 보았기 때문이다. 악마들이 이 세상에 오는 것을 보았다. 제일 먼저 영국에 올 것을 알았지. 그래서 나의 집을 건설하고 네가 가진 그 '책'을 만든 것이다."

워런은 메리힘이 그에게서 빼앗은 손을 건넸던 여자 카발리스트를 떠올렸다.

"메리힘이 내 손을 가져갔을 때, 왜 그 새 수하에게 책을 빼앗아 오라고 시키지 않았을까?"

"메리힘은 그에 관한 모든 것을 잊었다."

릴리스가 웃었다.

"내가 잊게 만들었다. 메리힘의 귀에 속삭였지. 너를 시켜 책을 찾도록 해야 한다고. 하지만 책에 관해선 모두 잊으라고."

"당신은 내가 그 책을 손에 넣길 원했던 건가?"

릴리스가 워런을 바라보았다.

"너에겐 잠재 능력이 많다. 메리힘처럼 자기중심적인 자는 오로지 자기 자신만 믿지. 카발리스트들이 차원문을 열고 그를 부르지

---

[10] 고대 이전 문명설에 따른 가상 대륙. 인도양에서 동남아시아까지 이어졌다고 한다.

않았다면 메리힘은 이 세상에 오지 못했을 것이다. 그가 없었다면, 그가 너에게 표식을 남기지 않았다면, 나는 너와 소통할 수 없었겠지. 이 일련의 일들이 하나의 패턴이다."

"무슨 패턴?"

워런은 자신이 지금 위협을 느끼는지 의기양양한지 알 수 없었지만, 마침내 둘 모두임을 깨달았다.

"그것은 우리도 아직 탐구 중이다."

릴리스가 말을 멈추며 앞에 있는 벽으로 손을 뻗었다.

"아까는 어디에 갔었지?"

"직접 확인해야만 하는 것들이 있었다."

"지금까진 그렇게 오래 자리를 비운 적이 없었잖아."

"그때는 충분히 강하지 않았으니까. 지금은 그렇지 않다. 이제 이 일에 성공한다면 앞으로 내가 해야만 하는 일은 아주 많아질 것이다."

"뭘 성공해?"

"이 세상에는 내가 소유한 장소가 하나 있다. 처음 이곳으로 보내졌을 때 준비된 곳이었다. 원래 그렇게 오래도록 홀로 이곳에 머무르려는 계획은 아니었으니까. 난 배신당한 것이다. 준비가 되면 복수를 할 것이다."

릴리스의 아름다운 얼굴이 용서할 수 없다는 분노로 딱딱하게 굳었다.

워런은 위협을 느꼈다. 릴리스가 분노를 드러내 보였기 때문이 아니라, 그 복수가 무엇이든 워런이 최전선에 서게 될 것임을 알았기 때문이다. 워런은 그 일에 엮이고 싶지 않았다.

"우리의 목표는, 적어도 그 목표로 향하는 길의 일부는 겹쳐 있다. 네가 나의 말을 따르고 나에게 충성한다면 너는 네가 꿈꿨던 이상으로 강력해질 것이다."

워런은 힘을 원하지 않았다. 힘이 필요한 것뿐이었다. 살아남기 위해서는 강해져야만 했다. 지난 4년이, 심지어 그전의 세월이 그에게 그런 교훈을 주었던 것이다.

"걱정하지 마라."

릴리스가 진실한 목소리로 말했다.

"난 메리힘이 아니다."

메리힘은 아니지. 워런이 저도 모르게 생각했다. 그래도 당신 역시 악마야.

"여기를 눌러라."

릴리스가 벽의 한 구역을 가리켰다. 워런이 손전등을 움직여 그곳을 좀 더 밝게 비추었다. 그가 보기에 벽 다른 구역과 다른 점은 하나도 없었다. 그가 은빛 손을 그 자리에 놓자 곧장 무언가와 연결되는 것이 느껴졌다. 흠칫 놀란 워런이 손을 거두었다.

"괜찮다. 그 손과 이곳이 연결되어 있어서 그럴 뿐이다."

워런은 조심스럽게 은빛 손을 같은 자리에 올린 후 지그시 눌렀다. 잠시 후 무언가가 벽 안에서 달칵하는 소리가 들렸다. 벽이 움직이면서 돌 긁히는 소리가 났다. 그 소리가 메아리치는 것으로 보아 벽 너머는 거의 텅 비어 있는 것이 분명했다.

워런은 호기심이 일었다. 어렸을 때부터 한번 궁금해하는 것은 끝까지 알아내야 직성이 풀렸었다. 지금이라고 호기심이 덜하지는 않았지만 온갖 불운을 겪으며 인내를 배웠다. 그는 크게 입을 벌린 벽 너머 어둠 속으로 섣불리 발을 들여놓지 않았다. 릴리스가 속삭였다.

"여기에서부턴 조심해야 한다."

"왜지?"

"통로에 함정이 있다. 걸리면 목숨을 잃을지도 모른다."

멋지군. 이젠 함정까지 신경 써야 된단 말이지.

워런이 씁쓸하게 생각하며 벽 안쪽으로 손전등을 천천히 밀어 넣었다.

22장

"오셨다고 크로스 경에게 알려 드릴까요?"

건장한 여자가 대장간 출입구에 서서 레아에게 물었다. 여자는 가죽 작업복을 입은 채 땀을 굉장히 많이 흘리고 있었다. 땀으로 얼룩진 목에는 보호 고글을 걸치고 있었다. 뒤로 넘겨 가죽 끈으로 묶은 검은 곱슬머리에서 몇 가닥이 삐져나와 찰싹 달라붙어 있었다.

레아는 제안을 거절했다.

"아뇨, 하던 일을 끝내게 놔둬 주세요. 기다릴 수 있습니다."

여사가 레아에게 미소를 보내더니 방 한쪽에 있는 사이먼 크로스를 바라보며 말했다.

"글쎄요, 눈이 썩 즐겁다는 건 인정해야겠군요."

레아의 뺨이 부끄러움으로 달아올랐다.

"그를 방해하고 싶지 않은 것뿐이에요."

사이먼은 커다란 방 한쪽 구석에 설치된 용광로 앞에 있었다. 주홍빛과 노란빛으로 타오르는 불길이 열기와 함께 이글거렸다. 남자 여자 할 것 없이 방에 있는 사람들과 마찬가지로 그 역시 가죽 작업복을 입고 있었지만, 셔츠는 입고 있지 않았다. 열기로 붉게 달아오르고 번들거리는 등과 팔의 근육이 꿈틀거렸다. 그의 곁에는 작은 소년이 서 있었다. 비슷한 차림이었지만 작업복 아래 셔츠를 받쳐 입고 있었다.

금속과 석탄 냄새가 후텁지근하고 무거운 방 안 공기에 짙게 쌓여 있었다. 십여 개의 모루를 두드리는 망치 소리는 딱딱 맞춘 듯 규칙적이고 리드미컬했다. 이런 작업을 할 때는 무의식적으로 그런 효율적인 움직임에 몸이 따르게 된다는 것을 레아는 잘 알았다. 여자가 말했다.

"급한 용무가 아니라면 다른 곳에서 기다리셔도 돼요."

"괜찮습니다."

그러자 여자는 또다시 미소를 지었다.

"잠시라면 괜찮겠지요. 크로스 경은 대장일을 할 때면 다른 사람들과 다를 바 없어요. 완전히 몰두하는 거죠."

"여기에 대장간이 있는지는 몰랐네요."

"누군가는 갑옷과 무기를 만들어야죠. 나무에서 자라지는 않으니까요."

"템플러는 대장 기술도 나노를 기반으로 하는 줄 알았어요."

"저는 안젤라예요."

여자가 한 손을 내밀었다. 손을 쥐는 힘을 느끼며 레아가 말했다.

"레아입니다. 반가워요."

"당신이 레아군요. 얘기 많이 들었어요."

"아."

"템플러라고 해서 소문에 완전 무관심한 건 아니랍니다."

안젤라가 고백했다.

"유념해 두죠."

안젤라가 근육질인 두 팔로 팔짱을 끼고는 얼굴에 달라붙은 머리카락 한 가닥을 입김을 불어 떼어 냈다. 그러고는 자랑스러운 얼굴로 대장간을 바라보았다.

"물론 일부 갑옷과 무기는 나노 기술로도 제작할 수 있어요. 하지만 여기에서 벼린 무기는 기계로 만든 무기와는 다르죠. 이곳에서 태어나는 무기는 앞으로 그 무기를 사용할 사람의 손길을 필요로 해요. 자신에게 형태와 의미를 부여하는 인간의 영혼을 느껴야만 하거든요."

"어째서요?"

"이곳에서는 무기를 벼릴 때 금속에 아케인 에너지를 불어넣어요. 기계로는 할 수 없는 일이죠. 에너지는 피와 땀과 눈물을 통해 금속에 스며들어요. 욕망과 간절함도요. 그 무엇으로도 대체할 수 없는 것들이죠."

사이먼이 집게로 기다란 금속을 들어 올렸다. 그가 고글을 올려 쓰더니 집게와 금속을 옆에 있는 소년에게 건넸다.

그와 알고 지낸 몇 년 동안, 아이와 함께 있는 사이먼을 볼 수 있는 기회가 종종 있었다. 이 은거지에서는 어디를 가든 항상 아이들이 따라다녔다. 레아는 크게 개의치 않았다. 아이들 덕분에 황량하고 폐쇄적인 이곳이 마치 집처럼 느껴지기도 했다. 레아로선 전혀 기대할 수 없었던 느낌이기도 했다. 세계 곳곳의 분쟁 지역을 다녀야 했던 레아에겐 집이랄 곳이 없었다.

사이먼에게는 아이를 대하는 타고난 재주가 있었다. 가장 슬픈 순간에 아이들과 함께한 사이먼을 본 적이 있었다. 부모가 전사한 사실을 아이들에게 알리거나 템플러 훈련장에서 체력을 극한까지 끌어올리는 훈련을 할 때였다. 사이먼은 적절한 때, 적절한 상황에서 마치 맏형처럼 아이들을 대하곤 했었다.

아이가 용광로 속에서 기다란 금속을 붙드는 모습을 지켜보던 사이먼이 꺼내는 것을 도와 모루로 가져갔다. 사이먼이 망치로 금속을 때리는 시범을 보이자 소년도 따라했다. 오래 걸리지 않아 소년이 망치 때리는 소리가 다른 대장장이들의 리듬과 어우러졌다. 레아가 물었다.

"검 만드는 훈련을 하는 중인 건가요?"

"네, 하지만 생각과는 다를 거예요. 사이먼이 챈들러에게 가르치려는 것은 어떻게 자기만의 검을 만드느냐예요. 물론 그전에 자기만의 갑옷부터 만들어야겠지만요. 지금은 연습용 검을 만드는 중이에요."

"아."

"괜찮으시다면 제가 일하던 용광로로 가시죠. 거기 의자가 있어요."

안젤라가 제안했다.

"편히 앉아서 정인을 보셔야죠."

"사이먼은 제 정인이 아니에요."

"어머, 죄송하지만 듣던 바랑 다르네요."

레아가 어떤 얘기를 들은 것이냐고 물으려던 참에 호기심과 기대감으로 꿈틀거리는 안젤라의 눈썹을 보고는 입을 다물어 버렸다.

"신경 쓰지 마세요."

레아가 말했다. 안젤라는 조금 실망한 것 같았다.

"그래도 이쪽으로 오세요. 물도 있어요. 여기 계속 계실 거라면 물이 필요할 거예요."

안젤라가 예상한 대로 사이먼은 거의 두 시간 동안 검을 벼리는 데 몰두했다. 레아는 그와 함께 있는 어린 소년이 곧 흥미를 잃을 것이라고 확신했지만 그렇지 않았다. 오히려 사이먼이 검을 고이 들어 천에 감자 다소 슬퍼 보이기까지 했다.

소년이 양팔로 검을 꼭 안아 들고 미소를 지으며 문을 걸어 나갔다. 레아는 그 모습을 지켜보고 있는 사이먼을 바라보았다. 사이먼은 행복해 보이지 않았다. 오히려 어딘지 불편해 보였다. 레아가 거기 있는 것도 알아차리지 못했다. 안젤라가 레아의 귀에 속삭였다.

"새로운 지원자예요."

"무슨 뜻이에요?"

"템플러 아이가 아니라고요. 저 나이의 템플러 아이라면 검이나 활뿐만 아니라 다른 무기를 만드는 법도 이미 알죠."

사이먼이 민간인을 받아들이고 있다. 리라 데리어스의 말이 떠올랐다. 레아는 조금 마음이 아팠다. 민간인을 내보내 악마와 싸우라고 하는 것은 살인이나 다름없었다.

바로 그때 사이먼의 시선이 자신에게 와 닿는 것을 레아는 느꼈다. 유령이라도 보는 것 같은 눈빛이었다. 잠시 레아는 아무 말 없이 꼼짝하지 않고 있었다. 사이먼이 성큼성큼 다가와 그녀의 손을 잡았다. 그 손길에서 슬픔과 근심이 전해지는 것만 같았다.

"어쩌다가 이렇게?"

사이먼이 손가락으로 레아의 뺨을 쓰다듬으며 물었다.

"얘기하자면 길어요."

"시간은 있어요. 갑옷을 입은 후에 얘기할 만한 곳으로 가죠."

레아는 악마의 무기 공장을 파괴한 일을 의도했던 것보다 훨씬 세세하게 이야기했다. 그동안 사이먼은 말없이 책상 의자에 앉아 듣고만 있었다. 사이먼의 사무실은 전등 하나만이 희미하게 밝혀져 어두침침했다.

"그쪽에선 당신 눈을 치료하지 못하는 겁니까?"

"의안을 주긴 했어요."

레아는 그 이야기는 정말 하기가 싫었다. 자신이 지금 얼마나 무력한 상황인지 과장하는 것만 같았다. 레아가 배낭에서 하프 헬멧을 꺼내 그에게 건넸다. 사이먼이 의안 장치를 살펴보았다.

"잘 모르겠군요."

"그걸 쓰면 부족한 시야를 확보해 줘요."

레아가 밝게 얘기하려고 애썼다.

"칵테일파티에 갈 때 쓰는 게 아니라고요."

미소도 지어 보려 했지만 입술이 제대로 움직이지가 않았다.

"안대를 쓰니까 좀 더 신비롭고 도발적으로 보이지 않아요?"

사이먼이 의안을 돌려주자 레아는 보이지 않게 치워 버렸다. 잠시 침묵하던 사이먼이 입을 열었다.

"당신이 원한다면 여기에서 의안 시술을 받을 수 있어요."

레아는 놀란 기색을 보이지 않으려고 애쓰며 심호흡을 하고는 물었다.

"그런 건 불가능해요. 아직 기술이-"

목소리가 죄어 와서 레아는 말을 멈추었다.

"우리 기술은 다른 어디의 기술보다도 발전했어요. 악마와의 전쟁을 준비하기 시작했을 때, 템플러는 무기와 무기 시스템을 연구하는 것만으로는 충분하지 않을 거라고 생각했었죠. 갑옷도 마찬가지고요. 인류를 집어삼키기 위해 나타난 놈들에게 맞설 계획이었으니까요. 전장에서 부상당한 전사들의 신체를 복구하는 기술을 개발하면, 승산이 조금이라도 높아질 거라 여겼을 겁니다."

레아는 무어라고 대답할 말을 찾으려 했다. 속이 울렁거렸다.

괜한 희망을 품게 하지 말아요.

"1860년대 미국의 남북 전쟁, 지난 세기의 이라크 전쟁 그리고 이번 전쟁까지, 군사 기술은 매번 크게 도약했어요. 의료 분야도 그 뒤를 쫓았죠. 그래야만 했으니까요."

레아는 목이 너무 꽉 막혀 목소리를 쥐어짜야 했다.

"당신, 정말로 할 수 있는 거예요? 확실해요?"

"제가 아니라 의사들이 할 수 있습니다."

"직접 봤어요?"

"의안 시술을 본 적 있느냐는 뜻입니까?"

"네."

"본 적 있어요."

20분 정도 후 한 젊은 템플러가 레아와 사이먼이 있는 사무실로 왔다. 검붉은 머리카락에 주근깨가 났고 정직해 보이는 미소를 띠고 있었다. 열일곱 남짓 되어 보였고, 손에는 투구를 들고 있었다. 자신을 오웬 머독이라고 소개한 남자가 물었다.

"부르셨습니까, 크로스 경?"

"그랬네."

사이먼이 레아를 가리켰다.

"크리시 씨가 최근에 전투에서 부상을 당했어. 의안 시술은 불가능하다는군."

젊은 남자가 활짝 웃었다.

"불가능하다니, 절대 그렇지 않습니다."

"제가 좀 살펴봐도 실례가 안 될까요?"

"물론입니다."

레아가 의자에서 일어나 머독에게로 다가갔다. 얼굴에 아주 희미한 흉터가 남아 있었다. 레아는 그의 갈색 눈을 여러 각도에서 바라본 다음 고개를 저으며 말했다.

"모르겠어요."

"무엇을 말입니까?"

머독이 물었다.

"어떤 눈이 의안인지 못 알아보겠어요."

머독이 살짝 웃었다.

"죄송합니다만, 한쪽 눈이 아닙니다. 둘 다예요. 8개월 전에 악마와 싸우던 중 두 눈을 잃었습니다. 아무것도 볼 수 없었죠. 놈들이 제 얼굴을 갈가리 찢어 놓았거든요. 정말이지 떠올리고 싶지도 않은 시간이었습니다."

레아는 그 말을 믿을 수 없었다. 이 젊은 남자의 두 눈이, 태어날 때부터 있던 바로 그 눈이 아니라고 할 만한 어떤 점도 보이지 않았다.

"더 궁금하신 것 있습니까?"

"보이는 건 어때요?"

"잘 보입니다. 예전 눈보다 더 잘 보여요. 아무래도 인간 DNA

에는 한계가 있죠."

"고마워요."

머독이 사이먼을 바라보았다.

"고맙네, 머독 군."

사이먼이 말했다. 젊은 템플러가 빙글 돌아 밖으로 걸어 나갔다.

레아가 의자에 풀썩 주저앉고는 사이먼을 바라보았다. 그는 아무 말도 하지 않았다.

"좋아요."

그녀가 쉰 목소리로 나지막하게 대답했다.

"눈을 되찾을 수 있다니, 좋아 죽을 것 같아요."

23장

숨겨진 통로는 높이가 1.2미터밖에 되지 않아 쭈그린 자세로 나아가야 했다. 워런은 통로 앞을 향해 높이 손전등을 비추었다. 창백한 호박색 빛 속에서 먼지가 춤을 추는 것이 보였다.

공기가 문제인걸. 워런이 생각했다.

"왜 나를 부르지 않았어?"

워런이 등 뒤에서 구멍으로 기어 들어오는 나오미를 보았다. 나오미도 손전등을 켜고는 불빛으로 벽 여기저기를 비추었다.

"서두를 거 없어."

워런의 대답에 나오미가 손전등을 그의 얼굴 정면에 비춰 눈을 부시게 했다.

"얼마나 더 들어간 다음에 말해 주려고 한 거야?"

"더 들어갈 데도 없어. 지금은."

나오미가 손전등으로 안쪽을 비추었다. 불빛이 얼마 못 가 바닥과 천장, 양쪽 벽에 가로막혔다. 바깥벽에 있던 것과 같은 그림문자가 사방을 뒤덮고 있었다.

"너는 이 여자를 좀 더 제대로 다뤄야겠군."

릴리스가 말했다.

"뭐라고?"

나오미가 몸을 빙글 돌려 손전등으로 릴리스를 비추었다. 빛에 드러난 악마는 마치 홀로그램처럼 보였다.

점점 더 형체가 갖추어지고 있군.

워런이 깨달았다. 놀란 릴리스의 아름다운 얼굴에 짜증이 어렸다. 나오미가 물었다.

"이건 누구야?"

"나는 릴리스다."

릴리스가 몸을 꼿꼿이 세우며 말했다.

"나를 경외하는 것이 너의 신상에도 좋을 것이다."

나오미가 워런을 바라보자 워런이 고개를 끄덕였다.

"왜 이제는 보이는 거지?"

"강해지고 있어."

워런이 대답했다. 나오미가 조심스럽게 릴리스에게 다가가 만지려는 듯 손을 뻗었다. 릴리스는 움직이지 않았다. 워런이 그랬던 것처럼 나오미의 손가락도 악마의 형체를 통과하나 싶었다. 그러나 갑자기 전기 스파크 같은 것이 폭발하며 나오미가 3미터 뒤로 내동댕이쳐졌다. 나오미가 바닥에 쓰러져 경련을 일으키며 몸을 뒤틀더니 그대로 뻗었다.

"무슨 짓을 한 거야!"

워런이 나오미에게로 달려갔다. 나오미는 숨을 쉬지 않았다. 눈꺼풀 사이로 흰자위가 드러나 보였다. 당황한 워런이 피와 살로 이루어진 인간의 손을 목에 대어 보았다. 맥이 뛰지 않았다.

"나를 귀찮게 하다니."

"그렇다고 이렇게 죽여 버려도 되는 건 아냐."

릴리스가 호기심 어린 눈으로 나오미를 바라보았다.

"그래도 될 거 같은데."

"나오미가 죽으면 나도 떠날 거야."

워런은 자신이 무슨 말을 하는지 깨달았지만 멈추지 않았다.

"다 때려치울 거라고. 알겠어?"

릴리스가 그에게로 다가왔다. 워런은 이제 죽었다고 생각했다. 릴리스의 분노를 누그러뜨릴 만한 어떤 것이든, 무슨 말이든 떠올리려고 애서 보았지만 아무 말도 떠오르지 않았다.

"날 거역하느냐? 내가 너를 어떻게 할지 알면서도?"

워런은 절망했다. 이제 와서 물러난다 하더라도 소용없을 것이다. 이미 뱉은 말이었다. 릴리스도 워런도 그 사실을 잊지 않을 것이다.

"그래."

워런이 거칠게 숨을 쉬었다.

"이대로 내 친구를 죽게 놔두지는 않겠지?"

"저 여자는 네 친구가 아니다. 그저 널 이용하려고 따라다닌 것뿐이다."

"당신도 내 친구는 아니야."

"너에게 아무것도 없을 때 난 네게 손을 내밀었다."

"당신은 나를 메리힘이 가는 길에 세워 놓고 놈이 나를 다치게 하도록 내버려뒀어."

릴리스는 부인하지 않았다.

인간의 심장이 멈추고 4분이 지나면 뇌가 손상된다는 사실을 떠올리자 워런은 1분 1초가 고통스러웠다. 그가 악마의 두 눈을 똑바로 바라보았다. 약한 모습을 보일 수는 없었다. 그렇지 않으면 나오미와 마찬가지 처지가 될 것이다.

"당신은 나를 위험에 빠트렸었어."

워런이 말했다.

"또다시 그럴 테지."

"그렇다."

악마의 목소리는 부드러웠다.

"전부 당신 뜻대로 될 수는 없어. 메리힘 덕분에 알게 됐지. 당신은 나를 대체할 누군가를 찾으면 나를 버릴 거지만 지금 여기에서 그런 인간은 찾지 못해. 나처럼 능력을 타고난 사람이라면 더욱. 당신도 잘 알 텐데."

릴리스가 미소를 지었다.

"이제야 너의 가치를 알아보기 시작했군. 더 이상 생쥐처럼 소심하게 굴 일은 없겠어. 그렇지 않은가?"

겁 많은 생쥐는 결국 죽어.

워런이 생각했다. 양아버지와의 일은 운이 좋았을 뿐이다. 그런 운이 악마에게도 통하지는 않을 것이다.

"나오미를 살려 내."

워런이 목소리를 쥐어짰다.

"그랬는데 저 여자가 널 배신하면?"

"그래도 나오미는 살겠지. 적어도 난, 나오미에게 목숨을 빚졌어."

"네가 생각하는 만큼 빚이 크진 않다. 이 여자는 혼자 힘으로는 해내지 못했을 일들을 네 덕분에 할 수 있었으니까."

시간이 얼마나 지났지? 워런은 조급해졌다.

"살려, 릴리스. 살려 내라고."

"너를 사로잡은 이 영혼을 기억하라. 이 영혼이 너를 죽게 할 것이고, 네가 욕망하는 것을 손에 넣도록 도울 것이다. 그 점을 기억하라. 너의 이번 생은 힘난하겠지만 언제나 다른 이에게 굴복할 수는 없다."

"나오미를 살려 내."

워런이 나직하게 말했다.

"지금 당장."

릴리스가 몸을 숙이더니 나오미의 가슴에 손을 올려놓았다. 갑자기 스파크가 허공으로 튀어 올랐다. 릴리스의 손에서 전류가 솟구치더니 나오미의 가슴에 퍼져 들어갔다. 나오미의 몸이 땅에서 조금 떠오르더니 다시 쿵 하고 떨어졌다.

악마가 나오미의 몸을 감전시켜 뇌까지 태워 버린 것은 아닌지 두려워진 워런이 그녀의 목에 손을 가져다 댔다. 맥이 강하고 규칙적으로 뛰었다. 손을 거두는 순간 나오미가 숨을 쉬기 시작했다.

안도로 힘이 빠진 워런은 뒤로 벌러덩 누웠다. 그리고는 여전히 불쾌한 표정을 지은 채 뒤로 물러나 있는 릴리스를 올려다보았다.

"고마워."

워런이 속삭였다.

"너는 이 일을 경고로 삼아야 한다. 네가 나를 섬기는 일에, 너와 나 사이에 다시는 이 여자가 끼어들게 하지 말거라. 같은 일을 반복한다면 여자의 목숨은 없다. 네 목숨도."

워런이 릴리스를 바라보았지만 예전처럼 두렵지는 않았다. 릴리스는 나오미를 되살렸다. 적어도 심장은 다시 뛰게 해 주었다. 어쩌면 릴리스는 자신의 행동에 책임을 지기 싫었던 것인지도 몰랐다. 원하는 순간에 원하는 만큼 강하지 못하다는 사실을 인정하는 것이 싫은 것인지도 몰랐지만 워런은, 필요한 순간에 강했다. 릴리스와 워런 사이에는 균형이 있었다. 그 균형을 제대로 활용해야만 했다.

릴리스의 협박에 굴복하지 않았고 짧은 순간이었지만 자신의 태도를 관철했다. 그것으로 되었다고 워런은 판단했다. 그는 나오미에게로 주의를 돌렸다. 나오미는 아직 의식이 돌아오지 않았다.

"이제 가야 한다."

워런이 나지막한 목소리로 말했다.

"아니, 기다려야 해."

"어째서인가?"

"공기가 좋지 않아. 잠시라도 건물 바깥 공기가 순환되어야 해. 내가 이 안 어딘가에서 의식을 잃거나 죽어서는 안 되잖아. 그렇지 않나?"

릴리스는 아무 말 없이 희미해지더니 눈앞에서 사라져 버렸.

악마가 갑자기 사라지자 워런은 당황했지만, 그저 언짢았을 뿐이며 그가 건물 깊숙이 들어가기 시작하면 돌아올 것이라고 확신했다. 워런이 나오미에게 덮어 줄 담요를 가지러 통로 밖으로 나갔다.

눈은 더 많이 내리고 있었다. 계속해서 쌓인 하얀 눈이 대지뿐만 아니라 건축물까지 뒤덮고 있었다. 달빛을 받아 파랗게 보이는 좀비들은 이 끔찍한 추위 속에서 계속 일을 하고 있었다.

워런이 나오미를 감싸며 제대로 숨을 쉬는지 확인한 다음 그의 능력으로 두 사람의 몸을 따뜻하게 데웠다. 휴식을 취하려면 어떻게든 자야만 했다. 워런이 그대로 벽에 등을 기댔다.

3부: COVENANT(서약)

"워런."

자신을 부르는 목소리가 들렸지만 어떤 위협도 감지되지 않았다. 그래서 워런은 코트로 몸을 둘둘 감싸고 가만히 앉은 채 목소리를 무시했다. 겨울 공기는 차가웠지만 그의 몸은 따뜻했다.

"워런."

나오미였다. 워런은 계속 눈을 감고 있었다. 바로 그때 무언가가 머리로 날아오는 것 같은 감각을 느꼈다. 그가 눈을 뜨고 일어나며 본능적으로 보호막을 생성했다. 빙글빙글 도는 감각이 너무도 예민해서 사방이 슬로모션으로 보였다. 그가 위를 쳐다보자 돌멩이가 얼굴로 떨어지는 것이 보였다.

워런이 손짓하자 돌멩이가 얼굴 바로 앞에서 멈추었다. 그가 돌멩이를 그대로 공중에 메달아 놓은 채 통로 한쪽에 서 있는 나오미를 보았다.

"뭐야?"

나오미가 과장스럽게 반응했다.

"일어날 시간이라고."

"피곤해."

워런이 말했다.

"춥고 배도 고파."

워런이 손가락 사이로 돌멩이를 굴리며 말했다. 워런이 그 돌멩이를 나오미보다 훨씬 무서운 무기로 활용할 수 있음을 그들 둘 다 알고 있었다.

"오래 잤어."

나오미가 반박했다.

"두 시간 넘게 기다렸단 말이야. 벌써 한낮이야."

워런이 입구 밖을 내다보자 높이 솟은 태양 빛이 하얀 눈에 반사되어 반짝이고 있었다. 워런이 은빛 손으로 주먹을 쥐자 돌멩이가 으스러지더니 손가락 사이로 흘러내렸다. 워런이 물었다.

"릴리스는 어디 있어?"

"못 봤어."

워런이 가까스로 일어섰다. 코트 안으로 끌어올려 놓은 온기를 포기하고 싶지 않았다. 겨울의 한기가 즉시 그를 할퀴었다. 지난 며칠 동안 걷고 몸을 쓴 데다 앉은 자세로 자느라 몸 여기저기가 아팠다.

"난 여기 있다."

릴리스가 응답했다. 워런이 입구에서 물러서며 경계했다. 좀비들이 파묻힌 건축물을 드러내기 위해 파 놓은 흙무더기 꼭대기에 릴리스가 있었다. 좀비들은 작업을 계속하고 있었지만 한밤중에 어슬렁거리다 떠난 놈도 분명히 있는 듯했다. 수가 한층 줄어 있었다.

워런은 그가 직접 벽 너머에 만들어 놓은 울퉁불퉁한 계단을 기어 올라갔다. 좀비들로 하여금 땅을 파게 할 수는 있었지만 계단이라는 개념을 이해시키지는 못했던 것이다.

"거기 멈춰라."

릴리스가 말했다. 워런이 그 자리에서 멈춰 서서 말없이 릴리스 바라보았다.

그녀는 또다시 변해 있었다. 좀 더 현실의 존재처럼 보였다. 색채를 띠고 있었다. 무엇보다도, 릴리스가 서 있던 자리에 발자국이 남았다.

릴리스가 한 손을 뻗더니 기이한 멜로디를 나지막하게 흥얼거렸다. 워런은 그 소리에 매료되는 동시에 겁을 먹었다. 앞쪽 수풀에서 무언가 움직임이고 있었다. 잠시 후 살진 토끼 한 마리가 깡충 뛰어서 눈 덮인 땅을 가로질러 오더니 릴리스가 구슬리자 발치에서 멈추었다.

악마는 노래를 멈추지 않고 몸을 숙여 토끼를 가만가만 쓰다듬었다. 그런 후 곧장 토끼의 목덜미를 움켜쥐더니 다른 한 손을 머리로 가져가 사정없이 비틀었다.

목뼈 부러지는 소리가 차가운 공기를 날카롭게 찔렀다. 맹렬하게 발버둥 치던 토끼가 잠잠해졌다.

워런이 미처 반응하기도 전에 릴리스가 토끼의 목을 찢어 피를 마셨다. 워런의 등 뒤에서 나오미가 욕을 뱉더니 토했다.

릴리스는 피를 실컷 마셨는지 눈을 뜨며 입에 묻은 피를 닦아냈다. 그러고는 형형하게 빛나는 두 눈으로 워런을 바라보았다.

"수천 년 동안 먹지 못했다."

릴리스가 노래하듯 말했다.

"피 맛이 어떤지 잊고 있었군."

워런은 뭐라고 말해야 할지 몰랐다.

"이리 오너라."

릴리스가 워런을 향해 죽은 토끼를 흔들었다.

"아침 식사다. 저 여자도 먹을 수 있겠지. 충분하니까. 나는 참으로 관대하지 않으냐."

그제야 워런은 고기 익는 냄새를 맡았다. 방금 목격한 장면에도 불구하고 위가 요동쳤다.

릴리스는 자신이 수풀에 만들어 놓은 바람막이로 워런을 데려갔다. 모닥불이 활활 타오르고 있었다. 연기가 나뭇가지들 사이로 솟아오르며, 금방이라도 더 많은 눈이 쏟아질 듯 낮게 깔린 하늘로 사라져 갔다.

불가에는 황금빛으로 잘 익은 토끼 세 마리가 걸려 있었다. 토끼 고기를 보자 워런은 침이 고였다. 워런이 냄새를 음미했다. 신선한 고기를 먹지 못한 지 몇 주나 지난 참이었다. 그나마도 런던에 아직 고립되어 있던 생존자들과 물물교환을 해서 얻은 것이었다.

"앉거라."

릴리스가 재촉했다.

"먹어. 부족하진 않을 것이다. 토끼는 많으니까."

워런은 토끼를 먹어 본 적이 없었고 지하철 역내에서 잡은 쥐도 먹지 않았다. 그는 쥐들이 살해당하거나 부상이나 질병, 굶주림으로 죽은 지 얼마 되지 않은 인간 시체를 뜯어 먹는다는 사실을 잘 알고 있었다. 그렇지 않았더라도 어쨌든 쥐 고기는 먹지 않았을 터였다.

토끼는 초식 동물이니까. 역겨운 고기 같은 건 안 먹었을 거야. 워런이 쓰러진 나무기둥에서 눈을 털어 낸 다음 코트 자락을 깔고 앉았다. 그러고는 지글거리는 토끼 하나를 집어 들어 살을 뜯었다. 뼈에서 발라진 고기 맛은 아주 훌륭했다. 소름 끼쳐 하던 나오미도 워런의 옆에 앉아 토끼 한 마리를 집어 들었다. 처음에는 머뭇거리더니 나중에는 허겁지겁 먹었다. 나오미의 턱을 따라 기름방울이 흐르다 떨어졌다.

릴리스가 물었다.

"좀 쉬었느냐?"

"응."

"네."

워런과 나오미가 대답했다. 릴리스는 나오미를 쳐다보지도 않았다.

"이젠 들어가도 될 만큼 무덤 내부가 안전한 것 같은가?"

"뭐라고?"

워런이 되물었다.

"그게 당신 무덤이었어?"

"죽은 것은 아니었다."

릴리스가 지적했다.

"죽음에 가까운 상태였을 뿐이지. 내가 보호받고 있는 만큼, 내 죽음은 아직 머나먼 일이다."

"그럼 육신이 생기는 건가?"

"아직은. 하지만 곧 생길 것이다."

릴리스가 토끼 가죽을 벗겨 내더니 날고기를 그대로 먹었다. 뼈에서 살을 모두 발라 먹은 후에는 뼈를 부러뜨리고 골수를 빨아 먹었다.

워런은 구역질이 나서 고개를 돌리고는 그의 식사에만 집중했다. 뼈 씹어 먹는 소리를 듣고 있기가 힘들었다.

24장

사이먼은 수술실 침대에 누운 레아의 곁에 있었다. 부상당하지 않은 눈 주위가 팽팽해지고 호흡이 거칠어진 것으로 보아 레아는 긴장한 듯했다. 갑옷 기능이 없어도 그 사실은 알 수 있었다. 주변에서는 수술팀이 수술을 준비하고 있었다. 레아가 고백했다.

"난 한 번도 병원을 좋아한 적이 없어요."

"저도 마찬가지입니다. 그래도 좋은 병원이 있으니 다행이에요."

주변은 바쁘게 돌아가는데 아무것도 하지 않고 서 있자니 사이먼은 기분이 묘했다.

"경험 있는 의사들이신가요?"

"저분이 오웬의 눈을 수술했어요."

"원래 눈 색깔과 똑같을까요? 알다시피 내 눈은 기성품이 아니잖아요."

사이먼도 잘 알았다. 레아의 보랏빛 눈동자는 가끔씩 그의 생각까지 읽곤 했었다.

"잘 맞춰 줄 거예요. 나노봇이 DNA에서 색깔을 추출하고 삽입할 새 안구에 주입할 거예요."

"그 말을 기억해 두겠어요. 난 언제나 내 눈만은 마음에 들었거든요. 허영이라 해도 좋아요."

"당신 눈은 아름다워요."

레아가 미소를 짓자 역력했던 긴장이 조금 사라졌다.

"그런 말 한 적 없잖아요."

"없죠."

사이먼이 갑자기 어색해했다. 레아가 장난스럽게 물었다.

"내게 수작을 거는 건가요?"

"마취 후에 말할 걸 그랬네요."

"그러지 그랬어요. 덕분에 하나도 안 아팠을 텐데."

수술뿐만 아니라 식량과 보급품 부족 같은, 곧 닥칠 온갖 나쁜 일을 앞두었음에도 사이먼은 웃음을 터뜨렸다. 레아도 함께 웃었다. 수술실에 있던 모두가 두 사람을 바라보았다.

"어쩜."

사이먼이 어린 소년이었을 때부터 알고 지냈던 여자 템플러인 수간호사가 말했다.

"두 사람 좀 보세요. 장난을 치고 계시군요."

"그런 거 아니에요."

레아가 말했다.

"스캔들이 나는 이유를 알겠네요. 저는 제니예요."

여자가 레아에게 연결된 기기들을 점검한 후 들고 있는 디지털 패드에 기입했다.

"준비가 다 된 것 같군요. 눈을 좀 봐도 될까요?"

침대에 누운 후부터 레아의 텅 빈 안와 위에는 수건이 덮여 있었다. 사이먼은 자신이 그 모습을 보는 것을 레아가 원하지 않는다는 것을 알았다. 레아가 말했다.

"크로스 경이 나간 다음에요, 괜찮으시다면."

"좋아요, 그럼 크로스 경."

간호사가 사이먼을 돌아보며 말했다.

"작별 인사를 할 시간 같군요."

"알겠습니다."

사이먼이 레아를 바라보았다. 레아가 더듬거리며 그의 손을 찾아 꼭 쥐었다.

"절대 떼어 놓을 수 없겠는데요."

사이먼이 그렇게 말하자 레아가 얼굴을 찌푸렸다.

"정말 긴장했다고요. 저 작은 로봇들이 뇌 속에서 기어다닐 걸 생각하니 소름 끼쳐요."

"아."

제니가 등을 돌리고 선 채 말했다.

"저 로봇들이 뇌를 뚫고 들어간다면, 그건 의사가 안전히 잘못하는 거예요."

"생각만 해도 신나네요."

레아의 얼굴이 더욱 굳었다.

"그 얘기를 먼저 꺼낸 건 제가 아니잖아요. 자, 두 분 다, 이제 움직이세요."

사이먼이 레아의 온전한 한쪽 눈을 바라보았다.

"괜찮을 거예요."

"새 안구가 완성되면 나노봇들은 어떻게 되는 거죠?"

"비활성화 상태로 백혈구로 빨려 나가요. 눈을 복구해서 체내 구성 요소들과 배선들을 연결한 후에는 더 할 일이 없어지니까요."

"나노봇들이 그런 작업 하는 걸 본 적 있어요?"

"나도 비슷한 시술을 받았어요. 2년 전 전투에서 미니언의 칼날에 꿰뚫렸거든요."

사이먼이 가슴을 두드렸다.

"심장이 망가졌었죠. 네이선과 대니엘이 여기까지 데려왔을 때 간신히 숨만 쉬는 상태였어요. 갑옷이 심장과 폐 기능을 안정적으로 유지해 주었지만, 당신도 아는 그런 일반적인 수술실이었다면 살아남지 못했을 겁니다. 나노봇이 심장을 치료하고 목숨을 살렸죠."

"그렇게 훌륭한 기술을 어째서 세상과 공유하지 않은 거죠?"

"새로운 의학 기술보다 새로운 갑옷이나 무기를 제공하는 편이 쉬웠으니까요."

제니가 씁쓸하게 대답했다.

"언제나 그랬어요. 새로운 기술, 새로운 의약품은 모두 새로운 절차를 통해야 하고 온갖 법인이나 보험사, 정치인과 연루되는 거죠."

"이른바 공포의 3종 세트죠."

젊은 남자 간호사가 선언하듯 말했다.

"저 말이 정확해요."

제니가 말했다.

"법인은 그들이 가지지 못할 비전이라면 무엇이든 반대하죠. 보험사는 약관을 다시 써야 하는 걸 좋아하지 않아요. 정치인들은 새로운 기술이나 과학을 위협처럼 휘두르며 유권자를 유치하거나 억압하고요."

사이먼이 덧붙였다.

"내가 남아프리카공화국에서 지내는 동안 템플러의 의료 기술이 획기적으로 발전했더군요. 완전히 새로워요."

"시간만 주어졌다면, 우리도 이 기술을 세상과 나누었을 거예요. 그저 그럴 기회가 단 한 번도 없었던 것뿐이죠."

제니가 눈썹을 치켜뜨며 사이먼을 바라보았다.

"그리고 이제는 정말로 나가셔야 해요."

"알겠습니다."

사이먼이 레아의 손을 마지막으로 힘주어 쥐고는 몸을 숙여 키스했다.

"좋은 꿈 꿔요. 깨어나면 전부 괜찮아져 있을 거예요."

"빛나는 갑옷을 입은 기사들은 잠든 아가씨들을 키스로 깨우지 않나요?"

"혼동하지 말아요."

제니가 말했다.

"기사는 왕자 같은 게 아니에요. 그리고 기사들 대부분은 이미 자의식이 강하니까 딱히 그런 격려는 필요 없어요."

사이먼이 레아를 따라 웃었다.

"날 깨워 줘요."

레아가 말했다.

"수술이 끝난 다음에."

"여기 있을게요."

"약속하죠?"

"약속해요."

사이먼이 수술실을 나갔다. 레아는 괜찮을 거라며 마음을 다잡았다. 일반적인 경우보다 훨씬 힘든 수술이었다. 팔이나 다리를 사이버네틱스 기기로 대체하는 일은 이제 흔했다. 이 시술에서 가장 까다로운 부분은 시력을 되찾을 수 있을 것인가였다. 사이먼은 복도를 떠나지 않고, 수술팀이 침대를 이동시키는 모습을 바라보았다.

"크로스 경을 아신 지 오래되었나요?"
레아가 나이 든 간호사에게 물었다. 두려움으로 금방이라도 정신을 잃을 것 같아 무슨 말이든 해야만 했다. 무기 공장 기습 작전 후 치료 경과를 듣기 위해 의사를 기다렸던 때보다 지금 더욱 무서웠다.
"소년이었을 때부터요. 그분 어머니도 알았어요. 돌아가시기 전에요."
"당신을 만나서 정말 반가워요, 제니."
"그래요."
간호사가 밝게 말했다.
"저도 반가워요."
제니가 짧은 복도를 통해 침대를 이동시키며 디지털 패드에서 무언가를 확인했다.
"두 분은 가까워 보여요."
"친구예요. 지난 4년 동안 함께 싸웠죠."
"친구 이상이 아니라고 확신해요?"
"확신해요."
"친구처럼 키스하는 것 같진 않던데요."
"친구 사이의 키스였어요."
"친구라 하더라도 언제나 친구 이상이 될 수 있죠."

레아는 불편했다.

"이런 이야기를 하기에 좋은 때가 아닌 것 같아요."

제니가 미소를 지었다.

"아, 정말요? 그 가능성을 생각하면, 무언가 기대하게 되지 않나요? 이 수술을 잊게 해 줄 무언가 말이에요."

"아뇨. 그런 관계는 문제가 될 수도 있어요. 크로스 경이나 내가 다룰 수 없는 벅찬 문제요."

하지만 말과는 달리 달콤한 상상의 나래가 펼쳐지는 것은 스스로도 어쩔 수 없었다. 사이먼 크로스가 멋진 남자라는 점은 모른 척하기 힘들었다.

"두 분이라면 해낼 수 있을 거라 생각해요."

"하지만 크로스 경에게는 잘 어울리는 템플러 친구들이 있을 게 분명해요."

"그렇다 해도 저는 아는 바가 없군요. 제 말을 믿으세요."

"사이먼은 비밀을 잘 지키죠."

"아, 그건 인정해요. 웬만한 남자들보다 훨씬 잘 지키죠. 하지만 그분과 친밀한 친구라면 입을 다물고 있지 않았을 거라고 장담해요. 크로스 경이 잘생겼다는 건 여자들이라면 거의 다 알아요. 그분이 언더그라운드를 떠나기 전에도 그랬죠. 그런 말을 한다고 부끄러워하지도 않았어요. 크로스 경도 그들과 어울리는 걸 꺼리지 않긴 했죠."

레아는 치밀어 오르는 질투심을 재빨리 억눌렀다. 침공 전이라면 그녀에게도 그런 친구 몇몇이 없지는 않았다.

"두 분 참 바빠 보이네요."

남자 간호사가 말했다.

"바빠요."

레아가 수술대 위에 매달린 환한 조명을 바라보았다. 수술대로 옮겨질 때 가슴 앞으로 팔짱을 꼈다.

공포가 밀려들었다. 토할 것 같았지만 위는 텅 비어 있었다. 레아는 온갖 훈련을 떠올리며 무감각해지는 데에 집중했다.

잠시 후 사람들이 레아를 수술에 필요한 온갖 컴퓨터 장치에 연결했다. 하루 전, 수술 과정에 대해 설명을 들었던 것이 후회되었다. 솔직히 지금은 너무 많이 아는 것이 오히려 싫었다.

나노봇이 안구에 들어온다는 생각에 거의 미칠 것만 같았다. 로봇들이 온몸을 달리며 심장을 갈가리 찢어 대는 모습을 상상하자 공포는 더욱 심해졌다. 영화에서 보았던 것처럼 투박하거나 괴상하게 생긴 장치는 아니었다. 어떤 봇은 바늘구멍에도 들어갈 것 같았다.

봇을 천사라고 생각해요. 사이먼이 말했었다.

"좋아요, 크리시 씨."

30대 초반으로 보이는 의사가 그녀에게로 몸을 숙이며 침착하게 말했다.

"긴장을 풀게 도와드리겠습니다. 그런 다음 온전한 두 눈을 보실 겁니다. 알겠습니까?"

레아가 고개를 끄덕였다. 의사의 낙관적인 태도는 마음에 들었지만 그동안 나쁜 일이라면 충분히 겪었다. 무슨 일이든 언제나 원하는 대로 되지는 않는 법이다. 이미 눈 하나를 잃은 채 병원 침대에 누워 있지 않은가.

제니가 레아의 얼굴 아래쪽에서부터 산소마스크를 씌웠다. 불타는 듯한 감각이 왼팔을 따라 흘러 들어왔다. 레아가 숨을 들이켰다. 의사가 말했다.

"100부터 거꾸로 세세요."

의사의 말대로 하려 해 보았지만 머리가 텅 빈 것 같았다. 그때 관찰실에서 내려다보고 있는 사이먼이 보였다. 재미있었다. 레아는 관찰실이 있는 줄도 몰랐던 것이다.

두 번째 숨을 들이쉬며 92까지 세었다. 순간 머리가 핑 돌더니 그대로 깜깜해졌다.

25장

　무언가 왼발 아래에서 달각거렸다. 좋은 징조가 아님을 워런은 알고 있었다. 당장은 아무 일도 일어나지 않았기 때문에 워런은 발을 떼지 않고 손전등으로 어둠 속을 샅샅이 살폈다. 배터리가 떨어져 가는지 빛이 희미했다.
　"물러서."
　워런이 나오미에게 말했다.
　"뭔데?"
　"뭘갈 밟은 거 같아."
　나오미가 천천히 뒤로 물러났다.
　은폐되어 있던 이 방에서 이미 부비트랩을 세 개나 발견해 해체한 참이었다. 스파이크와 날카로운 칼날로 만든 끔찍한 덫이었다. 릴리스를 위한 이 공간을 마무리한 사람이 누구였든 분명 새디스트 기질에 더해 피에 목마른 자였을 것이다.
　남자인지 여자인지 모르겠지만 이렇게나 정교하고 교활한 장치를 만들었는데 아무도 걸리지 않았음을 안다면 실망이 대단할 것이다. 워런은 그 고약한 인간이 언젠가 자기가 만든 덫에 걸려 끔찍한 죽음의 고통을 맛보기를 바랐다.
　"릴리스."
　워런이 불렀지만 대답은 없었다. 안으로 들어온 직후 릴리스는 주변을 살펴본다며 사라졌다. 릴리스의 몸은 이제 분명 물질적인 세상과 교류했지만 선택적이었다. 여전히 벽을 통과할 수 있었고, 그 어떤 함정에도 걸리지 않았다. 나오미가 제안했다.

"내가 뭐라도 해 볼까?"

"여기 올라서서 우리 둘 다 죽이는 건 어때?"

워런이 비꼬듯 답했다.

"그런 말이 아니잖아."

워런은 나오미를 탓하지 않았다. 그 역시 할 수 있는 일이 없었을 것이다. 워런이 조심스럽게 무릎을 꿇고 발아래 돌을 가까이서 살펴보았다. 지하는 모두 다섯 층으로 이루어져 있었는데, 첫 두 층을 조사했을 때 석조 구조물은 단단하고 빈틈이 없었다.

다만 덫일 경우에만 조금 헐거웠다.

손전등 불빛이 희미하긴 했지만 돌바닥이 2.5센티미터 정도 꺼져 있는 것 정도는 보였다. 압력을 가하면 내려가도록 설계된 함정이 분명했다. 하지만 어떤 장치란 말인가?

"어때?"

"스위치야."

대답을 들은 나오미가 욕을 뱉었다.

아직은 죽지 않았으니 긍정적이었다. 워런은 그렇게 생각하려고 애썼지만 계속 여기 서 있을 순 없었다. 나오미가 말했다.

"작동하지 못하게 할 수 있을지도 몰라."

"어떻게?"

"모르지. 발 아래 칼을 밀어 넣으면 어때?"

워런이 더 자세히 보려 했지만 죽어 가는 불빛으로는 충분하지 않았다. 칼날이 충분히 얇다 하더라도 제대로 해낼 수 있을 것 같지 않았다.

"아니."

그가 말했다.

"난 못 해."

"그럼 결국 움직여야 할걸."

그 길밖에 없음을 워런도 알고 있었다. 달칵하는 소리와 미세한 움직임을 느낄 수 있었던 것만 해도 천운이었다. 처음 맞닥뜨린 함정은 아무 조짐도 없었다. 벽에서 갑자기 튀어나온 창 세 개에 그대로 꿰일 뻔했다. 반사신경이 창들만큼이나 빠르지 않았다면, 아주 조금이라도 늦었다면, 목숨을 잃었을 것이다.

지금… 그만큼 빨리 움직일 수 있을까?

결정해야 할 것은 방향이었다. 함정을 설치한 사람의 생각은 무엇이었을까? 워런이 심호흡을 했다. 스위치를 알아차릴 만큼 운이 좋은 사람은 아무도 없을 것이라는 생각이 들었다.

"좋아."

워런이 최대한 침착하게 말했다.

"이제 점프할 거야. 조심해."

"알았어."

"셋에 뛴다."

워런이 선언했다.

"하나, 둘, 셋."

그가 할 수 있는 한 가장 빨리 점프했다. 머리 위에서 굉음이 들렸다. 어떤 커다란 형체가 그를 향해 그네처럼 내려오는 것이 곁눈으로 보였다.

지금 있는 층은 위층보다 천장이 두 배는 더 높았다. 구조를 보면 각 층이 어떻게 지어졌으며 길이 어떤 식으로 이어지는지 알 수 있었다.

하지만 워런은 지금 그에 대해 생각할 시간이 전혀 없었다. 스파이크를 잔뜩 박아 넣은 거대한 해머가 아무런 소리 없이 고요하게 워런에게 달려들었다. 손전등이 꺼지는 순간 어둠 속에서 드러난 해머는 흉물스럽고 섬뜩했다.

워런은 찰나에 몸을 젖혔고 스파이크 박힌 해머는 아슬아슬하게 그를 스치고 지나갔다. 가슴께를 찌르는 날카로운 송곳이 느껴졌다. 그가 손과 무릎으로 바닥을 짚으며 기어서 허둥지둥 나아갔다. 해머가 되돌아오는 것이 느껴지자 워런은 납작 엎드렸다.

머리 위에서 톱니바퀴 돌아가는 소리가 들렸다. 워런이 올려다보자 해머의 높이를 조절해 한 단계씩 아래로 떨어뜨리는 장치가 보였다. 이젠 자세를 낮춘다고 통하지 않을 듯했다. 워런이 옆으로 몸을 굴려 가까스로 해머를 피했다.

손전등이 6미터 정도 떨어진 벽 아래로 굴러갔다. 어둠이 그를 휘감았지만, 그는 이제 아무런 힘도 들이지 않고 아케인 힘을 통해 어둠 속을 볼 수 있었다. 오래 쓰면 두통이 생겨서 건물을 탐색하는 동안은 자제하고 있었다. 하지만 지금 그 힘을 쓸 때였다.

해머가 다시 한번 덜컥거리더니 아래로 내려왔다. 이번에는 바닥으로부터 겨우 몇 센티미터 위를 지나갈 것이다. 조금만 더 느렸다면, 해머가 점점 내려온다는 사실을 깨닫지 못했더라면, 제대로 당했을 것이다.

워런은 깊이 숨을 들이쉰 후 후들거리며 일어섰다. 가슴이 불타는 듯했다. 길게 긁힌 상처에서 피가 흘러내려 찢어진 셔츠와 코트를 적셨다.

"괜찮아?"

나오미가 손전등 불빛을 이리저리 움직이다가 그의 가슴에서 멈추었다.

"별로 괜찮지 않아."

워런이 셔츠 자락으로 피를 닦았다.

"꿰매야 할 것 같아."

상처를 살펴보던 나오미가 말했다. 손전등 불빛이 가슴께에서 어른거렸다. 나오미가 가슴의 상처를 더 잘 드러내기 위해 이미 누더기가 된 셔츠를 잡아당겼다.

"나중에."

워런은 가져온 구급상자를 뒤지더니 붕대를 꺼내 나오미에게 건넸다.

"지금은 그냥 감아 두는 수밖에. 계속 가야 하니까. 릴리스가 원하는 게 뭔진 몰라도 여기 있고, 우리는 그걸 손에 넣어야 해."

나오미가 붕대를 건네받으며 욕을 했다. 그러고는 워런이 셔츠 벗는 것을 도운 후 너덜너덜해진 셔츠를 찢었다. 상처에 거즈와 붕대를 댄 후 테이프로 붙이고 셔츠를 더 가느다랗게 찢더니 그 셔츠 조각으로 가슴을 더 단단히 죄었다.

"피가 덜 흐르네."

나오미가 뒤로 물러서며 말했다.

"그래도 멈추지는 않을 거야."

워런이 조심스럽게 허리를 숙여 손전등을 주워 들고는 주변을 비추며 아직 배터리가 남았는지 확인했다.

"좋아. 운이 다하진 않았네."

손전등을 비추자 방 안에 보관된 부식된 상자와 봉인된 항아리들이 보였다. 엉성한 나무 그릇에는 조잡한 금화와 보석이 들어 있었다. 이제는 썩어 없어졌지만 한때 천이 담겨 있었을 직물 상자가 구석에 놓여 있었다. 나오미가 물었다.

"이 방은 뭘까?"

"보물방."

워런이 그릇에 손을 넣어 뒤적거리더니 보석 한 줌을 꺼냈다. 손전등 빛을 받은 에메랄드, 사파이어, 루비와 또 다른 자줏빛 보석들이 반짝거리며 손가락 사이로 흘러내렸다.

"얼마나 되는 것 같아?"

"최소한 여왕의 몸값만큼. 헬게이트가 열리기 전이었다면 상당한 가치였겠지."

워런이 어깨를 으쓱하다가 불시에 몰려든 통증에 움찔했다.

"이젠 그냥 예쁜 돌일 뿐이야. 금도 마찬가지고. 어느 누구와도 교환할 수 없을 거야. 악마도 넘볼 수 없는 안전한 장소와 식량이야말로 진짜 보물이지."

"그렇게 오래전 일도 아닌데."

나오미가 말했다.

"사람들이 이런 걸 손에 넣기 위해 서로를 죽이던 것 말이야."

"불시에 죽을지도 모른다는 생각이 우선순위를 이렇게 바꾸어 놓다니, 놀랍지 않아?"

불타는 듯한 가슴 통증을 참으며 워런이 손전등으로 주변을 비추며 방 안 나머지 공간을 살펴보았다.

벽에 그림과 이상한 언어가 새겨진 것이 눈길을 끌었다. 그가 가까이 걸어가 층층이 쌓인 먼지를 쓸어 냈다. 먼지 구름이 그대로 되돌아오자 워런이 얼굴을 돌렸다.

먼지 아래 감춰졌던 그림이 손전등 불빛에 드러났다. 거대한 왕좌에 앉은 여자였다. 여자 앞에 전사들이 무릎을 꿇고 있었다. 나오미가 물었다.

"릴리스인가?"

"다른 사람일 거라는 생각은 전혀 들지 않네."

"여기 새겨진 문자를 읽을 수 있으면 좋을 텐데."

워런이 벽을 따라 내려가며 먼지를 떨었다. 하나 이상의 이야기가 쓰인 것 같았다. 그 역시 내용을 알고 싶었다.

"릴리스가 다스리던 사람들이 누구인 거 같아?"

"난 영국 역사를 잘 몰라."

워런이 고백했다.

"픽트족이 살았었고, 그 외에도 앵글족, 색슨족, 로마인이 살았다는 정도만 알아."

"로마 전사들일지도 몰라."

워런이 그림들을 살펴보았다.

"그럴 거 같지 않아."

"왜?"

"갑옷이 달라 보여."

"갑옷에 대해서 알아?"

그 말에 워런이 살짝 웃었다.

"전쟁 게임을 했으니까. 갑옷이라면 알지. 로마 전사의 무기는 단검, 창, 어쩌다 도끼 정도였어. 이 그림 속 검들은 너무 길어."

나오미가 방 다른 쪽으로 가 벽을 살펴보기 시작했다.

"조심해."

워런이 충고했다.

"아까 그 해머 말고 다른 함정이 있을지도 몰라."

"알아. 그래도 이 방을 만든 사람이 여길 망가뜨리려 하진 않았을 거 같아."

"보물방인데? 나라면 이 던전을 반드시 지나가도록 만들어 놓고 함정을 설치할걸."

"지금 게임을 하는 게 아니잖아."

워런도 그 말에 동의했지만 가슴을 찌르는 통증을 느끼며 아무 말도 하지 않았다.

"여기 악마들이 있었어."

나오미가 말했다. 워런이 방을 가로질러 그녀에게로 가서 손전등 불빛을 더했다. 벽에 그려진 무시무시한 그림을 보자 위가 오그라드는 것 같았다. 입안도 바짝 말랐다. 어둠 속에서 빛을 드리우자 말을 탄 전사들에게 커다란 몽둥이를 휘두르는 거대한 악마의 불길한 그림자가 불쑥 솟아올랐다. 놈들은 소와 수레, 인간 수십 명을 어디론가 데려가고 있었다. 냉혹하고 야만스러웠다. 폭력과 죽음이 벽에 그대로 얼어붙어 있었다.

"거인."

워런이 말했다.

"거인이 등장하는 전설이 많지. 흉폭하고, 사람을 먹는."

"사람을 먹는다고?"

"잭과 콩나무를 생각해 봐."

워런이 불빛을 아래로 내리자 거인이 주먹 한가득 인간을 쥐어 올려 삼키고 있는 또 다른 그림이 나타났다.

"거인이 잭에게 경고하잖아. 뼈를 갈아서 빵을 만들겠다고."

"그냥 아이들 겁주려는 이야기인 줄 알았는데. 거인이 정말로 잭을 먹었을 거라는 생각은 한 번도 안 해 봤어."

"직접 본 적 없었을 테니까. 이 그림을 보니 그 이야기가 단순히 위협이 아니었다는 걸 알겠네."

나오미가 다음 그림 가까이 걸음을 옮겼다. 한 여자가 한 손에 창을 들고 숲 한가운데 있었다. 여자의 등 뒤 허공에 신비로운 문이 희미하게 열려 있었다.

"릴리스인가?"

나오미가 물었다. 워런이 좀 더 가까이에서 뚫어져라 바라보다가 선들이 더 잘 드러나도록 하기 위해 두텁게 쌓인 먼지를 닦아 냈다.

"아마도. 뒤에 이건 문 같은데."

"헬게이트인가?"

"그런 거 같지는 않아. 다른 문일 거야."

워런이 손전등을 움직여 다음 그림을 밝게 비추었다. 여자와 인간 전사 사이의 전쟁이었다. 누가 보아도 여자가 인간을 손쉽게 물리치고 있었다.

"인간이랑 싸웠네."

나오미가 말했다.

"사람들은 릴리스를 친구라 여기고 왔을까, 아니면 정복자로 여겼을까?"

"이 방은 보물로 가득 차 있어."

워런이 지적했다.

"숭배한 거구나."

"아니면 죽도록 두려워했을지도."

다음 그림에서는 여자가 악마들과 싸우고 있었다. 두 놈을 죽인 후 세 번째 악마와 싸우는 참이었다. 여자의 창이 악마의 심장을 찌를 듯 겨누고 있었다. 나오미가 물었다.

"릴리스도 악마라면, 왜 악마들과 싸우는 거지?"

"악마들도 서로 싸워."

워런이 말했다.

"메리힘은 그의 이름으로 악마를 죽이라고 내게 명령했었어. 악마 계급의 권력과 명망을 차지하려고 말이야. 어떻든 결국 힘의 문제야. 카발리스트라고 다르지 않아."

다음 그림에서 릴리스는 함성을 지르는 전사 무리 앞에 있었다. 목이 잘린 악마의 머리를 꽂아 놓은 검정 창을 높이 들고 있었다.

"사람들의 영웅이 되었네."

나오미가 말했다.

"구세주였군. 신화에 반복해서 등장하는 또 다른 주제지. 릴리스의 이야기가 얼마나 퍼져 나갔을지, 얼마나 많은 문화권에 어떤 영향을 끼쳤을지 궁금하네."

"저때는 인터넷도 전화도 없었는데."

"없었지. 하지만 무역상들이 어디든 여행을 다녔으니까. 콜럼버스 이전에 바이킹이 이미 아메리카를 발견했다는 증거도 나왔잖아. 동부유럽 스텝 지대의 한 부족은 켈트족과 밀접한 관련이 있고. 그들이 오가며 이야기를 옮겼을 수도 있어."

"아니면 다른 악마들이 다른 지역에 출현했거나."

나오미가 추측했다.

"악마 이야기는 단 하나의 사건으로 정리되기에는 너무 널리 퍼졌어."

"맞아."

다음 그림을 본 나오미가 숨을 멈췄다. 워런은 목덜미의 솜털이 바짝 서는 것을 느꼈다. 릴리스가, 혹은 그들이 릴리스라고 추정하는 여자가, 창으로 찌른 한 남자의 심장을 먹고 있었다. 나오미가 말했다.

"릴리스도 식인을 했네."

"식인이 아니야."

워런이 잠긴 목소리로 나직하게 말했다.

"인간이 인간을 먹을 때만 식인이라고 해. 릴리스가 악마라는 점을 잊지 마."

줄곧 그림을 보던 워런은 이제 그들이 여기에서 무엇을 해야 하는지 알 수 없었다. 그때 등 뒤 바닥에서 무언가 질질 끌리는 소리가 났다. 워런이 돌아서서 손전등을 비추었다.

릴리스가 거기 있었다. 힘이 넘치거나 자신감 있어 보이지 않았다. 피로가 어깨를 짓누르는 듯했다.

"이리 오너라. 네가 필요하다."

릴리스의 시선이 나오미의 손전등을 따라 자신에게 유죄를 선고하는 듯한 그림들을 재빨리 훑었다.

"흠, 인간들이 이야기에 살을 덧붙인 건 알고 있었지."

"이게 당신이에요?"

나오미가 물었다.

"그럼 다른 누구겠느냐?"

"악마를 물리친 거야?"

워런은 릴리스가 인간의 심장을 먹는 그림은 보지 못하길 바라며 물었다.

"그렇다. 나보다 먼저 이 세상에 보내진 악마가 있었다. 그들은 할 수 없었던 일을 하기 위해 내가 이 세상에 왔던 것이다. 그들은 그다지 반기지 않았지만."

"무슨 일을 한 거지?"

"인간종을 예속하는 것. 마지막 침공을 위해 이 세상을 변화시키는 것."

릴리스가 그림들을 바라보았다.

"다크 월의 예상보다 훨씬 힘든 일이었지. 이 세상에 머물던 우리 존재가 아케인 에너지를 다루는 잠재 능력을 일깨웠으니까."

"그것 참 실망스러웠겠군요."

나오미가 말했다. 릴리스의 검은 눈동자가 번뜩였다.

"하지만 결국 아무 상관 없는 일이다. 너희 인간은 모두 죽거나 노예가 될 테니까."

26장

사이먼은 아래 수술실에서 진행되는 수술을 긴장한 채 지켜보았다. 가까운 모니터를 통해 진행 상황이 확대되어 보였다. 수술대 위에 누운 레아는 작고 무력해 보였다. 사이먼은 계속 이대로 지켜보는 것이 좋을지 알 수 없었다.

레아가 곁에 있어 달라고 했어. 여기 있을 거야.

의사들은 효율적으로 움직였다. 제일 먼저 안와를 재진공 처리하고 뒤쪽 조직을 드러낸 후 시각 정보를 담당하는 뇌 부위와 연결된 나노봇들을 주입했다. 사이먼은 정확히 어떤 식으로 작업이 진행되는지 알 수 없었다. 오웬 머독 때에도 의사가 그에게 미리 수술 과정을 설명해 주었지만 세부적인 것까지 정확히 알 수는 없었다.

나노봇이 시신경 회로에 연결되자 의사들은 안구를 준비했다. 나노봇이 최고로 정교한 카메라를 장착하고 피와 살을 재건한 의안이었다. 완전히 인간의 눈이라고 할 수는 없었지만 생체와 하나가 되어 작동했다. 바깥 조직 층에서 거부 반응을 일으킬 수 있는 요소는 모두 제거되었다.

수술팀 집도의가 위를 올려다보고 말했다.

"크로스 경."

사이먼이 창 뒤에 설치된 마이크로 다가갔다.

"네."

"안구에 추적 모듈을 설치하시려면 지금 해야 합니다."

이런저런 얘기가 오갔었나 보군. 사이먼은 화가 났다. 은거지의 모두가 그처럼 레아를 믿는 것은 아니었다. 템플러가 그녀에 대해 아는 것보다, 템플러에 대해 더 많은 것을 아는 레아를 많은 이들이 미심쩍어 했다. 아는 것이 없다는 사실은 사이먼 역시 신경 쓰이는 부분이었다. 사이먼이 말했다.

"괜찮습니다."

"누군가 말해 주기 전까지는 모를 겁니다."

의사가 고집스럽게 말했다.

"이분이 일하는 곳이 어딘진 몰라도 추적 장치를 찾아낼 만한 기술은 없는 것이 분명합니다."

"괜찮다고 했습니다. 말씀은 고맙군요."

사이먼은 이 남자가 일단 모듈을 삽입해 버린 다음 그에게 보고할 수도 있었음을 알았다. 그의 위치에서 가장 신경 쓰이는 일은, 그의 지시에 사람들이 의문을 품는다는 점이었지만, 그들은 지금 식량 문제에 직면해 있었다. 놀라운 일도 아니었다. 필수품이 떨어질지도 모른다는 공포는 사람들을 빠르게 분열시켰다.

의사가 다시 안구 이식 작업에 집중했다.

사이먼이 스크린으로 수술을 지켜보았다. 의사는 주입기로 안와에 안구를 넣었다. 눈 안이 은으로 반쯤 찬 것처럼 보였다.

"결과를 알기까지 몇 분 정도 걸립니다, 크로스 경."

의사가 말했다. 사이먼이 갑옷 AI를 설정해 5분 후 알람을 울리도록 했다. 투구를 쓰지 않았지만 오디오 기능은 활성화되어 있었다.

관찰실 문이 열리며 네이선이 들어왔다.

"어이, 친구."

그가 컵을 들어 보였다.

"여기 있다고 하더라. 차 한 잔이 필요할지도 모른다는 생각이 들었지. 함께 있을 친구도."

"고마워."

네이선이 창가로 와서 그의 곁에 섰다. 두 사람은 몇 분 정도 친근하게, 하지만 말없이 기다렸다.

"내내 이렇게 서 있으려고?"

"여기 의자들은 갑옷 무게를 감당하지 못해. 서 있을 수밖에."

"그렇군. 너와 나는 그렇게 생각해도 말이야, 의사가 주눅 들지 모른다는 생각이 들지 않아?"

친구의 말이 옳았다. 사이먼이 크게 숨을 내쉬며 긴장을 풀었다.

"여기 있겠다고 레아에게 약속했어."

"그래. 여기 없었더라도 알 수는 없었겠지만. 여기서 네가 할 수 있는 일은 아무것도 없어. 최고의 의사들이 레아를 치료하고 있다고, 친구. 너도 알잖아. 그렇게 생각하지 않았다면 여기 데려오지도 않았겠지."

"알아."

AI가 시간을 알렸다.

- 5분 경과.

사이먼이 스크린을 살펴보았다. 레아의 안와에서 나노봇들이 창조하고 이식한 새 혈관과 신경들이 보였다. 수술팀은 나노봇 프로그램을 실행해 안구 곳곳이 제대로 작동하는지 확인했다.

"저건 좀 징그러운데, 친구."

"징그러워? 4년 동안 그렇게 많은 전투를 치르고도?"

"저건 눈이잖아, 친구. 언제나 눈은 좀, 그래."

네이선이 몸을 부르르 떨고는 시선을 피했다. 사이먼의 배 속에도 바윗덩어리 같은 것이 묵직하게 자리 잡더니 구토감이 밀려왔다. 하지만 시선을 돌릴 수는 없었다. 예전보다 시력이 향상될 가능성은 93퍼센트였다. 경과는 좋았다. 그 점에 대해서는 걱정이 없었지만, 네이선이 옳았다. 눈을 보고 있자니 속이 불편한 기분은 어쩔 수 없었다.

"다른 할 일이 없는 거야?"

사이먼이 그럼에도 곁을 떠나지 않는 네이선에게 물었다. 하지만 네이선은 여전히 스크린을 보지 않으려 애쓰고 있었다.

"없어. 난 오로지 네 것이라고, 친구. 내가 분명 도움이 될 거야."

"고맙군."

다른 누군가와 함께 있는 편이 기분 좋다는 사실을 사이먼도 인정해야만 했다.

세 시간 후, 안구는 진짜 눈처럼 보이기 시작했다. 아직 반사 반응이나 초점은 없이 수술실의 밝은 조명을 향하고 있었다. 사이먼은 반응 없는 눈빛이 마음에 걸렸다. 인공적이고 불쾌해 보였지만, 눈동자만은 사이먼의 기억과 똑같은 보랏빛이었다. 네이선이 물었다.

"얼마나 더 걸리는 거야?"

"안구 이식 수술은 열두 시간에서 열세 시간 걸린다고 하더군. 신장이나 간을 만드는 건 삼십 분도 안 걸리지만. 안구 구조와 신경이 좀 더 복잡해서."

"머독도 눈 하나를 이식했다던데."

"양쪽 눈 다였어."

네이선이 고개를 저었다.

"저 로봇들이 내 몸 안을 기어다닐 걸 생각하면 난 못 견딜 거 같아. 언제쯤 신체를 장악하려 들지 항상 궁금해하면서 말이지."

"그런 식으로 작동하지 않아. 나노봇은 어떤 임무든 일단 완수한 후에는 비활성화되어서 몸 밖으로 배출된다고."

"그거 멋지군. 더 자세한 내용은 알고 싶지도 않아."

관찰실 문이 열리고 워덤이 들어왔다. 머리칼과 짧은 수염이 희끗희끗했지만 그는 여전히 건장하고 다부졌다.

"크로스 경."

워덤이 반갑게 인사했다. 어떤 일이 잘못되어 찾아온 것은 아닐 것이다. 그랬다면 갑옷 AI를 통해 미리 알렸을 것이다. 사이먼은 워덤과 네이선이 인사를 끝내길 기다렸다.

"수술은 잘되어 가는가?"

워덤이 수술실을 내려다보았다.

"아직까지는 좋습니다. 레아의 상태가 궁금해서 들르신 건 아닐 텐데요."

"물론 궁금해서 왔지, 크로스 경. 난 저 아가씨를 꽤 좋아한다고. 하지만 자네에게 그런 걸 물어보려고 찾아온 건 아닐세. 머코머 교수와 브루어가 자네에게 할 말이 있다는군. 어떤 실마리를 찾아낸 모양일세."

"《게티아》에서 말입니까?"

"그렇지, 크로스 경. 그리고 노드 필드 건설에 대해서도."

사이먼은 망설였다.

"네가 알아야 할 만한 일이 생기면 의사가 부를 거야."

네이선이 말했다.

"머코머와 브루어는 몇 달 동안이나 그 프로젝트에 매달려 있었다고. 아무에게나 할 수 있는 얘기는 아닐 거야. 지금 널 만나려는 이유가 나도 궁금한걸."

"그럼 가서 뭘 알아냈는지 보자고."

워덤이 문을 열자 사이먼이 앞장서서 나갔다.

"《게티아》 필사본은 여덟 가지 언어로 쓰였네."

아치볼드 하비어 머코머 교수가 사이먼에게 말했다.

"열 개일 수도 있습니다."

제럴드 브루어가 끼어들었다. 조용한 연구실에서 그의 목소리가 우렁차게 울렸다. 머코머가 손을 저었다.

"이처럼 우리 두 사람 의견이 같은 건 아닐세."

놀랍지는 않았다. 비밀로 가득한 필사본에서 진정한 답을 찾아가는 과정에서 이 두 사람은 대체적으로 의견이 일치하지 않았었다.

60대인 머코머는 노쇠했고 행동이 느렸지만 대신 신중했으며, 차분하게 이야기했다. 파리 정신병원에 수용되었을 때의 혹독한 처우의 흔적이 얼굴과 손에 남아 있었고, 몸에는 흉터가 더 많았다. 결코 눈에는 보이지 않는 영혼의 흉터 역시 남았음을 사이먼은 잘 알았다. 머코머의 은발 머리는 둥그렇게 벗어졌고 수염을 짧게 기르고 있었다.

"운이 좋게도 우리는 그 언어 대부분을 해독할 수 있었네."

"정말 어려웠습니다."

브루어가 끼어들었다.

"전부 인공 언어였거든요. 게다가 언어마다 기초며 토대가 모두 달랐습니다. 하나를 해독할 때마다 온갖 언어 정보를 그러모아야 했지요."

"매우 힘든 과정이었다네."

머코머도 거들었다. 브루어가 고개를 끄덕였다. 그 점에 있어서는 둘의 의견이 같은 것이 분명했다. 50대인 브루머는 머리카락이 검었고 눈빛이 강렬했다. 침공 전에는 하버드에서 역사와 컴퓨터 사이언스를 가르쳤었다. 그의 지식과 기술로 개발한 컴퓨터 게임은 꽤 인기를 끌었다고 했다. 사이먼이 알기론 이 두 남자보다 똑똑한 사람은 거의 없었다.

"새로 발견한 언어 하나를 방금 막 해독했습니다."

브루어가 끊어졌던 주제를 다시 끄집어내며 들고 있던 무선 컴퓨터를 두드렸다.

"꽤 흥미로웠습니다."

《게티아》 필사본 한 장이 한쪽 벽에 설치된 커다란 스크린에 나타났다. 연기에 그을리고 가장자리가 탄 자국이 남아 있었다.

"지금 보시는 저것은 복구한 필사본입니다. 가장 손상이 컸던 페이지죠."

"우리가 어쩔 수 있는 일이 아니었어요."

네이선이 방어적으로 말했다.

"그 빌어먹을 정신병원에 악마들이 얼마나 많았는지, 목숨을 부지하면서 필사본을 가지고 나오는 것만으로도 힘들었어요."

"물론 이해하네."

브루어가 안심시키려는 듯 미소를 지었다.

"무례하게 굴려던 게 아냐. 힘든 상황이었다는 건 잘 알지. 그저 이 페이지를 해독하는 데 왜 이렇게 오래 걸렸는지 알아줬으면 해서."

사이먼은 그만 크게 웃고 말았다.

"저 필사본을 쓴 사람 말고는 지금까지 아무도 몰랐던 인공 언어를 해독하는 게 보통 일이 아니었을 텐데 말이죠."

브루어가 씩 웃어 보였다. 그러자 어째서인지 그는 더욱 피곤해 보였다.

"바로 그겁니다. 우리가 어떤 입장이었는지 분명히 이해하시는군요."

"알죠."

사이먼이 방구석에 놓인 간이침대들을 보았다. 이 두 남자가 옷을 입은 채 잠을 잤다는 것도 알 수 있었다.

"휴식은 충분히 취하고 계신 겁니까?"

브루어와 머코머가 시선을 교환했다.

"할 수 있는 만큼은 쉬었네."

머코머가 말했다.

"이 필사본이 숨기고 있는 진실이 무엇이든, 우리 모두 간절하지 않나."

"좀 더 쉬십시오."

"우리 작업은 매우-"

"-중요하죠."

사이먼이 브루어의 말을 끊었다.

"저도 압니다. 두 분이 그 언어를, 그러니까 그 언어들을 해독할 수 있는 유일한 분들이라는 것도 압니다. 그런 두 분이 아프거나 탈진하기라도 하면 오히려 시간 낭비입니다."

"할 수 있는 한 충분히 쉬었습니다."

"더 쉬십시오. 그러시지 않으면 경비를 세워 두고 밤마다 강제로 침대에 눕힐 겁니다."

"알겠습니다."

브루어가 말했다. 머코머도 고개를 끄덕였다. 사이먼이 스크린을 바라보았다.

"지금 이게 무엇인지 알아내셨을 거라 생각합니다."

"그렇습니다."

브루어가 이상한 문자가 쓰인 부분을 가리켰다.

"이 언어를 해독하는 데 몇 주가 걸렸습니다. 원본을 쓴 자는 누군지 몰라도 믿을 수 없을 만큼 똑똑합니다. 만나 보고 싶을 정도죠. 이 부분은 '진실들'에 관한 것입니다."

"어떤 진실들 말입니까?"

사이먼이 물었다.

"악마에 관한 진실들인가요?"

"우리도 처음엔 그렇게 생각했죠. 악마의 속명[11]이 아닐까 추측했었으니까요. 그런데 그것이 오히려 연구에 방해가 되었던 겁니다, 크로스 경. 필사본은 기본적으로 '진실들'의 감추어진 본성을 드러내는 글입니다. 악마들이 그렇게나 오래도록 이 세상 깊숙이 숨어 지내는 동안 그 존재가 완전히 잊힌 사실에 대해서 언급한

---

11) 屬名, 생물 분류의 과와 종 사이에 붙여지는 이름.

것으로 판단됩니다."

"템플러는 악마의 존재를 단 한 번도 잊지 않았는데."

네이선이 중얼거렸다.

"잊지 않았죠."

브루어가 사이먼을 바라보며 말했다.

"하지만 우리 모두 하나가 되어 굳게 믿은 건 아니었습니다."

사이먼은 죄책감이 차올랐다.

"믿지 않은 사람이 당신만은 아닙니다, 크로스 경."

브루어의 눈이 슬픔으로 어두워졌다.

"저는 게임을 만들고 대학에서 가르치는 데에 만족하며 지냈습니다. 게임 캐릭터로 디자인한 악마가 아닌 진짜 악마에 대해선 생각하지 않았지요. 헬게이트가 열렸을 때 저보다 더 충격을 받은 사람도 없을 겁니다."

"그런데 이 '진실들'은 또 다른 무언가를 대변한다네."

머코머가 말했다.

"정신적인 것인지 물리적인 것인지는 모르겠지만 말이야."

"물리적인 것이라뇨?"

사이먼이 물었다.

"그렇습니다. 필사본에 언급된 대로라면 물리적인 것이라고 믿을 수밖에 없습니다."

브루어가 벽으로 돌아서서 해독한 문자를 읽었다.

"악이 밀물처럼 닥쳐와 세상을 전염시키고 멸망시키지 않도록 하려면, 악마들이 물러나게 하려면, '진실들'을 찾아야만 한다."

브루어가 읽는 속도에 맞추어 영어가 필사본 페이지에 덧씌워졌다.

"이 세상은 악마들에 대항해 보호된다."

브루어가 계속 읽어 나갔다.

"이 세상이 악마 무리에게 열리던 날, '진실들' 또한 이곳에 자리 잡았다. 언젠가 '한밤중의 샘'으로부터 위협받을 이 세상에 '빛'이 처음으로 파괴의 씨앗들을 뿌렸다."

"'처음으로'라고요?"

네이선이 되물었다.

"악마가 침공한 세상이 얼마나 많은 거죠?"

"우리도 모른다네."

머코머가 덧붙였다.

"필사본에 따르면 수백 개의 세상이 있어. 모든 세상이 많은 생명을 품는 건 아니지만 대개 그렇다는군."

"그런 세상들이 모두 악마의 발아래 무너졌다고 합니다."

브루어가 말했다.

"그렇다면 우리 세상이 유독 특별한 것은 왜죠? 무엇이 '진실들'을 이 세상에 자리 잡게 한 걸까요?"

사이먼이 물었다.

"필사본에는 우리 세상에 '빛'의 전사들이 존재한다는 이야기가 나옵니다."

"처음에 우리는 그 전사라는 게 템플러라고 믿었지."

머코머가 말했다.

"그런데 그보다 훨씬 오래전이란 말이지. 필사본 원본은 성전 기사단이 탄생하기 전에 쓰였으니까 말일세."

"저는 의견이 다릅니다."

브루어가 말했다.

"성전 기사단이 공식적으로 설립된 시기가 그 이후이긴 하지만, 그들의 이상은 그전부터 오래도록 존재했습니다. 제 생각에 '진실들'은 바로 그 이상을 따른 사람들에게 주어졌던 것이 아닐까 합니다."

"그 사람들이 어쩌다가 그렇게 중요한 걸 잃어버렸단 말인가요?"

네이선이 물었다. 브루어가 고개를 저었다. 머코머도 마찬가지였다.

"그것까진 모르겠어. 필사본에서 답을 얻을수록 더 많은 질문이 생겨."

사이먼이 스크린 속 페이지를 살펴보았다.

"그러니까 우리는 '진실들'의 실체가 무엇인지 모르고, 어디에서 찾아야 하는지도 모른다는 뜻입니까?"

"그게 바로 수수께끼야."

머코머가 말했다.

"필사본에는 이렇게만 쓰였어. '진실들'은 내부에서 발견된 후, 외부에서 발견될 것이다. 내부의 잠긴 문을 열면 외부의 잠긴 문이 열릴 것이다."

"누가 썼는진 몰라도 되게 꼬인 자였나 보네요."

네이선이 말했다.

"차라리 그래서 다행이었는지도 모르죠."

브루어가 말했다.

"최소한 희망이 있다는 것은 알게 됐으니까요."

27장

제일 마지막 방에 다다른 워런이 손전등으로 구석구석 비추었다. 보물방 바로 아래에 위치한 공간이었다. 릴리스가 그들을 숨겨진 비밀 통로로 이끌어 주었다.

아래로 뻥 뚫린 구멍으로 구불구불한 계단이 이어졌고, 그 끝에는 타원형 문이 있었다. 나오미는 문에 남아 있었다. 계단 수로 판단해 볼 때, 지표면에서 30미터는 내려온 것이 분명했다. 이 방을 만든 사람은 여기에 숨겨 둔 것에도 진심이었던 것이 분명했다. 나오미가 말했다.

"이 아래에 함정이 더 많을지도 몰라."

"알아."

워런이 옆에서 걷고 있는 릴리스를 바라보았다.

"내가 묻혔을 땐 없었다. 이곳을 만든 자들도, 누군가 이렇게 깊이 내려올 거라고는 예상하지 못했던 것이다."

"그렇다고 해서 그 후에 함정을 설치하지 않았다는 뜻은 아니잖아요."

나오미가 말했다.

"저 위층에 있던 해머에 대해서도 알려 주지 않았고요."

"있는지도 몰랐으니까."

"그리고 무슨 말이에요, 여기에 묻혔다니?"

워런이 조심스럽게 방을 가로질러 갔다. 아케인 힘을 통해 예리하게 끌어올린 감각으로 시간을 들여 꼼꼼하게 공간을 조사했다.

 아무것도 걸리지 않았지만, 방 반대쪽 벽이 그를 끌어당기는 것이 느껴졌다. 손전등에서 나오는 희미한 빛이 벽에 새겨진 아름답고도 끔찍한 그림들을 비추었다. 그림 속에서 릴리스는 오로지 괴물들을 상대로 싸우고 있었다.

 릴리스가 손을 들자 방 안을 가득 채울 만큼 밝고 강렬한 푸른 빛이 번쩍였다. 워런은 그녀의 힘이 되돌아온 것이 마음에 걸렸다. 지난 몇 달 동안 릴리스의 무력함에 익숙해졌었다. 릴리스에겐 그가 필요했었다. 지금은, 아마 앞으로는 그렇지 않을 것이다. 그에게 줬던 손을 도로 가져가 버릴지 모른다는 생각이 마음 한구석에 항상 도사리고 있었다.

 "인간들에게 나는 영웅이었다. 그들은 나를 숭배했지."

 "당신에게 대항하는 악마들을 죽였다는 이유로요."

 나오미가 말했다.

 "그렇다. 나 역시 악마라는 사실을 알아채기 전까진 그랬지."

 릴리스가 좀 더 밝게 미소를 지었다.

 "사실을 알게 된 후에는 나를 두려워했다. 솔직히 두려움이 훨씬 강한 법이지. 언제나 그랬듯."

 릴리스가 워런에게로 돌아서더니 손가락으로 그의 얼굴을 어루만졌다. 마치 거미가 기어가는 것 같았다. 워런은 얼굴을 뒤로 빼지 않기 위해 애써야만 했다.

 "내가 인간에게 불러일으켰던 그 공포가 그립구나."

 릴리스가 워런을 바라보던 시선을 거두지 않고 나직하게 말했다.

 "너는 내가 두려우냐?"

워런은 거짓말을 하고 싶었다. 그렇지 않다고, 두렵지 않다고 대답하고 싶었지만, 진실이 아니었다. 거짓말을 한다면 분명히 알아챌 것이었다.

"두려워."

릴리스가 웃음을 터뜨리더니 손을 거두었다.

"그렇지. 두려워해야지. 아주 많이."

"그래. 아주 많이 두려워."

"좋다. 너는 그 두려움 덕분에 살아남을 것이다. 너와 내가 뜻을 함께하는 동안은, 너는 나와 함께 안전할 것이다."

사실이 아니었다. 워런은 알 수 있었다. 릴리스가 그를 필요로 하는 동안에만 그는 안전할 것이다. 그가 필요 없어지는 순간, 릴리스는 자신을 섬길 다른 존재를 찾은 후 곧바로 그를 없앨 것이다.

하지만 아직은 아냐. 워런이 생각했다. 그때까지 더 많이 배우고 더 강해져야 해.

"우린 왜 여기 온 거죠?"

나오미가 물었다. 릴리스가 나오미를 보고 얼굴을 찌푸렸다.

"인간의 껍데기를 찾기 위해서다. 내가 한때 입었던 육체 말이다."

"당신은 유령이 아니잖아요."

"아니지."

릴리스가 늘씬한 몸을 따라 손을 미끄러뜨리며 말했다.

"나는 힘의 화신이다. 육신이 죽은 이후에도 존재한다. '한밤중의 샘'으로 되돌아가 재구성되고 다시 태어난다. 결코 그 무엇도 파괴되거나 창조되지 않지."

릴리스가 말을 멈추더니 벽을 살펴보기 위해 돌아섰다.

"나는 '한밤중의 샘'으로 돌아가도 나 자신을 잃지 않는다. 나는 '이름이 부여된 자'다. 그리고 이제 더욱 위대해질 것이다."

워런이 손전등을 들어 벽에 새겨진 그림문자를 자세히 살펴보았다. 온통 릴리스였다. 어떤 그림에서 릴리스는 우거진 숲 한가운데서 한 남자와 함께 있었다. 둘 다 엉덩이까지 차오른 물에 벌거벗은 몸을 담그고 있었다. 주위로 물고기들이 모여들었다. 머리 위에선 새들이 빙글빙글 돌고 있었다. 덩치 큰 동물들이 강인지 호수인지 모를 물가 둑을 따라 늘어서 있었다. 좀 더 작은 동물들은 나무 사이에 서 있거나 나무에 매달려 있었다.

"이건-"

워런은 차마 입 밖에 그 단어를 낼 수 없었다.

"'동산'?"

릴리스가 미소를 지었다.

"네 생각이 맞다. 그 여자가 나타나 문제를 일으키기 전까지는 그렇게 나쁘지 않았지. 내가 아이들에게 악을 가르친 후 너희 종족은 굉장히 혼란스러워하며 통제에서 벗어나기 시작했다. 내 탓도 일부 있는 것 같군."

다른 그림들도 있었다. 위탁 가정에서 지내는 동안 배웠던 성경에서 본 그림도 있었지만, 그때는 그 그림이 무슨 의미인지 정확히 몰랐다. 나오미가 물었다.

"당신 시체가 이 방에 있는 거예요?"

"그렇다."

릴리스가 벽 하나로 다가가 잠시 살펴보더니 손바닥을 가져다 댔다.

"여기군."

워런도 그 곁으로 다가가 벽을 조사했다.

"벽을 허물어뜨리려면 쇠망치 정도는 있어야겠는데."

"순서가 있다. 여기."

릴리스가 돌 네 개를 차례대로 가리켜 보였다. 돌 크기는 뒤죽박죽이었고, 포개진 틈에는 모르타르가 발려 있었다.

릴리스가 일러 준 순서를 따라 워런이 돌들을 차례대로 밀었다. 벽 안쪽 깊숙이에서 무언가 달칵하는 소리가 들렸다. 워런은 물러서서 손전등을 높이 들고는 어느 쪽에서 결코 달갑지 않을 장치가 갑작스럽게 튀어나올지 알아내려고 애썼다.

하지만 돌벽 한 구역이 겨우 몇 센티미터 정도 튀어나왔을 뿐이었다.

"지나갈 수 있도록 이 벽을 좀 더 움직여야 할 것이다."

"손전등으로 여기 비춰 봐."

워런이 나오미에게 말했다. 나오미가 마지못해 손전등을 벽에 대고 비추었다.

워런이 그의 손전등은 주머니에 집어넣고 양쪽 손가락으로 벽 틈새를 더듬었다. 무언가 뾰족한 것에 찔릴지도 몰랐다. 그렇다면 적어도 금속 손 쪽이길 바랐다.

워런이 손가락들을 틈새 뒤에 받친 다음 당겼다. 숨겨진 문은 수백 킬로그램은 나가는 듯 잘 움직이지 않았지만, 곧 바닥 긁는 소리를 내면서 불쑥 몇 센티미터쯤 미끄러졌다.

워런이 공간 사이로 머리와 어깨를 간신히 밀어 넣고는 너머의 공간을 가늠했다. 손전등을 꺼내 사방을 비추자 금속 벽면에 빛이 반사되었다. 안쪽 공간은 바깥보다 화려했다. 나오미가 물었다.

"여기 내가 생각하는 그거 맞아?"

"보물이 가득한 또 다른 방을 생각했다면, 그런 것 같아."

워런 역시 감탄하여 속삭였다. 워런이 틈새를 비집고 들어갔다. 나오미가 말했다.

"침공 전이었다면 어마어마한 재산이었을 텐데."

작은 방 한가운데에 석관이 놓여 있었다. 워런은 호기심이 동했다.

"석관이라니, 영국 한가운데에서 발견할 법한 게 아닌데."

워런이 말했다.

"이집트에서 가져온 게 아니라면."

"관이 아니다."

릴리스가 말했다.

"보존을 위한 것이다."

워런이 다가가자 관처럼 생긴 것에서 아케인 에너지가 발산되는 것이 느껴졌다. 겉에는 아름다운 여성처럼 보이는 것이 조각되어 있었다.

"'빛'에게 버림받은 사악한 제국은 홍수에 삼켜졌다. 이 세상엔 악마가 풀어놓은 광기와 악으로 가득했다. 세상을 구하려던 인간들은, 내가 묻힐 이 방을 준비한 사람들에게 조언을 구했다. 나는 비밀을 지키려고 애썼지만 언제나처럼 이야기는 퍼져 나갔다. 나를 섬기던 인간들이 이 땅에서 도망하여 이집트에 정착한 후 이곳을 떠올리며 그들만의 묘를 지은 것이다."

워런이 말했다.

"석관이 자기들을 되살릴 거라고 믿었군."

"그렇다."

릴리스가 미소를 지었다.

"물론 그들은 되살아나지 못했지만 언젠가는 그런 일이 일어날 것이라는 믿음은 버리지 않았지."

"당신은 메리힘이 찾으라고 했던 그 책 속에 있었고."

워런이 그녀를 바라보았다.

"그렇다."

"어떻게?"

"그 책 역시 마력을 지녔다. 그 책을 통해 어떠한 해를 입지 않고도 세상을 여행할 수 있었지."

"당신에겐 안전한 장소였겠군."

릴리스가 고개를 끄덕였다.

"그랬다. 나는 내 육신을 보호해야 했지만 헬게이트가 열려 이 세상으로 되돌아올 수 있는지 알기 위해 밖으로 나와야 하기도 했다. 메리힘이 책을 원했던 것은 그에 대한 이야기를 들었기 때문이다. 힘이 담긴 어떤 실체들이 다른 세상에서부터 이 세상으로 넘어왔다는 이야기를 들은 것이지. 이 세상은 강력한 힘을 지닌 것들을 끌어당긴다. 바로 그래서 악마가 이 세상을 노린 것이다. 그 책은 나의 명분을… 함께할 만한 자에게로 나를 인도한 것이다."

워런은 그 말이, 쓸모 있는 인간을 가리킨다는 것을 잘 알았다. 그가 석관을 바라보았다.

"내가 어쩌면 좋겠어?"

"내 육신을 재결합해야만 한다."

워런이 무릎을 꿇고 석관에 숨겨진 개봉 장치가 없는지 찾으려 옆면을 손가락으로 훑어 보았다. 릴리스가 그의 손을 잡아 이끌었다.

"여기다."

릴리스가 복잡한 문양이 새겨진 타일 두 개를 가리켰다.

"눌러?"

워런이 눌러 보았지만 아무 일도 일어나지 않았다.

"손으로 여는 것이 아니다. 마음으로 하여라. 이것은 아케인 에너지로 봉인되어 있다."

워런이 가슴에 이는 통증을 억누르며 힘을 모았다. 몸 안의 아케인 에너지가 느껴지자 손가락 끝으로 밀어 냈다.

석관이 웅웅거리며 떨리더니 갑자기 갈라지며 뚜껑처럼 두 부위로 나뉘었다. 창백하고 투명한 녹색 빛줄기가 안에서부터 새어 나오며 방 안이 연기로 뿌예졌다.

워런은 무슨 일이 일어날지 두려워 뒤로 물러나며 아케인 에너지로 방어막을 세웠다. 나오미가 그의 뒤에 와서 섰지만 너무 가까이 붙지는 않았다.

뚜껑이 저절로 올라가더니 휙 젖혔다. 곧이어 시신이 허공으로 둥둥 떠올랐다. 시신을 본 워런이 겁에 질렸다. 나오미는 혐오스럽다는 듯 욕을 뱉었다.

말라비틀어진 살점이 뼈에 착 달라붙어 있었다. 한때 아름다웠을진 몰라도 지금은 그 흔적조차 없었다. 얼굴은 망가져 흉측했고 드문드문 남은 검은 머리카락은 뭉쳐 있었다. 앙상한 두 팔이 뼈 밖에 남지 않은 가슴 위로 교차되어 놓여 있었다. 너무 커 보이는 금색 싸개 사이로 갈비뼈가 드러났다.

"한때는 사랑스러웠는데."

릴리스가 관 가까이 다가서더니 미소 지으며 말했다.

"그 시절은 완전히 끝났어요."

나오미가 나직하게 말했다.

젊은 릴리스 쪽이 투명해지기 시작했다. 말라비틀어진 육신에 손을 뻗었지만 그대로 지나쳤다. 릴리스가 얼굴을 찌푸리며 워런에게로 돌아섰다.

"너의 도움이 필요하군."

"뭘 하면 돼?"

"내 육신과 합쳐져야만 힘을 완전히 되찾을 수 있다. 전달자가 되거라. 이리 오너라."

릴리스가 손짓했다.

"내 손을 잡아라."

워런이 마지못해 손전등을 끄고 주머니에 넣은 후, 나오미에게 계속 불을 비춰 달라고 말했다. 그가 방을 가로질러 릴리스에게로 갔다. 릴리스가 팔을 뻗어 그의 손을 잡았다.

"내 육신을 잡거라. 나와 육신을 연결하는 전달자가 되어야 한다."

위산이 역류하는 것이 느껴졌다. 워런은 구토감을 억누르며 시신의 손을 잡았다. 놀랍게도 온기와 부드러움이 느껴졌지만, 구역질이 더 심해질 뿐이었다.

릴리스가 고통으로 비명을 질렀다. 워런은 하마터면 시신을 놓을 뻔했다.

"놓지 말아라."

릴리스의 아름다운 얼굴이 통증으로 일그러졌다.

"조금만 더 버티면 된다."

생각보다 더 오랜 시간이 걸렸다. 다시 하나로 합쳐지며 내지르는 릴리스의 절규가 족히 삼십 분은 지속된 것만 같았지만, 비명이 멈추자 두 개의 릴리스가 하나의 몸 안에 존재하는 것이 느껴졌다. 두개골을 감싼 비쩍 마른 거죽 속에서 반투명한 얼굴이 순간순간 드러났다.

릴리스가 눈앞에서 완전히 사라지자 워런은 그가 아직도 잡고 있던 시신에 집중했다. 그 몸에서 힘이 느껴졌다. 너무도 강한 힘이라 도망칠 방법도 없어 보였다.

옥빛 안개가 방 안으로 쏟아져 들어오며 시야를 가렸다 ㄱ 순간 워런은 시신이 안개를 들이마시면서 호흡하는 모습을 보았다. 죽어 있던 여자의 두 눈이 번쩍 뜨였다. 말라비틀어진 시신 속에서 릴리스가 그를 바라보았다.

"아주 좋군."

릴리스가 메마른 목소리로 말하고는 헐벗은 두 발로 바닥을 짚었다.

"나는… 이 상태로는… 아직… 매우 약하다… 그 사실을… 견딜 수… 없군."

그녀가 여전히 시체 같은 몸을 내려다보았다.

"너는… 계속해서… 나를… 보호할 것이다. 너에게… 보상이 따를… 것이다."

워런은 순간적으로 뒤돌아 달아나고 싶었다. 그를 쫓아오기에는 릴리스가 너무 약해 보였지만, 그녀의 두 눈을 응시하자, 그 생각을 들켰음을 확실히 깨달았다. 릴리스는 워런이 최근에야 익히기 시작한 아케인 힘을 더욱 강력하게 운용할 수 있었다. 릴리스의 도움 없이는 살아남기 위한 그 모든 능력을 배우지 못할 것이다.

"알겠어."

워런은 나오미의 시선이 뒤통수에 와서 꽂히는 것을 느꼈다. 그의 결정에 반대하는 것이 틀림없었다.

시체가 미소를 지으려고 했지만 입술은 말라비틀어진 벌레처럼 보일 뿐이었다. 아까보다 더 흉측했다.

"좋다."

릴리스가 돌아서서 뒤쪽 벽으로 걸어갔다. 육신이 너무 바짝 말라 인대 갈라지는 소리가 들릴 정도였다. 관절염 환자처럼 천천히 벽을 건드리자 무언가 부서지고 긁히는 소리가 나면서 미끄러지듯 열렸다.

"이것을… 가져라."

릴리스가 숨겨진 공간 안쪽에 든 것을 가리켰다.

워런이 다시 손전등을 꺼내 안을 비추었다. 흑요석 창과 가죽 로브, 무엇이 들었는지 알 수 없는 뿔 달린 악마 머리 형상의 펜던트가 있었다. 그가 세 물건을 모두 꺼내 들었다.

"그 코트는… 너를 보호해 줄 것이다. …아케인 힘과… 그리고 무기로부터. …펜던트는… '집중의 돌'로… 너의 힘과… 명령에… 더 큰 효과를 부여할 것이다. …그리고 그… 창은… 악마의 가죽도… 휴지 조각처럼… 뚫을 수 있다. …물리적이거나… 아케인으로 세운 방어막… 모두를 뚫고… 무엇보다도… 그 힘을 창으로…

끌어 들여서… 더 강하게… 만들어 준다."

 워런이 입고 있던 코트를 벗고 로브를 걸쳤다. 지하를 가득 메운 차가운 공기가 곧장 차단되는 것 같았다. 로브가 어떻게 생겼는지는 미처 보지 못했다. 그의 오버사이즈 롱코트처럼 조금이라도 멋스러웠으면 좋겠다는 생각이 들었다.

 그러자 로브의 형태가 거의 즉시 바뀌더니 짙은 트렌치코트가 되었다.

 "…너의 바람에… 반응한 것이다. …몸에도… 잘 맞을… 것이다."

 문득 지금껏 옷이 몸에 잘 맞는지 따위는 신경 쓰지 않았다는 사실을 깨달았다. 몸을 보호해 줄 수만 있으면 좋았지만, 딱 맞는 코트를 걸치니 너무 흡족하여, 로브가 스스로 크기를 맞추었다는 점에 놀라지조차 못했다.

 "도시로… 돌아갈… 시간이… 왔다."

 릴리스가 말을 이었다.

 "아직… 해야 할… 일이… 많다."

 워런은 이제 더 걷고 싶지가 않았다.

 "걷지… 않는다. …런던으로… 곧장 데려가 주겠다."

 "그럴 수만 있다면 정말 좋지."

 릴리스가 목구멍을 긁는 듯한 소리를 냈다. 얇은 나무판자에서 녹슨 못을 뽑아내는 것 같았다. 주문을 끝낸 그녀가 손짓을 하자 1.8미터쯤 되는 진홍색 둥근 형체가 허공에 열리며 반짝였다. 빛나는 도마뱀 눈처럼 보였지만 워런은 그 안에 담긴 힘을 느낄 수 있었다. 나오미가 물었다.

 "저게 뭐야?"

"차원 이동문이다."

릴리스가 쌕쌕거리며 거친 목소리로 말했다.

"우리를… 런던으로… 돌려보내 줄 것이다. …하지만… 조심해야만 한다… 힘이… 강해서… 악마들이… 감지할지 모른다. …그들이… 몰려들 것이다."

"걸어서 돌아간다면 아무도 모르게 시내로 들어갈 수 있을 텐데."

워런이 제안했다.

"그럼 그 마을을 다시 지나야 하잖아."

나오미가 지적했다.

"죽은 주민들을 소생시켜서 좀비 부대로 만들었던 마을 말이야. 그들이 우리를 그냥 지나가게 놔둘 것 같아?"

듣고 보니 그 말이 옳았다.

"그뿐만이 아냐."

나오미가 말을 이었다.

"마을에서 위험에 빠져도 여기 이 해골 아가씨가 우리 목숨을 구해 줄 수 있을 것 같지도 않다고."

릴리스가 나오미를 노려보았다.

"생각이… 지나치구나…."

워런이 보호하듯 나오미 앞을 막아섰지만 아무 말도 하지 않았다. 릴리스가 워런을 심술궂게 쏘아보았다.

"너는 앞으로… 친구를… 좀 더 현명하게… 택해야 할 것이다."

"우리 중 누구에게도 선택권이 있었던 것 같지는 않아."

워런이 대답했다.

"대안이 있기 전까지 우리는 함께 해낼 거야."

릴리스가 잠시 그의 시선을 맞받더니 고개를 끄덕였다.

"그때…까지는."

그런 다음 돌아서서 천천히 포털로 걸어갔다.

고통스럽진 않을까 지켜보았지만 릴리스는 그렇게 곧장 사라졌다. 워런이 깊이 숨을 들이쉰 다음 걸음을 옮겼다.

나오미가 그를 뒤로 잡아당겼다.

"왜 그래?"

"저게 악마 세상으로 통하지 않을지 어떻게 알아?"

"릴리스는 악마 세상에는 가고 싶어 하지 않아."

워런이 넘실거리는 둥근 문을 가리켰다.

"게다가 서두르지 않으면 닫힐지도 몰라. 네 말처럼 런던까지 걸어가는 길은 멀 거야."

"그럴 만한 가치가 있을지도 몰라. 내 말은, 릴리스를 없애려면 말이야."

나오미가 워런을 똑바로 바라보았다.

"네가 어떻게 생각하든, 그 여자는 너에게 득이 될 게 없어."

"그런 생각은 한 번도 안 해 봤는데."

워런이 흑요석 창을 쥔 손에 힘을 주었다. 창에서 아케인 에너지가 진동하는 것이 느껴지자 그의 갈망은 더욱 짙어졌다.

"릴리스로부터 얻을 것이 있어. 나는 메리힘으로부터도 무언가를 배웠다고."

"그들과 함께하면 안전하지 않아."

"카발리스트와 함께 있을 때라고 안전하지 않아. 아무도 나를 믿지 않지."

"난 믿어."

워런이 나오미를 바라보았다. 그 말에 진심이 담기지 않은 것이 슬펐지만, 아무 말도 하지 않았다. 나오미의 진심을 바랐지만 할 수 없는 일을 하지 않는다고 비난할 수는 없었다.

"믿을 수 있어."

나오미가 고쳐 말했다.

"시간을 줘."

"그렇겠지."

워런이 무덤덤하게 대답했다.

"내가 좀 더 강해진다면. 너랑은 언제나 이런 식이지. 지금 마음을 정해. 나는 갈 거야."

워런이 창을 한 손으로 쥐고 문 너머로 걸음을 옮겼다.

강렬한 열기가 워런을 꿰뚫으며 지나갔다. 단말마의 비명을 지르려고 했지만 소리가 되어 나오는지도 알 수 없었다. 전류가 진동하며 몸에 경련을 일으켰다. 팔다리가 부들부들 떨리며 뒤틀리는 것이 느껴졌다.

손에 쥔 창은 서늘했다. 워런이 창에 집중하며 닻처럼 사용하려 해 보았다. 주위로 차원 이동문보다 살짝 창백한 붉은 여명이 밝아 왔다. 빛 속에서 악마 같은 얼굴들이 늘어나고 짜부라지다가 뒤집히는 것이 보였다. 놈들의 역겨운 숨결이 느껴졌고 위협과 잔인한 웃음소리가 들렸다.

워런은 릴리스와 나오미를 찾아보았지만 어디에도 없었다. 홀로 길을 잃은 것 같았다. 그 순간 차원 이동문의 형체가 사라지며 곧장 아래로 추락했다. 워런은 속을 게웠다.

 두 발로 서려고 했지만 워런은 균형을 잃고 말았다. 한때는 자동차였던 것들이 망가지고 불에 타 여기저기 나뒹구는 도시의 거리가 빙글빙글 돌아가며 파노라마처럼 펼쳐졌다. 거친 아스팔트에 손바닥이 찢겨 나갔다. 바닥에 이어 골목 벽에 부딪치는 충격에 숨을 쉴 수 없을 정도였다. 가슴 상처의 통증이 새삼 욱신거렸다.
 조금 떨어진 곳에서 릴리스가 우아하다거나 강하다고는 할 수 없는 자세로 휘청거리며 고통스럽게 일어나고 있었다. 워런은 흑요석 창을 딛고 가까스로 몸을 일으켰다. 잠시 후 나오미가 허공에서 모습을 드러내더니 땅으로 떨어져 굴렀다.
 누더기를 걸친 사람들이 공포에 질린 채 골목에 숨어 있었다. 모두가 워런에게 무기를 겨누고 있었다.
 "악마 숭배자다!"
 한 남자가 거칠게 외쳤다. 그가 피스톨 방아쇠를 당기자 날카로운 총성이 골목을 울렸다.
 워런은 아슬아슬하게 방어막을 세웠다. 탄환이 얼굴 30센티미터 앞에서 멈추더니 떨어졌다. 겁에 질린 한편 화가 난 워런이 내면의 아케인 에너지를 끌어모아 남자를 향해 밀어 냈다. 보이지 않는 힘에 얻어맞은 남자가 등 뒤 쓰레기 더미를 헤치며 나동그라졌다. 몸이 멈추었을 땐 이미 목숨이 끊어진 후였다.
 "도망가!"
 한 여자가 외쳤다. 모두 달리기 시작했고, 워런은 그들이 도망가게 놔두었다. 그들 입장에선 고마운 일이었다. 반드시 그래야 할 필요가 없을 때 살인하는 것은 워런도 내키지 않았다. 릴리스가 말했다.

"모두 죽였어야 했다."

"그럴 필요 없잖아."

"저놈들이 먼저 공격하지 않았느냐."

"우리 때문에 겁먹었던 거야."

릴리스가 고개를 저었다.

"저들 멋대로 겁을 먹은 것이다. 우린 그저 편한 공격 상대였을 뿐."

"그냥 집으로 가면 어때?"

워런이 제안했다.

"따뜻하고 보송한 침대에서 자면 기분이 나아질 것 같아."

"할 일이 많다. 이제 내가 돌아왔으니, 다크 윌이 나를 노릴 것이다."

"우리 집은 안전해. 알잖아. 방어 시스템 구축을 당신이 도왔으니까."

릴리스의 겉모습 때문에 욕지기가 이는 것을 꾹 참으며 워런이 팔을 내밀었다. 릴리스가 잠시 망설이다가 팔을 잡았다. 나오미가 뒤를 따르며 다 함께 센트럴 런던 거리와 골목을 따라 그의 집으로 향했다.

28장

악몽에서 깨어나며 레아가 몸을 뒤척였다. 주입된 약물이 뇌를 두터운 솜으로 겹겹이 감싼 듯 세상이 멀리 느껴졌다. 병실 기기들의 소리가 들리는 것 같지만 확신할 수 없었다. 아득한 정신 한편에서는 그런 소리가 들려야 마땅하다는 것을 알고 있었다.

"숨을 쉬어요."

사이먼이 말했다. 악몽에 붙들린 근심이 어느 정도 사라졌다. 약속한 대로 사이먼이 거기 있었다. 그가 묻는다면 단 한 순간도 의심하지 않았다고 대답할 테지만 사실은 의심스러웠다.

"깊이 숨을 들이마셨다가 내쉬어요. 남은 마취제를 폐 밖으로 내보내야 합니다."

"아직 아플까요?"

레아가 중얼거렸다.

"통증이 있다면 그다지 깨어나고 싶지 않은걸요."

사이먼이 싱긋 웃었다.

"아프지 않을 겁니다. 약속하죠. 의사 말로는 몸이 적응할 때까지 며칠 정도 두통이 있을 테지만 그렇게 심하진 않을 거라는군요."

레아도 그러길 바랐다. 이들과 가까이 지내는 것은 위험을 감수하는 일이었다. 이들에게 수술을 받았다는 사실을 인정하는 것은 또 다른 문제였다. 하지만 다시 볼 수만 있다면……

"어떻게 되었나요? 수술은 성공적이었나요?"

"모든 것이 순조로웠어요, 말했다시피."

"나 아직 인간처럼 보여요?"

"네."

레아가 주저하다 물었다.

"볼 수 있을까요? 여전히 안 보일까요?"

"눈을 떠 봐요."

그러고 싶었지만 두려웠다. 두렵다는 사실이 괴로웠다. 공포는 가장 먼저 통제하고 이용하는 법을 터득한 감정이었다. 레아가 주먹을 꽉 쥐었다.

사이먼이 커다란 손으로 레아의 오른손을 감쌌다.

"그냥 눈을 떠요."

보이지 않더라도 큰일은 아니라고, 레아가 마른침을 삼키며 생각했다. 예상만큼 시력이 안 나올 수도 있었다. 나아지면 나아졌지, 잃을 것은 하나도 없었다.

레아가 눈을 떴다. 그 즉시 회복실의 밝은 불빛이 느껴졌다. 레아가 불빛을 막기 위해 한 손을 들어 올렸다.

"눈이 부셔요."

"양쪽 모두요?"

레아가 한쪽 눈을 번갈아 감았다. 양쪽 눈 모두가 보였다. 사이먼을 돌아보며 미소를 지으려 했지만 마취제 때문에 여전히 뇌에는 안개가 낀 듯했다.

"보여요."

레아가 속삭였다.

"정말로 보여요."

"잘됐네요."

사이먼이 마주 웃어 보였다.

"이제 한번 일어서 보세요."

사이먼이 실험실 탁자에 놓인 반짝이는 에너지 필드를 바라보았다. 가장 넓은 두 지점이 46센티미터쯤 되는 타원형 필드였다. 사이먼이 말했다.

"이게 뭔지 말씀해 주십시오."

"악마를 막아 주는 에너지 필드네."

머코머가 대답했다.

"《게티아》에 따르면 어떤 접속점 같은 건데, '노드'라고 부르지. 우리가 동의할 수 있었던 가장 적절한 명칭이네."

"이것이 악마를 쫓아 버리나요?"

네이선이 탁자 위로 몸을 숙여 에너지 필드를 관찰했다.

"이론적으로는 그래."

브루어가 말했다.

"현실적으로는, 뭐, 아직 실험해 보지 않았으니까."

"우리가 이 에너지 필드를 자유자재로 활용할 수 있다면 악마가 침공할 수 없는 지역을 설정할 수 있다는 거지."

머코머가 말했다.

"엄청나게 작은 사람들이어야겠는걸요."

네이선이 덤덤하게 말했다.

"지금 이건 시험 삼아 만든 거니까."

브루어가 응수했다.

"이 힘을 좀 더 잘 이해하기만 하면 더 크게 만들 수 있네."

"어떤 식으로 작동하는 거죠?"

머코머가 고개를 저었다.

"이 필드가 불안정한 화성을 방출하는 것 같아."

"음파 말입니까?"

사이먼이 물었다.

"그렇습니다."

브루어가 대답했다.

"레이저, 메이저, 아케인 에너지가 어우러지며 음파가 발생합니다."

그가 고개를 저었다.

"솔직하게 말씀드려야겠군요, 크로스 경. 템플러의 기술로도 겨우 이 정도 크기밖에 만들지 못했습니다. 게다가 제대로 작동할 거라는 확신도 없습니다."

"화성을 방출한다고 하셨잖아요?"

네이선이 물었다.

"맞아."

"전 아무것도 들리지 않는데요."

사이먼 역시 마찬가지였다. 오디오를 고주파로 맞추자 곧바로 두통이 몰려왔다. 사이먼은 연결을 차단했다.

"아무것도 듣지 못할 겁니다."

브루어가 말했다.

"인간이니까요."

"악마만이 들을 수 있다는 겁니까?"

브루어가 고개를 끄덕였다.

"아무것도 없이는, 그렇습니다. 다른 장치를 통해서 소리의 범위를 추적할 수 있었습니다."

"그러니까 개 호루라기 같은 것이군요? 악마의 귀에는 듣기 괴로운?"

"필사본에 따르면 이 에너지 필드에는 다른 무엇이 있다고 하네."

머코머가 말했다. 그가 컴퓨터 키보드를 두드리자 벽에 새로운 이미지가 나타났다. 괴물 같은 악마였다. 거인 같은 덩치로 번쩍이는 방어벽에 맞서고 있었다. 두 팔은 반쯤 녹고 없었다.

"필사본에서 이런 그림을 본 기억은 없네요."

사이먼은 필사본을 꼼꼼히 확인했었다.

"필사본에 암호화되어 있던 그림입니다."

브루어가 말했다.

"머코머 교수님이 발견했지요."

"자네가 코드를 해독하지 못했으면 나도 발견하지 못했을 거야."

머코머가 겸손하게 어깨를 으쓱하면서도 꼿꼿하게 몸을 세웠다.

"협력의 결과라네. 연구에 매진한 결과이기도 하고. 그 코드는 그래프 지점들을 따라 설정되어 있었네. 점들이 모두 연결되자 이 그림이 나타났지. 사실 꽤 기발했어."

"이 악마에게 무슨 일이 일어난 겁니까?"

사이먼이 물었다.

"우리가 알아낼 수 있었던 건 화성이 방어막을 구축하면 지정된 지역을 보호할 수 있을 뿐만 아니라, 무기로도 활용된다는 점일세. '노드'와 접촉하는 악마는 세포부터 해체되는 모양이야."

"아니면 다른 곳으로 보내 버리거나요."

브루어가 말했다.

"실제로 보기 전까지는 알 수 없습니다."

그가 어깨를 으쓱했다.

"아마도 알아낼 수 없을 겁니다."

"'노드'를 들고 다닐 수 있습니까?"

"아니."

머코머가 말했다.

"전략 무기로 사용할 심산인 겐가?"

사이먼이 고개를 끄덕였다.

"악마를 녹이는 광선이라니, 정말 멋질 텐데."

네이선이 말했다.

"지금 여기 이 '노드'는 일단 만들어지면 지구 전자기장에 속하게 됩니다. 화성 방출은 그 지역의 전자기장이 얼마나 안정적인가에 달렸습니다. '노드'를 건드리면-"

브루어가 빛을 향해 손을 뻗어 노드를 가볍게 만지자 에너지 필드가 사라졌다.

"아주 살짝만 옮기려 해도, 사라집니다."

"그렇다면 사람들이나 건물을 보호할 만큼 충분히 큰 필드를 건설할 때는 '노드'가 영구히 자리 잡는 것을 전제해야겠군요."

네이선이 말했다.

"그렇지."

머코머가 답했다.

"그리고 아마 그런 일은 '노드' 하나로는 할 수 없을 걸세. 건물처럼 커다란 것을 보호하려면, 악마 무리를 막을 만큼 충분히 큰 에너지 필드가 필요할 거고 여러 '노드'를 연결해야 할 거야."

"전장에서 실험용으로 사용할 만한 '노드'를 만드는 데는 얼마나 걸릴까요?"

사이먼이 물었다. 브루어와 머코머가 서로 마주 보았다.

"며칠 내로 가능하네. 그보다 더 걸리진 않아."

"좋습니다. 준비되면 말씀해 주십시오. 그동안 어디에 설치할지 알아보겠습니다. 시간을 낭비할 순 없죠."

사흘 후 레아는 퇴원 허락을 받았다. 환자처럼 침대에 누워 있는 것이 결코 편하지 않았기에 기뻤다. 사이먼은 틈이 날 때마다 찾아왔지만 방문은 드물었고 짧았다. 그리고 언제나 정신이 딴 데 팔린 것처럼 보였지만, 그를 탓할 수는 없었다. 그는 템플러와 민간인들을 돌보는 일에 온 힘을 다하고 있었으니까.

다시 걸을 수 있다는 것은 그와 더 많은 시간을 보낼 수 있음을 의미했지만, 모든 일을 함께할 수 있는 것은 아니었다. 레아가 없는 곳에서 수행하는 일들이 많았다. 불만도 있었지만 이해할 수 있었다. 만약 그의 목숨만이 달린 일이었다면 그도 자신을 전적으로 믿었을 것이 분명했다. 하지만 다른 템플러들은 그렇지 않았다.

두 사람은 아침이면 함께 식사했고 사이먼은 은거지를 순회하러 갔다. 그런 다음 다시 만나 점심을 먹었고, 대개는 누군가 찾아와 어떤 정보나 허가를 요청하는 바람에 식사가 중단되었다. 그 후에는 다시 헤어졌다. 레아는 눈과 손의 협업과 거리 감각을 회복하기 위해 재활팀과 훈련했다.

의안을 얻은 바람에 생긴 흥미롭고도 어려운 문제가 있었다. 의안이 주요 시야가 되었다는 점이었다. 의안이 보는 것에 반응하는 것은 상당히 힘들고 섬세한 일이었지만, 레아는 빠른 속도로 익숙해졌다.

저녁이면 사이먼이 어린 템플러들과 훈련과 운동을 하는 곳으로 갔다. 검술 훈련에 참가하지는 않았다. 아직 검을 들기에는 일렀다. 조직이 믿는 무기는 총이었다. 언제나 더 크고, 더 좋은 총이 필요했고 레아는 훈련을 통해 온갖 총기류를 다루었다. 사이먼이 어린 학생들과 훈련하는 동안 레아는 운동을 하며 부상과 수술로 잃은 체력을 단련했다.

그 후에는 함께 무술을 연습하거나 스파링을 했다. 레아는 사이먼과 몸을 쓰며 운동하는 것이 기분 좋았고, 또한 옳은 일처럼 느껴졌다. 사이먼은 봐주는 법 없이 우월한 체급과 힘을 이용했다. 악마는 대개 사이먼보다도 컸기 때문에 그가 일부러 그러는 것임을 알 수 있었다. 레아가 사이먼을 상대로도 스스로를 지킬 수 없다면, 악마를 상대로도 지킬 수 없을 것이다.

레아는 재빨랐고 기발하게 몸을 놀렸기 때문에 기습 공격을 몇 번 성공하기도 했지만, 대련이 길어질수록 힘들어졌다. 근접전에서의 사이먼은 너무나 뛰어났다.

"난 원거리 전투 전문이라고요."

휴식 시간에 레아가 말했다.

"라이플 한 자루만 줘 봐요. 그럼 당신은 끝이니까."

사이먼이 활짝 웃으며 수건으로 뒷덜미를 닦았다.

"내가 접근하는 것을 당신이 알아채느냐 아니냐에 달렸겠죠."

"물론 알죠. 당신처럼 덩치 큰 미련곰탱이가 쿵쿵거리며 걸어오는 건 알아채기 쉽다고요."

"'미련곰탱이'라고요?"

"들었으면서."

"매트 위에 올라가면 누가 미련곰탱이인지 알게 되겠죠."

레아는 몸을 닦으며 잠시라도 신체 단련에만 집중할 수 있다는 것에 기분이 좋아졌다. 사이먼과 대련할 때는 피하는 것과 되도록 많은 타격을 입히는 것 말고는 다른 어떠한 생각도 할 여유가 없었다.

하지만 이제는 임무를 떠올리지 않을 수 없었다. 그 때문에 그와의 우정에 금이 가거나 결국 망가질지도 모른다는 사실이 싫었다.

"다른 템플러 쪽과 연락은 해 봤나요?"

사이먼이 레아를 바라보았다. 그의 눈에 고통과 경계심이 떠올랐다. 그가 수건을 목에 걸고 양손으로 잡으며 대답했다.

"아뇨. 당신이 우리를 구한 그날 이후로는 연락하지 않았습니다."

레아는 신중하게 접근하려고 노력했다.

"당신도 알다시피, 나는 어떤 조직에서 일해요."

"압니다. 군대나 첩보 쪽이라고 생각하고 있습니다."

레아는 뭐라고 대답해야 할지 몰라 입을 다물었다. 부정하려고 해 보았자 사이먼에게 나쁜 인상만 줄 것이다. 사이먼은 상대가 괴로울 정도로 단도직입적이고 정직한 사람이었지만, 정직하게 대답할 수도 없었다. 레아가 받았던 그 모든 훈련은 조직에 대해서는 아무것도 말하지 않는 것을 기본으로 했다. 하지만 레아는 불편함을 억누르고 정직함으로 승부하기로 결심했다.

"맞아요."
레아가 말했다.

29장

"인정할 줄은 몰랐습니다."

"인정하지 않았다면, 우리 중 한 명은 바보가 된 것처럼 느꼈겠지요. 이 이상은 말할 수 없어요."

그렇게 말하고 싶지는 않았지만 레아에게도 지켜야 할 맹세가 있었다.

"그거면 됐어요. 당신도, 비밀스러운 배후도, 우리에게 도움을 준 적이 있었으니까요. 당신을 안 지 오래지만 해를 끼치는 일은 없었습니다. 서로 정보를 교환하는 것도 기대할 수 있겠지요."

"그쪽에선 좀 더 노움을 수고 싶어 해요."

레아가 천천히, 부드러운 목소리로 말했다. 사이먼이 팔짱을 끼고는 꼿꼿하게 몸을 세웠다.

"어떻게 도움을 준다는 거죠?"

"여기 상황이 좋지 않잖아요, 사이먼."

레아가 단도직입적으로 말했다.

"악마에게 들킬 위험이 있고, 보급품도 부족하죠."

"그렇습니다."

"우리가 알아본 바에 따르면 언더그라운드의 비축량은-"

"당신이 제공한 정보겠죠."

"맞아요."

지난날 템플러 언더그라운드에 침투하기 위해 얕은 수를 썼던 일에 대한 죄책감을 애써 외면하며 레아가 말했다.

"내 말은, 우리가 알기론 그곳에 이곳 사람들까지 돌볼 만한 식량과 의료품이 충분하다는 거예요."

"그쪽에선 사람들을 받아들일 의지가 없어요. 이미 시도해 봤습니다."

"당신은 그들을 바꿀 수 없을 거예요. 하지만 어쩌면 그들의 리더를 바꿀 수는 있겠죠."

사이먼이 형형한 눈빛으로 레아를 응시했다.

"저는 템플러 지도자에게 도전하지 않을 겁니다, 레아."

사이먼이 부드럽게 말했다.

"당신 머리에 그런 생각을 집어넣은 게 누구든, 시간 낭비입니다. 당신도 마찬가지고요."

"누구에게도 도전하는 게 아니에요. 그저… 당신이 돌아오길 원한다는 사실을 템플러에게 알리는 거예요."

"전 돌아가고 싶지 않습니다."

"그들은 당신을 받아들일 거예요."

사이먼이 망설이듯 물었다.

"어떻게 알죠?"

"그게 우리 일이니까요."

그가 고개를 저었다.

"정말 형편없는 일이군요."

레아는 그 말에 조금 아팠지만, 방어적으로 굴지는 않기로 했다. 어차피 그녀의 임무에는 늘 나쁜 요소들이 동반했다.

"어쩌면요. 하지만 쓸모 있는 일이에요. 비밀은 생명을 구하죠."

"비밀이 생명을 빼앗기도 합니다."

"템플러 주변에 요원을 심어 놨어요. 궁금한진 모르겠지만, 언더그라운드 안이 아니라 작전 지역 근처에 몇 명 배치되어 있죠."

"템플러가 언더그라운드 밖으로 나가서 작전을 수행하는 일은 거의 없습니다."

"그렇죠. 하지만 이따금 무리해서 나오는 자들이 있어요. 현재 상황이 얼마나 나쁜지 확인하러 나오기도 하죠."

레아가 조금 어색하게 미소를 지었다.

"템플러 중에 친구가 있어요. 아주 적긴 하지만. 우리 쪽에서 일했던 템플러도 있고요."

"무슨 말인지 알겠습니다. 하지만 템플러에겐 넘지 못할 선이 있어요. 충성이라는."

"정말요?"

레아가 그의 두 눈을 똑바로 바라보았다. 이제 위험한 한 걸음을 내디뎌야 했다.

"당신이 템플러에 충성했던 것처럼요?"

사이먼이 팔짱을 꼈다. 레아는 그가 그대로 가 버릴 거라고 생각했다.

"나는 다릅니다."

그가 무뚝뚝하게 말했다.

"이미 오래전에 템플러의 길에서 벗어났으니까요."

"정말요? 그래서 여기 있는 거예요? 다른 사람들을 구하느라 목숨을 걸고?"

사이먼이 주저하며 대답했다.

"아버지는 제가 그러길 원-"

"당신은 당신 아버지 때문에 여기 있는 게 아니에요, 사이먼. 아버지 때문에 목숨을 걸고 이런 일을 하는 게 아니라고요. 토머스 크로스 경이 당신을 훌륭한 사람으로 키웠기 때문에, 아들을 템플러의 길로 이끌었기 때문에 여기 있는 거예요."

"나는 그렇게 훌륭하지 않아요."

"여기 있는 템플러들은 당신이 아버지에 대한 죄책감을 벗는 것을 도우려고 당신을 따르는 게 아니에요, 사이먼."

그의 얼굴이 분노로 벌게졌다. 레아는 자신이 사이먼을 공격하고 있음을, 상처 입히는 데에 위험할 정도로 가까이 갔음을 알았다.

"그들은 당신을 믿는 거예요. 그래서 당신과 함께 목숨을 걸기 위해 언더그라운드를 떠나 여기까지 온 거라고요. 해야 한다고 믿었던 그 모든 일을 당신이 하고 있으니까요."

레아가 잠시 말을 멈추었다.

"그들은 당신을 믿어요."

"이미 그 책임이 너무 무겁습니다."

"그렇다면 다른 사람에게 넘겨 버려요."

"그러려고 해 봤습니다."

"아무도 받아들이지 않았겠죠."

사이먼은 잠시 말이 없었다.

"네."

레아는 그 대답이 그의 마음 깊숙이 찌르고 들어가도록 기다렸다.

"사이먼, 이 은거지에는 피난민뿐만 아니라, 템플러 또한 더 많이 합류하고 있어요. 당신이 시작했던 하나의 작전이 이젠 당신

예상보다 훨씬 커진 거예요. 당신은 앞으로도 당신을 찾아오는 생존자들을 외면하지 못할 거예요."

"압니다."

레아가 깊이 숨을 들이쉬었다.

"제시카 써머라일을 움직일 수 있는 사람을 알아요."

"제시카는 아직 어립니다."

"기사단장의 후계죠. 그뿐만이 아니에요. 이제 아이들을 위한 시간은 없어요. 저녁에 당신이 아이들에게 전투와 살생 훈련을 시키는 것도 봤어요."

사이먼의 목소리가 날카로워졌다.

"생존을 가르친 겁니다."

"네, 생존은 한편으론 전투와 살생과 이어지죠. 그렇지 않다면 그 아이들은 아무런 희망 없이 홀로 두려워하며 죽어 가겠죠."

사이먼은 반박하지 않았다.

"이 세상은 이제 아이들을 아이일 수 있게 두지 않아요. 저 아이들은 더 이상 아이들이 아닌 거죠. 제시카 써머라일도 이미 어른이에요. 삼촌이 있어서 아직 리더 자리에 오르진 못했지만, 그래도 나름 권력이 있어요. 당신을 템플러로 다시 불러들일 만큼은요."

"내가 떠난 데에는 이유가 있습니다. 다시 한번 그들의 사고방식에 맞서고 싶지 않습니다. 두 개의 전쟁을 치를 수는 없어요."

"알아요. 하지만 점점 많은 템플러들이 당신의 생각을 지지하고 있어요. 런던에 아직 생존자들이 있다는 것도 잘 알죠. 하루하루 줄어들긴 하지만, 그래도 아직 살아 있는 사람들이요."

"당신 쪽 사람들은 어떻습니까? 생존자들을 구할 수 있다고 믿나요?"

"우리는 템플러와 달라요. 자원도, 인력도, 수색이나 구조 임무를 할 여력도 없어요. 하지만 우리는 당신이 하려는 일을 믿어요."

"의무를 전가하는 것처럼 들리는군요. 제 의견이 궁금하다면-"

레아는 목소리에 묻어나는 분노를 억누를 수가 없었다.

"아니, 사실을 인정하는 거예요. 당신은 우리 조직이 얼마나 멀리 왔는지 모를 거예요. 당신을, 이곳 사람들을 돕기 위해 어떤 일을 하려는지 말이죠. 우리는 생명을 구하는 조직이 아니에요, 사이먼. 적의 생명을 빼앗는 조직이라고요. 우리가 해 온 건 그런 일들이었어요. 그런데 이제 깨달은 거죠. 우리 힘으로는 악마를 쓰러뜨릴 수 없다고요. 그 사실을 알았을 때 우리가 얼마나 무기력하다 느꼈는지 알아요? 나를 믿어요, 사이먼."

"우리 모두를 위한 일이 틀림없었겠죠."

사이먼이 무언가를 생각하는 듯 잠시 먼 곳을 응시했다. 그런 다음 그녀의 시선을 마주 보았다.

"지금 어떤 일을 하나 시도하는 중입니다. 이곳 사람들 전부를 언더그라운드로 데려가는 것보다 한결 가능성이 높은 일이죠."

레아는 흥미가 일었고 곧 그가 무슨 이야기를 하는 것인지 깨달았다.

"《게티아》에서 뭔가 알아냈군요, 그렇죠?"

"네."

"뭐죠?"

사이먼이 고개를 저었다.

"지금은 너무 많은 걸 말해 줄 순 없어요."

레아는 분노가 치밀어 올랐다. 사이먼은 그녀를 믿지 않는 것이다. 너무나 분명했다. 레아가 크게 심호흡했다.

사이먼을 비난할 수 없어. 나라도 믿지 않았을 테니까.

"그 일이 잘되길 바라요."

"제대로만 된다면 결국 우리 모두를 위한 일이 될 겁니다."

그 말을 한 것이 다른 사람이었다면 얼버무리는 것이라 확신했을 것이지만, 사이먼 크로스였다. 그가 거짓말을 하지는 않는다는 사실을, 듣고 싶어 한다고 아무 말이나 하진 않을 것임을 잘 알았다.

"그리고 언더그라운드 쪽과 이야기할 마음이 생기면 당신에게 알리겠습니다."

레아는 마음과는 달리 애써 미소를 지었다. 레아는 사이먼만큼 타인을 믿는 본성을 타고나지 않았다.

"한 게임 더 할까요?"

사이먼이 수건을 옆으로 치웠다.

"물론이죠."

레아는 보안 구역을 제외하고는 은거지에서 어디든 다닐 수 있었다. 사이먼이 허가증을 주었던 것이다. 레아의 재활은 순조로워서 의사의 기대를 뛰어넘을 정도로 빠르게 눈과 손을 자유자재로 움직이게 되었다.

아침마다 거울을 들여다보며 두 눈이 어디가 다른지 찾아보려고 했지만 아무것도 발견할 수 없었다. 어떻게 보면 좌절감이 느껴지기도 했다. 인공물을 진짜 살과 피와는 구분할 수 있어야 한다고 느꼈기 때문이다. 그보다 더 흥미로운 점은, 첫 수술 이후 얼굴에 남아 있던 끔찍한 구멍이 이제는 기억나지 않는다는 점이었다.

그러나 오랜 습관은 사라지지 않는 법이었다. 레아는 사이먼이 《게티아》 필사본에서 무엇을 알아냈는지 궁금했다. 레아는 그의 일과를 잘 알았지만, 그 일과를 깨트리고 은거지를 떠나던 날 정중하기까지 한 말투로 말했었다. 며칠 자리를 비울 테지만 원하는 만큼 오래 머물러도 좋다고.

사이먼이 출발하고 30분이 지난 후 레아는 행동을 시작했다. 슈트를 입은 다음 겨울옷 몇 벌을 위에 걸치고 라이플을 해체해서 등에 짊어진 후 코트 안으로 숨겼다. 식당에서 보급품도 조금 슬쩍했다.

"기다려요."

자신을 부르는 것이 틀림없는 한 여자의 목소리를 들었을 때, 레아는 얕은꾀를 들킨 줄로만 알았다. 레아는 마음을 가라앉힌 후 뒤돌아섰다.

템플러였다. 불붙은 듯한 머리카락과 갑옷을 입은 큰 체격이 올림픽 선수 같았다. 레아보다 머리 반쯤은 더 컸다. 부츠 때문일 수도 있지만 신지 않았다 해도 차이는 없었을 것이다. 여자가 말했다.

"우리 만난 적 없죠."

"본 적은 있어요. 도장에서요."

"키라예요."

"만나서 반가워요, 키라."

레아가 손을 내밀었다.

"전-"

"누군지 알아요."

친근하지 않은 어조를 느끼고 레아가 손을 거두고 기다렸다.

"사이먼이 당신을 데려와서 눈을 고쳐 준 것을 두고 당신을 비난하는 사람은 없어요."

"그런 일이 가능할 줄은 저도 몰랐어요."

"하지만 당신이 템플러에 대해서 너무 많이 아는 것 같아 염려되긴 하는군요."

레아가 팔짱을 꼈다.

"그래서요?"

"이곳에선 아무도 당신을 믿지 않아요."

"사이먼은 날 믿어요."

레아는 이렇게 말하면서도 죄책감을 느꼈다. 사이먼을 염탐하려는 참이었기 때문이다. 신뢰와는 거리가 먼 행동이었다.

"어떤 면에서 사이먼은 순진하죠."

키라가 딱딱하게 말했다.

"당신 같은 사람은-"

"나 같은 사람?"

"여자요."

"아."

레아가 고개를 끄덕였다. 조금 이해할 수 있었다. 여자의 목소리에는 질투가 어려 있었다. 종족의 일원다운 반응이었다. 그들에게 있어 레아는 부족 남성을 빼앗아 가겠다고 위협하는 외부인이었다.

"사이먼처럼 완벽한 남자도 당신 같은 사람 앞에선 바보처럼 판단할 수도 있겠죠."

"우쭐해도 되는 건가요?"

레아가 차갑게 대답했다.

"그럴 일은 없겠지만요. 내가 너무 매력적이거나, 아니면 사이먼이 정말 멍청하다는 건데, 솔직히 사이먼이 듣는다면 딱히 기뻐할 것 같진 않군요."

"그런 말이 아니에요. 이번에 여길 떠난 후에는 다시 돌아오지 말라는 겁니다. 곧 떠나시겠죠."

레아가 뭐라고 대답할지 생각해 내려는 동안 키라가 돌아서더니 멀어졌다. 뒤쪽 복도에는 다른 템플러 세 명이 모여 있었다. 모두 여자였고, 키라를 지지한다는 태도를 분명히 드러내고 있었다. 모욕적이었다.

화가 난 레아는 하마터면 그들 사이로 뛰어들어 복수하려 들 뻔했다. 4대 1인 데다가 템플러 갑옷도 입고 있었지만 어쩌면 잘 싸울 수 있을지 모른다는 생각마저 들었다.

그럴 가치 없어. 드라마 같은 건 싫다고.

하지만 레아는 누군가 저에게 이러쿵저러쿵하는 것을 싫어했다. 절대로 그런 태도는 두고 보지 않았다. 레아는 한마디 말 없이 돌아서서 문으로 향했다.

30장

"이거 약간 고양이 목에 방울 달기 같지 않아?"

사이먼이 어깨 너머로 네이선을 보려고 했지만 지하철 플랫폼 돌기둥에 가려 거의 보이지 않았다. 그들은 언더그라운드에서 멀리 떨어진 채링 크로스 역에 와 있었다. 은거지 정찰팀에서 마침 이곳에 생존자들이 있다고 보고해 온 참이었다. 그들을 발견할 수 있다면 구해 낼 수도 있을 것이다.

"다른 방법이 있었다면 그렇게 했겠지."

사이먼이 건틀릿을 낀 손바닥으로 다른 손에 쥔 강철 말뚝을 세게 내리눌렀다. 금속이 금속에 부딪치는 강렬한 소리를 내면서 스파크가 튀었다. 말뚝이 몇 미터쯤 땅속으로 들어가 박혔다.

네이선이 몸을 숙여, 머코머와 브루어가 개발한 레이저 프로젝터를 장착했다. 건틀릿을 끼고 쥔 주먹보다 조금 작았고 렌즈와 여러 와이어들로 이루어져 있었다. 사이먼은 여러 번 설명을 들었는데도 구조를 제대로 이해할 수 없었다. 프로젝터는 눈물방울처럼 생긴 푸른 폴리머(고분자 화합물) 복합체로 충격에 강했다. 네이선이 레이저 프로젝터를 잠시 둥그렇게 감싸 쥐었다. 네이선이 말했다.

"3호기 접속 준비 완료."

"접속해. 이쪽도 준비됐어."

퀸시 하트셀이 프로젝터 제어기 근처에 무릎을 꿇고 앉으며 말했다. 제어기는 얇은 서류 가방 정도만 했지만 그 안은 전자 장치로 가득 차 있었다.

네이선이 갑옷에서 전류를 흘려보내 프로젝터를 활성화했다. 호박색 불빛 두 개가 차례대로 켜지면서 깜박이더니 녹색으로 바뀌었다.

"접속 완료."

네이선이 말했다.

"여기도."

퀸시가 말했다.

"4호기 설치 완료."

대니엘이 터널 건너편에서 응답했다.

"4호도 지금 접속해."

퀸시가 키보드를 두드렸다.

"4호 인식 완료. 이제 작동 시작한다."

사이먼은 제자리에 서서 지하철 터널을 따라 달아 놓은 단추 카메라를 한 차례 훑어보았다. 템플러 보안 시스템에 등록되지 않은 자가 접근할 경우 AI가 경고할 테지만 주변을 경계하는 것은 그의 오랜 습관이었다.

어두운 역사에는 온갖 잔해가 가득했다. 4년도 더 전 헬게이트가 열린 후로 이 철로를 이용한 승객은 없었다. 현재 위치에서 1킬로미터 남짓 떨어진 곳에는 부서진 지하철 차량들이 장난감처럼 포개져 있었다. 차량 안 해골들로 판단해 볼 때, 당시 이곳에서 살아남은 사람은 거의 없었던 것이 분명했다.

낮게 웅웅거리는 소리가 터널을 울렸다. 소리는 서서히 커지면서 더욱 날카로워졌다. 사이먼이 갑옷 오디오 성량을 줄이자 소음이 사라졌다. 프로젝터가 쏘는 녹색 불빛들이 점점 밝아졌다.

"화성이 방출됩니다."

퀸시가 보고했다.

잠시 후 박아 넣은 철제 기둥 사이로 보랏빛 연기가 퍼져 나갔다. 조금 후 연기는 서서히 희미해지더니 완전히 사라졌다. 네이선이 중얼거렸다.

"제대로 작동한 건가?"

"발 하나만 넣어 봐."

퀸시가 제안했다.

"네 발이 날아간다면 뭔가 잘못된 걸 거야."

"됐어."

터널 다른 편에서 대니엘이 아른거리는 빛 속으로 성큼 들어섰다. 갑옷이 잠시 반짝였지만 아무 일도 일어나지 않았다.

"이봐, 인간에게는 아무 반응 없다는 건 이미 알잖아."

대니엘의 목소리는 침착했다.

"그게 악마한테 제대로 작동한다는 뜻은 아니지."

네이선이 말했다.

"알아내려면 한 가지 방법밖에 없지."

사이먼이 말뚝을 다시 한번 두들겨서 땅 깊숙이 박아 넣어 튀어나오지 않도록 했다. 말뚝 끝은 굵었고 갈수록 얇아져서 프로젝터를 안전하게 감쌌다. 사이먼이 옆에 놓인 더플백에서 발포콘크리트 용기를 꺼냈다.

사이먼이 안에 든 것을 구멍 안에 뿌리자 콘크리트가 공기와 접촉하면서 회색 실리콘 마개가 형성되었다. 구멍이 메워지더니 잠시 후 위장 입자들이 스파크를 일으키며 회백색으로 바뀌었고 원래 바닥과 거의 구분이 가지 않았다. 사이먼이 대니엘에게 용기를 던져 건네자 대니엘도 자신이 박아 넣은 말뚝에 같은 작업을 했다.

네 개의 말뚝이 제자리에 묻히자 사이먼이 말했다.

"필드를 다시 측정해 봐. 아주 작은 틈이라도 없어야 해."

퀸시가 제어기를 조작하자 네모난 결계 모양으로 보랏빛 안개가 다시 한번 퍼져 나가더니 곧 희미해졌다. 대니엘이 아무 문제 없이 필드를 통과해 결계 안으로 걸어 들어갔다.

"어쩔 수 없어, 친구."

네이선이 나직하게 말했다.

"대니엘이 저렇게 쉽게 통과하는 걸 봐도 확신이 들지 않아. 악마들도 따뜻한 봄비를 맞는 것처럼 그냥 저렇게 지나갈 수 있을 거 같다고."

"알 수 있는 방법은 하나밖에 없다니까."

사이먼이 등 뒤로 손을 뻗어 검과 방패를 꺼내 들었다. 그가 돌아서서 긴 터널을 걸어 내려가기 시작했다.

사이먼과 다른 템플러들이 사라지자 역내 그림자에 숨어서 기다리던 레아가 모습을 드러냈다. 템플러들을 찾기는 어렵지 않았다. 최근에는 인간이라면 거의 아무도 런던 쪽으로 가지 않는 데다 무장한 갑옷의 흔적을 쫓는 일은 간단했다. 들키지 않는 것이 가장 어려웠다.

레아가 플랫폼에 서서 템플러들이 작업하던 구간을 바라보았다. 땅속에 박아 넣은 말뚝이며 전자기기에 대해서 하는 말을 듣고 있자니 악마를 저지하는 수단 같았지만 무엇인지 전혀 추측할 수 없었다.

레아는 무릎을 꿇고 한 템플러가 조작했던 제어기를 열었다. 오른눈 접안렌즈로 사진을 찍어 왼쪽 허벅지 피하조직 아래 숨긴 젤 드라이브로 전송했다. 죄책감을 느끼면서도 한편으로는 자신의 행동이 잘못된 것이 아니라고 되뇌었다. 레아에겐 조직을 위한 의무가 있었다. 그들 역시, 오랫동안 런던을 안전하게 지키는 데에 목숨을 바쳐 왔다. 템플러가 세인트 폴 대성당에서 그들의 존재와 힘을 드러내기 전부터.

레아의 통신회선으로 호출이 왔다. 레아가 몸을 일으키며 대답했다.

"블랙 오키드, 여기는 나이팅게일이다. 들리나?"

"블랙 오키드, 들립니다."

리라 데리어스였다. 레아는 템플러 은거지를 나오자마자 그녀에게 연락을 넣은 참이었다.

"지금 보이는 그 장치가 뭔지 알고 있나?"

"아뇨."

레아가 좌절감을 느끼며 깊이 숨을 들이마신 후 대답했다.

"알았더라면 벌써 보고했겠지요. 보내 드린 청각 자료에서 알아낸 것이 있습니까?"

레아는 어떤 대화라도 포착되기를 바라며 마이크가 내장된 손가락 끝을 템플러들에게로 뻗어 녹음을 했었다.

"아니. 템플러의 투구나 갑옷은 대화를 외부로 내보내지 않아.

여건이 된다면 거기 좀 더 머물면서 정보를 더 입수할 수 있는지 보도록."

"그러겠습니다. 하지만 위험을 감수해야 합니다."

"자네가 발각된다고 해도 젊은 군주께서 자네를 엄벌에 처할지는 의심스럽군. 자네를 꽤 신경 쓴다는 인상을 받았거든."

무장한 헬멧 속에서 레아의 얼굴이 붉게 달아올랐다.

"과장해서 보신 듯합니다."

"두고 보면 알겠지. 조심하게나, 블랙 오키드. 자네가 무사 귀환하기를 바라니까."

"알겠습니다."

레아가 제어기를 닫으며 일어섰다. 가시광선 스펙트럼으로 시야를 전환한 후 투사되고 있을 빛의 결계를 식별할 수 있기를 기대했다.

가까이 다가가는데 목구멍 깊숙이 심장이 죄어 올라오는 듯했다. 레아의 슈트 센서가 레이저 광선의 희미한 흔적을 포착했지만 경보를 울릴 정도조차 되지 않았다. 슈트에 내장된 지진계가 음파를 포착했다.

레아가 말뚝 구조를 관찰했지만 알아내고자 하는 것의 어떠한 단서도 제공하지 않았다. 그 순간, 템플러들이 이동한 터널을 따라 으르렁거리는 소리가 감지되었다.

레아는 라이플을 꺼내 들고 달리다시피 터널을 내려갔다. 악마의 괴성과 소름 끼치는 비명 소리가 가까워지고 있었다. 놈들이 이쪽을 향해 터널을 질주하고 있었다.

스토커보다 빨리 달리는 것이 언제나 가능한 것은 아니었다. 놈들은 믿을 수 없을 정도로 빨랐다. 그뿐만 아니라 놈들은 터널 벽과 천장을 따라서도 달릴 수 있었고 굴러 떨어지는 잔해들도 곧잘 피했다. 템플러들은 터널을 가로막은 전복된 차량과 돌무더기들을 뛰어넘었다.

"이런 식으로 도망치는 건 마음에 들지 않는군."

투덜거리던 네이선이 나뒹굴던 콘크리트 덩어리에 걸려 넘어졌다. 하지만 곧바로 몸을 일으키며 균형을 잡았다. 바로 그때 스토커 한 마리가 천장에서 화살처럼 재빠르게 네이선에게로 뛰어내렸다.

재빨리 몸을 뒤틀어 자세를 잡은 사이먼이 지시했다.

"부츠 고정."

부츠의 스파이크들이 돌바닥을 파고드는 것이 느껴지자 방패를 꺼내 네이선의 등을 보호했다. 방패에 부딪친 스토커가 멀리 나자빠지며 불쾌하다는 듯 소리를 질렀다.

또 다른 스토커가 왼쪽 벽에서 튀어나와 사이먼에게 부딪쳐 왔다. 부츠 스파이크가 콘크리트 바닥에서 뽑힐 만큼 강한 충격이었다. 정면의 악마를 검으로 벨 수는 없었다. 사이먼이 주먹을 쥐고 침이 질질 흐르도록 떡 벌린 놈의 턱을 때렸다. 이빨이 산산이 부서졌다. 거의 정신을 잃은 악마가 비틀거리며 떨어져 나갔다.

곧이어 스토커들이 벌떼처럼 달려들어 가차 없이 공격해 들어왔다. 적의 수가 너무 많아 거의 파묻히다시피 한 사이먼이 그대로 쓰러졌다. AI가 갑옷 방어도 하락을 알렸다.

네이선, 퀸시, 대니엘이 달려들어 검으로 스토커들을 찌르며 방패로는 다른 스토커들을 막았다. 잠시 틈이 생기자 템플러들은 일제히 몸을 돌려 다시 터널을 달렸다.

"'노드'가 작동하기를 바라야겠군."

대니엘이 말했다.

"안 그러면 긴 전투를 치러야 할 거야."

"알아."

사이먼이 달리면서 갑옷이 확보한 360도 시야를 통해 머리 위에서 뛰어내려 공격해 들어오는 스토커를 발견했다. 가볍게 몸을 돌린 사이먼이 검자루로 악마의 이마를 내리쳤다. 빠직하며 뼈 부러지는 커다란 소리가 났다. 땅으로 떨어진 놈이 움찔거렸다.

터널이 우측으로 완만하게 휘었다. HUD로 재빨리 확인하니 '노드'까지 15.5미터밖에 남지 않았다. 투구로 야간 시력이 향상되었는데도 주변 환경을 파악하기가 쉽지 않았다.

결계의 한쪽 면을 통과하려는 짧은 순간, 사이먼은 공포와 스릴을 느꼈다. 숨을 멈추고, 최악의 상황을 기다렸다. 스토커들이 뒤를 바짝 쫓고 있었다. 사이먼이 결계를 통과한 즉시 악마들이 '노드' 보호막에 다다랐다. 360도 시야를 활용해 사이먼은 등 뒤에서 여덟인지 아홉인지 모를 첫 무리들이 보이지 않는 결계를 통과하는 모습을 보았다.

순간적으로 환한 보랏빛 스파크가 일더니 같은 색깔 불길이 활활 타오르며 악마들을 집어삼켰다. 벽이라도 뚫을 기세로 온 힘을 다해 몸을 던진 스토커들은 그대로 연소되어 완전히 재가 되어 버렸다. 뒤에서 미처 멈추지 못한 스토커들은 몸의 일부가 불길에 휩싸였다. 대부분 머리에 불이 붙은 놈들은 그 자리에서 숨이 끊겼다. 뒤에서 계속해서 몰려드는 놈들 때문에 앞에 있던 스토커 몇 놈이 결계 안으로 밀려들어 왔다.

"이거 끝내주는데!"

네이선이 외쳤다. 그는 결계가 스토커들을 막지 못할 것을 확신한 듯, 검과 방패를 든 채 사이먼 옆에 서 있었다.

"이 정도까지는 전혀 기대 안 했는데!"

사이먼도 마찬가지였다. 살아남았지만 혼란스럽고 겁에 질린 스토커들이 뒤로 물러나 으르렁거렸다. 두어 놈이 장벽을 발톱으로 긁어 보았으나 팔의 일부가, 혹은 팔 전체가 잘려 나갔을 뿐이었다.

"전력은 어때?"

사이먼이 물었다. 악마들을 처리하는 방식을 볼 때 '노드'는 굉장히 많은 에너지를 소모하는 것이 틀림없었다.

"전력 레벨이 잠시 살짝 내려가긴 했습니다."

퀸시가 보고했다.

"하지만 다시 돌아왔습니다. 머코머와 브루어는 이 필드가 악마 몸속의 아케인 에너지로 놈들을 파괴한다고 했습니다. 자족적인 시스템입니다."

"그렇다면 전력 공급은 전혀 문제되지 않겠네. 그렇지?"

대니엘이 물었다.

"맞아."

사이먼이 대답했다.

"스스로 영원히 지속되다니, 그보다 더 좋을 순 없겠지."

"그래."

은거지는 이제 부족한 자원으로 고통 받을 필요가 없었다. 방어 노드에 전력을 공급해야만 했다면 그동안 어떻게든 유지해 오던 은거지의 상황이 더욱 열악해졌을 것이다. 방어 노드를 유지하느라 오히려 더욱 약해질 가능성도 있었던 것이다.

결계 다른 편에서는 스토커들이 쉬지 않고 몰려들었다. 놈들이 마구 울부짖었으나 장벽은 믿을 만했다. 네이선이 말했다.

"머코머와 브루어가 이 필드를 확장하는 법만 알아낸다면 은거지를 보호할 수 있겠어."

"알아낼 거야."

사이먼이 말했다.

"시간문제일 뿐이지."

그는 침공 이래 처음으로, 지금껏 해 온 일들의 앞날에 진정한 희망을 느꼈다.

31장

레아는 사이먼과 템플러가 사라지길 기다렸다가 플랫폼을 내려가 터널로 갔다. 말뚝에 장착해 땅속에 파묻어 놓은 기기 주변의 온도는 근처 지표면 온도와 미세하게 다른 듯했다. 열화상 렌즈로 확인하자 차이가 눈에 띄었다.

레아가 오른쪽 정강이에서 전투 나이프를 꺼내 무릎을 꿇고 앉았으나 잠시 주저했다.

"블랙 오키드."

리라 데리어스가 호출했다.

"어려움에 처했니?"

네. 사이먼은 저를 믿었습니다.

레아는 이렇게 대답하고 싶었다.

하지만 이번엔 그렇지 않았지. 이 전쟁의 국면을 바꿀 만한 일일 수도 있는데.

"블랙 오키드, 듣고 있나?"

"블랙 오키드, 듣고 있습니다."

레아가 응답했다.

"기기를 망가뜨릴 것이 우려됩니다."

"자네 능력이 의심된다면, 그곳에 해체팀을 보내겠다."

템플러들이 언제라도 기기를 회수하러 돌아올 수 있었다. 기기가 악마에게 발각될 위험도 있다는 사실이 마음에 걸렸다. 일부 악마들에게 그 정도 수완은 있었다.

"아닙니다. 손에 넣으려면 지금이 기회입니다."

레아가 나이프를 땅에 밀어 넣으며 조심스럽게 작업했다. 기기가 모습을 드러내자 안구의 카메라로 사진을 찍어 데이터베이스로 전송했다.

첫 번째 기기에서 작업을 끝낸 레아가 두 번째 말뚝으로 향했다. 그 순간 플랫폼 입구 근처에 드리운 그림자 속에서 누군가 움직이지 않고, 말없이 서 있는 것이 보였다. 푸른빛 도는 은색 갑옷을 알아본 레아는 그 사람이 누구인지 분명히 알 수 있었다. 부끄러우면서도 화가 난 그녀가 사이먼 크로스를 향해 똑바로 돌아섰다.

"도움이 필요합니까?"

사이먼이 나직하게 물었다. 레아는 움직이지 않고 그 자리에 선 채 뭐라고 대답해야 할지 몰랐다.

"간 줄 알았는데요."

그가 팔짱을 끼고 섰다.

"당신이 여기 있는 것을 알고 있었습니다. 어딘가에 말이죠. 우리가 떠난 척하면 당신이 나타날 거라고 생각했습니다."

"어떻게 알았죠?"

"당신이 은거지를 탈출했다는 보고를 받았거든요."

"탈출이라니, 역시 난 죄수였나 보군요. 자유롭게 오갈 수 있다고 들은 것 같은데."

"맞습니다. 그래서 아무도 당신을 막지 않은 겁니다. 하지만 당신이 떠난다는 사실을 아무에게도 알리지 않고 몰래 빠져나가기로 했을 땐 이미 '탈출'하기로 결심한 거 아닐까요."

레아는 바보처럼 느껴졌다.

"저를 본 사람이 있군요?"

"네."

"블랙 오키드, 도움이 필요한가?"

리라가 물었다. 레아는 턱으로 마이크를 조작해 소리가 밖으로 새어 나가지 않고 슈트 안에서만 들리도록 했다.

"아뇨. 여기 도착할 때쯤이면 상황은 끝났을 겁니다."

레아는 조직과 템플러가 대치하는 것은 바라지 않았다. 이미 상황은 충분히 나빴다.

"제가 해결하겠습니다."

"자네 생각보다 우린 가까이 있다."

그 말에 레아는 화가 났다. 사이먼을 미행한 것이 들켰을 뿐만 아니라 리라 데리어스 또한 템플러를, 혹은 자신을 미행하도록 지시했던 것이다.

"요원들을 철수시켜 주십시오. 제가 이 상황을 해결할 시간을 주세요."

"누가 더 오는 겁니까?"

사이먼은 그런 일이 벌어질까 걱정하는 것처럼 보이지는 않았다. 물론 그의 태도를 통해서 짐작만 할 수 있을 뿐이었다. 그의 투구 면갑에서는 아무것도 읽을 수 없었다.

"아뇨. 하지만 근처에 있다는군요."

"그렇다면 제가 템플러 지도자 자리를 넘겨받도록 도와주겠다는 제안은… 뭐였죠? 속임수?"

"아뇨. 진짜예요."

"알겠습니다."

개인적인 감정은 드러내지 않는 차가운 대답에 그녀는 마음 한편이 아팠다. 이런 식으로 그와 이야기하고 싶지 않았다. 두 사람이 쓴 마스크와 투구는 그들에 대한 모든 것을 감추었다. 외양뿐만 아니라 인간 감정을 감추었고 기계로 조작된 음성은 얼음처럼 차가웠다. 사이먼이 말을 이었다.

"당신에겐 믿음이 없군요."

내가 아니에요.

레아는 이렇게 말하고 싶었다.

믿지 못하는 건 조직이에요. 그게 바로 나의 조직이 일하는 방식이니까요.

"당신 역시 마찬가지인 것 같은데요, 크로스 경."

레아가 손에 든 장치를 내밀었다.

"그러지 않는 게 좋겠어."

리라가 권고했다.

"크로스가 차라리 망가트리는 쪽을 택할 수도 있다."

레아는 그 점은 걱정하지 않았다. 그녀가 그 장치를 손에 넣는 것을 원하지 않았다면 사이먼은 진작 부숴 버렸을 것이다. 적어도 그러려고 했을 것이다. 레아는 자신이 언제든 재빨리 달아날 수 있다고 믿었다. 사이먼이 물었다.

"무슨 뜻입니까?"

"이 장치에 대해 나한테 얘기해 주지 않았어요."

"오늘 이 순간 전까지는, 말할 수 있는 게 아무것도 없었습니다."

"비교적 쉽게 악마를 물리칠 수단이잖아요."

"물리치는 것이 아니라, 방어하는 수단입니다. 이 '노드'는, 이 필드는 옮길 수 있는 게 아니에요. 한 번, 한 장소에 설치하고 나면 거기 그대로 남습니다."

"그런 좋은 걸 우리에겐 비밀로 했군요."

잠시 사이먼은 말이 없었다. 투구는 여전히 완고하게 아무것도 드러내지 않았다.

"몇 분 전, 작동을 확인하기 전까지는 확신할 수 없었습니다. 그 전까지는 그저 희망에 불과했지요."

"이건 판도를 바꾸어 놓을 거예요, 완전히."

"지정된 범위 내에서는, 어쩌면 그렇겠죠. 하지만 방어는 최후의 수단일 뿐입니다. 우리가 이 방어 노드를 사용한다는 건, 그만큼 수세에 몰렸다는 건, 악마가 우리를 찾아냈다는 의미겠죠. 놈들을 막기 위해 주변에 벽을 세울 수는 있겠지만 놈들은 그렇게 숨어 있는 우리를 끝까지 포위하겠죠. 우리가 얼마나 절망적인 상황인지 이미 보지 않았습니까. 정기적으로 사냥을 할 수 있을 때 그나마 이 정도입니다. 사슴 고기를 얻지 못한다거나, 도시로 음식을 찾으러 나가지 못한다면 어떻게 될 것 같습니까?"

레아도 알 수 있었다. 은거지에 머무는 동안 그런 상황을 상상할 수밖에 없었다. 사이먼이 생존자 집단을 먹여 살리는 임무는 극한에 이르고 있었다.

"그리고 당신에게 숨긴 것이 아닙니다."

사이먼이 말을 이었다.

"당신이 넘긴 《게티아》가 유일한 복사본이 아닌 걸 확신하고 있었습니다. 특히 지금 당신 행동을 보니 더욱 분명해지는군요."

갑옷의 기계음에서조차 혐오가 묻어 나오는 것 같았다. 무엇보다도 진실을 말하고 있었기에 레아는 그의 말이 아팠다. 조직은 그 누구도 믿지 않았다. 사이먼이 말했다.

"나만큼이나 당신도 많은 정보를 알아냈겠죠."

"아니에요."

레아가 차갑게 말했다.

"템플러에겐 수백 년 동안 집약된 지식이 있잖아요."

"우리는 그 지식을 위해 큰 대가를 치렀습니다. 공격받았고, 친구들에게 배신당했으며, 재산을 빼앗기고 지하로 내몰렸습니다."

"세상에 다시 나설 수도 있었어요."

"그래서 세상 사람들에게 악마가 정말로 존재한다고 말했어야 한다고요? 나는 악마의 존재를 믿지 않았습니다. 기억하죠? 나는 템플러를 버렸어요. 아버지를 버렸습니다. 믿지 않기에 언더그라운드에서 배운 모든 것을 버렸습니다."

사이먼이 잠시 말을 멈추었다.

"그 누구도 악마에 대한 이야기에 귀 기울이지 않았어요. 진짜로 우리 눈앞에 나타나기 전까지는."

"머코머를 넘겨줬잖아요. 《게티아》를 해독하는 데 큰 도움이 됐겠죠."

"맞습니다. 하지만 머코머도 모르는 것들을 보완할 수 있는 다른 이들이 있었기 때문에 가능했습니다. 머코머를 보낸 건 그쪽 결정이었습니다. 만약 당신네… 조직이 머코머를 우리에게 보내지 않기로 결정했다면, 우리가 지금 알아낸 것을 결코 손에 넣지 못했을 겁니다."

"나도 그건 알아요. 우리도 안다고요. 하지만 우리가 결국 그 정보를 되찾으려 할 거라는 사실은 당신도 예상했겠죠. 당신이 손에 넣은 것이 무엇이든-"

"당신 겁니다."

사이먼이 말을 끊었다. 그러고는 작고 네모난 디스크 케이스를 재빨리 레아에게 던졌다.

레아는 그것을 손쉽게 공중에서 낚아챈 후 바라보았다. 케이스 안에는 나노스프링 마이크로도트 컴퓨터 드라이브가 들어 있었다. 손톱만큼 얇고 작으며 피처럼 새빨갰다.

"거기 우리가 《게티아》 필사본에서 알아낸 모든 것이 들어 있습니다. 방어 필드를 어떻게 생성하는지도요. 적어도 '노드'에 대해서 지금까지 애써 알아낸 것들은 모두 있습니다."

"그를 믿나?"

리라가 물었다.

"믿지 않으시나요?"

레아가 되물었다.

아주 잠깐 망설인 다음에, 리라가 대답했다.

"아니, 믿어."

자부심이 밀려왔다. 사이먼 크로스는 그라는 사람 그대로를 전부 보여 주었다. 다른 사람들이 살아갈 수 있도록 목숨을 거는 기사. 레아의 훈련은 그와는 완전히 달랐다. 레아는 다른 사람들을 희생시키는 쪽이었다. 국가와 신념을 위해 그들이 목숨을 바치는 모습을 지켜보는 쪽이었다.

"이 터널에서 당신이 본 것은 현재로서 우리가 만들 수 있는 가장 큰 방어 노드입니다. 머코머 교수가 다른 이들과 함께 '노드'를 확장하는 방법을 연구 중이지만 아직은 찾지 못했습니다. 방법을 알게 되는 대로 알려 주겠습니다."

레아는 은거지를 빠져나올 때 마주쳤던 여자가 했던 냉정한 말을 떠올렸다.

"당신은 놀라울 정도로 마음이 넓어요, 사이먼. 하지만 모든 템플러가 당신처럼 생각하진 않는다는 걸 알아요."

"사람을 믿으려 하지 않는 이들입니다."

"'노드'의 비밀을 템플러끼리 간직하길 원할 거예요."

"네. 하지만 그들이 결정할 문제가 아닙니다. 나의 결정은 다릅니다. '노드'는 인간 모두가 공유해야 한다고 그들을 설득했습니다. 더 많은 사람들이 악마에 맞서 싸우기 시작할 때, 우리도 아군을 얻는 셈이니까요. 결국 그들도 그 점을 인정했습니다."

레아가 디스크를 감싸 쥐었다. 이렇게까지 비참해지고 싶지 않았다. 사이먼의 잘못도 컸다. 아주 컸다. 레아는 그에게 책임을 물어야만 했다.

"여기 나를 데려올 수도 있었잖아요."

목소리가 차갑고 비난조인 것이 스스로도 느껴졌다.

"그것 또한 저의 선택이었습니다."

"나에게 숨기려고 한 거예요."

"당신을 위험에서 보호하고 싶었던 겁니다. 실험을 위해선 피를 흘려야 할 것을 알았으니까요."

그래, 당신다운 일이지. 화가 누그러지지 않았다.

"'노드'가 실패했다면 결국 아무 일도 아니었던 겁니다. 헛된 희망을 줄 이유가 없다고 생각했어요. 그래서 은거지의 다른 누구에게도 말하지 않은 겁니다. '노드'를 확장할 방법을 찾기 전까지는 앞으로도 말하지 않을 생각입니다. 고작 수십 명을 지키는 필드는 그다지 도움이 되지 않으니까요."

레아는 반박할 수 없었다.

"그쪽에서도 연구해 준다면 언제든 환영입니다. 먼저 확장 방법을 찾는다면 우리에게 말해 달라고 요청하고 싶군요."

레아는 대답할 수 없음을 알았지만, 그러겠노라 대답하고 싶었다.

"그러겠다고 해."

리라가 말했다.

"거짓말을 하라는 겁니까?"

레아가 물었다. 당신도 지금 내게 거짓말을 하는 건가요?

"아니. 진심이야. 맹세하지."

그 약속은 아무 의미 없음을 레아는 잘 알았다. 요원에게 거짓말은 가장 기초적인 기술이었다. 하지만 레아 역시 사이먼에게 그렇게 말하고 싶었다. 레아가 말했다.

"우리가 무언가 알아낸다면, 당신에게 알리겠어요."

사이먼이 고개를 끄덕였다.

"고맙군요."

그는 두 사람 사이에 무겁게 내려앉은 불편한 침묵을 그대로 오래 남겨 두었다.

"지금 상황을 고려하면, 특히 은거지 사람들 거의가 당신이 '탈출'했다고 알고 있으니, 잠시 떨어져 있는 것이 좋을 수도 있겠습니다."

3부: COVENANT(서약)

그의 말이 맥없고 건조하게 두 사람 사이를 맴돌았다. 레아는 마음이 아프고 혼란스러웠지만, 받았던 훈련을 통해 그런 감정을 차단하고 몰아냈다.

"알겠어요. 당신이 원한다면요."

"내가 원하는 그런 문제가 아닙니다. 무언가 원한다 해도 그것을 통제할 수 없다는 사실을 깨달았습니다. 그저 이래야 하는 일일 뿐인 겁니다."

레아는 무어라고 할 말을 떠올리려고 애썼지만 할 수 없었다. 사이먼이 물었다.

"돌아가는 안전한 길을 아나요?"

"레아."

리라가 말했다.

"근처에 대기 중인 요원이 있다."

"네."

레아가 대답했다.

"그럼 몸 조심해요, 레아. 무탈하길 바랍니다."

사이먼이 뒤돌아 플랫폼 출입구로 사라졌다. 레아는 아무 말도 할 수 없이, 꼼짝 않고 거기 서서 그가 걸어가는 모습을 지켜보았다. 통신기를 통해 리라가 말했다.

"자네는 해야 할 일을 한 거야."

"그렇다고 제 행동이 정당해지는 건 아닙니다."

"그렇지 않아. 크로스 경의 계획을 알 방법이 없었잖나."

"기다릴 수도 있었어요. 그에게 직접 물어볼 수도 있었고요."

"그가 자네에게 알릴 작정이었다면 진작 얘기했겠지."

"나에게 말하려 했었어요."
"그건 크로스의 말일 뿐이지."
레아가 플랫폼으로 올라섰다.
"그에게 지도자 자리를 권하라고 내게 지시하지 않으셨나요?"
"그랬지."
"그럼 그를 믿으셔야죠."
"그렇다고-"
"제발. 잠시만 절 혼자 둬 주시겠어요?"
레아가 회선을 차단하고 어둠 속을 걸어 나갔다.

32장

"일어나, 워런!"

두려움에 질린 목소리가 그를 잠에서 끌어냈다. 워런이 얼굴에서 베개를 밀어 내고 기진맥진한 채 주변을 둘러보았다. 바깥은 밝았지만 그가 침대로 기어들어 왔을 땐 이미 동이 터 오고 있었다. 아케인 에너지를 다루는 새로운 방법을 익히기 위해 밤새 연습한 것이다. 소호에 있는 은신처로 돌아온 이후 워런은 릴리스에게 많은 것을 배웠다. 나오미는 주변에서 얼쩡거렸고 워런 역시 하나라도 더 배우기 위해 릴리스에 대한 적개심은 치워 두었다.

나오미가 침대 옆에 서서 옷을 단단히 여미며 침대 옆 벽에 설치한 보안 장치 모니터들을 보고 있었다.

"무슨 일이야?"

워런이 아무것도 비추지 않는 모니터를 바라보며 물었다. 꺼져 있으면 안 되었다. 지하실에 발전기를 설치하고 주위를 배회하는 악마 순찰병들이 소리나 다른 기색을 감지하지 못하도록 하기 위해 보호막을 쳐 놓았었다. 커다란 휘발유 탱크가 있어 한 번 채우면 몇 주 동안은 발전기가 돌아갔다. 이번에도 돌아오는 즉시 가득 채워 놓았었다.

"보안 시스템이 꺼졌어."

나오미가 부츠에 발을 집어넣으며 대답했다.

"나도 보여."

"어떤 소리에 깼어. 보안 모니터를 확인했는데, 꺼져 있는 거야."
"꺼진 지 얼마나 됐어?"
"몰라."

워런이 바지와 럭비 셔츠를 입었다. 전투화를 신는 것은 조금 더 오래 걸렸다. 그들은 4층에 있었다. 누군가 건물에 들어왔더라도 여기까지 올라오는 데 시간이 걸릴 것이었다.

날아다니는 놈들은 아니겠군. 하지만 곧 의심이 들어 강철 창살 사이로 창문을 내다보았다. 이웃 건물에도 대부분 창살이 있었기 때문에 눈에 띌 것도 없었다. 침공 전부터 도둑을 막기 위해 설치되어 있던 것이었다.

손을 뻗자 릴리스가 준 코트는 마치 자기 의지라도 있는 듯 펼쳐지더니 워런의 몸을 감쌌다. 어쩌면 정말로 의지가 있는 것인지도 몰랐다. 확신할 수 없었지만 코트는 어떤 보호구보다 그의 몸을 잘 보호해 주었다. 떠올리기만 했을 뿐인데 어느새 손에 흑요석 창이 쥐여 있었다. 저 혼자 방을 가로질러 날아와 손안에 안착한 것이다.

워런은 습관적으로 메고 다니는 메신저백으로 손을 뻗었다. 그가 만들어 낸 다양한 물건들이 들어 있었다. 가방에 손을 댄 것만으로도 무엇이 어디에 있는지 알 수 있었다. 따로 만들어진 주머니에는 채취해서 그의 감각과 연결해 놓은 블러드 엔젤의 안구들이 들어 있었다. 워런이 아직 촉촉하고 끈적끈적한 안구 네 개를 골랐다. 나머지 두 개는 말라 있었다.

워런이 안구를 아케인 에너지로 채운 다음 각자 가야 할 곳의 지도를 그려 주입한 후 허공으로 날려 보냈다. 지시를 인식하느라 공중에 잠시 멈추어 있던 안구들이 저마다 날아갔다. 두 개는 창을 통해 나갔고 다른 두 개는 방문을 통과했다. 나오미가 물었다.

"릴리스는 어디 있어?"

"몰라."

나오미가 얼굴을 찡그렸다.

"이런 일이 벌어지는 동안 자리를 비우다니, 정말 제멋대로야."

"릴리스라고 이런 일을 원하진 않아."

워런이 블러드 엔젤의 눈들에게로 마음을 연 후 시야로 이동했다.

"릴리스에겐 여전히 내가 필요하니까."

"너무 확신하지는 마."

그러나 워런은 확신할 수 있었다. 릴리스는 온전한 신체와 힘을 되찾을 때까지는 자신을 보살피고 도와줄 자를 필요로 할 것이었다.

바깥으로 날아간 눈 중 하나가 5층 건물 꼭대기로 올라갔다. 다른 것들은 거리를 살펴보고 있었다.

그렘린 수십 마리가 건물 현관으로 쏟아져 들어오고 있었다. 두 다리를 떡 벌리고 서 있는 놈들은 얼핏 인간처럼 보였다. 기형적이지만 강력한 놈들은 적으로 만나면 맹렬하게 공격해 들었다. 납작한 얼굴에 눈 여러 개가 반짝거렸다. 커다랗고 둥근 두상 꼭대기에는 뿔이 세 개 돋았는데 그중 두 개는 네모난 턱 아래로 날카롭게 구부러져 있었다.

건물 반대편으로 간 눈을 통해 또 다른 그렘린들이 올드 콤프턴 거리를 지나 현관으로 들어오는 것이 보였다. 놈들은 아무 어려움 없이 보안문을 파괴했다.

건물 안에 있던 블러드 엔젤의 안구 두 개가 계단실을 통해 두 층을 쏜살같이 내려가 중앙 복도 끝에 다다랐다. 블러드 엔젤이 어둠 속에서도 잘 보았으므로 안구 역시 그렘린들이 계단실로 밀려들어 오는 모습을 쉽게 발견했다. 놈들은 두 번째 층계참까지 올라오고 있었다.

심장이 절망적으로 뛰는 와중에 워런은 그렘린 하나가 세 번째 층계참에서 빙글빙글 도는 눈을 발견하는 것을 바로 그 안구의 시야로 감지했다. 놈이 라이플을 어깨에 걸치고 안구를 쏘았다.

밝은 빛이 워런의 눈을 관통하는 듯했고 열기까지 전해졌다. 통증이 관자놀이를 덮치자 그가 비명을 질렀다.

"워런?"

나오미가 그의 팔을 잡았다. 통증을 참기가 어려웠다. 사실 그보다는 두려움이 더 컸다. 워런이 나오미를 뿌리치며 말했다.

"그렘린들이 들어왔어."

"어떻게 우리를 찾은 거야?"

"몰라. 지금 2층에 있어. 여기서 빠져나가야겠어."

건물 바깥을 탐색하던 안구가 블러드 엔젤에게 걸렸다. 놈이 빙글 돌아 날카로운 주둥이로 안구를 낚아챘다.

또 다른 통증이 워런의 머릿속으로 파도처럼 밀려들어 왔다. 터져 나오려는 비명을 꾹 눌렀지만 구토감이 요동쳤다. 스위트룸 방문이 열리는 순간 그가 자신을 지키고자 창을 치켜들었다.

릴리스였다. 워런 앞 허공 몇 센티미터 위로 둥둥 떠 있었다. 릴리스는 제때 탈출할 수 있을 만큼 빠르게 움직이지 못했다. 서서히 형체와 살점을 되찾기 시작했지만 여전히 약했으며 겉모습도 기괴했다. 릴리스가 말했다.

"놈들이 우릴 찾아냈군."

나오미가 욕을 뱉으며 물었다.

"어떻게 된 거죠?"

"지금은 질문할 때가 아니다. 워런, 책을 챙겨라. 살아남는다면 그 책이 필요할 것이다."

워런이 화려한 책상으로 달려갔다. 버려진 걸 발견해서 좀비더러 방까지 옮기게 한 책상이었다. 책이 든 서랍에 손을 올리고 아케인 에너지를 자물쇠로 밀어 넣으며 암호를 외웠다.

달각거리는 소리가 연이어 나더니 잠금장치가 풀렸다.

이제 악마들은 3층에 다다랐다. 곧이어 블러드 엔젤의 시야가 사라졌다. 놈들이 눈앞에 떠다니는 안구를 발견하고 쏘아 버린 것이다.

워런이 잠시 책상에 기대 있다가 똑바로 선 후 서랍으로 손을 뻗어 책을 꺼냈다. 45.72센티미터 길이에 너비 35.56센티미터, 두께는 15.24센티미터로, 선명한 자줏빛 가죽 장정을 한 책이었다. 사고인지 의도한 것인지 모를 줄들이 그어져 마치 혈관처럼 보였다. 책은 언제나처럼 가르랑거리는 소리를 냈다. 초록빛이 도는 호박색 고양이 눈이 책 한가운데에서 번쩍 뜨였다. 눈 아래에서 송곳니가 난 입이 서서히 나타났다. 책이 말했다.

"나는 위험에 처했다."

"알아."

워런이 말했다.

"여기서 나가자."

한때 그는 릴리스가 책 안에서 목소리를 내는 것이라고 믿었었지만, 릴리스가 나온 이후로도 책은 여전히 그에게 말을 했다. 릴리스는 아무런 설명도 해 주지 않았다.

"좋다."

책이 말했다.

"나는 파괴되고 싶지 않다."

"파괴되지 않을 거야. 날 믿어."

"너를 믿고 있다, 워런 시머. 그렇지 않았다면 너를 죽였을 것이다."

워런은 우습다는 생각이 들었다. 얼마나 많은 악마와 인간이, 그리고 존재가, 그의 친구를 자처했다가도 배신하면 죽여 버리겠다고 했는지 떠올랐던 것이다. 하지만 우습다고 해서 결코 낙관적인 것은 아니었다. 악마나 악마 같은 존재의 그런 성향은 침공 전부터 만났던 많은 사람들을 떠올리게 했다.

워런이 책을 코트 안으로 조심히 집어넣었다. 그러자 갑자기 코트 안에 주머니가 생기더니 책을 집어삼켰다. 주머니가 봉해질 때까지 눈은 그를 지켜보았다. 코트가 불룩한 것이 명백하게 눈에 띌 정도였으나 잠시 후 감쪽같이 사라졌다. 코트 안에 무수히 많은 주머니를 만들어 무엇이라도 보관할 수 있었다. 더욱 놀라운 점은 일단 주머니가 봉해지고 나면 그 어떤 무게나 형태도 느껴지지 않는다는 것이었다. 심지어 그 비밀 주머니 위로 또 다른 주머니도 만들고 열 수 있었다.

악마들이 밀려오는 소리가 떠들썩하게 복도에서 울려 퍼졌다. 나오미가 창문 앞에 서서 창살을 쥐었다.

"그쪽으로는 못 나가."

워런이 말했다.

"밖에 더 많은 놈들이 있어."

화가 나고 겁에 질린 나오미가 돌아섰다.

"그럼 어쩌자는 거야?"

"은신처를 만들 때의 첫 번째 규칙이지. 탈출로를 만드는 거."

워런이 나오미의 손을 잡고 방 건너편으로 이끌었다. 순간 나오미가 서 있던 창이 와장창 깨지며 무언가 폭발하듯 밀고 들어왔다. 그 충격으로 워런과 나오미가 뒤로 나동그라졌다. 벽돌과 창살이 방 안쪽으로 무너져 내렸고 창살 두 개가 맞은편 벽에 꽂혔다. 릴리스가 벽에 눌리며 납작해졌지만 어떤 부상도 입은 것 같지 않았다. 괴물 같은 목소리가 울렸다.

"릴리스!"

"코르다즈."

릴리스가 거칠게 말했다. 워런이 일어서서 나오미를 그의 뒤로 끌어당겼다. 몸을 지키기에는 그의 코트가 나오미의 방탄복보다 나았다.

코르다즈는 건물 벽에 매달려 있었다. 매우 거대한 놈으로 적어도 4미터는 되어 보였는데, 커다란 악마 날개 덕분에 벽에 붙어 균형을 잡을 수 있는 것 같았다. 놈은 자신이 허물어뜨린 벽의 구멍으로 간신히 보였다. 몸에 뒤덮인 붉은 비늘은 보는 각도에 따라 색이 변했고, 마치 불이 붙은 듯했다.

비늘 사이로 은색 금속이 부분 부분 드러났고, 끊임없이 움직이는 것처럼 보였다. 갑옷이 아니었다. 마치 몸에 이식된 피부처럼 단단히 붙어 있었다. 금속 물질은 한쪽 눈을 포함하여 악마의 얼굴을 반쯤 덮고 있었다.

릴리스가 벽으로 바짝 붙었다. 워런은 아케인 에너지가 릴리스 주위로 발산되는 것을 느꼈다.

두려워하지 마라, 워런.

릴리스의 목소리가 머릿속에서 들려왔다.

놈은 그저 덩치 큰-

'그리고 강력하지.'

워런이 생각했다.

하지만 쓰러뜨릴 수 있다. 내가 신호하면 즉시 창으로 공격해라.

'도망가야 해. 탈출로가 있다고.'

도망간다면 놈이 너를 죽일 것이다.

워런이 창을 쥐었다. 나오미가 뒤에서 그를 붙들어 당기더니 속삭였다.

"가자. 서로 죽이게 놔둬."

워런이 어깨를 으쓱하더니 몸을 뺐다.

"기다려 봐."

"저놈한테 죽을 거야."

"기다리라고."

릴리스가 좀 더 높이 떠오르며 킹콩처럼 벽에 매달린 악마의 왕 같은 놈을 마주 보았다. 그녀는 믿을 수 없을 정도로 나약하고 지쳐 보였다. 바람이 방 안으로 불어와 종이와 집기들을 사방으로 흩날렸다. 침대 시트와 이불이 침대에서 나뒹굴더니 마구 소용돌이쳤다.

"죽은 줄 알았는데, 릴리스."

코르다즈가 거대한 주먹으로 벽을 뜯어냈다. 돌덩어리들이 바깥으로 비 오듯 쏟아져 내렸고 방이 흔들렸다.

"버림받았지."

릴리스가 말했다.

"시도나이가 나를 배신했다."

코르다즈가 웃었다.

"뭐라는지 알겠어?"

나오미가 워런의 귀에 대고 속삭였다. 워런은 알아들을 수 있었다. 나오미가 묻기 전까진 놈들이 영어로 말하는 줄로만 알았다.

"응."

"뭐라는 거야?"

"조용히 해. 너 때문에 둘 다 죽겠어."

워런이 창을 힘주어 쥐었다.

33장

코르다즈가 방으로 들어왔다. 천장 때문에 머리를 숙이며 릴리스를 내려다보았다. 그의 옆에 선 릴리스는 거의 아이 같았다. 확실히 무력해 보였다. 코르다즈가 물었다.

"*지난 세월 어디에 있었나?*"

"시도나이가 약속을 지키기를 기다렸지. 그는 헬게이트를 열고 인간을 멸하기 위해 나를 보냈었다."

워런이 릴리스의 얼굴을 보았다. 두개골이 바짝 말라비틀어져 있어서 두려움이 드러나지 않는 것인지 궁금했다.

"*너는 실패했다.*"

코르다즈가 조롱했다.

"우리가 생각했던 것보다 인간은 영리하고 강하다."

"하지만 쉽게 죽지. 우리 앞에선 템플러조차 시들어 소멸한다."

"시도나이는 이 세상에 와 있는가?"

릴리스가 물었다. 워런 뒤쪽 복도에 그렘린들이 가득 몰려왔다. 워런은 뒤통수에 와 닿는 악의에 가득 찬 시선을 느끼고 마음이 흔들렸다.

저놈들은 신경 쓰지 마라. 릴리스가 명령했다. 곧 처리될 것이다.

"시도나이는 있고자 하는 곳에 있다. 그분은 엘디스트다. 그분의 의지가 곧 법이다. 그분 앞에 엎드려 너의 분수를 깨달아야 할 것이다. 그렇지 않으면 '한밤중의 샘'에서 하찮은 모습으로 기어

나오는 너 자신을 발견하게 될 것이다."

"내 눈엔 여전히 너의 흉터가 보이는군."

흉터를 의식한 코르다즈가 세 개의 손가락으로 얼굴의 금속을 쓰다듬었다. 그러다가 정신을 차린 듯 크게 웃었다.

"네가 한 짓이지."

"너 역시 너의 분수를 깨달아야 할 것이다."

릴리스가 말했다. 코르다즈가 고개를 저었다.

"어쩌면 한때는 그랬지만, 이제는 아니다. 너는 더 이상 엘디스트의 보호를 받지 못한다."

"엘디스트는 다시 나를 비호할 것이다."

"이대로 너를 살려 둔 후, 그분들이 정말 그럴지 보고 싶군. 하지만 너는 이 세상에서 다시 힘을 얻고 있다. 느껴지는군. 너를 살려 두는 것은 내겐 고통일 뿐이다."

"조심하는 것이 좋아. 어리석은 것. 네놈이 보는 것보다 나는 강하다."

코르다즈가 활짝 웃으며 이중으로 난 거대한 송곳니들을 드러냈다.

"믿지 못하겠군. 내 눈앞에 보이는 것이라고는 오그라든 다크무와(Dakmuwah)일 뿐, 고생해서 가죽을 벗기고 먹을 가치도 없다. 얼마 되지도 않는 살점이 이빨에 끼기밖에 더하겠는가. 그래도 남김없이 발라내 주마."

준비하라. 릴리스가 워런에게 말했다.

'알겠어.'

때를 놓치면 안 된다. 정확히 놈의 목을 쳐라. 목을 꿰뚫으면 놈을 쓰러뜨릴 수 있다.

워런이 힘겹게 마른침을 삼켰다. 땀으로 손바닥이 축축했다. 악마의 몸에서 뿜어져 나온 열기에 온몸이 흠뻑 젖었다. 그렘린들도 문에서 물러났다.

"너에게 그 상처를 남긴 것이 바로 나다."

릴리스가 말했다.

"자비를 베풀어 너를 살려 주었다. 하지만 그들은 수천 년 동안 그 상처를 치유하지 않고 그대로 내버려두었지."

"수천 년 동안 너를 증오하게끔 해 준 것이다."

코르다즈가 현실 같지 않을 만큼 거대한 손으로 재빨리 릴리스를 휘감았다. 말라비틀어진 릴리스의 어깨부터 무릎까지 손아귀에 손쉽게 들어갔다.

"드디어 복수를 할 때가 왔다."

놈이 릴리스를 들어 올리며 입을 벌렸다. 순간 환한 빛이 폭발하듯 방 안을 메웠고 그 충격에 워런은 뒤로 넘어졌다. 그가 간신히 몸을 일으켰고 등 뒤의 그렘린들은 몸을 움츠리며 더욱 멀리 물러났다.

코르다즈의 손이 불끈거리더니 손바닥과 손가락에서 불길이 일었다. 놈이 쥐었던 주먹을 펴며 고통스러운 비명을 질렀다.

지금이다, 워런!

릴리스가 지시했다.

지금 쳐라!

공포가 관자놀이를 마구 울려 댔지만 워런은 자세를 잡고 있는 힘껏 창을 던졌다. 흑요석 창이 곧장 날아가 코르다즈의 턱 바로 아래 목을 꿰뚫었다.

갑작스러운 충격으로 악마의 두 눈이 커졌다. 놈이 워런을 돌아보았다.

"안 돼!"

코르다즈가 믿을 수 없다는 듯 소리를 질렀다.

"무슨 짓을 한 거냐?"

그가 창으로 손을 뻗었지만 목이 갑자기 액체처럼 어깨로 흘러내리더니 뼈만 남겨졌다.

코르다즈가 허물어지기 시작하자 릴리스가 그에게로 다가갔다. 관절염 환자처럼 두 팔을 들어 두 손으로 놈의 거대한 머리를 잡았다. 놈이 살고자 마구 버둥거렸지만 릴리스는 믿을 수 없는 힘으로 그를 붙들고 있었다. 짙은 푸른 불빛이 릴리스의 두 손에서 번쩍였다.

워런은 코르다즈의 아케인 에너지가 릴리스에게로 옮겨 가는 것을 느꼈다. 일부는 그에게로 흘러 들어왔다. 워런이 그 힘을 안으로 끌어당겼다. 그 에너지는 너무도 강력해서 고통도 함께 밀려 들어 왔다. 힘이 그를 갈가리 찢어 놓을 것만 같았다. 내보내야만 했다.

붙들어라.

릴리스가 말했다.

그 힘이 필요할 것이다. 나의 신호를 기다려라.

통증과 싸우는 워런의 두 눈에 눈물이 가득 맺혔다. 코르다즈가 썩은 핼러윈 호박등처럼 쪼그라들었다. 그럴수록 릴리스는 젊어졌다. 이제는 20대 여자처럼 보일 정도였다. 머리카락도 길고 풍성하게 자라났다. 릴리스가 뒤돌아 워런을 보았다.

 지금이다. 창을 불러들여서 네 몸 안의 에너지를 그렘린에게로 뿜어내라.

 그의 몸과 연결된 창의 힘이 고통스럽게 욱신거렸다. 워런이 손을 내밀어 창을 불러들였다. 악마의 시체에서 빠져나온 창이 부르르 떨면서 똑바로 날아와 손바닥으로 들어왔다. 주인이 쓰러지자 방으로 우르르 몰려드는 그렘린들을 향해 워런이 빙글 돌아섰다.

 평생 창을 다루어 왔던 것처럼, 워런이 자세를 잡고 무기를 휘둘렀다. 창끝이 선두에 선 그렘린들을 갈기갈기 찢었다. 어떤 놈들은 심장이 관통당해 즉시 목숨이 끊어졌다. 어떤 놈들은 목이 베이거나 폐에 구멍이 뚫리거나 내장이 쏟아져 나왔다. 놈들은 천천히 고통스러운 죽음을 맞을 것이다. 해일이 덮친 것처럼 피와 응혈이 깊은 웅덩이를 이루었다.

 그렘린들이 경외심을 느끼며 물러섰다. 워런은 자신이 한 일을 믿을 수 없어 그 자리에 얼어붙은 듯 가만 서 있었다.

 "거기 있으면 죽는다."

 릴리스가 그에게 고함을 질렀다. 릴리스가 한 손을 내밀자 강력한 전하가 파도처럼 뿜어져 나와 그렘린 무리를 덮쳤다. 놈들의 사지가 뒤틀리고 떨어져 나가면서 나동그라졌다.

 문가에 있던 그렘린들이 워런과 릴리스에게 무기를 겨누었다. 워런은 단 한 번의 손짓만으로 방어막을 세웠다. 탄환들이 방어막에 막혀 즉시 멈추었다. 에너지 빔, 산성물질, 보다 괴상한 무기에서 튀어나온 곤충 떼 모두가 방어막에 흠집 하나 내지 못한 채 얼룩이 되었다.

"너무 많아."

나오미가 워런의 귀에 대고 소리쳤다.

"창문으로 나가자."

"안 돼."

"힘을 써서 추락 속도를 늦출 수 있어."

"아니. 바깥에도 놈들이 너무 많아."

"이대로라면 빠져나가지 못할 거야."

"빠져나갈 수 있어. 내 옆에 있어."

워런이 양손으로 창을 쥐고 앞으로 내밀었다. 넘쳐흐르던 아케인 에너지를 그의 뜻대로 흘려보내 활활 타오르는 벽을 만들어 냈다. 그렘린들이 화염에 휩싸였다. 워런의 방어막 덕분에 그들에게까지는 불길이 닿지 않았다.

악마들에겐 도망갈 기회가 전혀 없었다. 거의 모두가 불길에 휩싸여 불쏘시개처럼 타오르더니 온몸이 뒤틀린 채 새까만 덩어리가 되어 쓰러졌다. 어떤 놈들은 재 가루가 되어 흩어졌다.

얼마 후 방은 텅 비었다.

열기가 방어막 너머까지 위협하기 시작했다. 워런이 다시 한번 에너지를 창으로 흘려보내 충격파를 문 옆 벽으로 곧장 내보냈다. 통로를 막은 그렘린 시체들이 날아갔다.

천둥 같은 소리를 내며 벽이 산산조각 나더니 커다란 구멍이 뚫렸다. 벽 뒤에 있던 그렘린들은 납작하게 깔리거나 멀리 나동그라졌다. 곧이어 엘리베이터 문이 새된 소리를 내며 움푹 꺼졌다.

"이리 와!"

워런이 나오미의 손을 인간 손으로 붙잡고 끌었다. 두 사람이 구멍을 통과해 달렸고 릴리스가 그 뒤를 따랐다.

워런은 한순간도 걸음을 멈추지 않고 쓰러진 그렘린들을 지나 달려 곧장 엘리베이터 통로로 향했다. 비뚜름하게 매달려 있는 문으로 힘을 모아 창을 던졌다. 문들이 떨어져 나가 어두운 통로로 떨어졌다.

"뛰어!"

워런이 외쳤다. 나오미가 저항했지만 그렘린들이 이미 그들을 바짝 쫓고 있었다. 워런이 통로 바로 앞에서 점프하며 나오미를 쥔 손에 더욱 힘을 주었다. 두 사람은 함께 어둠 속으로 떨어졌다. 나오미가 비명을 질렀다.

워런은 그녀를 탓할 수 없었다. 깜깜한 엘리베이터 통로를 빠르게 추락하는 것은 끔찍할 만큼 무서웠다. 야간 시야로 바꾸자 아래에서 엘리베이터가 마치 위로 올라오는 것처럼 보였다. 물론 비상 발전기가 연결되지 않았기 때문에 실제로 움직일 리는 없었다.

워런이 아케인 에너지로 하강 속도를 늦추며 나오미를 붙들었다. 팔 끝에 느껴지는 무게 때문에 균형을 잃고 다시 빠르게 떨어졌다. 높이가 얼마 되지 않아 충격은 크지 않았지만, 워런은 오른쪽 갈비뼈가 엘리베이터 천장에 부딪쳐 금이 간 것을 깨달았다.

릴리스가 머리 위 허공에서 우아하게 멈추더니 험악하게 말했다.

"우리를 막다른 길로 이끌었군."

금이 간 갈비뼈의 통증 때문에 숨을 제대로 쉬기가 어려운 워런이 간신히 일어섰다. 좌우로 몸이 흔들리자 토할 것 같았다. 곧이어 해야 할 일을 생각하니 정신이 아득했지만 곧 집중하여 다시 한번 힘을 끌어모아 발아래로 내보냈다. 엘리베이터가 납작해지면서 추락했다.

워런은 무릎을 꿇고 앉았다. 갈비뼈가 불타는 듯했다. 그가 한 손을 엘리베이터 지하층 문에 대고 폭파했다. 문들이 떨어져 나가는 순간 4층에 있던 그렘린들이 통로로 몸을 빼고 무기를 마구 쏘았다. 에너지 빔과 탄환들이 통로로 쏟아졌다.

워런이 휘청거리며 입구로 나갔다. 그의 몸이 다 빠져나가기도 전에 릴리스가 둥둥 뜬 채 옆을 지나갔다. 워런은 나오미를 엘리베이터 잔해 사이로 끄집어낸 후 건물 지하로 끌고 갔다.

소호는 오래된 동네였다. 건물들도 오래전에 지어져 지하에는 주차장이 없었다. 버려진 기계류와 온갖 상자들이 창고를 반쯤 채우고 있었다.

워런이 옆구리를 꽉 죄어 오는 통증을 참으며 숨을 들이쉬자 눈앞에 검은 별들이 빙글빙글 도는 것 같았다. 비명이 터져 나왔지만 그마저도 통증을 더욱 악화할 뿐이었다.

"여긴 어디야?"

나오미가 물었다.

"위험에서 벗어나나 했더니 또 다른 함정으로 데리고 왔군."

릴리스가 투덜거렸다. 워런이 쌕쌕거리며 말했다.

"언제나… 나갈 길은… 있어."

그가 창고에 쌓인 상자 더미를 향해 손짓했다. 보이지 않는 바람이 상자들을 무너뜨리자 아무것도 없는 빈 벽이 드러났다.

"문은 보이지 않는데."

나오미가 말했다. 워런이 숨을 몰아쉬었다.

"문은 없어. 탈출로가… 표시되어… 있을 거야."

그가 벽을 짚었다.

"이 지하실… 옆에… 오래된 터널이… 하나… 있어. 아마… 밀수나… 보급품을… 운송하던… 그걸 찾아… 설계도에서… 내가 벽에… 끌로… 새겨 놨어… 벽돌들… 위치… 헐거운…."

그가 돌벽에 대고 손짓하자 벽돌들이 폭포처럼 쏟아지며 부서졌다. 너머에 있던 터널이 드러나며 거칠고 울퉁불퉁한 바닥으로 돌무더기가 뒹굴었다.

낡은 터널에서는 곰팡내가 났다. 램프에 그은 자국이 천장에 남아 있었다. 돌바닥에도 무언가에 긁힌 자국이 있었다.

"어느 쪽으로 가지?"

릴리스가 둥둥 뜬 채 터널로 들어가며 물었다.

"왼쪽."

워런이 뒤를 따랐다. 숨 쉬기가 한결 편해졌지만 통증은 여전했다.

"어디로 통하지?"

"멀리까지."

워런이 멈춰 서더니 원격 기폭 장치의 도화선을 살폈다. 예전에 터널을 발견했을 때 설치해 둔 것이었다. 나오미가 물었다.

"그게 뭐야?"

"플라스틱 폭탄."

최근에는 무방비로 버려진 군사 무기를 쉽게 발견할 수 있었다. 사용 설명서조차 함께 있었다.

"넌 미쳤어."

"악마보다… 빨리 달릴 수는 없으니까."

"불길보단 빨리 달릴 수 있다는 거야?"

"해 보면… 알겠지."

워런이 달리려고 자세를 취했지만 곧 자신은 달리지 못할 것임을 깨달았다. 나오미가 그의 팔을 붙들고 힘껏 끌어당겼다.

플라스틱 폭탄이 터지기 전에 그렘린 몇 마리가 입구에 다다랐지만, 그 순간 터널은 폭발의 빛과 소음에 뒤흔들렸다. 그 충격에 워런이 쓰러졌다. 의식을 가까스로 붙든 채, 예상보다 폭발 범위가 넓다는 사실을 깨달았다.

그러고는 곧장 소용돌이치는 어둠 속으로 빨려 들어갔다.

34장

"아직도 여기 있는 건가, 크리시? 우리랑 함께 목숨 걸고 싸우는 대신 템플러 친구들과 숨어 있을 줄 알았는데."

참아. 레아가 생각했다. 무시해.

그러나 그러기 힘들었다. 본부로 돌아온 후, 그녀에 대한 사람들의 거부감이 너무도 명백해 마치 신경 하나하나 사포질당하는 것 같았다. 리라 데리어스의 제안을 사이먼에게 전하러 가기 전부터도 이미 그런 기미는 있었지만, 돌아와 보니 적대감은 더 커져 있었다.

레아가 여성 탈의실 벤치에 발을 올리고 부츠 버클을 풀기 시작했다. 슈트와 마찬가지로 부츠에도 피가 잔뜩 묻어 있었다. 대부분은 악마 피였지만 인간의 피도 섞여 있었다. 오늘 밤 레아의 품에서 두 사람이 목숨을 잃었다.

"듣고 있는 건가, 크리시?"

도커리가 위협적으로 말했다.

날 좀 내버려둬.

부츠 한쪽을 거의 다 벗어 가는 중이었다. 피 때문에 장갑이 미끄러워 힘이 들었다.

어깨에 무거운 손이 놓이더니 레아를 확 잡아챘다. 도커리는 30대 초반으로 레아보다 머리 하나는 더 컸고 흉곽은 1배럴짜리 기름통만큼이나 굵직했다. 그가 헬멧과 마스크를 벗었다. 검은 머리카락은 바짝 깎였으나 아침에 면도했을 수염은 턱에 거뭇거뭇 자라 있었다. 넓적한 얼굴은 고집스러워 보였다.

레아가 팔뚝을 올려 손을 떨쳤다. 그러고는 주먹을 쥐고 얼굴 앞으로 손을 들어 방어 태세를 취했다.

"당신 얘긴 들었어, 도커리. 물러나. 말 섞고 싶지 않아."

"내가 이야기하고 싶다면?"

도커리가 거칠게 말했다.

"고발할 거야."

도커리가 웃었다.

"나는 매일같이 현장에 나가서 악마와 싸웠어. 날 고발한대도 아무 일도 일어나지 않아."

레아는 바보처럼 느껴졌다. 침공 전에는 조직 내에서 고발당한다는 것은 심각한 문제였다.

"이 지경이 되기 전에는 영국 해병대에 복무했다고. 네가 기껏 첩보 기술이나 배우는 동안에도 꽤 어려운 작전을 수행했지. 그때는 사람들 얼굴을 직접 마주 보고 싸웠는데. 어둠 속에 숨어서 허튼소리나 하는 이곳 훈련과는 차원이 달랐어."

탈의실에 구경꾼들이 모여들었다. 안으로 들어와 곧 벌어질 것 같은 싸움을 말리려는 생각은 누구에게도 없어 보였다.

"오늘 밤이 힘들었겠지."

레아가 차분하게 말했다.

"우리 모두에게 그랬어."

"모두가 품에서 죽어 가는 동료를 지켜보진 않았어."

도커리가 말했다.

"웬델 테이트는 좋은 녀석이었다. 해병대였지. 너 같은 인간보다 네다섯 배는 훌륭했어."

그 말에 군중 속에서 항의하는 소리가 들려왔다. 헬게이트가 열린 이후 첩보부와 군부가 함께 비밀 조직에서 활동하긴 했지만 그렇다고 사이가 매끄러운 것은 아니었다.

"오늘 밤 많은 동료들이 목숨을 잃었어."

레아가 말했다.

"좋은 사람들이 말이야."

"그래. 그리고 너는 겁쟁이 템플러들이랑 한통속이 되어 줄행랑칠 생각만 하지."

내가 미끼를 물길 기다리는 거야. 레아가 깊이 숨을 들이쉬고는 천천히 내보냈다. 레아는 단호하게 말했다.

"날 좀 내버려뒀음 좋겠는데."

"그거 안됐네. 나는 지금이야말로 네가 어디에 충성하는지 알아볼 시간이라고 생각하는데."

도커리가 커다란 손을 흔들며 레아의 어깨를 툭툭 쳤다.

레아가 왼손으로 그 손목을 붙든 후 팔꿈치를 오른손으로 쥐고는 암바 기술을 시도했다. 도커리가 한 발로 차 레아를 넘어뜨리며 상반신을 빙글 돌렸다. 균형을 잃은 레아는 팔을 놓는 수밖에 없었다. 레아가 재빨리 뒤로 물러나 도커리가 덤벼들기 전에 아슬아슬하게 두 손을 들어 막았다.

"그러지 말았어야지."

그가 쉰 목소리로 말하고는 악의를 드러내며 웃었다.

"이제 보자, 후회하게 해 주지."

레아가 그의 주먹을 귀 옆으로 흘려보내며 잽싸게 피했다. 그러고는 일부러 뒤쪽 사물함으로 물러났다. 등 뒤에서 구경하던 사람들은 제일 앞줄에서 구경할 수 있는 기회를 놓쳐 아쉬워하며 마지못해 자리를 내주었다. 둥그렇게 모였던 사람들이 반원을 이루면서 원래 자리를 차지하려고 다투었다. 노골적인 다툼으로 탈의실이 소란스러웠다.

도커리가 기습적으로 공격하려는 척했지만 레아는 그의 자세를 보고 온 힘을 쏟지 않았음을 알았다. 레아가 두 손을 바짝 붙이며 일부러 한 방 맞아 주자 성공에 얼굴이 상기된 도커리가 다시 주먹을 날리며 앞으로 나왔다. 이번 공격에는 힘이 실려 있었다. 레아가 무릎을 구부려 자세를 낮추면서 맹렬한 공격을 피했다.

도커리의 커다란 주먹이 사물함을 때리자 조잡한 문이 움푹 패며 부서졌다. 그가 망가진 문에 낀 손을 빼내려고 애썼지만, 그전에 레아가 적의 뒤로 미끄러져 나가 빙글 몸을 돌리며 오금에 액스킥을 날렸다.

다리가 구겨지며 도커리가 쓰러졌다. 각도 때문에 주먹을 쓸 수 없는 것은 레아에겐 예상하지 못한 보너스였다. 레아가 그의 머리카락을 움켜쥐고 얼굴 가까이 바짝 잡아당겼다.

"다신 내게 덤비지 마."

레아가 차분하게 말했다.

"다시는."

남자가 욕을 퍼부으며 커다란 덩치를 일으키려고 했다. 레아가 손바닥으로 도커리의 뒷덜미를 때리며 슈트 축전기에 저장된 5만 볼트를 방출했다. 그 충격에 몸속 근육이 모두 수축되자 도커리는 잠시 부들부들 떨더니 의식을 잃었다.

"이러고도 무사할 것 같으냐!"

도커리의 해병대 패거리 중 하나가 위협했다. 레아가 다시 방어 자세를 취했다. 모여든 사람들 중에서도 군대 출신들은 한데 모여 있었지만, 다른 무리의 그 누구도 레아를 위해 나서 주지는 않을 것 같았다.

"소란은 이걸로 충분한 것 같은데."

군중 너머에서 딱딱한 목소리가 들려왔다.

"이제부터 나서는 사람은 도커리 병장과 함께 유치장에 들어갈 것이다."

모인 사람들이 양쪽으로 갈라져 길을 터 주자 리라 데리어스가 걸어 들어왔다. 중무장한 보안 요원 넷이 그 뒤를 따랐다. 리라가 레아 곁에 걸음을 멈추고 사람들을 바라보았다.

"라이어든, 제이컵스. 두 사람에게 병장의 처리를 맡긴다. 의료 센터로 데려가서 검사를 받게 하도록. 문제가 보이지 않으면, 구금실로 데려간다. 제대로 진행했는지 확인할 것이다. 만약 그렇지 않다면 두 사람도 함께 구금될 것이다. 알겠나?"

"잘 알겠습니다."

둘 중 하나가 마지못해 대답했다. 리라가 레아를 바라보았다.

"자네는 나를 따라온다."

레아는 잘못이라도 저지른 사람 취급받는 것에 반항하고 싶은 충동을 억눌렀다.

"네."

리라 데리어스의 사무실로 들어간 레아가 책상 앞에 차려 자세로 섰다. 방을 훑어보았지만 개인적인 물건은 하나도 없었다. 리라 데리어스가 정보국에 합류하기 전이나 후에 어떤 사람이었는지 알려 줄 만한 것도 전혀 보이지 않았다.

"바보같이 굴지 마. 자네를 징계하려고 데려온 게 아니니까. 도커리와 그 패거리들은 그렇게 여기겠지만 멋대로 생각하게 내버려두는 편이 좋아. 거기 앉게나."

조금 안심한 레아가 철제 책상 앞에 놓인 별 특징 없는 의자 두 개 중 하나에 앉았다. 리라가 맞은편에 앉았다.

"이곳에서 자네 처지가 힘들어진 게 틀림없군."

"저는 잘하고 있습니다."

레아가 무표정을 유지했다.

"그래, 나도 알아. 휴게실에서 동료들과 소란을 일으킨 걸 보면 자네가 얼마나 잘하고 있는지 알 수 있지."

"그 싸움은 제 잘못이 아닙니다."

"물론 자네 잘못이다."

리라가 의자에 몸을 기댔다. 레아는 벌떡 일어나고 싶은 것을 간신히 참았다.

"죄송합니다만, 제가 싸움을 걸지 않았습니다."

"자네가 시작했지. 조직이 그어 둔 선 밖으로 나가 사이먼 크로스와 엮이기로 한 4년 전 그 순간에 말이야."

템플러와 엮인 게 아니라 사이먼 크로스와 엮였다는 거군. 레아는 리라의 말뜻을 알아차렸다.

"저에게 화가 나셨습니까?"

"자네에게 화가 난 건 아니고, 이 상황에 화가 난 거지."
리라가 고개를 저었다.
"그리고 자네에게라기보다는, 자네를 생각하면 화가 난다고 해야겠지."
"이해하지 못하겠습니다."
"자네는 자네 스스로 옹호받을 수 없는 자리로 갔어."
"어째서입니까?"
"템플러와의 특별한 관계 때문이지. 조직의 요원들 대부분과는 달리 말이야."
"그들이 그러길 원하지 않는 겁니다."
"물론 원하지 않는다. 그러기에 이 집단은 자부심이 너무 강하고 엘리트주의에 빠졌지. 그래서 스스로가 템플러보다 낫다고 믿거든."
"부정할 수 없겠군요."
"저들은 악마와의 전쟁에 몸을 던지는 것과 마찬가지다. 언제나 훈련했던 방식이니까. 상대도 우리만큼이나 피해를 입게 하는 것. 불행하게도 군인이나 요원 어느 쪽도 악마만큼이나 세력 확장 의지가 강한 적을 만나지 못했었다. 이렇게까지 강력하게 무장한 적군도 없었고. 수십 년 전 중동 테러리스트들도 그러진 못했지."
레아는 가만히 다음 말을 기다렸다.
"이 일은 놔두면 결국 저절로 해결될 것이다. 이곳 사람들 대부분이 자네를 문제 요소로 여기지 않는다면 상황은 나아질 거야."
리라가 근심스러운 눈빛으로 레아를 바라보았다.
"하지만 자네에게 다시 임무를 맡기기는 우려스럽네."

"왜죠? 저를 믿지 않으시기 때문입니까?"

"나는 자네를 믿지만, 자네와 함께 현장에 나갈 동료는 어떨까? 어떤 상황에 맞닥뜨렸을 때 그가 어떻게 행동할지까진 믿지 못하겠군."

"저는 제가 지킬 수 있습니다."

리라가 슬픈 듯 미소를 지었다.

"우리가 우리 스스로를 지키던 날들은 끝났어."

"아직 친구가 있습니다."

"그래. 안다. 그런데 그들마저 도커리 같은 자들에게 거부당하면? 그러면 어떻게 할 텐가? 우리가 더 손쓸 수 없을 정도로 조직이 분열된다면?"

레아가 잠시 생각해 보았다.

"제가 떠나길 바라시는 겁니까?"

리라가 차분하게 레아를 바라보았다.

"현재로선, 그렇지 않다. 아직은 그럴 때라고 생각하지 않지만, 곧 그렇게 될 수도 있지. 그때가 되면 자네에게 알려 주겠네."

레아가 고개를 끄덕였다. 목구멍이 죄어들어 왔다.

"그런 때가 오면, 템플러에게 가서 안전을 보장받을 수 있을 것 같은가?"

레아는 훈련받은 대로 쉽게 거짓말을 했다.

"네, 그렇습니다."

리라가 얼굴을 찌푸렸다.

"본 적 없을 만큼 꽤 자연스럽군. 사이먼 크로스의 선한 본성에 대해선 익히 알고 있으나, 어쩌면 지난번 자네의 마지막 임무 때 이미 한계에 달했을지 모르겠다는 생각이 감히 드는군."

"가능성 있습니다."

"자네를 내보내기 전에 갈 만한 곳을 먼저 찾아보겠다. 그 점에 대해서는 약속하지."

"네, 감사합니다. 하실 말씀 더 있습니까?"

"있어."

리라가 책상 앞으로 몸을 숙여 다정하게 말했다.

"여기 있는 동안은 항상 어디로 발걸음을 내딛을지 조심해, 레아. 이런 식의 반감은 오래 감출 수 있는 게 아냐. 친구라고 생각하고 등을 맡겼는데… 그자가 친구가 아닐 수도 있다는 뜻이야."

"네. 그 점은 이미 조심하고 있습니다."

레아가 일어서서 경례했다. 리라도 일어서서 경례를 받았다.

"자네에게 요청할 것이 하나 더 있네. 누군가 물어본다면 내가 자네에게 무례하고 공격적으로 대했다고 말하게."

"알겠습니다."

레아가 복도로 걸어 나왔다. 리라의 사무실로 들어가기 전에도 본부가 안전한 곳이라 느껴지지 않았지만 그러한 생각이 더욱 강해질 수 있다는 점이 놀라웠다.

35장

　워런은 지하 터널이 아닌 숲 한가운데에서 정신을 차렸다. 우거진 에메랄드빛 수목 사이로 비치는 햇빛을 바라보자니 혼란스러웠다. 오른손에 힘을 주고는 몸이 여전히 거기 있으며, 은빛 손에 아직 창을 꼭 쥐고 있음을 깨달았다. 바뀌지 않은 것들도 있었다.
　새들이 나무에서 노래하고 가지에서 가지로 파닥이며 날아다녔다. 서쪽 어딘가에서 개울이 졸졸 흘렀다. 소나무와 풀 냄새가 코를 간질였다. 사과 향기도 나는 것 같았다. 그러자 위가 요동쳤다. 신선한 과일을 먹지 못한 지 3년도 더 지났다. 요즈음엔 절인 캔 사과나 말린 사과밖에 없었다.
　옆구리 쪽에서 느껴지던 불타는 듯한 통증이 사라지고 없었다. 그나마 다행이라 여기기로 했다. 고통을 느끼지 않을 방법도, 부상이 저절로 나을 수도 없었다.
　"일어나라, 워런."
　친숙한 목소리가 들려왔다.
　"이곳에서는 아무도 너를 해칠 수 없다. 안전한 곳이다."
　누군가 그에게로 다가오는 것처럼 땅이 가볍게 울렸다. 치밀어 오르는 두려움을 누르며 워런이 몸을 한 번 빙글 굴려 일어서서 양손으로 창을 쥐었다. 입고 있는 코트는 그의 동작을 따라 움직일 때를 제외하고는 견고하게 느껴져 그 무엇으로도 뚫을 수 없을 것 같았다.

눈앞에 이상한 생명체가 있었다. 그것은 창으로부터 재빠르게 물러났다.

"창을 저쪽으로 치워 주면 고맙겠군."

그것이 말했다.

"강력한 무기다. 나라면 저 뒤에 잠깐 놓아둘 텐데. 하지만 그 코트와 마찬가지로 창도 네게 묶여 있는 것 같군."

"대체 누구냐?"

워런이 물었다. 그 생명체는 120센티미터가 조금 넘는 것 같았다. 요정처럼 작고 여리여리해서 위협적으로 보이지는 않았다. 그렇다고 방심할 수는 없었다. 인간의 살 속으로 파고들어 심장이나 뇌를 찾아 결국 죽여 버리는 새끼손가락보다 작은 악마를 본 적도 있었다. 눈앞에 있는 존재의 이목구비는 자연적으로 생성되었다기보다는 억지로 한데 모아 놓은 것처럼 어딘가 어색했다. 크고 네모난 코는 거의 윗입술까지 길게 늘어져 있었다. 또한 너무 작은 두 눈은 너무 떨어져 있었다. 입은 길게 베인 상처 같았다. 까맣고 곱슬거리는 머리카락이 둥글고 길쭉한 얼굴을 감쌌고, 턱은 너무 심하게 구부러져 쉼표처럼 보였다. 뼈밖에 없어 보이는 다리에는 털이 수북했다. 허리에 두른 노란 천이 산들바람에 팔락였다.

"나는 타켈롯(책 속의 악마)이다."

존재가 이름을 밝히고는 희미하게 미소를 지었다.

"그건 이름이잖아. 당신이 누군지 알려 주진 않아. 여기가 어딘지도, 아니면 내가 어떻게 여기 왔는지도."

"죽어서 사후 세계 같은 데 온 것은 아니다. 네가 알고 싶은 것이 그것이라면."

"아냐."

"너희 인간은 그런 것에 흥미로운 생각을 갖고 있더군."

워런이 앞으로 다가가서 타켈롯의 목 가까이 창을 겨누었다. 작은 생명체가 두 손을 번쩍 들었다.

"이것이 내 친절의 대가인가? 터널에서 너를 데려와 다친 곳을 치료해 주었건만."

"정말 당신이 나를 위해 그런 일을 했다면, 지금 내가 알고 싶은 것도 말해 줄 수 있잖아."

타켈롯이 워런의 눈을 응시했다.

"너는 나를 안다, 워런. 너는 나의 목소리를 알고, 이곳을 안다."

조금 시간이 걸렸지만 곧 워런은 그 존재가 무엇인지 깨달았다.

"책이로군."

찢어진 입이 미소를 띠었다.

"그렇다."

워런이 창을 내렸지만 방어 태세를 풀지는 않았다. 그가 주변을 둘러보았다.

"책 속으로 들어와 본 적이 있었지."

타켈롯이 말했다. 워런도 기억했다.

"하지만 그때와는 다른데."

"두꺼운 책이다. 네가 모든 페이지를 본 것은 아니지. 책을 전부 본 이는 아무도 없다."

"그때 당신은 여기 없었던 건가?"

"있었다. 그저 네가 날 보지 못한 것뿐이다."

워런이 곰곰 생각했다.

"당신이 나를 책 속으로 데려온 건가?"

"널 살리기 위해, 그랬지."

"나오미와 릴리스는 어떻게 됐어?"

"나오미가 책을 들고 있다. 내가 널 끌어 들이는 것을 봤지. 나오미는 널 제대로 부축하지 못했을 것이다. 나는 마침내 나를 릴리스로부터 간신히 분리해 내는 데 성공했다. 다시는 그런 일을 겪고 싶지 않군."

"다시 나갈 수 있을까?"

"물론이다. 널 가둔 것이 아니니까."

워런이 그의 따뜻한 얼굴을 찬찬히 바라보았다. 살아오는 동안 수많은 거짓말을 들었다. 제일 처음엔 어머니였고 그다음엔 양아버지였으며, 위탁 가정을 거친 후 그의 공동 세입자 '친구들'까지 임대료와 생활비를 기대하며 거짓말을 했었다. 지금 눈앞에 있는 이 생명체가 그에게 거짓말을 했다 해도 알아차리지 못할 것이다.

"나는 네가 안전하길 바란다."

타켈롯이 말했다.

"네가 의식을 잃고 쓰러졌을 때, 인간에겐 너를 두고 가는 것 말고 다른 선택을 할 수는 없었을 것이다."

내 곁에 머물렀을 수도 있지.

"그들은 두려워했다. 네 예상만큼 통로가 완전히 폐쇄되지 않았다. 그렘린들이 지금 그곳을 뚫고 있을 것이다."

"탈출할 수 있을까?"

"그렇다. 지금쯤이면 탈출했을 것이다. 네 계획이 썩 훌륭했지."

"거기로 돌아가야 해."

"잠시만 여기 더 머물거라. 마지막으로 책에 들어왔을 때 네가 본 것은 과거 악마들이 일으킨 오직 하나의 전쟁뿐이었다. 지금 또 다른 경험을 통해 배울 것이 있을 터."

워런이 주변 숲을 둘러보았다

"우린 어디 있는 거지?"

"책 안이다."

"내 말은, 여기가 실제로는 어디냐는 거야."

"악마가 집어삼키지 않은 세상 중 하나다. 그보다는 그 장소의 기억이라고 할 수 있지. 이제 그 세상은 사라졌지만 이 책 속에서 영원히 존재한다. 적어도 책이 파괴되지 않는 동안은."

타켈롯이 느리게 흐르는 개울을 향해 걸어 내려갔다.

"따라오너라."

워런은 잠시 아무 말 없이 그 작은 존재 옆에서 걸었다. 그는 숲의 아름다움에 압도되었다. 침공 이전에 공원은 당연한 것이었지만, '화마'가 런던을 집어삼키기 시작하자 탁 트인 넓은 장소는 위험해졌다. 그는 침공 전 자주 공원에 가지 않은 것이 후회되었다.

타켈롯이 사과나무 한 그루에서 걸음을 멈추었다. 빨간 과일이 탐스럽게 열려 있었다. 과일들을 신중하게 바라본 그가 하나를 따서 워런에게 건넸다.

워런이 사과를 잡고 살펴보았다. 완벽해 보였다. 충분히-

"먹어라."

타켈롯이 용기를 북돋아 주었다.

"안전해?"

"그렇다."

"사과를 건네는 사악한 마녀나 질투심 많은 왕비 이야기를 너무 많이 들어서."

"나는 네가 다치는 것은 원하지 않는다. 그랬다면 터널에 그냥 내버려뒀겠지. 그렘린들에게 당하도록 말이다."

"어쩌면."

"정신을 잃지 않았었다면 내 말이 진실이라는 것을 알 텐데."

타켈롯이 또 다른 사과를 따서 맨손으로 반을 가르더니 개울로 떨어뜨렸다. 물고기들이 곧장 수면으로 올라오더니 입을 뻐끔거리며 사과를 뜯어 먹었다. 물고기들은 모두 멀쩡했다.

워런은 배가 고팠다. 무엇보다도 퓨레나 캔조림이 아닌 사과가 어떤 맛이었는지 다시 한번 맛보고 싶었다. 그가 코트 자락으로 사과를 쓰윽 닦은 후 한 입 베어 물었다. 사과는 달콤했고 적당히 새콤해서 턱이 찌릿했다. 턱을 따라 즙이 흘러내렸다. 이상한 곳에 와 버렸음에도 그는 웃지 않을 수 없었다.

"맛있지 않나?"

"맛있어."

타켈롯이 돌아서더니 다시 개울을 따라 걸었다. 워런이 뒤따르며 사과를 먹어 치웠다.

"나는 이 기회를 이용하고 싶다. 마침내 단둘만 있게 되었으니 이제 알려 줄 것이 너무 많다."

"왜 예전에는 말하지 않은 거지?"

"릴리스가 여기 있었으니까. 우리 사이에 숨어 있었지. 릴리스가 알면 안 되는 것이 많다. 적어도 네가 안다는 것을 그녀는 몰라야 한다. 그렇지 않으면 너는 릴리스에게 목숨을 잃을 것이다. 또한 너와 함께하는 일이 완수되었을 때 널 죽이지 않을 거라는 믿음은 버려야 할 것이다."

"물론 믿지 않아."

타켈롯이 어깨 너머로 돌아보며 미소를 지었다.

"네가 나를 믿지 않는 것만큼이나?"

"맞아."

워런이 개울로 가볍게 사과 심을 던졌다. 물고기 수십 마리가 즉시 모여들었다.

"누군가는 믿어야만 한다."

"난 나 자신을 믿어."

"그것으로 충분하지 않다. 너는 아직 그 사실을 모른다."

워런은 그 점을 두고 왈가왈부하고 싶지 않았다.

"넌 뭐지?"

"지금은, 그리고 어쩌면 앞으로도, 책이다. 한때는 나도 너와 같았다. 나의 세상에서, 나의 공간에서 살았지. 가족이 있었다. 배우자도, 아이들도 있었지."

작은 존재의 두 눈에 고통이 어렸다.

"악마들이 내 가족을 죽였다."

워런은 무어라고 말해야 할지 알 수 없었다. 무엇보다도 그 이야기를 믿어야 할지 말아야 할지조차 몰랐다.

36장

"나는 마을 역사가였다. 옛 이야기를 지켰지. 아무도 듣고 싶어 하지 않는 이야기였지만 그것이 나의 일이었고, 성실히 수행했지만, 그 이야기를 믿는 이는 없었다."

"왜지?"

"악마를 다루는 이야기였으니까. 그 시절에는 아무도 악마를 믿지 않았다. '어둠'은 이미 우리 세상을 지나갔다고 믿었지. 혹은 많은 이들이 말했듯, 절대 존재한 적 없다고."

"악마들이 과거 당신 세상에도 있었다는 거야?"

"그렇다. 너의 세상과 마찬가지다. 그들은 태어난 지 얼마 되지 않은 세상을 탐지한다. '사자[12]'와 '탐구자'를 보내 수확할 만한 세상인지 판단하지."

"언제 적 얘기야?"

"인류가 번성하던 시기였다. 갓 태어난 모든 세상에는 생명이 거의 존재하지 않지만, 때가 도래하면 지능이 높은 종족이 번식한다. 그리고 결국 그 수가 위협이 될 때까지 증식하지. 지능이 높은 종족은 세상 어느 생명체보다 끈질기다. 악마는 그렇게 급격히 커가는 세상을 노린다. 스스로의 무게에 결국 자폭할 것이라 판단하는 순간, 공격을 개시하지. 과일이 최고로 숙성했을 때 과즙을 빨아먹는 것과 같다."

---

[12] 使者, 명령이나 부탁을 받고 심부름하는 사람.

"악마는 그런 걸 대체 어떻게 판단하지?"

"악마는 결코 떠나지 않는다. 언제나 어딘가에 남아 세상을 관찰한다. 릴리스가 그랬던 것처럼."

"릴리스가 그랬어. 악마는 예전에도 이 세상에 넘어오려고 했었다고."

개울 옆 언덕의 경사가 급격히 높아졌다. 언덕을 오르느라 워런은 허벅지가 터질 것 같았다.

"그랬을 것이다. 나도 보았듯 너희 인간이라는 종족은 많은 재난을 겪었다. 전쟁, 기아, 전염병. 그 모든 것이 너희 종족을 위협하고 멸종으로 이끌었다."

"당신은 어쩌다 책에 봉인된 거지?"

"내가 책을 연구했던 걸 생각하면 아이러니하지 않으냐."

"릴리스가 그랬나?"

"그렇지 않다. 릴리스도 그때 거기 있었지만 나의 운명은 그녀의 결정에는 영향을 받지 않았다. 또 다른 다크 윌이 가까스로 숨이 붙어 있던 나의 육신과 생명을 취했다. 결국 한 권의 책으로 바뀔 때까지 사지를 비틀고 뼈를 부러뜨렸다."

"대체 무슨 일이 있었던 거야?"

타켈롯이 한숨을 쉬었다.

"나는 악마를 물리치는 법을 알고 있었다. 어떻게 하면 그들을 상처 입히고 죽이는지 알았다. 덕분에 예정된 운명을 피하도록 도왔지만 기회는 적었고 때는 늦었다. 운명은 재가 되었고 우리는 그 잿빛 운명으로 서서히 다가갔다. 무엇보다도 우리 세상에는 '진실들'이 없었다. 너의 세상에는 존재하는 '진실들'이."

"'진실들'이라고?"

타켈롯이 걸음을 멈추고 그를 바라보았다.

"그렇다."

"그게 뭐지?"

"나도 전부를 알지는 못한다. 내가 아는 것은 '진실들'이 악마를 물리치는 유일하고도 가장 강한 무기라는 사실뿐이다. 너는 카발리스트로 태어났다. 그러므로 너는 '어머니의 진실'과 가까운 자다."

"어머니라니?"

"나도 모른다. 아는 것은 오직 하나, 때가 오면 카발리스트들이 '진실'을 깨닫고 자유롭게 한다는 것. 그럼으로써 악마와 헬게이트를 파멸로 이끈다는 것."

"'진실들'은 어디에서 온 거지?"

"모든 선한 것들로부터. '빛의 원천'으로부터."

"'진실들'이라니, 전부 몇 개나 돼?"

"일곱 개다. 모든 진실을 발견하여 하나로 모아야 한다."

워런이 고개를 갸웃했다.

"그 '진실들'은 어디에서 찾을 수 있지?"

"너의 세상, 너의 도시 안 어딘가에. 먼저 '표지'를 찾아라. 그런 다음 '진실들'을 찾아야 한다."

"당신은 이런 걸 어떻게 다 알지?"

"일곱 가지 진실은 내 세상에서부터 전해지던 이야기다. 나는 그 '진실들'이 정말로 존재한다고 믿는다. 찾아도 발견할 수 없었을 뿐."

"물질적인 형태가 있는 건가?"

"물론이다. 그래야만 한다. 악마를 물리치는 무기로 쓰일 것이다."

워런이 곰곰 생각해 보았다.

"'어머니의 진실'은 카발리스트와 관련 있다고 했지?"

"그렇다."

"다른 진실들은?"

"하나는 템플러와 관련 있다. 반드시 찾아야 하는 중요한 '진실'이지. 또 하나는 비밀 전사들과 관련 있다."

"템플러 말고?"

"그렇다. 너의 세상에 또 다른 전사들이 있다. 나는 그들을 보았다. 그들은 '용사의 진실'과 관련 있다. 오로지 싸움만을 믿는 자들이다. 템플러의 '진실'은 '형제의 진실'이다. 그들은 지금 두 갈래로 갈라져 나왔기 때문이다. 원래는 하나였으나 헬게이트가 열렸을 때 나뉘었지. 한 갈래가 숨어 있는 동안, 다른 한 갈래가 목숨을 잃는다. 살아남은 자들은 부끄러움으로 더럽혀졌다."

"그 '진실들'을 발견하는 자들은 누구지?"

"누구든 좇는 자가 손에 넣을 것이다."

타켈롯이 희망에 찬 미소를 지었다.

"나는 네가 그들 중 하나이길 바란다. 그래서 이 이야기를 해 주는 것이다. 너에겐 달라질 기회가 있다, 워런. 하지만 그토록 절망적으로 달라붙어 있는 분노와 공포를 벗어 버려야 할 것이다."

워런은 겁에 질렸거나 화가 나 있지 않다고 반박하고 싶었지만 그럴 수 없음을 잘 알았다.

"그것들을 찾으려면 뭐부터 시작해야 해?"

"나도 모른다. 언제, 어디에서, 무엇을 보든 행동을 취할 준비가 되어 있어야만 할 것이다. 지난 몇 달 동안 이 얘기를 해 주고 싶었지만 나의 지식도, 그 지식을 너에게 알려 주려는 것도, 릴리스가 알아서는 안 되었다. 릴리스가 '진실들'에 대해 알게 되면 나를 파괴할 것이다."

워런이 눈앞에 있는 조그마한 존재를 물끄러미 바라보았다. 그의 말이 사실이라면 타켈롯은 수천 년 동안 끔찍한 생애를 견뎌 온 것이 틀림없었다. 워런이 말했다.

"릴리스에겐 말 안 해."

"릴리스가 옆에 있을 때는 생각하는 것도 조심해라. 너의 머리에서 손쉽게 생각을 뽑아낼 것이다."

"알아."

"나와 함께하는 동안은 내가 너를 도와 너의 생각을 보호할 수 있다."

"그렇다면 당신이 나와 계속 함께 있을 수 있도록 해야겠군."

"정상으로 가자. 보여 주고 싶은 것이 있다."

능선 꼭대기까지 겨우 다다랐을 땐 위가 마구 꼬일 정도였다. 산기슭 너머로 끔찍한 '화마'가 시커멓게 사방으로 뻗어 나가고 있었다. 요동치는 궤양이 뿜어내는 유황 가스가 망가지고 병든 대지와 공기를 메웠다. 그 위로 드리운 하늘조차 짙게 멍든 것처럼 보였다.

"이것이 지금의 내 세상이다. 이대로 막아 내지 못한다면, '진실들'을 발견하지 못한다면, 너의 세상도 이렇게 될 것이다. 이해하겠는가?"

타켈롯이 긴장한 목소리로 나직하게 말했다. 워런은 너무나 잘 이해할 수 있었다.

"악마에게 목숨을 뺏기지 않고 살아남는다 하더라도 이런 세상을 마주한 채 오래도록 고통받을 뿐이다. 이런 세상에서 살아가는 것은 승리가 아니다."

"하지만 당신은 이곳에서 살고 있잖아?"

"내가?"

타켈롯은 진심으로 당황한 것처럼 보였다.

"이렇듯 오랜 시간을 보내는 동안 나는 그저 나 자신의 기억으로 남았을 뿐이다. 나는 그렇게 믿게 되었다. 직접 이야기를 나눌 수 있었던 사람은 수천 년 만에 네가 처음이다. 이러한 삶이 어디 있는가?"

새카맣게 불타 버린 풍경을 바라보면서 워런은 두려움을 느꼈다.

"확실해?"

그가 조용히 물었다.

"악마를 물리칠 수 있다는 거, 정말 확신해?"

"너의 세상에서 말인가? 그렇다. '진실들'이 발견되면 그 비밀이 밝혀질 것이다. '빛'의 힘이 이 세상에 풀어놓은 비밀로써 의로운 자들이 떨쳐 일어나 '암흑'에 반격할 것이다."

"왜 하필 이 세상이지?"

"너희 인간에게 위대한 열정, 투쟁, 사랑이 있기 때문이다. 그렇기에 '진실들'의 비밀을 발견하고 그를 통해 충분히 강해질 수 있는 것이다."

타켈롯이 잠시 말을 멈추었다.

"결국 이 세상에서 '진실들'이 발견될 것이다. 그렇지 않으면 이 세상은 살아남을 희망이 없다."

"내가 어떻게 '진실들'을 찾을 수 있을까?"

"그에 대한 답은 모른다. 그저 때가 언제인지 알 뿐이다. '진실들'이 네 앞에 스스로 모습을 드러낼 것이다. 바로 그 때를 위해 너와 또 다른 인간들은 반드시 대비를 하고 있어야만 한다."

"또 다른 사람들도? 혼자선 안 돼?"

"'진실들'은 세 가지 모습으로 나타날 것이다. 악마와 싸우기 위한 실체가 있어야만 하기 때문이다. 너희 인간은 홀로 악마와 맞설 수 없다. 서로의 지식과 강점이 필요하다."

"이제 우리 세상에선 누구도 서로를 믿지 않아."

"믿는 자들도 있다. 그 믿음이 더욱 강해져야만 한다. 방법을 찾아내라."

"난 그런 일을 할 수 있는 사람이 아냐."

"그렇다면 다른 이들에게 알려라."

타켈롯이 천천히, 하지만 단호하게 말했다.

"내가 너에게 해 준 이 모든 이야기를 헛되이 하지 마라. 반격의 기회는 이것뿐이다."

워런은 대답하지 않았다. 타켈롯은 그가 아닌 누군가 다른 인간을 찾았어야 했다.

"다른 누구도 없다."

작은 존재가 말했다.

"'빛'이 나에게 너를 데려온 것이다."

"난 의롭지 않아."

워런이 항변했다.

"심지어 좋은 사람도 아냐. 내가 무슨 짓을 해 왔는지, 얼마나 많은 사람들을 다치게 했는지… 당신이 안다면…."

"과거에 한 일은 상관없다. 앞으로 무슨 일을 할 것인지가 중요하다. 모든 영웅에겐 결점이 있다."

"난 영웅이 아니라고."

"그렇다면 메신저가 되어라."

타켈롯이 얼굴을 찡그리고 고개를 저었다.

"이제 시간이 다 되었다. 그 여자가 너를 찾고 있다."

"릴리스가?"

"그렇다."

그가 고통이 깃든 눈을 게슴츠레 떴다.

"의심받기 전에 가는 것이 좋겠다. 만약 묻거든 지금까지 의식이 없었다고 답하거라."

"알겠어."

"기회를 보아 다시 연락하겠다."

황량한 '화마'가 내려다보이는 언덕 위에 서 있던 워런은---

---다음 순간 지하 터널에 있었다. 갑작스럽게 공간이 바뀌자 살짝 어지러웠다. 워런은 비틀거리다가 창을 짚으며 균형을 잡았다.

릴리스가 굉장히 의심스럽다는 눈빛으로 바라보고 있었다.

"어디 있었던 것이냐?"

워런이 터널을 두리번거렸다.

"전장에. 여기 말고."

그가 잠시 말을 멈추었다.

"어떻게 여기까지 온 거지?"

"너, 책 속에 있었어."

나오미가 책을 꼭 쥐고 대답했다. 릴리스가 물었다.

"책에 들어갔었나?"

"아니. 터널을 덮치던 불길밖에 기억나지 않아."

"다쳤었잖아?"

워런이 확인하려는 듯 옆구리를 내려다보았다.

"아닌 것 같은데."

그러고는 다른 사람들이 질문을 해 대며 불편하게 만들 때면 항상 하던 대로 질문을 되돌려주었다.

"아까 그놈은 누구야?"

"과거의 적이었다. 이젠 죽었으니 신경 쓸 필요 없다."

"놈이 어떻게 우리를 찾은 거지?"

"상관없지 않으냐."

워런이 좀 더 거칠게 말했다.

"상관있어. 놈이 우리를 찾을 수 있었다면, 다른 악마도 그럴 수 있다는 뜻이니까. 우리는, 나는, 그런 일이 일어날 때를 대비해야 해."

릴리스가 그를 응시했다.

"네가 대비한다고 달라질 게 있다고 생각하는 건가?"

"내가 살아남는 건, 당신하고 상관있어?"

그러자 릴리스의 코가 빨개졌다. 그렇게 말라 시들어 버린 몸으로도 숨을 쉬고 있음을 새삼 깨닫게 해 주었다. 육신으로 호흡을 하는 것이 릴리스를 약하게 만드는 것은 아닌지 워런은 궁금했다. 릴리스가 대답했다.

"그렇다."

"그렇다면 내가 제대로 대비하는 것도 상관있는 거겠지. 방금 은신처를 잃었다고. 이제 더 위험해진 거야."

"시내에 다른 대피소가 있을 것이다. 코르다즈가 나를 어떻게 찾아냈는지는 알고 있다. 이제 나의 자취를 감추었으니 같은 일은 없을 것이다. 아직은 그런 관심을 받을 만큼 힘을 회복하지 못했으니."

"당신에겐 분명 내가 아직 모르는 적이 더 많겠군."

"악마는 질투심 많은 종족이다. 바로 인간이 만든 감정 아니겠느냐?"

"대체 얼마나 많은 악마들이 우리를 쫓는 거지?"

"충분히 많이. 한때 나는 시도나이의 총애를 받았지만, 그분의 은혜를 입지 못한 놈들이 많지."

릴리스가 뒤돌아서 허공에 뜬 채 나아갔다.

"오너라. 할 일이 많다. 나는 힘을 더 모아야 하고, 너는 나와 함께 싸울 부대를 일으켜야 한다."

"내가 그런 일을 어떻게 해."

"창의성을 발휘해 보라, 워런 시머. 그것이 바로 내가 너를 택한 이유다. 방법을 생각해 낼 수 있을 것이다."

워런이 릴리스를 뒤따랐지만, 그의 마음은 여전히 책 속에 머물러 있길 바랐다.

37장

"지금 이 현장엔 경험이 부족한 요원들이 많아, 레아."

"압니다. 하지만 어쨌든 해야 하는 일이잖습니까."

레아가 웨스트엔드 리젠트 거리 건물 옥상 그늘에 몸을 숨긴 채 말했다. 멀리 애플 스토어가 내려다보였다.

"이런 임무였다면 '상부'에서도 머리통에 피도 안 마른 애들 말고 베테랑을 보냈어야지."

매릭이 투덜거렸다. 그는 생애 대부분을 해외에서 보낸 늘씬하고 말쑥한 50대의 암살 전문가였다.

"여기 뭐가 있는지 아직 모릅니다."

레아가 건물 정면을 스캔했다. 2004년 처음 문을 열었을 때 저 컴퓨터 매장의 인기는 대단했었다. 아버지는 어린 레아를 데려와 생애 첫 아이팟을 직접 고르게 해 주었다.

한때 유행을 선도했던 빌딩은 이제 폐허였고, 크고 화려했을 창들은 모두 산산이 부서져 있었다. 컴퓨터 부품들이 도로에 잔뜩 흩어져 있었는데, 침공 초기에 바깥 세계와 접촉할 방법을 찾으려고 했던 생존자들이 훔쳐 가려 했던 것이 틀림없었다.

"'상부'에서 악마의 조직적인 움직임을 파악한 거지?"

"네."

"그게 정확히 뭘 의미하는 건가?"

"우리가 여기에서 그 조직적인 움직임을 지켜봐야 한다는 뜻이죠."

"무슨 꿍꿍이인지 알아내기 위해?"

"'상부'에서는 그렇게 생각하는 것 같습니다."

"그거 참 그 자식들한텐 재밌는 일이겠군."

레아는 포기하지 않고 빌딩을 계속 관찰했다. 해가 진 후로도 한 시간이 지났다. 지금까진 아무런 움직임도 포착되지 않았다.

"악마들이 새로운 뭔가를 건설 중인 것 같아요."

"무기 공장 같은 것 말인가?"

"네."

"왜 이제 와서 이런 일을 벌이는 거라 생각하나?"

"놈들이 이 세상을 점령하는 데 이렇게까지 오래 걸릴 거라고는 생각하지 못했던 것 아닐까요?"

"놈들의 예상보다 우리 저항이 셌다는 건가?"

"어쩌면요."

"그렇다고 놈들이 우리에게 어떤 선택권을 주는 것 같지는 않군."

"어디에도 빠져나갈 곳은 없죠."

레아가 동의했다. 순간 아래 거리에서 움직임이 포착되었다. 레아가 쌍안경 초점을 거리로 맞추었다. 리젠트 거리는 크라운에스테이트 구역의 지형을 살려 휘어지듯 나 있었다. 고급스러운 메이페어 쇼핑 지구부터, 평판이 좋지 않은 소호를 길게 나누고 있었지만, 가진 자들과 가지지 못한 자들 사이의 장벽이 되기엔 그다지 성공적이지 못했다. 소매치기들은 그저 근무 지역에서 한 거리 건너 사는 셈이었다.

쌍안경을 통해 레아는 다크스폰 무리가 인간 넷을 사슬로 엮어 애플 빌딩으로 데려가는 것을 보았다. 두 명은 여자였고 한 명은 남자였다. 10대로 보이는 나머지 한 명은 남자인지 여자인지 확인할 수 없었다. 매릭이 말했다.

"사람들을 산 채로 데려가고 있군."

레아는 아무 말도 하지 않았다.

"악마들이 저들을 고문하기 전에 지금 우리가 편안하게 보내 주는 게 좋을지도 몰라. 저 사람들, 이미 죽은 거나 다름없으니까."

"그럼 우리가 여기 있다는 사실을 알리게 됩니다."

"악마들이 손에 넣은 인간에게 어떤 짓을 하는지 알잖나, 레아. 지금 저 사람들 머리에 총알을 박아 넣는 편이 자비를 베푸는 거라고."

"압니다. 하지만 저놈들보다 빨리 안전한 위치를 확보하는 것은 불가능합니다. 자칫 요원을 잃을 수도 있습니다."

매릭이 한숨을 쉬었다.

"알아."

다크스폰은 이제 인간들을 빌딩 안으로 밀어 넣고 있었다. 그들은 곧 어둠 속으로 사라졌다. 레아가 통신회선을 열었다.

"레드 레이븐 식스, 여기는 레드 레이븐 리더다."

"레드 레이븐 식스, 듣고 있다, 리더."

즉각적인 응답이 왔다. 준비가 완료된 듯 젊은 여자의 목소리는 자신감에 차 있었다.

"'스파이 아이즈'는 준비되었나?"

"그렇다."

"빌딩으로 보내도록. 보안 상태를 확인하고 싶다."

"알겠다."

레드 레이븐 식스의 위치를 이미 알고 있는 레아도 두 눈으로 드론을 포착하기는 힘들었다. 드론들은 리젠트 거리를 재빠르게 날아갔다. 레아가 쌍안경으로 쫓았지만 드론들은 곧 시야에서 사라졌다. 젊은 여자가 보고했다.

"아무것도 확인되지 않는다, 리더."

"경비가 없는 것인가?"

"보이지 않는다."

"빌딩 상공에 드론들을 대기시키도록. 몇 분만 더 지켜보지."

레아가 무선을 끄고 매릭을 바라보았다.

"왜 경비를 세우지 않았을까요?"

"두려운 게 없으니까."

노련한 요원이 대답했다.

"그렇죠."

레아는 이제 곧 해야 할 일보다 그 대답이 더욱 못마땅했다.

40분이 지났다. 악마들도 모습을 드러내지 않았고 인질들도 나타나지 않았다. 그들에게 무슨 일이 일어난 건지 생각하지 않으려 애써 외면하던 레아는 이윽고 소규모 팀을 이끌고 빌딩에 진입하기로 결심했다. 매릭이 말했다.

"충고하자면, 그러지 않는 것이 좋겠어."

"'상부'는 대답을 얻기 위해 우리를 보냈습니다. 이렇게 앉아만 있어서는 대답을 얻지 못해요."

"빨리 얻지 못하는 거겠지. 아예 얻지 못할 거라는 뜻이 아니야. 안으로 들어가는 건 위험해."

"그렇다고 이 옥상에 계속 있는 것은-"

"다른 옥상도 있어."

"다른 옥상에 간다 하더라도, 어디든 위험한 건 마찬가지입니다."

매릭이 얼굴에 딱 맞게 쓴 마스크 위로 턱을 긁었다.

"그렇다면 다음 충고를 하지. 자네 대신 저기 다른 애송이 중 아무나 투입조를 이끌도록 해."

"어린 요원들은 경험이 부족합니다."

"그렇다면 숙련된 상관을 보내야겠군."

"스스로를 말씀하시는 겁니까?"

매릭이 어깨를 으쓱했다. 얼굴이 드러나지 않는 마스크 때문에 그 몸짓은 이상해 보였다.

"우리가 아랫사람들을 위해 해야 하는 일이지."

"제 임무에 다른 사람을 보내는 건 제 방식이 아닙니다."

"자네는 절대 '상부'까지는 못 올라가겠군."

"그건 둘 다 마찬가지 아닙니까."

"그럴 리가."

"상황이 여의치 않다면 나를 빼내 줄 거라고 믿고 의지하는 겁니다."

"물론."

매릭이 손을 내밀었다.

"행운을 빌어."

"행운을 빕니다."

레아가 고개를 끄덕인 다음 건물 벽에 손바닥을 대고 몸을 획 날렸다. 나노와이어 고리들이 손바닥과 팔뚝, 무릎 부위 슈트와 부츠 밑창에서 미끄러져 나왔다. 그 고리들이 모르타르에 박혀 들어가 벽을 타고 내려가는 레아를 인간 파리처럼 움직이게 해 주었다.

팀원 셋이 빌딩 아래 골목에서 합류했다. 그들은 리젠트 거리를 따라 한 블록을 뛰어 소호 구역 깊숙이 들어간 다음 다시 여섯 블록을 더 내려갔다. 그곳에서 길을 건넌 후 애플 스토어로 살금살금 다가갔다.

진입 작전의 주요 무기로 클러스터 라이플을 선택한 레아는 목표 빌딩 위로 드리운 그림자에 숨어 조심스럽게 나아갔다. 리젠트 거리를 따라 지어진 건물들은 모두 맞닿아 있어서 골목이 없었지만, 침공 동안 지속된 대학살과 약탈로 건물들 여기저기에 스위스 치즈 덩어리 같은 구멍과 틈새가 나 있었다.

레아가 돌무더기를 넘어 바닥에 널린 잔해 사이로 길을 텄다. 신중하게 고심한 끝에 애플 스토어에 인접한 건물 2층으로 진입하기로 결정했다. 건물에 다다른 요원들은 숨소리조차 죽인 채 무너진 벽을 지나 애플 스토어로 들어섰다.

중앙 전시장 바닥에서 아래층의 진동이 느껴졌다. 레아는 왼손 새끼손가락을 바닥에 대고 손목을 쭉 펴서 모노필라멘트 와이어를 쏘았다. 와이어는 콘크리트를 뚫고 내려가 아래층 천장에 작은 카메라를 장착했다. 비디오 링크가 접속되자 천장 근처에서 둥둥 떠다니는 작은 먼지 입자까지 비추었다. 진입에 방해되는 것은 먼지구름 말고는 없어 보였지만, 그마저도 1미터 남짓 떠오르다 사라졌다.

아래층을 재빨리 스캔하자 섬뜩한 기계 장치 같은 것들이 벌집처럼 군집한 것이 보였다. 한 번도 본 적 없는 광경이었다. 방 중앙에 커다랗고 네모난 기기가 있었다. 제대로 마감하지 못하고 급한 대로 이어 붙인 듯했고, 부품들을 연결한 전선이 노출되어 있었다. 다크스폰들이 거기 올라서서 노예처럼 힘겹게 노동을 하고 있었다.

기기 내부에서 칙칙한 녹색과 노란색 불빛이 깜박거렸다. 마치 어떤 거대한 생명체가 입을 떡 벌린 것처럼 보였다. 뱀처럼 바닥을 가로지른 전선들이 정맥과 동맥처럼 기기에 휘감겨 있었다. 레아는 바닥에서 느껴지는 진동이 그 기기에서 비롯된다는 사실을 깨달았다.

레아가 팀원들을 올려다보며 손을 뻗었다. 태거트가 그 손을 잡자 슈트끼리 회선이 연결되었고, 비디오 영상을 모두가 볼 수 있게 되었다. 요원 모두가 말없이 악마들을 지켜보았다.

악마 한 놈이 인질 하나를 끌어당겨 기계로 밀어 넣으려 했다. 여자는 버텼다. 다크스폰이 개머리판으로 후려치자 여자는 그 자리에서 쓰러졌고, 놈들이 일으키자 술 취한 사람처럼 비틀거렸.

또 다른 다크스폰이 여자의 목깃을 부여잡았다. 한 악마가 여자에게 전선을 연결하자 여자가 등 뒤에 미리 서서 기다리고 있던 다크스폰의 팔로 쓰러졌다. 놈들이 여자를 기계로 옮기는 동안 또 다른 악마가 우묵하게 들어간 좁은 공간의 해치를 잡아 빼듯 열었다. 놈들이 거칠게 여자를 집어넣고는 문을 닫았다.

레아는 기기 한쪽에 나란히 늘어선 해치들을 세어 보았다. 족히 마흔 개는 넘어 보였다. 위가 뒤틀리며 욕지기가 올라왔다.

그때 눈앞에서 어떤 형체가 움직이는 것이 느껴졌다. 끔찍한 일들이 벌어지는 아래층이 아니라 지금 레아가 있는 층에 누군가 다른 존재가 있다는 것을 깨닫기까지는 시간이 조금 걸렸다.

요원들을 에워싼 어둠에서 스토커 수십 마리가 쏟아져 나오는 순간 레아가 모노필라멘트 와이어를 회수하고 클러스터 라이플로 손을 뻗었다.

"달려!"

레아가 외쳤다.

"왔던 방향으로 퇴각한다!"

환한 에너지 빔과 총구에서 튀어 나오는 불꽃이 사방에서 번쩍였다. 일제 공격으로 건물이 뒤흔들렸다. 레아가 클러스터 라이플을 코앞에 있는 스토커 무리에게 겨누었다. 살보 미사일이 튀어 나가는 순간 레아는 두 발로 버티려 했으나 곧 반동으로 밀려 났다.

갈기갈기 찢기고 몸 여기저기 불이 붙은 악마들이 벽까지 날아가 부딪쳤다. 천장 한가운데 커다란 틈이 생기더니 점점 퍼져 나가기 시작했다. 자신이 입힌 타격이 아주 잠깐 만족스러웠지만 생존 본능이 그 자리를 대신했다.

레아가 팀원들 뒤를 쫓아 달렸다. 아래층에서도 악마들이 천장 구멍으로 총을 쏘아 대는 통에 바닥이 산산이 부서지기 시작했다. 바닥 한쪽이 짜부라지듯 뻥 뚫리더니 콘크리트 덩어리가 아래로 떨어졌다.

요원들은 옆 건물로 통하는 틈새에 다다랐다. 레아 옆에서 뛰던 태거트가 수류탄 핀을 잡아당기자 안전 손잡이가 떨어졌다. 그가 수류탄을 던지며 외쳤다.

"폭발한다, 피해!"

곧 수류탄이 터지며 사방이 화염에 휩싸였다. 불꽃이 슈트에 옮겨붙었지만 레아는 무시했다. 내화 소재 슈트가 견뎌 줄 것이었다. 불길이 연료통까지 번졌는지 곧 건물 전체가 불타오르기 시작했다.

그들이 바깥 골목으로 이어지는 벽의 구멍에 도착하기 직전, 페티드 헐크 한 마리가 잔해 속에서 불쑥 몸을 일으켰다. 놈을 향해 발사된 탄환들이 짙은 녹색 비늘에서 잠시 발화하다가 사그라들었다. 놈이 몽둥이 같은 두 주먹을 들어 해머처럼 내리쳤다.

레아가 무기를 들어 페티드 헐크의 가슴 정중앙을 조준해 쏘았다. 미사일이 쏜살같이 날아가 명중하자 놈은 몇 발짝 뒤로 물러섰다. 건물 아래로 이동한 팀원에게 레아가 손을 뻗으려는 순간 또 다른 페티드 헐크가 등 뒤에서 분연히 일어섰다.

레아는 빙글 돌아서서 무기를 들며 한 발짝 물러서려고 했다. 뒤꿈치가 나뒹굴던 돌덩이에 걸려 균형을 잃었다. 하지만 어쨌든 결국엔 벗어나지 못할 것임을 레아는 깨달았다. 악마는 너무 가까웠다.

레아의 머리와 한쪽 어깨를 몽땅 덮을 만큼 거대한 손이 그녀를 후려쳤다. 믿을 수 없을 정도의 통증이 밀어닥치는 것을 느끼며, 레아는 정신을 잃었다.

38장

 해턴 크로스 지하철 역사는 텅 비어 조용했지만 그렇다고 해서 아무런 보호 조치 없이 버려진 곳이 아니라는 사실을 사이먼은 잘 알았다. 이 장소의 비밀을 생각하면 당연했다.
 빨갛고 하얗고 푸르게 칠해 놓은 친숙한 런던 지하철 안내 간판이 삐뚜름히 걸려 있었다. 유리창은 깨져 있었고 절삭 공법으로 건설된 지하철 터널 아래 선로도 여기저기 뜯겨 있었다. 악마들이 파괴한 것인지, 철이 필요한 인간들이 그런 것인지는 알 수 없었다.
 망가진 풀링 엔진과 차량 몇 대가 선로 바깥쪽에 뒤집혀 있었다. 당시엔 누구나 약탈이나 절도를 일삼았다. 생존자들이 한바탕 뒤진 후 두고 간 화물이 바닥을 나뒹굴고 있었다. 침공 이후로 전자제품은 큰 쓸모가 없었다. 음식과 의약품이 최고였다.
 은거지에서도 다를 것 없지. 사이먼이 암울하게 상기했다.
 "밤새 여기 있을 건 아니지, 친구?"
 네이선이 물었다. 사이먼이 시간을 들여 다시 한번 주변을 탐색하며 조금 더 기다렸다.
 "그건 아냐."
 "그래서, 가장 마주치고 싶지 않은 건 뭐야? 언더그라운드에서 온 템플러? 아니면 악마?"
 네이선이 물었다.
 "템플러와 맞닥뜨리면 꽤 당황스러울 거 같아."

"그저 조용히 들어갔다 나오고 싶어. 시끄러워지는 건 싫어. 보급품들이 아직 저기 있고, 우리 모두 무사히 돌아갈 수 있길 바랄 뿐이야."

사이먼이 마지막 한순간까지 주변을 살핀 다음 전진 명령을 내렸다. 일단 나아가기 시작하자, 망설임과 걱정은 모두 사라졌다.

그들은 엉망진창이 된 지하철 터널 구간을 말없이 조심스레 나아갔다. 오랜 시간이 흐른 것 같았다. 무장한 손을 작은 굴착기처럼 활용하여 돌무더기와 여러 잔해를 헤쳤다. 막힌 길을 뚫어 가며 터널 속으로 더 깊이, 더 신중하게 들어갔다. 사이먼이 단추 카메라를 벽에 일정한 간격으로 설치하며 거리를 쟀다. 그러고는 카메라를 팀원들의 HUD에 연결했다. 470미터 정도 더 들어간 사이먼이 벽으로 돌아서 표면을 스캔했다. 콘크리트 벽에 네온빛 그라피티가 드러났다. 그 아래 해골 하나가 부서져 있었고 선로 여기저기에도 널브러진 해골들이 보였다.

"'노드'를 여기에 설치하자."

지하철 45미터 반경을 가리키며 사이먼이 말했다.

"숨 돌릴 공간은 되겠지. 단추 카메라, 열 감지 센서, 동작 탐지기는 여기에서부터 90미터 반경에 설치한다."

팀원들이 각자 위치로 이동해 작업을 시작했다. '노드' 발전기를 설치하기 전에 보안 경보기부터 준비했다. 템플러들은 이제 '노드'를 다루는 데에 더 능숙해졌다.

모든 것이 준비되자 사이먼은 다시 벽으로 주의를 돌렸다.

"누군가 왔다 간 것 같진 않은데, 친구."

네이선이 말했다.

"그렇군."

사이먼이 건틀릿으로 평평한 돌판을 때렸다. 콘크리트 덮개가 부서지며 떨어져 내리자 그 안에 감춰졌던 볼트들이 드러났다.

"이 보급품 창고는 임시로 지어진 거였어. 외곽에 따로 떨어져 고립될지도 모르는 경우를 대비한 거였지. 아니면 본부가 함락됐을 때라거나."

"과연 이 안에 뭐가 들어 있으려나?"

사이먼이 건틀릿을 ID 스파이크로 전환해 여섯 개의 볼트 안으로 꽂아 넣었다. 적절한 절차 없이 비밀 문을 열려고 했다가는 폭발이 일어나 모든 것을 날려 버릴 수도 있었다.

"저장 식품들, 시리얼, 탈지분유, 계란 분말."

"얇고 뽀득한 소시지 같은 건 없으려나?"

네이선이 중얼거렸다.

"소시지가 너무 먹고 싶어."

"있는 대로 먹어."

대니엘이 면박을 주었다.

"그런 즐거움이라면 당분간은 누리지 못할걸."

ID 스파이크가 사이먼을 템플러 가문의 일원으로 인식하자 볼트들이 풀렸다. 사이먼이 벽 한쪽을 밀었다. 네모난 강철 보안 문이 바닥에서 어슴푸레 빛났다. 마치 잠수함 해치처럼 보였다. 네이선이 물었다.

"이 창고에 대해서는 어떻게 안 거야?"

"아버지가 저장 시설 위치를 모두 기억하라고 하셨거든. 적어도 기억하게 하려고 애쓰셨지. 아버지는 위치를 전부 아셨어. 가문 수장들이 그랬던 것처럼, 하지만 난 절대 전부는 기억할 수 없었지."

"하나라도 잊지 않았다니, 잘했어. 고기와 물이 조금 남긴 했지만 저장 식품들은 도움이 될 거야."

사이먼도 동의했다. 꾸준히 사슴을 사냥했지만 이미 은거지 주변의 사슴 수가 너무 줄어 다시는 회복될 수 없는 것은 아닌지 염려되던 참이었다. 보호와 보존을 중시하는 템플러 강령에도 어긋나는 일이었다.

"치즈를 먹을 수 있다면 죽어도 좋을 것 같아, 친구. 와인 한 병도."

불빛이 재빨리 깜박거리더니 잠금장치가 열렸다. 사이먼의 HUD에서 자동으로 설정된 기계 음성이 울렸다.

- 어서 오십시오, 템플러.

사이먼이 당기자 액체금속으로 제작되어 광택이 흐르는 육중한 문이 스르륵 미끄러지듯 열렸다. 통로에는 불빛이 희미하게 밝혀져 있었다. 그가 안으로 걸어 들어가려 했다.

대니엘이 그의 어깨를 붙잡아 세웠다.

"여기가 유일한 출입구지?"

"템플러 저장 시설이라고."

사이먼이 대답했다.

"들어가면 안쪽에 출구가 두 개 있을 거야."

"아, 알았어. 그냥 확인한 거야. 규모는 얼마나 돼?"

"2층."

"그럼 보급품이 꽤 많겠는걸."

"아무도 가져가지 않았다면-"

"그랬을 거 같진 않아."

네이선이 말했다.

"여기 콘크리트 벽에 그런 흔적은 없는걸."

"-몇 달 동안 버틸 만큼은 될 거야."

사이먼이 말을 끝내고는 복도를 성큼성큼 걸어 내려갔다. 대니엘이 물었다.

"그럼 왜 진작 오지 않은 거야?"

"템플러 물건엔 손대고 싶지 않았으니까."

"빌어먹을, 우리가 템플러라고, 친구."

네이선이 벽을 때렸다. 금속이 금속과 부딪치며 내는 커다란 소리가 복도를 울렸다.

"저기 숨어만 지내는 놈들이 아니라."

"모두가 숨어 있길 원하는 건 아냐."

대니엘이 말했다.

"지금까진 우리 스스로 해낼 수 있었어. 도움을 요청할 필요가 없었던 것뿐이야."

사이먼이 말했다.

"지금도 도움을 요청하고 있는 건 아니지."

네이선이 말했다.

"또 지금껏 직접 손에 넣을 수 없는 건 취하지 않았었어."

사이먼이 말을 이었다.

"가끔은 말이야, 친구, 너는 너무 우직하고 엄격해. 우리 아버지가 가문 수장이셨고 그래서 내가 이런 장소를 알고 있었다면 우린 진작 여기 왔을걸."

"사이먼이 옳아."

대니엘이 말했다.

"우리가 처음부터 여길 왔었다면 부스나 다른 템플러들이 분개했을걸. 생존이 아니라 도둑질이라고 매도했을 거야."

"도둑질도 생존도 아니야."

사이먼이 말했다.

"우리에게 의지하는 무고한 사람들을 돌보는 일이지. 그들의 신뢰를 저버리는 일은 없을 거야."

사이먼이 또 다른 문 앞에 멈추어 서서 ID를 입력하자 문이 열렸다. 2층으로 이루어진 창고 속에는 시리얼, 탈지분유, 계란 분말, 파스타 면 상자와 캔 음식이 가득했다.

"이거 신나는걸."

중얼거리는 네이선의 목소리에서 안도감이 강하게 묻어 나왔다.

"더 큰 운반 차량을 갖고 올걸 그랬어, 친구."

템플러들이 일렬로 서서 보급품을 옮기는 것은 내키지 않았지만 그러지 않는다면 너무 오랜 시간이 소요될 것이다. 이미 무방비하게 노출된 상태였다. 갑옷의 힘과 스피드로 최대한 빨리 작업을 끝내야만 했다.

건조식품들은 무겁지 않았지만 공간을 많이 차지했다. 엔진이 잘 작동하는지, 런던 외곽까지 이동할 기름이 있는지 확인한 트럭 두 대를 지하철역에서 1킬로미터 남짓 떨어진 지점에 세워 둔 참이었다. 많은 짐을 옮길 수 있을 만큼 컸다. 생존자 몇몇이 숨어서 지켜보고 있었지만 악마가 나타났다는 조짐은 없었다.

그들은 신속하게 트럭 한 대에 짐을 꽉 채운 후 두 번째 트럭에도 싣기 시작했다. 단추 카메라들이 지상의 모든 움직임을 포착하고 있었다.

- 경고.

갑옷 HUD가 현재 화면을 인근 거리 모퉁이 영상으로 대체하며 경고했다.

"네이선."

사이먼이 불렀다.

"알았어, 친구."

"지금 들고 있는 걸 가지고 나가서 차에 싣는다. 모두 당장 터널에서 나가."

전원 창고에서 나오자 사이먼이 해치를 봉인하고 벽을 제자리에 위치해 흔적을 감추었다. 그러고는 한 손에는 검을, 다른 손에는 영양바 상자를 들고 계단으로 향했다.

동이 트기까지는 아직 몇 시간 남아서 도시는 완전한 어둠에 잠겨 있었다. 영원히 사라지지 않을 것 같은 짙은 연기가 하늘 어딘가에 있을 달을 가리고 있었다.

"트럭에 실어. 이제 여기에서 무사히 빠져나가는 일만 생각한다."

사이먼이 말했다. 적재를 마치기 전, 수신기로 증폭된 목소리가 울렸다.

"하던 일을 멈추고 트럭에서 물러나라."

템플러들이 무기를 꺼내 들었다. 사이먼은 검을 검집에 넣고 두 손을 들어 올렸다.

"모두 침착해."

"침착하기는 힘들 것 같은데."

네이선이 말했다.

"총으로 겨눠진 마당에."

"여기는 사이먼 크로스다. 나는-"

"당신이 누군지는 안다."

거친 목소리가 대답했다.

"트럭에서 물러나라."

"이 음식이 필요한 사람들이 있다."

"템플러 소유다. 우리 것이다."

"템플러가 대체 언제부터 도움이 필요한 사람들과 가진 것을 나누지 않은 거지? 나의 아버지, 토머스 크로스 경은 다른 무엇보다도 우리를 기사로 가르치셨다. 사람들과 함께 걸으며 짐을 나누어지는 것이 이 생에서의 우리 의무다."

사이먼이 트럭들을 가리켰다.

"저 식량은 굶고 있는 여자와 아이들을 위한 것이다."

"우리 알 바 아니다."

"알아야 할걸."

대니엘이 말했다.

"스스로를 템플러라고 부르는 걸 부끄러워하라고."

저렇게 말하려던 건 아니었는데. 사이먼은 신경이 쓰였지만 상황이 어떻게 돌아갈지 그대로 지켜보기로 했다.

"부스 원수께서 말씀하시길, 당신은 여기에 접근할 권-"

"그만하시죠."

묵직한 목소리가 울려왔다.

"머리가 다 아프군요."

그림자 속에 앉아 있던 템플러 한 명이 일어서더니 걸어 나왔다. 무광 회색에 올리브색을 띤 매끈한 갑옷을 입고 있었다. 두 손에는 전투 도끼를 들고 있었다.

"물러서라, 허스테드 하사."

"아뇨, 그러지 않을 겁니다."

허스테드가 대답했다.

"굶주린 사람들이 이 보급품을 기다리고 있다면요. 아기와 여자들에게 전해질 식량을 빼앗지는 않을 겁니다. 그 누구의 명령이라 하더라도요. 부스 원수라 해도 마찬가지입니다."

그가 거대한 도끼를 어깨에 걸치더니 돌아서서 뒤에 모인 템플러들을 보았다.

"지금 이것이, 여러분이 행하고자 하는 의무입니까?"

그의 말에 동의하는 듯한 웅성거림이 퍼져 나갔다. 사이먼은 죄어들던 위가 한결 편해지는 것을 느꼈다. 허스테드가 사이먼에게로 돌아섰다.

"더 필요한 것이 있으십니까, 크로스 경?"

"아닙니다. 옮길 수 있는 것은 거의 실었습니다. 그리고 이미 너무 오래 머물렀습니다. 창고는 잠가 두었습니다. 고맙습니다."

"도시 밖으로 나가는 퇴로는 확보하셨습니까?"

"찾을 겁니다. 무장 차량들이 도시 외곽에서 기다리고 있습니다."

"우리가 호위해 드릴 수도 있습니다."

허스테드가 나섰다.

"무장 차량 네 대가 있습니다. 도시 밖으로 나갈 때 곤경에 처하지 않도록 도울 수 있을 겁니다."

"고마운 말씀이지만, 하사가 난처한 입장에 처하는 것은 바라지 않습니다."

"저는 템플러입니다, 크로스 경. 어쩌면 여기 있는 다른 이들은 진정 템플러가 누구인지 잊었는지 모르지만 저는 잊지 않았습니다. 저는 경의 아버지를 압니다. 할 수만 있었다면 그분과 함께 목숨을 바쳤을 겁니다."

"아버지는 당신이 살아남길 바라셨을 것입니다."

허스테드가 제일 먼저 나서 그들을 막았던 템플러를 어깨 너머로 가리켰다.

"저자는 부스 원수의 사촌입니다. 요직 대부분이 부스 가문 청년들로 채워진 것을 깨달았습니다. 저자는 머리가 좋고 검을 잘 쓰지만 아직 스스로 생각하는 법을 배우는 중이랄까요. 여전히 사촌에게 아부 떠느라 바쁘고요."

"존경을 보여라, 허스테드 하사."

그 젊은 남자가 응수했다.

"그럴 겁니다, 중위님. 존경받을 만한 일을 하신다면 말입니다."

"자네 멋대로 차량을 끌고 가게 둘 수는 없다."

"투표라도 하길 바라시는 겁니까?"

장교는 망설이다가 대답했다.

"아니, 그건 아니다."

"좋습니다. 홀로 차량 뒷좌석에 묶여 계시고 싶은 게 아니라면 함께하시죠."

아무것도 드러나지 않는 투구 속에서 사이먼은 크게 미소를 지었다. 이들 덕분에 더욱 안전해지긴 했지만 도시를 빠져나가는 것은 여전히 기나긴 여정일 것이다.

39장

 뭔가에 세게 맞은 레아가 정신을 차렸다. 얼굴에서 어마어마한 통증이 느껴졌다. 눈물로 눈앞이 뿌예져 몇 번 눈을 깜박거리며 머리 위로 불쑥 솟은 괴기스러운 악마를 보았다. 레아는 본능적으로 무기를 들고 쏘려고 했지만 팔을 움직일 수 없었다. 사실 몸 어느 부위도 움직일 수 없었다. 벌거벗은 채 기계 속에 묶여 있었다. 자신을 내려다보는 악마는 얼굴이 길쭉했고 코끼리처럼 휘어진 코는 팔라듐 합금도 뚫을 수 있을 것 같았다. 얇은 골격은 무겁게 얹힌 머리를 지지하기에는 너무 약해 보였다.

 "느디어 깨어났는가?"

 악마가 드문드문 영어를 섞어 물었다. 레아는 대답하지 않았다. 놈이 입술 없는 입으로 히죽 웃었다.

 "너는 너무 많은 것을 보았다."

 놈이 뒤로 손을 뻗어 고리 하나를 꺼내더니 두툼한 손가락으로 열었다. 악마가 목에 고리를 채우려고 하자 레아는 몸부림치며 저항했다. 레아를 가둔 기기가 작동을 시작하자 진동과 열기가 전해졌다. 무력했지만 분노가 치밀어 올랐다.

 "그렇게 애써라. 지켜보는 재미를 더해 주기만 할 것이니."

 악마가 조롱했다. 고통으로 레아의 온몸이 비명을 지르는 듯했다. 잠시 자신의 비명 소리가 들리는 듯했으나 목이 잠겼는지 목소리가 나오지 않았다. 그러고는 곧 의식을 잃었다.

레아는 좁은 방의 밋밋한 금속 벽을 바라보았다. 어떻게 이 방으로 왔는지 떠올리려 애썼다. 기억에 구멍이 생긴 것이 분명했다. 마지막으로 생각나는 것은 목에 채워지던 고리였다.

한 손을 들어 목을 만져 보았지만 아무것도 없었다. 분명 벌거벗고 있었는데 어느새 검은 슈트를 입고 있었다. 레아가 통신회선을 열었다.

"여기는 레이븐 리더. 누구 계십니까?"

응답은 없었다.

"여기는 레이븐 리더. 아무도 없습니까?"

마음속에서 불안이 조금씩 치밀어 올랐다. 천장을 따라 그림자가 움직인다는 생각이 잠깐 들었다. 레아가 자세를 낮추며 서멀 볼터와 SRAC 기관총을 꺼내 들었다.

흐릿하게 일그러진 채 금속 천장에 어른거리는 자신의 모습이었지만, 그 사실을 깨달았음에도 무기를 거두지는 않았다. 공포는 여전히 강하게 남아 있었다.

천장에는 문이 없었다. 바닥을 살펴보았지만 마찬가지였다. 폐쇄된 방에 어떻게 들어온 것일까?

발을 굴러 보았지만 바닥은 견고했다. 나갈 공간이 없다는 사실을 받아들이기 힘든 레아가 서멀 볼터를 총집에 넣은 후 SRAC 기관총의 접이식 개머리판으로 벽을 때리기 시작했다. 15센티미터 간격으로 나아가며 주의 깊게 소리를 들었다.

벽 역시 빈틈이 없었다. 사면이 막혔음을 깨달은 레아가 심호흡을 하며 진정한 후 이번에는 아래에서 위로 벽을 두드리기 시작했다. 두 번째 벽에서 텅 하고 울리는 소리가 그 너머에 빈 공간이 있음을 알려 주었다.

 너무 큰 희망을 품지 않으려 애쓰며 레아가 벽을 꼼꼼하게 살폈다. 고글로 다양한 빛의 파장을 비추던 그녀가 마침내 눈으로는 식별되지 않는, 머리카락 한 가닥만큼 가느다란 실금을 발견했다.

 기억 속에 있던 기이한 광경이 떠올랐다. 애플 스토어에 있던 악마들과 그 이상한 기기였다. 그것들은 다 어디로 갔지? 나는 어떻게 여기까지 옮겨진 거지?

 열기로 후끈거리는 방은 마치 오븐 속 같았다. 레아가 벽에 손바닥을 놓고 나노 후크를 꺼내 벽을 기어오를 수 있도록 했다. 다행히 후크들은 금속 벽을 뚫고 박혔다. 레아가 지렛대처럼 한 발을 벽에 대고 힘껏 밀며 손을 당겼다.

 벽이 삐걱거리며 힘겹게 열렸다. 그 너머로 좁은 통로가 어둠에 잠겨 있었다.

 "레이븐 리더."

 희미한 목소리가 회선을 통해 들려왔다.

 하느님, 감사합니다.

 "여기는 레이븐 리더."

 레아가 대답했다.

 "누구십니까?"

 "제프리입니다."

 목소리가 응답했다.

 "제프리 팀스. 도움이 필요합니다. 부상당했습니다."

 제프리 팀스는 팀에 배정된 젊은 요원이었다.

 "침착해라. 위치가 어딘가?"

"모르겠습니다."

"주위를 살펴봐."

"어떤 방입니다. 사방이 금속 벽입니다."

"어떻게 거기 들어갔는지 기억하나?"

"아뇨. 방금 막 깨어났습니다."

제프리가 발작적으로 기침을 하느라 말을 멈추었다. 다시 입을 열었을 때 목소리는 더욱 약해진 것 같았다.

"출혈이 심각합니다."

"내가 찾아가겠다."

레아가 대답했지만 대체 어떻게 해야 할지 알 수 없었다. 그녀가 두 눈을 감고 생각했다.

"벽을 때려 봐. 내가 들을 수 있도록."

그가 가까이 있기를 바라는 수밖에 없었다.

잠시 후 왼쪽 등 뒤, 막힌 벽에서 쿵 하는 소리가 들렸다.

"들리십니까?"

"들린다. 들리나?"

레아도 대답하면서 왼쪽 벽을 쳤다.

"들립니다."

안도했는지 제프리가 웃으려 했지만 그 웃음은 또 다른 발작적인 기침으로 막혔다.

"버텨라. 찾을 방법을 알아낼 테니까."

레아가 SRAC를 총집에 넣은 후 벽에 난 좁은 구멍을 비집고 빠져나갔다.

짧은 통로 너머는 완전히 어둠에 잠겨 있었다. 아무것도 보이지 않았다. 그제야 조금 전까지 있던 방은 대체 어디에서 들어오는 빛으로 밝았던 것인지 알 수 없다는 데 생각이 미쳤지만, 거기에 생각이 미치자마자 그 빛마저 사라졌다.

레아는 더듬거리며 나아갔다. 얼마나 멀리 왔는지 알 수 없었다. 그다지 오래는 아니라고 생각해야 말이 되었지만, 영원처럼 느껴졌다. 사방이 막힌 좁은 공간에서 쌕쌕대는 숨소리조차 천둥처럼 들렸다. 앞이 보이지 않았기 때문에 더욱 괴로웠다. 어둠 속에 있을 법한 온갖 악마들이 머릿속을 들쑤셨다. 빛을 밝힐 수 있는 슈트 내장 장치는 전혀 작동하지 않았다.

"제프리."

홀로 있다는 느낌을 견디기 힘들어진 레아가 호출했다.

"아직 거기 있나?"

"네. 겨우 버티고 있습니다."

"조금만 더 힘내라. 곧 가겠다."

"왜 이렇게 오래 걸립니까?"

"방향을 알기가 어렵다. 말을 멈추지 마라."

순간 고통스러울 정도의 잡음이 귀를 꿰뚫었다. 레아는 하마터면 마스크를 벗어 던질 뻔했다.

"제프리?"

대답이 없었다.

"제프리?"

레아가 조금 더 속도를 냈다. 악마에게 발각된 것일지도 몰랐다. 하지만 곧 벽에 다다랐다. 레아가 손가락과 손바닥으로 매끄러

3부: COVENANT(서약)

운 금속 벽을 훑었다. 통로 끝이 전부 막혀 있었다.

패닉이 밀려왔다. 다시 한번 지렛대처럼 몸으로 밀어 보았지만 벽은 꿈쩍도 하지 않았다. 어디 다른 곳으로 이어지는 통로도 없는 듯했다.

등 뒤에서 웅웅거리는 기계음이 들리더니 한 줄기 빛이 새어 나왔다. 왔던 쪽을 돌아보자 통로 반대쪽 끝이 완전히 닫혀 있었고, 빙글빙글 돌아가는 칼날들이 이리저리 움직이며 사정없이 그녀의 발로 다가오는 것이 보였다.

절망에 빠진 레아가 주위를 두리번거리다가 오른쪽 벽에서 희미한 실금을 발견했다. 손바닥으로 힘껏 내려쳐 나노 후크를 발사한 후 벽을 잡아당겼다. 그러고는 두 발을 향해 다가오는 칼날들을 막아 주길 바라며 떼어 낸 벽면을 힘껏 던졌다. 칼날들은 멈추지 않았고 귀를 멀게 할 정도로 윙윙거리는 소리를 내며 금속판을 종잇장처럼 찢어 버렸다.

"레아!"

제프리가 외쳤다. 예상치 못하게 통신이 돌아왔다. 칼날이 레아의 발을 덮치려는 순간 그녀는 가까스로 몸을 뒤틀어 벽 사이로 몸을 들이밀었다.

"레아!"

칼날이 순간 멈추었다. 뜯어낸 벽면에 막힌 것일 수도 있었다. 잠시 레아는 칼날들이 방향을 바꾸어 곧장 그녀에게 달려들지는 않을지 긴장한 채 지켜보았지만, 칼날들은 그대로 퇴로를 막고 있을 뿐이었다.

"제프리. 이제 괜찮아. 거의 다 왔다."

"끔찍한 소리가 나는군요."

"그래. 별거 아냐."

지금으로선 말이지.

레아가 조금 더 앞으로 몸을 빼고 곧게 뻗은 통로에서 90도로 몸을 뒤틀었다. 간신히 상체를 밀어 낸 레아가 나노 후크로 무게를 실어 눈앞에 드리운 짙은 어둠 속으로 몸을 모두 빼냈다. 등 뒤에서 열린 틈이 쾅 닫혔다.

"제프리."

레아가 불렀으나 대답은 없었다.

레아는 그런 식으로 출구 네 개와 치명적인 함정 두 개를 더 발견했다. 구부러지는 방향을 되뇌며 머릿속으로 지도를 그렸다. 적어도 처음 들었던 쿵쿵거리는 기계 소리로 향하고 있다고 믿었다. 그러나 확신할 방법은 없었다.

"레아."

제프리의 목소리는 두 번째 통신 때보다도 약해져 있었다.

"여기 있다."

"꿈인 줄 알았습니다."

"아냐."

"이상한 꿈을 많이 꿨습니다."

"열이 나서 그럴 거야."

또 다른 막다른 벽에 다다르자 레아는 절망감으로 비명을 지르고 싶었다.

"춥습니다."

"버텨야 해."

레아가 길을 막고 있는 벽을 조심스럽게 조사한 다음 통로 양옆도 살폈다.

"한 번 더 벽을 쳐 줄 수 있겠나?"

"네, 할 수 있을 것 같습니다."

레아가 귀를 기울였다. 힘없이 천천히 벽을 두드리는 소리가 발아래에서 나는 것이 들렸다. 레아는 슈트의 온갖 기술과 새로운 안구로조차도 어둠 속을 볼 수 없다는 사실을 저주했다.

"들린다. 가까워."

레아도 벽들을 두드렸다.

"그렇군요."

"몇 분 후면 도착할 거야. 버텨야 해."

레아가 통로 바닥에 손바닥을 대고 느슨하게 덮인 커버를 치우려고 했다. 무릎으로 바닥을 치자 아래 빈 공간이 울리는 소리가 났다. 기대감으로 흥분한 레아가 뒤로 물러선 다음 다시 손바닥으로 강하게 내리쳤다. 강철판이 날아가며 3미터 아래 통로 끝에서부터 희미한 빛이 비추었다.

"레아?"

제프리의 목소리가 통신회선이 아니라 귀로 들렸다. 그가 바로 아래에 있었다.

"들린다, 제프리. 정말 다 왔어."

레아는 당장이라도 뛰어내리고 싶은 충동을 억눌렀다. 아래 공간에 무엇이, 혹은 누가 있을지 내려가기 전에는 알 수 없을 것이다. 레아가 열린 구멍으로 머리와 어깨부터 집어넣었다. 중력 때문에 피가 머리로 쏠렸다.

레아가 천장에 매달린 채 사방을 둘러보았다. 희미한 불빛으로 금속 벽들만 가까스로 보였다. 좁은 방 바닥에 한 남자가 누워 있었다. 마찬가지로 금속인 바닥에서 짙은 피가 번들거렸다.

쓰러져 있는 제프리는 창백해 보였다. 그는 불타는 듯한 움푹 꺼진 눈으로 레아를 제대로 쳐다보려고 애썼다. 두 손으로 복부를 부여잡고 있었다.

"오셨습니까?"

"침착해. 도와주겠다."

레아가 천장 구멍 양쪽에 두 손을 놓고 후크로 고정한 후 유연하게 떨어져 착지했다. 제프리가 꺽꺽거리며 말했다.

"절 찾아내셨다니 믿을 수 없습니다."

"찾았지."

레아가 그에게 다가갔다.

"혹시 물 있으십니까?"

레아가 없다고 말하려는 순간 벨트 뒤쪽에서 익숙한 물통의 무게가 느껴졌다. 레아가 물통을 제프리에게 건넸다.

"천천히 마셔."

레아가 충고했다.

"열이 심한 것 같군."

하지만 결국 물 마시는 것을 도와주어야만 했다. 이상하게도 제프리의 입으로 물통을 기울여 붓는데도 물 한 방울 바닥에 흐르지 않았다.

그 순간, 제프리의 피부가 희미해지기 시작하더니 해골이 되었다. 레아는 상아색 해골의 뻥 뚫린 구멍 속으로 물을 붓고 있었다.

 레아는 소름이 끼쳤다. 얼른 수통을 당겨 뚜껑을 닫았다. 이 미로에 얼마나 오래 있어야 하는지 알 수 없으니 물을 아껴야 했다.

 정신적으로 지치고 감정적으로 흥분한 레아가 해골을 물끄러미 바라보았다. 어떻게 해야 사람이 순식간에 저런 모습이 되는지 궁금했다. 마음을 가라앉히기 위해 눈을 감았다. 눈앞의 광경을 제대로 마주할 준비가 되지 않았다.

 레아가 눈을 떴을 때 해골은 사라지고 없었다. 아무것도 없는 방으로 되돌아와 있었다.

40장

"저들은 네가 여기 있는 걸 좋아하지 않을 거야."
나오미가 말했다.
"처음엔 그렇겠지."
워런이 동의했다.
"하지만 내가 뭘 줄 수 있는지 알게 된다면-"
"심지어 더 싫어할걸. 너를 믿고 싶어 해도 아직은 무서워하니까."
"-내 얘길 끝까지 들을 거야."

적어도 워런은 그의 생각이 맞기를 바랐다. 은신처를 잃은 후로 이틀이 지났다. 워런은 나오미와 함께 그가 설득할 수 있을지 모를 카발리스트 분파를 찾아다니며 아무 건물에서나 밤을 보냈다.

그들은 번화가인 피커딜리 쪽으로 이동하며 망가진 아파트와 상점들을 자세히 살펴보았다. 나오미는 카발리스트 분파가 그 지역에 모여 있다는 얘기를 들은 적이 있었다. 그들이 발견한 한 분파는 공동 주택 6층에 머물고 있었다.

근처에 있던 경비가 그들을 막았다. 세 남자 모두 덩치가 컸다. 그 체격 때문에 경비로 뽑힌 것이 분명했다. 얼굴을 비롯하여 드러난 팔과 목, 가슴에 문신이 보였다. 악마의 신체 일부인 가죽과 힘줄을 꿰매 만든 방어구를 입고 있었다. 실이나 낚싯줄로 제작한 의복은 그들이 힘겹게 얻은 얼마 되지 않는 아케인 에너지마저 사그라들게 할 것이 분명했다.

"원하는 게 뭐냐?"

모호크족 머리를 한 수척한 남자가 말했다. 고통을 참고 새겨 넣었을 문신들로 얼굴은 붉었다. 한 손에는 마체테(도검)를 들었고 한쪽 어깨에는 또 다른 마체테를 걸치고 있었다.

"워런 시머다. '목소리'와 이야기하러 왔다."

세 명의 경비가 알 것 같다는 시선을 교환했다.

"우리의 '목소리'께서는 너와는 아무것도 하지 않으실 것이다."

한 남자가 말했다. 최근에 이식했는지 작은 악마 뿔 세 개가 돋은 부위에서 피가 흐르고 있었다. 거미원숭이보다 크지는 않지만 전파를 뿜어내는 날개 달린 악마 종족에게서 얻은 뿔인 듯했다.

"그럴 거라 생각하는데."

워런이 확신에 차서 말했다.

"내가 뭘 줄 수 있는지 안다면."

"자만심이 너무 강한걸, 악마 같은 놈."

"설마."

워런이 남자에게 손짓을 했다. 번쩍이는 빛이 파도처럼 남자를 때렸다. 무릎이 구부러진 남자가 뒤로 날아가 나동그라지자 포장도로가 움푹 패었다. 남자가 고통에 찬 비명을 질렀다.

마체테를 든 젊은 남자가 깜짝 놀랄 만큼 빠르게 워런의 머리에 무기를 겨누었지만, 워런은 거의 아무런 노력도 들이지 않고 날아드는 마체테를 막더니 무거운 칼날을 휙 돌리고는 칼자루를 땅에 내리꽂았다. 곧이어 에너지 장벽이 땅에서 솟아오르더니 남자를 뒤로 내동댕이쳤다.

머리를 빡빡 밀어 두개골의 문신을 드러낸 다른 한 남자가 벽돌

같은 피스톨을 꺼내 들었다. 그가 발포하자 총신 위에 붙여 놓은 괴상한 통에서 액체가 꿀렁꿀렁 흘러 들어갔다.

워런이 한 손으로 방어막을 만들어 냈다. 새끼손가락 손톱 끝보다 크지 않은 작은 악마 네 마리가 방어막에 부딪쳤다. 화가 난 놈들은 가시 돋친 꼬리를 휘두르며 방어막을 때려 댔다.

나오미가 욕을 참으며 물러섰다. 이런 작은 악마나 곤충 떼처럼 생명체를 탄약으로 쓰는 것은 악마의 방식이었다. 그런 무기를 카발리스트들이 쓰는 것은 워런 역시 처음 보았다.

"흥미롭네."

워런이 말했다.

"직접 만든 무기인가? 아니면 사용법을 배운 건가?"

카발리스트가 다시 무기를 겨누었다. 워런이 손짓하자 방어막 앞에서 꿈틀대던 생명체들이 카발리스트들을 향해 날아가더니 얼굴 바로 앞에서 멈추었다. 남자가 메시지를 알아듣고는 무기를 내렸다.

작은 뿔을 세 개 이식한 카발리스트가 일어섰다. 그가 뿔을 한 손으로 쓰다듬으며 어리둥절한 표정을 지었다.

"여기 느낌이 이상한데."

워런에게 피스톨을 겨누었던 카발리스트가 그를 바라보았다.

"이식 부위가 나았는데. 처음부터 뿔들이 자라 있었던 것처럼 보여."

"치료되었다고?"

카발리스트가 손가락으로 뿔 주위를 만져 보더니 놀란 얼굴로 워런을 바라보았다.

"당신이 이런 거야? 날 치료했다고?"

"맞아."

"어떻게?"

"내가 너희에게 줄 수 있는 것 중 한 가지지."

카발리스트가 믿을 수 없다는 듯 계속 뿔을 잡아당겼다. 워런이 재차 말했다.

"'목소리'를 만나고 싶다."

"좋아. 사람을 보내 알리지."

남자가 모호크족 머리를 한 카발리스트에게 손짓을 했다. 젊은 카발리스트가 욕설을 뱉으며 일어서더니 건물로 들어갔다. 워런은 그제야 남자의 얼굴을 노리던 생명체들을 터뜨리고는 땅에 시체를 떨어뜨렸다.

건물 내부는 엉망이었지만 몇몇 장소는 사람들이 지낼 수 있을 정도로 깨끗하게 정돈되어 있었다. 서른 명 정도가 눈에 띄었지만 그보다 많을 수도 있었다. 아무도 워런을 보고 반가워하는 것 같지 않았다. 그가 3층으로 향하는 계단을 올라가는 모습을 여러 개의 눈들이 지켜보았다.

2층의 넓은 구역에는 정원이 마련되어 허브와 채소들이 자라고 있었다. 채소 상자의 크기로 판단해 볼 때, 손쉽게 옮길 수 있도록 만든 것 같았다.

천연 약재로 쓰이는 허브와 향신료들은 낯익었지만 괴상하게 뒤틀린 식물도 보였다. 일부는 '화마' 지역에서만 자라는 종이었다.

젊은 여자가 3층에 서서 기다리고 있었다. 열아홉이나 스물쯤으로 보이는 날씬한 아시아계였다. 감청색 머리카락을 어깨까지 늘어뜨렸고 눈은 아몬드 같았으며 눈동자는 초록색이었다. 얼굴과 팔, 다리에 문신을 하고 튜닉과 카고 바지에 하이킹 부츠 차림이었다. 카발리스트 조직의 '목소리'처럼 생기지는 않았지만 워런은 그녀에게 감도는 힘을 느낄 수 있었다.

"다이유입니다."

여자가 말했다. 그녀 주위로는 네 명의 카발리스트가 있었다.

워런은 하마터면 웃어 버릴 뻔했다. 150센티미터를 겨우 넘길 것 같았지만 여자에게서 느껴지는 힘은 그 네 남자보다도 훨씬 강력했던 것이다.

"워런 시머입니다."

"당신 이야기는 들었어요. 어느 분파에도 속하지 않았다고요."

"맞습니다."

다이유가 흥미로운 듯 그를 관찰했다.

"문신이나 다른 어떤 장치 없이 힘을 다룰 수 있다고도 들었습니다."

"그런 것들은 필요 없어요."

"당신이 악마의 손을 얻고 그의 표식을 받았기 때문이라고 하더군요."

다이유의 시선이 워런의 은빛 손에 머물렀다. 워런이 그 손을 움직여 보였다.

"힘을 이끌어 내도록 해 주지만 순전히 나의 힘입니다."

"알겠습니다."

다이유가 다시 워런의 눈을 바라보았다.

"원하는 게 뭔가요?"
"당신이 거부할 수 없는 거래를 하려고 합니다."
"당신이 줄 수 있는 것은 제 스스로도 손에 넣을 수 있습니다."
워런은 자신이 치유해 준 남자에게 손짓을 했다. 남자가 마지못해 다가왔다.
"당신 사람들은 악마에게서 손에 넣은 것들을 통해 악마를 모방하려고 하죠. 하지만 몸에 상처를 냄으로써 이들은 더욱 약해집니다. 나는 이들을 치료할 수 있습니다. 여러분이 접합하려고 시도한 악마의 신체를 영원히 자리 잡게 해 드릴 수 있습니다."
"여기 좀 보세요."
남자가 말했다.
"방금 저자가 이 뿔을 낫게 했습니다."
다이유가 남자를 무릎 꿇게 하고 뿔들을 살펴보더니 조심스럽게 검지로 만져 보았다. 전기 스파크가 살갗을 찌르자 그녀가 획 뒤로 몸을 뺐다.
"접합 부위가 자리 잡히면 '집중의 돌'로 작용하여 아케인 에너지를 더욱 쉽게 다룰 수 있을 겁니다."
워런이 말했다. 젊은 여자가 의심스럽다는 듯 그를 바라보았다.
"나중에 몸이 거부하면요?"
"이식받은 사람이 이제 필요 없다고 결정하기 전까지 그럴 일은 없습니다."
주위의 웅성거림이 더욱 커졌다. 다른 층에 있던 더 많은 카발리스트들이 이야기를 들으려고 몰려들었다.
"당신 제안을 우리가 받아들여야 하는 이유가 뭐죠?"

"받아들이지 않을 이유도 없을 텐데요."

워런은 용감하게 들리도록 말했지만, 여태껏 다른 사람과 이런 식의 거래를 한 적은 한 번도 없었다. 그는 천성적으로 단호하지 못했다. 그토록 절망적이지 않았더라면 지금도 마찬가지였을 것이지만, 그에겐 도망갈 곳도, 숨을 곳도 없었다. 릴리스는 워런이 자신에게 도움이 되지 않는다면 그를 파멸시킬 작정인 듯 보였다.

"거래를 하러 왔다고 했죠."

"그렇습니다."

"당신도 뭔가를 얻지 못한다면 거래가 안 될 텐데요."

워런은 깊은 인상을 받았다. 여자는 그가 예상했던 것보다 똑똑했다.

"당신이 원하는 것과 같은 것을 원합니다. 더 큰 힘이죠. 내가 더 큰 능력을 얻으려면 도움이 필요합니다."

"내가 당신을 돕기를 바라는 건가요?"

"아닙니다."

"그렇다면?"

"당신이 나를 따르기를 바랍니다."

"나는 최고 선견자를 따릅니다."

"그건 상관없습니다. 원한다면 최고 선견자를 따르세요. 하지만 이 일에 있어서는 나를 따라야 합니다. 나는 당신을 더 강하게 만들어 줄 수 있습니다. 최고 선견자는 그렇지 않죠. 어떤 카발리스트도 그렇게 하지 못했지만, 나는 당신에게 힘을 줄 수 있습니다."

다이유가 잠시 그를 살펴보더니 고개를 끄덕였다.

"먼저 나의 사람들과 의논해야 합니다. 그런 후 돌아오겠습니다."

"서두르셔야 할 겁니다."

워런이 경고했다.

"나는 다른 분파를 찾아가도 그만이니까요."

나오미는 몇 블록 떨어진 식료품점에서 배낭에 채워 넣었던, 가장 좋아하는 국수를 꺼냈다. 아직 도시 내에 생존자들이 있었고 침공 이후 4년이나 지났지만 음식은 충분히 남아 있었다. 신선 식품만 상했을 뿐이었다.

포장을 뜯어 며칠 전 찾아낸 작은 냄비에 면을 넣었다. 그녀는 워런의 은신처에 있었던 부엌 비품들이 그리웠다. 두 사람은 다이유와 이야기를 끝낸 후 근처 아파트 지하에 몸을 숨긴 참이었다. 나오미는 재빠르게 불을 피운 후 면 위로 물을 붓고 조미료를 넣었다.

워런은 창가에 서서 깨진 더러운 유리 너머를 바라보았다. 침착해 보였지만 속마음은 다르다는 것을 잘 알 수 있었다. 나오미가 좁은 지하실을 가득 채운 음식 냄새를 맡으며 물었다.

"무슨 생각해?"

"카발리스트."

심란한 말투를 봐서 속내를 절반쯤만 드러낸 듯했다.

"무슨 결정을 내릴지 걱정돼?"

"아니. 옳은 결정을 내릴 건 알아. 다른 선택이 없으니까. 나는 그들을 위해 여러 가지 일들을 할 수 있고 그들 스스로는 할 수 없는 것들을 가르칠 수도 있어."

"저 사람들은 너에 대한 두려움이 더 클 거야. 난 알 수 있어."

"나를 무서워하겠지만, 나의 능력을 손에 넣지 못하는 것을 더 두려워할 거야."

나오미는 조금 질투가 났다. 그녀 또한 같은 두려움을 느끼고 있었다.

"저 사람들에게 네 능력을 가르쳐 줄 거야?"

"응."

"왜 나한텐 안 가르쳐 줘?"

워런이 나오미를 바라보았다.

"정말 배우고 싶어?"

나오미가 곰곰이 생각해 보았다. 마음이 갈리었다. 이토록 위험한 상황에서라면 더 큰 힘을 갖는 것은 좋은 일이었다. 다만 걱정되는 유일한 부분은, 그 힘을 갖기 위해서 악마와 얼마나 가까워져야만 하는 것이냐였다.

"아마도."

나오미가 대답했다. 워런이 조금 슬프게 미소를 지었다.

"그래서 너에게 가르쳐 주지 않은 거야. 네 마음을 확실히 알아야 해."

"너는 어떤데?"

"처음엔 망설였지만, 할 수 있는 모든 것을 배워야 한다는 걸 알게 됐지. 살아남기 위해서. 물론 그렇다고 목숨이 보장되는 건 아니지만."

나오미가 국수를 휘휘 저었다.

"최근에 릴리스 본 적 있어?"

그녀가 아는 한 릴리스는 이틀 전부터 보이지 않았다.

"아니."

"어디로 간 거 같아?"

"몰라."

"돌아올까?"

나오미는 그러지 않기를 바라며 물었다.

"응."

"저쪽에서 너랑 너의 제안을 받아들이면 어떻게 할 셈이야?"

"악마들과 싸우는 법을 가르쳐야지."

"악마랑 맞서는 인간은 모두 죽는다고 확신하는 줄 알았는데."

"아냐. 승리한다면 죽지 않지."

"우리가 정말 이길 수 있다고 생각해?"

"이제 숨는 건 선택지가 아니야. 이 모든 일이 시작된 후로 나는 악마의 전쟁에 휘말렸었어."

워런이 잠시 말을 멈추었다.

"나를 제외한 모두와 싸운 거지."

잠깐이었지만 그의 안에 숨어 있던 공포가 드러났다. 이기주의라고 오해했었지만 이제는 그것이 공포임을 나오미도 알았다. 워런의 내면엔 망가져서 한 번도 고쳐지지 못한 무언가가 있었다.

"너는 어때?"

워런이 물었다.

"남을 거야, 떠날 거야?"

나오미도 스스로에게 같은 질문을 했었다. 그들이 숨어 있던 건물이 파괴되자마자, 워런이 그녀에게 제공해 주었던 모든 것이 사라졌었다. 은신처를 잃은 워런은 피뢰침과 같았다. 나오미가 물었다.

"상관있어?"

워런이 망설이다가 대답했다.

"응."

"내가 어떻게 했으면 좋겠어?"

"여기 남았으면 좋겠지만, 위험할 거야. 네가 다치는 건 원치 않아."

"나도 다치는 건 싫어. 하지만 떠나지도 않을 거야."

워런이 고개를 끄덕였다. 무어라고 말하려고 했지만 할 수 없었다. 그저 다시 한번 고개를 끄덕일 뿐이었다.

"국수 다 됐어."

나오미가 말했다.

"넌 좀 먹어야 해."

두 사람은 다 무너진 중국 레스토랑에서 발견한 젓가락으로 함께 국수를 먹었다. 거리에서는 악마와 그 악마에게 희생되는 인간들의 비명 소리가 들려왔다.

41장

레아는 안간힘을 쓰며 벽에 붙어 있었다. 손바닥에서 나온 나노 후크가 금속 벽 깊숙이 박혀 있었다. 벽을 덮은 판이 움직이지 않을 거라고 생각하는 순간 끼이익 소리를 내면서 미끄러졌다. 지금껏 지나온 통로들과는 달리 소나무와 풀 향기를 싣고 산들바람이 흘러들어 왔다.

레아는 믿을 수 없어서 열린 통로 너머로 펼쳐진 숲을 바라보았다. 자신을 가둔 이 장소가 어떻게 숲까지 이어지는지 알 길이 없었지만 그런 걸 궁금해하며 낭비할 시간도 없었다. 레아가 머리와 어깨를 틈새로 집어넣은 후 부드러운 바닥으로 떨어져 내렸다.

레아는 몸을 일으켜 두방망이질하는 심장을 느끼며 달렸다. 드문드문 안개가 낀 데다 햇빛에 눈이 부셔 방향이 가늠되지 않았다. 어느 쪽으로 도망가야 할진 몰라도 어디든 악마의 기계로부터 멀어지는 편이 좋을 것이다.

레아는 습지의 크고 작은 웅덩이를 피해 달렸으나 곧 온몸이 물에 젖어 순식간에 차가워졌다. 물을 머금고 진흙이 묻은 옷은 축축하고 무거워져 달리는 동안 몸에 찰싹 달라붙었다. 숨결을 따라 회색 입김이 뿜어져 나왔다.

정상에 올라선 레아가 옹이 진 가문비나무 그늘 아래에 서서 뒤를 돌아보았다. 바람이 세차게 불었고 더 이상 달릴 곳도 없었다. 악마의 기계가 3층 건물만큼 높이 솟아 있었다. 분명 불가능한 일이었다. 그만한 크기는 애플 스토어에 절대 들어갈 수 없었다.

마지막으로 보았을 땐 분명 애플 스토어 안에 있었어.

레아가 생각했다.

확장했다 하더라도 대체 어떻게 이런 곳으로 옮긴 거지? 얼마나 오래 저 안에 갇혀 있었던 거야?

레아가 숨을 고르면서 시골 지역을 둘러보았다. 순찰하는 악마 정도는 있을 것이라 생각했지만 아무것도 없었다. 숨어 있다 도망가는 새 한 마리 없었다.

저 안에 사람들이 얼마나 많이 갇힌 거지? 알 수 없었다. 며칠은 지난 것이 분명했지만 누군가를 보았거나 소리를 들었다는 확신은 없었다. 기계 안에서 맞닥뜨린 모든 것이 환상일지 몰랐다. 아니, 환상이어야만 했다. 그녀가 목격한 광경은 더없이 끔찍했다.

호흡을 가라앉힌 그녀가 돌아서서 언덕 반대쪽으로 달려 내려갔다. 정확히 어디인지는 몰랐으나 대지는 축축하면서도 생기가 넘쳤다. 파릇파릇한 수풀이 정강이를 지나 무릎까지 자라 있었다.

더 이상 달릴 수 없을 때까지, 적어도 수 킬로미터는 멀어진 것 같았다. 풍경은 전혀 변하지 않았다. 안개 속이 제대로 보이지도 않았다. 마침내 탈진한 레아가 드러누웠다. 그저 쉬고 싶었다. 어딘가에서 새 지저귀는 소리가 들렸다. 정신을 차리려고 애썼지만, 잠이 들었다.

레아는 무기 공장을 기습하던 현장 한가운데서 깨어났다. 꿈을 꾸고 있는 것 같았다. 전복된 유개 화물차 뒤에 웅크리고 있었는데 양손에 든 SRAC 기관총과 서멀 볼터가 무겁게 느껴졌다.

"레아!"

발치에 죽어 쓰러진 남자가 보였다. 제이미 캡스인 건 알았지만 실제로 그를 만난 적은 한 번도 없었다.

"레아!"

레아가 다시 정신을 차리자, 눈앞에 선 로버트 위커샴이 보였다. 그녀가 한쪽 눈을 잃었던 바로 그날 밤처럼 그는 어리고 무력해 보였다.

말도 안 돼. 레아가 생각했다. 이런 일은 불가능해.

"괜찮으십니까?"

위커샴이 돌격 소총을 재장전하며 물었다.

"그래."

레아를 바라보는 그의 눈빛에 걱정이 어렸다.

"어디 다른 곳에 계신 것 같습니다."

"여기가 어디지?"

위커샴이 그녀를 살폈다.

"괜찮은 게 확실하십니까?"

아니, 괜찮지 않아.

"여기가 어디냐고 물었어."

"무기 공장을 파괴하려는 중입니다. 어디라고 생각하신 겁니까?"

레아가 고개를 저었다.

현실이 아니야! 진짜가 아니라고! 뭔가 잘못됐어!

온몸의 감각이 빙글빙글 돌았다.

"신경 쓰지 마."

"다른 수가 없는 듯합니다. 여기 폭발물입니다. 직접 옮기시겠습니까? 아니면 제가 할까요?"

레아는 폭탄 가방이 길에 놓인 것을 보았다. 가방 곁에는 피가 점점이 묻어 있었다.

"제3폭파팀에 편성되었습니다."

위커샴이 말했다.

"준비되셨습니까?"

레아가 고개를 끄덕였지만 사실 전혀 준비되지 않았다고 느꼈다. 그녀가 서멀 볼터를 총집에 넣고 폭발물이 든 가방을 집어 들었다.

"갑니다."

위커샴이 앞서서 길을 텄다. 그가 코너를 빙글 돌다가 그 자리에서 멈추었다.

"뭔가 잘못됐나?"

레아가 물었다. 그 순간 위커샴의 등이 발톱에 길게 찢어지며 피가 흘렀다.

그가 뒷걸음질 치더니 레아에게 무거운 몸을 기대어 왔다. 레아가 자세를 바꾸어 그를 받치자 위커샴이 몸을 돌려 그녀를 마주 보았다. 찢어진 입에서 피가 뚝뚝 떨어졌다. 그가 무어라고 말을 하려는 듯했지만 아무 말도 들을 수 없었다. 그가 그녀를 바라보더니 그대로 쓰러졌다.

안 돼!

레아가 공포에 질려 생각했다.

실제로 일어난 일이 아니야! 제이미 캡스도 죽지 않았어! 이들이 죽은 건 현실이 아니야!

레아가 힘껏 현실을 부정하는 와중에 블레이드 미니언 한 마리가 앞에서 씨익 웃으며 일어섰다. 레아가 SRAC를 꺼내 들려고 했지만 악마가 재빨리 쳐 냈다. 다음 순간 놈이 칼날 같은 손을 휘둘러 슈트까지 뚫어 버렸다. 놈이 옆으로 홱 몸을 틀자, 레아의 내장이 땅으로 쏟아졌다.

서 있을 수 없어진 레아가 김이 오르는 자신의 내장 더미 위로 쓰러졌다. 잠시 동안 무자비한 통증이 그녀를 휘감더니 곧 사라졌다. 고통과 함께 그녀도 희미해져 갔다.

"문을 열 수 있나?"

죽지 않았다는 사실을 깨달은 레아가 공포를 가라앉혔다. 몸을 더듬어 보고 배가 멀쩡하다는 사실을 확인했다. 피 한 방울 흐르지 않았다. 레아는 곁에 쓰러진 한 전사의 것인 듯한 스코처를 들어 꼭 쥐었다. 템플러의 기술인 '그리스의 불'을 사용하는 피스톨이었다.

"놈들이 오고 있다. 문을 열 수 있겠나?"

여전히 어지러움을 느끼며 레아가 말하는 사람을 올려다보았다. 무슨 말을 하고 있는 것인지 알 수 없었다. 어둑어둑한 방에 있는 다른 네 사람이 어렴풋이 보였다. 모두 검은 갑옷을 입고 있었다.

옆에 서 있던 덩치 큰 남자가 거칠게 욕을 뱉으며 레아를 밀쳤다.

"뭐가 문제야? 머뭇거리다간 죽는다고. 우리보다 좀비 놈들이 훨씬 많아."

레아가 한쪽으로 비켜서서 여기가 어디인지 알아내려고 했다. 터널 같았는데 지하철 임시 통로일지도 몰랐다.

한쪽에서 덩치 큰 남자가 정신없이 녹슨 문을 열려고 했다. 잠금 해제 레버를 잡아당겼지만 끼이익 하는 귀신 비명 같은 소리를 내며 손안에서 부러져 버렸다.

"놈들이 온다!"

누군가 외쳤다.

"준비! 피터가 문을 열 때까지 놈들을 막아라!"

레아는 문이 열리지 않을 것을 알고 있었다. 그들은 말 그대로 막다른 길에 있었다.

좀비들이 통로로 밀고 들어왔다. 피에 젖은 얼룩덜룩한 피부가 번들거렸다. 이미 사냥에 성공해 수많은 사람들이 희생되었음을 알 수 있었다.

"피터! 문을 열긴 열 거야?"

덩치 큰 남자를 뒤돌아보자, 그가 겁에 질린 것이 보였다. 그는 얼어붙은 채 아무 말도 못 했다. 그 순간 터널 안에서 무기가 일제히 발사되었다. 레아도 스코처를 쏘자 반동에 손이 마구 떨렸다. 불길이 좀비를 덮쳤다. 전선 제일 앞줄에 있던 놈은 불길에 휩싸이며 반사적으로 물러났지만, 뒤쪽에 있던 수십 마리는 그대로 전진했다. 불길에 쓰러진 좀비들은 뒤에서 밀려오는 언데드들에게 짓밟혔다.

"피터! 피터!"

폭발성 탄환에 맞은 좀비들이 조각나며 사방으로 날아갔다. 팔다리와 머리, 살점 덩어리가 천장에 부딪쳤다가 전투 중인 사람들 머리 위로 떨어졌다.

선두가 그들에게까지 다다르자 전선이 흔들렸다. 레아는 그들을 탓할 수 없었다. 언데드의 움푹 팬 까맣고 퀭한 눈은 보기에도 끔찍했다.

뭔가 잘못됐어.

가차 없이 덮쳐 오는 공포를 억누르려고 애쓰며 레아가 생각했다. 한 번도 이런 상황에 놓인 적은 없어. 언제나 탈출했으니까.

언데드의 맹렬한 공격을 막아 내지 못하고 결국 전선은 무너졌다. 겁에 질린 사람들의 비명 소리가 협소한 터널 안을 가득 메워 숨조차 쉴 수 없을 듯했다.

주변의 팔다리가 마구 섞였다. 많은 사지가 원래 몸에 붙어 있지 않았다. 레아는 주변을 제대로 보려고 애썼다. 피가 눈앞을 가리며 세상이 빨갛게 보였다. 레아는 패닉에 빠진 채 자신에게 닿는 모든 것 그리고 모두와 맞서 싸웠다.

레아가 코앞에 있는 좀비의 끔찍한 얼굴에 스코처를 쏘았다. 머리에 불이 붙은 언데드는 비교적 온전한 팔로 그녀를 감싸며 함께 쓰러졌다.

살아 있는 것과 죽은 것이 그녀에게 다가왔다. 무게에 짓눌려 두 팔과 다리가 부러지는 통증으로 정신이 혼미해졌다. 곧이어 갈비뼈가 부러지며 폐를 찔렀다. 레아는 자신의 피에 질식했다.

"즐거웠나, 인간?"

걸걸한 목소리가 물었다.

"너의 쓰임을 알겠느냐?"

레아가 힘없이 눈을 떴다. 그녀를 잠식한 어둠 속에서 악마의 얼굴이 드러나더니 서서히 다가왔다. 등 뒤에 느껴지는 단단하고 평평한 감촉에 다시금 그 방으로 돌아왔음을 알 수 있었다.

"너의 몸은 한 번도 여기를 떠나지 않았다."

악마가 거칠게 말했다.

"오직 정신이, 너의 공포가 떠났을 뿐. 그리하여 너의 공포를 네가 아는 모두에게 퍼뜨린 것이다."

그 생명체는 레아가 알았던 그 무엇과도 달랐다. 분할된 어두운 녹색 갑각질에 뒤덮여 있었고, 기름으로 윤을 낸 듯 젖은 채 반짝였다. 둥글납작한 주황색 눈은 툭 튀어나왔고 얼굴은 칼날처럼 좁고 기다랬다. 머리 꼭대기에 돋은 십여 개가 넘는 듯한 더듬이는 60센티미터는 되는 듯 좁은 어깨까지 늘어뜨려져 있었다.

놈은 공포를 발산했다. 거대한 감정의 구름이 레아를 덮쳤다. 레아는 본능적으로 물러나려 했지만 벽 때문에 어디로도 갈 수 없었다. 가만히 있을 수만은 없어서 얼굴을 노리고 발로 찼다.

하지만 놈은 믿을 수 없을 정도로 부드럽게 공격을 피했다. 레아는 거듭 발길질을 했지만 단 한 번도 놈을 맞출 수 없었다.

"너는 나를 건드리지 못한다."

악마가 쉰 목소리로 조롱하듯 말했다.

"하지만 나는 할 수 있지."

놈이 여섯 개의 손가락을 펼쳐 튕겼다. 검정색 손톱이 빛에 번뜩였다.

레아가 미처 피하기도 전에 하나 혹은 그 이상의 손톱이 템플러가 치료해 준 의안 바로 위를 할퀴었다. 눈으로 피가 흘러들어 앞이 보이지 않았다. 놈이 안구를 가져갔다는 데 생각이 미치자 겁에 질린 레아가 마구 비명을 질렀다. 등으로 벽을 힘껏 밀고 뒤꿈치를 버둥거리며 최대한 악마에게서 멀어지려고 애썼다.

"우리는 너를 안다. 네가 무엇을 두려워하는지 안다. 그리하여 너의 인간 동료들 안에 잠든 공포를 깨우는 데에 너의 공포를 이용할 것이다. 너는 잠이 들어 우리를 위해 일할 것이다. 그러니 자라. 잠이 들어서 가장 끔찍한 꿈을 꿔라. 네가 아는 인간들의 마음속으로 너의 악몽을 가지고 가거라."

눈앞에 악마가 도사리고 공포에 질렸음에도 눈이 감겼다. 레아는 잠이 들었고 꿈을 꾸었다.

티모시 로빈슨은 잠이 들었다. 그는 지난 3주 동안 악몽에 시달리고 있었다. 레아는 그 젊은 남자의 뒤틀린 악몽으로 미끄러져 들어갔다. 그날 밤 그는 악마 순찰자의 발굽에 목숨을 잃을 뻔했다. 정찰을 맡았던 그는 팀원과 함께 적을 쫓고 있었다. 어떤 목표물이 더 위급하고 취약한지 판단하기 위해 어둠 속에 몸을 숨기고 탐색하던 중이었다.

그들은 악마의 저주받은 주문에 걸렸다가 템플러에게 구조되었다. 티모시가 주로 하는 일이 그런 함정을 발견하는 것이었지만, 요원들조차 가끔 덫에 걸려 희생되곤 했다.

티모시는 20대 초반이었다. 침공 무렵 아무것도 모르는 샌드허스트 육군 사관학교 신입생이었다. 악마나 언데드를 상대하는 훈련은 한 번도 받은 적 없었다.

스토커들이 어둠 속에서 쏜살같이 튀어나오면서 머리 위로 동료 요원을 떨어뜨렸다. 그들이 몸을 숨기고 정찰하던 낮은 건물 옥상은 순식간에 전장이 되었다.

"달려!"

리더인 파커가 외쳤다. 티모시가 몸을 일으키고는 즉시 달려 나간 후 화재로부터 몸을 지키기 위해 본능적으로 엎드렸다. 단 3초 만에 정찰 요원 다섯이 쓰러졌다. 현실에서는 그날 밤 옥상에서 탈출한 요원은 오로지 그 혼자였다. 살아남았지만 대가를 치러야만 했다.

그는 악몽에서 탈출할 수 없었다.

레아는 손쓸 새도 없이 티모시가 스토커 무리에 의해 쓰러지는 것을 보았다. 한 악마가 그의 발목을 붙들자 티모시가 넘어질 뻔하다가 간신히 한 손으로 몸을 지탱했다. 그가 몸을 돌려 기관총을 꺼내 들었다. 현실에서는 악마의 얼굴을 연거푸 명중했지만 악몽 속에선 모두 빗맞았다.

티모시가 다시 자세를 잡기도 전에 또 다른 스토커가 쏜살같이 날아 내려와 목덜미를 공격했다. 송곳니가 방탄복을 쉽게 뚫고 들어왔다. 숨통을 조이는 압박에 쓰러질지, 그보다 먼저 송곳니에 목덜미가 찢겨 나갈지 알 수 없었다.

티모시가 컥컥거리며 숨을 쉬려고 애썼다. 레아는 그의 공포와 고통을 느꼈다. 그녀가 그의 옆으로 달려가며 어쩔 작정도 없이 일단 스토커를 향해 손을 뻗었지만, 두 손은 악마를 그대로 관통했다.

"안 돼!"

레아는 이 젊은 청년이 죽어 가는 모습을 그저 지켜볼 수밖에 없음을 확신했다.

"도와주세요!"

티모시가 꺽꺽거리며 주먹으로 악마를 마구 때렸다.

"이건 현실이 아냐! 나는 탈출했었어! 죽지 않았어! 죽지 않았다고!"

티모시가 몸부림치며 외쳤다.

다음 순간 티모시는 잠에서 깨어났다. 시트가 마구 뒤엉켜 있었다. 그는 자신이 지하본부 단지의 막사에 있음을 깨달았다. 안전했지만, 심장이 언제라도 터질 것처럼 미친 듯 뛰고 있었다.

레아가 그의 옆에 서 있었다. 이 청년은 여전히 꿈속에 갇혀 있었고, 레아도 마찬가지였다.

그가 침대에 걸린 SRAC 기관총을 들고 레아를 겨누었다.

"누구냐? 여기서 뭘 하는 거지?"

"나도 몰라."

레아가 대답했다. 자신의 목소리가 수천 킬로미터 멀리에서 들려오는 것 같았다.

"내 머릿속에서 나가. 당신이 몰고 온 이 빌어먹을 악몽을 갖고 꺼져 버리라고."

레아가 한 발 물러섰다. 막사에선 많은 사람들이 침대에 누워 몸부림치고 있었다. 그들의 마음속에서 악몽이 생성되는 것이 느껴졌다.

창백하면서도 붉으락푸르락한 낯빛으로 티모시가 침대에서 일어나면서도 레아에게 겨눈 무기를 거두지 않았다. 레아는 이제 이 총에 다치지 않을 것임을 알았다. 정말로 거기 있는 것이 아니었으니까. 그저 또 다른 악몽일 뿐이었다.

"당신."

티모시가 말했다.

"당신 짓이군."

"아냐. 내가 그런 게."

"꿈에서 당신을 봤는데."

막사 안에 있던 사람들이 점점 깨어나기 시작했다. 그들은 반쯤 꿈속에 남아 잠 못 이룬 지난밤들과 공포에 쫓기고 있었다. 그들이 티모시를 바라보았다.

"당신은 그날 거기 없었어. 팀원 모두가 죽은 날 밤 거기 없었다고."

"맞아. 놈들이 나를 이용하고 있는 거야."

"누가 당신을 이용한다고?"

"악마."

"티모시."

건장한 한 남자가 거칠게 말했다.

"누구랑 이야기하고 있는 게냐?"

"여자예요."

티모시가 열에 들뜬 시선을 레아에게 고정한 채 대답했다.

"우리와 같은 옷을 입고 있어요."

"티모시."

건장한 남자가 차분하게 말했다.

"아무도 없다. 총 내려놔라. 누군가 다치기 전에."

한 남자와 한 여자가 티모시의 등 뒤로 살금살금 다가갔다.

"저 사람들은 당신을 볼 수 없군."

티모시가 공격적으로 말했다.

"왜지?"

"나도 몰라. 당신이 어떻게 날 볼 수 있는지도 모르겠는걸."

"내게서 떨어져. 내 머릿속에서 나가라고."

"너를 다치게 하지 않아. 약속해."

"당신이 악몽을 꾸게 했지."

"아냐."

"티모시, 총 내려놓거라."

"아뇨, 이 여자라고요."

티모시가 레아를 가리켰다.

"이 여자가 우리 머릿속을 휘젓고 다니는 거예요. 악몽을 꾸게 하면서요."

남자가 천천히 다가왔다.

"진정하라고, 꼬마."

그의 목소리는 달래듯 부드러웠다.

"여기 있는 누구도 너를 해치지 않아."

"이 여자 안 보이세요?"

티모시가 물었다.

"바로 여기 서 있잖아요."

레아는 이 청년과 자신이 연결된 것은 악마도 예상하지 못한 일일 것이라는 생각이 들었다. 그녀가 간절히 말했다.

"진정해, 티모시."

"진정하라고 말하지 마!"

티모시가 폭발했다.

"사람들이 죽는 걸 몇 년 동안이나 봤다고! 이제 지겨워! 현장에 나갈 때마다 내가 다음 차례인 건 아닐까 궁금해하는 것도 지겨워! 그렇게 살 순 없-"

티모시 등 뒤로 다가온 두 사람이 그에게 달려들더니 두 팔과 다리로 그를 감싸며 바닥에 넘어뜨렸다. 덩치 큰 남자가 재빨리 SRAC 피스톨을 잡아챘다. 티모시가 벗어나려고 발버둥 쳤지만 사람들이 그를 끈질기게 내리눌러 벗어날 수 없었다.

그가 고함을 지르고 저주를 퍼부으며 필사적으로 몸부림을 쳤다.

"그 여자가 여기 있다고! 악몽을 꾸게 한다고!"

"누가 진정제 좀 놔줘."

덩치 큰 남자가 말했다. 레아는 티모시를 붙든 이들 중 한 명이 그에게 주사를 놓는 모습을 무력하게 바라보았다. 티모시는 온몸을 뒤틀며 레아에게 욕을 퍼붓다가 눈동자가 흐리멍덩해지더니 몸이 축 늘어졌다. 레아 주변의 모든 것이 서서히 흐려지기 시작했다.

"내 말 들어."

레아가 티모시에게 말했다.

"내가 그런 게 아냐. 나도 도움이 필요해. 당신이 날-"

"-도와야 해."

레아는 눈을 깜박였다. 꽉 막힌 좁은 철제 우리로 돌아와 있었다. 심장이 마구 뛰면서 관자놀이로 통증이 밀려왔다.

악마는 사라지고 없었지만 놈이 비웃는 소리가 들리더니 오래도록 메아리쳤다.

내가 통제해야 해. 진정하고 생각을 해. 하지만 레아가 아는 것이라고는, 조직의 모두가 잠든 사이 악마가 자신을 이용할 방법을 알아냈다는 사실뿐이었다.

42장

사이먼은 비밀 창고에서 가지고 온 물건들을 기록하는 일을 도왔다. 눈앞에 그렇게나 많은 음식이 있다는 것은 기분 좋은 일이었다. 언더그라운드 창고에서 획득한 종이 상자와 플라스틱 상자들, 건조식품 통들이 저장 동굴에 나란히 놓여 있었다.

"인정해야겠군요, 덕분에 한시름 놓았습니다."

세라 케로스키가 말했다. 50대 초반으로 영양사들 중 한 명이었다.

"좀 더 균형 잡힌 다양한 식단도 짤 수 있겠어요. 무엇이 부족한지 생각할 게 아니라 어떤 재료로 뭘 만들지 생각할 수 있다니, 정말 좋네요."

"네."

식량을 가지고 돌아온 이후 닷새 동안, 추가 보급품을 구하러 나가는 템플러들에게 건네는 희망과 용기의 목소리로 은거지는 생기가 넘쳤었다.

"고기와 곡식도 있네요."

세라가 말했다.

"이제 신선한 채소와 과일만 있으면 되겠어요."

"어쩌면 봄엔 구할 수 있을지도 모릅니다."

사이먼이 말했다.

"런던 외곽에 규모 큰 농장들이 있습니다."

"아직 관리되고 있을까요?"

"모르죠. 그렇지 않더라도 어떤 식물이 자생했을 가능성도 있습니다. 지난 몇 년 동안 씨앗에서 새로운 식물이 자연스럽게 싹을 틔웠을 수도 있으니까요. 게다가 우리에겐 종자도 있습니다. 논밭에 심을 수 있겠지요."

"농사를 짓자는 말씀이세요?"

"아뇨. 그건 너무 위험할 겁니다."

세라가 잠시 아쉽다는 듯 바라보았다.

"돌봐 주는 사람이 있다면 더 잘 자랄 텐데."

"그럴 여건은 안 됩니다. 아직은요. 하지만 고려 중이기도 합니다."

"누군가 우리를 지켜보는 거 같은데, 친구."

네이선이 차분하게 말했다. 등 뒤에서는 하늘이 이제 막 밝아 오고 있었다. 사이먼은 눈 덮인 언덕 끝에 서서 계곡을 내려다보며 사슴들이 어디로 도망가 보금자리를 틀었을지 찾고 있었다. 언덕 한쪽 면에 죽어 있는 사슴을 발견했을 땐 분노와 무력함이 치밀어 올랐다.

적어도 서른 마리가 눈밭에 쓰러져 있었다. 다리는 뒤틀리고 부러져 있었다. 몇 마리는 목이 잘려 있었고 몸뚱어리에는 물린 자국이 있었다. 어떤 짐승 무리가 마지막 사슴 한 마리의 숨통까지 끊어 놓은 듯했다.

반짝이는 눈 위에 남은 사슴 흔적에는 악마의 발자국과 공격 자취가 섞여 있었다. 핏방울이 튄 자리의 눈은 녹고 없었다.

"우리가 사슴을 사냥한다는 걸 놈들이 아나 봐."

네이선이 말했다.

"사슴 씨를 말려서 우리를 굶겨 죽이려는 거야."

사이먼은 할 말이 없었다. 그들이 점점 무력해지는 상황이 올 것을 이미 알고 있었다.

"이제 어떻게 하지?"

대니엘이 물었다. 사이먼이 일어섰다.

"제일 먼저 할 일은 지금 여기에서 먹을 수 있는 고기를 획득하는 거야. 손을 보탤 팀을 불러야겠네. 아직 부패하지 않은 것들이 있겠지."

"오늘 말이야?"

네이선이 부드럽게 말했다.

"어떤 놈인지 모르겠지만 이런 짓을 한 악마는 오늘 밤쯤 다시 돌아와 더 많은 사슴을 해칠 거라고."

"우리가 어떻게 대응할지는 이미 정해졌어."

사이먼이 말했다.

"악마들은 영역을 넓히고 있어. 그러니 우리도 가만있으면 안 돼."

"무슨 뜻이야?"

"밤이 되면, 악마를 사냥한다. 이제 우리가 포식자가 되는 거야. 먹잇감이 아니라."

살을 발라내는 일은 힘들었다. 피비린내가 진동했다. 사이먼은 발골팀과 경비팀을 교대로 세웠다. 고기를 은거지로 운반하는 일도 신중해야만 했다. 피 같은 흔적이 남는다면 놈들이 은거지까지 추적해 올지도 몰랐다.

은거지에서는 악마들이 한 짓에 대한 이야기가 들불처럼 빠르게 퍼져 나갔다. 템플러 보급품이 들어오던 날의 사기가 순식간에 사라졌다.

오후도 절반쯤 지날 무렵, 작업한 고기를 모두 은거지로 운반한 후 사이먼은 경비를 세우고 그날 밤 자신이 이끌 사냥팀을 꾸렸다. 그리고 그들에게 해가 지기 전 병영으로 돌아가 휴식을 취하라고 지시했다.

사이먼은 컴퓨터 앞에 앉아 은거지 주변 지형도를 살펴보았다. 사슴이 학살된 계곡에 드론을 보냈던 것이다. 보병 정찰팀도 함께 보냈었다.

아직까지는 사슴을 먹는 악마들은 발견하지 못했다.

네이선이 들어오더니 사이먼 곁으로 다가와 함께 지도를 살펴보았다.

"너도 좀 자야 할 거 같은데, 친구."

"조금 있다가."

"벌써 늦었어. 지금 가지 않으면 충분히 쉬지 못할 거야."

"사냥을 할 거라면 지형 정보 정도는 알아 둬야지."

"주변에서 아무것도 찾지 못한다면 언제든 런던으로 쳐들어갈 수 있어. 놈들을 사냥하겠다는 메시지만 전하면 되는 거지."

"알아. 그저 놈들이 무슨 짓을 벌이든 이번 한 번으로 끝났으면 할 뿐이야."

"빌어먹게도 그럴 것 같지는 않은데."

사이먼은 속이 상한 듯 길게 한숨을 내쉬었다.

"알아."

"'화마'도 계속 퍼지는 중이고."

드론이 보내오는 영상이나 도시 인근의 정찰 보고서에도 그 사실은 잘 드러나 있었다.

"몇 달 정도는 더 여기 머물 수 있을지도."

네이선이 말했다.

"이동을 고려해 봐야 할 때야."

"이미 고려 중이야."

"좀 더 진지하게 생각할 필요가 있다고, 친구. 아이들과 민간인들은 이동하기가 힘들어. 봄에 눈이 녹을 때까지 여기에서 못 나가거나 '화마'가 인근 땅까지 곤죽으로 만들어 버리면 벗어날 길을 찾기는 더 힘들어질 거야."

"알아."

"그래도 여름까지 기다린다면 물 걱정은 덜할 거야."

사이먼은 그 점 역시 알고 있었다. '화마'는 이제 지하수까지 마수를 뻗치고 있었다. 사이먼이 말했다.

"가장 큰 문제는 어디로 가느냐야."

"염두에 둔 곳이라도 있어?"

"엑서터."

사이먼이 키보드를 치자 은거지 지형도가 사라지고 그 자리에 도시 지도가 나타났다.

"왜 거기야?"

"중간 지점이라고 할 수 있어. 영국해협에서 멀리 후퇴하지 않으면서 방어도 할 수 있는 곳. 준비가 되면 사방으로 공격해 나갈 수 있어. 사용 가능한 방어 시설도 있고. 엑서터 성당을 비롯해서 여러 건물들이 군사 요충지로 공격을 버텨 낼 수 있을 거야."

"무엇보다도 이젠 '노드'가 있으니까."

"도시 아래 터널들도 있어. 그곳에서 싸울 수 있고, 숨을 수도 있지."

"괜찮은데, 친구. 하지만 은거지를 옮기는 건 상상 이상으로 힘들 거야. 저 많은 사람들이 이동해야 하니까. 사람들은 널 못 잡아먹어서 안달일걸."

"그런 건 감수해야지."

사이먼이 똑바로 앉았다.

"워덤과 실행 계획을 세워 봤어. 일단 사람들을 순차적으로 이동시켜야 해. 템플러가 호위를 맡고, 필요하다면 그곳에 남아 사람들을 지켜야지."

"지금 인력으로는 너무 조금씩밖에 움직이지 못하겠는데."

"그게 가장 큰 문제야. 그 계획을 실행하려면 사람이 더 필요해. 하지만 유일한 기회이기도 하지. 엑서터에서 충분한 보트를 확보한다면 프랑스로 탈출해 볼 수도 있을 거야. 여객선이라도 구한다면 미국으로 갈 수도 있겠지."

"북대서양이 안전하다는 보장은 없어. 악마들이 해안에 진지를 빽빽하게 구축하고 눈에 띄는 배마다 모조리 공격한다는 얘기가 있어. 헬게이트가 미국과 프랑스에 열렸다는 소문도."

"현재로서 여기 남는 건 선택지가 아냐. 이 계획은 실행되어야만 해."

"알아."

네이선이 안심시키듯 사이먼의 어깨 위로 손을 턱 올렸다.

"우린 해낼 거야, 친구. 어쨌든 넌 가서 좀 자야 해."

"잘 거라니까."

"레아 소식은 들었어?"

레아의 이름을 들으니 마음 한편이 욱신댔다. 그녀를 마지막으로 본 지 일주일도 더 지났다. 마음속에서 그녀 생각이 떠난 적은 단 한 번도 없었다.

"아니."

"찾아보려는 생각은 했어?"

"아니."

사이먼은 거짓말을 했다. 그럴까 생각해 보았지만, 그럴 수 없음을 잘 알았다. 어디에서부터 찾기 시작해야 할지도 전혀 알 수 없었다.

"음, 한번 찾아보는 게 좋을지도."

네이선이 망설이다 말했다.

"레아가 한 일은 말이야, 그러니까 '노드' 샘플을 가져가려고 했던 건, 너나 나였어도 마찬가지였을걸."

사이먼이 한숨을 쉬었다.

"알아."

"결국에는 친구, 우리 모두 그저 살아남으려고 애쓰는 것뿐이야."

사이먼은 지하철 역 구석에 웅크리고 앉아 있었다. 자신이 어디에 있는지, 어쩌다 여기까지 왔는지 알 수 없었다. 마지막 기억은 잠시 쉬려고 책상에 엎드려 두 팔에 머리를 파묻는 것이었다. 주변의 모든 것이 친숙했다. 돌무더기가 나뒹구는 런던의 언더그라운드 같았다.

천장은 낮고 눈앞은 암흑이었다. 투구의 야간 시야로 주변을 살펴보았다. 무언가가 오른쪽 벽을 긁어 대고 있었다.

사이먼이 일어서며 검을 꽉 쥐고 등에서 방패를 내려 앞으로 내밀었다.

"네이선."

그가 통신으로 나직하게 불렀다. 아무 응답이 없었다.

"템플러를 추적하라."

사이먼이 갑옷 AI에게 지시했다.

- 추적 중.

AI가 응답했다. 긁는 소리가 다시, 이번에는 더 가까이에서 들려왔다. 그 소리는 갈수록 날카로워졌.

사이먼이 천장을 올려다보았다. 손을 뻗으면 닿을 만큼 낮았다. 무언가가 자신을 지켜보고 있는 것이 분명했다.

- 주변의 템플러가 확인되지 않습니다.

AI가 보고했다. 말이 되지 않았다. 여기가 어디든 절대 혼자 오지는 않았을 것이다.

"생명체를 추적하라."

- 추적 중.

사이먼이 긁는 소리로부터 물러나며 야간 투시력을 높이려고 했다. 놈이 누구든 투구의 야간 시야 성능을 정확하게 파악하고 있는 듯했다. 놈은 절대로 볼 수 없는 어둠 속에 있었다.

- 주변의 생명체가 탐지되지 않습니다.

"언데드는?"

- 범위를 선택해 주십시오.

사이먼이 재빨리 생각했다.

- 부패 중인 생물 감지. 4.5킬로그램 이상. 추적 중.

순간 AI가 즉각적으로 경보를 울렸다.

- 미확인 물질 접근 중.

보이지 않는 위협에 반응하여 사이먼이 방패를 들어 올렸다. 어둠 속에서 거미줄 같은 것이 모습을 드러내더니 야간 시야로 뚜렷해졌다. 5센티미터가량의 정사각형 형태로 각각 2.4미터 너비와 높이는 되어 보이는 거미줄이 천장에서 마루까지 비스듬히 드리우더니 그를 덮쳤다.

사이먼은 그물을 피할 수 없음을 알았다. 너무 빨랐고, 너무 컸다. 그가 방패를 앞으로 내밀며 그를 감싸려는 그물 사이에 작은 공간이라도 생기길 바랐지만, 그 대신 그물은 방패까지 밀어붙이더니 그를 고치처럼 감싸며 옥죄어 왔다. 그물에서 금속 물질들이 스치는 소리가 났다.

- 템플러의 무기로 확인되었습니다.

AI가 말했다.

- 탈출이 불가능합니다.

그 사실을 이미 알고 있었음에도 사이먼은 몸부림을 쳤다. 그물이 더욱 조여 왔다. 자신이 이렇게 무방비하게 붙잡힌 것을 믿을 수 없었다.

사이먼이 콘크리트 바닥을 발로 힘껏 때렸다. 다음 순간, 지하철역 안에 불빛이 활활 타오르더니 무장한 인간 형체가 모습을 드러냈다.

템플러였다. 혹은 템플러였을 것이다. 체형이나 면갑을 쓰지 않아 드러난 얼굴을 볼 때, 사이먼과 비슷한 나이일 듯했다. 흑갈색 머리카락은 뒤로 당겨 묶였고 얼음처럼 푸른 두 눈 위로 곡선을 그리는 눈썹은 날카로워 보였다.

"안녕, 사이먼."

여자가 낮고 매력적인 목소리로 말했다.

"아니면 크로스 경이라고 불러야 하나?"

"미리엄?"

사이먼이 여자를 알아보았다. 4년도 더 전에 언더그라운드에서 마지막으로 본 후로 만난 적이 없었다.

"이었지."

미리엄이 검을 뽑아 들고 그의 앞에 쪼그리고 앉더니 허벅지 위에 검을 놓았다.

"지금도 그렇고."

"왜 여기 있는 거야?"

"널 사냥하러 왔으니까."

사이먼은 그제야 미리엄의 얼굴이 초록빛으로 변했음을 알아보았다. 미리엄은 언제나 아름답다기보다는 잘생긴 편이었는데 초록빛 피부는 그녀의 인상을 더욱 강하게 만들었다.

"어째서?"

"나의 주인이 너를 원했으니까."

"무슨 주인?"

갑자기 어디에선가 들었던 기차 소리가 플랫폼을 가득 채웠다.

무슨 소리인지는 깨달았지만 그 사실을 믿을 수가 없었다. 그가 생존자들과 함께 도시를 탈출했던 날 밤 이후 어떤 기차도 달린 적 없었다.

"곧 알게 될 거야."

기차가 덜커덩거리며 플랫폼으로 들어와 급정거했다. 브레이크가 맞물리면서 철제 바퀴에서 불꽃이 튀었다.

사이먼이 다시 몸부림쳤지만 그물은 더욱 죄어 왔고 갑옷을 입었는데도 숨을 쉬기조차 힘들었다.

- 경고.

AI가 알렸다.

- **압력이 위험 상태에 도달했습니다. 갑옷 손상이 우려됩니다.**

기차 문이 자동으로 열리더니 차량 안에서 증기가 뿜어져 나왔다. 미리엄이 한 손으로 그물을 붙잡고 사이먼을 일으켜 세웠다. 그러고는 차량을 향해 걸어갔다.

"나를 어디로 데려가는 거지?"

"기다려 봐. 놀랄 테니."

미리엄이 문을 지나 그를 차량 중앙에 내려놓았다. 그러더니 자주 기차를 운행해 본 것처럼 전자 판독기를 열었다.

사이먼이 다시금 몸을 뒤틀어 보았지만 갑옷의 경고만 더 울릴 뿐이었다. 전력이 차단된 상태에서 기차가 어떻게 작동할 수 있는지, 이 지하철역에서 자신은 어떤 처지에 놓일 것인지 알아내기 위해 사이먼은 정신없이 머리를 굴렸다.

하지만 이 모든 것은 미친 짓이었다.

"그렇다면 네가 미친 거겠지."

미리엄이 그의 마음속 결론을 들은 듯 말하더니 판독기 너머에서 그를 바라보며 물었다.

"네가 미친 건 아닌지 생각해 본 적 있어?"

기차가 지하철역을 빠져나갔다. 탈출할 수 없다 판단한 사이먼이 그 자리에 드러누웠다.

43장

    기차 브레이크 소리가 사이먼의 귀를 찢을 듯 울렸다. 창문 밖에서 스파크가 높이 치솟더니 차량 안에까지 타는 냄새가 풍겼다.
"갈 시간이야."
    미리엄이 일어나서 사이먼에게 손을 내밀어 목 주변 그물 한 줌을 손가락에 걸었다. 그러고는 그를 감자 포대처럼 차량 바닥에서 잡아끌었다. 그 때문에 그물이 더욱 죄였고 몇 가닥은 갑옷을 뚫고 들어오기까지 했다.

- 경고. 갑옷 손상.

    AI가 알렸다. 기차 문들이 비명을 지르며 열렸다. 거대한 밝은 섬광이 차량에서 뿜어져 나왔다. 면갑이 빛을 감지하고 차단했음에도 사이먼은 눈에 통증을 느꼈다.
    가까스로 빛에 익숙해지자 주변을 둘러본 그는 깜짝 놀랐다. 지하철역이 아니라 광활한 들판이었던 것이다. 수풀은 모두 불타고 나무는 병들어 있었다. 한 번도 와 본 적 없는 곳 같았다.
    미리엄이 아무런 힘도 들이지 않고 사이먼을 앞으로 내던졌다. 그가 바닥에 부딪친 후 깊은 고랑을 패며 미끄러졌다. 그러고는 1미터가 채 되지 않는 얕고 더러운 호수까지 굴러 진흙 바닥에 파묻혔다. 가시가 돋고 사악해 보이는 식물들이 수면 위까지 자라다 다시 아래로 굽어 있었다. 그것들이 즉시 사이먼을 끌어당기며 탐색하듯 이리저리 훑었다.

- 위험.

AI가 경고했다.

- **손상된 갑옷 틈새로 물이 들어오고 있습니다.**

허리에서 물이 느껴졌다. 시원하거나 차가울 줄 알았지만 데일 정도로 뜨거웠다. 통증이 몸통까지 타고 올라왔다. 사이먼이 지시했다.

"손상 부위 접합."

- **접합 시도.**

AI가 응답했다. 갑옷 안으로 뜨거운 물이 계속 들어왔다. 사이먼의 귀에도 꼴꼴거리는 소리가 울렸다. 가슴 높이까지 차오른 물은 투구 안까지 흘러들어 오기 시작했다.

- 실패.

AI가 말했다.

- **실패. 실패. 실패.**

가시 돋친 식물들이 갑자기 공격해 들어왔다. 뾰족한 바늘이 면갑을 찔렀다. 표면에 금이 갔지만 투구는 최대한 버텨 주었다. 금을 따라 뜨거운 물이 방울방울 맺히더니 얼굴로 떨어졌다.

사이먼은 패닉에 빠질 것 같았다. 침착하려고 애썼다. 몸부림치면서 호수 바닥에서 몸을 뒤흔들고 굴렸다. 하지만 그럴수록 진흙에 더욱 깊이 빠져들 뿐이었다. 가시투성이 괴물은 입 같은 것으로 무엇을 탐색하는 양 갑옷에 찰싹 달라붙어 있었고, 투구에는 계속해서 물이 차올랐다.

꿈을 꾸는 거야. 그래야만 해.

지하철역까지 간 것을 전혀 기억할 수 없었다. 역과 이 이상한 세계 전부가 악몽이어야만 말이 되었다.

하지만 그는 깨어날 수 없었다.

새까맣고 구불구불한 무언가가 지저분한 여울에서 스르륵 미끄러져 다가왔다. 처음엔 뱀인 줄 알았지만 곧 더 큰 촉수 같은 것임을 재빨리 알아차렸다. 촉수는 사이먼의 몸 아래에 뿌리처럼 박히더니 곧이어 그를 휘감아 진흙 위로 끌어 올렸다.

"여기가 어디인지 알아, 사이먼?"

미리엄이 갑옷 통신 시스템을 통해 물었다.

"아니."

사이먼은 고개를 돌려서 물이 목구멍이나 코로 흘러 들어가는 것을 막았다.

"악마의 세상이야. 놈들의 고향은 아니지만. 아직 거기까진 보지 못했어. 보여 주지 않더라고. 이곳은 그들이 점령한 세상 중 하나야. '화마'를 통해 다시 태어난 세상이지."

촉수가 사이먼을 휘감은 채 호수 바닥을 가로질러 미리엄에게로 다가갔다. 그는 바닥에 수많은 건물 잔해가 가라앉아 있는 것을 깨달았다.

"너의 세상에도 일어날 일이야."

미리엄의 목소리는 조롱하는 듯했다. 사이먼이 물을 뱉고 숨 쉴 공간을 찾으려 애쓰며 말했다.

"너의 세상이기도 해."

"이젠 아니야."

"대체 무슨 일이 있었던 거야?"

"나는… 다른 사람이 되었어. 이런 세상에서도 살아남을 수 있는 인간이."

"어떻게?"

"질문이 너무 많네."

사이먼은 여전히 촉수가 들러붙은 것을 보고 우선 살아남는 것에 집중하기로 했다. 물에는 흙모래가 가득했지만 호수 한가운데 거대한 형체가 둥둥 떠 있는 것이 어렴풋이 보였다.

진녹색 생명체에는 촉수가 모두 여섯 개 돋아 있었다. 지름이 1미터는 되어 보이는 하나뿐인 사악한 눈이 몸 정중앙에서 사이먼을 응시하고 있었다.

"악마를 식별하라."

사이먼이 속삭였다. 템플러 도서관 어떤 자료에서도 저런 놈은 본 기억이 없었다.

- 수행 실패.

"악마를 식별할 수 없나?"

- 수행 실패.

사이먼은 호수의 진흙 바닥에 다시 내동댕이쳐졌다. 투구에 반쯤 찬 물에서는 썩은 내가 났고 맛도 끔찍했다.

"나를 붙들고 있는 저놈이 어떤 악마인지 식별하라."

- 질문 인식 불가.

"어째서?"

- 현재 당신을 붙들고 있는 악마는 없습니다.

"내 앞에 있는 저놈 말이다."

- 아무것도 감지되지 않습니다.

"악마 탐지."

- 탐지 중.

몇 초가 흘렀다.

- **이 구역에서 악마는 탐지되지 않습니다.**

사이먼이 수동으로 갑옷 센서를 악마와 연결하려 했지만 놈이 즉각 AI 센서를 차단했다.

그때 무언가 그의 옆에서 철벅거리는 것이 느껴졌다. 투구에 가득한 물 때문에 숨을 참으면서 사이먼이 고개를 돌렸다.

반짝이는 형체가 거기 서 있었다. 너무도 투명해서 유리로 만들어진 것 같았다. 그 형체가 한 여자임을 그는 즉각 알아보았다. 상의와 하의가 하나로 이어진 슈트를 입고 있었고, 머리카락이 물속에서 자유로이 출렁거렸다. 그 옆모습은 너무도 익숙했다.

"레아."

사이먼이 쿨럭거리며 말했다. 레아가 그를 돌아보았다. 얼굴에 의심과 공포가 떠올랐다.

"사이먼?"

그는 레아가 어떻게 물속에서 말을 할 수 있는지 알 수 없었다. 투구에 차오른 물 때문에 얼굴을 계속 레아에게 향하고 있기가 힘들었다. 숨을 쉬어야만 했다. 그가 고개를 돌려 숨을 들이마신 후 다시 레아를 보았다. 놀랍게도 그녀는 그새 바로 그의 옆까지 와 있었다.

"여기에서 뭘 하는 거예요?"

레아가 물었다. 사이먼이 투구 속 물 때문에 말을 할 수가 없어 고개만 저었다. 이제는 더 이상 숨을 쉴 수도 없을 것이다.

"이건 현실이 아니에요. 그 무엇도."

사이먼은 자신이 곧 익사하지만 않는다면 흥미롭게 들었을지도 모른다고 생각했다.

"내가 아는 바로는, 당신은 현실이 아니에요."

레아가 다시 말했다. 촉수가 사이먼을 몸통 쪽으로 끌어당겼다. 입이 쩍 벌어지자 30센티미터는 될 법한 송곳니와 깊은 분홍색 식도가 드러났다.

"당신, 진짜예요?"

사이먼이 고개를 돌려 대답하려고 했지만 너무 늦었다. 물이 너무 많이 차올라 더는 숨을 쉴 수도, 말을 할 수도 없었다. 그저 금이 간 면갑 너머로 그녀를 바라볼 수 있을 뿐이었다.

레아가 커다란 칼을 꺼내 톱처럼 촉수를 썰었다. 검은 피가 연기처럼 물속에서 퍼져 나갔다. 촉수가 움츠러들더니 사이먼을 놓아주었다.

하지만 너무 늦었다. 사이먼은 투구를 채운 물에 익사하고 있었다. 그가 그물에서 벗어나려고 몸부림쳤다. 레아가 갑옷을 따라 칼을 긋자 그물이 실 가닥처럼 끊어졌다. 그런 일 역시 있을 수 없었다.

사이먼이 진흙 바닥을 힘껏 차고 수면으로 올라갔다. AI에게 구두 지시를 내릴 수 없었기 때문에 손으로 투구 잠금장치를 풀었다. 물 밖으로 나가기 직전에 가까스로 투구를 벗을 수 있었다.

머리가 수면을 뚫고 올라가는 순간 사이먼이 크게 산소를 들이마셨다. 한 손으로는 투구를 들고 있었다. 평범한 갑옷이라면 물에 뜰 수 없었을 것이었지만, 템플러 갑옷의 자동 부양 장치가 중성부력[13]을 유지해 주었다.

---

13) 부력과 중력의 힘이 동일하여 물에서 뜨지도 가라앉지도 않는 상태.

"아직도 살아 있는 거야?"

미리엄이 나지막한 언덕 위에서 호수를 내려다보며 물었다. 사이먼은 대답하지 않았다. 대신 두리번거리며 레아를 찾았다. 레아는 물속에서 숨을 쉬고 말도 할 수 있는 듯했지만, 설명될 수 없는 그런 모습을 보고서도 정말 그녀가 안전할지 확신할 수 없었다.

"사이먼."

자신을 부르는 레아의 목소리를 쫓으니 그녀가 수면 바로 아래에 서 있는 것이 보였다. 잠영을 하는 것처럼 보이지도 않았다. 마치 땅에 서 있는 것 같았다.

레아가 사이먼의 검을 그에게 내밀었다. 물 아래에서 사투를 벌이는 동안 떨어뜨린 것 같았다. 자신에게 검을 건네는 레아를, 그는 잠시 홀린 듯 바라보았다.

"받아요."

레아가 말했다. 촉수가 다리를 휘감고 아래로 끌어내리기 직전 사이먼이 검자루를 쥐었다. 그가 숨을 크게 들이쉬고는 물 아래로 미끄러져 들어갔다.

물속에서 그는 갑옷을 수동으로 조작하여 부력 주머니에 공기를 불어 넣었다. 몸 주위에 생긴 공기 방울들이 수면까지 올라갔다. 양손으로 검자루를 단단히 쥔 그가 검을 거꾸로 세우고는 바닥을 향해 바위처럼 몸을 가라앉혔다. 그는 빠르고 큰 보폭으로 네 걸음 만에 악마가 둥지를 튼 커다란 구멍으로 다가갔다.

촉수가 뻗어와 그를 휘감았다. 그는 레아가 그의 옆에 갑자기 나타나기 전까지는 그녀가 이동하는 것도 몰랐다. 레아가 촉수를 때려 한쪽으로 밀어 냈다.

사이먼의 계획을 알아차린 듯 악마가 둥지에서 몸을 솟구치더니 재빨리 달아나려고 했다. 사이먼이 달려들어 악마의 거대한 몸 정중앙에 착지했다. 부츠의 스파이크를 놈에게 단단히 박아 넣은 사이먼이 그를 무력하게 바라보는 놈의 흉측한 눈동자에 검을 꽂았다.

피인 듯한 초록빛 액체가 물속을 퍼져 나갔다. 그 액체가 드러난 사이먼의 얼굴에 닿자 처음엔 따뜻하고 따끔거리던 통증이 순식간에 참을 수 없을 만큼 고통스러워졌다.

사이먼이 마지막으로 검을 비튼 후 부츠 스파이크를 회수하며 잡아 뽑았다. 악마가 발작하듯 몸을 떨었다. 촉수들이 마구 첨벙거리자 바닥에 가라앉아 있던 흙모래가 소용돌이쳤다.

사이먼은 몸을 돌려 숨을 참으며 호숫가로 향했다. 갑옷이 근력을 향상해 주었음에도 나아가는 것이 힘들었다. 마침내 육지에 다다랐을 땐, 미리엄이 검을 겨누고 그를 기다리고 있었다.

44장

"저 여자는 누구지?"

미리엄이 물었다. 사이먼이 한 손에 검을 든 채 뒤돌아보았다. 검정 슈트를 입었지만 마스크는 쓰지 않은 레아가 호수에서 걸어 나오고 있었다. 젖은 머리카락이 무거워 보였다. 무기도 들고 있지 않았다.

"친구."

사이먼이 말했다. 미리엄이 미소를 지었다. 사이먼은 미리엄이 그렇게 섬뜩하게 웃는 모습은 한 번도 본 적이 없었다.

"어쩌나. 너의 '친구'는 네가 죽는 모습을 지켜보겠군."

"아니. 나는 여기에서 죽지 않아, 미리엄."

"사이먼."

레아가 불렀다. 사이먼이 두 여자가 함께 보이는 위치로 이동했다.

"이건 현실이 아니에요."

레아가 그에게 말했다.

"그 무엇도. 당신은 지금 꿈을 꾸는 거예요. 아니면 나의 꿈이거나."

"그럴 리 없어요."

사이먼이 불안한 목소리로 말했다.

"여기까지 어떻게 왔는지 기억하나요?"

"모릅니다. 상관없지 않나요."

"상관있어요. 당신의 마지막 기억은 자러 가는 것 아니었나요?

은거지였겠죠."

사이먼이 고개를 저었다.

"말이 안 됩니다. 나는 지금 여기 있습니다. 여기 있는 것처럼 느껴요. 내 검도 진짜 같습니다. 호수에 있던 저 악마도 말입니다."

"알아요."

레아가 참을성 있게 말했다.

"난 며칠 동안 이런 상태니까요."

"이런 상태라뇨?"

"악마에게 붙잡혔거든요. 애플 스토어에 감금되어 있어요. 놈들이 나를 어떤 기계에 집어넣고-"

"닥쳐!"

미리엄이 거칠게 말했다. 그녀가 한 손을 사납게 휘두르자 반짝이는 단검이 빙글빙글 돌며 레아를 향해 날아갔다.

누구라도 죽일 듯 기세 좋게 날아가는 검으로 사이먼이 손을 뻗었지만 갑옷으로 끌어올려진 속력조차 너무 느렸다. 단검이 칼자루만 남긴 채 레아의 가슴 깊숙이 박혔.

레아는 고통스럽다거나 걱정스러운 것이 아니라 호기심 어린 표정으로 흉골 밖에 솟은 칼자루를 내려다보았다.

"현실이 아냐."

레아가 칼을 붙잡고 가슴에서 뽑아냈다. 피는 흐르지 않았다. 상처 하나 없었다. 레아가 사이먼을 바라보았다.

"당신은 꿈을 꾸고 있는 거예요. 보여요? 하지만 여기에 계속 있으면 위험해요. 꿈을 꾸는 동안 악마가 당신 마음속에 침투할 거예요. 깨어나야만 해요."

그녀가 단검을 그에게 던졌다. 사이먼이 공중을 가르며 빙글빙글 날아오는 단검을 막았다. 심지어 아무런 힘조차 들이지 않았다. 손바닥이 아주 조금 따끔할 뿐이었다.

미리엄이 등 뒤에서 검을 뽑아 들며 허공을 갈랐다. 그러자 칼날이 불길에 휩싸였다.

"죽여 버리겠어, 사이먼."

미리엄이 다가오자 검의 열기가 사이먼의 노출된 살결에 닿을 듯 이글거렸다.

"원한다면 너의 저 작은 하피[14]가 하는 말을 끝까지 듣게 해 줄 수도 있어. 그저 너를 죽음에 이르게 할 뿐이겠지만."

"사이먼, 하지-"

레아는 말을 끝내기 전에 사이먼의 눈앞에서 사라졌다. 사이먼은 균형을 잃지 않으려 천천히, 조심스럽게 움직여 검을 앞으로 내밀었다.

"레아는 어디 있지?"

"누구라고?"

미리엄의 미소는 달콤한 독 같았다.

"무슨 짓을 한 거야?"

"그 여자는 여기 있은 적이 없어. 너의 비루한 상상력이 만들어 낸 것일 뿐이지."

미리엄이 검을 휘두르며 다가왔지만 방어해야 할 정도는 아니었다.

---

14) 그리스 로마 신화의 괴물로 얼굴과 몸은 여자이지만 새의 날개와 발톱이 있다.

"사랑에 빠진 거야, 사이먼?"

사이먼이 조심스럽게 움직였다. 미리엄은 검술에 능했다. 하지만 이자는 미리엄이 아니었다.

"너는 진짜가 아니야, 그렇지?"

기술을 과시하려는 듯 미리엄이 재빠르게 검을 찌르고 들어와 사이먼의 왼쪽 허벅지를 베었다. 따뜻한 피가 허벅지를 타고 흘러내렸.

"내가 어디까지 현실인 것 같아, 사이먼?"

사이먼은 대답 대신 공격을 했다. 키와 더 긴 팔과 강한 근력으로 미리엄의 방어 태세를 무너뜨렸다. 호수에 금속 검끼리 부딪치는 소리가 울려 퍼졌다. 그때 호수 한가운데에서 잔물결이 일기 시작했다. 그러더니 수많은 촉수들이 한꺼번에 솟아오르며 호숫가로 다가왔다.

"저 아래 아까 그놈 하나만 있을 거라 생각한 건 아니겠지?"

미리엄이 방심한 사이먼의 두 눈을 때리며 그를 돌려세워 호수가 보이도록 했다.

악마가 얼마나 가까이 왔는지 알 수 없었지만 사이먼은 일단 우위를 점하기 위해 미리엄에게로 다시 돌아섰다. 미리엄이 재빠르게 그를 붙들려 했지만 사이먼은 잠시라도 시간을 벌기 위해 뒤로 물러났다. 그러나 미리엄은 빨랐고, 순식간에 그를 붙잡아 그는 미처 돌아서지도 못했다. 온몸이 땀에 젖어 있었고 근육이 아팠다.

"넌 지쳤어."

미리엄이 미소를 지었다.

"나는 절대 지치지 않아. 내가 너를 죽일 테지만, 그러지 못하더라도 저 악마가 대신하겠지."

촉수 하나가 호숫가로 올라오더니 이리저리 뒤틀리고 꿈틀거리며 먹잇감을 찾았다. 물 밖에서는 그다지 효율적으로 움직이지 못하는 듯했다.

"미안해."

사이먼이 미리엄의 공격을 막은 다음 또 한 번 막아 냈다.

"뭐가? 넌 나를 다치게 할 수 없어."

"내가 지금 네게 할 행동이."

사이먼은 이제 미리엄의 움직임을 파악했다. 실제 미리엄처럼 이 미리엄의 검술에도 허점이 있었고 가끔씩 드러났다. 미리엄은 자신이 우위에 있다고 판단했을 때 더 빨리, 더 반복적으로 움직이는 경향이 있었다.

"너는 날-"

사이먼이 검을 막으며 앞으로 잽싸게 몸을 던졌다. 대담하고도 위험한 동작이었다. 상대의 무기를 완전히 통제한 것이 아니었기 때문이다. 검의 불길에 갈비뼈가 타들어 가는 듯했다. 미리엄이 다시 그에게 검을 겨누었다.

- **경고.**

갑옷 AI가 말했다.

- **방어 실패로 갑옷이 손상되었습니다.**

사이먼은 AI의 경고는 무시했다. 옆구리에서는 물어뜯기는 것 같은 통증이 느껴졌다. 그가 한쪽 무릎을 꿇으며 미리엄의 검을 막고는 검을 들지 않은 손을 반대쪽 어깨 바로 밑에 찔러 넣었다.

사이먼은 모래 위를 미끄러지며 그의 다리까지 바짝 접근한 촉수를 피하면서 몸을 빙글 돌려 미리엄을 냅다 던졌다. 유도 기술이었다.

미리엄이 허공으로 붕 뜨더니 호수 위로 둥글납작하게 드러난 괴물의 머리까지 날아가며 욕을 퍼부었다. 촉수들이 그녀를 붙들어 입안으로 던져 넣었다. 단 한 입에 몸뚱어리가 사라졌다.

사이먼이 미처 도망가기도 전에 더 많은 촉수가 그를 휘감으며 넘어뜨렸다. 그는 검을 쓰려고 애써 보았지만 촉수들이 재빨리 팔을 쳤다. 그가 몸을 이리저리 비틀었지만 아무 소용 없었다.

사이먼.

레아의 목소리가 머릿속에서 울렸다. 사이먼은 악마가 만든 지옥의 배 속 어딘가에 갇혀 있을 레아를 떠올렸다. 견딜 수 없었다. 그조차 꿈의 일부 같았다.

- 경고.

AI가 알렸다.

- 활력징후가 위험 수준에 도달합니다.

활력징후라고? 그 순간 사이먼은 자신의 심장박동과 거친 숨결을 느꼈다. 꿈속에서 느낄 법한 감각이었지만 꿈은 아니었다.

"나를 깨워."

사이먼이 촉수에 붙들린 채 몸부림쳤다. 혼자서는 꿈에서 완전히 벗어날 수 없었다.

- 경고. 흥분제를 주입하면 심장에 무리가 갈 수 있습니다.

"나를 깨워."

사이먼의 아래에서 악마의 턱이 쩍 벌어졌다.

"지금 당장 깨우라고!"

촉수들이 힘을 풀자 사이먼은 그를 기다리는 입속으로 떨어졌다. 팔다리를 마구 버둥거렸지만 아무 소용 없었다. 그는 커다랗게 뚫린 동굴 속으로 떨어졌고 그 뒤에서 악마의 이빨과 입술이 굳게 닫혔다.

사이먼은 어둠 속에서 깨어났다. 잠시 악마의 식도 어딘가에서 길을 잃은 줄 알았다. 사이먼은 숨이 막혀 허둥지둥하며 팔다리를 휘둘렀지만, 이내 침대 안이라는 것을 깨달았다. 온몸이 식은땀에 흠뻑 젖어 있었다.

"이봐, 친구, 괜찮아?"

네이선이 침대 옆에서 그를 내려다보고 있었다. 방금 잠에서 깬 것인지 피로 때문인지 목이 잠겨 있었다.

"응."

더 잘 수 없을 것을 안 사이먼이 일어나 앉았다.

"아니."

네이선이 중얼거렸다.

"아직 덜 깬 것 같은데."

"아냐, 깼어."

"뭔가 혼란스러워 보이는데."

사이먼은 심장박동이 느려질 때까지 잠시 기다렸다. 땀이 식자 몸이 차가워졌다.

"악몽 꾼 적 있어?"

"왜? 자장가라도 불러 주려고?"

"악몽을 꾸게 하는 원인이 있는 것 같아서."

"젠장, 당연하지. 우리 세상을 집어삼키려는 끔찍한 악마 놈들과 싸우고 있는데 악몽을 안 꾸고 배기겠어?"

"레아 꿈을 꿨어."

"네가 항상 레아 생각뿐이라는 건 내 이미 알고 있었지."

사이먼은 네이선의 말은 무시했다.

"꿈에서 그러더군. 악마가 만든 기계에 갇혔다고. 꿈을 통해 우리 정신에 침투하는 장치라고 했어."

"좋아. 이제 너 때문에 잠이 깨는걸."

"잘됐네, 가자."

"어디로?"

"얼마나 많은 사람들이 악몽에 시달리는지 알아봐야겠어."

사이먼이 일어나 갑옷을 입기 전에 샤워부터 하러 갔다.

45장

워런은 건물 옥상에 두 팔을 활짝 펴고 서서 후끈한 바람이 그의 몸에서 '화마'를 씻어 주도록 가만히 있었다. 썩은 악취가 풍기자 지금 느껴지는 감각이 진짜임을 알 수 있었다. 오늘 밤 시내에 있었던 그는 여느 때와는 다른 기분을 느끼고 있었다. 평소와는 달리 쫓기는 자가 아니라 쫓는 자 쪽이기 때문임을 그는 잘 알았다.

하늘을 조용히 날아가는 올빼미가 보였다. 런던이 어둠에 잠기고 기계 돌아가는 소리로 추정되는 소음도 잦아들자 몇몇 사람들이 식량을 찾기 위해 도심 거리를 이동하고 있었다. 포식자들 역시 그들을 먹어 치우기 위해 모여들었다.

워런이 손쉽게 올빼미에게로 그의 정신을 옮겼다. 지난 며칠 밤마다, 비슷한 방법으로 도시를 사냥했다. 할수록 쉬워졌다. 그의 능력은 계속해서 강해졌는데 지속적인 훈련 덕분인지 본래 그의 내면에서 공명하던 절박함 때문인지는 알 수 없었다.

그는 심지어 작은 축에 속하는 악마까지 장악할 수 있었지만, 그런 후에는 언제나 두통이 따랐고 몇 시간 동안이나 입에서 불쾌한 맛이 났다. 놈들이 느끼고 생각하는 바는 단순한 살인자에게조차도 너무나 기이하고 어두우며 악의적이었던 것이다.

워런은 올빼미의 날개를 퍼덕이며 높이 비상했다. 구름 낀 밤하늘을 높이 오른 후 잠시 그의 육신이 서 있는 빌딩 위를 선회했다. 자신의 몸이 그처럼 탁 트인 공간에서 얼마나 취약한지 두 눈으로 보자 두려워졌지만 다이유와 그녀의 동료들이 그를 보호해 줄 것이라고 믿었다. 그것이 그에게 일어난 또 다른 변화였다. 일단 그들은 워런이 그들에게 무엇을 가져다줄 수 있는지 알게 되자, 보호와 편의를 제공해 주었다.

다이유의 분파에 몸담은 카발리스트라면 누구나 워런의 능력을 원했다. 워런은 그들이 악마의 살점이나 뿔과 뼈 같은 작은 신체 부위를 성공적으로 이식하도록 도왔다. 그들의 능력은 향상되었고 힘을 얻는 만큼 조직도 커졌다. 다이유의 분파에는 이제 능력자가 백 명도 넘었다. 그중 스무 명 정도가 오늘 밤 워런과 동행했다. 모두들 워런을 따라오고 싶어 했기 때문에 워런이 수를 제한해야만 했고 그 때문에 몇 번이나 싸움이 일어날 뻔했다. 워런은 그들이 자신을 믿는다는 점에 기분이 좋았다.

워런, 뭘 하고 있는 거냐?

릴리스의 목소리가 워런의 머릿속에서 메아리쳤다. 지난 며칠 동안 워런은 릴리스와 대화하지도 만나지도 못했다. 워런은 릴리스가 어디에서 무엇을 하는지 몰랐고 더 이상 알아내려고 애쓰지도 않았다. 릴리스는 그녀만의 계획에 따라 멀리 떠나 있었다.

"사냥 중."

워런은 방어하듯 대답했다. 그러면서도 왠지 억울했다.

너를 따르는 무리가 있군.

"맞아."

마침내 야망을 품었는가.

워런이 날카롭게 대답했다.

"야망이라면 원래 있었어. 살아남길 원했으니까."

그리고 여전히 살아남길 원하지.

"지금 내 처지로는 이젠 힘들어."

숨어 지내는 처지 말이냐?

"그래."

네가 숨어 지낼 수밖에 없는 정도의 인간은 아니지. 너에게 힘이 주어진 것에는 이유가 있다. 너는 이 순간부터 너의 눈앞에 펼쳐질 위대한 전투에 참여하게 될 것이다.

워런은 릴리스가 말한 힘이라는 것이 은빛 손이 발휘하는 힘을 말하는 것인지, 헬게이트가 열리기 전부터 그에게 있었던 힘을 말하는 것인지 알 수 없었다. 그가 한쪽으로 몸을 기울여 하늘을 활공하며 건물 옥상 사이로 낮게 깔린 안개 속을 지나갔다. 다이유의 카발리스트들이 옥상과 화재 대피소, 주변 골목들을 점거하고 있었다. 모두가 그의 명령을 기다렸다.

곧 네가 필요해질 것이다.

마음이 차갑게 식은 워런은 순간적으로 자신은 이제 노예가 아니라고, 그의 길을 갈 거라고 말해 버릴 뻔했지만, 바로 다음 순간 그 생각이 너무 강렬해서 릴리스가 듣진 않았을까 두려워졌다.

"알겠어."

내가 너를 부를 때까지는 몸을 사려라. 너와 나, 우리는 메리힘에게 받을 빚이 있다. 그가 악마들을 시켜 만든 기계는 그에게 어마어마한 의미가 있지. 이제 곧 우리가 그에게 맞설 것이다.

정말 그런 일이 벌어질 수도 있다는 생각이 들자 워런은 소름이 돋았다.

너도 복수를 하고 싶지 않으냐?

"맞아."

좋다. 그럼 그때 보자.

워런은 릴리스가 서서히 멀어지다가 곧 완전히 사라지는 것을 느꼈다. 그가 올빼미의 날갯짓을 더욱 빠르게 하여 이스트엔드 고층 빌딩 사이를 날았다. 올빼미가 소리 높여 울었다. 빌딩에 조각된 가고일들이 보였다. 어떤 가고일들은 그를 알아보았다.

감시자들이군. 워런이 깨달았다.

악마 한 놈이 빌딩 옥상 가에 웅크리고 있다가 날개를 펼치더니 퍼덕거리며 올빼미를 쫓기 시작했다. 워런은 독특한 기술로 올빼미를 조종하여 악마를 피해 가며 건물을 스치듯 우아하게 날았다. 날개 끝이 건물 벽을 훑었다.

가고일은 모퉁이를 지나치는 듯하더니 방향을 바꾸려 했다. 워런은 열린 창문으로 곧장 날아 들어가 칸막이들이 가득한 방을 가로질러 옆 건물의 깨진 창을 통해 밖으로 나왔다. 그러고는 고도를 낮춰 거리에 바짝 붙어 날며 몸을 숨겼다.

하지만 낮게 나는 것 또한 다른 위험에 노출되는 것임을 그는 경험을 통해 알고 있었다. 포식성 조류는 높이 날며 예리한 눈으로 아래의 먹잇감을 포착할 수 있었다. 이렇게 땅에 붙어 낮게 나는 새는 그들의 먹잇감이라는 뜻이었다.

올빼미는 아무런 소리도 내지 않고 미끄러지듯 거리를 날았다. 피를 뚝뚝 흘리는 좀비 무리가 골목길에서 사로잡은 인간들을 먹고 있었다. 식량을 구하러 나온 이들이었다. 운이 없었던 희생자들의 비명에 워런은 소름이 끼쳤다.

그들이 안타까웠다. 아무도 그런 식으로 죽어서는 안 되었지만,

그보다도 워런은 언데드에게 붙잡힌 것이 자신이 아니라는 점이 기뻤다. 이기적이었지만 부끄럽지는 않았다.

세 블록을 더 가자 정해 두었던 먹잇감이 보였다. 놈은 높은 계급에 속했다. 느릿느릿 움직이는 괴물에게 잠재된 힘이 느껴졌다. 워런은 놈이 '이름 주어진 자'임을 알 수 있었지만, 그 느낌은 4년 전 런던 거리에서 슐고스와 맞닥뜨렸을 때와는 달랐다. 새로웠다.

놈은 3미터는 넘어 보였다. 떡 벌어졌으면서도 몸통은 길었는데 그에 반해 다리는 짧아서 유인원 같았다. 뱀과 닮은 촉수가 머리에 돋아 좁은 이마에 그늘을 드리웠다. 붉은빛이 도는 보라색 비늘이 온몸을 뒤덮었다. 맹금류같이 길게 튀어나온 잔인한 주둥이는 휘어져 있었다.

야망이 정말로 커졌군.

다시 릴리스의 목소리가 들려왔다. 워런은 놈의 머리 위로 솟은 3층 건물의 텅 빈 창가에서 올빼미를 멈추었다. 퍼덕거리는 날개 소리가 잠시 악마의 주의를 끌었지만 놈은 곧 아무 의심 없이 먼 곳을 바라보며 구불구불 이어지는 거리를 성큼성큼 걸었다. 워런이 악마를 지켜보며 물었다.

"저놈을 알아?"

알지.

"새롭게 등장한 놈 같은데."

맞아.

"어떻게 알아?"

너만 야심을 품은 게 아니니까. 나도 그동안 런던에 머물며 꽤 많은 것을 알아냈다.

워런은 지난 몇 주간 카발리스트들이 정탐한 정보를 전해 들었지만 누구도 릴리스를 언급하지는 않았다.

나는 아직 행동을 개시할 준비가 되지 않았다. 내가 이 세상에 살아 돌아온 것을 달가워하지 않을 놈들이 많지.

워런은 릴리스가 여전히 그의 생각 대부분을 읽을 수 있다는 사실이 싫었다.

"저놈은 어때?"

카렐로스다. 헬게이트를 통해 넘어온 후 승격되었다.

"어떻게?"

군대가 런던에 몸을 숨긴 동안 템플러들은 치열한 전투를 계속했다. 그들의 손에 악마 몇이 목숨을 잃었다. 어떤 악마들은 서로를 죽였다. 언제나처럼 소모적인 싸움을 벌인 것이지. 악마는 가장 먼저 원한을 품고, 그 원한을 가장 오래 간직한다.

"카렐로스는 얼마나 위험할까?"

릴리스가 조롱하듯 웃었다.

무서운가?

하지만 워런은 조금도 모욕을 느끼지 않았다.

"저놈을 쓰러뜨리고 싶어. 그렇다고 나를 따르는 이들의 목숨을 위험하게 할 수도 없어. 나는 그들에게 승리를 안겨 줄 거야, 패배가 아니라."

너는 한층 성장했구나.

워런은 카렐로스가 한 인간 여자를 둘러싼 다크스폰 무리에게로 다가가서는 놈들을 험악하게 밀쳐 내는 것을 지켜보았다. 놈은 여자가 몸을 숨긴 차 안으로 무심하게 손을 뻗었다. 그러고는 살려 달라고 울부짖는 여자를 끄집어내서 조각조각 찢은 후 입안으로 털어 넣었다.

너의 전사들에게 승리를 안겨 주고 싶으냐?

"그래."

좋다. 그 정도의 마음가짐은 필요하지. 곧 메리힘과 마주할 테니.

워런은 올빼미를 놓아준 후 그의 육신으로 되돌아왔다.

자신의 몸으로 돌아온 워런은 파도처럼 밀려오는 현기증을 느꼈지만, 잠시 휘청였을 뿐 곧 괜찮아졌다. 그가 눈을 뜨고 주위를 보았다.

나오미가 걱정스러운 눈빛으로 그를 바라보고 있었다. 워런은 나오미에게 비키라고 손짓한 후 다이유에게로 돌아섰다. 다이유가 물었다.

"악마를 찾았나요?"

"네. 이번 녀석은 쉽지 않겠어요. 하지만 우리가 쓰러뜨릴 수 있습니다."

"얼마나 강한 놈이죠?"

"'이름 주어진 자'입니다."

다이유는 침착해 보였다. 설사 그의 말에 긴장했다 하더라도 드러내지는 않을 것이다. 잠시 후 그녀가 고개를 끄덕였다.

"가치가 있겠군요."

"저도 그렇게 생각합니다."

다이유가 워키토키를 꺼내 입 가까이 가져가더니 어디론가 지시를 내렸다.

"정말 할 수 있다고 확신하는 거야?"

나오미가 물었다. 워런은 골목 입구에 그녀와 함께 있었다. 힘이 피부 바로 아래에서 들끓는 것이 느껴졌다. 당장이라도 분출하지 않으면 폭발해 버릴 것만 같았다.

"해야 해. 저놈을 쓰러뜨리고 신체를 손에 넣을 수 있다면 더욱 강해질 거야."

워런이 골목을 따라 내려오는 카렐로스를 보며 잠시 말을 멈추었다.

"살아남기 위해서는 더 강해져야 해."

"네 말은, 우리가 좀 더 강해져야 한다는 거지."

나오미가 유감스럽다는 듯 미소를 지었다. 워런이 고개를 끄덕였다.

"내 말은, 너뿐만 아니라 저 사람들 모두가 더 강해져야 한다는 거야. 우리가 배우면 배울수록, 더 많은 악마들과 맞닥뜨리게 될 테니까."

"준비는 되셨나요?"

다이유가 워키토키로 묻는 소리가 워런이 쓰고 있는 헤드셋에서 들렸다.

"네."

다이유가 조금 주저하다 말했다.

"나는 내 사람들 누구도 잃고 싶지 않아요."

"그런 건 장담할 수 없습니다. 카렐로스로부터 무엇을 취하든 이식이 성공적으로 이루어진다면 모두의 능력이 향상될 거라는 점만은 보장할 수 있지만요."

워키토키에서는 잠시 침묵만이 맴돌았다.

"좋아요. 하지만 여기에서 더 멀리 가지는 말죠."

"알겠습니다."

"그런다면, 제가 당신을 가만두지 않을 겁니다."

"제가 바라는 최고의 보너스는 아니군요."

"아마도 그렇겠죠. 하지만 저는 진심입니다."

워런은 다이유의 말을 의심하지 않았다. 그는 그림자에 몸을 숨긴 채 카렐로스가 골목 끝, 그가 있는 곳까지 다다르기를 기다렸다. 악마가 가까워진 순간 기습할 계획이었다.

하지만 카렐로스의 걸음이 느려졌다. 그러더니 완전히 걸음을 멈추고 돼지처럼 허공에 코를 킁킁거렸다. 한 치의 오차도 없이 정확하게 몸을 돌리더니 골목에 드리운 그림자를 향해 씩 웃었다.

"인간이군."

카렐로스가 크게 웃자 침이 턱을 타고 흘러내렸다. 입술이 말려 올라가며 날카로운 톱니 같은 이빨이 드러났다. 조금 전에 먹어 치운 희생자의 피가 아직 묻어 있었다.

"워런 시머, 네놈을 알겠군."

악마의 시선에 못 박힌 듯 워런은 꼼짝도 하지 못했다. 패닉이 덮쳐 왔다.

"메리힘이 안부를 물었다."

카렐로스가 입을 벌려 거대한 불길을 내뿜었다.

46장

 레아는 또 다른 악몽으로 추락했다. 어떻게 그렇게 많은 꿈 속에 들어가는지, 혹은 꿈을 창조하는지 알 수 없었다. 악몽은 곧장 다음 악몽으로 이어지는 것 같았다. 악몽은 그녀를 단숨에 집어삼키는 광란의 만화경 같았다.

 매번 주변을 살피며 현실과 비교해 보려고 애썼지만, 풍경은 계속해서 바뀌면서 한순간 그녀를 다른 곳으로 데려다 놓았다. 레아는 사이먼 크로스의 기억에 매달렸다. 꿈속에서 그와 접촉했었다. 그랬다고 확신할 수 있었지만, 자신이 정말로 거기 있었다는 것을 사이먼이 믿을지, 그녀가 한 얘기를 기억할 수 있을지도 알 수 없었다.

 혼을 빼놓는 꿈속 이동은 계속되었다. 이번엔 한 군인의 옆에서 뛰고 있었다. 남자는 전우를 구하기 위해 불길이 치솟는 건물 안으로 들어가려고 애썼다. 레아는 머리 위로 떨어지는 대들보와 엄청나게 뜨거운 철근을 이리저리 피하면서도 남자의 공포를 느낄 수 있었다. 군복이 화염에 휩싸이는 것은 막아 주었지만 위협적인 열기에 정신을 반쯤 놓은 듯했다. 레아가 남자에게 말했다.

 "여기서 나가야 해요."

 "그럴 수 없어."

 천장에 매달린 채 바닥으로 늘어진 목재를 밀어 내며 남자가 말했다. 한쪽 벽의 일부가 무너져 내렸다.

"조지가 이 안에 있다고."

그가 큰 소리로 외쳤다.

"조지!"

"이미 늦었어요."

"늦지 않았어. 그렇게 두지 않아. 조지는 내 친구야. 내가 구해줄 거라 믿을 거라고."

스토커 한 마리가 구석에 웅크리고 있다가 발을 단단히 디디며 도약할 준비를 했다.

"조심해!"

레아가 SRAC 기관총을 옆구리 쪽에서 끄집어내 달려드는 스토커를 향해 치켜들었다. 총을 들지 않은 팔로 군인을 밀쳤지만 손은 그대로 남자의 몸을 통과했다. 다음 순간 SRAC의 탄환들이 스토커의 몸을 아무런 저항 없이 관통해 지나갔다.

스토커는 군인을 때려눕힌 후 둘 모두를 불붙은 카펫 위로 내던졌다. 방화 소재 군복에는 불이 붙지 않았지만 남자는 열기 때문에 괴로워 보였다.

레아도 몸이 불타는 듯한 고통을 함께 느꼈다. 분노한 듯 살을 마구 할퀴는 고통에 레아가 비명을 질렀다. 그러면서도 본능적으로 남자에게 달려가 불길에서 끌어내려고 애썼다. 남자가 몸을 굴려 일어나 스토커와 싸우려 했고 레아는 그를 붙들 수 없었다. 분노와 무력감에 젖어 둘의 싸움을 지켜보는 수밖에 없었다.

그 순간 천장이 무너져 덮치는 바람에 스토커와 군인은 시야에서 사라졌다.

"안 돼!"

앞으로 달려 나가 돌무더기를 치우려는 찰나 레아는 또 다른 꿈으로 떨어져 내렸다.

정신을 차리자 이번엔 가슴 깊이까지 차오른 눅눅한 웅덩이에 서 있었다. 동굴 같았다. 슈트를 입었는데도 차가운 물에 떠다니는 끈적끈적한 기름기가 느껴졌다. 공기에 무겁게 깔린 죽음과 부패, 정화되지 않은 하수 냄새 때문에 숨쉬기조차 힘들 정도였다.

슈트의 적외선 렌즈로는 짙은 어둠을 충분히 뚫지 못해 동굴 벽이 어디쯤인지 알 수 없었다. 귀를 기울여 보았지만 물속에 또 다른 생명체가 있는지 확인하지 않고서는 움직이고 싶지 않았다.

그때 아래에서 무언가 스르륵 미끄러지는 것이 느껴졌.

레아가 옆으로 물러서며 어깨에 멘 칼집에서 검을 꺼내 들었다. 현실에서는 검을 들고 다닌 적이 없었기 때문에, 이번 꿈에서는 다른 누군가로 존재한다는 것을 알 수 있었다. 레아는 처음 해 보는 준비 태세로 기다렸다. 그때 눈앞에 360도를 비추는 HUD 시스템이 있는 것을 깨달았다.

다음 순간, 세 템플러가 진흙탕 속에서 불쑥 일어섰다. 모두가 똑바로 서며 검을 꺼내 들었다. 그들은 레아를 알은척하지 않고 동굴을 둘러보았다. 사이먼은 보이지 않았다.

"뭔가 봤나?"

여자가 자신에게 물은 것임을 알아차리기까지는 시간이 조금 걸렸다.

"아뇨."

"좋아. 어쩌면 그들을 구할 수 있겠어."

템플러가 물을 헤치며 앞으로 걸어 나갔다.

"조지프, 여기가 어디쯤인지 알겠어? HUD로는 동굴 구조가 확인되지 않는데. 아마 아직 도시 지하일 거야. 그건 알겠는데 어느 쪽으로 나가야 할지 모르겠군."

"한 가지 확실한 건, 온 길로 되돌아갈 수는 없다는 거야. 악마들 한가운데로 뛰어드는 셈일 테니까."

이번엔 한 남자가 말했다. 레아가 뒤에서 묵묵히 따라갔다. 그들이라고 해서 더 많이 아는 것 같진 않았다.

"런던 아래에는 버려진 터널이나 굴이 많지."

조지프가 말했다.

"광산이나 교통 때문에."

"여기 오자는 건 네 생각이었잖아."

다른 남자가 항의했다.

"그만둬, 나이절."

여자가 말했다.

"지금 이렇게 엉망진창인 상황에서 서로를 비난해 봤자 도움이 안 된다고."

"뭐라고? 메이, 너에게 그럴 권리는-"

여자가 템플러에게 빙글 돌아서더니 검 끝을 투구에 겨누었다.

"크로스 경이 내게 그럴 권리를 주셨지. 너희 멍청한 자식들에게 어떻게 생각하고 행동해야 할지 지시할 권리 말이야. 너희가 그에 따르고 싶지 않다면 이대로 너희끼리 여기에서 나갈 방법을 찾으라고. 난 기꺼이 혼자 갈 테니. 알겠어?"

나이절의 면갑은 아무런 표정을 드러내지 않은 채 변함없이 매끄러웠지만, 레아는 그의 공포와 분노를 느낄 수 있었다. 대체 어떤 힘이 그녀를 이 꿈속으로, 어쩌면 이 현실로 이끌었는지 레아도 알 수 없었다. 한동안 나이절의 두 감정은 똑같이 나뉘어 있다가 곧 공포로 합쳐졌다.

"알겠다고, 메이."

나이절이 말했다.

"네 지시에 따를 테니."

"좋아."

메이가 검을 거두고는 돌아서서 다시 진흙탕을 헤치며 나아갔다. 레아가 서둘러 그녀를 따라잡았다.

"사이먼을 알아요?"

메이는 걸음을 멈추지 않았다.

"물론 알지. 지금은 바보 같은 질문을 할 때가 아닌 것 같은데."

"그에게 메시지를 남기고 싶어요."

"돌아가면 직접 얘기해."

"내가 돌아갈 수 있을지 모르겠으니까 그러죠."

"그렇게 쉽게 항복하는 건가? 그런 식으로 악마와 싸워서는-"

그 순간 도마뱀처럼 생긴 악마가 깊고 까만 물 속에서 갑자기 불쑥 솟아올라 메이에게 덤벼 들었다. 템플러 갑옷이 끌어올려 준 반사신경 덕분에 메이는 간신히 옆으로 몸을 날려 목숨을 구했다. 도마뱀 같은 것이 입을 쩍 벌리고 미늘이 잔뜩 돋은 혀를 불쑥 내밀어 3미터가 넘는 공간을 번개처럼 가로질렀다. 믿을 수 없게도 그 혀는 단 한 번에 갑옷을 꿰뚫었다.

메이가 온몸을 떨며 몸부림쳤다. 그녀가 패닉에 빠져 고통스럽게 지르는 비명 소리가 레아의 갑옷 오디오를 통해 울렸다. 레아가 앞으로 달려가 검을 휘두르며 도마뱀의 거친 가죽을 베었다. 상처에서 응혈 덩어리가 꿀렁거리며 나왔지만 놈은 아랑곳하지 않고 몸부림치는 먹이를 입속으로 밀어 넣으려 했다.

"도와줘!"

레아가 외쳤다.

"아직 구할 수 있어!"

마비된 듯 온몸이 굳었던 템플러들이 앞으로 뛰쳐나왔다. 레아는 도마뱀의 뇌가 어디쯤일지 알아내려고 애썼다. 뇌나 척수를 찌를 수만 있다면 템플러를 살릴 수 있을 것이다.

- 경고!

갑옷 안에서 목소리가 들렸다. 레아는 예상하지 못했던 것이었다. HUD가 제공하는 360도 시야 시스템에 적응하는 것에도 애를 먹고 있었다. 모든 것이 잘못돼 보였다.

- 경고! 두 번째 악마 접근 중!

레아도 그 악마를 감지할 수 있었다. 물속에서 또 다른 도마뱀이 솟아오르더니 재빠르게 달려왔다. 거죽만 남은 다리는 믿을 수 없을 만큼 힘이 넘쳤다. 레아는 새로운 위협을 향해 돌아섰지만 너무 늦었음을 알았다.

악마가 커다란 입을 벌렸다. 검은 혀가 밖으로 쭉 뻗어 나왔다.

레아는 움직이려고 애썼다. 혀가 가슴을 때렸다. 심장을 정확히 가격하지 못했다면 그 가까이라도 맞춘 것이 분명했다. 어느 쪽도 확신할 수는 없었다. 통증이 없는 것에 놀랐지만 그 일격으로 신경계가 마비되면서 몸을 제대로 움직일 수 없었다.

레아가 비틀거리며 물러나면서도 한 손으로 악마의 혀를 붙들려고 애썼다. 놈이 머리를 앞뒤로 흔들며 혀에 휘감긴 레아의 몸을 집어삼키려 했다. 혀의 미늘이 살점을 파고들었다. 그런 다음 두 턱이 세게 닫히며 레아를 짓눌렀다. 그녀는---

---순간 다른 곳에 있었다. 레아는 눈물을 참았다.
"조용."
누군가 속삭이며 그녀의 손을 세게 쥐었다.
"'목소리'가 말씀하실 땐 방해하지 마세요."
어두운 방에 사람들이 둥그렇게 모여 양반다리를 하고 앉아 있었다. 원 한가운데에는 이상하게 잘린 상자가 허공에 떠 있었다. 창문에는 검은 커튼이 드리웠지만 묵직하게 흔들리는 것으로 보아 유리창이 깨져 있음을 알 수 있었다.

레아는 여기 있는 사람들이 카발리스트임을 깨달았다. 가운, 악마의 가죽으로 만든 것 같은 이상한 방어구, 무엇보다도 문신과 몸에 이식된 악마 신체 부위를 보고 알 수 있었다. 상처 대부분은 감염된 것 같았다.

지휘 본부에서 공유한 정보에 따르면 카발리스트는 악마 신체를 자신의 몸에 이식하면 타고난 능력이 더욱 강해진다고 믿었다. 보고서에 따르면 얼마간은 성공한 듯했지만, 때로는 통하지 않았다. 대개는 이식이 자리 잡지 못하고 감염을 일으키거나 숙주의 몸을 위험에 빠트렸다.

너무 고집스럽거나 곧 감염이 나을 거라고 믿었던 사람들은 악마의 신체를 받아들이려고 계속 애쓰다 끔찍하게 죽었다. 레아 곁의 몇몇 카발리스트들은 아프고 허약해 보였다. 둥둥 떠 있는 상자를 바라보는 공허한 눈은 열에 들떠 있었다.

"이것은 '오르도나르의 상자'입니다."

상자에서 가까운 곳에 앉아 있던 남자가 말했다.

"호메로스와 아리스토텔레스가 이 상자에 대해 기술했었죠. 하지만 그 글은 세상에서 자취를 감추었습니다. 그들은 악마의 영혼이 여기 갇혔다고 믿었습니다. 그리스인들이 이 상자를 창조한 것은 아닙니다. 오르도나르는 고대 티베트의 승려였다고 전해집니다. 악마들이 이 세상에 존재한다는 사실을 아는 신성한 사람이었지요."

상자가 휙 돌더니 빠르게 회전하기 시작했다. 처음에는 황동 상자인 줄 알았으나 표면이 불그스름하게 반짝이는 것으로 보아 구리일지 모른다는 생각도 들었다. 상자 겉에 그려진 이상한 표식이 뚜렷했다.

"고대인들은 이 상자에 대해서 알아보려고 애썼습니다만, 비밀을 알아낸 이는 없었습니다. 시간이 흘러 로마인들이 그리스 유물을 손에 넣고 이 상자를 발견했고, 영국으로 보냈습니다. 영국 학자들이 비슷한 표식이 있는 지하 묘를 발굴했던 것을 떠올렸기 때문이죠. 하지만 상자가 도착하기도 전에 학자들은 살해되었습니다. 사람들은 그것이 지하묘의 미스테리한 저주라고도 합니다."

방 안의 힘이 더 커졌다. 레아는 그 힘이 무엇인지 알 것만 같았다. 전기 파동이 점점 더 강해지는 것 같았다. 피부가 건조해지며 바짝 조였다. 머리카락이 곤두섰다. 둘러앉은 몇몇 카발리스트들이 전기 스파크 때문에 몸서리를 쳤다. 레아는 일어나서 도망가고 싶었다.

"힘을 빼세요."

레아 옆에 있던 남자가 속삭였다.

"'목소리'께서는 지금 무슨 일을 하고 있는지 잘 아십니다. 아무 일 없을 겁니다."

'목소리'가 말을 이었다.

"영국에서 이 상자는 또다시 분실되었습니다. 암살자, 이교도, 질투 많은 관리들이 상자를 찾아 헤맸다는 이야기가 있습니다. 아무도 진실은 모릅니다. 19세기 초반, 탐험가들이 상자를 발견했습니다. 그리고 오늘날까지 박물관에 보관되어 있었죠. 아무도 이 상자가 무엇인지 몰랐지만, 저는 압니다."

'목소리'가 자리에서 일어났다. 마르고 키가 컸으며 얼굴은 늑대 같았다. 어찌 보면 레게 팬처럼 보이기도 했는데 목이 긴 군화를 신고 머리는 빡빡 밀었으며 온 얼굴에 피어싱을 하고 있었다.

"오늘 밤, 형제자매들이여, 우리는 상자를 열어서 안에 갇힌 악마의 영혼을 자유롭게 할 것입니다. 영혼이 원 밖으로 탈출하려고 할 수 있지만 그렇게 두지 않을 것입니다. 우리는 영혼을 사로잡아 우리 명령에 따르도록 할 것입니다. 그렇게 되면 우리는 그들을 보다 잘 이해하게 될 것이며 우리 능력도 강해질 것입니다. 그 모든 혜택을 누릴 것입니다."

안 돼!

레아가 말하려고 했지만 입이 떨어지지 않았다.

악마에겐 영혼이 없어!

템플러 연구 자료에 따르면 그랬다. 처음 사이먼을 따라 언더그라운드에 갔을 때 훔친 것이었다. 레아는 상자에 무엇이 들었는지 몰랐지만 사악한 존재가 분명했다.

그리고 강력한 존재가. 그 점이 무엇보다도 두려웠다.

"이제 상자를 열 시간입니다. 방어할 준비를 하십시오. 영혼이 탈출하게 두면 안 됩니다."

희미하고 불그스름한 빛이 어두운 방에서 일렁이더니 곧 용암 거품처럼 강렬해졌다. 레아는 양옆에서 카발리스트가 잡고 있는 손을 뿌리치려고 애썼다.

"안 돼요."

남자가 속삭였다.

"강해지세요. 믿으세요. 우리 의지로 악마를 굴복시킬 수 있습니다. 그것이 우리의 운명입니다. 우리는 이런 식으로 전진해 왔습니다."

레아는 움직일 수 없었다. 몸을 통제할 수 없었다.

'목소리'가 레아는 이해할 수 없는 이상한 단어들을 읊었다. 상자가 더 빨리 돌았다. 파란빛이 구리 상자의 표면에서 깜빡였다. '목소리'는 점점 더 빠르고 커지는 목소리로 무언가를 읊조렸다. 방 안에 바람이 마구 휘몰아쳤다. 상자에서 새파란 번갯불이 마구 뿜어져 나왔다.

그중 하나가 레아 옆의 남자를 가격했다. 그녀는 공포에 질려서, 남자가 펄쩍 뛰어오르며 경련을 일으키는 것을 보았다. 전기가 그녀에게도 흘러 들어와 턱과 관절들을 꼼짝 못 하게 죄었다.

갑자기 상자가 회전을 멈추었다. 하지만 금방이라도 카발리스트들에게 덤벼들듯 파지직거리며 전류를 내뿜고 있었다.

"통제할 수 있습니다!"

'목소리'가 외쳤다.

"여러분의 힘을 끌어올리세요!"

레아가 옆의 두 남자를 꼭 붙들었다. 어쩔 수 없었다. 몸 안으로 흘러든 전기 파동 때문에 손을 놓을 수가 없었다. 오른쪽 남자는 입에 거품을 물고 있었다.

그 순간 상자가 폭발했다. 환한 푸른 섬광이 번쩍이자 레아의 눈앞도 새하얘졌다. 시야가 어느 정도 돌아왔을 때, 원 중앙에 우뚝 선 악마가 보였다.

몸통은 하나인데 얼굴은 두 개였다. 두 얼굴 모두 흉측했다. 넓은 가슴에 박힌 듯한 굵은 목을 따라 비늘이 돋았고 팔은 양쪽에 두 개씩, 모두 네 개였다. 네 손 모두에 무기가 쥐여 있었다. 몸에 비해 너무 긴 다리는 나무줄기처럼 두툼했다. 머리 위로 뿔들이 숲처럼 돋아 있었다.

"나를 통제한다 하였느냐?"

악마가 거칠게 말했다.

"바보 놈들!"

놈이 팔을 들며 웃음을 터뜨렸다. 손에 들린 방망이에서는 번갯불이 더욱 맹렬하게 파직거렸다. 레아는 몸속에 더 많은 전류가 흐르는 것을 느꼈다. 몸이 망가질 것만 같았다. 그때 왼쪽 남자의 머리가 터지며 지글지글 끓어오르는 피와 뇌와 뼛조각을 사방에 흩뿌렸다. 둘러앉은 카발리스트들의 머리가 전기 충격에 차례로 잘려 나가기 시작했다.

곧이어 숨이 끊어질 듯한 어마어마한 통증이 레아의 머릿속으로 파고들었다. 하지만 다행히도 레아는 더 이상은 의식할 수 없었다.

레아는 네모난 방에서 정신을 차렸다. 지치고 고통스러웠다. 바닥에 토한 후 얼굴을 더듬으며 온전한지 확인했다. 꿈이든 기억이든 조금 전까지 있었던 곳의 경험은 너무 강렬했다.
그때 누군가 자신을 바라보고 있는 것을 깨달았다.
레아가 고개를 들어 바라보자 그때 그 악마가 와 있었다. 레아는 벽에 등을 딱 붙이고 무릎을 턱까지 당겨 앉았다.
"잘하고 있군."
악마가 자랑스럽다는 듯 말했다.
"예상했던 것보다 훌륭해. 너는 여기에서 너의 인간 동료들에게 수없이 접촉했다."
레아는 아무 말도 하지 않았다. 자신이 지나온 그 모든 것이 자신에게 얼마나 큰 영향을 끼쳤는지 놈이 아는 것은 싫었다.
"다른 인간들은 도중에 죽어 버렸는데. 더 늦게 붙잡혀 온 인간들도 말이다. 너의 회복력은 특별하구나. 하지만 결국 그저 조금 오래 목숨을 부지하는 것. 도망갈 수는 없을 것이다. 여기서 죽을 것이다. 그때까지 계속해서 우리를 도울 것이다."
분노를 억누르지 못한 레아가 힘껏 방을 가로질러 놈에게 덤벼들었다. 이 공격으로 목숨을 잃더라도 사이먼이나 다른 사람들을 휘말리게 할 수는 없었다. 이런 죽음도 가치가 있었다.
악마가 손쉽게 그녀를 제압했다. 한 손으로 레아의 발목을 잡고 다른 한 손으로는 머리를 꽉 잡더니 맞은편 벽까지 내던졌다. 레아는 거의 숨을 쉴 수가 없었다.

쌕쌕거리면서 조금이라도 흉곽을 열기 위해 머리 위로 손을 올렸다. 절망적이었다.

"바보 같은 인간. 그렇게 쉽게 희생할 순 없다. 때가 오기 전까지 너는 죽을 수 없다. 너에게 선택권은 없다."

레아가 침착하기 위해 규칙적으로 숨을 쉬려고 애썼다. 악마를 뚫어져라 바라보고 있었는데도 놈이 방을 떠나는 것을 알아차리지 못했다. 놈은 순식간에 눈앞에서 사라졌다.

방 다른 쪽 끝에 틀림없이 문이 있을 거라는 생각에 레아는 엉금엉금 기어서 벽과 바닥, 천장까지 살폈다. 아무것도 찾을 수 없었다. 악마는 마치 벽과 일체가 되어 통과한 것 같았다.

돌아서자 음식 상자가 방 저쪽에 놓인 것이 보였다. 받은 기억은 없었다. 악마들은 마음대로 이 방에 드나들 수 있는 것이 분명했다. 레아는 포로가 되었다.

47장

워런이 한 손을 들어 몸 앞에 방어막을 형성했다. 악마의 맹렬한 숨결이 부딪치며 파지직 소리를 냈다. 숨결은 멈추지 않고 방어막을 휘감았고 가장자리에서 불꽃이 튀었다. 열기가 파도처럼 밀고 들어와 워런은 피부까지 익어 버리는 것만 같았다.

나오미는 워런 뒤에 서서 그와 그의 방어막으로 보호를 받고 있었다.

다이유와 카발리스트들이 악마를 공격했다. 그들은 아케인 에너지로 보강한 육중한 그물을 놈의 머리 위로 던졌다. 그물은 악마의 피부로 떨어지자마자 상극에 닿기라도 한 듯 튀어 오르며 지글거렸다. 그러고는 곧장 살아 움직이는 것처럼 진동하며 악마를 휘감았다.

카렐로스는 그물에서 벗어나려고 몸부림쳤다. 네 손으로 그물을 붙잡고 잡아당기자 몇 가닥이 끊어지긴 했지만 로프를 타고 흐르던 에너지가 불길처럼 활활 타올랐다. 악마가 숨을 토해 냈다. 그물 역시 화염에 휘말렸지만 방화 소재인지 불이 붙지는 않았지만, 오래 견딜 수 있을 것 같지는 않았다.

워런은 마법 외투에서 창을 꺼내 들었다. 카렐로스가 창을 보고 눈을 커다랗게 떴다.

"그 창을 어디서 손에 넣었느냐?"

워런은 대답하지 않았다. 악마는 아직 목숨이 붙어 있었고, 언제든 그를 다치게 할 수 있었다. 워런은 대답 대신 카렐로스에게 다가가 창으로 악마의 심장을 찌르려 했다.

하지만 살점이 뚫리기 직전에 카렐로스가 창을 붙잡고 멈추었다. 놈의 손이 닿자 창은 체리와 비슷한 붉은빛으로 바뀌었다. 카렐로스의 왼손 두 개가 새까맣게 타면서 갈라져 들어갔다. 놈이 분노로 울부짖으며 창을 밀쳐 냈다.

어마어마한 힘에 워런은 골목 뒤로 내동댕이쳐졌다. 나오미도 함께 날아가며 데굴데굴 굴렀다. 뒤늦게 워런은 불에 타 버린 손을 보고, 이대로 죽을지도 모른다는 공포에 사로잡혔다.

그의 손이, 인간 손이, 불타 버린 것이다. 금세 수포들이 올라왔다. 손바닥은 온통 검은 딱지로 뒤덮였다. 하지만 통증을 느낄 수는 없었다. 화상에 신경 세포가 모조리 죽어 버렸기 때문이다. 패닉에 빠진 그는 잠시 아무 생각도 할 수 없었다.

"내가 도와줄게."

나오미가 무릎을 세우고 일어나더니 그를 일으킨 다음 그의 손을 감싸 쥐었다. 그러자 고통이 어느 정도 사그라들었다. 검은 딱지와 수포의 기세도 조금 잦아들었다. 워런은 다시 침착해질 수 있었다.

"나는 네가 필요해."

나오미가 그를 바라보며 말했다.

"도와줘. 난 너처럼은 할 수 없어."

워런은 여전히 꿈틀거리는 본능적인 두려움을 가라앉히며 손에 집중했다. 손은 빠르게 치유되어 단 몇 초 만에 온전해졌다. 그가 손을 이리저리 움직여 보며 모든 것이 정상으로 되돌아온 것을 확인했다.

워런은 일어서서 다시 창을 집어 들고 악마에게로 돌아섰다. 다이유와 카발리스트들이 불과 번개, 검과 피스톨로 싸우고 있었다. 피스톨에서 발사된 벌레 무리가 카렐로스의 살 속으로 파고들었다. 악마가 분노로 고함을 지르며 그를 옥죄고 있는 그물에서 벗어나려고 날뛰었다. 또 다른 카발리스트들이 놈을 도망가지 못하도록 아케인 에너지로 붙들고 있었다.

카발리스트들이 쏜 총에 맞아 놈의 온몸에 상처와 고름이 생겼다. 벌레들이 살 속으로 파고 들어가 내뿜은 독성 물질이 재빠르게 신경계를 질주하며 놈의 힘을 약화했다. 놈의 신체를 이식하기 전에 제대로 소독해야 할 것이다.

그물은 계속해서 찢겨 나갔다. 커진 구멍을 통해 카렐로스가 얼굴 두 개를 내밀었다. 오른손이 구멍을 더 크게 잡아 찢자 어깨까지 빠져나왔다.

워런은 악마를 다시 한번 찌르고 싶었지만 주저되었다. 조금 전의 고통이 아직도 생생했다.

"나가는 대로 네놈을 죽여 버리겠다!"

카렐로스가 외쳤다.

"재빨리 숨통을 끊어 주지. 네놈은 메리힘에게 던져 줄 한낱 노리개일 뿐이었지만 이제 나를 아프게 한 대가를 치를 것이다."

워런은 본능적으로 도망가고 싶었다. 카렐로스와 일대일로 맞서는 것은 상상조차 할 수 없었다. 카발리스트들은 더 이상 악마를 통제할 수 없어 보였다. 그들이 친 결계의 가장자리가 작게 찢겨 나가고 있었다.

도망갈 수는 없어. 놈은 따라올 거야. 이게 마지막 기회야.

워런은 공포에 집중하여 그 감정을 껴안았다. 그리고 안에서 솟아오르는 그의 힘에 먹이로 주었다. 그는 영웅이 아니었다. 한 번도 영웅이었던 적이 없었다. 하지만 전사였다. 아직 어린아이였을 때 양아버지와 맞섰다. 그의 힘은 언제나 그의 것이었다.

"카렐로스."

워런이 살짝 갈라진 목소리로 불렀다. 악마가 오른손들을 워런에게로 쳐들었다. 손 길이는 1미터가 넘는 듯했다. 악마의 가슴이 반 이상 그물에서 빠져나왔다. 한번 느슨해진 그물은 속절없이 미끄러져 내렸다.

"나는 너의 이름을 안다."

워런이 말했다.

"나의 말을 들어야 할 것이다."

"흥. 네놈의 뼈를 먼지처럼 갈아 버리겠다."

"저항을 멈춰라. 지금 당장."

마침내 그물은 힘을 잃고 바닥으로 떨어졌다. 카렐로스가 한 걸음 앞으로 나서더니… 멈추었다.

"다이유."

워런은 심장이 터질 것 같았다.

"사람들을 물리세요."

다이유가 지시하자 카발리스트들은 내심 안도했고, 악마는 완전히 자유로워졌다.

카렐로스가 불쑥 몸을 일으켰지만 앞으로 걸음을 내딛지는 못했다. 팔들만을 무력하게 휘적거릴 뿐이었다. 놈은 자신을 억누르는 힘에서 벗어나려고 애썼지만 근육은 더욱 딱딱하게 굳었다.

"나는 너를 내 뜻대로 할 수 있다."

워런이 은빛 손으로 창을 치켜들었다.

"너는 내 손에 죽는다. 그 무엇으로도 막을 수 없다."

카렐로스의 눈에 공포가 어리며 두 얼굴이 덜덜 떨렸다.

"너에겐… 이런…힘이… 없을 텐데."

"있어."

워런은 악마의 저항을 느꼈다. 하지만 악마의 힘이 약해지는 것이 느껴졌다. 워런은 창을 쥔 채 놈에게 다가가 높이 쳐들었다. 주변에 다른 악마들이 있었더라면 그렇게까지 능력을 발휘할 수 없었을지도 몰랐다. 그가 카렐로스를 통제하는 동안, 다른 악마가 그를 죽일 수도 있었다. 하지만 그 순간만큼은 그의 능력과 전략이 통했다.

워런이 말없이 악마의 심장을 향해 창을 던졌다. 흑요석 창이 다시 한번 체리 빛깔로 활활 타올랐다. 이번에는 카렐로스의 가슴이 열상을 입으며 새까매졌다. 단 몇 초 만에 그는 창에 꿰뚫린 고깃덩이가 되었다.

워런이 창을 뽑자 카렐로스가 땅으로 쓰러졌다. 네 개나 되는 눈은 이제 아무것도 보지 못했다.

아직도 공포에 질려 있음을 드러내지 않으려고 애쓰면서 워런이 악마에게 다가갔다. 무릎이 부들거려 하마터면 쓰러질 뻔했다. 가쁜 호흡을 부여잡으며 토하지 않으려고 애썼다. 살점 타는 냄새 때문이 아니었다. 자신이 죽음에 얼마나 가까웠었는지 알기에 두려웠던 것이다.

"시체가 다른 포식자들을 끌어 들일 겁니다."

다이유가 말했다. 워런이 고개를 끄덕이고는 카렐로스의 얼굴 하나를 발로 툭 찼다. 악마는 움직이지 않았다.

"수확하세요."

워런이 지시했다. 카발리스트들이 탐욕적으로 달려들었다. 뿔, 눈, 손, 비늘로 뒤덮인 가죽이 모두 잘려 나가 가방에 담겼다. 그들이 원하는 것을 취할 때마다 악마의 시체는 작아졌다. 나오미 역시 칼을 꺼내 다가갔다.

워런은 그들을 바라보면서 동요를 드러내지 않기 위해 애써야 했다. 카발리스트의 피비린내 나는 욕망이 악마와 그렇게 다르지 않다는 생각을 떨칠 수 없었다.

하지만 이들은 이제 그의 사람들이었다.

잠시 후 다이유의 은신처에서 카렐로스의 조각들은 분류되고 배분되었다. 워런은 그들로부터 떨어져 혼자 있을 방을 찾았다. 소모한 에너지와 두려움 때문에 무척 지쳤다.

방은 어두웠다. 아직 밤이었지만 곧 날이 밝을 터였다.

그가 옷을 벗지도 않은 채 침대에 누웠다. 혼자 있을 수 있어서 기뻤지만 한편으로는 나오미가 그에게 오기를 바랐다. 그러나 그런 부탁을 할 수는 없었다.

너무 많은 잡념에 빠지기 전에 워런은 잠을 청했다.

"또 돈을 다 갖다 쓴 거야!"

수년간 그랬듯 양아버지의 목소리가 카랑카랑하게 울렸다. 워런이 눈을 깜박거리며 정신을 차리자 오래전 맨체스터에 살던 집의 다 해진 소파에 누워 있는 것을 깨달았다.

양아버지 마틴 드영이 열린 창가에 앉아 위스키를 병째 마시고 있었다. 그는 힘이 셌지만 조금씩 살이 쪄 가고 있었다. 등 피부는 푸르스름했다. 빡빡 민 머리가 길가 가로등에 희미하게 빛났다. 턱의 염소수염은 네모나게 다듬어 놓았다. 여러 번 부러져서 기형이 된 코 때문에 그는 숨을 쉬거나 잠을 잘 때 괴로워했다. 지금은 카키색 바지에 축구팀 셔츠를 입고 있었다.

"정말로 할 수 있을 것 같았다고."

타마라 시머가 항변했다. 워런이 어머니를 바라보았다. 어머니는 유대인이었고 피부가 창백한 백인이었으며 곱슬머리는 검었다. 마찬가지로 까만 눈동자 주변은 언제나 멍이 들어 있는 것 같았다. 어머니는 마법을 연구하느라 제대로 먹지 않았고 스스로를 돌보는 일을 잊곤 했다.

날 내보내 줘.

워런이 절망스럽게 생각했다.

이미 일어났던 일이라고. 또다시 겪고 싶지 않아.

하지만 이번에도 악몽에 갇혔다. 여덟 살 워런은 수년 전 그랬듯 베개에 머리를 파묻었다.

"필요한 일이었어."

어머니가 말을 이었다. 통하지 않을 것이었다. 한 번도 통한 적이 없었다. 마틴 드영은 자신이 한 번 옳다고 결정한 일을 번복하지 않았다. 세상에서 자신이 제일 옳은 인간이었다.

"내 힘에 다가가기 위해서 쓴 거야. 문제 될 건 없어. 일단 그 힘을 다룰 수만 있으면-"

이제 나쁜 일이 일어날 것이었다. 마틴이 지금처럼 술을 마구 퍼마실 때에는 언제나 나쁜 일이 일어났다. 그는 나쁜 일이 있을 때마다 술을 마구 퍼마셨다. 일진이 나빴거나 축구팀이 좋은 성적을 거두지 못했거나. 그는 도박까지 했다. 마권업자나 채권자들이 자주 양아버지를 찾아왔었다. 워런도 그들을 본 적 있었다.

"다룬다고?"

분노한 마틴의 목소리가 너무나 강해서 유리창이 깨져 버릴지도 모른다는 생각이 들었다.

"살림 하나도 제대로 못하는 주제에! 개 같은 년! 집구석 꼴 좀 보라고!"

사회복지 쪽 사람들도 비슷한 얘기를 했었다. 워런을 데려가겠다는 협박도 했었다. 그럴 때마다 어머니는 전설이나 마법에 관한 책들만 챙겨서 이사를 할 뿐이었다. 어머니가 무엇보다도 소중히 여기는 것들이었다. 어머니는 언제나 그런 힘을 연구했었다.

마틴은 고함을 멈추지 않았다.

"나는 하루 종일 뼈 빠지게 일하는데-"

"도둑질이잖아!"

어머니가 끼어들었다.

"뭐 대단한 일이라도 하는 것처럼 굴지 마!"

마틴의 얼굴에서 분노가 꿈틀거리더니 낯빛이 더 어두워졌다.

"무슨 짓을 하고 다니는지 다 알아!"

어머니가 계속했다.

"당신이랑 당신 패거리는 그저-"

마틴이 일어서는 순간 워런은 침대에서 벗어나 소파 뒤로 넘어갔다. 두 사람이 싸울 때면 언제나 숨는 곳이었다. 마틴은 소파 위에서 고개를 내밀며 항상 그를 찾아냈지만 워런 또한 언제나 그 고통에서 벗어나려 애썼다.

"그 돈이 필요했다고!"

마틴이 말했다.

"내가 숨겨 놓은 거야! 내 물건에는 손대지 말았어야지!"

"이 집이 누구 건데! 집세도 안 내고 얹혀 사는 주제에!"

"사회복지 센터에서 임대해 준 집 갖고 생색은. 구제 못 할 멍청한 년! 돈 한 푼 안 내고 공짜로 살고 있는 거 다 알아! 내 돈은 내 거야! 처음부터 그렇게 말했잖아!"

워런이 악몽이 얼른 끝나길 빌며 소파에 얼굴을 파묻었다.

48장

워런은 보통 이 순간에 꿈에서 깨었다. 하지만 그는 수년 전처럼 원치 않으면서도 소파 밖으로 고개를 내밀어 주변을 살펴보았다.

마틴은 총신이 짧은 큰 권총을 허리띠에서 뽑아 들었다. 은색 총신에 반사되어 금시계와 반지가 반짝였다. 그가 욕을 퍼부으며 어머니에게 총을 겨누었다.

어머니는 움직이지 않았다. 두 사람이 함께 살았던 몇 달 동안 그는 이미 여러 번 총을 겨누었기 때문에 그다지 신경 쓰지도 않았다. 정말로 쏜 적은 한 번도 없었던 것이다.

마틴이 공이치기를 뒤로 당겼다. 푸르뎅뎅하고 거무죽죽한 입술에 하얀 침방울이 맺혔다. 그가 방아쇠를 당겼다.

천둥 같은 소리가 다섯 번, 방 안을 울렸다.

어머니가 쓰러져 가슴과 복부, 얼굴에서 피를 흘리기 시작하자 워런은 억누르지 못하고 공포에 질린 비명을 질렀다. 어머니는 이미 죽었지만 여덟 살인 워런은 그 사실을 알지 못했다.

온몸의 감각이 위스키에 취한 마틴이 권총 약실을 열어 확인하더니 텅 빈 탄창을 흔들어 바닥으로 떨어트렸다. 그러고는 새 탄창을 끼운 후 워런을 바라보았다.

"이제 네 녀석 차례다, 원숭이 같은 녀석!"

마틴이 거칠게 말했다.

"네 녀석을 보고 있으면 속이 뒤집혀 죽을 것 같았지. 네 어미

년이 네놈에 대해서 지껄이거나 빌어먹을 마법 같은 소리나 떠들 때 말이다! 이제 더는 안 들어도 된다 이거야!"

그가 약실을 닫고 그에게 겨누었다. 워런이 비명을 질렀지만 그 소리가 그의 귀에는 들리지 않았다. 마틴이 권총을 쏘았다. 오른쪽 엉덩이를 맞은 워런이 쓰러졌다. 뚫린 구멍에서 피가 콸콸 쏟아져 나오자 그는 겁에 질렸다. 분명히 부상을 당했는데도 감각이 없었다.

마틴이 다시 한번 총을 쏘았지만 두 번째 총알은 워런의 머리 위 벽에 박혔다. 하얀 석고 덩어리가 떨어져 나왔다.

"안 돼!"

워런이 비명을 질렀다. 쏘지 말라고, 어머니를 위해 구급차를 불러 달라고 애원하고 싶었지만, 그럴 수 없었다. 말을 하고 싶었지만 입 밖으로 나오지 않았다.

"빌어 봤자 소용없어. 이제 곧 네 녀석 머리를 맞혀 줄 테니까. 이번 생에서 다신 네 녀석을 보지 않아도 되겠군."

그가 조준했다. 워런이 남자를 바라보며 지난 몇 달 동안 품었던 증오가 그대로 흘러나오도록 내버려두었다. 어머니는 그가 마틴과 잘 지내길 바란다고 말했었다. 워런도 노력했었다. 그는 어머니의 부탁이라면 언제나 들으려 애썼었다. 하고 싶지 않거나, 할 필요 없어 보이는 일이라 해도 마찬가지였다.

"당신이 싫어!"

워런이 외쳤다. 그런 다음 조용하게, 애원하듯 말했다.

"당신이 죽었으면 좋겠어."

마틴의 얼굴에 미소가 퍼졌다.

"네 녀석에게 그런 근성이 있다고 생각했지. 이렇게 보지 않았다면 믿지 못했겠지만 말이다."

그가 총을 다시 겨누었다. 워런은 무력하게 마룻바닥에 누워 있었다.

하지만 믿을 수 없게도 마틴은 총을 쏘지 않았다. 그 대신 총구를 자신에게로 돌렸다. 관자놀이를 꾸욱 누르며 도와 달라고 간청했다.

그런 다음 방아쇠를 당겼다.

집에 총성이 메아리쳤다. 새까맣게 탄 고기 냄새가 진동했다. 그는 조용히 마룻바닥에 누운 채 이제 곧 침대에서 깨어나길 기다렸다. 거기 계속 누워 있는데 이웃집에서 무어라 외치는 소리가 들렸다. 누군가 문을 두드리며 무슨 일인지 물어보았다.

마틴의 몸에서 경련이 일었다. 믿을 수 없게도 죽은 남자가 일어나 앉았다. 현실에서 마틴은 죽어 쓰러진 후에는 바닥에 엎드려 꼼짝도 하지 않았다. 경찰이 시체를 잠시 옆으로 치워 놓았고, 이후에는 상담사들이 워런에게 말을 걸었다.

하지만 이번에 그런 일은 일어나지 않았다.

이번에는 머리 한쪽에 구멍이 뻥 뚫린 마틴이 험악하게 워런을 바라보았다. 피가 흐르는 고깃덩어리와 뼛조각이 뺨에 매달려 있었다.

"내가 죽은 줄 알았니?"

마틴이 손을 올려 조심스럽게 머리 한쪽을 만져 보았다.

"글쎄, 틀렸어. 네 능력이 뭔진 몰라도 내 능력이 나으니까."

이런 일은 일어나지 않았어! 저놈은 죽었어!

겁에 질린 목소리가 마음속에서 횡설수설했다. 워런이 몸을 일으켜 보았다. 예전에는 구급대원이 도착하기 전에는 몸을 움직일 수 없었다. 그들이 온 후에는 들것에 실려 아파트 밖으로 나갔었다.

지금은 두 발로 일어날 수 있었지만 옆구리가 불붙은 듯 아팠다.

마틴이 머리에서 손을 치우자 악마 비늘이 보였다. 두상에서 인간의 조직은 사라지고 없었다. 구부러진 뿔 하나가 총을 맞은 관자놀이에 돋아 있었다. 그가 악마의 손톱이 돋은 손을 뻗어 권총을 그러쥐었다.

마틴이 씩 웃으며 워런을 겨누었다.

"이렇게 되었어야 했다, 워런. 오늘 밤이야말로 일이 제대로 되어 가는군. 너는 이대로 죽을 것이다."

"안 돼!"

워런이 꽉 잠긴 목소리로 중얼거렸다. 마틴이 총을 쏘기 직전한 여자가 방 안으로 걸어 들어왔다. 누구인진 알 수 없었다. 검은 머리카락에 눈동자는 보랏빛이었다. 여자가 한눈에 상황을 알아차리고는 발로 마틴의 손목을 가격했다. 빠직하는 소리가 나며 손목뼈가 부러졌다. 권총이 뒤집히며 허공을 날았다.

여자가 몸을 빙글 돌리더니 이번에는 마틴의 얼굴 한가운데를 세게 찼다. 얼굴에서 살점이 떨어져 나가자 감춰졌던 악마의 얼굴이 드러났다. 놈이 뒤로 나동그라지더니 벽에 부딪쳤다. 그 진동으로 선반에서 어머니의 책들이 와르르 떨어졌다.

마틴이 벌떡 일어서더니 공중에서 막 총을 낚아챈 여자에게로 달려들었다. 인간의 속도가 아니었다. 얻어맞은 여자는 마틴과 함께 언젠가 그가 집에 들여 놓은 망가진 안락의자로 쓰러졌다.

여자가 권총을 제대로 쥐고는 악마 마틴에게 목을 물어뜯기려는 순간 놈의 입안으로 들이밀고 방아쇠를 당겼다. 악마 마틴의 머리가 터졌다.

여자가 얼굴을 찡그리더니 악마의 시체를 밀어 낸 후 워런을 향해 다가왔다.

"얘, 이제 괜찮을 거야. 넌 무사해. 저놈은 죽었어. 이제 널 괴롭히지 못할 거야."

레아가 그를 안심시키려는 듯 잠시 어루만져 주었다.

"당신은 누구지?"

워런이 물었다.

"실제로 일어났던 일과 달라. 그때 당신은 없었는데."

여자가 물러나더니 그를 바라보았다.

"아이가 아니군요. 현실에서는."

워런이 고개를 끄덕였다.

"그렇다면 당신이 해야 할 일은 잠에서 깨는 것뿐이에요. 깨어나면 전부 사라질 거예요."

"어째서 이런 일이 생긴 거지? 처음 겪는 일인데."

워런은 겁에 질렸다. 그의 생각은 그의 것이었다. 메리힘과 릴리스 말고는 그의 머릿속에 침입한 존재는 없었다.

"전 레아라고 해요. 악마가 어떤 기계에 나를 가둬 놓았어요. 놈들이 나를, 그리고 다른 인간들을 이용해 사람들의 꿈에 들어가려 해요. 이유를 알아내려 애썼지만 아직 확실히는 모르겠어요. 단순히 공포 전략일 수도 있고, 런던의 생존자들을 지켜보는 방법일 수도 있어요. 내 힘으로는 막을 수 없어요. 눈을 감을 때마다, 다른 누군가의 머릿속에 들어오게 되니까요."

워런이 그녀를 바라보았다. 정말 지쳐 보였다.

"갇힌 곳이 어디죠?"

"애플 스토어예요. 내 생각에는 그래요. 바로 거기서 붙잡혔으니까."

레아의 등 뒤에서 마틴이 부르르 몸을 떨었다. 워런의 눈에 떠오른 공포를 보고 레아가 어깨 너머로 돌아보았다. 놈의 머리가 다시 형성되고 있었다. 놈은 조금 전보다 더욱 악마처럼 보일 것이다.

레아가 다시 워런을 보았다.

"가야 해요. 어떤 사람들은 이 악몽에서 살아나가지 못해요. 당신도 자칫 목숨을 잃을 수 있어요."

"그 말이 사실이라면 오늘 밤 당신이 날 살렸군요."

워런이 다시금 공포가 치솟는 것을 느끼며 말했다. 레아가 힘없이 미소를 지었다.

"어쩌면요. 하지만 그저 나쁜 꿈에서 구한 것뿐인지도 모르죠."

레아의 등 뒤에서 마틴이 불쑥 몸을 일으켰다. 그는 두 다리로 서려고 애쓰며 느릿느릿 움직였다.

"없애 버리겠다."

그의 목소리는 인간 같지 않았다.

"두 놈 모두 없애 버릴 테다."

"가세요."

레아가 말했다.

"여기서 나가야만 해요."

"어떻게요?"

"그냥 깨어나세요. 그 방법밖에 없어요. 빨리 일어나요."

워런이 어둠 속에서 눈을 떴다. 혼자가 아니었다. 젊고 눈부시게 아름다워진 릴리스가 침대 발치에 앉아 있었다. 아래 홀에서 들려오는 목소리에 카발리스트들이 아직도 악마의 시체를 나누고 있음을 알 수 있었다.

"꿈의 함정에 걸린 것을 보자마자 왔다."

워런은 릴리스를 바라보았지만 아무 말도 하지 않았다.

"여자, 그 여자가 끼어들어서 너의 목숨을 구했나 보군."

릴리스가 미소를 지었다.

"물론 애초에 메리힘의 수하들이 너의 마음속에 침입할 수 있었던 것도 그 여자 덕분이지."

"뭐라고?"

워런이 버썩 마르고 힘없는 목소리로 물었다.

"무기다. 알고는 있었지만 이렇게나 빨리 진척된 줄은 몰랐군. 최근 들어 더욱 위험해졌다. 어떤 인간들은 꿈속에 사로잡혀 죽고, 깨어나더라도 더 많은 사람들을 다치게 하지."

워런이 일어나 앉으며 욱신거리는 머리를 감쌌다. 관자놀이 사이로 느껴지는 두통은 지난 수년 동안 겪은 중 가장 심했다.

"기계가 있는 곳을 찾아내려고 했는데 메리힘이 감춰 뒀더군."

"애플 스토어에 있다고 그 여자가 그러던데."

릴리스가 워런의 얼굴을 살폈다.

"어딘지 아는가?"

"알아."

"그렇다면 너는 그곳으로 가야겠군."

워런은 믿을 수 없었다.

"싫어. 거긴 절대 가고 싶지 않아."

하지만 여자가 그곳에 갇혀 있다는 데에 생각이 미치자 마음이 좋지 않았다. 여자가 이미 죽었고, 오로지 기억만 남은 거라 생각하며 죄의식을 덮으려 했다. 어쩌면 그 여자 자체가 기계에 의해 탄생한 꿈일 수도 있었다. 하지만 만약 여자가 거짓말을 했다면 알았을 것이다. 분명했다. 거짓말을 하는 기미는 전혀 보이지 않았다.

"메리힘이 거기 있을 것이다."

릴리스가 나직하게 말했다.

"우리 둘 다 놈에게 받을 빚이 있지."

워런은 메리힘이 자신에게 한 짓을 똑똑히 기억했지만 놈이 릴리스에게 무슨 짓을 했는지는 전혀 몰랐다. 수천 년 동안이나 원한을 품은 데에는 분명 이유가 있을 것이다.

"때가 왔다. 놈은 대가를 치를 것이다. 너는 군사를 일으켰다. 그들을 치료하여 더욱 강력하게 만들어라. 우리는 메리힘을 완전히 무너뜨릴 것이다."

하지만 워런은 마음을 굳힐 수 없었다.

"이 기회를 놓친다면 메리힘의 창조물이 다시 너를 찾아와 악몽으로 끌어 들일 것이다. 그렇다면 쉽게 탈출하지 못할 것이다."

워런도 어쩔 수 없었다. 또다시 마틴 드영과 어머니의 죽음을 목격하고 싶지 않았다. 조금 전의 악몽은 양아버지를 죽게 만든 그날 밤만큼이나 끔찍했다. 절대 끝나지 않는 악몽 속에서, 절대 죽지 않는 마틴과 맞닥뜨리는 일은 다시는 겪고 싶지 않았다.

 워런은 마지못해 침대에서 일어나 문으로 향했다. 하지만 침대로 돌아섰을 때 릴리스는 사라지고 없었다. 잠시 그는 릴리스의 꿈을 꾼 것은 아닌지 궁금했다.

 그런 것이 아니다. 릴리스가 속삭였다. 가라. 너에겐 할 일이 많다.

 워런이 길을 나섰다.

49장

 리라 데리어스는 헬게이트가 열리고 핼러윈 전투가 벌어졌던 템플 교회로 돌아가 있었다. 악마들이 써머라일 경이 일으켜 세운 템플러들을 공격해 오자 그는 손녀를 대피시키려고 했었다. 악마에게 대피 차량이 파괴되자 써머라일 경은 제시카를 템플 교회에 숨겨진 언더그라운드 입구로 데려가 달라고 부탁했었다. 그곳에 가면 제시카를 돌봐 줄 사람들이 있을 거라고 했다.
 대규모 악마 부대가 교회로 진격했다. 리라의 조직과 함께한 군대와 써머라일 경이 보낸 템플러들이 막고 있었지만 제시카가 안전한 곳에 도착할 때까지 그리 오래 버티진 못할 것이다. 키라 스카일러와 그녀를 따르는 카발리스트들이 아니었다면 여기까지 오지도 못했을 것이다. 모두가 힘을 합쳐 어린 써머라일 소녀를 구했다. 그 아이가 훗날 악마에 대항하는 구심점이 될 것이라 믿었다.
 "할아버지는 어떻게 되는 거예요?"
 제시카가 물었다. 여덟 살이었다. 어릴 때부터 악마에 대한 이야기를 들어 왔지만 그날 밤 비로소 괴물들을 보았다. 아이는 크게 동요했다.
 그저 아이인걸.
 리라가 교회 문을 들어서며 생각했다.
 왜 악마들은 이 아이를 해치려는 걸까?
 그런 생각 자체가 어딘지 기이했지만, 결국 그 질문이야말로 이 모든 일의 핵심일지도 모른다는 생각이 들었다.

"할아버지는 괜찮으실 거야."

리라가 대답했지만, 정말 그렇게 생각하지는 않았다. 그는 목숨을 잃을 것이다. 템플러의 계획과 어째서 그래야만 하는지 들었을 땐 그들의 희생이 헛될 거라 여기지 않았다. 악마는 템플러가 가장 강한 적임을 알고 있었다. 템플러가 전멸했다고 여기는 편이 나을 것이다.

그러나 리라는 마음 깊은 곳 어딘가에서부터 템플러가 살아남기를 바랐다.

"놈들을 봤어요."

제시카가 말했다.

"악마들을요."

"알아."

리라가 아이를 안고 어두운 교회 안을 달렸다. 입구에서 고작 15미터도 지나지 못했다.

교회 묘지 쪽에서 총성과 겁에 질린 비명이 메아리쳤다. 전장 한가운데 있음을 실감케 하는 소리였다. 커다란 스테인드글라스 너머에서 불길이 날름거렸다.

"할아버지는 항상 악마 얘기를 해 주셨어요. 거짓말이 아닌 걸 알고 있었어요. 할아버지는 절대 거짓말을 하지 않으시니까요."

오늘 밤엔 그렇지 않아. 리라가 생각했다. 곧 다시 보자고 네게 말했으니까.

"하지만 정말로 악마를 볼 거라는 생각은 못 했어요."

"그래. 지금은 그런 생각은 하지 말자. 이쪽이야. 거의 다 왔어."

높이 난 스테인드글라스 창문 하나가 폭발하듯 깨지며 색색 유리 조각이 안쪽으로 떨어져 내렸다.

리퍼(Reaper)였다. 언뜻 덩치 큰 남성처럼 보였지만 등에 돋은 거대한 날개와 뿔, 발굽, 그리고 송곳니는 분명 악마의 것이었다. 놈은 키라 스카일러가 막고 있는 창문을 통해 들어왔다.

카발리스트의 '최고 선견자'인 키라는 믿을 수 없을 정도로 악마와 닮았다. 두툼한 악마 뿔이 머리 양쪽으로 돋았고 피부는 악마 가죽 보호구에 대비되어 더욱 창백해 보였다.

리퍼가 키라의 가슴 속에서 심장을 잡아 뜯어 입안으로 털어 넣은 후 질겅질겅 씹었다. 키라는 그대로 팔 안에 푹 쓰러져 숨이 끊겼다. 이윽고 악마는 리라와 그녀가 안고 있는 어린 소녀에게 주의를 돌렸다.

리라가 제시카를 긴 좌석 뒤로 잠시 숨겼다. 그리고는 기관총을 꺼내 악으로 가득 찬 생명체를 노려보았다. 루비 같은 두 눈이 그녀에게 와 꽂혔다. 숨는다 해도 소용없었다.

"계속 가, 제시카."

리라가 어린 소녀에게 용기를 북돋았다.

"계속 가!"

템플러의 기질을 물려받은 제시카는 용감하게 일어서서 비밀 통로의 입구를 향해 달렸다.

리라가 기관총으로 악마를 쏘았다. 그녀보다 거의 세 배나 큰 놈이 갈고리처럼 생긴 검을 휘둘러 의자를 산산이 쪼갰다. 리라가 계속해서 쏘았지만 아무런 타격도 입히지 못하는 듯했다. 리라는 쫓아오는 놈을 피해 기둥에 몸을 숨겼다.

놈이 으르렁거리며 거대한 검을 휘둘러 기둥을 베었다. 리라는 악마가 휘두르는 사악한 검을 피해 몸을 숙이고 계속 총을 쏘며 달렸다.

교회 한쪽에서 비밀 통로 입구에 다다른 제시카가 문을 여는 것이 보였다. 리라가 안도하려는 찰나 리퍼가 한쪽 날개를 펼쳐 그대로 리라를 가격했다. 리라는 바닥에 나뒹굴며 거의 아무것도 느껴지지 않을 정도의 충격을 받았다.

"리라!"

아이의 목소리는 겁에 질리고 패닉에 빠져 있었다. 리라가 고개를 돌리는 순간, 리퍼 역시 돌벽에 꽂힌 검을 뽑아 들고 제시카가 있는 쪽을 보았다.

"제시카!"

리라가 허리춤에서 수류탄을 꺼내며 외쳤다. 활성화된 수류탄에서 푸른빛이 뿜어져 나와 교회 안의 어둠을 환하게 밝혔다.

"리라!"

제시카는 언더그라운드로 향하는 통로 밖으로 반쯤 몸을 빼고 기다리고 있었다.

"제시카! 내려가!"

리라가 리퍼를 향해 수류탄을 던졌다. 수류탄이 악마에게 맞고 터지기 직전에 제시카가 안으로 뛰어들었다. 리퍼가 알아들을 수 없는 말을 중얼거리며 베어진 삼나무처럼 쓰러졌다.

"스위치를 눌러!"

리라가 외쳤다. 오른팔을 다친 듯했다. 그녀는 오른팔을 바짝 끌어당긴 채 할 수 있는 한 빨리 입구를 향해 절뚝거리며 갔다.

잠시 후 제시카가 스위치를 발견하고는 눌렀다. 그 즉시 시끄러운 소리를 내며 바닥에 열린 비밀 문이 닫히기 시작했다. 리라는 힘껏 뛰었다. 입구까지는 충분히 도달할 수 있는 거리였다.

하지만 그때 무언가가 발목을 붙잡더니 그녀를 거꾸로 들어 올린 후 마룻바닥에 내동댕이쳤다. 리라는 바닥에 세게 부딪치면서 통로 가장자리를 붙들었다. 의식을 되찾은 리퍼가 거칠게 리라를 잡아당겼다.

순간 믿을 수 없게도 제시카가 리라의 발목을 붙들어 입구로 끌어당기려고 애썼다.

"가!"

리라가 명령했다.

"버리고 가진 않을 거예요!"

겁먹었지만 단호한 얼굴에서 눈물이 줄줄 흘렀다.

"난 약속을 했어!"

리라가 눈에서 보이지 않을 때까지 아이를 입구로 밀어 넣었다. 그리고는 벨트에서 또 다른 수류탄을 꺼내 리퍼의 얼굴로 굴렸다.

"살아갈 사람들을 위해서다!"

리라가 외쳤다. 써머라일 경의 마지막 인사이기도 했다. 리라가 수류탄을 활성화했다.

"리라!"

제시카가 외쳤다.

실제로 이 일이 일어난 날, 리라는 가까스로 리퍼를 죽일 수 있었다. 그러나 오늘 밤 놈은 커다란 손을 뻗어 수류탄을 내동댕이쳤다.

"안 돼!"

리라가 믿을 수 없다는 듯 외쳤다. 이런 일은 절대로 일어나지 않았었다.

리퍼가 망연자실한 리라를 보고 음흉하게 웃더니 통로로 달려들었다. 그러고는 미처 멀리 가지 못한 제시카를 커다란 손으로 낚아챘다.

"제시카!"

리라가 일어서려고 했지만 이미 너무 늦은 것을 알았다.

악마가 입을 크게 벌리며 제시카를 들었다. 어린 소녀는 자신의 최후를 용감하게 마주했다. 써머라일 경에게서 강철 같은 기질을 물려받아 울먹이지도 않았다.

"안 돼!"

리라가 외쳤다.

"사실이 아냐!"

그때 한 형체가 나타났다. 요원들이 입는 친숙한 검정 슈트를 알아볼 수 있었다. 그가 악마의 날개 한쪽을 붙들더니 두 발로 리퍼의 등을 단단히 디디고 서서 두개골에 기관총을 가져다 댔다. 자동 연사로 악마의 머리통이 박살났다.

리퍼의 손에 힘이 풀리며 제시카가 소리도 없이 엎드린 자세로 추락했다. 리라가 뛰어들어 아이를 두 팔로 받았다.

요원이 돌아서서 리라를 마주 보며 마스크를 벗었다. 레아가 피곤한 듯 미소를 지었다.

"템플러에게 강한 유대감을 느낀 이유가 있었군요."

리라가 소녀를 꼭 안았다.

"그래."

"사이먼이 언더그라운드로 돌아가길 원한 것도 놀랍지 않네요. 그 아이가 제시카 써머라일이죠?"

"맞아. 하지만 자네가 여기서 무엇을 하고 있는지 모르겠군. 이건 꿈이야. 꿈이어야만 해. 4년 전에 있었던 일이고, 자넨 여기 없었어."

"그랬죠."

레아가 고개를 저었다.

"저는 갇혀 있어요. 악마가 닥치는 대로 악몽을 꾸게 하고 있습니다."

"최근 악몽과 몽유병이 빈발했어. 자다가 죽은 사람들도 있다."

"애플 스토어로 오셔야 합니다. 제가 악마에게 붙잡힌 곳이 거기입니다. 악마의 기계를 보았어요. 오늘 밤 이 말을 하려고 일부러 찾아온 겁니다. 통할지는 몰랐지만요. 자고 있지 않았더라면 성공하지 못했을 것 같네요."

"자네가 저지할 수는 없나?"

"저는 지쳤어요."

레아가 슬프게 고개를 저었다.

"감금된 이후 얼마나 애썼는지는 신만이 아시겠죠. 더 이상 할 수 있는 일이 없습니다. 저 말고도 붙들린 사람들이 많습니다. 반드시 기계를 파괴하셔야 합니다. 반드시-"

리라는 패닉에 빠져 힘겹게 숨을 쉬며 숙소에서 깨어났다. 잠시 정신을 가다듬은 다음 침대에서 나와 샤워를 하고 검은 슈트를 입었다.

그녀가 문으로 손을 뻗을 때는 이미 팀이 소집되고 리더들이 회의실에 모여 기다리고 있었다.

50장

"알잖아, 친구."
네이선이 말했다.
"지금껏 해 본 일들 중 제일 미친 짓이라고."
사이먼은 헬리콥터 문 너머로 도시를 내려다보았다. 도박과도 같은 이 작전에 무척 긴장했음에도 그는 이렇게 말하지 않을 수 없었다.
"열 손가락 안에도 들지 못하는 걸."
"아니, 우리가 태어날 때부터 죽음을 고대했던 것도 아니고."
"착륙 지점에 악미기 우글거리는 것도 감안한 거야?"
대니엘이 물었다.
"그것도 쳐야지."
"그건 쳐 주지 않아."
사이먼이 낙하산 장비를 마지막으로 점검했다.
"뭐, 열 손가락은 양보할게."
"놈들이 묘비를 세워 줄지도 모르지."
네이선이 말했다.
"낙관적이네."
대니엘이 투덜거렸다.
"묻힐 만한 게 남을 거라 생각한다니 말이야."
"어딘가에 내 기억을 묻을 거야."

네이선이 말했다. 사이먼은 네이선의 말을 잠시 생각했다. 그의 아기가 곧 태어날 예정이었다. 출발 전 사이먼은 그에게 남으라고 했지만 네이선은 거절했다. 사이먼이 사설 통신회선으로 말했다.

"지금 돌아가도 늦지 않았어."

"네가 앞장선다면 돌아가지. 그럴래?"

네이선이 말했다. 하지만 레아가 저 아래 있었다.

"아니."

"그럼 나도 됐어. 얼른 해치우자고."

몇 분 후 헬리콥터 조종사가 최종 목적지에 다다랐음을 알렸다. 고도를 낮추는 즉시 날아다니는 작은 악마들이 눈에 띄었지만 놈들은 헬리콥터에 덤비거나 속도를 늦추게 할 수는 없었다. 속도를 늦추다가는 블러드 엔젤에게 기습당할 수도 있었다.

사이먼이 함께한 템플러들을 바라본 후 다른 화물 운송 헬리콥터 두 대에 나눠 탄 템플러들과의 통신회선을 열었다. "오늘 밤 우리는 처음으로 놈들의 진영을 공격한다. 우리가 아직 완전히 패배한 것이 아님을 알려 주자. 싸우지 않고서는 우리 세상을 손에 넣을 수 없음을 깨닫게 해 주자."

그가 잠시 말을 멈추었다.

"살아갈 자들을 위하여."

"살아갈 자들을 위하여!"

템플러들이 다 함께 외쳤다.

조종사가 낙하지점을 알렸다. 사이먼이 제일 먼저 문을 향해 나아갔다. 그리고는 익숙한 듯 불가사리 강하 자세로 몸을 던지며 HUD로 고도를 확인했다.

- **낙하산 발동.**

갑옷 AI가 알렸다. 가슴에 두른 띠에서 낙하산이 펼쳐지는 것이 느껴진 후 곧이어 머리 위에서 낙하산이 종처럼 펼쳐졌다. 그가 조종줄을 잡고 애플 스토어를 향해 낙하했다. 53명의 템플러가 건물 옥상에 착지했다. 네 명은 아래 거리로 잘못 착지했다.

사이먼을 비롯한 몇몇 템플러가 타고 내려갈 자일을 아무 말 없이 설치하는 동안 나머지 템플러들은 옥상에 폭탄을 설치했다. 사이먼이 마지막으로 그의 무기를 점검했다.

"크로스 경."

통신회선에서 한 여자의 목소리가 들렸다. 갑작스러웠지만 그렇게 놀라운 것도 아니었다. 레아도 해킹으로 연락을 취했던 적이 있었다. 사실 사이먼은 그들과 접촉할 수 있는 길이 있기를 바라던 참이었다. 사이먼이 대답했다.

"네."

"우리, 만난 적은 없죠. 저는 리라 데리어스입니다. 레아의 친구죠."

사이먼이 미소를 지었다.

"저녁 산책을 하러 나온 건 아니라는 의미로 받아들여도 되겠습니까?"

"네. 몇 시간 전 레아와 접촉했었습니다. 어디에 있는지 알아냈죠. 지금 건물을 포위하고 있습니다. 수색을 위해 침입할 준비는 완료되었습니다. 하지만 구출에 실패하면 건물을 폭파할 겁니다."

"레아를 포기한다는 말씀인가요?"

그런 일은 생각도 하고 싶지 않았다.

"그래야 한다면요. 하지만 헬리콥터를, 갑옷을 입은 여러분을 보고 구조 가능성이 높아졌다는 것을 알았습니다."

"저는 레아가 죽는 걸 보고자 온 게 아닙니다."

"저도 마찬가지입니다. 그런 일은 벌어지지 않기를 바랍니다."

"그런 일은 없을 겁니다."

"계획이 어떻게 됩니까?"

사이먼이 폭탄 설치를 완료하고 물러선 템플러들을 바라보았다.

"악마에게 현재 위치를 알린 후 곧장 진입할 겁니다. 곧 큰 혼란이 일어날 테니 지켜보십시오."

"옥상으로 진입할 계획이군요."

사이먼은 놀랐다.

"네."

"우리도 여러분과 같은 갑옷을 입고 있다면 시도해 볼 수 있을 텐데, 아쉽게도 그럴 수 없군요."

"우리가 하겠습니다. 진입해서 레아와 민간인들을 구하고, 놈들의 진영에 되도록 큰 피해를 입힌 후 탈출할 계획입니다."

"악마들이 쫓을 겁니다."

"아마도요."

"그럼 우린 이쪽 거리에 여러분을 위한 방어 진지를 구축하겠습니다."

"좋습니다."

"옥상에 착지하지 못하고 낙오된 템플러들을 발견했습니다. 당신이 귀환할 때까지 그들과 함께 행동하겠습니다."

사이먼이 다시 미소를 지었다.

"이 일을 제대로 해낸 후 한잔 사겠습니다."

"마찬가지입니다. 꼭 그러고 싶군요. 행운을 빕니다."

사이먼이 그녀에게 감사 인사를 건넨 후 옥상에 설치된 폭발물을 터뜨리라고 지시했다. 크고 작은 폭발음이 연이어 울렸다. 먼지 기둥이 하늘로 솟더니 옥상이 무너져 내렸다.

제니건은 헬게이트가 열리기 전 런던 지하에서 무너진 옛 터널을 뚫고 길을 내던 HARP 기술 노동자였다. 그는 일하던 사무실에서 휴대용 HARP 도구를 챙겨 나왔었다.

워런은 겁에 질린 채 그 남자의 뒤를 따라 터널을 이동하고 있었다. 남자는 HARP로 무기물질들을 분해하며 다용도 터널에 새로운 길을 내고 있었다.

세 번째로 이동 거리를 계산한 워런은 이제 애플 스토어 지하에 다다랐음을 알았다. 꿈에서 그 여자와 만난 이후 그녀에 대한 생각을 떨칠 수 없었다. 어떤 사람일지 궁금했다. 여자를 구할 계획은 비교적 빨리 세울 수 있었다.

워런은 카발리스트들에게 그를 따라오라고 지시했지만, 터널을 깎아 그들이 오를 수 있을 정도로 완만한 경사면을 만드는 일은 힘들었다.

어쨌거나 카발리스트들은 잔뜩 기대하며 그를 따랐다. 카렐로스의 신체 부위를 이식한 그들의 능력은 좀 더 향상되었을 것이 분명했다. 그들은 자신들이 얼마나 강해졌는지 전투를 통해 알길 원했다. 누구도 죽고 싶어 하지는 않았지만 죽음을 무릅쓸 의지가 있었다.

하지만 워런은 오로지 그 여자, 레아 때문에 여기까지 온 것이었다. 양아버지의 악몽은 지금껏 겪었던 어떤 것과도 달랐다. 그런 악몽은 다시는 꾸고 싶지 않았다.

그리고 메리힘이 있었다. 릴리스의 말대로 이것이 정말로 놈이 꾸민 일이라면, 그 피로 대가를 치러야 할 것이다.

그는 제니건을 따라 올라가려 했지만 발을 디디기엔 경사가 너무 가팔랐다. 하지만 잠시 후 매장 바닥을 막고 있던 마지막 돌무더기도 사라지고 깨끗하게 길이 났다.

워런은 다크스폰과 기계들로 가득한 애플 스토어 한가운데로 올라가게 될 것을 기대했다. 그러나 매장 뒤편, 상품들을 보관해둔 창고가 나타났다.

워런은 창고 문에 서서 매장을 살펴보았다. 악마 대부분이 천장을 쳐다보고 있었다. 놈들은 천장까지 닿는 커다란 기계를 둘러싸고 있었다.

바로 그때 천둥 같은 폭발음이 건물 안을 울렸다. 천장의 한쪽이 내려앉더니 템플러 여덟 명이 줄에 매달려 내려왔다. 바닥에 닿은 그들은 즉시 무기를 꺼내 들었다.

예상하지 못한 천장으로부터의 공격에 다크스폰들은 우왕좌왕하며 미처 무기를 준비하지도 못했다. 템플러들이 총을 쏘고 악마들이 방어 태세를 취하기도 전에 또 다른 템플러 무리가 줄을 타고 내려왔다.

하지만 다크스폰들은 반격을 포기하지 않았다.

"템플러와 다크스폰 사이에 갇히겠군."

워런이 말했다.

"템플러는 적이 아닙니다."

다이유가 말했다.

"우리의 적은 악마죠. 당신이 말한 것처럼 이 일이 그렇게 중요하다면, 다른 선택은 없습니다. 템플러를 도와야 합니다."

템플러가 우리를 죽이지 않는다면 말이지.

워런이 생각했다. 템플러와의 기억은 결코 즐겁지 않았다. 하지만 그는 전장 한가운데로 맹렬하게 뛰어들었다.

사이먼은 제일 먼저 바닥에 착지했다. 15미터 앞에 거대한 기계가 있었다. 거의 건물 정중앙에 설치되어 있었다. 이제 레아를 찾고, 기계를 파괴하고, 살아 나가야 했다.

순간 악마들이 거대한 불길로 공격을 시작하지 않았더라면 그렇게 손쉽게 진행될 거라 착각할 뻔했다.

"사이먼."

대니엘이 불렀다.

"여기 카발리스트들이 있어."

사이먼이 대니엘의 HUD에 접속하여 카발리스트들을 보았다. 문신과 복장 때문에 바로 알아볼 수 있었다.

"어디에서 나타난 거야?"

"바닥에서. 여기로 통하는 터널을 팠나 봐."

"그거 정말 편했겠는데, 안 그래?"

네이선이 기계 근처에 모인 다크스폰 무리 속으로 로켓을 쏘면서 자조적으로 말했다.

"레아는 많은 사람들의 머릿속을 이동하고 있다고 했어. 친구라는 리라 요원도 왔으니까, 나한테만 메시지를 보낸 게 아닌 것 같군."

"케이크라도 구워 올 걸 그랬네."

네이선이 말했다. 사이먼이 무기를 조준했다.

"준비됐어?"

"그럼, 친구. 당연하지. 등 뒤는 맡기고 얼른 가."

사이먼은 한 손에는 검을, 다른 손에는 스파이크 볼터를 들고 엄호를 받으며 다크스폰의 정면으로 나아갔다. 스파이크 볼터의 공격에 놈들의 대열이 무너지며 밀려 났지만, 놈들이 달아나기 전에 사이먼이 무리 속으로 뛰어들어 검을 휘둘렀다. 악마의 사지와 머리, 내장들이 빠른 속도로 바닥을 뒤덮기 시작했다. 그는 총은 집어넣고 오로지 검술에 몸을 맡겼다. 네이선이 그의 등 뒤에서 그와 똑같이 움직였다. 두 사람은 한 몸처럼 파괴적인 힘을 냈다.

다크스폰 한 녀석이 사각지대를 노리고 사이먼에게 달려들었다. 그곳이 정말 사각지대였다면, HUD가 360도 시야를 제공하지 못했다면, 놈의 시도는 성공했을지도 몰랐다. 하지만 사이먼은 놈의 두개골에 검을 박아 넣었다. 그 충격이 손까지 전해졌다. 쓰러지는 시체를 붙든 사이먼이 앞에 몰려든 악마들에게로 내던지며 순간적으로 길을 텄다.

그는 거대한 기계로 조금 더 가까이 다가가 있었지만, 다크스폰들은 기계를 에워싼 갠트리에 몰려와 사이먼을 노렸다.

그때 카발리스트들이 있던 방향에서 화염구가 날아와 갠트리에 있던 놈들을 덮치며 뒤로 날려 보냈다. 놈들 대부분이 불길에 휩싸였다. 땅에 부딪치기 전에 목숨이 끊어졌을 것이다. 사이먼은 계속해서 악마를 베어 내며 앞으로 나아가며 물었다.

"혹시 문 보여?"

"보여."

네이선이 답했다.

"내가 아까 진작 표시해 뒀지."

사이먼이 네이선의 HUD 관측기에 접속하여 문을 확인했다.

"일단 들어가면 나오기 어려울지도 몰라."

"검을 뽑았으면 뭐라도 베야지, 친구. 레아가 저기 있다면, 데리고 나오는 거야. 준비되면 말만 하라고."

"준비됐어."

레아가 겪었을 그 모든 일들을 생각하며 사이먼이 말했다.

"친구, 정말 그렇게 말할 줄 몰랐어."

사이먼이 문을 박차고 총을 들이밀며 난간으로 진입했다. 가까이에서 보니 문은 언더그라운드에서 볼 수 있는 진공 해치와 비슷했다.

그가 해치를 열려는 순간 한 여자가 어둠 속에서 나타났다. 악마의 뿔들과 꼬리로 보아 카발리스트임을 즉시 알 수 있었다. 오른손이 가볍게 빛나나 싶더니 곧장 사이먼을 공격했다. 그는 마치 공성 망치에 맞는 듯한 타격을 느꼈다.

사이먼이 뒤로 휘청거리며 갠트리까지 뒷걸음치다 간신히 버텼지만, 제대로 자세를 잡기 전에 여자가 빙글 몸을 돌리며 그의 얼굴을 강하게 찼다. 사이먼이 네이선에게로 쓰러지며 두 사람은 균형을 잃고 나동그라졌다.

"해치우자고."

네이선이 사이먼을 앞으로 떠밀어 세우며 거칠게 말했다.

51장

카발리스트가 갠트리에서 템플러를 공격하는 것을 본 워런은 분노가 치밀었다. 메리힘과 함께 있던 바로 그 여자였다. 메리힘이 준 손이 보였다. 나오미가 그를 불렀다.

"워런."

"나도 봤어."

워런은 눈앞의 다크스폰을 때려눕힌 후 옆으로 밀쳐 내고 나오미에게 뒷일을 맡겼다. 놈은 동료들이 있는 쪽으로 가려는 듯 버둥거렸지만 나오미는 놈에게 붙은 불길을 더 크게 키워 완전히 화염에 휩싸이게 했다.

단 한 번의 도약으로 워런은 6미터 위 갠트리까지 뛰었다. 철제 바닥에 착지하자 여자가 워런을 바라보았다. 여자의 얼굴은 야만적인 흥분으로 빛나고 있었다.

"나약한 인간, 잘 있었나?"

여자가 반가운 듯 인사했다. 워런은 아무 말도 하지 않았다. 여자가 화염구를 날리자 그는 방어막으로 막은 다음 똑같은 화염구로 응사했다. 살점 몇 군데가 타들어 가자 여자가 분노로 비명을 질렀지만 상처는 즉시 치유되기 시작했다.

"넌 나를 상처 입힐 수 없어. 메리힘은 나에게 더 많은 것을 가르쳐 줬지."

여자가 번개를 뿜었다. 하지만 이미 준비가 되어 있던 워런은 흑요석 창을 들어 바닥에 거꾸로 꽂았다. 번개가 창에 이끌려 그대로 흡수되더니 갠트리를 따라 번져 나갔다. 워런은 전류에 대비하고 있었지만 템플러까지 무사할 수 있을지는 알 수 없었다.

치유될 틈을 주지 않고 워런이 창을 여자의 두개골에 꽂았다. 여자는 그대로 목숨이 끊겼다. 워런은 여자의 시체를 들어 갠트리 아래에 펼쳐진 혼잡한 전투 현장 한가운데로 던져 버렸다.

워런이 뒤돌아보자 템플러 두 명이 기계 안으로 들어가고 있었다. 워런이 뒤쪽을 흘긋 보며 나오미를 찾은 후 염력으로 갠트리까지 이동시켰다. 그는 나오미에게 말했다.

"우리도 들어가자."

"그래."

워런은 입구를 지나며 그 여자, 레아를 생각했다.

기계 안으로 들어선 순간, 사이먼은 갑옷 통신 시스템이 바깥의 누구와도 연결되지 않는 것을 깨달았지만, 그는 레아와 연결되는 것을 느낄 수 있었다.

"사이먼?"

공포와 의심이 서린 레아의 목소리에 그는 마음이 아팠다.

"여기 있어요."

사이먼이 나란히 늘어선 캡슐 같은 작은 방들을 보았다. 도쿄 기차역에 있는 수면실 같았다. 방 안에는 사람 하나가 겨우 들어갈 만한 작은 관들이 놓여 있었다. 사이먼이 레아의 신호를 쫓아 방을 찾아내고는 잠금장치를 부순 후 관을 밖으로 꺼냈다.

레아는 가슴에 두 팔을 교차하여 올려놓고 누워 있었다. 아파 보였지만 눈을 뜨고 있었고 의식도 있었다. 레아가 물었다.

"여기가 어디죠?"

"아직 기계 안입니다."

사이먼이 손을 내밀어 레아를 일으켜 세웠다. 그러고는 그녀가 두 발로 서는 것을 조심스럽게 도왔다. 다행히도 기계 안에는 악마가 없었지만 바깥에서는 전투가 계속되고 있었다. 그 소리가 복도 안까지 울려 퍼졌다.

사이먼이 바깥으로 나가려 할 때, 한 남자가 앞을 막아섰다. 4년 전 손을 잘랐던 바로 그자였다. 악마 편에 섰던 카발리스트였다. 레아가 잠긴 목소리로 말했다.

"워런."

"이자를 압니까?"

사이먼이 물었다.

"네. 꿈에서 만났어요. 당신과 같아요. 나와 연결될 수 있었던 사람이에요."

사이먼은 레아 앞을 막고 서서 보호하려는 듯한 자세를 취했다. 그의 검이 번뜩였다. 카발리스트가 물었다.

"레아?"

"네."

"템플러였습니까?"

워런이 믿을 수 없다는 듯 말했다.

사이먼은 남자의 창을 주시했다. 이렇듯 비좁은 복도에서는 길이나 속도 면에서 창이 유리할 것이다.

"아뇨. 하지만 사이먼과는 아는 사이예요."

"그렇군요."

잠시 실망한 듯한 워런이 사이먼에게 말했다.

"4년 전 당신이 내 손을 잘랐지."

"4년 전 당신이 우리를 죽이려던 악마와 한패였으니까. 그날 후로도 더 나은 자들과 어울려 다니는 것 같진 않던데."

"오늘 밤은 그렇지 않아요."

레아가 말했다.

"그리고 이런 대화는 나중에 하는 게 어때요. 악마와의 싸움이 끝나면 말이에요. 지금 여기에 꺼내 줘야 할 사람들이 많아요."

"나중에 다시 얘기하시죠."

사이먼이 말했다. 워런이 마지못해 고개를 끄덕였다.

그들은 다 함께 기계 안에 갇힌 사람들을 꺼내 주기 시작했다.

워런은 이제 이겼다고 잠시 생각했다. 아직 건물을 완전히 빼앗진 못했지만 카발리스트와 템플러의 연합 공격에 다크스폰은 수세에 몰렸다.

템플러들은 기계에 갇혀 있던 사람들을 돌보았다. 오직 14명만이 살아 있었다. 다른 17개의 방에서는 죽은 지 얼마 되지 않은 시신만이 발견되었다.

사이먼 크로스는 템플러들에게 폭탄을 설치하라고 지시했다. 그들은 미리 만들어 둔 큼직한 폭탄 꾸러미를 기계에 신속하게 장착했다.

"카발리스트들을 철수시키세요."

사이먼이 워런에게 말했다.

"폭탄이 터지면 건물이 무너질 겁니다."

지시를 내린 후에도 워런은 자리를 떠나지 않았다. 나오미도 그와 함께 남았다.

바로 그때 거세게 휘몰아치는 바람 속에서 메리힘이 나타났다. 거기 서 있던 모두가 넘어졌다. 템플러들조차 버티지 못하고 떠밀렸다.

뿔이 없다 하더라도 2미터는 훌쩍 넘어 보였다. 거대한 근육질 몸은 붉은 비늘로 뒤덮여 있었다. 워런은 놈의 냉혹하고 뭉뚝한 얼굴을 보면 언제나 도마뱀이 떠올랐다. 메리힘은 푸른빛이 도는 녹색 갑옷을 입고 똑같은 빛깔의 금속 삼지창을 들고 있었다.

"*벌레 같은 인간.*"

메리힘이 워런에게 말했다.

"*네놈의 운을 시험하기로 결심했구나.*"

워런은 공포가 치밀어 오르며 심장이 거세게 뛰고 무릎이 부들부들 떨리는 것을 느꼈다. 워런은 만화 속 히어로들을 떠올렸다. 이런 전투 중에도 얼마나 유머 감각이 넘쳤는지. 하지만 그는 그렇지 못했다. 히어로도 아니었고 용감하지도 않았으며 재치 있지도 않았다.

"*여기 오지 말았어야 했다.*"

메리힘이 삼지창을 높이 들어 워런의 가슴을 내리꽂으려 했다. 그때 검 한 자루가 삼지창을 가로막았다. 사이먼이 양손으로 검을 쥔 채 워런 앞으로 나섰다.

"이자를 죽이고 싶다면, 나를 먼저 쓰러뜨려야 할 것이다."

메리힘이 미소를 지었다.

"아주 좋다."

그가 손짓하자 사이먼의 몸이 보이지 않는 힘에 붙들려 공중으로 떠올랐다.

사이먼이 다른 손으로 스파이크 볼터를 발사했다. 깊은 상처를 입은 메리힘이 분노로 울부짖었다.

다음 순간 다른 두 템플러가 뒤에서 악마를 공격했다. 메리힘이 그들에게 삼지창을 날렸고, 워런은 방어막을 펼쳐 놈의 공격을 막았다.

사이먼은 자신을 붙든 힘에서 풀려났다. 놈의 힘이 약해진 것이 그의 저항 때문인지, 네이선, 대니엘, 레아 그리고 여기 모인 카발리스트들이 다 함께 힘을 합친 것 때문인지 알 수 없었다.

두 발이 땅에 닿자마자 사이먼은 검을 양손으로 쥐고 앞으로 달려 나갔다. 한순간도 걸음을 멈추지 않았다. 악마가 삼지창을 다시 불러들이려고 했지만 워런이 방어막으로 놈을 저지했다.

사이먼은 악마의 가슴에 크게 벌어진 상처에 검을 깊숙이 찔러 넣었다. 팔라듐으로 벼린 날이 악마의 살점을 가르며 뼈까지 꿰뚫었다. 사이먼의 힘과 속도에 메리힘은 뒤로 나자빠졌다. 바닥에 부딪친 놈이 몸부림치기 시작했다. 사이먼이 검을 세게 붙들었지만 바닥에 검이 닿으면서 뒤로 밀려 났다.

"놈을 막아라!"

그때 한 여자가 외쳤다.

"마법의 힘으로 달아나려 하고 있다."

사이먼은 머리칼이 검은 아름다운 여자가 바로 옆에 서 있는 것을 보았다. 대체 어디에서 나타난 것인지 알 수 없었다.
바로 그때 워런이 흑요석 창을 악마의 머리에 찔러 넣었다. 메리힘이 온몸을 부들부들 떨었다. 놈은 마지막 숨을 삼키며 모두에게 저주를 퍼부었다.
"다시 만날 것이다."
악마는 몸에서 힘이 빠져나가는 것을 느끼며 다짐했다.
"'한밤중의 샘'에서 다시 올라와, 반드시 네놈들을 찾아올 것이다."
검은 머리카락을 늘어뜨린 여자가 메리힘에게 다가가 두 손을 놈의 머리 양옆에 놓았다. 그러고는 사이먼은 알아들을 수 없는 말을 읊조렸다. 그러자 메리힘의 몸에서 푸른 연무가 소용돌이치며 올라갔다. 여자가 연기를 모두 들이마신 후 활짝 웃자, 메리힘은 화염에 휩싸여 그대로 폭발했다.
사이먼은 설치된 폭탄을 마지막으로 확인한 후 모두와 함께 건물 밖으로 나갔다. 맞은편 거리에 다다라 폭탄이 터지고 건물이 흔들리더니 무너져 내리는 모습을 지켜보았다.
더 많은 악마들이 모여들기 시작했다. 후퇴해야만 했다. 그 기계도, 기계를 만든 악마도 건물과 함께 파괴되었을 것이다. 하지만 헬게이트는 여전히 열려 있었다. '화마'는 멈추지 않고 런던의 풍경을 완전히 바꾸고 있었다.

에필로그

"이제 어떻게 할 거예요?"

레아가 물었다. 사이먼은 은거지 인근 언덕 정상에 그녀와 함께 있었다. 서쪽에서 해가 지며 아름다운 석양이 하늘을 물들였다.

"여기를 떠나야 할 겁니다. 다른 방법이 없어요. 악마들이 런던 밖으로 나오고 있습니다. 언젠가는 놈들에게 발각될 겁니다."

"하지만 이제는 '노드'가 있잖아요."

"아직 완전하지 않습니다. 도시 전체를 보호할 만큼 충분히 강력한지도 알 수 없고요. 생존자들을 모두 보호할 수 있다는 확신도 없습니다. 그때까지는 안전한 곳에 머물며 그들을 지키고 악마를 물리칠 방법을 찾아야 합니다."

"《게티아》가 말하는 '진실들'을 찾으면서요?"

사이먼이 고개를 끄덕였다.

"이미 시작했습니다. 승리를 기대할 수 있는 전투니까요. 하루아침에 해낼 수는 없을 겁니다. 하지만 우리는 연구를 멈추지 않을 겁니다. 악마들은 수천 년 동안 똑같은 전쟁을, 똑같은 짓을 반복해 왔어요. 우리는 이제 막 시작한 겁니다."

사이먼이 레아를 바라보았다.

"당신은요?"

"템플러가 《게티아》 필사본에서 발견한 것들에 리라가 흥미를 보여요. 그에 대한 정보를 수집하는 팀에서 일하게 될 것 같아요.

고서나 옛 필사본들 말이죠. 어쩌면 가끔은 악마를 심문하겠죠. 그 '진실들'이라는 것이 정말 어딘가에 있다면, 우리가 찾아낼 거예요."

사이먼이 커다란 두 손으로 레아의 어깨를 감쌌다.

"당신이 그리울 겁니다."

레아가 그를 올려다보며 미소를 지었다.

"당신은 아직 여기 있잖아요. 세상 반대쪽으로 갈 것도 아니고요. 나는 당신을 보러 갈 수 있고, 당신 역시 가끔 여기 남은 템플러를 만나러 오게 될지도 모르죠."

사이먼이 레아를 두 팔로 끌어당겨 키스했다. 짧은 순간이나마 그는 이 세상에 오로지 그들 둘뿐이라고, 그 어떤 문제도 존재하지 않는다고 믿었다.

환상은 오래가지 않았다. 헬게이트는 여전히 런던 위로 오만하게 드리워 있었다.

〈끝〉